Hubertus Becker

# Globale Nomaden
Süden

6. Auflage 2026
RHEIN-MOSEL-VERLAG
Bundesbahnhof 1, 56859 Bullay / Mosel
Deutschland
Tel.: 06542 / 5151
E-Mail: rhein-mosel-verlag@t-online.de
www.rhein-mosel-verlag.de

ISBN 978-3-89801-429-8
Lektorat: Gabriele Korn-Steinmetz
Korrektorat: Melanie Oster-Daum
Ausstattung: Stefanie Thur
Autorenportrait: Arne Houben
Umschlaggestaltung: Stefanie Thur unter Verwendung
eines Gemäldes von Lynn Jaye
»Desert Sunset Oasis« 48″ x 60″, oil on canvas
www.lynnjaye.com

Hubertus Becker

GLOBALE NOMADEN

# SÜDEN

## DROGENSCHMUGGEL ÜBERS MITTELMEER

Rhein-Mosel-Verlag

*Für alle Nomaden,*
*für alle die, die auf der Flucht sind,*
*und für alle die, die immer noch Widerstand leisten …*

*und im Andenken an Buenaventura Durruti*
*sowie Hunter S. Thompson*

## Einstieg

Es gibt keine bösen Menschen. Die diffusen Begriffe »gut« und »böse« entstammen einer archaischen Vulgärpsychologie und sollen Gefühle der Zustimmung oder der Ablehnung ausdrücken. Die Religion mit ihrer moralischen Bewertung »sündig« und »gottgefällig« hilft uns ebenso wenig weiter, menschliches Verhalten zu verstehen, wie die Justiz, die zwischen »rechtsbrüchig« und »rechtstreu« unterscheidet. Selbst die Logik als philosophische Disziplin hat mit den Kategorien »wahr« und »falsch« in der Quantenmechanik ihre Grenzen gefunden. Psychologie und Psychiatrie tun sich schwer, eine Grenze zwischen »gesund« und »krank« zu ziehen. Evolutionspsychologisch orientieren wir uns einzig daran, ob ein Verhalten, eine Tat »überlebensfreundlich« oder »überlebensfeindlich« ist. Dieses Prinzip steckt in unserer genetischen Grundausstattung, mit der wir uns in der Welt zurechtfinden müssen. Dass der Mensch im Laufe der kulturellen Evolution ethische Handlungsnormen (wie den Altruismus) entwickelt hat, die im Vergleich zur übrigen Natur eine scheinbar neue Qualität aufweisen, verdankt er seiner großen Hirnrinde. Deren rechnerisches Potenzial ermöglicht es ihm, seine triebhaften Handlungsimpulse von den Denkinstanzen Verstand und Vernunft überprüfen zu lassen und anschließend gegebenenfalls Verhaltenskorrekturen vorzunehmen. Die intellektuelle Fähigkeit des homo sapiens, Szenarien zu entwickeln, deren Konsequenzen zu kalkulieren und diese bei der Entscheidungsfindung einzubeziehen, gilt den meisten Menschen als Beweis ihres freien Willens. Experimente der jüngeren Hirnforschung legen jedoch nahe, dass es sich bei dem absolut freien Willen, dem *liberum arbitrium*, um eine Illusion handelt. Der Wille ist nicht so frei, wie viele glauben, bestenfalls dreht er an den kleinen Schrauben, mit denen Menschen ihr Verhalten justieren.

Über diese Dinge hatte ich mir noch keine Gedanken gemacht, als mich an einem Tag im späten September 1973 der Anruf eines Freundes erreichte, der meinem Leben eine entscheidende Wende geben sollte. Ich hatte im Sommer 1971 mit Ach und Krach mein Abitur bestanden, war anschließend für tauglich befunden worden, als Soldat im Auftrag des Staates Menschen zu töten, hatte meinen Wehrdienst geleistet und bereitete mich nun auf das Studium vor. Ich beabsichtigte, ab dem Wintersemester in Stuttgart Maschinenbau zu studieren und hatte Ende September gerade mein Praktikum in einer Schraubendreherei beendet, als der Anruf von Lothar kam.

Lothar Regler kannte ich aus unserer gemeinsamen Zeit bei der Luftwaffe in Freising, wo wir nebeneinander vor dem Radarschirm saßen und den Himmel vergeblich nach feindlichen Flugzeugen absuchten. Lothar stammte aus München und verkehrte in der Schwabinger Szene. Wiederholt hatte ich ihn in Discos und Nachtclubs begleitet und so auch einige seiner Freunde kennengelernt. Dabei war mir nicht entgangen, dass unter Lothars Bekannten viel gekifft wurde, und dass er sogar Kontakte zu Ganoven und Dealern unterhielt.

Eines Abends, in einem Nachtclub namens *Tiffany*, zeigte er mir ganz aufgeregt einen Brocken Haschisch, ein Trum, fast so groß wie ein Stück Kernseife, das er von seinem Freund Walter geschenkt bekommen hatte. Der war offenbar gerade von einer Reise nach Marokko zurückgekehrt, einer »Geschäftsreise«, wie Lothar mir erzählte, bei der sie zu dritt 20 Kilo *Grünen Marokkaner* nach München geschmuggelt hatten.

Das war der Hintergrund, vor dem Lothar Regler mich damals anrief und mich fragte, ob ich Lust hätte, zwei Wochen als Chauffeur zu arbeiten. Es sei ein Auto nach Marokko und wieder zurück zu fahren. Als Gage stellte er 10.000 Mark in Aussicht! Mir war sofort klar, um was es dabei ging, und mein Herz klopfte schneller angesichts der Perspektive, rasch noch ein Abenteuer zu erleben, ehe der sogenannte Ernst des Lebens mich in Form dieses halbherzig angestrebten Studiums einholen würde. Zwar bat ich mir einen Tag Bedenkzeit aus, aber mit vernunftgesteuertem Denken hatte die Sache von Anfang an nichts zu tun. Die Entscheidung für die riskante Reise war längst aus dem Bauch heraus gefallen. Dass ich gerade dabei war, den Pfad der Tugend zu verlassen und ein Krimineller zu werden, war mir keine Überlegung wert. Ich war zweiundzwanzig Jahre alt, Familie, Dorf und Heimat waren mir ohnehin zu eng geworden. Ich fand, dass es Zeit wäre, etwas Richtiges zu erleben, und diese Abenteuerreise nach Marokko schien mir ein verheißungsvoller Anfang zu sein. Vielleicht würde es mir ja gelingen, ein wenig von der Sehnsucht zu stillen, die ich in mir verspürte, wenn ich den Geschichten der Weltenbummler auf der Burg Waldeck lauschte, die in den fünfziger und sechziger Jahren Afrika und Südamerika bereist hatten. Oder später, als ich die Biographien des Seefahrers Kolumbus, des Bali-Pioniers Walter Spies oder der Bergsteiger Hermann Buhl und Kurt Diemberger las; oder die Romane von Tania Blixen, Jack London und Bruce Chatwin. Mein Gefühl sollte mich nicht trügen: Als ich Ende September 1973 meine Tasche packte und das Haus meiner Eltern im Hunsrück verließ, begann eine Reise, die neun Jahre später in einem Gefängnis enden sollte.

Inzwischen schreiben wir das Jahr 2020, es sind also mehr als vierzig Jahre seit Lothar Reglers Anruf vergangen. Ich habe mich bemüht, die Ereignisse so darzustellen, wie sie sich zugetragen haben. Gewiss geht es mir nicht darum, irgendeinen der Menschen zu beschämen, die mich ein Stück begleitet haben, denn ich glaube nicht an die Schuld des Menschen, mehr noch: ich bin von seiner Unschuld überzeugt. Die Geschichte von der Erbsünde halte ich für einen gigantischen Irrtum. Daher ist es nur folgerichtig, wenn ich im Nachhinein niemandem irgendwelche Vorwürfe mache.

Ich bin heute mehr denn je davon überzeugt, nie wirklich eine freie Entscheidung getroffen zu haben, weil jeder Schritt die konsequente Folge des vorherigen Schrittes war, und dass es folglich völlig irrational ist, Menschen für das, was sie getan haben, anzuklagen und zu verurteilen. Man mag vieles bedauern und aus diesem Gefühl heraus Verhaltenskorrekturen einleiten, ich mag mich für manch ein Versagen schämen, ich mag Verantwortung übernehmen und eine Wiedergutmachung versuchen, aber Bereuen als Reaktion auf ein vermeintlich moralisches Versagen, das wäre Selbsttäuschung. Was nicht bedeutet, dass ich die Frage, ob ich es noch einmal genauso anstellte, könnte ich das Leben von vorne beginnen, mit ja beantwortete. Wer könnte so etwas allen Ernstes von sich sagen, angesichts einer Welt, in der Kinder verhungern, in der Kriege geführt und Gefangene gefoltert werden und in der immer noch Rassismus und Sklaverei vorkommen?

Hubertus Becker, April 2020

Wenn ich eine Stellung annehme, bin ich verloren. Ich würde ein Kommis werden, eine Maschine, ein Zirkuspferd, das seine Touren im Kreise macht, trinkt, frisst und schläft zu den vorgeschriebenen Stunden; ich würde ein Allerweltsmensch werden. Und das nennt man dann noch Leben: dieses mühlsteinartige Rotieren, diese ewige Wiederkehr der ewig gleichen Dinge.

Honoré de Balzac »La Comedy Humaine«

»... denn die einzigen Menschen sind für mich die Verrückten, die verrückt sind aufs Leben, verrückt aufs Reden, verrückt auf Erlösung voll Gier auf alles zugleich, die Leute, die niemals gähnen oder alltägliche Dinge sagen, sondern brennen, brennen, brennen wie fantastische gelbe funkensprühende Feuerwerksvulkane, und wie Feuerräder unter den Sternen explodieren, und aus der Mitte sieht man den blauen Lichtkern knallen und alle rufen: ›Aaah!‹ Wie nannte man solche Leute in Goethes Deutschland?«

Jack Kerouac »Unterwegs«
*Übersetzt von Thomas Lindquist*

## 1.1 Grüner Marokkaner

An einem verregneten Sonntagmorgen im April des Jahres 1974 saßen Walter, Emilio und ich in unserer Wohnung in München beim Frühstück. Walter hatte am Vortag der Delikatessen-Abteilung bei Dallmayr einen Besuch abgestattet und diverse Leckereien mitgebracht: mit Krabben gefüllte Avocados, griechische Oliven, Erdbeeren mit Sahne. Ein wenig angespannt saß Christina auf der Sofakante und nippte an ihrem Tee. Seit sie mitbekommen hatte, dass die unterste Schublade der alten Bauerntruhe randvoll mit Haschisch gefüllt war, fühlte sie sich sichtlich unwohl bei uns.

Drei Tage zuvor hatte ich die attraktive Christina in einem Nachtclub in Torremolinos kennengelernt. Wir hatten die halbe Nacht durchtanzt und als ich ihr am Morgen anbot, mit mir nach München zu kommen, hatte sie nicht lange überlegt. Die spanisch-französische Grenze überschritt sie als Fußgängerin, eine überflüssige Vorsichtsmaßnahme, wie sich herausstellte: Als dunkelhäutige Frau mit englischem Pass erregte sie zu Fuß nämlich mehr Misstrauen bei den Zöllnern als ich in meiner Citroen-Limousine. Außer Sichtweite des Grenzpostens von Le Perthus hielt ich an, und es dauerte fast eine Stunde, bis Christina endlich auftauchte. Um ihr das eigenwillige Prozedere bei der Einreise plausibel zu erklären, musste ich gestehen, dass im Wagen ein Zentner Haschisch versteckt war und dass ich ihr im Falle einer Entdeckung Schwierigkeiten hätte ersparen wollen. Schließlich waren die Franzosen auch damals schon fanatische Antidrogenkrieger, eingesoffene Alkoholiker, die uns Haschrauchern mit allen Mitteln den Spaß am Kiffen zu vermiesen trachteten. Zudem war mir zu Ohren gekommen, dass französische Richter schon mal zehn Jahre Knast austeilten, wenn sie einen Schmuggler überführt hatten.

Seit Christina also wusste, dass ich nicht der konventionelle Tourist war, für den sie mich anfangs gehalten hatte, sondern dass ich in illegalen Geschäften unterwegs war, war es mit der unbeschwerten Fröhlichkeit vorbei, mit der sie mir bis dahin die Reise durch Spanien erheitert hatte.

Dieses Gefühl der Anspannung hatte sich auch zwei Tage später noch nicht gelegt, als wir zusammen frühstückten. Christina hatte von dem Schnupperkurs ins Ganovenmilieu die Nase voll und mich am Morgen gebeten, sie zum Flughafen zu bringen. Walter und Emilio besprachen gerade, wie der Verkauf der Ware am besten zu organisieren sei, als es an der Haustür klingelte.

Walter warf mir einen fragenden Blick zu und flüsterte: »Erwartest du jemanden?«

»Nicht, dass ich wüsste. Schau halt mal nach.«

Auf leisen Sohlen, wie es seine Art war, schlich er zur Tür und spähte durch den Spion. Was er dort sah, versetzte ihn in helle Aufregung.

»Die Bullen!«, flüsterte er aufgeregt. »Zwei Kerle in dunklen Lederjacken. Hundert Prozent die Bullen.«

Walter war ein Jahr zuvor bei der Bundeswehr getürmt und wurde seither als fahnenflüchtig gesucht. Sein Name stand auf der Fahndungsliste. Will heißen, er hatte es sich angewöhnt, umsichtig zu sein und im Laufe der Zeit ein Gespür dafür entwickelt, Polizisten in Zivil zu erkennen und ihnen aus dem Weg zu gehen.

Erneut schlug im Flur der Gong, diesmal ungeduldiger, dreimal in Folge. Kein Zweifel, so anmaßend klingeln bloß Polizisten. Wir hatten keine Zeit zu verlieren. Emilio sprang auf und war im Nu bei unserem antiken Ofen, einem hundert Jahre alten Schmuckstück, das eigentlich dazu diente, den Raum zu verzieren. Der Ofen verfügte über drei Klappen: Durch die untere war einmal die Asche entsorgt worden, die mittlere war zum Befeuern da und in der oberen war Platz für einen Topf. Irgendwann hatte Walter entdeckt, dass sich der Ofen hervorragend als Waffenschrank eignete, und fortan hatte er seine Kanonen dort deponiert. Vier Revolver und zwei Pistolen, allesamt illegal, allesamt geladen. Walter schnappte sich einen Trommelrevolver, Emilio warf mir eine Beretta zu, er selbst entschied sich für eine 38er Smith & Wesson.

Walter gab flüsternd Anweisungen: »Emil, du postierst dich hinter der Küchentür. Ich erwarte sie im Flur und du, Harry, holst sie in die Wohnung rein. Anschließend fesseln wir sie im Bad an die Armaturen, packen den Shit ein und verschwinden. Los jetzt, jeder auf seinen Posten! Lass sie rein, Harry!«*

Es klingelte erneut. Mir blieb keine Zeit zum Nachdenken. Fest stand, dass wir 50 Kilo Haschisch im Haus hatten und dass zwei

Polizisten vor der Haustür standen und Sturm läuteten. Fest stand außerdem, dass wir uns nicht kampflos ergeben wollten. Dann ging alles sehr schnell. Ich entsicherte die Pistole, ging zur Haustür und drückte die Klinke nach unten.

Aber gemach, ich will nicht vorgreifen. Die Geschichte beginnt schließlich mit Lothars Anruf im September 1973, wenige Tage, nachdem Salvador Allende unter Mithilfe der CIA ermordet worden war. Es war die Zeit, als Ulrike Meinhof, Gudrun Ensslin und Andreas Baader im Knast auf den Prozess warteten. Es war das Jahr, in dem die Politganoven Kissinger und Le Duc Tho den Friedensnobelpreis bekamen, und es war das Jahr, in dem ein amerikanischer Schriftsteller namens Thomas Pynchon bei seinem Verleger einen Roman mit dem Titel *Gravity's Rainbow* ablieferte, um anschließend für zwanzig Jahre abzutauchen.

Lothar wollte mir ein Geschäft vorschlagen. Details wollte er am Telefon nicht besprechen. Es handle sich um ein lukratives Geschäft. Ich packte also ein paar Sachen, setzte mich ins Auto und fuhr vom Hunsrück aus nach München, wo mein Kumpel in einem kleinen Apartment im Olympiadorf wohnte.

Als ich spät am Abend ankam, war er nicht daheim. »Bin im Tiff«, stand auf einem Zettel an der Tür. Das *Tiffany* an der Münchener Freiheit war damals einer der angesagten Clubs in der Stadt. Ich fuhr hin und fand Lothar auf der Tanzfläche. George, der Diskjockey, legte gerade »*Take A Walk On The Wild Side*« auf, als mein Kumpel mich entdeckte. Wir begrüßten uns und setzten uns an einen Tisch. Paolo, einer der Kellner, brachte mir ein Glas, und Lothar füllte es mit Champagner. Dann kam er zur Sache: Er bot mir an, bei einem Haschisch-Schmuggel von Marokko nach Deutschland mitzumachen. Ich sollte den Wagen fahren.

Lothar Regler war damals einundzwanzig, stammte wie ich aus einer kleinbürgerlichen Familie und hatte keinen Beruf erlernt. Seit fünf Jahren lebte er in München, schlug sich eher schlecht als recht durchs Großstadtleben und verdiente sich zuweilen ein paar

* Nachdem ich einigen der Protagonisten geänderte Namen gegeben habe, entschied ich, mich selbst unter dem Alias »Harry« auftreten zu lassen, ein Name, den ich auch gegenüber Mitgliedern der Unterwelt in den USA und in Asien verwendete

Mark als Aushilfs-Discjockey im Drugstore. Die Aussicht, erstmals selbst bei einem Haschisch-Transport mitzuwirken, gefiel ihm. Sein Kapital waren seine Kontakte: Sein Freund Walter hatte das Know-how und die Verbindung nach Marokko und mit mir hoffte er einen Fahrer gefunden zu haben, der bereit wäre, das Risiko auf sich zu nehmen, den Wagen über die Grenzen zu steuern. An diesem Abend sprachen wir nur kurz über das anstehende Unternehmen. Bei der Besprechung der Details musste Walter dabei sein, der zuvor schon in Marokko gewesen war und die logistischen Erfordernisse kannte. Mit ihm waren wir am nächsten Tag in einem Schwabinger Café verabredet.

Walter erschien pünktlich. Er trug modische Stiefel, eine gut geschnittene Jeans, weißes T-Shirt und darüber ein Lederblouson. Am auffälligsten war jedoch sein entwaffnendes Lächeln, das in Verbindung mit den halblangen dunkelblonden Haaren und den blauen Augen den Charme ausmachte, der ihn auszeichnete. Ich mochte ihn auf Anhieb. Nachdem wir gefrühstückt hatten, skizzierte er, wie er sich das Ganze vorstellte. Die Reise sollte maximal zwei Wochen dauern, ein geeignetes Schmuggelfahrzeug musste allerdings erst noch gefunden werden, und was die Finanzierung anging, so musste Walter einräumen, dass er gerade mal 2.500 Mark besaß, ein Kapital, das bei seinem großzügigen Lebensstil mit jedem Tag dahin schmolz. Allein für das Frühstück waren am Ende 50 Mark fällig, in meinen Augen eine gigantische Prasserei. Bei normalem Geschäftskalkül als Maßstab hätte ich aufstehen müssen: … und habe die Ehre. Unterdessen war ich jedoch von dem Plan so infiziert, dass ich zusagte, sowohl das Auto zu besorgen als auch die veranschlagte Summe für die Spesen zu beschaffen. Und weil jeder Tag Geld kostete, war keine Zeit zu verlieren. Zwei Tage später hatte ich einen Kredithai gefunden, der mir gegen Hinterlegen einer Sicherheit (ich musste mein neues Auto verpfänden) ein Darlehen von 5.000 Mark bewilligte. Bei einem Autoverleih mietete ich gegen eine Kaution von 1.000 Mark einen VW-Variant, den ich spätestens in zwei Wochen zurückgeben sollte. Abgerechnet wurde nach Kilometern, und weil wir auf der Reise nach Marokko mehr als 7.000 Kilometer zurücklegen würden, klemmte Walter als erstes die Tachowelle ab. In technischen Dingen kannte er sich offenbar aus.

Walter Fleischer war 1952 geboren. Nach der Grundschule hatte er eine Lehre als Elektriker gemacht und anschließend ein paar Jahre bei den Isar-Amperwerken gearbeitet, wo auch sein Vater angestellt war. Seine Mutter war früh gestorben, Walter das einzige Kind. Von seinem Vater sprach er voller Hochachtung, und als ich den Mann später kennenlernte, verstand ich auch, warum. Beide, Vater und Sohn waren vom frühen Tod der Mutter hart getroffen. Der Alte hatte danach nicht mehr geheiratet, der Junge orientierte sich fortan am Vater. Und der liebte seinen Sohn. Das ging soweit, dass er Walter jede Dummheit verzieh, jede seiner Marotten tolerierte, ja, dass er uns ein Jahr später sogar dabei half, in seiner Werkstatt ein Schmuggelversteck in einen Mercedes-Tank einzubauen. Der alte Herr Fleischer war schwer in Ordnung, darin waren wir uns einig.

Als Lothar, Walter und ich Anfang Oktober 1973 in München aufbrachen, hatten wir knapp 5.000 Mark in der Tasche. Dass Walter bei diesem knappen Budget am Tag der Abreise auch noch ein paar hundert Mark in eine Kassettenanlage investierte, registrierte ich mit Kopfschütteln. Im Nachhinein muss ich allerdings zugeben, dass unserer Reise ohne die Musik etwas gefehlt hätte. Fortan begleiteten uns also Crosby, Stills, Nash & Young, Manassas, The Moody Blues, die Eagles, Pink Floyd und Deep Purple musikalisch nach Süden. Aber eigentlich stand diese Reise unter den musikalischen Sternen von David Crosby, Steven Stills und Graham Nash. Walter liebte diese Burschen aus Amerika, die in Woodstock gesungen hatten und die ganz offen Drogen konsumierten. Ich glaube, so wie diese Jungs aus Kalifornien wollten wir sein. Ein klein wenig waren wir es wohl auch.

Die deutsch-französische Grenze überquerten wir bei Mühlhausen. Über Belfort, wo mein Vater im Krieg französische Keller geplündert und so seine Faszination an Frankreich gefunden hatte, ging es weiter nach Besançon. Als wir Lyon erreichten, wo wir ohne anzuhalten auf die Autoroute du Soleil fuhren, war es schon fast Mitternacht. Und bei Valence war er plötzlich da, der warme Wind vom Mittelmeer, der es uns gestattete, bei offenem Fenster zu fahren. Ein gutes Gefühl breitete sich aus: die Genugtuung, dem herannahenden mitteleuropäischen Winter zu entfliehen. Je weiter wir nach Süden kamen, umso lauer wurde die Nachtluft. Irgendwann auf der Höhe von Nîmes wurde ich müde, und da ich der einzige Fahrer an Bord war (weder Lothar noch Walter besaßen einen Führerschein), steuerte ich einen Parkplatz an, wo wir für ein paar Stunden im Auto schliefen.

Als wir erwachten, stand die Sonne schon am weiten Himmel über dem Languedoc. Walter und Lothar rauchten zum Frühstück einen Joint, ich begnügte mich mit einer Gauloise. Nach ein paar Dehnübungen ging es weiter nach Süden. Ich konnte es kaum erwarten, nach Spanien zu kommen, ein Land, das ich bis dahin noch nicht kannte. Kurz hinter Montpellier mündete die Autobahn in die Route Nationale, eine holprige Teerpiste, die kaum ein Städtchen links liegen ließ. In Pézenas hielten wir an, tranken Milchkaffee und versorgten uns mit Wegzehrung: Camembert, Baguette, Crème fraîche und Milch. Über Béziers und Narbonne führte unser Weg nach Perpignan und von dort war es bloß noch ein Katzensprung bis zur Grenze in Le Perthus, einem kleinen Ort auf einem Bergsattel. Ein paar aneinandergedrängte Häuser, Souvenirläden, Wechselstuben. Wir tauschten Francs in Peseten. Die französischen Zöllner winkten uns gelangweilt durch. Ich sah sie mir genau an, die Männer in ihren blauen Uniformen. Als hätte ich irgendwann noch einen Ringkampf mit ihnen zu bestehen. Dann die Spanier. »*Los pasaportes, por favor.*«

Der Beamte, der unsere Pässe entgegennahm, trug eine dunkle Sonnenbrille. Er blickte kurz in den Wagen und verschwand dann in einem Wachhäuschen. Walter hatte ein britisches Dokument abgegeben, gefälscht, und nun konnte er beweisen, wie cool er war. Durch die offene Tür sah ich den Zöllner in einem Buch blättern. Kurz darauf war er zurück. Er reichte Lothar die Pässe und sagte etwas, was keiner von uns verstand. Vielleicht: Macht keinen Unsinn! oder: Haltet euch an die Verkehrsregeln!, oder einfach bloß: Gute Reise!

Der Grenzort auf spanischer Seite heißt La Jonquera, aber dort hielten wir nicht an. Im verrußten Windschatten eines Viehtransporters quälten wir uns bis nach Figueras. Irgendwo habe ich gelesen, dass Afrika jenseits der Pyrenäen beginnt. Besser könnte ich meinen ersten Eindruck von Spanien auch nicht beschreiben. Die spanische Sonne brennt heißer als sonst irgendwo in Europa. Am Rand der Landstraße lag ein überfahrener Hund mit aufgeblähtem Leib. Das Leben in Spanien war kein Selbstläufer, es musste dem Land und dem Meer abgerungen werden. Die meisten Menschen waren arm, das fiel auf. Das Land wurde von einem Diktator regiert, der vor fast vierzig Jahren durch einen Militärputsch an die Macht gekommen war. Tausende Spanier lebten im Ausland. Die politische Polizei, beschönigend *Guardia Civil* genannt, war selbst im kleinsten Dorf präsent. Spanien gehörte damals noch nicht zu Europa.

Bei Gerona mündete die Straße in ein Stück Autobahn, und die führte uns direkt nach Barcelona. Über der Stadt lag eine Dunstglocke, wie ich sie bis dahin noch nie gesehen hatte. Es gab eine Avenida Generalissimo Franco; eine andere, ich glaube es war die große Schneise, die nach Süden aus der Stadt herausführt, war nach dem 1936 ermordeten Politiker Calvo Sotelo benannt. Wir waren froh, Barcelona in weniger als einer Stunde durchquert zu haben. Bis Tarragona Autobahn, von da an Landstraße bis Gibraltar. Kurz hinter Valencia wurde ich müde, und da das Meer ganz in der Nähe war, bogen wir in einen Schotterweg ein, der uns durch einen Orangenhain direkt an den Strand führte. Wir packten unsere Schlafsäcke aus und legten uns ins Dünengras. Den Duft der Orangenblüten in der Nase und das rhythmische Anrollen der Wellen im Ohr, schliefen wir bald ein. Als ich erwachte, war ich allein. Ich rieb mir die Augen und blickte eine Weile aufs Meer hinaus. Dann sah ich auch meine beiden Freunde: Sie kamen den Strand entlang und sammelten Muscheln. Ehe wir die Reise fortsetzen, nahm ich noch ein Bad und ließ mich anschließend von der Sonne trocknen. Zurück auf der Straße hielten wir bei einer Bäuerin an, die am Straßenrand saß und kleine Säcke mit Apfelsinen anbot. Wir kauften zehn Kilo zu einem albernen Preis, saftige Orangen, wie sie in der Ebene von Valencia wachsen. Unser Frühstück. Lothar schälte und reichte sie weiter, bis wir satt waren. Noch heute will es mir scheinen, als hätte ich danach nie mehr so leckere Apfelsinen gegessen. Wir beschlossen, auf dem Rückweg wieder bei der alten Frau anzuhalten. Benidorm ließen wir am späten Vormittag links liegen, gegen Mittag erreichten wir Alicante. Wir fanden, es sei an der Zeit, eine kräftige Mahlzeit einzunehmen. An der Hafenpromenade, wo 1939 die letzten Republikaner kapituliert hatten und damit der dreijährige Bürgerkrieg zu Ende ging – streng genommen wird er erst dann zu Ende sein, wenn sich Spanier mit Basken und Katalanen ausgesöhnt haben –, fanden wir eine Tapas-Bar, wo wir erste Bekanntschaft mit der spanischen Küche machten. Wir aßen Tintenfisch, Oliven, eingelegte Artischocken, Muscheln in Kräutersud. Walter lud sich ein halbes Dutzend gebratener Spatzen auf den Teller, sehr schmackhaft, wie er sagte, aber ich denke, es dürfte sich um Wachteln gehandelt haben. Jedenfalls sagte uns die Zubereitung der Speisen mit Knoblauch und Olivenöl sehr zu, so dass wir den Vorsatz aufgaben, uns aus Kostengründen von Brot, Milch, Käse und Obst zu ernähren.

Wenige Kilometer hinter Alicante verließen wir die Küste. Die Straße wand sich nun auf die Hochebene hinauf. Unser nächstes Ziel hieß Murcia. Auch diese Stadt durchquerten wir ohne anzuhalten, immer weiter in den Abend hinein. Bei Puerto Lumbreras, ein zwischen zwei Bergketten gelegenes Städtchen, gabelte sich die Straße. Ein Weg führt nach Westen über Granada nach Málaga, die Alternativstrecke verläuft nach Süden, wo sie bei Almería auf die Küste stößt. Walter schlug vor, die Sierra Nevada nördlich zu umfahren, also Richtung Granada. Die Südstrecke kannte er, sie sei sehr kurvenreich, insbesondere die 200 Kilometer Küstenstraße von Almería nach Málaga seien ein Schlauch, der sich ewig hinziehe. Kurvenreiche Küstenstraße, das klang nach Fahrvergnügen, und da ich der Fahrer war, überließen sie mir die Entscheidung. Also auf nach Almería!

Zu dem Zeitpunkt ahnten wir nicht, dass dies die falsche Entscheidung war, denn sie brachte uns einen Zeitverlust von mindestens drei Stunden. Als wir nämlich spät am Abend Almería erreichten, stellten wir fest, dass hier kürzlich ein Unwetter schlimme Verwüstungen angerichtet hatte. Brücken waren von Flüssen mitgerissen worden, mehrmals mussten wir auf Behelfskonstruktionen übersetzen, einmal sogar durch eine Furt, bei der das Wasser bis zum Türrahmen reichte. Auf halber Strecke nach Motril ging dann gar nichts mehr. Die alte Steinbrücke über den Rio Adra war eingestürzt, fünf Meter vor der Abbruchkante stand ein Schild: Durchfahrt verboten! Wir stiegen aus und besahen uns den Schaden. Viel war in der Dunkelheit nicht zu sehen. Tief unten hörten wir den Fluss gurgeln. Ein Fall für Evel Knievel.*

Walter holte die Straßenkarte hervor, und wir beschlossen, hinauf in die Alpujarras bis zu einem Ort namens Berja zu fahren, von dort über Nebenstraßen und ein halbes Dutzend Dörfer zurück zur Küste. Der Karte nach zu urteilen handelte es sich um befestigte Straßen. Bald stellte sich jedoch heraus, dass es teilweise miserable Schotterwege waren, streckenweise dicht an felsigen Abgründen entlang. So fuhren wir in der Dunkelheit in die Berge hinauf, suchten vergeblich nach Hinweisschildern, waren mehrmals nahe daran, umzukehren, bis endlich wieder ein düsteres Bergdorf am Weg lag, menschenleer, gespenstisch, aber immerhin ein Zeichen, dass wir noch in Spanien waren. Wie gesagt, drei anstrengende Stunden benötigten wir, ehe wir bei La Rábita wieder auf die Küstenstraße stießen. Nach den holprigen Bergpisten erschien sie mir wie eine Autobahn. Der Rest der Strecke war frei, wenngleich die Unwetterschäden noch eine ganze Weile sichtbar waren: entwurzelte Bäume, abgedeckte Häuser, verwüstete Plantagen. In Motril hielten wir am frühen Morgen an einer Bodega, vor der ein Dutzend Lastwagen standen. Wir tranken Kaffee und aßen in Öl frittiertes Gebäck. Über der Bar hingen luftgetrocknete Schinken, die von Zigarettenqualm und Bierdunst die letzte aromatische Note erhielten. Von einem Fernfahrer, der ein wenig Französisch sprach, erfuhren wir, dass ein Orkan vor einer Woche über der Gegend getobt hatte.

Ich hatte mir in den Kopf gesetzt, bis nach Málaga durchzufahren, genau genommen bis Torremolinos, ein Städtchen, von dem ich schon so viel gehört hatte. Als in unserem Rücken die Sonne

* Amerikanischer Stuntman, der wiederholt versucht hatte, mit dem Motorrad über eine Schlucht zu springen, sich dabei aber jedesmal die Knochen brach

aufging, waren wir endlich da. Ich steuerte den Wagen hinunter zum Strand. Von der anstrengenden Fahrt gerädert, legten wir uns in den Sand und schliefen bald ein. Irgendwann weckten uns die Hunde, die massenhaft den Strand bevölkerten. Als jedoch der städtische Hundefänger mit seinem klapprigen Pritschenwagen auftauchte, nahmen sie Reißaus.

Wir badeten im Meer. Es war wohl die Zeit, da die letzten Hippies erkannten, dass ihre Tage in Torremolinos zu Ende gingen. Zwar standen noch ein paar bunt bemalte VW-Busse an der kleinen Straße, die den Strand säumte, aber von Westen her rückten hässliche Hotelkomplexe näher, die das ehemalige Fischerdorf bald verschlucken sollten. Immerhin erhaschten wir noch eine Ahnung von dem Mythos, den James Michener in seinem Roman* eingefangen hat. Wir hielten uns nicht lange in Torremolinos auf, unser Spesenbudget war dafür zu knapp bemessen.

Die Straße nach Fuengirola war gut ausgebaut und kurvenreich, sie lud zu einer flotten Fahrt ein. Walter und Lothar hatten sich längst an meinen Fahrstil gewöhnt. Sie schnallten sich an und staunten, was aus der biederen Familienkutsche herauszuholen war. Ich sollte erwähnen, dass mein damaliges Hobby der Motorsport war, und die Aussicht, mir mit der verabredeten Gage ein besseres Rennauto kaufen zu können, hatte meinen ursprünglichen Entschluss, an der gefährlichen Reise teilzunehmen, maßgeblich beeinflusst. Sicher war ich damals, wie so viele Jungs in dem Alter, am Steuer ein wenig draufgängerisch, aber mit etwas Glück und Können überstand ich die kritischen Jahre ohne nennenswerten Unfall. Ich hatte den Ruf, ein sicherer Fahrer zu sein. Meine beiden Passagiere hatten sich jedenfalls an meinen Fahrstil gewöhnt, und hielten sich ohne zu murren an den Haltegriffen fest. Wir fuhren durch Marbella, wo sich Waffenhändler aus ganz Europa herumtrieben. Kurz hinter Estepona sahen wir den Felsen von Gibraltar, aber zu einem Abstecher fehlte uns die Zeit. Zudem war die Straße gesperrt, wie wir im Vorbeifahren feststellten. Der Streit mit England um Gibraltar war den stolzen Spaniern ein Dorn im Auge, also hatte Franco 1969 kurzerhand die Grenze dichtgemacht. Wer nach Gibraltar wollte, musste damals erst nach Tanger, und von

* James Michener: Die Kinder von Torremolinos (1971), (engl: *The Drifters*)

dort mit dem Schiff in die britische Kronkolonie. Erst Mitte der achtziger Jahre wurde der Übergang zum Festland wieder geöffnet.

Aber unser Ziel hieß ja nicht Gibraltar, sondern Marokko. Beim marokkanischen Konsulat in Algeciras besorgten wir die Visa. Dazu waren mehrere Formulare auszufüllen (»Zweck der Reise: Erholung«) und ein aktuelles Passfoto musste auch her. Vom Passbildgeschäft lebten einige Fotografen, alte Männer mit noch älteren Plattenkameras, die sie auf der Plaza Mayor vor der Kirche aufgebaut hatten. Unser Mann klemmte den Pass mithilfe einer Wäscheklammer so vor das Objektiv, dass er das Foto darin ablichten konnte. Dann verschwand er samt seiner Kamera unter einem Überwurf. Der Vorgang dauerte ein Weilchen, aber schließlich tauchte der Alte wieder auf, und kurz darauf hielten wir vier Kopien unserer Passbilder in der Hand. Wir zahlten jeder fünf *duros**, und zurück ging es zum Konsulat, wollten wir doch noch am selben Tag nach Afrika übersetzen. Die Visa endlich in der Tasche, sausten wir hinunter zum Hafen, wo Walter ein Reisebüro kannte, welches uns gegen ein *Bakschisch* Tickets für eine Fähre verkaufte, die angeblich längst ausgebucht war. Dass es sich hierbei um eine Gaunermasche handelte, mit der Touristen der doppelte Fährpreis abgeknöpft wurde, erfuhr ich erst später. Jedenfalls schafften wir es, auf die Mittagsfähre nach Ceuta zu kommen. Nachdem das betagte Schiff abgelegt hatte, kletterten wir aufs Oberdeck. Imposant erhob sich der vom alten Herakles seinerzeit installierte Felsen von Gibraltar vor uns. Das Meer wurde an der Nahtstelle zwischen Mittelmeer und Atlantik von einer frischen Brise bewegt, der Himmel war wolkenlos. Ein guter Tag, um nach Afrika überzusetzen. Für Lothar und mich war es das erste Mal, dass wir Europa verließen. Wir waren dabei, die Welt zu erobern, und dementsprechend war auch unsere Stimmung. Anderthalb Stunden benötigte das Schiff, bis es an der Kaimauer der spanischen Garnisonsstadt Ceuta festmachte.

Die Grenzstation zwischen Ceuta und dem Königreich Marokko heißt Bab Sebta (Tor von Ceuta), und hier stießen wir auf die erste nennenswerte Schwierigkeit. Ein Zöllner befand nämlich, dass Walter zu lange Haare habe, und um ihn einreisen zu lassen, sei zunächst ein Friseurbesuch angesagt. Walters blonde Mähne war

---

* In Spanien übliche Bezeichnung für eine Fünf-Peseten-Münze

nicht wirklich lang, gemessen an den Haarlängen, die damals in Europa bei jungen Männern üblich waren, aber sie fiel hinten ein wenig über den Hemdkragen, und das, so fand der marokkanische Zöllner, sei schwul. Also: Haare ab oder zurück nach Spanien!

Walter regte sich mächtig auf, und wir saßen eine halbe Stunde herum und diskutierten die Angelegenheit. Schließlich gelang es Lothar, ihn zu überzeugen, sich die Matte ein wenig scheren zu lassen. Ein mobiler Friseur, der wahrscheinlich mit dem Zollbeamten verwandt war, stand bei Fuß, und innerhalb von drei Minuten und gegen ein Entgelt von zehn Dirham waren die Haare ordentlich getrimmt (der marokkanische Dirham war seinerzeit an den französischen Franc gekoppelt; nach heutiger Umrechnung also etwa 1,50 Euro). Ich lief zu einer Wechselstube, an welcher der Zoll ebenfalls mitverdiente, und tauschte D-Mark in Dirham. Ein Paar umtriebige Burschen liefen draußen zwischen den Autos der ankommenden Reisenden herum und erklärten, sie hätten besondere Beziehungen zum Zollamt, mit ihrer Hilfe ließen sich die Einreiseformalitäten innerhalb einer halben Stunde erledigen. Dieser Dienst am Kunden sollte 50 Dirham kosten, und das schien mir angesichts der Hitze und der Wartezeit angemessen (vor uns standen Freaks aus Schweden, die schon seit drei Stunden warteten). Wir drückten dem Kerl also unsere Pässe in die Hand, zusätzlich musste ich als Fahrer einen internationalen Führerschein sowie eine grüne Versicherungskarte vorlegen. Tatsächlich war unser Mann nach wenigen Minuten mit den gestempelten Reisedokumenten zurück. Kurz darauf hob ein Hilfszöllner die Schranke und winkte uns durch.

Marokko. Was ich damals über das Land wusste, war nicht eben viel, und einen Reiseführer besaßen wir nicht. Immerhin wusste Walter, dass die im Norden lebenden Marokkaner ethnisch zu den Berbern gehören, vor allem im Rif-Gebirge, unserem Ziel. Das Land war vor einem Jahr zur parlamentarischen Monarchie erklärt worden, der König, der schon seit 1961 auf dem Thron saß, hieß Hassan II. Auf König Hassan waren unlängst mehrere Attentate verübt worden, was die Nervosität erklärte, die damals im Land herrschte. Offenbar waren nicht alle Marokkaner mit ihrem Herrscher zufrieden. Die Hauptstadt Marokkos heißt heute Rabat, die größte Stadt des Landes ist Casablanca, die schönste wahrscheinlich Marrakesch, und die für den Islam bedeutendste Fès. In Marokko lebten damals etwa 25 Millionen Menschen, jedenfalls behauptete Walter das, und während wir die frisch asphaltierte Straße von Ceuta nach Tetouan hinunterfuhren, erzählte er uns, was er auf seiner ersten Reise über Land und Leute in Erfahrung gebracht hatte.

Auf halber Strecke nach Tetouan führte der Weg an einer sandigen Mulde vorbei, wo Kamele mit gespreizten Beinen um ein Wasserloch standen und soffen. Die Sonne brannte vom Himmel. Wir schienen also tatsächlich in Afrika angekommen zu sein. Ein gutes Gefühl. Reisen, das ist: Sich in die fremde Welt hinein fühlen, sich treiben lassen, verweilen wollen, verstehen wollen, staunen. Und zu bestaunen gab es viel: Kleine Mädchen am staubigen Straßenrand, die uns im Vorbeifahren eine Wassermelone zum Kauf anboten; Esel, die zum hurtigen Lauf angetrieben, schwere Lasten schleppten; ein mit Bauholz beladener Laster, der in der Mitte der Straße liegen geblieben war, und unter dem sich zwei Männer in Kaftanen beim Wechsel eines Hinterrades abmühten; Hunde, die auf dem Asphalt lagen und erst im letzten Moment vor einem heranbrausenden Fahrzeug aufsprangen. In Tetouan rasteten wir eine Stunde, und in einem Café an der Rue Mohamed V trank ich zum ersten Mal den Pfefferminztee, der zu Marokko gehört wie das Weißbier zu Bayern.

Vieles an der Stadt erinnert noch an die Jahre, in denen sie Verwaltungssitz von Spanisch Marokko war. Das Land war 1912 unter französische und spanische Verwaltung gestellt worden und erhielt erst im Jahr 1956 seine Unabhängigkeit zurück. Die spanischen Exklaven Ceuta und Melilla sind anachronistische Überbleibsel dieser imperialen Politik.

Das Ziel unserer Reise war eine namenlose Garage irgendwo abseits der Straße, die von Ketama nach Fès führt, und laut Walter sollten es bis dahin noch knapp 200 Kilometer sein. Also verweilten wir nicht lange in Tetouan, sondern sahen zu, dass wir wieder auf die Landstraße kamen, schließlich wollten wir noch bei Tageslicht in Ketama ankommen. Kurz nachdem wir die weiße Stadt verlassen hatten, zweigte die Straße, die ins Rif-Gebirge führte, von der Hauptstraße nach Tanger ab. Die Fahrbahn wurde schmaler, der Belag schlechter und die Straßenführung kurviger. Wir kamen durch einen Ort namens Chaouen, früher eine »heilige Stadt«, deren Betreten Nichtmuslimen verboten war. Wir hielten uns trotzdem an das frühere Gebot, stoppten lediglich kurz, um eine Flasche Wasser zu kaufen, und dann ging es über die Route du Rif hinein in die Berge. Die Straße kletterte auf eine Höhe von 1.200 Meter, und dort oben auf der Passhöhe des Bab Berred fanden wir endlich eine Tankstelle. Walter riet dringend, vollzutanken, denn im Rif lagen die Tankstellen weit auseinander, sodass wir gut beraten waren, jede Möglichkeit zu nutzen, uns mit Treibstoff zu versorgen. Zumal, wie wir noch feststellen sollten, nicht jede Tankstelle immer Benzin vorrätig hatte. Die einzige Zapfsäule von Bab Berred war ein Modell aus alten Tagen, das heißt, der Tankwart musste einen Pumpenschwengel bedienen.

Weiter führte die Straße ins Gebirge, nicht selten an schroffen Abgründen entlang, dann hinab in ein Tal, immer kurvenreich, und wieder hinauf auf eine weitere Passhöhe. Der höchste Punkt lag bei 1.600 Metern, mehrmals tauchten wir in die Wolken ein. Die Vegetation bestand aus Korkeichen, Zedern, Kiefern und Tannen, dazwischen Gestrüpp aller Art, Farne und Flechten. Es war kühl hier oben in den Bergen des Rif, Walter drehte das Fenster hoch und schaltete die Heizung ein. Joni Mitchell sang Woodstock, und in meinem Kopf blitzte der Gedanke auf, dass diese Zeilen unsere Reise legitimierten:

*We are stardust, we are golden*
*We are billion year old carbon*
*And we got to get ourselves back to the garden.**

Der Auftrag des Nomaden steht über dem Gesetz, schien die Musikerin aus den USA zu singen. Ohnehin lautete die Devise seit Jim Morrison: *We want the world, and we want it now!*

Ketama liegt an einer Wegekreuzung inmitten einer grasbewachsenen Hochebene. Der Ort bestand damals im Wesentlichen aus einer Polizeistation, einem Wintersporthotel und einer Tankstelle, alle an einer der beiden Straßen gelegen. Durch das Grasland

* Joni Mitchell: Woodstock

wand sich ein Bach, dessen Ufer von Erlen und Pappeln gesäumt wurden. Die wenigen Häuser, die man von der Straße aus sehen konnte, lagen verstreut am Rande der Weiden oder im Schatten eines Zedernwaldes. Ketama war auf den ersten Blick sehr übersichtlich, als Stadt in dem Sinne, wie wir sie kannten, konnte man diesen Ort nicht bezeichnen. Vor allem fehlten die Menschen. Später wurde mir klar, dass Ketama das logistische und infrastrukturelle Zentrum des Rif-Gebirges ist: Dort zweigt die Straße nach Fès ab, die sogenannte Route de l'Unité. Dort gab es ein Telefon, ein Krankenhaus, eine kleine Flugpiste und, was für den Alltag der Menschen wohl am bedeutendsten war, einen Markt, in Marokko *Souk* genannt. Vereinzelt standen junge Burschen herum und boten uns im Vorbeifahren Haschisch an, das einzige nennenswerte Agrarprodukt, das in der Gegend um Ketama angebaut oder hergestellt wurde. Frauen und Mädchen waren nicht zu sehen, als wir langsam durch den Ort rollten, um in die Straße nach Fès abzubiegen. Vor dem Hotel parkten zwei Autos, ein Jeep der Polizei und ein Mercedes mit spanischem Kennzeichen. Wir fuhren langsam, jedoch ohne anzuhalten und bemerkten, dass die beiden Polizisten uns aufmerksam nachblickten. Schwer zu sagen, was davon zu halten war. Walter jedoch meinte, wir brauchten uns keine Sorgen zu machen, sein Bekannter Mohamed Schifan habe in Ketama alles unter Kontrolle, und auf meinen skeptischen Blick hin ergänzte er, vielleicht nicht alles, aber jedenfalls die Polizei.

Die Straße folgte dem Bach, dessen felsiges Bett ihn in ein enges Tal führte. Der nächste Ort hieß Tleta Ketama. Nun war es nicht mehr weit bis zu Mohameds Garage. Ein paar Kilometer außerhalb des Ortes stand eine Holzhütte, vor der ein paar Burschen auf der Erde kauerten. Wir hielten an, und sogleich sprangen sie auf. Offenbar hatte einer der Jugendlichen Walter erkannt, denn ein breites Grinsen erschien auf seinem Gesicht, als er in den Wagen blickte. Nach einer kurzen Begrüßung – Walter stellte ihn uns als Hassan vor – stieg er zu uns ins Auto und bedeutete mir, in einen unbefestigten Weg einzubiegen, der in Serpentinen den Berghang hinauf führte. Die Strecke war steinig, sie umkurvte Felsnasen, verengte sich aufgrund eines Erdrutsches an einer Stelle gefährlich, an einer anderen mussten wir einen kleinen Bach durchqueren, aber nach ein paar Minuten erreichten wir den Bergsattel, wo sich der Weg gabelte. Walter, der sich auskannte, wies mich an, scharf nach rechts abzubiegen. Wenige Meter noch durch niedrige Korkeichen und Gestrüpp – viel mehr wuchs in dieser Höhe nicht – und wir sahen die legendäre Garage vor uns. Nach vier Tagen und etwas mehr als 3.000 Kilometern hatten wir mit dem letzten Tageslicht das Ziel unserer Reise erreicht.

Mohameds Garage, das war ein zwölf Meter langes fensterloses Steinhaus mit dicken Mauern. Es war gleich neben dem Fahrweg errichtet worden, an einer Stelle, von wo aus man den Berghang und den sich nach oben windenden Weg überblicken konnte. Jedes Fahrzeug, das sich vom Tal her näherte, konnte schon zehn Minuten vor seiner Ankunft von der Garage aus gesehen werden, ein Vorteil, den man schätzte und der beruhigte. Schließlich wurden hier größere Mengen Haschisch gelagert, und während der sensiblen Phase des Einbaus in die Fahrzeuge wollten die Schmuggler ungern gestört werden. Gleich hinter dem Gebäude breitete sich ein mit Macchie bewachsenes Plateau aus, welches nach Westen hin stetig anstieg und allmählich einem Berggipfel zustrebte. Dahinter lag ein Tal, dessen Hänge terrassenförmig angelegt waren, und jede Terrasse war ein Marihuana-Feld. Während der Anfahrt hatten wir entlang der Hauptstraße nur vereinzelt Felder gesehen, das meiste wurde offensichtlich im schwer zugänglichen Hinterland angebaut. Wie wir am nächsten Tag feststellen konnten, endete der Weg tatsächlich zwei Kilometer weiter. Der Abstieg in die tiefen Täler des Rif musste zu Fuß oder mit dem Esel geschehen.

Die Garage bestand aus drei Räumen: der eigentlichen Autogarage, einem Wohnraum und einem Lager.

Kaum dass ich den Motor abgestellt hatte, ging die mittlere Tür auf und ein in eine *Djellaba* gehüllter junger Mann trat heraus. Wir stiegen aus, und als er Walter und Hassan erkannte, entspannte sich seine misstrauische Miene. Die Begrüßung war herzlich. Walter machte uns miteinander bekannt. Der junge Mann hieß Abslam. Er lebte ständig in der Garage, während Mohamed selbst, der Chef, drunten im Tal bei seiner Familie wohnte. Sogleich sandten wir Hassan ins Dorf, um von unserer Ankunft zu berichten. Unterdessen trugen wir unser Gepäck ins Haus. Der Raum war an drei Seiten mit landestypischen »Sofas« ausgestattet, geschnitzte Sockel mit dicken Matratzen darauf, auf die Wolldecken drapiert waren: Schlafplätze für neun Leute. Jeder von uns suchte sich ein Lager. Dann bat Abslam mich, noch einmal nach draußen zu kommen. Er hatte das Garagentor geöffnet und wies mich an, den Wagen hineinzufahren. Wie wir später erfuhren, war es schon vorgekommen, dass ein neidischer Konkurrent den Zollbehörden das Kennzeichen eines Autos mitgeteilt hatte. Schließlich war jedem Einheimischen klar, dass wir nicht zum Bergsteigen ins Rif-Gebirge gekommen waren. Bewegte sich ein ausländisches Fahrzeug abseits der großen Straße, ging man davon aus, dass es sich um Haschisch-Schmuggler handelte, und lag fast immer richtig damit. Verirrte sich tatsächlich einmal ein Tourist auf die unbefestigten Wege, wurde ihm sehr bald von den Einheimischen nahegelegt, umzukehren. Als Abslam die Garage wieder verschlossen hatte und wir zurück in den Wohnraum kamen, feuerte er sogleich den Holzofen an und setzte einen Kessel Wasser auf. Wenig später saßen wir um den niedrigen Tisch und schlürften heißen Tee. Der süße, von frischer Minze aromatisierte Tee ist einzigartig, und die Zubereitung hat etwas Rituelles. Einen besseren Pfefferminztee gibt es angeblich auf der ganzen Welt nicht.

Unterdessen hatte Lothar den ersten Joint gedreht. Der Marokkaner hatte ihm eine kleine Kugel gegeben, Haschisch, welches, wie er sagte, vor einer Woche erst geerntet worden sei. Ich selbst kannte mich damals mit der Materie noch nicht aus, hatte erst ein Mal ein paar Züge getan und kaum eine Wirkung verspürt. Keine Ahnung, ob es an der Höhe lag oder an der guten Qualität, jedenfalls stellte sich auf meinem Gesicht nach ein paar Zügen ein breites Grinsen ein und ich spürte, wie ich mich nach der langen Fahrt zusehends entspannte. Im angetörnten Zustand gelang Walter und Lothar dann auch die Kommunikation mit dem Marokkaner immer besser.

In den Bergen des Rif leben fast ausschließlich Berber, die einen eigenen Dialekt sprachen, *Tarifit*. Der marokkanische Dialekt des Arabischen nennt sich *Derija*, ist aber im Rif nur selten zu hören, obwohl es die Amtssprache ist. Ein großer Teil der Marokkaner spricht zudem Französisch, und da ich diese Sprache in der Schule gelernt hatte, und keiner von uns Arabisch, geschweige denn *Tarifit* beherrschte, liefen die Gespräche in den kommenden Tagen weitgehend über mich. So bekam ich von Anfang an alles mit, was Walter und die Bauern geschäftlich vereinbarten. Mohamed tauchte nach Einbruch der Dunkelheit zusammen mit seinem Bruder Ali auf, und erneut gab es eine herzliche Begrüßung. Ich schätzte ihn auf etwa fünfunddreißig Jahre, ein schlanker Mann mit dunklen Augen und Autorität in der Stimme. Sympathischer war mir allerdings sein Bruder Ali, der ein paar Jahre jünger war und der mehr Charme besaß. Zudem sprach Ali besseres Französisch als Mohamed, was ihn zu unserem Ansprechpartner werden ließ. Die beiden hatten einen Knecht mitgebracht, der einen Korb voller Lebensmittel dabei hatte. Im Nu füllte sich der Tisch mit Tomatensalat, gebratenen Sardinen, Fladenbrot und Wassermelone.

Im Anschluss an die späte Mahlzeit – das eigentliche Begrüßungsmahl sollte erst am nächsten Tag stattfinden und einen Hammel das Leben kosten – packte Walter die Geschenke aus. Für Mohamed hatte er eine Kiste Whiskey mitgebracht, Ali bekam einen Maßkrug aus dem Hofbräuhaus, und für Abslam hatte er ein paar alte Playboy-Ausgaben dabei. Die Frauen im Dorf wurden mit einem Glas Nescafé und einem Satz guter Küchenmesser beschenkt. Für jeden gab es noch ein T-Shirt mit dem Konterfei von Bob Marley, der selbst hier in den abgelegenen Bergen hohes Ansehen genoss.

Gegen Mitternacht, nachdem der so und so vielte Joint die Runde gemacht hatte, legten wir uns schlafen. Der kleine Hassan machte sich zu Fuß auf den Weg zu seinen Freunden an die Straße. Ich trat noch einmal hinaus unter den Himmel. Es war kühl geworden, und drüben im Tal bellten Hunde. Die Silhouetten der Berge zeichneten sich gegen das letzte Licht des zur Neige gegangenen Tages ab, im Nordwesten klar zu erkennen war der Tidghine, der mit 2.500 Metern höchste Gipfel des Rif-Gebirges. Die Sterne schienen zum Greifen nah. Nach einer Weile ging ich wieder nach drinnen, wo der Ofen bullerte und angenehme Wärme ausstrahlte.

Als wir am darauffolgenden Morgen erwachten, kamen Ali und Mohamed gerade aus Ketama zurück, wo sie auf dem Markt Brot und Gemüse besorgt hatten. Bei der Morgentoilette stellte ich fest, dass Wasser im Rif ein kostbares Gut ist, welches man tunlichst nicht verschwenden sollte. Abslam goss mir, um das Gesicht zu waschen, aus einer kleinen Kanne zweimal die hohle Hand voll, und zum Putzen der Zähne füllte er mir ein Teeglas. Der Rest des Körpers wurde vernachlässigt, dafür war beim besten Willen kein Wasser da. Bei dieser Minimalhygiene blieb es auch während der nächsten Tage. Wie ich später erfuhr, musste das Wasser zwei Kilometer weit aus einer Quelle geholt werden. Über fließendes Wasser oder gar eine Dusche verfügte die Garage nicht. Die einzige Möglichkeit zu einer Vollwäsche wäre gewesen, ins Tal abzusteigen und in dem kalten Bergbach zu baden.

Zum Frühstück gab es frisches Fladenbrot wahlweise mit Aprikosenmarmelade oder dickflüssiger Kondensmilch. Dazu tranken wir Kaffee, den wir aus Deutschland mitgebracht hatten. Anschließend schnappte sich jeder einen Korb mit Lebensmitteln, und unter der Führung von Mohamed stiegen wir über die jenseitige Bergflanke ins Dorf hinab. Ali und Abslam blieben in der Garage zurück und passten auf unser Auto auf.

Das Dorf bestand aus einem Dutzend Höfen, die verstreut in den Hang oberhalb einer Talmulde gebaut waren. Mohameds Gehöft lag unterhalb einer Felsrippe, wobei der Unterbau aus Lehm, das Obergeschoss aus Holz errichtet war, während das Dach aus Wellblech bestand. Im ersten Stock führte eine Balkongalerie die gesamte hufeisenförmige Innenfront zum Hof entlang. Hinauf gelangte man über eine Leiter, denn Treppen hatte man nicht eingebaut. Die Tiere, die das Dorf bevölkerten, lebten teilweise mit den Menschen im selben Raum. Zumindest im Winter, wenn es im Rif kalt wird und der Schnee wochenlang meterhoch liegen bleibt, wärmen Esel, Kühe und Ziegen die Häuser: eine Art umweltverträglicher Bio-Ofen.

Als wir nach einer halben Stunde Abstieg im Dorf ankamen, war es dort mit der Beschaulichkeit des sonnigen Oktobermorgens rasch vorbei. Mohamed gab seinen Leuten Anweisungen, das Festmahl zu organisieren. Frauen hatte ich bis dahin noch keine gesehen, und auch hier im Dorf hielten sie sich scheu im Hintergrund. Sie trugen weder Kopftücher noch Schleier, was wir so nicht erwartet hatten. Während also auf dem Hof der Hammel geschlachtet, der Couscous gekocht und der Salat zubereitet wurde, führte Mohamed uns hinaus zu den Feldern, die erst teilweise abgeerntet waren. Die Hanfstauden wurden damals schulterhoch, und sie bildeten auch keine Äste aus. Aber Höhenlage und Klima begünstigten die Entwicklung potenter Blütenstände, aus denen das aromatische grüne Haschisch gewonnen wurde, das in Europa so viele Freunde hatte. In späteren Jahren brachten Weltenbummler Samen aus Pakistan und Indien mit, die sich mit den ursprünglichen marokkanischen Sorten vermischten, was sich sowohl auf die Pflanzen selbst als auch auf die Farbe und Qualität des Haschischs auswirkte.

Wir kamen also gegen Ende der Erntezeit an: Die meisten Felder waren schon abgeerntet, auf einigen lagen die geschnittenen Pflanzen zum Trocknen in der Sonne, andere standen noch in der Blüte und reiften. In einer Hütte im Schatten mehrerer Walnussbäume waren zwei junge Männer damit beschäftigt, aus Hanf-Pflanzen Haschisch zu gewinnen.

Sie hockten auf dem Lehmboden. Mit den Knien hielten sie große Schüsseln, über die ein feinmaschiges Nylontuch gespannt war. Über diesem Sieb streiften sie Blätter und Blütenstände von den getrockneten Stengeln, rollten das Material mehrmals locker hin und her, sodass nur der feine Pollenstaub durch die Maschen rieselte. Der Rest landete in einem Plastiksack, wo er für eine zweite Siebung aufbewahrt wurde. Das heißt, je lockerer beim ersten Durchgang das Pflanzenmaterial über dem Tuch bewegt wurde, um so weniger fiel durch die Maschen, aber umso besser fiel die Qualität aus. Das Ergebnis dieser ersten Siebung war unter dem Namen *Zero-Zero* bekannt, der Stoff, den zu kaufen wir beabsichtigten. Wir hockten uns zu den Jungs und schauten ihnen eine Weile beim Arbeiten zu. Mohamed hieß einen von ihnen das Sieb lösen, nahm ein wenig Pollenstaub heraus und begann das Material zu kneten. Nach einer Weile übergab er Walter das Klümpchen und bedeutete ihm, es noch eine Weile zu bearbeiten. Dann ließ er uns allein und verschwand in Richtung Hof, wo er sich um die Vorbereitung des Essens kümmern wollte. Als wir nach etwa einer Stunde aus der Hütte in die Sonne traten, merkten wir plötzlich, dass wir von dem Pollenstaub high geworden waren. Wir grinsten uns an und machten uns auf den Rückweg. Unterdessen war Walters handgepresster Klumpen hart geworden und hatte eine dunkelgrüne Färbung angenommen. Das Aroma war ähnlich stark wie das frisch gemahlener exotischer Gewürze und es versprach großen Genuss. Walter und Lothar schwelgten in Vorfreude. Letzterer wollte gleich einen Joint drehen, aber Walter meinte, die Pressung müsse mindestens einen Tag und eine Nacht ruhen, ehe sie ihre volle Wirkung entfalte. Dies trug er mit der Überzeugungskraft eines Schamanen vor, die ja zuweilen selbst an den Unsinn glauben, den sie erzählen. Lothar fügte sich, und der Handgepresste durfte ein paar Tage »reifen«, ehe wir den ersten Joint damit rauchten.

Das Festmahl fand in einem der großen Räume im Untergeschoss statt. Wir nahmen auf mehreren Lagen dicker Teppiche Platz. In unserer Mitte wurde ein Messingtisch aufgebaut, im Grunde nichts anderes als ein überdimensioniertes rundes Tablett auf einem Holzgestell. An der Tafel nahmen nur Männer teil. Die Frauen blieben in den düsteren Höhlen der Küche und Kammern, aus denen zuweilen neugierige Augen hervorleuchteten. Ihnen war natürlich klar, dass wir Mohameds Kunden waren, dass ihr Wohlstand von unserem Geschick beim Schmuggeln, unseren Kontakten in den Städten Europas und nicht zuletzt von unserem Glück abhing.

Bei der Zubereitung des Essens hatten sie sich Mühe gegeben. Es bestand aus Couscous mit Mandeln und Rosinen, gebratenem Hammel und feinem Gemüse, also dem Nationalgericht der Marokkaner, welches unter dem Namen *Tajine* bekannt ist. Weitere Schüsseln mit Fleischtomaten und Zwiebelringen, Ölsardinen und anderen Köstlichkeiten standen herum. Zu trinken gab es zur Feier des Tages Coca-Cola.

Ich selbst hockte neben dem zahnlosen Großvater, der zwar kein Französisch sprach, aber dafür ein verschmitztes Lachen zeigte, was uns das Gefühl gab, mit ihm einer Meinung zu sein, oder besser: auf der gleichen Wellenlänge zu schwingen. Nach dem Essen kramte er aus den Taschen seiner *Djellaba* eine kleine Tonkopf-Pfeife hervor, stopfte diese mit Kif und rauchte sie in einem Zug. Anschließend füllte er sie wieder und reichte sie weiter, bis jeder am Tisch einmal daran gezogen hatte. Das Ganze erinnerte mich an ein Ritual, und das war es wohl auch. Überhaupt, der Akt des Essens ist in den ärmeren Ländern der Welt ein soziales Ereignis, keineswegs die entzauberte Selbstverständlichkeit, welche die Nahrungsaufnahme heutzutage im europäischen Alltag gewöhnlich darstellt. In Marokko wusste man volle Schüsseln noch zu schätzen. Im Übrigen bedeutete eine Einladung zum Essen im Haus der Familie sehr viel: Wertschätzung, Vertrauen, Ehre. Eine ernste Sache also, nicht bloß das Füllen der Bäuche.

Von Ali erfuhr ich am Abend, dass sein Vater 1893 geboren war und dass er in den zwanziger Jahren zusammen mit Abd-el-Krim gegen die französischen und spanischen Kolonialmächte gekämpft hatte. Ein echter Freischärler, und das nötigte mir großen Respekt ab. Geradezu absurd der Gedanke, diese Menschen, die seit Jahrhunderten vom Hanfanbau und vom Haschisch-Geschäft lebten, als Kriminelle zu betrachten. Laut Gesetz waren sie aber eben dies, seit der marokkanische König irgendwann dem Druck der Amerikaner nachgegeben hatte, und den freien Verkauf von Haschisch oder Marihuana unter Strafe gestellt hatte. Die gesamte Hanf-Industrie unterstand seinerzeit einer staatlichen Organisation, die sich *Régie des Tabacs* nannte. Diese hatte die Aufgabe, die gesamte Hanfproduktion aufzukaufen und zu vernichten. So wurde mit viel Presse und Getöse einmal im Jahr in Ketama ein Alibihaufen Gras angezündet, womit der Welt bewiesen werden sollte: Hier macht man Ernst, hier wird das »Teufelszeug« verbrannt. Tatsächlich werden jedoch mehr als 90 Prozent der Ernte zu Haschisch verarbeitet und fast alles findet seinen Weg außer Landes.

Ehe wir uns am Abend an den Aufstieg zurück zur Garage machten, zeigte Mohamed uns sein Warenlager. Oben im ersten Stock in einem trockenen Raum lagerten etwa 400 Kilo gepresste Haschplatten. Die Hälfte davon *Zero-Zero* die andere eine etwas weniger potente Rauchqualität, die trotzdem in Europa und Amerika die Ansprüche der meisten Kiffer zufriedenstellte. Der Preisunterschied zwischen *Zero-Zero* und normaler Ware war indes erheblich: Während das Kilo *Zero-Zero* im Einkauf damals 400 Mark kostete, war die mindere Qualität schon für die Hälfte zu haben.

Wir entschieden uns dennoch für den guten Stoff, denn so war gesichert, dass wir das Haschisch auch schnell verkaufen konnten.

Am Nachmittag führte Mohamed uns dann noch vor, wie die Platten gepresst wurden. Dazu stellten zwei junge Burschen eine Presse über ein offenes Feuer. Während sich die Eisenplatten erhitzten, füllten sie je 250 Gramm Haschpulver in spezielle Tüten, die aus hitzebeständigem Papier gemacht waren. Anschließend holten sie die Presse vom Feuer und legten jeweils zwei Säckchen nebeneinander zwischen die heißen Platten. Dann drehten sie solange an den Hebeln der Schraube, bis das Pulver zu Tafeln gepresst war.

Anfangs waren die Haschplatten noch warm und biegsam, aber mit dem Erkalten wurden sie hart wie Holz.

Ehe es dunkel wurde, machten wir uns auf den Rückweg. Ein Junge aus dem Dorf schleppte den Sack mit dem Haschisch. Lothar, Walter und ich gerieten auch ohne Gepäck außer Atem, während wir auf zwei Kilometern Bergpfad dreihundert Höhenmeter bewältigten. Bei der Garage angekommen stellten wir fest, dass während unserer Abwesenheit weitere Gäste eingetroffen waren. Drei safaritaugliche Landrover standen am Wegesrand. Von Mohamed erfuhren wir, dass es sich um Amerikaner handelte, die in Marbella lebten. Offenbar langjährige Kunden, denn er behandelte den Wortführer mit viel Respekt. Wir machten uns miteinander bekannt. Gary Frank und seine drei Freunde hatten ein paar Jahre zuvor in Bayern ihren Dienst in der US-Army geleistet und damals schon begonnen, die GIs mit Haschisch zu versorgen. Als sie 1972 aus dem Militär ausschieden, zogen sie an die Costa del Sol, wo sie ihr Geschäft weiterführten. Alle drei Monate brachen sie nach Marokko auf, beluden ihre Autos mit je 60 Kilo und reisten, als Safari-Konvoi getarnt, zurück nach Spanien. Für Mohamed bedeutete das ein gutes Geschäft, und somit war Gary ein ungleich besserer Kunde als wir mit unseren geplanten zehn Kilo. Für mehr reichte das Geld nämlich nicht.

Wir ließen den Amis den Vortritt. Während also Gary und seine Jungs in den kommenden beiden Tagen ihre Landrover beluden, durchstreiften wir die Gegend. Als naheliegendes Ziel bot sich der Gipfel des nächstgelegenen Berges an, dessen Höhe uns niemand sagen konnte, die aber um die 2.000 Meter betragen haben dürfte.

Der Blick vom Gipfel entschädigte uns für die mühsame Kletterei durch Felsbrüche und dorniges Gestrüpp.

Abends hockten wir mit den Amerikanern zusammen und tauschten Erfahrungen aus. Gary gab uns Tipps bezüglich des Grenzübertrittes nach Spanien. Er warnte uns davor, nach Algeciras überzusetzen, da beim dortigen Zoll sehr genau kontrolliert werde. Er riet uns, via Melilla auszureisen und von dort entweder den Hafen von Málaga oder den von Almería anzusteuern. Welchen Weg er selbst zu nehmen gedachte, das verriet er uns jedoch nicht. Am Morgen des dritten Tages brachen er und seine Leute in aller Frühe auf. Wie Mohamed uns später verriet, kaufte Gary die billigere Ware. Amerikaner hätten keine Ahnung von gutem Stoff, meinte er. Ali gab dazu noch eine kleine Lachnummer zum Besten.

»Woran«, so fragte er uns, »erkennt man einen Amerikaner?«

Wir blickten ihn fragend an.

»Wenn du einem Touristen an der Straße ein Stück minderwertiges Haschisch anbietest, und er es erwärmt und beschnuppert, und wenn er dann begeistert ›*Good shit, man!*‹ sagt, dann weißt du, dass du es mit einem Ami zu tun hast.«

Übermäßig viele Amerikaner schienen die Leute in Ketama noch nicht getroffen zu haben, denn gerade unter ihnen findet man echte Kenner der Materie, wie ich später noch herausfinden sollte. Jedenfalls hatte Mohamed mit Gary einen guten Deal gemacht. Was wohl mit dazu beitrug, dass er uns zusätzlich zu den zehn Kilos, die wir bezahlen konnten, noch sechs auf Kommission mitgab. Auf diese Weise konnten wir den Stauraum unseres Autos voll nutzen. Sobald Gary mit seiner Truppe abgereist war, fuhr ich den VW wieder in die Garage. Der hatte ein paar Tage lang unter einer großen Plane verborgen hinter dem Haus gestanden.

Gegen Mittag kam Lothar aufgeregt in die Hütte gerannt und meldete ein Fahrzeug, welches den Serpentinenweg heraufkam. Mohamed ging hinaus, um sich selbst zu überzeugen und gegebenenfalls Vorsichtsmaßnahmen zu treffen. Doch als er den Wagen erkannte, winkte er ab. Es handele sich um den Jeep der Polizei. Der Inspektor persönlich komme vorbei, um sich sein Bakschisch abzuholen. Schließlich habe er am Morgen mitbekommen, wie

Gary und seine Karawane Ketama passierten. Nun wolle er von Mohamed seinen Anteil haben.

Kurze Zeit später hielt der Jeep vor der Garage. Mit einem Tritt vertrieb der Polizeichef die kläffenden Hunde, ehe er seinen Kumpel Mohamed begrüßte. Der Reihe nach wurden wir dem Beamten vorgestellt, dann gingen wir zurück in die Hütte. Ali servierte Tee und Kekse, dann machte ein Joint die Runde. Der Polizist schlürfte an seinem Glas, tat ein paar kurze Züge am Joint und reichte ihn freundlich lächelnd weiter. Das Gespräch wurde in *Tarifit* geführt.

Als Mohamed dann die Kiste mit dem Whiskey hervorholte, den Gary mitgebracht hatte und zwei Flaschen auf den Tisch stellte, verstand ich endgültig. Ehe der Inspektor nach einer guten Stunde wieder aufbrach, hatte er einen Umschlag erhalten, den er diskret in der Innentasche seiner Uniform verschwinden ließ.

Noch am selben Abend fingen wir an, die Haschplatten in passende Stücke zu schneiden und in Plastiktüten zu verpacken. Anschließend machte sich Walter mit Bohrmaschine und Stichsäge daran, auf Höhe des Fußraumes ein Loch in den Mittel-Tunnel zu schneiden, der sich früher bei allen Volkswagen über dem Bodenblech wölbte. Durch diese Öffnung gelang es einem schlanken Arm, sowohl nach vorn als auch nach hinten hineinzugreifen und das Haschisch im Hohlraum zu verstauen. Jedenfalls fanden die 16 Kilo dort Platz, sodass wir bald damit beginnen konnten, das Loch wieder zu verschließen, damit das Versteck einer gründlichen Zollkontrolle standhalten würde.

Zunächst setzte Walter das herausgeschnittene Stück Stahlblech wieder an seine Stelle, dann wurden Spalten und Unebenheiten mit einem schnell härtenden Karosseriespachtel verschlossen. Mit der Schleifmaschine glättete er die Tunneloberfläche und trug mit der Sprühdose die ursprüngliche Farbe auf. Als er fertig war, klebte ich den Bodenteppich wieder an. Äußerlich war nun nicht mehr zu erkennen, dass irgendetwas an dem Fahrzeug manipuliert worden war. Einzig der Geruch von Spachtelmasse, Kleber und Farbe hing noch eine Weile im Auto, aber der würde auf der Fahrt zur Grenze bei offenem Fenster verfliegen, meinte Walter.

Am nächsten Morgen brachen wir in aller Frühe auf. Mohameds Bruder Ali kletterte in seinen Peugeot und fuhr voraus. Er begleitete uns bis Ketama, dort hielt er an, wünschte uns Glück und kehrte um. Unser erstes Etappenziel hieß Melilla, die zweite spanische Exklave auf afrikanischem Boden. Dort legte die Fähre ab, die uns hinüber nach Málaga bringen sollte.

Vor uns lagen 250 Kilometer größtenteils kurvenreicher Bergstraße, teilweise in ausbesserungsbedürftigem Zustand. So etwas wie Leitplanken kannte man seinerzeit im Rif-Gebirge noch nicht. Als Straßenmarkierung dienten weiß getünchte Felsbrocken, die hier und da am Straßenrand lagen und signalisierten, dass sich neben der Fahrbahn ein Abgrund auftat. An einer Stelle hatte es im Jahr zuvor einen Bergrutsch gegeben, der auf einer Länge von 200 Metern die Straße unter sich begraben hatte. Eine Raupe hatte einen Weg durch das Geröll gebahnt, die Piste verlief nun quer durch das Geröllfeld. Dennoch kamen wir zügig voran. Je weiter wir uns von Ketama entfernten, umso entspannter wurden wir. Wir wussten, dass gerade auf den Straßen, die aus dem Rif herausführten, immer mit Polizeikontrollen zu rechnen war. Auch wenn wir davon ausgehen konnten, dass unsere heiße Fracht bei einer normalen Straßensperre nicht entdeckt würde, ganz wohl war uns auf den ersten hundert Kilometern nicht. Schließlich passierten wir Targuist, wo eine Straße nach Süden in Richtung Fès abbog, dann die Abzweigung nach Al Hoceima, dem Mittelmeerhafen, über den damals ein Großteil der marokkanischen Haschischernte verschifft wurde.

Die Fahrt verlief ohne Zwischenfälle. Gegen Mittag erreichten wir Nador, und von dort waren es nur noch wenige Kilometer bis nach Melilla. Die Grenzer, die im Auftrag des Königs von Marokko im Schatten einer Platane standen, nahmen gelangweilt unsere Pässe entgegen und drückten den Stempel mit dem Ausreisedatum hinein. Die Spanier, die ein paar Meter weiter in der Sonne warteten, winkten uns durch. Melilla war ein Freihafen. Die eigentliche Zollkontrolle würde erst bei der Ankunft auf dem spanischen Festland stattfinden.

Die Stadt ist relativ klein und liegt auf einer Halbinsel. Viel Interessantes schien es für uns dort nicht zu geben, nicht unbedingt der Ort, an dem man seinen Urlaub verbringen wollte. Wir fuhren zum Hafen hinunter und erkundigten uns nach dem nächsten Schiff, das nach Málaga auslief. Auf der Abendfähre waren noch Plätze frei, und so buchten wir gleich die Passagen. Den Nachmittag über saßen wir in Straßencafés herum und sahen dem Treiben auf den Plätzen und vor den Geschäften zu. Leider waren unsere Devisen so knapp kalkuliert, dass selbst für zollfreie Spirituosen und Tabak kein Geld übrig war. Immerhin hatten wir noch mehr als 2000 Kilometer Heimreise vor uns.

Das Schiff legte um zehn Uhr abends ab. Es regnete. Das Meer war müde, und wir glitten mühelos dahin. Die Kojen an Bord waren zwar ein wenig enger als unsere Betten daheim, aber ich schlief trotzdem bald ein. Wegen der in Málaga anstehenden Zollkontrolle machte ich mir keine Sorgen. Schließlich hatten wir jede Mühe darauf verwendet, das Haschisch gut zu verstecken, und um es aufzuspüren, müssten die Zöllner schon den Rahmen des Autos zersägen oder zumindest anbohren. Aber das war laut Walter nicht zu erwarten.

Die Überfahrt dauerte knapp sieben Stunden. Die Ankunft im Hafen von Málaga wurde durch den Steward angekündigt. Es war noch sehr früh, als wir an Deck auftauchten, um beim Anlegemanöver zuzusehen. Dutzende von grünuniformierten Zollbeamten standen am Kai und warteten auf »Kundschaft«. Walter und Lothar verließen die Fähre über die Gangway. Sollte mir wider Erwarten etwas zustoßen, wäre ich der einzige, der verhaftet würde, meine Freunde blieben unbehelligt und könnten sich um einen Anwalt kümmern. Aber daran dachte im Ernst damals keiner von uns. Erstaunt stellte ich fest, dass ich völlig ruhig war und keinerlei Nervosität oder Anspannung zeigte. Es wurde Zeit für mich, hinabzusteigen und den Wagen startklar zu machen. Ein andalusischer Matrose gab mir das Zeichen, die Fähre zu verlassen und draußen reihte ich mich in die Schlange ein, die sich vor der Zollkontrolle bildete. Das Ganze fand auf einem gepflasterten Platz innerhalb des Hafengeländes statt, und die Fahrzeuge rollten in vier Reihen auf je zwei Zöllner zu. Als ich an die Reihe kam, trat ein gemütlich aussehender Dicker ans Wagenfenster und erkundigte sich, ob ich etwas zu verzollen hätte. Ich verstand lediglich das Wort *declarar* und antwortete höflich mit *buenos dias*. Die Sprachbarriere ließ keine weiteren verbalen Investigationen zu. Der Mann bedeutete mir daraufhin auszusteigen und die Heckklappe zu öffnen. Er hob kurz die Abdeckung über dem Reserverad an, klopfte gegen die Seitenverkleidung und ließ mich eine Reisetasche öffnen. Anschließend drehte er noch eine Runde um den Wagen, trat je einmal mit dem Fuß gegen jeden Reifen, als könne er am Klang des Gummis erkennen, ob da etwas nicht stimmte. Schließlich warf er noch einen Blick unter Fahrersitz und Armaturenbrett, dann war die Kontrolle beendet und ich durfte fahren. Meine Gefährten warteten am Hafenausgang, an der Einfahrt zum *Paseo del Parque*, einer von Palmen gesäumten Esplanade. Die Erleichterung war ihnen ebenso anzumerken wie mir, denn die gerade passierte Zollkontrolle bedeutete, dass wir die hohle Gasse Málaga hinter uns gebracht hatten.

Was nun noch folgte, die Grenzübertritte von Spanien nach Italien (sic), von Italien nach Österreich und die Einreise nach Deutschland, sollten laut Walter ein Kinderspiel sein. Guter Dinge und voller Zuversicht fuhren wir in die Stadt und hielten nach einem Café Ausschau. Die meisten Cafés waren zu dieser Morgenstunde noch nicht geöffnet, aber in einigen Bars herrschte schon Betrieb. Wir leisteten uns ein spanisches Frühstück, Magdalenas und *café con leche*, nicht gerade fürstlich, aber damals wussten wir noch nicht, welch herzhafte Leckerbissen die Spanier sonst noch in ihren Truhen und Trockenkammern versteckt haben. Jedenfalls gingen wir gestärkt auf die lange Reise nach Barcelona. Von dort nach Genua hatten wir wieder ein Schiff gebucht. Sowohl die weite Fahrt nach Norden als auch die Überfahrt mit der Fähre nach Italien verliefen komplikationsfrei, jedenfalls erinnere ich mich nicht an irgendwelche besonderen Begebenheiten.

Erst als gegen Abend des übernächsten Tages zu unserer Linken der Gardasee auftauchte, hielten wir an einem Autobahnrestaurant und genehmigten uns gute italienische Pasta. Ein gemeinsamer Kassensturz hatte ergeben, dass wir für einen solchen Luxus noch genügend Peseten und Lire hatten. Den Brenner überquerten wir, ohne angehalten zu werden, und auch der Grenzübertritt in Kufstein mitten in der Nacht erwies sich als Routinekontrolle. Als wir in München ankamen, wachte die Stadt gerade auf.

Lothar ließen wir im Olympiadorf aussteigen, ich fuhr mit Walter zur Wohnung seiner Freundin Gerda nach Gröbenzell. Wir schliefen ein paar Stunden und machten uns am Nachmittag daran, die kostbare Fracht aus dem Auto zu holen. Da wir über keine Garage verfügten, fuhren wir an eine abgelegene Stelle an der Amper, die Walter vom Angeln mit seinem Vater her kannte. Dort brachen wir den Tunnel des Schaltgestänges auf und holten die Haschplatten eine nach der anderen ans Tageslicht. Als wir die 16 Kilo in einer Sporttasche verstaut hatten, verschlossen wir das Loch, spachtelten es zu, schmirgelten und lackierten es. Zum Schluss reinigten wir den gesamten Innenraum. Schließlich installierte Walter die Tachowelle und brachte eine frische Plombe an. Noch am selben Tag fuhr ich den Wagen zurück zum Verleih und rechnete ab. Laut Tacho hatten wir in zwei Wochen 725 Kilometer zurückgelegt, tatsächlich dürfte es das Zehnfache gewesen sein.

## 1.2 Walter

Schon am selben Abend rief Walter zwei Österreicher an, die in München lebten und den südbayerischen Markt mit Haschisch versorgten. Roman Elder und Edi Almbauer erschienen pünktlich in dem Café in Gröbenzell, wo Walter sich mit ihnen verabredet hatte. Zusammen gingen wir zu Gerdas Appartement, wo die beiden Vorarlberger den Shit testeten. Kaum dass der Joint Wirkung zeigte, wurden wir handelseinig. Roman legte vier gefaltete Tausendmarkscheine auf den Tisch und Edi packte zwei Kilo Haschisch in eine Tasche. Ehe sie aufbrachen, stellten sie für den übernächsten Tag einen Folge-Deal in Aussicht. Zuvor wollten sie nach Kempten und nach Memmingen fahren, wo sie weitere Kunden hätten, die wahrscheinlich an dem *Zero-Zero* interessiert wären. Walter und ich teilten das erste verdiente Geld und machten uns auf den Weg zu Lothar. Der hatte zuvor angerufen und mitgeteilt, dass er ebenfalls schon einen Käufer für ein Kilo bei sich sitzen habe. Walter packte den Shit in eine Tüte und wies mich an, die Verkehrsregeln zu beachten, solange wir heiße Ware im Auto mitführten.

Lothars Kunde war ein etwa vierzigjähriger Mann mit vollem Bart und langer Mähne, der sich uns als Emilio vorstellte. Er trug einen breitkrempigen Hut, ein elegantes Samtjackett, Jeans und hohe Stiefel. Ein wenig eigenwillig, aber irgendwie mit Stil. Kennerhaft beschnupperte Emilio den Shit, blätterte Lothar 2.500 Mark auf die Hand und verabschiedete sich nach ein paar Minuten, allerdings nicht ohne sich zu erkundigen, wie viel von der guten Ware wir mitgebracht hatten. Auch er kündigte ein baldiges Folgegeschäft an.

Als Walter, Lothar und ich allein waren, besprachen wir das Geschäftliche. Ursprünglich war vereinbart worden, dass ich zehn große Scheine für meine Arbeit bekommen sollte, zusätzlich die 5.000 Mark plus Zinsen, die mich die Rückzahlung des Kredites kosten würde. Den Rest wollten Walter und Lothar unter sich aufteilen. Bei einem kalkulierten Verkaufspreis von 2.000 Mark pro Kilo beliefe sich die Gesamteinnahme bei 16 Kilo auf 32.000. Da auf diese Weise nur etwas mehr als 8.000 Mark für jeden der beiden übrig blieb, bat Lothar darum, in Naturalien ausbezahlt zu werden Das bedeutete, er erhielt anstelle der 8.000 Mark vier Kilo Haschisch. Walter ließ sich darauf ein, und wir vereinbarten, Lothar die verbleibenden drei Kilo vorbeizubringen. So konnte er, indem er seinen Anteil teurer verkaufte, seinen Gewinn erhöhen. Darüber hinaus schlug er vor, den restlichen Shit bei seinem Bruder im Keller zu bunkern, weil er dort sicherer sei als in Gröbenzell in Gerdas Küchenschrank. Der Bruder sei Berufssoldat und lebe mit Frau und Kind in Neuperlach.

Lothar besaß den Schlüssel, sowohl für die Haustür als auch für das Kellerabteil, in welchem er einige Möbel untergestellt hatte. Das klang gut, und wir beschlossen, die restliche Ware in Neuperlach zu verstecken.

Den Abend verbrachten wir im Tiffany, luden hübsche Mädels zu Champagner ein und tanzten bis in den frühen Morgen. Angesagte Hits aus den US-Charts waren gerade »*Why Can't We Live Together*« von Timmy Thomas, »*Do it Again*« von Steely Dan und – ganz und gar Avantgarde – Eumir Deodatos »*Also sprach Zaratustra*«. Die angesagteste Tänzerin war eine Bauerntochter aus dem Tegernseer Tal, der wir den wenig schmeichelhaften Spitznamen Klarabella gaben. Als wir am darauffolgenden Tag erwachten, war gerade Mittag vorbei. Wir frühstückten ausgiebig, dann verstauten wir den Shit im Auto und fuhren nach Neuperlach, wo Lothar uns schon erwartete. Wie am Abend vereinbart, deponierten wir die Ware in einer Kiste und legten bündelweise Comics obendrauf. Sein Bruder, meinte Lothar, gehe höchst selten in den Keller, und in den Kartons mit den alten Zeitschriften sei unser Zeug sicher, darin wühle bestimmt keiner herum. Zudem verkauften wir ja täglich ein paar Kilo. Es war absehbar, dass in einer Woche alles erledigt wäre.

Tatsächlich ging die gute Ware innerhalb weniger Tage weg. Am Nachmittag trafen wir weitere Dealer: Thomas und Wacki, zwei abgefahrene Vögel in Cowboystiefeln, zerrissenen Jeans und derben Lederjacken. Wacki, der ältere von beiden, hatte strähnige blonde Haare und trug eine Brille. Tommy war kräftiger, hatte einen Kopf voller Locken, und er schien sich Wacki unterzuordnen. Die beiden waren nicht bloß Geschäftspartner, sondern zudem gute Freunde. Walter kannte sie seit einiger Zeit. Er sagte mir, sie seien schon länger im Geschäft und hätten gute Kontakte. Ihr Auftreten war selbstbewusst und wurzelte in einer soliden Leck-mich-am-Arsch-Mentalität.

Die Jungs gefielen mir auf Anhieb, und ich gewann bald Vertrauen zu ihnen. Da ich, was das Verkaufen von Haschisch anging, völlig unerfahren war, kümmerte sich Walter um die Abwicklung der Geschäfte. Im Gegensatz zu Lothar behielt er den Preis von 2.000 Mark pro Kilo bei, was es ihm erleichterte, den *Zero-Zero* in kurzer Zeit an den Mann zu bringen. Wacki und Thomas kauften uns vier Kilo ab. Am Tag darauf kamen die Österreicher zurück und nahmen weitere drei Kilo. Jedes Mal, wenn wir nach Neuperlach in den Keller mussten, galt es zunächst, Lothar aufzutreiben, der als einziger den Schlüssel hatte. Alles lief glatt, weder versuchten unsere Kunden uns zu linken, noch mischten sich die Bullen ein. Der Verkauf von Haschisch schien in München ein leichtes und lukratives Geschäft zu sein.

Der Störfall tauchte nicht von außen auf, sondern er kam aus unserer Mitte. Als wir nämlich am vierten Tag nach unserer Rückkehr die letzten drei Kilo abholen wollten, war Lothar nirgendwo aufzufinden. Er ging nicht ans Telefon, mehrere Besuche in seinem Appartement blieben erfolglos, bis Walter endlich auf die Idee kam, bei seiner Freundin Anneliese in Schwabing vorbeizuschauen. Von ihr erfuhren wir, dass Lothar am Vortag alle Klamotten und Schallplatten, die sie für ihn aufbewahrte, abgeholt habe. Sie wisse nicht, wohin er verschwunden sei, erinnere sich aber, dass er mehrere Telefonate nach Hamburg geführt habe.

Beunruhigt fuhren wir nach Neuperlach, schlichen uns in den Wohnblock, in dem der Bruder wohnte und brachen den Lattenrost des Kellerabteils auf. Wie befürchtet, war unser Haschisch verschwunden. Lothar hatte sich (zusätzlich zu den vereinbarten vier) drei Kilo von unserem Shit angeeignet, uns somit betrogen.

Walters Zorn war unbeschreiblich. Gegen Mitternacht trafen wir Emilio im *Tiffany*, und der wusste mehr: Lothar habe am Tag zuvor sechs Kilo verkauft und habe sich mit der Kohle nach Hamburg abgesetzt. Er habe angedeutet, länger im Norden bleiben zu wollen, in München sei es ihm zu langweilig.

Dafür, dass es ihm in Hamburg nicht langweilig werden würde, wollte Walter nun sorgen. Spontan überredete er Emilio, mit in die Hansestadt zu fahren, wo er Lothar in einem der Nachtclubs zu finden hoffte. So groß sei Hamburg schließlich nicht, meinte er, den Kerl würden wir schon finden, und dann Gnade ihm Gott!

Emilio ging noch zu Hause vorbei. Als er nach einer halben Stunde zurückkehrte, hatte er einen Revolver einstecken. Die ganze Sache schmeckte mir nicht so recht, aber ich ordnete mich unter und vertraute darauf, dass Walter schon das Richtige tun würde. Zudem ärgerte auch ich mich maßlos über Lothars Betrug und einen Denkzettel sollte man ihm dafür jedenfalls verpassen. Die einzig richtige Idee, nämlich den Fall einfach abzuhaken, kam keinem von uns. Noch in der Nacht brachen Walter, Emilio und ich auf. Ich hoffte insgeheim, dass der Ballermann nicht zum Einsatz käme, aber mich offen dagegen auszusprechen, dazu fehlte mir die Courage. Schließlich war ich das Greenhorn der Bande.

Wir erreichten Hamburg um die Mittagszeit. Den Nachmittag verschliefen wir in einem Hotel, um gegen Abend unsere Suche in der Hamburger Unterwelt zu beginnen. Dies müsste man im Nachhinein als ebenso lächerliches wie aussichtsloses Unterfangen betrachten, wäre da nicht der geladene Revolver gewesen, den Emilio im Halfter stecken hatte. Wir zogen von zehn bis zwei Uhr durch die Clubs von Sankt Pauli, immer auf der Suche nach Lothar Regler, und es kann wohl nur als großes Glück begriffen werden, dass wir ihn nirgendwo fanden. Hamburg war wesentlich größer, als wir gedacht hatten, und je später die Nacht, umso ratloser wurden wir. Als wir dann auch noch in der Factory, einer seinerzeit berüchtigten Diskothek, in eine Razzia gerieten, aus der Emilio nur durch Zufall heil heraus kam, kostete es mich wenig Überredungskunst, meine Kumpels zur Rückreise zu bewegen. Ich schlug vor, mit dem zufrieden zu sein, was wir mit unserer ersten Schmuggelfahrt verdient hatten (zusammen 18.000 Mark) und bot mich an, erneut die Reise nach Marokko zu wagen. Wir sollten unsere Energie nicht auf Ereignisse lenken, die in der Vergangenheit lagen, so meine Argumentation, sondern uns auf zukünftige Projekte konzentrieren. Emilio gab mir recht, und schließlich stimmte auch Walter zu.

Am nächsten Morgen waren wir auf dem Rückweg nach München. An dieser Stelle verabschieden wir uns endgültig von Lothar Regler, der sich aus verständlichen Gründen in München nie mehr blicken ließ, so dass ich lange nicht wusste, was anschließend aus ihm geworden ist. Jahre später traf ich einen Esoteriker, der Lothar in Hamburg kennengelernt hatte. Dort hatte er sich dem Wiener Maler und Lebemann Dandy Matouschek angeschlossen, der ihm das Malen beibrachte, eine Mischung aus fernöstlicher Mystik und phantastischem Realismus. Als es Matouschek nach ein paar Jahren zurück nach Wien zog, ging Lothar nach Amerika, wo er sich als Faktotum in diversen esoterischen Gesellschaften verdingte. Damit hat er mehr erreicht als wir ihm zugetraut hätten.

Walter und ich beschlossen, zu zweit weiterzumachen. Als Erstes suchten wir ein geeignetes Schmuggelfahrzeug, und zwar einen Citroën DS. Einen solchen Wagen hatte uns Gary Frank in Marokko empfohlen. Ins Chassis sollten knapp fünfzig Kilo passen, was ein lukrativeres Geschäft in Aussicht stellte als bei der begrenzten Ladekapazität eines Volkswagens. Das Auto auf dem Gebrauchtwagenmarkt zu finden, war nicht schwierig.

Der Hersteller war dabei, den Bau des Modells einzustellen, wobei die DS in Deutschland ohnehin als Auto für frankophile Spinner angesehen wurde. Die zehn Jahre alte Kiste kostete uns 2.500 Mark, und sie sollte sich als äußerst bequeme Reiselimousine erweisen. Nach wenigen Kilometern war ich von dem hydraulischen System für Federung, Bremsen, Schaltung und Servolenkung begeistert. Geparkt lag der Wagen nur wenige Zentimeter über der Straße, sobald man aber den Motor startete, hob sich die Karosse und signalisierte Fahrbereitschaft. So ein raffiniert konstruiertes Auto hatte es bis dahin nicht gegeben. Wir begannen, die nächste Fahrt nach Ketama vorzubereiten.

Unterdessen waren ein paar Wochen ins Land und ein paar Tausender den Bach hinunter gegangen. Ein Kassensturz Anfang Dezember ergab, dass wir noch 11.000 Mark besaßen. Den laufenden Kredit zu diesem Zeitpunkt abzulösen, erschien mir wenig ratsam. Erst sollten wir die zweite Reise hinter uns bringen. Da uns die geplanten 50 Kilo allein 20.000 kosten und weitere 2.000

an Spesen anfallen würden, fehlten uns zur Finanzierung des Projektes noch einmal 11.000 Mark. Schließlich brachte Walter zwei unserer Kunden dazu, die erforderliche Summe zu investieren.

Wacki und Tommy wollten dabei sein, da sie gesehen hatten, dass beim Schmuggel mehr zu verdienen war als beim Verkauf der Ware in der Stadt. Sie boten an, mit 15.000 einzusteigen, wenn sie anschließend 15 Kilo dafür erhielten. Allerdings machte Wacki zur Bedingung, dass sein Partner mitfahren sollte. Damit hatten Walter und ich kein Problem. Eher damit, als Tommy erklärte, auch seine Freundin Lolita mitnehmen zu wollen. Jedoch als wir das Mädchen kennenlernten, gaben wir nach.

Lolita war frech und hübsch, mit ihr würden wir uns gewiss nicht langweilen. Äußerlich war sie ein kleines Speckröllchen, aber nicht ohne erotische Ausstrahlung. Die Haare hatte sie kurz geschnitten wie ein Schuljunge, charakterlich erschien sie unkompliziert, Heimweh war von ihrer Seite nicht zu erwarten. Zudem bot unsere französische Limousine vier Passagieren bequem Platz. Wir waren also einverstanden.

Anfang Dezember 1973 verstaute jeder seine Reisetasche im Kofferraum, und kurz darauf waren wir unterwegs in die Schweiz: Walter, Lolita, Tommy und ich. Spät abends kamen wir in Bern an und checkten in ein Hotel ein. Wir hatten nämlich beschlossen, unsere Visa diesmal bei der marokkanischen Botschaft in Bern zu beantragen, was wir am folgenden Vormittag erledigten. Bei wolkenlosem Himmel setzten wir unsere Reise fort. Zwei Tage später hielten wir in Torremolinos an, wo es ein Tiffany gab, welches zur selben Disco-Kette gehörte wie die gleichnamigen Clubs in München und Montpellier. Als Chauffeur bat ich meine Freunde darum, dort eine Tanzpause einzulegen. Gegen Mittag des vierten Tages erreichten wir Algeciras, wo am Nachmittag die Fähre nach Tanger ablegte.

In Tanger nahmen wir uns die Zeit, der Kasbah einen Besuch abzustatten. Die Kasbah, zuweilen auch Medina genannt, ist das historische Zentrum nordafrikanischer Städte, die Altstadt. Kaum dass wir den Wagen abgestellt hatten, boten sich uns Dutzende von Touristenführern an, umtriebige Burschen, die uns die Stadt und ihre Sehenswürdigkeiten zeigen wollten.

Aufgrund seiner wechselhaften Geschichte, insbesondere während des Zweiten Weltkrieges, umgab Tanger ein Mythos, den wir damals noch zu verspüren glaubten. Die bis auf die Phönizier zurückgehende Stadt war zwischen 1923 und 1960 internationale Freihandelszone. In dieser Zeit entstanden die Legenden, die von Geheimdiplomatie, Spionage, Schmuggel und Menschenhandel erzählen und die Tanger vor allem in Europa den Nimbus von Abenteuer und Verbrechen gaben. Fest steht, dass wir uns in den Cafés an der Place de France und mehr noch in den engen, verwinkelten Gassen der Kasbah wie verwegene Abenteurer vorkamen. Wir hielten uns nicht lange in Tanger auf, denn es lagen noch mehr als 200 Kilometer vor uns. Um auf die Straße ins Rif zu gelangen, mussten wir zunächst nach Tetouan, von wo aus ich die Route noch von der ersten Reise her kannte. Zum Glück hatte in den Bergen der Winter noch nicht eingesetzt, denn wir hatten erfahren, dass es dort heftig schneien konnte und die Straßen dann tagelang unpassierbar seien. Wir kamen zügig voran und erreichten Ketama nach Einbruch der Dunkelheit. Diesmal hielt ich nicht mehr bei dem an der Hauptstraße gelegenen Teehaus an, sondern fuhr gleich hinauf zur Garage.

Die Freude war groß, als die marokkanischen Freunde uns erkannten. Wir trafen sowohl Mohamed als auch Ali und Abslam in der Garage an. Anerkennend deutete der Chef auf unseren neuen Wagen und meinte, damit lohne sich die Reise wenigstens. Ihm war klar, dass unsere erhöhte Ladekapazität auch für ihn ein besseres Geschäft bedeutete. Auf besonderen Wunsch hatten wir für jeden der Männer ein Paar solide Bergschuhe mitgebracht, zusätzlich zu Whiskey und Pornoheften. Noch ehe Walter die Geschenke verteilt hatte, hatten Abslam und Ali den Tisch gedeckt. In Kürze war ein Abendessen zubereitet: Ölsardinen, Tomaten mit Zwiebeln, dazu Brot. Zu trinken gab es den süßen Minztee, den ich bei der ersten Reise schätzen gelernt hatte. Nach dem Essen wurde geraucht und gekifft, dann setzte ich mich zu Mohamed, um über das Geschäft zu sprechen. Wir sprachen Französisch, das der Berber leidlich beherrschte.

»Wie viel Haschisch braucht ihr denn diesmal?«

»Kommt drauf an, wie hoch die Ladekapazität ist. Beim letzten Mal sagtest du etwas von 50 Kilogramm.«

»Stimmt. Ich hatte mal einen Kunden aus Schweden, der brachte fünfzig Kilo in dem Wagen unter«, versicherte er. »Zwischen Kofferraum und Rücksitz befindet sich nämlich ein weiterer Hohlraum für sechs Kilo. 22 sollten bei sorgfältiger Arbeit in jeden der breiten Seitenholme passen.«

»Das klingt gut. Wann können wir mit dem Einbau beginnen?«

»Das Hasch lagert unten im Dorf. In zwei Stunden können meine Männer es herauf holen«, versicherte Mohamed. »Welche Qualität wollt ihr denn haben?«

»Dieselbe wie beim letzten Mal. *Zero-Zero*«, sagte ich. »Den Preis könntest du bei der Menge ein wenig reduzieren.«

»Schau'n wir mal. Habt ihr denn diesmal genügend Geld mitgebracht? Sechs Kilo sind ja aus dem letzten Geschäft noch offen.«

»Ich weiß. Ich denke, wir können alles bezahlen.«

»Gut. Dann schlage ich vor, wir bleiben bei 400 Mark pro Kilo, und ich gebe euch zusätzlich ein Kilo vom Handgepressten mit. Der ist qualitativ noch besser.«

»Kann man den mal probieren?«

»Ich sehe gleich mal im Lager nach. Ich glaube, da liegt noch ein Brocken«, sagte er. »Wie lange habt ihr denn vor, zu bleiben?«

»Drei Tage. Morgen wollen wir einen Tagesausflug nach Fès machen«, erklärte ich.

»Was wollt ihr denn dort?«

»Wir haben vor, uns die Stadt anzusehen. Fès war doch früher einmal eine Königsstadt und wir wollen Marokko ein wenig kennenlernen.«

»Ehrlich gesagt, halte ich davon nicht viel. Ihr seid doch keine Touristen. Hier in Marokko kann einiges schiefgehen: ein Unfall, ein Überfall, eine Autopanne, eine Polizeikontrolle.«

»Mach dir keine Sorgen, Mohamed. Schließlich sind wir von Deutschland aus mehr als 3.000 Kilometer gefahren, ohne Autopanne, Überfall oder Unfall!«

»Das kann man doch nicht vergleichen. Hier in den Bergen kann immer etwas dazwischen kommen, da solltet ihr kein zusätzliches Risiko eingehen!«

»Walter und ich, wir wollen unbedingt ein wenig mehr von deinem Land kennenlernen. Der Ausflug nach Fès ist eine beschlossene Sache«, stellte ich klar. »Uns wird schon nichts passieren! Und bis wir morgen Abend zurück sind, hast du den Shit heraufholen lassen.«

»Wie ihr meint. Ich habe euch gewarnt!«

Nach einer erholsamen Nacht in der klaren Bergluft und einem herzhaften Frühstück (Walter hatte Nescafé, Milch, Butter und Honig von daheim dabei) brachen wir am frühen Vormittag auf. Um das Gewicht des Autos ein wenig zu reduzieren, ließen wir unser gesamtes Gepäck in der Garage. Es war der 13. Dezember 1973, ein herrlicher, wolkenloser Tag. Die Sonne brannte vom Himmel und wir fuhren bei geöffneten Fenstern. Irgendwo auf der Strecke, ich glaube, es war kurz vor dem Anstieg nach Taounate, sahen wir einen jungen Mann, der mit Rucksack und Feldflasche in unsere Fahrtrichtung unterwegs war.

»Was hältst du davon, wenn wir den ein Stück mitnehmen?«, fragte ich Tommy, der am Steuer saß. »Der Junge hätte bestimmt nichts dagegen, bei dieser Hitze.«

»Gute Idee. Halte an und nimm ihn mit, Tommy«, pflichtete Lolita mir bei.

»Wie ihr meint.«

Thomas bremste und setzte zurück.

»*You wanna ride*?«, fragte er den Wanderer.

»*I'd appreciate it*«, sagte der Junge und blickte sich im Inneren des Wagens um.

Tommy stieg aus und deponierte den Rucksack unseres neuen Gefährten im Kofferraum. Walter und ich rückten ein wenig zusammen und ließen ihn auf der Rückbank Platz nehmen.

»Wie heißt du?«, wollte Lolita wissen.

» Gilbert.«

An seinem Akzent erkannte ich, dass er Franzose war.

»Wo kommst du jetzt her?«, fragte ich ihn.

»Aus Ketama.«

»Und wo willst du hin?«

»Nach Fès.«

Er sagte, dass er schon mehr als zwei Monate im Land sei, dass er Marrakesch und Agadir gesehen und den Hohen Atlas überquert habe, zu Fuß versteht sich. Und er erzählte, dass er eine Woche in Ketama gewesen sei, um sich einmal nach Herzenslust die Birne zuzukiffen. Ob er Haschisch mitgenommen habe, wollte ich wissen. Er verneinte. Ob er denn einen Joint rauchen wolle? *Pourquoi pas*. Warum nicht …

Tommy kramte das Piece aus der Tasche, welches er trotz Mohameds ausdrücklicher Warnung als Reiseproviant eingesteckt hatte. Kurz darauf drehte der Joint die Runde, an der sich außer mir alle beteiligten. Die Fahrt durch die Ausläufer des Rif-Gebirges war abwechslungsreich, die Stimmung im Auto ausgelassen. Irgendwann überquerten wir einen Pass, und der Blick, der sich uns auf der Gegenseite des Berges bot, war imposant: Vor uns lag die kurvenreiche Abfahrt in ein weites Tal, auf dessen Grund ein Wadi, ein ausgetrocknetes Flussbett, zu erkennen war. Die Straße führte über eine Brücke, und direkt davor erkannten wir einen Landrover und mehrere Personen.

»Da unten stehen die Bullen«, bemerkte Tommy.

»Bestimmt der Kontrollposten, von dem Mohamed gesprochen hat«, sagte Walter.

»Sieht so aus.«

»Frag den Franzosen, ob er auch wirklich nichts einstecken hat«, forderte Tommy mich auf. »Nicht dass wir am Ende noch Ärger kriegen. Mein Rauchpiece steckt zwischen Jeans und Gürtel, da findet es so leicht keiner. Und falls es doch brenzlig wird, werde ich es unauffällig fallen lassen.«

Ich erklärte Gilbert, dass wir in wenigen Minuten mit einer Polizeikontrolle zu rechnen hätten und fragte ihn erneut, ob er auch wirklich kein Hasch einstecken hätte. Er schüttelte den Kopf und verneinte.

Wie zu erwarten, erregte die ausländische Limousine mit den fünf jungen Leuten Misstrauen bei den beiden Beamten, die vor der Brücke standen. Sie hielten uns an. Tommy brachte den Wagen auf dem kiesigen Seitenstreifen zum Stehen. Wir wurden alle aufgefordert, auszusteigen.

»Führen Sie irgendwelche Drogen mit sich?«, wollte der eine von Tommy wissen. Da sie französisch sprachen, antwortete ich.

»Was für Drogen sollten wir bei uns führen? Wir nehmen keine Drogen, und haben somit auch keine Drogen dabei.«

»Davon werden wir uns lieber selbst überzeugen«, sagte der Beamte freundlich und begann, sich im Auto umzusehen, während der Kollege dabeistand und Lolita angrinste. Die Kontrolle erstreckte sich auf den Innenraum. Der Polizist griff unter das Armaturenbrett, blickte unter die Sitze, klopfte gegen die Türverkleidungen, wühlte im Handschuhfach. Nichts. Schließlich wollte er noch einen Blick in den Kofferraum werfen. Tommy öffnete die Heckklappe. Der Beamte holte Gilberts Rucksack hervor, auf dem oben ein Schlafsack festgeschnürt war. Erst durchsuchte er den Rucksack, dann rollte er den Schlafsack auf und schüttelte ihn. Ich war wohl erstaunter als der Polizist, als plötzlich ein Plastikbeutel voll mit Shit auf den Boden fiel. 280 Gramm, wie sich später herausstellte.

»Was haben wir denn hier?«, fragte der Polizist, indem er den Beutel mit der Konterbande aufhob.

»Haschisch«, sagte ich etwas vorschnell. Es klang wie ein Geständnis.

»Wer ist der Besitzer dieses Fahrzeugs?«

»Das Auto gehört mir«, hörte ich mich sagen.

»Das Auto gehört ab jetzt dem König von Marokko«, bestimmte der Beamte. »Das Schmuggelfahrzeug ist beschlagnahmt.«

»Los, sag ihnen, dass wir mit dem Shit da nichts zu tun haben, dass es sich um dein Zeug handelt«, forderte ich unseren französischen Mitfahrer auf.

Trotz Gilberts Beteuerung, das Haschisch gehöre ihm und er sei erst wenige Kilometer zuvor bei uns zugestiegen, ließen sich die Beamten auf keine Diskussion ein. Sie forderten uns auf, einzusteigen und ihnen zur Polizeistation ins nahe gelegene Aïn Aischa zu folgen.

Aïn Aïcha war eine Ansammlung von drei Dutzend Lehmhütten und Häusern, deren imposantestes wohl die Polizeistation war. Der Ort lag jenseits des Wadis am Fuße einer niedrigen Hügelkette. Der Polizei-Landrover fuhr in den ummauerten Hof der Station ein und wir folgten. Sofort war jede verfügbare Ordnungskraft zur Stelle. Wir wurden in einen Raum geführt und eingesperrt. In Ermangelung mehrerer Gewahrsamszellen fanden wir uns in einem spärlich möblierten Büro wieder. Einen Unterschied zwischen Kerlen und Frauen machte man dort nicht. Lolita wurde zusammen mit uns eingesperrt. Sie nahm es gelassen.

Unser Citroën wurde zur Kontrolle auf eine Rampe gefahren, wo sofort zwei Mechaniker damit begannen, den Wagen zu untersuchen. Nach einer Weile ging die Tür des Arrestraumes auf und der Chef der Brigade erschien persönlich.

»Ich bin Colonel Oufkir. Meine Männer haben mir berichtet, dass ihr Haschisch transportiert habt. Wir sind gerade dabei, euren Wagen zu durchsuchen. Solltet ihr noch mehr von dem Zeug dabeihaben, so sagt es besser gleich, denn gefunden wird es allemal. Also, wie sieht es damit aus? Noch mehr Drogen an Bord?«

Da uns der Colonel auf Französisch ansprach und ich neben Gilbert der Einzige war, der ihn verstand, antwortete ich stellvertretend. Ich erklärte dem Mann, dass wir vier deutsche Studenten auf Marokkourlaub seien, dass Gilbert ein Anhalter sei, den wir vor zwei Stunden unterwegs mitgenommen hatten, und dass das gefundene Haschisch ihm allein gehöre, was der Franzose bestätigte.

»Tut mir leid, das müssen Sie am Montag dem Richter in Fès erzählen. Sie werden, unabhängig vom Ausgang der Fahrzeugdurchsuchung, bis Montagmorgen hier bei uns bleiben. Das einzige, was ich für Sie tun kann, ist, dass ich Ihnen Ihre Bewegungsfreiheit lasse. Autoschlüssel und Reisepässe bleiben allerdings bei mir in Verwahrung. Sie können es sich hier in unserer Ausnüchterungszelle bequem machen. Mehr kann ich nicht für Sie tun.«

Das alles hatten wir uns ganz anders vorgestellt. Ernüchtert stellten wir fest, dass uns wohl nichts übrig bliebe als den Montag abzuwarten. Es war Donnerstag, und das hieß, dass wir ganze drei Tage in Aïn Aischa verbringen sollten. Was würde Mohamed wohl denken, wenn wir am Abend nicht zurückkehrten? Und überhaupt, wer konnte garantieren, dass sich die Angelegenheit am Montag vor dem Richter zu unseren Gunsten klärte? Walter und Tommy hatten den Schuldigen längst ausgemacht: Gilbert.

»Am liebsten täte ich dem kleinen Drecksack die Fresse polieren«, sagte Tommy, und lediglich die Gewissheit, dass er damit alles noch schlimmer machte, hielt ihn zurück.

Die drei Tage in Aïn Aischa zogen sich zäh in die Länge. Die Durchsuchung des Wagens wurde noch am Abend abgeschlossen. Ohne Ergebnis, der Wagen war sauber. Am Freitag besuchten wir einen Souk, einen traditionellen Berbermarkt, wo wir uns in landestypische *Djellabas* einkleideten, aus Schafwolle gewebte lange Gewänder. Walter, ein militanter Tierfreund, beobachtete, wie ein Bauer seinen schwer mit Tonkrügen beladenen Esel misshandelte. Der Esel war über ein Spannseil gestolpert und kniete im Staub. Offenbar waren die Krüge zu schwer für das kleine Lasttier, es kam nicht mehr hoch. Der Eselstreiber schlug immer wieder auf das Tier ein, um es zum Weiterlaufen zu bewegen.

»Das kann man ja nicht mit ansehen!«, rief Walter empört, entwand dem Berber den Knüppel und drohte diesem selbst Prügel an. Dann befreite er den Esel von seiner Last. Dabei fielen die Tonkrüge zur Erde, wobei einer zerbrach. Mann und Esel liefen davon, der eine wild protestierend, der andere erleichtert. Es gab einen Tumult. Leute kamen herbei und lamentierten. Ich packte meinen aufgebrachten Freund am Ärmel und zog ihn fort. »Willst du noch mehr Ärger mit der Polizei?«, herrschte ich ihn an.

Bei Einbruch der Dunkelheit, als wir in die Polizeistation einrückten, stellten wir fest, dass Gilbert fehlte. Der Franzose hatte sich offensichtlich aus dem Staub gemacht. Sofort schwärmten die Polizisten aus, um ihn zu suchen. Erfolglos kehrten sie nach zwei Stunden zurück. Colonel Oufkir war entsprechend ungehalten.

»Die Leute im Dorf spekulieren schon, wie viel Bakschisch ihr mir gegeben habt, damit ich den Mann laufen lasse«, erklärte er uns. » Ab sofort verlässt niemand mehr das Gelände.«

Das Verschwinden des Mannes, der uns diesen Ärger eingebrockt hatte, brachte mich, der ich Gilbert bis dahin verteidigt hatte, in arge Erklärungsnot. Walter warf mir vor, einen großen Fehler begangen zu haben, als ich unterwegs vorschlug, Gilbert mitzunehmen. Wir seien schließlich nicht auf einer Kaffeefahrt.

Gewiss trug die Flucht des Franzosen nicht dazu bei, unsere Chancen zu verbessern. Umso erstaunter waren wir, als kurz vor

Mitternacht aufgeregte Stimmen auf dem Innenhof der Polizeistation zu vernehmen waren. Gilbert war zurückgekommen. Er hatte auf dem Souk Hirten kennengelernt und war mit ihnen ein paar Stunden zu deren Lagerplatz gelaufen, bei Einbruch der Dunkelheit hatte er sich dann auf den Rückweg gemacht. Er konnte die ganze Aufregung gar nicht begreifen und erzählte uns lachend, was er tagsüber erlebt hatte.

Colonel Oufkir war ebenso erleichtert wie wir, und als die kesse Lolita ihn umschmeichelte, lud er uns für den nächsten Abend zu sich zum Essen ein. Der Polizeichef lebte mit seiner Frau und den Kindern in einem geräumigen Appartement gleich über der Wache. Die Frau hatte lecker gekocht: Couscous mit Ziegenfleisch. Als wir gesättigt waren, holte der Colonel sogar noch eine Flasche Johnny Walker aus dem Schrank. Man kann also sagen, dass wir in Aïn Aischa gut behandelt wurden.

Am Montagmorgen brachen wir in aller Frühe nach Fès auf. Das Vertrauen, das der Colonel in uns setzte, muss groß gewesen sein, denn er gab uns lediglich einen seiner Beamten mit. Wir fuhren alle zusammen in unserem Auto. Ich steuerte den Wagen, neben mir saß der dicke Polizist. Gilbert, Lolita, Walter und Tommy teilten sich die Rückbank. Es wäre ein Leichtes gewesen, den Bewacher, der auch noch unsere Pässe bei sich trug, zu überwältigen und unterwegs auszusetzen. Doch offenbar war Oufkir erfahren genug, um zu wissen, dass seinem Mann von unserer Seite kein Unheil drohte.

Wir erreichten das Gerichtsgebäude von Fès noch vor Mittag. Zunächst musste ich mit ansehen, wie zwei Männer in Zivil (Bedienstete der Regie des Tabacs) lachend unser Auto inspizierten und es mitnahmen. Dann verabschiedete sich unser Begleiter, und die Polizei von Fès übernahm das Kommando. Ein finster dreinblickender Wärter sperrte uns in den Gerichtskeller, ein fensterloses Verlies, düster und feucht, in dem es fürchterlich nach Exkrementen stank. Eine Sitzgelegenheit gab es nicht. Unsere Stimmung näherte sich dem Gefrierpunkt. Man ließ uns dort bis zum späten Nachmittag warten, erst dann holten uns zwei Polizisten ab und brachten uns in einem vergitterten Wagen zum Hauptgefängnis.

Der Knast von Fès lag außerhalb der Stadt auf einem Plateau in der Nähe der Friedhöfe. Er war von einer beeindruckend hohen und breiten Mauer umgeben. Ein massives hölzernes Tor öffnete sich und ließ den Gefangenentransporter ein. Im Innenhof hießen die Polizisten uns auszusteigen, dann führten sie uns in ein Büro: die Geschäftsstelle. Hier übernahmen uns die Gefängniswärter. Nachdem die Bullen den Wärtern unsere Pässe übergeben hatten, wurden wir einer nach dem anderen registriert: Die Fingerabdrücke wurden genommen, das Bargeld wurde gezählt und sichergestellt (Tommy und ich hatten jeweils mehr als 12.000 Mark in der Tasche, was zu hochgezogenen Brauen bei dem Kanzleibeamten führte). Anschließend brachten uns zwei mit Knüppeln bewaffnete Wärter hinaus. Im Innenhof wurde Lolita abgesondert und von einer Wärterin in den Frauentrakt gebracht.

Wir Kerle wurden über den Hof in einen Waschraum geführt. An einem unter der Decke verlaufenden Wasserrohr waren mehrere Brauseköpfe befestigt, aus denen eiskaltes Wasser spritzte. Die Wärter forderten uns auf, die Kleider abzulegen und uns unter die Dusche zu stellen. Wir erhielten nun Gelegenheit, zu zeigen, was für abgehärtete Kerle wir waren. Unterdessen kontrollierten sie unsere Klamotten, Gilberts Rucksack und die Werkzeugtasche aus dem Citroën, in der neben dem Bordwerkzeug alles steckte, was die Männer der *Regie des Tabacs* im Handschuhfach und der Ablage gefunden hatten. Nach etwa drei Minuten drehten sie das Wasser ab und wiesen uns an, uns wieder anzukleiden. Handtücher gab es nicht, aber danach wagte auch keiner von uns zu fragen.

In der Zelle, in die wir gesperrt wurden, quetschten sich auf 40 Quadratmetern fast ebenso viele Häftlinge. Irgendwie beruhigend war die Tatsache, dass etwa die Hälfte von ihnen Europäer zu sein schienen. Wie sich bald herausstellte, waren Holländer, Schotten, Kanadier, Franzosen, Schweden und ein Spanier unter ihnen. Alles Burschen in den Zwanzigern, alle wegen Hasch-Besitz verurteilt. Der Rest waren Berber und Araber.

Die Männer saßen in kleinen Gruppen auf dem Boden. Es roch nach Haschisch. Neugierig drängten sich einige heran. Sie waren begierig, unsere Geschichte zu hören. Dass neue Geschichten eine Abwechslung im monotonen Knastalltag darstellten, konnten wir uns gut vorstellen. Nachdem wir uns zu den Holländern gesetzt hatten, berichtete Walter von unserem Schicksal und welche Rolle der Franzose bei alledem gespielt hatte. Gilbert hatte sich unterdessen zu seinen Landsleuten gesellt, die in einer entfernten Ecke hockten und von ihm wissen wollten, was zum Teufel es schon wieder für Probleme mit den Deutschen gebe.

Der Raum war hoch. Zwei kleine Fenster lagen unerreichbar unter der Decke, eigentlich waren es Luken, denn es gab keine Fensterscheiben. Kalte Winterluft drang herein. Das bisschen Temperatur im Raum stammte ausschließlich von den vierzig Körpern. In einer Ecke war ein rundes Loch im Boden, wo man *coram publico* seine hygienischen Geschäfte erledigen konnte. Die Zellentür war ein massives Gitter, bewacht und verschlossen von muskulösen, glatzköpfigen Raufbolden, die mit Knüppeln in den Händen in den Gängen patrouillierten und von Zeit zu Zeit gegen die schweren Eisenstangen schlugen, wenn es ihnen zu laut wurde. Neben der Tür stand ein Wasserkübel aus Plastik, versifft, halbleer. Mich ekelte es.

Gefrühstückt wurde nichts, denn wie wir erfahren mussten, wurde nur einmal am Tag Essen verteilt, und zwar um die Mittagszeit herum: Ein Kübel warmes Wasser, auf dem zwei Fettaugen und drei Kichererbsenschalen schwammen. Dazu pro Gefangener ein Brot am Tag. Da es weder Gabel noch Löffel, geschweige denn Messer gab, keinen Napf und keinen Becher, konnte nur derjenige essen und trinken, der sich diesbezüglich etwas organisiert hatte. Leere Konservenbüchsen dienten als Schüsseln, die Deckel als Löffel-Ersatz. Als einzige käufliche Ergänzungsnahrung beschafften einem die Kalfaktoren Aprikosenmarmelade in Blechdosen. Sowie Tabak – und Haschisch. Einmal am Tag wurden wir auf den Hof gelassen, wo es eine Wasserstelle gab und eine Handpumpe, um die sich gleichzeitig zwanzig Männer drängten. Keine Seife, kein Handtuch, keine Hygiene.

Ich sah mich in dieser Unterwelt um und spürte, wie mir allmählich der Humor abhanden kam. Der Optimismus, mit dem ich meiner Jugend entsprechend der Welt begegnete, flog sozusagen mit den Zuchthausspatzen über die Mauer. Als wir nach einer halben Stunde im Freien zurück in die Zelle getrieben wurden, fiel ich in eine Depression, wie ich sie weder zuvor noch danach je erlebt habe. Apathisch ließ ich mich auf den kalten Boden sinken und blickte ins Leere, unbemerkt von meinen Freunden Walter und Tommy, die bei irgendwelchen Jungs hockten, sich angeregt unterhielten und dabei einen Joint rauchten. Ich musste an Lolita denken, die ganz allein unter Frauen war, deren Verbrechen ich mir nicht einmal vorstellen konnte. In diese Trostlosigkeit hinein griff eine sanfte Hand, die ich wohl erst spürte, nachdem sie schon eine Weile auf meiner Schulter geruht hatte.

Osman Eissa stammte aus dem Sudan, ein Student, der acht Monate zuvor eingebuchtet worden war. Wegen dem Besitz von 20 Gramm Shit! Drei Monate Gefängnis war einem Richter dieses »Verbrechen« wert gewesen. Zusätzlich 4.000 Dirham Geldstrafe (heute etwa 600 Euro). Der Umstand, weshalb Osman nach acht Monaten immer noch im Knast saß, erklärte sich folgendermaßen: Wer das Ende seiner dreimonatigen Haftstrafe erreicht hatte und nichts besaß, der konnte einmal im Monat einen Antrag auf Erlass der Geldstrafe stellen. Das Gericht erließ Strafen aber erst nach einem Jahr gänzlich, bis dahin halbierte es sie nach jedem Antrag. Im ersten Monat wurden 4.000 in 2.000 umgewandelt, im zweiten Monat wurden sie zu 1.000, im dritten zu 500 und so weiter. Nach acht Monaten hatte Osman sich auf eine Restgeldstrafe von 125 Dirham herunterbeantragt, er hatte umgerechnet also noch etwas weniger als 20 Euro zu bezahlen. In einem Monat würden es bloß noch zehn sein. Aber Osman hatte keine 125 Dirham, und er würde im nächsten Monat auch keine 62,50 Dirham besitzen. Alles was er besaß, waren eine zerschlissene Shorts, ein Fetzen, der einmal ein T-Shirt gewesen war und ein Paar Gummisohlen, die von Kordeln an den Füßen gehalten wurden. Indes, Osman hatte Geduld – und Optimismus. Oder besser: Vertrauen in das Leben. Davon gab er mir ein wenig ab, als er mir die Hand auf die Schulter legte und sagte: »Verzweifle nicht, mein Freund. Ich habe eure Geschichte gehört. Ihr werdet morgen wieder frei sein.«

Osmans wohlklingende Stimme, seine weiche Hand und seine milden Augen zogen mich Stück für Stück aus der Misere. Ich konnte plötzlich wieder lächeln und die Trübsal lockerte ihren Griff. Ich zog den jungen Afrikaner zu mir heran, und wir umarmten uns, noch ehe ich seinen Namen kannte. Anschließend erzählte er mir von seiner Reise. Wie er vor zwei Jahren vom Sudan aus quer durch die Sahara nach Marokko gekommen war, wie er in Essaouira am Atlantik ein Jahr bei den Fischern gelebt hatte, wie er sich in Ketama für ein paar Wochen zum Kiffen niedergelassen hatte, und wie er sich am Tag seiner Abreise auf der Polizeistation präsentiert hatte, um seinen letzten Brocken Haschisch abzugeben und dort prompt verhaftet zu werden. Osman war ein zwinkernder Spaßvogel, der unbeirrt an die Kraft des Humors glaubte. Und tatsächlich lachte er noch immer, als er mir diese sonderbare Geschichte erzählte. Jedenfalls hatte mich Osman Eissa aus einem tiefen Loch geholt, und dafür war ich ihm dankbar. Ich versprach ihm, sollten wir tatsächlich, wie er vorhergesagt hatte, am nächsten Tag frei kommen, wäre es meine vornehmste Aufgabe, zur Gerichtskasse zu gehen und diesen lächerlichen Betrag zu entrichten, der Osman noch von seiner Freiheit trennte.

So machte es mir denn auch gar nichts mehr aus, zu hören, was Walter in Erfahrung gebracht hatte: Nämlich dass aus dem Knast von Fès keiner jemals vor Ablauf von drei Monaten freigekommen sei. Das schien Fakt zu sein, das stand fest, davon war jeder in der Zelle überzeugt. Und es war ein gewichtiges Argument gegen die Osman-Prognose. *Against all odds*. Dennoch, ich glaubte an Osman.

Gegen Abend begann der Kapo die Schlafplätze für die Nacht zuzuteilen. Da es kalt war, freuten wir uns auf eine warme Decke. Es waren für jeden zwei da, aber wie ich erstaunt feststellte, wurden diese nicht nach dem naheliegenden Schlüssel (pro Mann zwei Stück) verteilt, sondern der Kapo, ein zahnloser Araber, bettete sich selbst auf fünfen und plante, sich mit weiteren drei zuzudecken. Ähnlich zuvorkommend bediente er seine besten Kumpels, sodass am Ende für uns Neuankömmlinge bloß je eine Decke übrig blieb. Wir reklamierten diesen Missstand, aber der Kapo entschied, das sei Kismet, und legte sich zur Ruhe.

Walter und ich, die wir jeder bloß eine Zudecke bekommen hatten, wollten uns schon fügen, als Tommy fragte, ob wir im Ernst vorhätten, auf dem kalten Boden zu pennen, wo nebenan der »abgewichste Kapo« in seinem weichen Nest kuschelte. Sprach's und war schon unterwegs. Mit einem raschen Griff packte er das Bündel, auf dem es sich der Kapo gerade bequem gemacht hatte und riss es ihm fort. Der Bursche drehte eine horizontale Pirouette und landete auf dem Boden. Dann ging alles ganz schnell. Wir sahen, wie der Mann plötzlich ein Messer in der Hand hielt und sich auf Tommy stürzte. Zweifellos hatte er vor, es ihm von hinten zwischen die Rippen zu stoßen. Walter verpasste dem Kerl einen Tritt und ich rief Tommy eine Warnung zu. Der duckte sich zur Seite, der Kapo strauchelte und fiel. Tommy packte ihn blitzschnell und schlug ihm die Faust ins Gesicht. Aus Mund und Nase blutend ging er zu Boden. Das Messer hatte er verloren.

Im Nu waren alle Gefangenen auf den Beinen. Ein Tumult entstand, und es dauerte nicht lange, da hörten wir das Rasseln der schweren Schlüssel. Drei Kalfaktoren drangen in die Zelle und schlugen mit ihren Knüppeln auf die Gefangenen ein. Egal ob sie etwas mit dem Tumult zu tun hatten oder nicht. Dann packten sie den angezählten Kapo am Schlafittchen und schafften ihn ins Lazarett. Tommy verteilte die Beute, und so kam es, dass Walter und ich je eine zusätzliche Decke erhielten. Nur langsam kehrte wieder Ruhe ein. Doch an Schlaf war nicht zu denken, da wir mit einer Vergeltungsaktion rechnen mussten. Aber keiner der Marokkaner schien sich zu trauen.

Es wurde eine kalte, durchwachte Nacht. Endlich dämmerte es und der erste Morgenjoint machte die Runde. Anstatt heißem Kaffee gab es zum Frühstück eine Kanne kaltes Wasser. Gegen acht Uhr wurde die schwere Gittertür geöffnet und ein Wärter verlas unsere Namen. Wir wurden zur Haftprüfung gebracht. Im Hof trafen wir Lolita wieder, die sich tapfer hielt, wenngleich sie sich nach der Nacht im Knast ein wenig zerzaust präsentierte. Wie wir alle.

Im vergitterten Kleinbus ging es zurück zum Gericht, wo wir tags zuvor in dem düsteren Keller hatten warten müssen, und wo ich zuletzt mein Auto gesehen hatte. Diesmal dauerte die Wartezeit nicht lange. Ein Gerichtsdiener erschien, legte uns Handschellen an und führte uns in den Gerichtssaal.

Der Richter empfing uns in einem kleinen Büro: mittendrin ein ausladender Schreibtisch, an der Wand ein Bild des Königs Hassan und eine marokkanische Fahne. Hinter dem Schreibtisch ein älterer Herr, der Untersuchungsrichter; seitlich von ihm ein noch älterer Herr, der Dolmetscher. Der Richter musterte uns über den Rand seiner Brille hinweg, dann begann er schweigend ein Dossier zu studieren, welches ich als die Niederschrift der Polizei von Aïn Aischa erkannte. Offenbar hatte er sich zuvor mit dem Sachverhalt des Falles noch gar nicht vertraut gemacht. Der Gerichtsdiener hatte uns in einer exakten Linie vor dem Richterpult ausgerichtet: Thomas, Lolita, Walter, Gilbert und mich. Gemeinsam des Besitzes von 280 Gramm Haschisch beschuldigt.

»Sie werden einen Verteidiger brauchen«, sagte der Richter und schob uns eine vergilbte Liste über den Tisch, auf der drei Dutzend Namen von in Fès zugelassenen Rechtsanwälten verzeichnet waren. Er sprach uns auf Französisch an.

»Wir benötigen keinen Verteidiger«, wagte ich ein wenig vorlaut zu widersprechen. »Und auf den Dolmetscher können wir ebenfalls verzichten, denn sowohl Gilbert Ouvrard als auch ich, wir sprechen Französisch. Was meine Freunde hier betrifft, so werde ich für sie übersetzen«, erklärte ich.

»Sind die Beschuldigten denn damit einverstanden?«, wollte der Richter wissen.

Walter, Lolita und Tommy waren einverstanden. Wieder las der Untersuchungsrichter im Polizeibericht. Der bestellte Dolmetscher blieb ungerührt sitzen, als ginge ihn das Ganze nunmehr nichts mehr an. Nach ein paar Minuten blickte der Richter von seinen Papieren auf und fing an, unsere Personalien festzustellen. Überraschenderweise erkundigte er sich noch nach den Berufen der Väter. Ich gab die Frage an Tommy weiter, der als Erster befragt wurde, hatte dabei aber eine Idee.

»Sein Name ist Thomas Parker, geboren am 4. April 1950, Staatsangehörigkeit Deutsch. Sein Vater ist Brigadegeneral bei der deutschen Armee«, übersetzte ich kühn. In Wahrheit war Tommys Vater Unternehmer.

»Walter Fleischer, geboren am 19. September 1952, Staatsangehörigkeit Deutsch. Sein Vater ist Professor für mittelalterliche Geschichte an der Universität München.«

In den Augen des Untersuchungsrichters glaubte ich eine Spur von Anerkennung zu sehen.

»Lolita Weber, geboren am 6. November 1953, Staatsangehörigkeit Deutsch. Ihr Vater ist Staatssekretär im Außenministerium.«

Der Richter staunte nicht schlecht.

»Und ich selbst heiße Harry Berger, geboren am 31. Mai 1951. Auch ich bin deutscher Staatsangehöriger. Mein Vater ist der Polizeipräsident von Frankfurt.«

Als Letzter wurde der Franzose befragt.

»Mein Name ist Ouvrard, Gilbert. Franzose. Ich bin am 18. Januar 1951 in Lyon geboren. Mein Vater ist vor sechs Jahren gestorben. Meine Mutter ist Hausfrau.«

Wahrscheinlich sagte Gilbert im Gegensatz zu mir die Wahrheit. In Wirklichkeit war Walters Vater Angestellter bei den Isar-Amper-Elektrizitätswerken, Lolita hatte ihren Vater nie kennengelernt und meiner war Förster von Beruf. Aber das hätte sicherlich nicht den Eindruck hinterlassen, den die spontan von mir erdachten Berufe auf unseren Richter machten. Er war erkennbar beeindruckt und betrachtete den Fall fortan mit einer Spur von Wohlwollen.

»Dann schildern Sie mal, wie es dazu kam, dass die Polizeibrigade von Aïn Aischa in Ihrem Fahrzeug 280 Gramm Haschisch gefunden hat«, wandte er sich wieder an mich. »Bei der Polizei haben Sie angegeben, das Rauschgift gehöre allein Monsieur Ouvrard. Wieso sollte ich Ihnen das glauben?«

Ausführlich erzählte ich dem Richter alles, was mir im Hinblick auf einen Freispruch relevant erschien. Wir vier Deutschen seien Studenten auf einer Urlaubsreise durch Spanien und Marokko. Unterwegs hätten wir Gilbert Ouvrard mitgenommen, der als Anhalter in Richtung Fès unterwegs gewesen sei. Bei der Polizeikontrolle in Aïn Aischa sei dann das Haschisch im Schlafsack des Franzosen gefunden worden. Dies werde Monsieur Ouvrard wahrheitsgemäß bestätigen. Im Übrigen möge sich der Herr Richter einmal unsere Pässe ansehen. Daraus gehe eindeutig hervor, dass unsere Reisegruppe erst am 12. Dezember eingereist sei, während Gilbert Ouvrard schon seit Ende September in Marokko weile. Das lege doch nahe, dass wir nicht zusammengehörten. Mit einer emotional vorgetragenen Beteuerung unserer Unschuld beendete ich die Mischung aus Beweisaufnahme und Plädoyer. Dann wurde Gilbert befragt. Vereinbarungsgemäß nahm er die Verantwortung für das Haschisch auf sich. Er erklärte, dass er die Droge für wenig Geld in Ketama von einem Jungen gekauft habe, und dass er dachte, Haschisch sei in Marokko legal, dem Tabak vergleichbar.

Der Richter machte sich Notizen zu allem, was vorgetragen wurde. Anschließend beriet er sich auf Arabisch mit dem nicht zum Einsatz gekommenen Dolmetscher. Dann wies er den Gerichtsdiener an, uns abzuführen. Wir sollten über Mittag zurück ins Gefängnis verbracht werden und dort die Urteilsverkündung am Nachmittag abwarten, wo wir im Falle eines Freispruches ohnehin unsere Pässe und die persönliche Habe in Empfang nehmen müssten.

Das alles deutete zumindest für uns auf Freilassung hin. Pünktlich zum Mittagessen waren wir zurück im Knast. Von allen Seiten wurden wir zum Ausgang der Haftprüfung befragt. Der verletzte Kapo war zurück und warf Tommy zornige Blicke entgegen. Er traute sich zum Glück zu keiner weiteren Aktion gegen ihn. Das Mittagessen bestand aus der zuvor ausreichend beschriebenen »Erbsensuppe«, die allerdings keiner von uns anrührte.

Ich berichtete Osman, wie die Verhandlung gelaufen war. Grinsend versicherte er mir, dass wir noch im Laufe des Tages frei kämen, und ich versicherte ihm meinerseits, dass ich auf jeden Fall seine Strafe bei der Gerichtskasse bezahlen werde. Wo sich deren Büro befand, das hatte ich am Morgen schon in Erfahrung gebracht. Tatsächlich dauerte es noch vier lange Stunden, ehe endlich unsere Namen aufgerufen wurden. Wir sollten unverzüglich auf freien Fuß gesetzt werden. Das Ganze hatte jedoch einen bürokratischen Haken: Die Geschäftsstelle des Gefängnisses war schon geschlossen. Man konnte uns somit erst am darauffolgenden Morgen Habe, Pässe und Geld aushändigen. Einer der Wärter telefonierte eine Weile herum, dann präsentierte er uns seine Lösung des Problems: Leider könne er uns nicht ohne Pässe auf die Straße lassen, wir würden daher von der Polizei abgeholt, müssten noch eine Nacht im Polizeigewahrsam in Fès verbringen, um am nächsten Tag zurück zum Gefängnis zu kommen und die Entlassungsformalitäten zu erledigen.

Und so geschah es. Die Freude über den Freispruch wurde durch diese erneute Nacht in Gefangenschaft erheblich getrübt. Tommy und Walter rasteten fast aus ob dieses Wahnsinns, aber um eine

Meuterei zu wagen, fehlte uns der Schneid. So fügten wir uns und traten die inzwischen sechste Nacht hinter Gittern an.

Wieder wurden wir getrennt. Lolita kam in eine Ausnüchterungszelle für Allah untreu gewordene Mädchen, uns Männer sperrte man in ein Verlies, in dem schon ein paar böse Buben ihre Blessuren auskurierten. Offenbar hatten die Bullen beim Wecken ihrer Geständnis-Bereitschaft ein wenig nachhelfen müssen. Immerhin kam gegen Abend ein Uniformierter vorbei und brachte uns Brot. Zum Glück gab es dort einen Wasserhahn, wo wir uns waschen konnten. Die sechs Tage ohne Hygiene, ohne die Möglichkeit, die Wäsche zu wechseln, hatte einen stinkenden Haufen aus uns gemacht. Kaum notwendig zu erwähnen, dass es auch hier keine Matratzen gab, keine Handtücher, nicht einmal eine Decke. Wir verbrachten die Nacht auf einem Betonsockel, an die Wand gelehnt.

Zum Glück hatte sich jeder von uns in Aïn Aischa auf dem *Souk* eine *Djellaba* gekauft, und die wärmte ein wenig. Die Zelle hatte kein Fenster, lediglich eine Gittertür, die auf einen Gang führte. Sobald ein Polizist draußen vorbei ging, versuchte ich lautstark, seine Aufmerksamkeit auf mich zu lenken. Wir wollten schließlich so schnell wie möglich raus aus diesem Loch. Inzwischen war schon zweimal die Schicht gewechselt worden, und niemand auf dem Revier wusste, wer wir waren, wer uns dort eingesperrt hatte und wer unseren Fall bearbeitete. Es gab kein Dossier, also gab es auch keine Menschen. Keiner schien von unserer besonderen Lage Kenntnis zu haben. Keiner konnte glauben, dass wir ohne Grund inhaftiert seien. Keiner erklärte sich für zuständig. Als ich gegen zehn Uhr zum soundsovielten Male einen Polizisten anflehte, er möge bitte im Knast oder bei Gericht anrufen, um sich die Richtigkeit meiner Darstellung bestätigen zu lassen, drohte er mir wütend mit dem Knüppel. Schließlich trat kurz vor Mittag ein Rechtsanwalt in die Unterwelt, der mir zwei Minuten lang zuhörte. Der Mann versprach, sobald er seinen Mandanten, der ebenfalls in einem dieser Verliese schmachtete, gesprochen habe, wolle er den Chef der Wache auf unsere Situation aufmerksam machen und falls nötig, sogar mit dem Gerichtssekretär telefonieren. Wenig später erschien tatsächlich ein freundlicher Beamter, öffnete den Käfig und ließ uns heraus. Nach einer weiteren Stunde auf harten Bänken im Flur des Reviers kam schließlich ein Fahrer und holte uns ab.

Auf der Geschäftsstelle des Gefängnisses überraschte man uns damit, dass man unsere Devisen, die wir zwei Tage vorher in D-Mark eingezahlt hatten, in Dirham zurückerstattete. Dabei entstand uns ein Kursverlust von etwa 25 Prozent. Der beamtete Ganove grinste bloß, als ich ihn darauf aufmerksam machte. Wir erkannten, dass hier für uns nichts mehr zu holen war. Froh, wenigstens unsere Haut gerettet zu haben, die Pässe und den größten Teil des Geldes wiedererhalten zu haben, unterschrieben wir ein Papier, welches besagte, dass wir den Menschenrechten entsprechend zuvorkommend behandelt worden seien.

Ganz kurz hatte Lolita die Idee, einen Antrag auf Haftentschädigung zu stellen, aber dieses kühne Ansinnen übersetzte ich nicht einmal. Dafür erkundigte ich mich nach meinem Auto, welches der Richter dem König wieder aus dem Fuhrpark genommen und mir zurückgegeben hatte. Man drückte mir einen Zettel mit der Adresse der *Régie des Tabacs* in die Hand, wo ich den Wagen und die Papiere abholen könne. Aber das ginge frühestens morgen, denn dort habe man für Parteienverkehr nur morgens geöffnet. Ehe wir verschwanden, zahlte ich noch 4.000 Dirham auf Gilberts Konto, damit der nach den drei Monaten auch wirklich freikäme. Tommy war zwar damit gar nicht einverstanden (»Der Franzose hat uns den ganzen Scheiß eingebrockt, jetzt soll er sehen, wo er bleibt!«), aber schließlich waren Walter und ich die »Chefs«, und wir entschieden, welches Geld für welchen Zweck ausgegeben wurde.

Am frühen Mittwochnachmittag standen wir also auf dem großen Platz vor dem Gefängnis, frei, sofern wir uns nicht täuschten. Tommy winkte ein Taxi heran, und wir ließen uns auf direktem Weg zur Gerichtskasse bringen. Dort zahlte ich die Geldstrafe für Osman ein. Im Gegenzug erhielt ich seinen Entlassungsschein. Ich hatte das Büro schon verlassen, als die Dame mir noch einmal hinterherrief.

»Monsieur, wenn sie jetzt ohnehin zum Gefängnis fahren, würden Sie mir einen kleinen Gefallen erweisen?«

»Um was handelt es sich denn?«

»Wir haben seit zwei Tagen einen weiteren Entlassungsschein hier liegen. Für einen Herrn Paul Meister. Da ist das Geld vor ein paar Tagen aus Kanada eingetroffen. Wenn Sie den Entlassungsschein im Gefängnis abgeben, könnte Herr Meister ebenfalls noch heute auf freien Fuß gesetzt werden. Damit würden Sie ihm wahrscheinlich einen großen Gefallen erweisen.«

Mit Paul hatte ich mich im Knast kurz unterhalten. Ein Surfer, der von der Atlantikküste kommend an der Stadtgrenze von Fès in eine Kontrolle geraten war, bei der man einen Brocken Haschisch in seinem Tabaksbeutel gefunden hatte. Auch er hatte die drei Monate Standard-Strafe schon abgesessen und wartete auf seine Entlassung. So nahm ich auch seinen Entlassungsschein entgegen, und wir fuhren erneut zum Knast zurück, diesmal zum letzten Mal.

Ich klopfte an die große Pforte. Ein Guckfenster öffnete sich, und ein Pförtner erkundigte sich nach meinem Begehr. Ich reichte ihm die beiden Entlassungsscheine. Spontan erschien ein Grinsen auf seinem Gesicht. Er schien sich wirklich zu freuen, besonders wegen Osman, den er wohl kannte.

»Bitte warten Sie. Ich werde die beiden sofort holen. In zehn Minuten sind sie draußen.«

Tatsächlich dauerte es keine Viertelstunde, bis Osman zusammen mit Paul durch das Gefängnistor geschritten kam. Die beiden konnten es noch gar nicht glauben, dass wir alle gehen durften. Wir umarmten uns und liefen zur Straße, wo das Taxi wartete. Da im Wagen schon drei Personen saßen, und da Paul ein Surfbrett und einen Rucksack dabei hatte, bestellten wir einen zweiten Wagen. Im Konvoi ging es zurück in die Stadt. Wir hielten an einem Textilgeschäft (wahrscheinlich gehörte es einem Verwandten unseres Taxichauffeurs) und kleideten uns bis auf die Schuhe komplett neu ein, denn unsere Klamotten lagen ja alle bei Mohamed in Ketama. Lediglich Paul hatte Ersatzgarderobe im Rucksack. Osman besaß überhaupt nichts mehr. Da er selbst nach all den Monaten im Knast noch nicht in der Lage war, sich auf die neue Situation einzustellen, kauften Walter und ich die Sachen für ihn: Unterwäsche, Socken, Jeans, Hemden und eine Windjacke. Osman stand bloß dabei und grinste. Schwer zu sagen, was in ihm vorging.

Mit einem halben Dutzend Einkaufstüten verabschiedeten wir uns von dem Ladenbesitzer, der ob der unvorhergesehenen Kundschaft mit seiner Leuchtreklame um die Wette strahlte. Unterwegs hielten wir noch bei einem Schuhgeschäft, um für Osman ein Paar neue Treter zu besorgen. Wir beschlossen, die Nacht in einem besseren Hotel zu verbringen. Der Fahrer schlug das Holiday Inn vor. In Anbetracht unseres äußeren Erscheinungsbildes ging ich erst einmal allein zur Rezeption, während die anderen im Taxi warteten.

»Guten Abend«, grüßte ich eine Spur zu nett. »Ich hätte gerne drei Doppelzimmer für eine Nacht.«

Die Empfangsdame zögerte einen Augenblick, schaute kurz ins Belegungsbuch, reichte mir dann aber das Anmeldeformular. Um etwaige Bedenken zu zerstreuen, ich könnte am Ende nicht in der Lage sein, die Rechnung zu begleichen, bat ich gleich um ein Tresorfach und legte meinen Pass und ein dickes Bündel Dirham auf den Tisch. Nachdem die Formalitäten erledigt waren, rief sie den Concierge und bat ihn, das Gepäck der Gäste draußen abzuholen und auf die Zimmer zu bringen.

»Nicht nötig«, wandte ich ein. »Wir haben nicht viel Gepäck dabei. Das schaffen wir schon.«

Kurz darauf betraten Osman, Walter, Lolita, Tommy und Paul das Foyer, wo amerikanische Touristen und einige Honoratioren der Stadt in ausladenden Sesseln beim Smalltalk saßen. Auf dem mit Marmor gefliesten Boden lagen dicke Berberteppiche und von der Decke herab hingen kunstvoll gestaltete Leuchter aus Messing. Kaum dass unsere unrasierte Truppe durch die Halle defilierte, erstarb das sonore Gemurmel der Hotelgäste. Offensichtlich konnten sich die Leute keinen Reim auf die zerlumpten Gestalten machen.

In wenigen Sekunden hatten wir das Foyer durchquert und verschwanden in den Fluchten, die zu den Zimmern führten. Der Concierge begleitete uns schweigend, und dafür belohnte Walter ihn mit einem fetten Trinkgeld, nachdem er die Türen aufgeschlossen hatte.

Tommy teilte sich ein Zimmer mit Lolita, Osman zog mit Paul zusammen und Walter gesellte sich zu mir. Wir wollten uns zwei Stunden für die Hygiene gönnen und uns anschließend im Restaurant treffen. Schließlich hatten wir seit einer Woche nichts Schmackhaftes mehr gegessen.

Auf dem Weg zu den Zimmern hatte ich eine Boutique entdeckt, einen besseren Kiosk, wo es Tabak, Presse, Süßigkeiten und Hygieneartikel zu kaufen gab. Dort erstand ich Rasierzeug, Zahnbürsten und Eau de Toilette für alle. Noch während Walter im Bad weilte, klopfte es an der Tür. Ich öffnete und wurde von einem Hotelpagen begrüßt, der einen Servicewagen mit Obstschale und Sekt im Kübel ins Zimmer schob. Auf dem beigelegten Kärtchen stand: »*Avec les compliments de la maison*.«

Ich bedankte mich und gab dem jungen Mann ein Trinkgeld. Einigermaßen befremdet ob der großzügigen Geste ging ich zur Rezeption.

»Nicht wahr, Monsieur, Sie gehören zu den Schauspielern, die gerade im Atlas den Kriegsfilm drehen?«, überraschte mich die junge Dame, indem sie leicht errötete.

»Bitte bewahren Sie Diskretion«, antwortete ich leise. »Wir haben ein paar anstrengende Tage hinter uns und möchten eigentlich nicht erkannt werden.«

»Selbstverständlich«, flüsterte sie. »Wären Sie so freundlich, mir ein Autogramm zu geben.«

»Nur wenn Sie so freundlich sind, uns einen Tisch im Restaurant zu reservieren.«

Ich blickte ihr zwinkernd in die Augen.

»Selbstverständlich«, entgegnete sie und schob einen Notizblock über das Pult. Ich signierte, wobei ich mir mit Mühe das Lachen verkniff. Dann zog ich mich mit gespieltem Ernst zurück, während die Frau zufrieden das Autogramm betrachtete.

Als die Mitglieder unseres »Filmteams« schließlich nach und nach in der Hotelhalle eintrafen, frisch gebadet und rasiert, neu eingekleidet und gute Düfte verströmend, erhaschte ich das verschwörerische Grinsen der Rezeptionistin. Wir warteten bloß noch auf Lolita. Schließlich kam sie in Begleitung eines gut aussehenden Mannes aus einem Büro.

»Das war Mimon, der Manager des Hotels. Er hat uns zum Essen eingeladen«, erklärte sie. »Die glauben hier, dass wir zu einer Filmcrew gehören. Ich habe sie in dem Glauben gelassen.«

»Gut so. Hier in der Nähe soll es Orte geben, an denen Wüstenszenen gedreht werden«, wusste ich zu berichten. »Hier steigen wahrscheinlich des Öfteren Leute vom Film ab.«

»Wie hast du denn den Manager kennengelernt?«, wollte Tommy von Lolita wissen.

»Während du im Bad warst, genehmigte ich mir an der Bar ein Bier. Dabei lernte ich ihn kennen.«

»Und bist gleich mit ihm in sein Büro?«

Tommy war eifersüchtig! Ehe die Geschichte mit Mimon tiefere Furchen in sein Herz graben konnte, mischte ich mich ein.

»Jedenfalls finde ich es nobel vom Manager, dass er versucht, den schlechten Eindruck, den wir bislang von seiner Stadt gewonnen haben, durch besondere Gastfreundschaft wettzumachen. Walter und mir hat er sogar eine Flasche Schampus aufs Zimmer bringen lassen.«

»Die Marokkaner sind im Grunde feine Kerle«, sagte Paul. »Wir sollten nicht den Fehler begehen, sie anhand ihrer Verbrecher und Gefängniswärter zu beurteilen. Aber was sitzen wir hier herum! Zur Feier dieses denkwürdigen Tages lade ich euch auf einen Drink ein.«

Wir gingen zur Bar und jeder bestellte das, worauf er Lust hatte. Osman wollte Limonade, Lolita ein Glas Sekt, der Rest von uns trank Bier.

Als uns der Hotelmanager, ein junger Marokkaner um die Dreißig, in der Bar abholen kam, hatte der Alkohol die Trübsal der vergangenen Tage längst fortgespült. Welch ein Kontrast im Vergleich zum Vortag: Hier ein gedeckter Tisch in noblem Ambiente, dort die stinkende Gefängniszelle; hier kulinarische Kostbarkeiten, dort Wasser und Brot. Nie mehr hielt das Leben eine derartige Asymmetrie bereit wie seinerzeit in Fès!

Da wir am kommenden Tag einiges vorhatten und da wir eine Woche lang nicht mehr richtig geschlafen hatten, bedankten wir uns bei Mimon für die Einladung und zogen uns früh zurück. Als ich endlich im Bett lag, in sauberen Laken und unter weichen Daunendecken, ließ ich die vergangenen Tage noch einmal Revue passieren.

Mir fällt eine Stelle aus Graham Greenes Roman »Fluchtwege« ein. Darin berichtet er von einer Afrikareise, wo im Hotel Ratten durch das Zimmer liefen, während er von einem heißen Bad und einem frisch bezogenen Bett in Europa träumte. Uns war es tatsächlich gelungen, vom Knast ins Sternehotel zu wechseln und diesen Gegensatz ebenfalls auszukosten. Luftlinie lagen Hotel und Kerker höchstens drei Kilometer auseinander. Wie Afrika und Europa …

Am nächsten Morgen nahmen Tommy und Walter den ersten Bus nach Ketama. Wir mussten Mohamed so schnell wie möglich informieren, und da nicht abzusehen war, wann ich das Auto zurückerhalten würde, brachen die beiden sofort auf. Lolita und ich wollten mit dem Wagen nachkommen. Paul Meister verabschiedete sich gegen Mittag. Er nahm einen Bus nach Casablanca, von wo aus er einen Flug nach Toronto zu kriegen hoffte.

Sobald das Büro der *Régie des Tabacs* in der Rue Hassan II. öffnete, reklamierte ich den Citroën. Es fiel dem Bürovorsteher nicht leicht, mir den Schlüssel und die Papiere auszuhändigen. Offenbar gab es schon andere Pläne für unsere brave Schmuggel-Limousine. Am frühen Nachmittag des 19. Dezember checkten wir aus dem Hotel aus. Da Osman nichts Besseres vorhatte, und ich seine Gesellschaft als sehr angenehm empfand, lud ich ihn ein, mit uns nach Ketama zu kommen. In Aïn Aischa hielten wir an, um den Polizeichef, der uns so gut behandelt hatte, zu informieren, wie die Sache ausgegangen war. Er schien über unseren Freispruch ehrlich erfreut, und als wir schließlich weiterfuhren, standen Abdulkader Oufkir und seine Frau an der Straße und winkten uns nach.

Kurz vor Einbruch der Dunkelheit erreichten wir Mohameds Garage. Alle waren froh, dass wir das Abenteuer glücklich überstanden hatten und endlich zurück waren.

Da Walter und Tommy ein paar Stunden vor uns eingetroffen waren, hatten sie Mohamed schon über die Einzelheiten unseres Ausfluges nach Fès in Kenntnis gesetzt. Ein wenig zurückhaltend reagierte dieser auf Osman. Offenbar hielt er es für keine gute Idee, dass ich ihn mitgebracht hatte. Schließlich handelte es sich um illegale Geschäfte, die wir betrieben, erklärte er mir später, und da solle man niemanden involvieren, der mit der Sache nicht direkt zu tun hat. Damit hatte er natürlich recht, aber ich fand,

Osman sei cool, ganz sicher sei er kein Spitzel, der unsere Operation gefährden würde. Ich mochte ihn einfach und hatte ihn in Fès nicht alleine lassen wollen.

Die Sache nahm allerdings einen fast tragischen Verlauf: Als wir nach dem Essen beisammen saßen, kam es zum Eklat. Während Walter und Tommy in der Garage am Auto arbeiteten, um die Schmuggelverstecke vorzubereiten, saß ich mit Mohamed und Ali in der Hütte, um das Geschäft abzuwickeln. Wir hatten 50 Kilo Haschisch bestellt, uns über den Preis geeinigt, und ich war gerade dabei, die Dirhams zu zählen und auf den Tisch zu blättern. Dass wir notgedrungen in marokkanischer Währung bezahlen mussten, passte Mohamed schon nicht, und dass wir durch den Umtausch und den damit verbundenen Kursverlust nun weit weniger Geld hatten als geplant, hob seine Stimmung auch nicht gerade. Osman, von der wiedererlangten Freiheit und ein paar guten Joints berauscht, nahm plötzlich das dicke Notenbündel vom Tisch und warf es in die Luft. Während die Scheine einzeln zu Boden taumelten, erklärte er: »*What does it mean, money? Money is nothing!*«

Nun war es mit Mohameds Geduld endgültig vorbei. Wenn es um sein Geld ging, verstand er offensichtlich keinen Spaß. Er zog ein Messer aus dem Kittel und hielt es dem erschrockenen Osman direkt vor die Nase.

»Raus mit dir!«, zischte er ihn an. Und an mich gerichtet: »Der Kerl verschwindet auf der Stelle aus meinem Haus!«

Zwar versuchte ich alles, um Mohamed dazu zu bewegen, ihn morgen früh abreisen zu lassen, aber er ließ nicht mit sich verhandeln. Osman musste noch in der Nacht aufbrechen. Ich lieh mir Alis Peugeot und brachte ihn nach Tleta Ketama zur Bushaltestelle. Ehe wir uns verabschiedeten, steckte ich ihm noch 2.000 Dirham in die Tasche und meine Adresse in Deutschland. Er versprach, sich zu melden. Das tat er zwar ein halbes Jahr später, aber gesehen haben wir uns nie wieder. Somit habe ich auch keine Ahnung, was weiter aus ihm geworden ist. Osman Eissa aus Karthoum im Sudan. Mein erster afrikanischer Freund.

Als ich zur Garage zurückkehrte, herrschte immer noch Aufregung unter den Berbern. Ich sah mich gezwungen, Fragen zu beantworten, deren Antworten hier keiner verstand. Zwischen unserer

Hippie-Mentalität und der traditionsverhafteten Denkweise unserer muslimischen Geschäftspartner klaffte eine zu weite kulturelle Lücke. Schließlich entschuldigte ich mich, den »schwarzen Mann« mitgebracht zu haben (ich glaubte zu spüren, dass auch Rassismus in ihren Worten mitschwang), und langsam konnten wir uns wieder auf unsere eigentliche Arbeit konzentrieren.

Walter und Tommy hatten inzwischen den Wagen präpariert. Ich half ihnen, den Shit in den Verstecken zu verstauen. Lolita blieb unterdessen bei Mohamed und seinem Bruder Ali im Nebenraum. Nach drei Stunden war unsere Arbeit getan, einer Abreise am nächsten Morgen stand nichts mehr im Weg. Bei Minztee und Haschisch kehrte auch die gute Laune wieder zurück, und als Mohamed nach Mitternacht zu seinem Dorf aufbrach, war die Verstimmung beseitigt. Wir umarmten uns, und ich versprach, bald wiederzukommen.

Die Rückreise führte zunächst über die bewährte Route, allerdings nahmen wir diesmal von Melilla aus ein Schiff nach Almería. Die dortige Zollkontrolle, bei der Lolita mich begleitete, verlief ohne Zwischenfall. Die Rückreise bis Barcelona ebenfalls. Dort stiegen Walter und Tommy aus. Tommys Beziehung zu Lolita war eine lockere Sechzigerjahrebeziehung, keineswegs wollten die beiden heiraten. Und es schien ausgemacht, dass sich ihre Wege nach der Reise wieder trennen würden. Tommy hatte keine Lust, mit Lolita und mir die Grenzen nach Frankreich und später nach Deutschland zu überqueren, was ein unnötiges Risiko bedeutet hätte. So buchten er und Walter zwei Plätze in einem Bus, der nonstop nach München fuhr.

Lolita und ich nahmen ein Doppelzimmer im *Hotel Oriente* und waren für den Rest der Reise alleine. Um das Entdeckungsrisiko weiter zu minimieren, beschloss ich, den viel befahrenen Grenzübergang in Le Perthus zu meiden. Wir nahmen stattdessen die Route entlang der Küste, die zudem touristisch erheblich interessanter ist. In Figueras bogen wir Richtung Port Bou ab, wo der Philosoph Walter Benjamin begraben liegt. Die Zollstation liegt auf der Passhöhe eines der Ausläufer der Pyrenäen, von wo aus die Straße hinunter nach Cerbère führt, einem kleinen Fischerdorf, das in der engen Bucht kaum Platz findet. Der Grenzübertritt gestaltete sich problemlos. Lolita lächelte dem französischen Zöllner ins Gesicht, und der gab ihr grinsend unsere Ausweise zurück. Ohne anzuhalten ging es weiter bis Perpignan, wo wir wieder auf die Route Nationale stießen.

Die Reise nach Norden war Routine: Die betagte Limousine lief tadellos, Lolita unterhielt mich mit der nicht ganz einfachen Geschichte ihrer Kindheit, und ehe wir uns versahen, hatten wir Avignon hinter uns gelassen. Als wir nach Lyon hineinfuhren, fiel mir Gilbert ein, der jetzt drei Monate im Gefängnis von Fès zubringen musste.

Selber schuld, sagte ich mir damals, doch heute weiß ich, dass dem nicht so ist. Er hatte die Situation in Aïn Aischa einfach falsch eingeschätzt, und dafür, dass man von falschen Voraussetzungen ausgeht, kann man zuweilen nichts. Ich finde, das kann jedem passieren. Die Konsequenzen musste er dennoch tragen, und dabei konnte er beweisen, dass er ein junger Mann war, der sein Schicksal anzunehmen bereit war. Und das tat er, ohne zu lamentieren. Mehr war von einem Zwanzigjährigen nicht zu erwarten. Wir durchquerten Lyon, aber wenige Kilometer hinter der Stadt wurde ich müde. Wir übernachteten in einem Dorfgasthof, wo wir gut und lange schliefen. Erst gegen Mittag, nachdem die Patronne uns geweckt hatte, brachen wir auf.

Eigentlich hatten wir eine Woche früher zurück sein wollen, aber die Tage im Gefängnis hatten den Zeitplan gedehnt. Die Grenze nach Deutschland überquerten wir bei Mühlhausen. Es war gegen 17 Uhr am 24. Dezember 1973.

»Sagen sie bloß, Sie haben am Heiligen Abend Dienst?«, wandte ich mich an den Zollbeamten, der uns hatte anhalten lassen und ans Auto getreten war. Ich reichte ihm unsere Ausweise.

»So ist es, leider«, entgegnete der Mann.

»Haben Sie denn keine Familie, keine Kinder?«

»Die habe ich sehr wohl«, sagte er ein wenig nachdenklich, »aber was soll man machen, irgendeiner muss ja Dienst tun.«

»Aber nicht ausgerechnet die Familienväter. Da gibt es sicher Junggesellen hier beim Zoll, denen es weniger ausgemacht hätte, heute Abend zu arbeiten. Da muss man doch nicht auch noch den Kindern den Heiligen Abend vermasseln.«

»Sagen Sie das mal unserem Dienststellenleiter! Aber wie ist es denn mit Ihnen? Wie weit haben Sie denn noch nach Hause?«

»Wir fahren in den Hunsrück, in die Nähe von Koblenz. Eigentlich wollten wir um diese Zeit schon bei unserer Familie sein«, log ich.

»Nun, dann will ich Sie nicht länger aufhalten. Bis Koblenz haben Sie schließlich noch eine schöne Strecke vor sich«, sagte er und gab mir die Ausweise zurück. Er hatte nicht einmal hineingeschaut. »Gute Reise! Und frohe Weihnachten!«

Ehe ich losfuhr, schenkte Lolita dem Mann ein Lächeln und einen Schokonikolaus, den sie in Frankreich an einer Autobahnraststätte geschenkt bekommen hatte. »Frohe Weihnachten!«

Als wir auf die Autobahn nach Norden einbogen, beugte Lolita sich zu mir herüber, umarmte mich und drückte mir einen Kuss auf die Backe, der uns beiden die Anspannung nahm. Erleichtert, dass die Reise bei aller Unbill dabei war, ein glückliches Ende zu nehmen, legte sie eine Kassette ein: »Are you Ready« von Pacific Gas & Electric. Kurz vor Mitternacht erreichten wir München. Zum Glück wohnte Tommy bei Christel in Obermenzing, unweit der Stelle, an der die Autobahn in die Stadt mündet. Dort warteten Walter und er schon auf unsere Ankunft.

Christel, die Vermieterin, bei der Tommy und sein Partner Wacki wohnten, war eine ebenso bourgeoise wie ausgeflippte Dame Mitte dreißig, die ein paar Jahre zuvor ihres langweiligen Zahnarzt-Ehemannes überdrüssig geworden war. Mit ihrer bezaubernden sechsjährigen Tochter lebte sie im Windschatten der Hippie-Bewegung, wo sie nach dem guten Leben und dem Glück Ausschau hielt. Außerdem wurde Christels Einfamilienhaus mit Garage von vielen Leuten aus der Münchener Szene frequentiert, sodass es eher an eine Wohn- als an eine Mietergemeinschaft erinnerte. Bei Christel war man sicher, gute Musik zu hören, gutes Haschisch rauchen zu können, und zuweilen legte sie auch eine Prise Koks auf den Spiegel. Der Vollständigkeit halber sei erwähnt, dass der Chef im Hause Mumpitz hieß, Christels eigensinniger schwarzer

Kater, der es den Amseln verübelte, wenn sie im Garten zu emsig zwitscherten.

Als wir gegen Mitternacht in Obermenzing ankamen, begrüßten die Freunde uns mit einer Flasche Champagner. Nach allem, was wir in den vergangenen Wochen erlebt hatten, fanden wir, dass wir uns den guten Tropfen verdient hatten. Außerdem war Weihnachten. Ich fuhr den Citroën in die Garage, wo Walter und ich uns sofort daran machten, den Shit auszupacken. Anschließend spachtelten wir die Löcher im Rahmen wieder zu, denn ich hatte vor, den Wagen beim Citroen-Händler in Zahlung zu geben und bei Aufpreis gegen eine etwas stärkere DS 21 einzutauschen. Die Gangsterlimousine aus der DS-Reihe hatte mich mit ihrem Reisekomfort und ihrer Zuverlässigkeit überzeugt. Dass der gute *Zero-Zero* aus Ketama jetzt an der Garagenwand aufgestapelt war, stellte vorerst ein Zwischenergebnis dar. Walter musste den Stoff noch verkaufen, und da lauerten immer Gefahren. Seinerzeit in erster Linie durch Spitzel, mit denen die Drogenfahnder versuchten, Einblick in die Szene zu gewinnen.

Das hätte den Strategen vom Landeskriminalamt gefallen, eine Bande von Schmugglern in flagranti mit fünfzig Kilo Shit zu schnappen! Es bedarf wohl kaum noch einer Erwähnung, dass uns unsere Geschäfte mit Haschisch keinerlei Gewissensbisse verursachten. Die Praxis, dass der Staat wohlwollend dabei zusah, wie die Alkoholindustrie ihre Drogendeals abwickelte, ja sogar Werbung für das gefährliche Zeug duldete, Haschischimporteure hingegen einsperrte, hielten wir für willkürlich und mit den gesellschaftlichen Realitäten längst nicht mehr vereinbar. Andererseits war uns bewusst, dass nur die Prohibition uns die satten Gewinne ermöglichte. Unser Kundenstamm blieb gleich, denn erstens starb vom Kiffen keiner, und zweitens blieben die Leute jahrelang dabei, wenn sie den milden Cannabis-Törn einmal kennengelernt hatten. Das Kiffen musste man nicht bewerben, es sprach sich herum. Wichtig war allerdings, dass man Haschisch von guter Qualität verkaufte. Aber der Zero-Zero war hochwertiger Stoff und die Bayern rauchten ihn gerne. Wir standen also voll und ganz hinter der Idee, die Kinder der CSU-Wähler aus den Kneipen und vom Alkohol wegzulocken, ihnen dafür die Vorzüge des angenehmeren und ungefährlicheren Haschisch-Rauschs beizubringen. Anders ausgedrückt: Wir forderten sie auf, gegen das Gesetz zu verstoßen, oder, um es mit Steely Dan zu singen: *Lay down the law and brake it …* Wir waren das »Gesindel« dessen Ausrottung Franz-Josef Strauß in seinen Reden immer wieder forderte.

*We're gonna break out the hats and hooters*
*When Josie comes home*
*We're gonna rev up the motor scooters*
*When Josie comes home to stay*
*We're gonna park in the street*
*Sleep on the beach and make it*
*Throw down the jam till the girls say when*
*Lay down the law and break it*
*When Josie comes home**

Weil wir uns gut verstanden und geschäftlich ergänzten, beschlossen Walter und ich, uns eine gemeinsame Wohnung zu suchen. Auf Dauer war das Appartement von Walters Freundin keine Lösung. An der Fasanenstraße fanden wir ein Penthouse im vierten Stock eines Neubaus mit Blick in die Kronen der um das Gebäude stehenden Eichen und Birken. Das Haus war noch im Bau, die Wohnung hatte drei Zimmer und sollte zu Beginn des neuen Jahres bezugsfertig sein. Ich unterschrieb den Mietvertrag. Was wir nicht bedachten: Das Viertel war von Spießern, Prokuristen, Studienräten und Rechtsanwälten bevölkert, die für laute Musik ebenso wenig Verständnis aufbrachten wie für nächtens auf Motorrädern vorfahrende Rockerbanden. Stress mit den Nachbarn war somit vorprogrammiert.

Noch während Walter den Shit verkaufte, richteten wir uns ein. Das Penthouse mit umlaufender Dachterrasse war nach drei Seiten verglast. Wir hatten ein Wohnzimmer, zwei Schlafzimmer, ein Bad und eine Küche zu möblieren, und da keiner von uns je zuvor eine eigene Bude gehabt hatte, mussten wir einiges neu kaufen. Vom Hunsrück brachte ich einen antiken Ofen mit, in Schwabing kauften wir zwei Wasserbetten, und das Wohnzimmer wurde mit

* »Josie« von Steely Dan

einer Bauerntruhe, dem mitgebrachten Berberteppich und einem bequemen Sofa ausgestattet.

Am Neujahrstag zogen wir offiziell ein. Es dauerte weniger als einen Monat, bis Walter die neue Bleibe zu einem Hauszoo umgestaltet hatte: Montags kam er mit zwei Perserkätzchen heim, die er in einer Zoohandlung in Gröbenzell hatte mitgehen lassen; donnerstags tauchte er mit einem jungen Schäferhund auf, den er Pascha taufte; am Wochenende stand auf einmal ein Terrarium mit zwei Nattern neben dem Sofa; und in der Woche darauf saß über allem erhaben Koko, der bunte Kakadu, auf einer Stange. Ich fand das zwar ein wenig übertrieben, traute mich aber nicht, Einwände zu erheben, denn wenn ich Walters leuchtende Augen sah, brachte ich es nicht übers Herz, seine Zuneigung zu den Tieren durch kleinliche Einwände zu stören. Ein schlimmer Fehler, denn nach Ablauf eines Jahres war Koko Opfer der Katzen geworden, die Katzen Opfer des Hundes, und der Hund landete letztendlich im Irrenhaus für traumatisierte Haustiere. Das erträglichste von allen Schicksalen ereilte die beiden Schlangen: Sie waren eines Tages verschwunden, und obwohl wir die ganze Bude absuchten, tauchten sie nie mehr auf.

Anfang Februar hatte ich genug von den allabendlichen Besuchen in den Nachtclubs. Das Haschisch war längst verkauft und ein großer Teil des verdienten Geldes ausgegeben. Walter hatte sich ein Motorrad gekauft, mit dem er, ohne einen Führerschein zu besitzen, in der Stadt herumfuhr. Zur Erinnerung: Er wurde als Fahnenflüchtiger gesucht und stand auf der Fahndungsliste. Es wurde Zeit, dass ich mich wieder auf den Weg nach Marokko machte. Da ich mich gut mit Wacki verstand, kamen wir überein, die Reise zusammen anzutreten. Auch Lolita wollte wieder mitkommen, und da sie während der letzten Reise eine angenehme Begleiterin gewesen war, und sie zudem gerade eine Schmusenummer mit Wacki am Laufen hatte, nahmen wir sie mit. Ich beschloss, dass es für mich das letzte Mal sein sollte, das Risiko der Grenzübertritte einzugehen. Walter und ich waren längst Partner auf Augenhöhe, was unter anderem dadurch erkennbar war, dass wir den Profit teilten.

## 1.3 Wacki

Die neue DS 21 lief tadellos, der Motor schnurrte, während wir über die französische Autobahn glitten. Unterwegs erfuhren wir von einem Franzosen, dass es bei der Bezeichnung unseres Wagens ein Wortspiel gebe: DS, gesprochen DeEss klingt so wie das französische Wort für »Göttin«: la déesse ... Diesmal hatte Wacki für Musik gesorgt: Wir hörten Traffic, Moody Blues, Jefferson Airplane, Temptations und Genesis, Fleetwood Mac und Aretha Franklin, Argent und Manfred Mann, Deep Purple und Yes, um nur einige zu nennen. Musik war für uns so wichtig wie die Luft zum Atmen.

Lolita, Wacki und ich verstanden uns, *and by the time we got to Spain* waren wir Freunde. Wacki Stein hatte einen bürgerlichen Hintergrund, aber seine Sippe hielt ihn für einen Gammler und er seine Familie für eine Nazibande. Auch schien sein Vater nie ein Vorbild für ihn gewesen zu sein.

Viele meiner Altersgenossen hatten gespannte Verhältnisse daheim und es gab oft Konflikte, die mit der Rolle der Eltern während der Nazi-Jahre zusammenhingen. Wir hegten Aggressionen gegen die Soldatenväter, hauptsächlich auch deswegen, weil diese nicht in der Lage waren, offen über das zu sprechen, was sie während des Krieges und in der Nähe der Lager erlebt hatten. Mein eigener Vater unterschied sich in dieser Haltung nicht, aber dennoch habe ich ihn nie verurteilt, denn ich kam früh zu dem Schluss, dass es ihm an selbstständigem Denken mangelte, an Zivilcourage, und dass er sich als Fünfzehnjähriger gegen den braunen Strudel nur schwer hätte wehren können. Ich hielt meinen Vater für unschuldig, und so behandelte ich ihn auch, nachdem ich erwachsen war und mir Gedanken über die Unschuld des Menschen im Allgemeinen gemacht hatte.

Über diese Tatsache diskutierten wir kontrovers, denn Wacki wollte meine These von der Unschuld nicht akzeptieren. Für ihn war jeder Nazi ein Mitverantwortlicher, egal ob Mitläufer oder KZ-Wärter, aber als ich ihn dann fragte, ob denn auch die Hitlerjungen Schuld auf sich geladen hätten, und wie es mit dem *Bund Deutscher Mädel* aussehe, kam er in seichtes Wasser und schließlich lief er auf Grund, als ich von ihm wissen wollte, ab welchem

Alter und welcher inneren Überzeugung einer zum Nazi wurde und damit schuldig.

Wacki hatte sein Abitur bestanden, anschließend allerdings kein Studium begonnen. Aufgewachsen war er in Ottobrunn. Als er mit der Schule fertig war, verließ er sein Elternhaus, das er wie ein Gefängnis erlebt hatte. Und weil er schon früh angefangen hatte zu kiffen, lernte er Dealer kennen, und weil er von irgendetwas leben musste, fing er an, vor und in den Klubs Haschisch zu verkaufen.

Als wir uns kennenlernten, hing er viel im *Café Europa* in Schwabing herum, und ich vermute, der Bullen-Joe, einer von zwei Beamten des Rauschgift-Dezernates des Landeskriminalamtes, hatte längst ein Auge auf ihn geworfen. Aber jetzt waren wir in Spanien unterwegs, hatten gerade Barcelona hinter uns gelassen und freuten uns auf Andalusien, auf die südliche Sonne und ein paar Tage Tanzen in Torremolinos , wo der Bullen-Joe kein Thema war. Unterwegs durch die Orangenhaine in der Tiefebene von Valencia fragte mich Lolita plötzlich, ob ich was dagegen hätte, wenn sie ihren Lover ein wenig verwöhne.

»Wie bitte?«, fragte ich und sah sie im Rückspiegel an.

»Der hat schon seit 'ner halben Stunde einen Ständer«, präzisierte sie.

Noch ehe wir in Benidorm waren, hatte Wacki Lolita das Höschen abgestreift und sie sich auf seinen Schoß gehievt. Damit hatten die beiden eine Beschäftigung entdeckt, und ich kam mir vor wie der Chauffeur eines mobilen Bordells.

In Torremolinos mieteten wir uns für drei Tage im Hotel Las Palomas ein, einem mittelmäßigen Touristensilo, mehr Schein als Sein. Es war für mich das dritte Mal in wenigen Monaten, dass ich Torremolinos besuchte. Den Geschäftsführer des *Tiffany* kannten Lolita und ich noch von der letzten Reise. Da ich, seit ich in den Drogenhandel eingestiegen war, immer genügend Geld einstecken hatte, gab ich Kellnern und Serviererinnen angemessene Trinkgelder. Unter angemessen verstand ich eine Summe, über die sich der Diener auch wirklich freute. Was den Nebeneffekt hatte, dass sich die Leute an einen erinnerten und man fortan vorbildlich bedient wurde, und vor allem, dass man immer einen Platz an der Sonne zugewiesen bekam.

Wir planten also, den Abend im Tiff' zu verbringen. Zuvor ließen wir uns von Wacki zum Chinesen einladen, wo er uns zeigen wollte, wie man mit Stäbchen isst. Aber zunächst zeigte uns der Chinese, wie man Langnasen vorführt. Mit geheuchelter Freundlichkeit und eine unangemessene VIP-Atmosphäre vortäuschend führte uns eine Chinesin im traditionellen Cheongsam zum Tisch. Das Lokal war zur Hälfte von Billigtouristen besetzt. Die in Leder gebundenen Speisekarten sollten wohl feinste kantonesische Küche suggerieren, in Wirklichkeit servierte man das für Touristen klein gehackte Zeug, das in dieser Form in China niemals auf den Tisch kommt. Aber das wusste ich damals noch nicht. Die Frühlingsrolle überforderte Wacki noch mit den Stäbchen, aber beim gebratenen Reis mit Huhn kam er groß in Fahrt. Das Üben machte Lolita und mir eine Menge Spaß. Wir lachten so laut, sodass andere Gäste, die sich kultiviert vorkamen, indigniert zu uns herüber schielten. Schließlich hatte Wacki eine Überraschung für uns: Seiner Brieftasche entnahm er ein kleines Löschblatt, auf dem pfenniggroße Flecken zu erkennen waren. Es handelte sich um aufgetropftes LSD. Wacki meinte, heute Abend sei der rechte Zeitpunkt, zusammen einen Trip zu nehmen. Lolita war sofort einverstanden, schließlich kannte sie die Droge schon, wusste also, was sie erwartete. Ich war skeptisch. Zwar hatte ich mir vorgenommen, LSD auch mal zu versuchen, aber wann, wo und mit wem, darüber hatte ich mir noch keine Gedanken gemacht. Schließlich gelang es Wacki, mich zu überzeugen.

»Denkst du etwa, ich würde dir etwas Schlechtes geben?«

»Wer garantiert mir denn, dass ich nicht auf den Horror komme?«

»Du g'heast net zu dena, die an Horror kriang«, sagte er in seinem oberbayerischen Dialekt. »Außerdem pass i ja auf di auf. Da passiert scho nix Schlimms.«

In der Tat passierte nichts Schlimmes, dafür aber viel Merkwürdiges. Wir spülten also jeder einen *Yellow Sunshine* hinunter und nahmen den zweiten Gang des Essens in Angriff. Wacki hatte mir zuvor erklärt, dass es etwa eine Stunde dauern würde, bis die Wirkung einsetzte.

Am Nebentisch saß eine junge Frau, die unsere Unterhaltung mitbekommen hatte. Sie stammte aus Luxemburg und war wie wir gerade in Torremolinos angekommen. Rosa, so ihr Name, beugte sich zu uns herüber und fragte, ob sie auch so einen »Sonnenschein« haben könne.

»Hast du denn sowas schon mal genommen?«, erkundigte sich Wacki.

»Nein, aber ich habe zugehört, wie du es deinem Freund vorhin erklärt hast. Ich wäre gerne dabei und würde mich euch heute Abend anschließen.«

»Auf eigene Verantwortung.« Wacki zog nochmals seine Brieftasche hervor und legte ihr den Trip wie eine Hostie auf die Zunge.

Rosa stand auf und setzte sich zu uns an den Tisch. Wir begrüßten sie *on the bus**. Auch ihr gab Wacki eine Lektion in Stäbchenessen. Es schien uns trotz allem gut geschmeckt zu haben, denn wir aßen alles auf. Was die junge Dame, die uns bediente, zu der Bemerkung veranlasste, dass es Glück bedeute, wenn man seine Schale bis zum letzten Reiskorn leere.

Im Tiffany gehörten wir an diesem Abend zu den frühen Gästen. Lolita und ich waren die ersten auf der Tanzfläche. Und dort geschah es: Der DJ hatte gerade die Temptations-Nummer »*Papa was a Rolling Stone*« aufgelegt, als ich mit einem Mal erkannte, dass jede meiner Bewegungen einen Sinn hatte, dass jeder Schritt, den ich tat, die logische Folge des vorherigen war, dass jede neue Koordinate auf der quadratischen Tanzfläche (und damit in der Welt) lediglich einen Durchgangszustand darstellte auf dem Weg vom Anfang des Lebens bis hin zu seinem unabsehbaren Ende. Je energischer ich meine Zustimmung dazu gab, zur Musik, zur Bewegung und zum Leben, desto stärker fielen Fragen und Zweifel von mir ab. Die Noten schienen aus geschliffenen Kieseln zu bestehen, die am oberen Ende einer geschwungenen Treppe aus einem Flügel perlten und dann die Stufen herab kullerten und mich wie auf einem wogenden Meer von Klang dahin trugen. Dann verwandelten sich plötzlich die Töne in Farben, und ich wusste, das musste etwas mit der neuen Droge zu tun haben. Über der Tanzfläche gab es eine Batterie von Punktstrahlern, die, einem magischen Algorithmus folgend, den Laden und die Menschen mit immer neuen

* siehe Ken Kesey und die legendäre Busreise der Pranksters durch Amerika, *on the bus* meint dazugehörig

Farben übergossen. Während ich mich diesen Eindrücken überließ, dabei wie ein Derwisch tanzte und wie ein Arbeiter schwitzte, hatte sich das Lokal gefüllt. Das Gefühl für die Zeit war mir völlig abhanden gekommen. In der Maserung des Holzes entdeckte ich Hieroglyphen, die mir den Weg und die Schrittfolge wiesen. Ganz ohne Zweifel waren all die Wahrnehmungen real, die Dinge, die ich sah und hörte gab es wirklich, eben nur verstärkt, anders assoziiert, unüblich verknüpft. Nie vergaß ich, dass es die kleine Chemie war, die in meinem Kopf wirkte. Aber zu derart reflexiven Gedanken ließ mir der Rausch kaum Zeit. Am Rande registrierte ich, wie Wacki, Lolita und das Mädchen aus Luxemburg um mich herum wirbelten. Nach einem langen Stück der Temptations (wahrscheinlich »*Masterpiece*«) nahm Wacki mich beim Arm und führte mich zum Tisch, wo ich eine halbe Flasche Sprudel trank. Ich war nicht mehr in der Lage, mich mit Worten auszudrücken, zudem glaubte ich, dass alle Welt es mir ansähe, in welch entrücktem Zustand ich mich befand. Dann überkam mich mit einem Mal ein kindisches Gelächter: In der Nähe saßen nämlich zwei Afrikaner in weißen Fellmänteln, Eisbären aus den Tropen. Die Jungs schienen mitgekriegt zu haben, dass sie das Objekt meiner Belustigung waren, und cool wie Schwarze zumeist sind, prosteten sie mir zu. Irgendwann landete ich wieder auf dem Tanzboden, nachdem ich beschlossen hatte, die profanen Dinge meinem Freund Wacki zu überlassen, also Getränke bestellen, bezahlen und dergleichen mehr. Mein Gehirn hatte unter dem Einfluss der Droge neue Perspektiven eingenommen und neue Prioritäten gesetzt. Es dauerte anschließend noch lange, bis ich alles überdacht, eingeordnet und verstanden hatte, was ich in dieser Nacht erlebte. Aber vorerst war ich am Tanzen, wild, ausgelassen und im Groove.

Da huschte sie plötzlich durch mein Blickfeld. Sie hatte einen blonden Bubikopf und war mit mir auf Augenhöhe, wenngleich sie barfuß tanzte. Irgendetwas war mit dem Mädchen, dass sie mir wie eine Seelenverwandte erschien. Wie durch einen geheimen Magnetismus angezogen, kamen wir uns tanzend näher, aber ohne uns zu berühren. Wir waren dabei, eine Tanzshow für die übrigen Gäste zu geben. Meine Freude, so eine schöne Señorita getroffen zu haben, wurde kurz getrübt, als Wacki auf die Bühne kam und sie umarmte und herzte. Wie sich bald herausstellte, kannte er sie. Ihr Name war Margie, sie stammte aus München, aber sie lebte mit einigen Amerikanern zusammen, die sich an der Costa del Sol niedergelassen hatten. Wacki machte uns miteinander bekannt, sofern das jetzt überhaupt noch notwendig war. Wir blieben die restliche Nacht zusammen, tanzten, lachten, und als in der Disco der Sound zurückgedreht und das Licht eingeschaltet wurde, verließen wir den Club zusammen mit dem Manager.

Eine kleine Episode im Hotel soll noch erzählt werden: Als wir lärmend in das Foyer des Las Palomas eindrangen und die Totenruhe störten, bedeutete uns der Nachtportier, leise zu sein. Er händigte uns den Zimmerschlüssel aus, und wären bei unserer Gruppe nicht diese drei Schneeglöckchen von Frauen gewesen, sicher hätte er einen Verweis ausgesprochen. Wir verschwanden auf dem Zimmer und fuhren fort, herumzublödeln. Da ich vergessen hatte, die Zimmertür hinter uns zu schließen, drang der Lärm durch das ganze Hotel, sodass der Portier, ein junger Mann um die dreißig, nach dem Rechten sehen kam. Nach wie vor standen wir unter dem Einfluss der Droge, waren also noch auf dem Trip unterwegs, als der Spanier plötzlich im Zimmer stand, und gerade als er anheben wollte, seinen Text aufzusagen, stahl ihm Wacki die Schau. Mit weitausgreifenden Armen führte er vor Lolita, die auf dem Bett lag, einen Pogo auf und rief: »Jetzt mach ich dir ein Kind, ich mach dir gleich ein fettes Bayernkind!«

Lolita, die der Sache amüsiert entgegensah, spreizte lachend die Beine, und da sie wieder einmal keinen Slip trug, streckte sie dem Portier ihr rasiertes Pfläumchen entgegen. Was den jungen Mann augenblicklich von der katholischen Spur abbrachte. Darbietungen von derart aggressiver Erotik waren im damaligen Spanien unerhört. Um Frauen kennenzulernen, die unter dem Rock Nacktheit kultivierten, musste ein Andalusier bis nach Frankreich fahren. Im Land des Generals Franco waren Titten herzeigen und Mösen rasieren schwere Sünden. Jedenfalls kriegte unser Spanier Schnappatmung, als Wacki sich grunzend auf die kichernde Lolita stürzte. Es dauerte eine ganze Weile, ehe der Hotelbedienstete den Rückzug antrat. An dieser Stelle in meinen Erinnerungen verliert sich auch die Spur der mutigen Luxemburgerin. Möglich, dass sie mit dem Spanier verschwand, möglich, dass sie irgendwann einfach in ihr Hotel zurückkehrte.

Und um auch die Voyeure nicht im Unklaren zu lassen: Zu einer Orgie kam es nicht. Acid und Sex gehen nämlich selten Hand in Hand, da man nie wissen kann, wie man die intime Nähe des Partners aushält. Leicht möglich, dass man dabei, wenn auch nicht gleich auf einen Horrortrip, so aber doch auf den Ekeltrip kommt. Von daher war es eine gute Idee, dass Margie mir vorschlug, zusammen den Sonnenaufgang am Strand zu erleben. Wir ließen die Freunde allein und verließen das *Las Palomas* Hand in Hand.

Am Strand angekommen, legten wir uns in den Sand und hörten dem Meer zu. Der Trip begann zwar, langsam abzuklingen, aber das Sprechen fiel mir nach wie vor schwer. Viele Worte drängten gleichzeitig über die Lippen, zuweilen mischte sich eines in den Satz, das da nicht hingehörte, und weil ich mir des Unsinns bewusst war, der aus meinem Mund kullerte, schwieg ich lieber. Bei alledem war die Präzision der Gedanken klar wie das Wasser einer Quelle und stellt vielleicht den qualitativen Kern eines psychedelischen Rausches dar. Ich war jedenfalls mächtig beeindruckt, die Welt aus einer völlig anderen Perspektive erlebt zu haben: Musik mit verfeinertem Gehör und Menschen mit einer Aura, die sogar etwas über deren Charakter zu verraten schien. Mein erster LSD-Trip war ein Ereignis, sensationell, beispiellos, prägend.

Aus der erhofften Romanze mit Margie wurde nichts. Wie sich herausstellte, hatte ich ihren Freund sogar schon kennengelernt. Sie war nämlich die Geliebte von Gary Frank, dem Ami, den wir vor ein paar Monaten in Ketama bei Mohamed getroffen hatten und mit dem sie in Benalmádena zusammenlebte. Sie liebe ihn nicht, wie sie betonte, aber er ermögliche ihr ein sorgenfreies Leben. Margie war eine junge Frau, die vor allem wusste, was sie nicht wollte: von einem Kerl abhängig sein, der sie in ein Haus sperrte und der ihr die Freiheit raubte, die ihre Melancholie benötigte.

In den Jahren danach habe ich Margie unter den sonderbarsten Umständen immer wieder getroffen. Als wir nach zwei Tagen unsere Reise nach Marokko fortsetzten, blieb sie an der Costa del Sol. Ich dankte Wacki für die Erfahrung, die er mir ermöglicht hatte, denn dadurch wurde er zu einem der wichtigen Menschen in meinem Leben. Eines steht zweifelsfrei fest: Nachdem ein Mensch das psychedelische Abenteuer gewagt hat, ist er nicht mehr derselbe. Eine Binsenweisheit, ich weiß, denn jeder durchlebte Tag verändert einen ja, aber so ein LSD-Trip stellt eine Art Bewusstseins-Quantensprung dar. So jedenfalls habe ich es erlebt.

Wir schliefen uns zwei Tage lang aus, erst als Lolita, Wacki und ich uns von dem Rausch erholt hatten, setzten wir die Reise fort. Wir nahmen die Fähre von Algeciras nach Tanger, fuhren ins Rif-Gebirge zu Mohameds Garage, wo wir willkommen geheißen wurden. Die Besonderheit: Beim letzten Mal hatte Lolita mit Mohamed vereinbart, dass sie einige Kilos in Form erotischer Dienste »abarbeiten« könne, und kaum, dass wir angekommen waren, legte sie los. Ohne dass ich etwas davon bemerkt hatte, waren die beiden im angrenzenden Lager verschwunden. Und da die Potenz eines Berbers keine Grenzen kennt, hatte Lolita am Abend des dritten Tages schon zehn Kilo zusammen, wobei sie zwei davon bei Mohameds Bruder Ali »abgeblasen« hatte. Mehr Ladekapazität wollte ich ihr nicht zugestehen. Wir packten die 50 Kilo in den Wagen und machten uns nach einer Woche in Ketama auf den Rückweg.

Wacki zog es vor, dem Risiko aus dem Weg zu gehen. Er nahm einen Bus nach Tanger und flog von dort aus nach Deutschland zurück, wo er uns in ein paar Tagen erwarten wollte.

Lolita und ich brachen in aller Frühe auf. Dass uns im Bezirk von Ketama Gefahr seitens der Polizei drohte, war kaum anzunehmen, denn Mohamed hatte den Chef der Brigade wie üblich mit einem angemessenen Bakschisch versehen. Unsere Route führte vorbei an Al Hoceima nach Melilla. Lolitas keckes Lächeln öffnete uns den Schlagbaum, und da wir an dem Tag keine Fähre nach Málaga mehr erwischten, mussten wir uns ein Hotel suchen. Es tat gut, nach einer Woche in den Bergen in eine Badewanne zu steigen. Später, als wir gebadet auf den Betten lagen (ich hatte vorsichtshalber um ein Zimmer mit zwei Einzelbetten gebeten) reichte Lolita mir einen Joint.

Bis dahin hatte ich noch nicht oft geraucht, vom viel gepriesenen Cannabisrausch hatte ich noch wenig mitbekommen.

»Du musst tiefe Züge machen und die Luft anhalten«, erklärte sie und machte es mir vor. Ich nahm den Joint aus ihrer Hand und tat zwei tiefe Züge. Dann griff ich zum Telefon und bestellte zwei Gläser Minztee beim Zimmerservice. Als es klopfte, erhob ich mich und öffnete die Tür. Noch ehe der Etagenkellner das Zimmer betreten hatte, meldete sich ganz plötzlich mein Kreislauf ab und ich kippte aus den Latschen.

Man mag sich den Schrecken des Pagen vorstellen, dem der Gast vor den Augen zusammenbricht! Er war drauf und dran, den Notarzt zu rufen, hätte Lolita ihn nicht zurück gehalten. Als ich die Augen schließlich öffnete, blickte ich dem erschrockenen Spanier und einer lachenden Lolita ins Gesicht. Langsam kam ich wieder zu mir. Der Kellner half mir hoch und führte mich zum Bett. Lolita flößte mir den Tee ein. Erst als der Mann sich vergewissert hatte, dass es dem Gast wieder besser ging, zog er sich zurück.

Am nächsten Tag kümmerte ich mich zunächst um die Schiffstickets. Weil die Tagesfähren ausgebucht waren, nahmen wir eine Nachtpassage. Die Wartezeit vertrieben wir uns auf dem marokkanischen Markt. Am Nachmittag fuhren wir in den Hafen, stellten unser Auto mit der verbotenen Fracht auf den großen Parkplatz und steuerten die Hafenbar an, die im ersten Stock der Kommandantur lag. Da wir bis zum Schiff nicht mehr weit zu fahren hatten, entschloss ich mich, Lolita zu einem Sherry einzuladen. Wir saßen an der Bar, als ein Soldat, der zwei Plätze neben uns in der Zeitung las, das Wort an uns richtete.

»Pardon«, sagte er. »Höre, ihr seid Deutsche. Mein Name ist Frank. Ich hab mal in Hamburg gelebt. Seit acht Jahren bin ich bei der spanischen Fremdenlegion.«

Wir stellten uns vor, und weil Frank so ein kommunikativer Mensch war, kam rasch eine interessante Unterhaltung in Gang. Wir erklärten ihm, auf einer Urlaubsreise zu sein und auf die Nachtfähre zu warten. Frank hatte in den sechziger Jahren einen Mann erstochen, ein Fall von Eifersucht, wie er sagte, war dann nach Spanien getürmt und hatte sich dort der Legion angeschlossen. Inzwischen war er so etwas wie Unteroffizier, und wie es schien, war er stolz auf sich, die Legion und den General Franco. Dass dieser nur über einen faschistischen Putsch und einen dreijährigen Bürgerkrieg an die Macht gelangt war, focht ihn nicht an, ebenso wenig Kopfzerbrechen machten ihm die knapp eine Million Spanier, die dabei ihr Leben verloren hatten sowie die Million, die seither in der Diaspora lebte. Frank befand, Franco sei ein Kerl von rechtem Schrot und Korn, wer auf dessen Seite stehe, der liege in Spanien goldrichtig.

Nach einer Stunde und zwei Bieren wollte er mir unbedingt seine Kaserne zeigen. Leider sei der Besuch für Frauen dort nicht möglich, weshalb er Lolita bat, in der Bar zu warten, bis wir wieder zurück seien. Als wir auf dem Parkplatz ankamen, erkannte ich schon von Weitem, dass sich ein Bursche an meinem Auto zu schaffen machte. Kein Zweifel, der Kerl war gerade dabei, die Fahrertür aufzubrechen. Als ich ihn anrief – wir waren bis auf dreißig Meter herangekommen – ergriff er die Flucht. Ohne zu zögern riss Frank einen Dolch aus der Scheide und nahm die Verfolgung auf. Ich lief zum Auto, stellte fest, dass die Fahrertür sich mit dem Schlüssel nicht mehr öffnen ließ, stieg über die Beifahrerseite ein, startete den Wagen und raste hinter den beiden her. Auf der Hafenstraße holte ich sie ein: Frank in seinen Springerstiefeln, der Marokkaner in Turnschuhen, beide mit Vollgas unterwegs. Ich überholte den Legionär, wurde aber von der Schranke an der Hafenzufahrt gestoppt. So schaffte es der verhinderte Dieb, unter dem Balken hindurch zu entkommen. Ohne Eile trat der Schrankenwärter aus seinem Häuschen, schaute mich fragend an, ehe er mir den Weg freimachte. Nach 50 Metern mündete die Straße in ein Rondell. Ich konnte gerade noch sehen, wie der Ganove über eine Hecke sprang und im Gebüsch untertauchte. Den Wagen ließ ich im Halteverbot stehen und stieg aus, immer ein Auge auf die grüne Insel inmitten des Kreisverkehrs gerichtet. Heftig atmend erschien Frank, der noch immer sein Kampfmesser in der Hand hielt.

»Der Kerl versteckt sich dort im Gebüsch«, rief ich ihm zu. Sofort bahnte er sich einen Weg zwischen den Autos hindurch. Ich machte mir Sorgen. Schließlich kannte ich Frank ja noch nicht lange und wusste nicht, wie er sich in einer solchen Ausnahmesituation verhielt. Schon war er über die Hecke und zwischen den Büschen verschwunden. Noch während ich mir einen Weg durch die hupenden Fahrzeuge suchte, hörte ich einen fürchterlichen Schrei. Ich befürchtete das Schlimmste. Als ich es endlich geschafft hatte und bei Frank ankam, lag der Marokkaner auf der Erde. Er blutete aus dem Mund. Frank hatte ihm einen Tritt ins Gesicht versetzt und hielt jetzt drohend den Dolch vor seine Nase.

»Was hast du vor?«, rief ich aufgeregt.

»Ich werde ihm den Hals abschneiden, wenn er auch nur den kleinsten Mucks macht.«

Heftig atmend und mit zorngeschwollenen Schläfen stand er über seinem Opfer und redete auf Arabisch auf ihn ein.

»Hast du den Polizisten gesehen, der da vorne an der Avenida den Verkehr regelt? Lauf ihn holen und sag ihm, er soll Verstärkung mitbringen!«

»Du willst ihn der Polizei übergeben?«, fragte ich verunsichert.

»Was denn sonst! Die Alternative wäre, ihn hier an Ort und Stelle zu beerdigen«, schnaubte der Legionär.

Also lief ich hinüber zur Avenida und holte den Schutzmann, der dort in Schaftstiefeln, Breeches und weißem Helm herumstand und dem Verkehr zusah. Ich konnte mich nicht erinnern, wann ich je im Leben einen Polizisten um Hilfe gebeten hätte, aber jetzt war ich froh, dass der Mann da war. Die nächste Überraschung musste ich erleben, als wir bei Frank und dem gestellten Dieb eintrafen. Sobald der Gendarm den Legionär erkannte, nahm er Haltung an und salutierte. Wie sich herausstellte, war in diesem Land ein Unteroffizier der Fremdenlegion mehr wert als ein kleiner Verkehrspolizist. Der Mann stand stramm und nahm eine Order entgegen. Und einen Anschiss, weil er noch keine Verstärkung herbeigerufen hatte. Immerhin hatte er Handschellen dabei, mit denen der Dieb gefesselt wurde. Wohl war mir bei der Sache nicht.

»Ich würde ihn laufen lassen«, schlug ich vor. »Schließlich hat er ja noch gar nichts gestohlen.«

»Laufen lassen!? Bist du verrückt! Der lacht sich anschließend halb tot.«

Frank sah mich verwundert an. »Der Kerl kommt aufs Revier und kriegt dort erst mal eine richtige *paliza**. Das ist das mindeste, was ihm passiert. Solchen Burschen muss man wehtun, sonst lernen die es nie.«

Was letztlich mit dem armen Kerl passiert ist, habe ich nie erfahren. Frank machte eine Aussage bei den Gendarmen, die ihn mit

---

* Tracht Prügel

Sirenengeheul fortbrachten. Dann fuhren wir zur Kaserne. Er wollte mir unbedingt seinen Arbeitsplatz und seine Stube zeigen.

An der Wand hing zwischen Familienfotos ein verschrumpeltes schwarzes Etwas, das sich bei näherem Hinsehen als ein getrocknetes Menschenohr entpuppte. Ich sah Frank fragend an.

»Kein Kommentar«, sagte er und deutete auf das Bild einer jungen Frau. »Meine Tochter«, erklärte er. »Ist sie nicht hübsch?«

Das Bild war freilich schon mehr als zehn Jahre alt. Ehe ich mich aus dem Staub machte, versprach ich, ihm aus der alten Heimat ein Paket mit Illustrierten zu schicken.

Mit einer halben Stunde Verspätung holte ich Lolita in der Hafenbar ab, aber auf die Minute pünktlich stach am Abend das große weiße Schiff in See.

Die Zollkontrolle in Almería verlief ohne Zwischenfall: der spanische Zöllner ließ sich den Kofferraum öffnen, warf einen Blick unter die Sitze und trat mit dem Fuß einmal gegen das Vorderrad. Lolita war eine gute Beifahrerin, die alles daran setzte, die Beamten mit ihren diskret dargebotenen Reizen von deren eigentlichen Tätigkeit abzulenken. Allein die einstudierte Performance, als der Zöllner nach den Reisedokumenten fragte, wäre ein Video wert: Lolita kniete sich auf den Sitz, beugte sich weit über die Rückenlehne, um in ihrer Handtasche nach dem Pass zu suchen, dabei reckte sie dem Mann ihren appetitlichen Popo entgegen, dass der sich wie in einer Peepshow vorkommen musste. Immerhin hatte sie bei derartigen Vorführungen ein Höschen an.

»Na«, strahlte sie mich hernach auf der Ausfallstraße an, »wie hab ich das hingekriegt?«

»Kunststück, bei deinem Arsch. Aber nichts für ungut, Schätzchen: Eine Frau von Klasse kriegt dasselbe mit ihrem Gesicht hin.«

Die Fahrt durch Spanien war ermüdend: Von Almería nach Murcia eine kurvenreiche, von Lastwagen befahrene Landstraße. Von Murcia nach Alicante war sie in besserem Zustand, dann ging es vorbei an Benidorm und Valencia, bis endlich bei Tarragona die Autobahn begann. Die französische Grenze bei Le Perthus passierten wir in der Nacht, und da ich noch keine Müdigkeit verspürte, und weil Lolita mich mit ihren charmanten Geschichten aus ihrem frivolen Leben mit Prostitutionshintergrund unterhielt, schafften wir es ohne Ruhepause bis nach Lyon. Dort lud ich uns zu einem französischen Menü ein.

Nach dem Essen rief ich Wacki in München an, der schon seit drei Tagen daheim war. Wir verabredeten uns an einem bestimmten Parkplatz am Nürburgring. Gesättigt setzten wir die Reise fort, über Dijon, Metz und Luxemburg. Über eine schmale Waldstraße, an der nachts das Zollhäuschen nicht besetzt war, schlichen wir uns in die Eifel. Als wir an der Rennstrecke eintrafen, lag dort eine dünne Schneedecke. Und weil das Service-Tor am »Brünnchen« geöffnet war, lenkte ich unseren Citroën auf die verschneite Piste, um Lolita zu zeigen, wo ich in früheren Jahren Rennen fuhr. Wir machten eine Spur in den neuen Schnee, drehten aber nach zwei Kilometern wieder um. Das bedeutete einen dreifachen Regelverstoß, denn wir hatten keinen Eintritt gezahlt und wir waren nachts gegen die vorgeschriebene Fahrtrichtung gefahren. Davon, dass wir 50 Kilo Haschisch an Bord hatten, gar nicht zu reden. Wir suchten uns ein verstecktes Plätzchen im Wald, und ich fing an, das Schmuggelgut aus dem Auto zu packen.

An dieser Stelle endete meine Freundschaft zu Lolita, denn sie nutzte meine Sorglosigkeit aus und klaute fünf Kilo von dem Shit. Während ich im Auto lag, die einzelnen Platten aus den Holmen fischte und sie ihr reichte, packte sie 20 Stück in ihre geräumige Handtasche. Und da ich im Wald in der Eifel keine Waage hatte, bemerkte ich den Diebstahl vorerst nicht.

Im Morgengrauen tauchte Wacki auf. Lolita stieg zu ihm in den BMW, und dann trennten wir uns. Die beiden fuhren zurück nach München, ich stattete meinen Eltern im Hunsrück einen Besuch ab. Den größten Teil des Haschs nahm ich mit. Die vereinbarte Gage mit Lolita belief sich auf fünf Kilo, 15 hatte ich Wacki mitgegeben, also hätte ich noch 30 im Seesack haben müssen. Als ich den Rest am nächsten Tag wog, waren es gerade noch 25 Kilo.

Was zunächst nur ein Verdacht war, bestätigte sich ein paar Tage später, als Walter herausfand, dass Lolita über ihren Strizzi zehn Kilo zum Verkauf angeboten hatte. Ich begab mich nach München und besprach mit Walter und Wacki, wie wir auf den dreisten Diebstahl reagieren sollten. Wir statteten Lolitas Beschützer im Schwabylon einen bewaffneten Besuch ab. Zum Glück konnten wir ihn überzeugen, das illegale Diebesgut rauszurücken. Derartige Enttäuschungen, wie wir sie zuvor schon einmal bei Lothar Regler erlebt hatten, konnten Walter und ich lange nicht verwinden. Da waren wir wochenlang zusammen unterwegs gewesen, hatten uns während diverser Abenteuer näher kennengelernt, waren zusammen im Knast gesessen, hatten diesen denkwürdigen Trip in Torremolinos erlebt – deshalb war ich in dem Glauben gewesen, wir seien auf dem besten Weg, gute Freunde zu werden. Und dann eine solche Enttäuschung!

Glücklicherweise blieb es mir erspart, Lolita noch einmal zu begegnen. Denn sie vermied es, in den Klubs aufzutauchen, in denen wir verkehrten. Wacki kündigte an, der betrügerischen Schlange, sollte sie ihm über den Weg laufen, »fünf saftige Waatsch'n« zu verpassen.

Im Laufe der Jahre verblasste meine Erinnerung, und das kesse Schlitzöhrchen überstrahlte am Ende den Groll auf die Diebin. Schließlich hatte mich Lolita viel öfter zum Lachen gebracht als geärgert. Besonders diese Episode ist mir in Erinnerung geblieben: Als wir einmal, des Nachts auf kurvenreicher Straße in der Sierra Nevada unterwegs waren, überholte ich einen Viehtransporter. Die Schweine blickten im Vorbeifahren zu uns herüber. Da sagte Lolita trocken: »Hup doch mal, da fährt ein ganzer Bus voller Gesinnungsverwandter!«

## 1.4 Die Bande

Bayern war ein gutes Pflaster für unsere illegalen Geschäfte. Der Rausch besaß seit jeher einen hohen Stellenwert im kulturellen Leben der Bewohner der bayerischen Hochebene, und immer mehr Menschen in Lederhose oder Dirndl lernten, den milden Törn des Kiffens zu schätzen. Den Stoff, den wir mitgebracht hatten, und der wieder von derselben guten Qualität war wie zuvor, hatten Wacki und Walter schnell verkauft. Meine ursprüngliche Absicht, mir durch den Schmuggel das nötige Geld zum Kauf eines schnellen Autos zu beschaffen, trat mit zunehmendem Erfolg in den Hintergrund, ja, mein ganzer Lebensplan, zu studieren und eine Karriere in der deutschen Gesellschaft anzustreben, kam unter die Räder. Schnell gewöhnte ich mich daran, Bargeld in der Tasche zu haben, mir nach Lust und Laune Platten und Bücher anschaffen zu können, in der Boutique *Lord John* neue Jeans zu kaufen und bei *Käfer* zu speisen. Geschäftlich vereinbarten Walter und ich, auf Fifty-fifty-Basis zu arbeiten. Die gemeinsame Wohnung hatte er während meiner Abwesenheit eingerichtet, die Tiere lebten noch, es wurde Frühling, das Schicksal schien es gut mit uns zu meinen. Lange hielt ich es allerdings nicht in München aus, denn ich stellte fest, dass mir das Nomadenleben mehr behagte. Unterwegs zu sein war ein Lebensstil, der mir gefiel. Ich fuhr auf den Hunsrück, um das restliche Haschisch zu holen, das daheim bei meiner Mutter gebunkert lag. Jetzt war auch der Zeitpunkt gekommen, um den Kredit zurückzuzahlen, den ich im Oktober bei der Firma Heimfinanz aufgenommen hatte. Der Geschäftsführer, ein zwielichtiger Wucherer, staunte nicht schlecht, als ich ihm knapp drei Monate nach der Kreditaufnahme die Gesamtschuld auf den Tisch blätterte, wobei er einen Jahreszinssatz von mehr als 20 Prozent in Rechnung stellte.

»Wo verdient man denn in so kurzer Zeit so viel Geld?«, wollte Herr Schmitz wissen, nachdem ich ein Bündel Tausender auf seine Theke gelegt und er zu zählen begonnen hatte.

»Im Kreditgeschäft jedenfalls nicht«, erwiderte ich frech. Normalerweise machte ich keinen Hehl daraus, gegenüber Freunden zuzugeben, in welchen Geschäften ich unterwegs war. Was Nachbarn oder sonstige Spießer von mir hielten, war mir herzlich egal. Der Kredithai hingegen schien mir für weitere Auskünfte nicht vertrauenswürdig genug. Sein Angebot, sollte ich noch einmal in die Verlegenheit kommen, Bargeld zu benötigen, so wisse ich ja, wo, lehnte ich entschieden ab.

Dann besuchte ich meinen Jugendfreund Pit, der gerade auf Urlaub vom Militärdienst war. Wir beide hatten zusammen die Schulbank gedrückt. Wir teilten das Interesse am Motorsport und hatten schon so manches Rennwochenende auf dem Nürburgring verbracht. Pit war körperlich zwar ein wenig klein geraten, aber dennoch stark wie ein Bär. Was ich am meisten an ihm schätzte, waren sein Mut und seine Verschwiegenheit. Pit war das Gegenteil eines Dummschwätzers. Ich schlug ihm vor, sich demnächst zehn Tage freizunehmen und mit mir nach Marokko zu fahren. Sollte er bereit sein, den mit Hasch beladenen Wagen über die Grenzen zu steuern, könne er sich 10.000 Mark verdienen, dieselben Konditionen wie sie mir vor ein paar Monaten Walter geboten hatte. Pit überlegte nicht lange. Zehn Mille waren eine Menge Geld für einen Soldaten, und das Risiko schien auch ihm vertretbar, zumal ich die Reise ja schon dreimal gemacht hatte und dabei offenbar zu einem »reichen Mann« geworden war. Wir vereinbarten einen Termin für die Abreise, ich kümmerte mich um die Inspektion des Autos, und dann fuhren wir los.

Die Reise in den Süden verlief ohne Probleme. Als wir in Algeciras bei der Zufahrt zur Fähre vom Zoll kontrolliert wurden, stellte ich plötzlich fest, dass ich meine Handtasche in der Bar vergessen hatte, wo wir die Wartezeit verbracht hatten. Man stelle sich vor: Der Zollbeamte fragte nach den Dokumenten und zeitgleich fiel mir ein, dass ich sie über der Stuhllehne hatte hängen lassen. Ohne lange nach einer Erklärung zu suchen, gab ich Gas und raste zurück zur Hafenausfahrt. Vor der Kneipe sprang ich aus dem Wagen und erreichte den hinteren Teil des Lokals gerade in dem Moment, als ein Kellner dabei war, den Inhalt meiner kleinen Ledertasche zu durchwühlen. Ohne zu zögern, entriss ich sie dem verdutzten Mann, sagte *gracias* und verschwand sofort wieder. Neben meinem Pass und der Schiffspassage befanden sich darin

22.000 Mark. Nach diesem gewaltigen Schrecken erschien mir die raue See, die unseren Mägen auf der Überfahrt nach Ceuta zusetzte, geradezu harmlos.

In Ketama lief alles ohne Probleme. Wieder blieben wir ein paar Tage, ehe wir mit 50 Kilo an Bord das Land via Melilla verließen. Diesmal setzten wir nach Málaga über, wo Pit die Zollkontrolle im Hafen souverän meisterte. Sein Urlaub ging bald zu Ende und so nahm er einen Flieger nach München, während ich den Rest der Strecke gemütlich nach Norden fuhr.

Mit der Gemütlichkeit war es jedoch vorbei, als nicht weit hinter der französischen Grenze der Motor des Citroën platzte. Das heißt, er platzte nicht, sondern implodierte. Der Abschleppdienst brachte den Wagen zur nächstgelegenen Werkstatt nach Pezénas, einem Einmannbetrieb, der über eine Garage mit Grube verfügte. Ein Franzose mittleren Alters musterte erst mich und dann den Wagen. Er sah sich die Sache gründlich an, dann stellte er die vernichtende Diagnose: »Diese DS können sie wegwerfen. Eine Reparatur lohnt sich nicht, die Kosten würden den Wert des Wagens übersteigen.«

»Was müsste ich denn investieren, wenn Sie mir die Kiste dennoch reparierten?«

Er hob die Schultern. Er zog eine Schnute. Er senkte sein Haupt. »Ich könnte Ihnen einen Austauschmotor einbauen. Der dürfte für 1.000 Francs zu bekommen sein. Plus zehn Stunden Arbeit. Alles in allem, sagen wir 1.500. Aber so viel ist ihr Auto nicht mehr wert. Zumindest hier in Frankreich nicht«, setzte er hinzu.

»Aber mir ist es das wert«, entgegnete ich energisch. »So eine alte DS hat schließlich auch einen ideellen Wert.«

Der Mann lachte. »Ihr Deutschen und eure ideellen Werte! Also gut: Sie wollen im Ernst, dass ich einen neuen Motor einbaue?«

»Ich bitte darum. Wann kann ich meine Reise frühestens fortsetzen?«

Er blies die Backen auf. Er umrundete den Wagen. Er klopfte mir auf die Schulter. »Wenn Sie ein wenig mithelfen, dürften wir morgen Nachmittag fertig werden. Übrigens: Ich heiße Rémy.«

Wir gaben uns die Hand.

Das Problem war, dass ich wie üblich die Spesen knapp berechnet hatte. Motorschäden waren da nicht einkalkuliert. Ich besaß noch 1.000 Francs, konnte somit die Reparatur nicht bezahlen. Noch während ich dem Mann das alles auseinandersetzte, erschien seine Frau in der Werkstatt und orderte uns auf einen Kaffee in die Küche. Man gestattete mir, das Telefon zu benutzen, aber Walter war nicht zuhause. Er war mein Partner, und wer, wenn nicht er, hätte mir das Geld für die Reparatur schicken können? Dennoch begannen wir gemeinsam mit dem Ausbau des Motors.

Stündlich versuchte ich, Walter zu erreichen. Nichts zu machen, er hob nicht ab. Auf der Basis deutsch-französischer Sympathie arbeiteten Rémy und ich zusammen, und als der Motor draußen war, ich Walter aber noch immer nicht erreicht hatte, beschlossen Rémy und Evangeline, mir zu vertrauen. Sie boten mir sogar an, auf ihrem Sofa zu übernachten, und Rémy kaufte die Austauschmaschine.

Tags darauf war der Wagen wieder fahrbereit. Ich versprach, sobald ich in München wäre, das Geld für die Reparatur zu überweisen. Als ich schließlich weiterfuhr, standen die beiden vor dem Haus auf der Straße und winkten mir nach, wie man einen Verwandten verabschiedet, mit dem man eine schöne Woche verbracht hat.

Dass ich Wort hielt, versteht sich von selbst. Wann immer ich in den Folgejahren durch Pézenas fuhr, besuchte ich Rémy und Evangeline. Meine Autopanne und die anschließende Reparatur, der Vertrauensvorschuss und die prompte Regelung meiner Verbindlichkeit hatten eine kleine deutsch-französische Freundschaft entstehen lassen. Sie hielt, solange ich mit dem Auto nach Spanien fuhr und an Pézenas vorbei kam. Selbst als ein paar Jahre später die Autobahn gebaut wurde und der Verkehr nicht mehr durch den Ort floss, nahm ich jedes Mal die Ausfahrt, um meinen Freunden Rémy und Evangeline *bonjour* zu sagen.

Nachdem ich in München angekommen war, kümmerte sich Walter sofort um den Verkauf der Ware. Er rief Edi und Roman an, die beiden Österreicher, die uns den größten Teil des Stoffs abnahmen. Sie hatten Kunden in Kempten, in Bregenz und in Zürich, und vor allem, sie waren korrekt und zuverlässig. Roman wurde zu einem meiner wichtigsten Geschäftspartner und bald waren wir Freunde. Innerhalb von zwei Wochen war das Haschisch bei den Kiffern angekommen und weil die Qualität gleichbleibend gut war und der Preis stabil (wir verlangten 2.000 Mark fürs Kilo), machte man uns Komplimente, ähnlich einem Winzer, der einen guten Tropfen im Fass hat.

Im Viertel hingegen gab es den ersten Ärger. Da ich der offizielle Wohnungsmieter war, schickte mir die Hausverwaltung eine Mahnung: Die Nachbarn hätten sich beschwert, dass nachts wiederholt Rocker mit lauten Motorrädern vorgefahren seien, dass es Geschrei auf der Straße gegeben habe, dass ein Herr Doktor Soundso von einer zweifelhaften Dame angepöbelt worden sei und dergleichen Unerfreulichkeiten mehr.

Was hätte ich sagen sollen? Walter hatte sich eine schwere Honda gekauft und schleppte nachts zuweilen eine Neubiberger Rockerclique an. Und wie von Rockern nicht anders zu erwarten, waren die Jungs nicht zimperlich, und ihre Bräute pflegten ungeschminkten Text zu reden. Da konnte es schon mal vorkommen, dass ein aufgebrachter Akademiker im Dialog mit der militanten Arbeiterklasse den Kürzeren zog. Jedenfalls war es der Beginn einer Monate andauernden Streiterei mit der Hausverwaltung, bis wir nach einem Jahr dort wieder auszogen. Aber vorerst blieben wir und unsere Wohnung wurde zu einem der Brennpunkte im Münchener Haschisch-Handel.

Es war die Zeit, als die Rolling Stones im Arabella-Studio eine LP aufnahmen (ich glaube, es war »*It's only Rock'n'Roll*«) und Wacki, der mit dem *Tiffany*-DJ George befreundet war, der wiederum Keith Richards gut kannte, den Auftrag erhielt, für die Band eine Palette Drogen zu besorgen. Und da die Stones Feinschmecker waren, die nur vom Besten rauchten, verkaufte ihnen Wacki unseren *Zero-Zero*. Einmal begleitete ich ihn ins Studio, war aber ziemlich angepisst, als ich sah, wie herablassend wir von den Stones behandelt wurden. Immerhin zahlten sie gut, aber anschließend erklärte ich meinem Freund, dass dies das letzte Mal gewesen sei. Sollten sie doch zusehen, wo sie ihren Shit herbekämen.

Weitere Kunden waren der Country-Paul und der Emilio, beides Originale aus der Halbwelt. Ich nahm zur Kenntnis, dass es in München fließende Übergänge von der Bohème zur Unterwelt und von der Unterwelt zu den Bullen gab. Aber wirklich heimisch wurde ich in der Stadt nie. Ich kam vom Hunsrück, ich liebte die Natur und meine Sehnsucht galt der Landstraße. Stadt bedeutete mir immer bloß Zwischenstation: gute Restaurants, Konzerte und Nachtclubs. Es dürfte zu der Zeit gewesen sein, dass Walter mich mit in den Zirkus Krone nahm, wo die kalifornische Band Manassas ein Konzert gab. Ungeniert stopfte sich Stephen Stills auf der Bühne Koks in die Nase, und das, so fand Walter, war ein Kerl mit Courage.

Die Deutschen schienen in den Siebzigern irgendwie den Anschluss verloren zu haben. Seit den Festivals auf Burg Waldeck, wo Degenhardt und Mossmann, Wader, Süverkrüpp und viele andere auftraten, waren in der Popkultur kaum politische Stellungnahmen zu hören, zumindest bis an unsere Ohren drangen sie nicht. Wie bitte, Alexandra? Von ihr hätte etwas Rebellisches kommen können, aber als sie sich eingesungen hatte, kam sie ums Leben. Zwei Wochen vor Woodstock war das. Blieben Nina Hagen, Rio Reiser und Reinhard Mey. Bei allem Respekt vor deren Bemühungen: Im Land der Richter und Henker hätte es einer militanteren Performance bedurft, als es die biedere Latzhosen-Kultur der BRD war. Von der Protestkultur in der DDR erfuhren wir außer von Wolf Biermann und Karat nicht viel. Jugendkultur war damals angelsächsisch, teilweise französisch, aber ganz gewiss nicht deutsch. In Deutschland versuchte man Kultur mit dem Kopf zu machen, aber der Groove war etwas, das nicht aus dem Kopf kam. Die Amis hatten neben Pete Seeger, Woody Guthry und Joan Baez Anarchisten wie John Belushi, Ken Kesey und Hunter S. Thompson, die Engländer Dutzende krimineller Künstler, die Franzosen Michel Polnareff und Gilbert Becaud, die Belgier Jacques Brel, während die Deutschen noch an den Knochen nagten, die ihnen Freddy Quinn und Ivan Rebroff hinwarfen. Schriftsteller wie Jörg Fauser und Henry Jaeger stellten die Ausnahmen dar, aber sie hatten es schwer, sich Gehör zu verschaffen. So schlossen wir uns den Angelsachsen an, bedenkenlos importierten wir Gedanken von Jim Morrison und Lou Reed, und das tat dem Land und seiner Kultur gut, nachdem man in den zwölf Jahren des Wahnsinns die besten Bücher verbrannt, die guten Regisseure vertrieben und die meisten Musiker gleichgeschaltet hatte. Es dauerte tatsächlich bis in die Siebziger, bis wir gegen den Staat Front machten: Wir nahmen harte Drogen, wir brachen das Gesetz und leisteten auf diese Weise Widerstand durch unseren Lebensstil.

Im Laufe der Monate hatten wir uns zu einer kleinen Bande entwickelt, die von Walter und mir zusammengehalten wurde. Wir trugen zwar keine Kutten und eine Satzung gab es auch nicht, aber wir waren solidarisch, und wenn es Probleme gab, standen wir Seite an Seite. Und da es in jüngster Zeit wiederholt vorgekommen war, dass Dealer gelinkt worden waren, wir uns aber nicht linken lassen wollten (Lothar und Lolita lassen grüßen), organisierte Walter einige Schusswaffen, die wir fortan in der Wohnung hatten oder am Mann trugen. Zum erweiterten Kreis unserer Bande gehörten Wacki, Emilio, Tommy, Roman und Christel. Als Verfechter der Doktrin der Abschreckung trugen wir die Kanonen zuweilen auch in den Nachtclubs, wo wir sie »diskret« im Halfter stecken hatten. Das sprach sich schnell herum, und Walters Ankündigung, einen jeden umzulegen, der versuchen sollte, uns zu bescheißen oder gar zu berauben, vervollständigte unser Image. Wir waren jung, als Gangster gefielen wir uns und wir dachten, wir seien die Coolsten.

Eines schönen Tages war ich unterwegs mit Walter, um zwei Kilo Hasch zu verkaufen. Der Kunde war zum verabredeten Zeitpunkt nicht im Englischen Garten aufgetaucht, sodass wir ihn anriefen. Es sei ihm etwas dazwischen gekommen, er bat um eine Verlegung des Deals um zwei Stunden. Die Ware lag im Kofferraum, das Auto parkte in einer Nebenstraße der Münchener Freiheit. Wir beschlossen, die Wartezeit im Kino zu verbringen, denn Walter hatte gesehen, dass im Arri-Kino der Film »*Up in Smoke*« mit Cheech und Chong gezeigt wurde, und den wollte er unbedingt sehen. Ehe wir die Karte kauften, drehte er einen Grasjoint, den wir gemeinsam rauchten, bis die Glut uns fast die Lippen versengte. Dann betraten wir das Auditorium des Filmpalasts an der Leopoldstraße. Ich erinnere mich nur an eine vergleichbare Situation, bei der das Gelächter ähnlich außer Kontrolle geriet wie während dieses völlig durchgeknallten Kifferstreifens aus Los Angeles. Das hervorragende Marihuana wirkte wie eine eigens für diese Komödie erfundene Stimulanz. Cheech & Chong, diese Burschen würden wir uns merken.

Daheim wuchs unsere Plattensammlung: Steuerte ich LPs von Steely Dan, Santana, Traffic und Pink Floyd bei, so ergänzte Walter die Auswahl mit Yes, Poco, Loggins und Messina, den Doobie Brothers und Crosby, Stills, Nash & Young.

Neben seinen Tieren galt seine Liebe der Musik. Ich profitierte davon, indem er mich mit einer Menge guter Musiker bekannt machte, die ich ohne ihn wahrscheinlich nie gehört hätte. Während ich unterwegs war, saß er tagelang in den großen Plattenläden und hörte sich die Neuerscheinungen an. Und wenn es zeitlich hinhaute, nahm er mich mit in Konzerte von Frank Zappa and the Mothers of Invention, zu »*The Wall*« von Pink Floyd, zu Emerson, Lake and Palmer, zu Uriah Heep und Jethro Tull. Mit diesem Sound rüstete ich auch unsere Autos aus, sodass auf den Reisen nach Spanien immer gute Musik an Bord erklang. Die Einnahmen aus unseren Geschäften landeten ausnahmslos in der oberen Schublade unserer Bauerntruhe, wo sich jeder von uns beiden nach Bedarf bediente. Eine ganze Zeit lang klappte das auch, jedenfalls solange die Geschäfte liefen und die Truhe gefüllt war. Sozialismus in der Wohngemeinschaft.

Wacki hatte Walter den Vorschlag gemacht, einen Segeltörn zu finanzieren. Sein Bekannter Werner S. besäße das Kapitänspatent. Sein Plan war, von Toulon nach Ibiza zu segeln. Die Insel war damals in aller Munde, seit den Sechzigern war sie Treffpunkt der Hippies, und wer seinen Horizont erweitern wollte, wer alternative Lebensweisen ausprobieren wollte, wer ungestört Drogen konsumieren und befreiten Sex haben wollte, für den war Ibiza einer der Orte in Europa, den es zu besuchen galt.

Walter und ich kamen überein, dass ich zuvor noch einen Transport von Ketama organisieren sollte, ehe wir uns dann zwei Monate beim Segeln und auf Ibiza erholen würden.

Ich beschloss also, noch einmal mit Pit auf die Reise zu gehen. Wir verabredeten uns in Torremolinos, ich selbst zog es vor, zu fliegen. Als ich am übernächsten Morgen die Ankunftshalle des Flughafen von Málaga betrat, stand Pit schon da und grinste. Zuverlässig und cool, was ich an ihm schätzte. In weniger als zwei Tagen war er von Bayern an die Costa del Sol gefahren, nonstop, wie er mir nicht ohne Stolz verkündete.

In Torremolinos lernten wir zwei Engländerinnen kennen, Eleanor und Christina. Christina hatte eine Struwwelpeter-Frisur. Sie war die Tochter eines Nigerianers und einer Waliserin, ein auffallend hübsches Mädchen. Eleanor stammte aus Manchester. Die beiden waren Freundinnen. Sie gefielen mir, und so lud ich sie ein, in drei Wochen mit uns zu segeln. Sie wollten es sich überlegen.

Tags darauf verabschiedeten Pit und ich uns nach Marokko, versprachen den Mädchen aber, in einer Woche zurück zu sein. Die Überfahrt von Algeciras nach Ceuta, die Reise nach Ketama und die Abwicklung des Geschäfts wurden langsam zur Routine, wenngleich es keine einzige Reise gab, die vollkommen planmäßig verlief. Aber in der Regel konnten wir die auftretenden Probleme lösen.

Ein paar Tage später waren wir zurück in Spanien. Wir trafen die Mädchen von Torremolinos wieder, und zum Schmusen kamen wir diesmal auch. Und da es in der Kiste mit Christina gut lief, lud ich sie ein, mit nach München zu kommen. Eleanor hatte dazu keine Lust, aber der Segeltörn reizte sie, da wollte sie gerne dabei sein. So machten Christina und ich uns auf den Weg mit dem Auto, während Pit, der wie beim letzten Mal zurück zum Militärdienst musste, einen Flieger nach München nahm. Wenngleich es das fünfte Mal war, dass ich Spanien von der Costa del Sol bis zu den Pyrenäen durchquerte, war die Fahrt nicht langweilig. Dafür sorgte meine Begleiterin, die mich mit allerlei Geschichtchen, Kommentaren und Beobachtungen unterhielt. Als wir zur Grenze kamen, bat ich Christina, auszusteigen und zu Fuß hinüberzugehen.

Was nun folgt, habe ich im Eingangskapitel bereits beschrieben: Christina fühlte sich zusehends unwohler, je mehr ich sie in unsere Geschäfte einweihte. Als wir in München ankamen und sie dort bei der denkwürdigen »Polizeirazzia« anwesend war, bei der Emilio, Walter und ich nicht vorhatten, uns kampflos zu ergeben, hatte Christina beschlossen, auf den Segeltörn zu verzichten, und sich von mir zum Flughafen bringen zu lassen. Zu unserer Erleichterung waren die beiden Lederjacken vor der Wohnungstür am Ende doch keine Polizisten mit Durchsuchungsbefehl gewesen, sondern Drücker, die uns lediglich eine Fernsehzeitung hatten aufschwatzen wollen. Hinter der Küchentür hörte ich, wie Emilio die Waffe sicherte, dann wurde ich unfreundlich und schickte die aufdringlichen Kerle fort. Hätte es sich an diesem Sonntagmorgen tatsächlich um Polizisten gehandelt, wer weiß, wie diese Geschichte ausgegangen wäre. Noch heute weigert sich meine Fantasie, mir das Szenario auszumalen.

Wenige Tage danach kam Walter früher als sonst von einem Besuch in der Disco zurück. Ich hatte den Abend mit einem Mädchen daheim verbracht und wir hörten noch Musik, als Walter und Emilio auftauchten. Mit einer Mischung aus Charme und Schadenfreude berichteten sie, dass sie Klarabella, die Vorzeigetänzerin aus Bad Wiessee im *Belle Blue* getroffen hätten, die ihnen die Brieftasche eines Zivilfahnders verkauft hatte. Der Fahnder, ein Hauptkommissar des Landeskriminalamts, der offenbar glaubte, er könne sich inkognito in der Szene bewegen, hatte die junge Frau erst mit einigen Drinks schachmatt gesetzt, und als sie endlich betrunken war, zu einem Quickie auf der Herrentoilette überredet. Dabei muss ihm sein Portemonnaie aus der Tasche gerutscht sein, Klarabella fand es jedenfalls neben der Kloschüssel, nachdem sich der Beamte vorzeitig vom Tatort entfernt hatte.

Jeder, der sich in der Münchener Unterwelt einigermaßen auskannte, wusste, dass Emilio ein Gauner von altem Schrot und Korn war, der schon einen Bauchschuss überlebt hatte, den ein Bulle ihm nach einem Einbruch auf der Flucht verpasst hatte. Emilio kannte sich im Rotlichtmilieu ebenso aus wie in der Drogenszene, er konnte illegale Knarren besorgen und er wusste, wie geklaute Autos über Nacht einfach verschwanden. Da er wiederholt in Stadelheim gelandet war, kannte er eine Menge Ganoven, und die Ganoven kannten ihn. Daneben war er in der Bohème zuhause, die er seit Mitte der Sechziger mit Hasch und LSD versorgte.

Klarabella, die mit dem Bullengeldbeutel wenig anfangen konnte, kannte Emilio und machte ihm ein Angebot. Weil der die verlangte Kohle nicht besaß, bot er Walter das Fundstück an, und die drei wurden handelseinig. Jetzt lag das Portemonnaie des Polizisten vor uns auf dem Tisch und wir sahen uns den Inhalt genauer an. Das Bargeld hatte Klarabella schon eingesackt, aber das war uns sowieso egal. Worauf wir ganz heiß waren, das waren die Telefonnummern der Kollegen aus dem Rauschgiftdezernat, die Namen und Nummern der V-Leute und Spitzel, die Listen mit den Kennzeichen der Zivilfahrzeuge. So war ich erstaunt, als ich las, dass die Münchener Polizei mit Autos aller deutschen Hersteller und Kennzeichen anderer Großstädte unterwegs war. Bis dahin hatten wir geglaubt, sie führen nur BMW mit Münchener Kennzeichen und einer kleinen Stabantenne auf dem Dach. Jetzt erfuhren wir, dass sie mit Berliner, Frankfurter und Kölner Kennzeichen unterwegs waren und dass sie neben den BMW-Limousinen auch Autos von VW, Ford und Opel hatten.

Am nächsten Tag fuhren Walter und ich in die Innenstadt und kopierten alles. Nicht nur den Polizeiausweis, den Waffenschein, den Perso, den Führerschein und sogar den Angelschein, sondern auch das Telefonverzeichnis, in dem sich erstaunlicherweise auch Name und Nummer eines CIA-Mannes befanden, allerdings ohne Adresse. Den Geldbeutel mit den Originalen schickten wir mit einem frechen Gruß ans LKA, die Kopien übergaben wir der Redaktion der alternativen Stadtzeitung *Blatt*, die die Listen in der nächsten Ausgabe abdruckte. Jedenfalls konnten alle Münchener ein paar Tage darauf lesen, mit welchen Fahrzeugen ihre Polizei *undercover* unterwegs war. Die Redaktion der Zeitung hätte sich die Wikileaks-Strategie gewiss zweimal überlegt, hätten sie geahnt, dass ihnen die Veröffentlichung der Kennzeichen eine Hausdurchsuchung und ein Strafverfahren wegen Geheimnisverrates einbringen würde. Wie genau dieser Prozess endete, weiß ich nicht mehr, aber das *Blatt* stand auf der Kippe, denn es gab Stimmen aus der CSU, die verlangten, dass die »linke Schmutzpostille« dicht gemacht gehöre. Für die Polizei war der Fall eine Blamage, für die Zeitungsleser ein beschmunzeltes Spektakel. Welche Konsequenzen die Sache für den betreffenden Polizisten hatte, ist nie nach außen gedrungen, aber das alles dürfte nicht spurlos an ihm vorüber gegangen sein.

## 1.5 Segeln

Das Schiff lag im Hafen von Toulon. Werner Sauber, der Kapitän und seine Frau Elke hatten es schon verproviantiert. Ich kam mit Walters Freundin Gerda in unserem »Firmenwagen« angereist, einem Autobianchi A 112, den wir uns kurz zuvor gekauft hatten. Ehe Gerda und ich als letzte an Bord gingen, liefen wir eine Runde über den Markt, wo ich eine Steige Kirschen erstand. Dann suchte ich einen vermeintlich sicheren Parkplatz für das Auto, denn schließlich würden wir mehrere Wochen unterwegs sein. Ich stellte es in Sichtweite der Kommandantur auf dem Hafengelände ab.

Das Schiff war auf den Namen *Aherlow* getauft, ein solides, in den dreißiger Jahren in Schottland gebautes Holzschiff mit einer Länge von 16 Metern. Mit neun Personen an Bord war seine Kapazität ausgeschöpft. Es war das erste Mal, dass ich auf einem Segelschiff stand, und als ich mir einen Schlafplatz aussuchen sollte, entschied ich mich für die »gemütliche« Kajüte im vorderen Teil des Rumpfes. Was alle anderen Passagiere außer mir zu wissen schienen: Im Bug eines Segelschiffes ist es immer am unbehaglichsten. Von vorne kommen die Wellen …

Zur Crew gehörten, außer dem Kapitän und seiner Frau, Wacki und Walter, sowie dessen Freundin Gerda, die er eifersüchtig im Auge behielt. Dann stellte Walter mir die Leichtmatrosen Abraham und Ekkehard vor, die für die Schwerarbeit an Bord angeheuert worden waren. Denn Segeln, das sollte ich schon bald lernen, kann harte Arbeit bedeuten. Last but not least war Eleanor aus England gekommen. Sie hatte sich von Christinas Erzählungen nicht verunsichern lassen und war meiner Einladung von Torremolinos gefolgt. Ich hatte zwar kein Interesse, die Koje mit ihr zu teilen, aber auf einem Segelschiff geht es beengt zu. Eleanor quartierte sich also in meiner Kajüte ein. Wir waren somit zu neunt, alle im Alter zwischen zwanzig und dreißig. Der Kapitän war leidlich erfahren, was die Steuerung eines größeren Segelschiffes angeht, sagen wir es mal so: Er war zuvor schon auf dem Meer gesegelt. Alle anderen waren unerfahrene Spaßsegler, sieht man einmal von Wochenendsegeltörns auf dem Ammersee ab.

Am Nachmittag machten wir bei herrlichem Himmel die Leinen los und tuckerten mit Motorkraft aus dem historischen Hafen von Toulon, aus dem Napoleon seinerzeit die englische Flotte vertrieben hatte. Sobald wir auf dem offenen Meer waren, dem berüchtigten Golfe du Lion, installierte Walter die Lautsprecher einer Musikanlage an Deck und zu den Klängen von Loggins und Messina setzten wir volle Besegelung. Dazu gab der Kapitän Anweisungen, und er vergaß auch nicht, uns klarzumachen, dass er die Bordgewalt ausübe. Bekifft nahmen wir es zur Kenntnis und grinsten uns an. Dann holte ich die Kirschen aus der Kombüse und forderte alle angehenden Seeleute auf, zuzugreifen. Es waren pralle Herzkirschen von tiefroter Färbung, die angeblich aus der Provence stammten, und sie schmeckten köstlich. Lediglich der Kapitän, der am Steuer saß, konzentrierte sich auf den Kurs, denn in Hafennähe kreuzten wir die Linie großer Schiffe. Eine ganze Weile segelten wir bei optimalem Wind gen Süden. Unser Ziel war Ibiza, wo wir vorhatten, zwei oder drei Wochen zu chillen.

Vorerst faulenzten wir an Deck, aßen Kirschen und erfreuten uns eines sanften Wellengangs. Werner hielt das Steuer in der Hand, sonst war im Moment nichts zu tun. Die Wellen gaben den Rhythmus vor und ich hatte das Gefühl, als beschützten sie uns. Selten hat mich etwas so schnell für sich eingenommen wie das Meer, das alle meine Sinne fütterte und mir eine Perspektive für die Zukunft bot:

*Sage mir, Muse, die Taten des vielgewanderten Mannes,*
*Welcher so weit geirrt, nach der heiligen Troja Zerstörung,*
*Vieler Menschen Städte gesehn und Sitte gelernt hat,*
*Und auf dem Meere so viel unnennbare Leiden erduldet,*
*Seine Seele zu retten und seiner Freunde Rückkehr.**

Am Spätnachmittag frischte der Wind plötzlich auf, und der Kapitän ordnete an, das Hauptsegel zu reffen. Das Manöver klappte. Da aber der Wind zusehends forscher blies, wurden auch Fock und Besan eingeholt. Eine Stunde, nachdem kein Land mehr in Sicht war, hatte sich ein starker Sturm über uns zusammengebraut, und

* Beginn der Odyssee von Homer

als es dunkel wurde, steckten wir mitten in einem Orkan. Werner riet allen, sich Ölzeug überzuziehen und er ordnete an, dass jeder, der sich an Deck bewegte, angeleint zu sein habe. Längst bewegten wir uns wieder mit Motorkraft. Außer Abraham und Werner, die am Steuerrad saßen, waren alle unter Deck. Das aufgewühlte Meer warf enorme Wellenberge gegen das Schiff, und unsere aufgewühlten Mägen warfen ihre Inhalte in das Schiff. Als ich spürte, dass ich mich übergeben musste, kletterte ich rasch die Leiter hinauf und öffnete die Luke. Ich war mit dem Kopf noch nicht ganz draußen, da brach es eruptiv aus mir heraus. Ich spie die ganze Ladung Kirschkompott in den Wind, chancenlos, denn die schleimig-rote Soße lief mir in den Kragen, und Werner und Abraham klatschte sie ins Gesicht. Ich fühlte mich elend, spürte aber, dass Wind und kalter Regen den Schwindel linderten. Werner meinte, ich solle mich auskotzen und an Deck bleiben; an der frischen Luft ließe sich die Seekrankheit leichter ertragen als im Bauch des Schiffes.

Ich kletterte also noch einmal hinab, zog mir wasserdichte Klamotten an und setzte mich zu den Männern am Steuerrad. Unterdessen tobte auf dem Meer ein Sturm wie ich ihn – abgesehen von den Taifunen vor China – weder davor, noch danach je erlebt habe. Am ersten Abend auf See waren wir also in einen Orkan geraten. Und Werner war der einzige an Bord, der zuvor schon gesegelt war. Einen Sturm wie diesen hatte er allerdings auch noch nie erlebt. Jetzt konnte er zeigen, ob er als Kapitän etwas taugte. Alles, was nicht wirklich gut befestigt war, ging mit dem Wind über Bord. Irgendwann riss der Sturm sogar das Hauptsegel vom Baum und der Wind nahm es mit in die Dunkelheit. Gigantische Wellen rollten heran und warfen das Boot hierhin und dorthin. Immer wieder brachen sie über das Vorderdeck, unmöglich, meine Kajüte zu erreichen, wohin sich Eleanor in ihrer Angst verkrochen hatte. Ein ums andere Mal wurden wir über die Gischt gehoben, einem vom Wind aufgepeitschten Sud aus Wasser, Luft und wilder Kraft, der als graue Fläche über den Wellen stand, und der das Schiff wie ein horizontaler Platzregen umsprühte. Sobald die Dünung uns in die Tiefe zog, war die Sicht auf eine halbe Bootslänge reduziert und uns blieb nichts als zu hoffen, dass die *Aherlow* dieser Prüfung standhielte. Unter Deck hatten die Frauen angefangen, Gebete zu sprechen. Walter lag stöhnend auf dem vollgekotzten Bett des Kapitäns, Wacki dürfte es ähnlich ergangen sein. In der Küche war nichts mehr so wie vor der Abreise: Töpfe rollten auf dem Boden herum, Geschirr war zu Bruch gegangen, ein Glas Kichererbsen war umgekippt und nun kullerten die Erbsen im Salon auf dem Teppich herum. Weiter hinten war die Klotür aufgesprungen und ein ekliges Gurgeln aus Salzwasser und Erbrochenem ertönte aus der Schüssel, wie mir später von Gerda berichtet wurde, die auf die Idee mit dem Rosenkranz gekommen war. Tatsächlich war sie davon überzeugt, dass uns die Bittgebete an die heilige Maria das Leben gerettet hatten. Draußen tobte unvermindert der Orkan. Alles was wir am Steuer tun konnten, war, die Wellen in einem Winkel von 45 Grad zu schneiden; was auch gelang, denn der Motor sorgte zuverlässig für Schub.

Der Sturm hielt an. Die ganze Nacht und den ganzen darauffolgenden Tag. Am Abend des zweiten Tages auf See – an der Heftigkeit des Windes und an der Wucht der Wellen hatte sich nichts geändert – erklärte unser Käpt'n, er sei groggy und müsse sich ein paar Stunden hinlegen. Abraham hatte sich längst zu den Anderen nach unten begeben. Ob ich mir zutraute, das Boot auf Kurs zu halten? Sollte irgendein Problem auftreten, sollte ich ihn sofort wecken. In der Tat war ich der Einzige, der seine Seekrankheit überwunden und der die ganze Zeit an der Seite Werners ausgeharrt hatte. Ich hatte gesehen, wie er die Abtrift mit dem Steuerruder ausgeglichen hatte und wie das Schiff dem Sturm trotzte. Also übergab er mir das Kommando und verschwand nass und matt unter Deck. Später, so sein Plan, wollte er dann unsere Position bestimmen, denn es war klar, dass der Sturm uns vom vorgesehenen Kurs abgebracht hatte. Wir kannten unsere Koordinaten also bloß noch ungefähr: irgendwo im Golf du Lion.

Als ich allein war, auf breiten Beinen stehend das Steuer in den Händen hielt, während die Sturmsee das Schiff innerhalb von Sekunden auf den Wellenkamm hob, um es danach wieder fallen zu lassen, da hatte ich mit einem Mal das Empfinden, der Befehlshaber in einem großen Kampf zu sein. Der Regen, der mir bei der anpeitschenden Gischt bis dahin gar nicht aufgefallen war, das stete

Heulen des Windes, der an allen Leinen und Objekten zerrte, die er noch nicht mit sich gerissen hatte und das nach mehr als dreißig Stunden immer noch tosende Meer: Ich sah mich in der Mitte von alldem die Kontrolle über das Schiff bewahren. Es erschien mir, als verschmölze ich mit dem Leib der *Aherlow* zu einer Einheit, als ritte ich ein widerspenstiges Meeresungeheuer durch einen Gesang der Odyssee. Das Bewusstsein, Macht über das kleine Schiff im schweren Sturm zu besitzen und die Verantwortung für die unter Deck schlagenden Herzen zu tragen, erfüllte mich mit großer Befriedigung. Mit einem Mal hatte ich das Gefühl, Poseidon sei mein Verbündeter, und alles werde gut. Tatsächlich hatte ich während der 36 Stunden, die wir dem Orkan die Stirn boten, keine Sekunde der Angst erlebt. Hatte ich mich anfangs beim Aufkommen des erhöhten Wellenganges noch krank in eine Koje gekauert, war mein Befinden zusehends besser geworden, nachdem ich den Magen entleert hatte und anschließend im Wetter geblieben war. Und jetzt, in der zweiten Sturmnacht, stand ich ganz allein am Steuer und hielt Kurs. Die Zeit, da ich Werner hätte aufwecken sollen, war verstrichen, und da ich die Phase des Gähnens längst überschritten hatte, beschloss ich, die Nacht bis zur Dämmerung durchzuhalten. Die Sicherheit, die ich verspürte, seit ich den Orkan nicht mehr als Bedrohung empfand, stärkte mein Bewusstsein, etwas Wesentliches über das Leben erfahren zu haben: Die Illusion, inmitten des Chaos, des Ausgeliefertseins an die Naturgewalt, Kontrolle über das Schiff und den Kurs gehabt zu haben. Dabei ist mir inzwischen längst klar, dass es sich um eine Sinnestäuschung gehandelt hat: Kein Mensch kann sein Leben in solch einer Situation kontrollieren, hinter jeder Welle, jedem Gedanken und jeder Angst lauert das Chaos, das alles umwerfen kann. Und dennoch hatte ich auf dem Segelschiff im Sturm das Empfinden, der Steuermann zu sein.

Genauso plötzlich, wie er gekommen war, ließ der Wind mit dem ersten Lichtstreif am Horizont nach. Die Gischt erschlaffte und fiel in sich zusammen, die Wellen schäumten nicht mehr, das Meer schwappte nur mehr wie Wasser in einer Wanne. Die Sonne kam von hinten, und in den ersten Strahlen präsentierte sich die See glatt, sodass man hätte glauben können, den Sturm habe es nie gegeben. Das Licht glitt über das Wasser, bis es von den Felsen einer Küste festgehalten wurde und in zartem Rosa erstarb.

Ich reinigte das Okular des Fernrohrs und blickte hindurch. Gleichmäßig klopfte im Maschinenraum der Motor und ruhig pflügte die *Aherlow* durch die See. Schließlich sah ich die Felsen deutlich vor mir, von der Sonne beschienen in der klaren Luft nach dem Regen, und ich fragte mich, zu welchem Land diese Küste wohl gehörte. Als wir uns auf wenige Seemeilen genähert hatten und ein Kurswechsel nötig wurde, schob ich die Luke zurück und rief die Meldung hinab, die seit Jahrhunderten wie Musik in den Ohren der Seefahrer klingt: »Land in Sicht!« – Das erhörte Gebet nach Sturm, Düsternis und Zweifel.

Die Nachricht wirkte auf die niedergeschlagenen Gefährten wie reine Energie. Im Nu waren sie an Deck, um sich selbst zu überzeugen. Werner und Abraham hockten sich mit Sextant und Meereskarte an den Kombüsentisch und versuchten herauszufinden, um welches Land es sich handelte. Wie sich bald herausstellte, waren wir mithilfe des Sturms in der Hälfte der vorausberechneten Zeit auf die Ostküste von Menorca gestoßen. Werner rief mir den neuen Kurs zu und ich drehte das Rad auf Südwest, an der Küste der Insel entlang.

Soweit die von der Seekrankheit gebeutelten Gefährten und Gefährtinnen dazu schon in der Lage waren, halfen sie dabei, klar Schiff zu machen. Eleanor kroch salzüberkrustet und zerschlagen aus der Bugkajüte und schüttelte den zerzausten Kopf. Offenbar hatte es ihr die Sprache verschlagen. Unter einem Segeltörn, zu dem sie sich vor zwei Wochen in Torremolinos hatte überreden lassen, hatte sie sich etwas anderes vorgestellt: Sonne, Luxus, Playboys und Sex. Immerhin, am dritten Tag der Seereise kam die Sonne heraus, und von da ab sollte Eleanor auf ihre Kosten kommen.

Nachdem sowohl das Schiff als auch die eigenen Körper sauber waren, nachdem alle Decken und Klamotten in Wind und Sonne getrocknet waren und nachdem die Küche wieder funktionsfähig war, kochte Ekkehard einen Bohneneintopf für alle. Als wir dann gegen Mittag an Deck saßen, es allen schmeckte und alle wieder über halbe Witze lachen konnten, da war der Orkan schnell vergessen. Nur Werner setzte sich zu mir und meinte, es habe Momente gegeben, da würde auch er gebetet haben, hätte er bloß gewusst, zu wem.

Am Nachmittag, das Meer lag wieder scheinheilig glatt in seinem Bett, entdeckten wir den Kadaver eines Wals, dessen Buckel aus dem Wasser ragte. Als wir herankamen, gab es die zweite Überraschung: Der tote Wal wurde von einem lebendigen Hai umkreist, der sich von Zeit zu Zeit einen Bissen Speck abriss. Wir sahen dem Spektakel eine Weile fasziniert zu, ehe wir den Weg fortsetzten. Das war für die meisten von uns Anlass, ab da auf das Bad im offenen Meer zu verzichten. Weder hatte ich gewusst, dass es im Mittelmeer Wale gibt, geschweige, dass sich auch Haie dort tummeln. Fortan hüpfte ich nur noch kurz ins Wasser, um gleich darauf zurück an Bord zu klettern.

Die vielen Schäden am Schiff und die Verluste von Segeln, Seilen und Eimern veranlassten den Kapitän, außerplanmäßig Porto Christo an der mallorquinischen Ostküste anzulaufen. Leider ging die Einfahrt in den Hafen schief, denn plötzlich hatte sich der Motor verschluckt und wollte partout nicht mehr anspringen. Und da es sich ohne Motor schlecht durch eine enge Hafeneinfahrt manövrieren lässt, sollte Abraham mit dem von einem Außenbordmotor der Marke *Seagull* angetriebenen Beiboot an Land tuckern und Hilfe holen.

Während er das Dingi zu Wasser ließ, rauchten Wacki und ich einen Joint, und weil der Joint mit gutem Gras gefüllt war, ließ seine Wirkung nicht lange auf sich warten: Grinsend unterzogen wir die christliche Seefahrt einer phänomenologischen Betrachtung.

Als nun Abraham das Bootchen längs liegen hatte, forderte er Wacki auf, ihm den Motor zu reichen. Der wog zwar bloß 15 Kilo, aber bei der Übergabe gab es einen Moment, da Wacki ihn nicht mehr und Abraham ihn noch nicht sicher festhielt. Es kam, was kommen musste, und ich bedaure sehr, dass es zu der Zeit noch keine Videokameras gab: Von der Schwerkraft gepackt zog es den Außenborder ins Wasser. Schließlich konnte ihn Wacki, der sich schon sehr weit über die Reling gebeugt hatte, nicht mehr halten und ließ ihn los. Gleichzeitig stürzte der Leichtmatrose Abraham kopfüber ins Meer und wir sahen ihn, sich noch lange an der *Seagull* festklammernd, in der Tiefe verschwinden.

Widerstrebend ließ er den Motor endlich los und tauchte prustend und fluchend wieder auf: »Ihr Vollidioten! Da seht ihr, was ihr angerichtet habt! Jetzt könnt ihr zusehen, wie ihr ihn wieder gehoben kriegt«, schrie er und stierte kopfschüttelnd auf das Wasser.

An dieser Stelle kam der Joint zur Wirkung: Weder Wacki noch ich maßen dem Verlust des Außenborders große Bedeutung bei. Im Gegenteil, den Verlust dieses Hilfsmotors betrachteten wir als Lappalie. Was bedeutete schon ein Hilfsmotor? Sowas ließ sich problemlos ersetzen. Wir lachten albern und so laut, dass der Kapitän aufmerksam wurde und uns eine Szene machte. Wir versprachen ihm, den Schaden zu begleichen. Abraham durfte rudern.

Wie wir anschließend mit dem Lot ermittelten, lag der Motor in zwanzig Metern Tiefe, war also mit unseren bescheidenen Mitteln nicht mehr zu bergen. Ein Fischer kam mit seinem Boot herbei und schleppte die angezählte *Aherlow* an die Mole von Porto Christo. Am nächsten Morgen tauchten zwei Mechaniker auf und reparierten den Diesel – eine Sache von zwei Stunden. Wir füllten den Süßwassertank auf, kauften frisches Obst und Brot und tuckerten gegen Mittag wieder aufs Meer hinaus. Den Seeweg von Mallorca nach Ibiza fanden wir, ohne dass der Sextant zum Einsatz kam. In der Nacht durchfuhren wir die Untiefen zwischen dem südlichen Kap Escull d'en Terra und Formentera, was unserem Obermaat Ekkehard volle Konzentration abforderte, der im Dunkeln alle zwei Bootslängen die Tiefe ausloten musste.

Die Durchfahrt wurde zu Werners nautischem Meisterstück. Wir ankerten in der Bucht von Salinas und da uns der Außenborder verloren gegangen war, ruderten wir beim ersten Tageslicht an den Strand. Werner Sauber, unser pflichtbewusster Kapitän, blieb als einziger an Bord und passte auf das Schiff auf, das uns so tapfer durch den Sturm gebracht hatte. Wir hatten die Strecke von Toulon nach Ibiza trotz eintägiger Verzögerung in weniger als vier Tagen zurückgelegt. Der Sturm, ein Rückenwind der besten Sorte, hatte daran gewiss seinen Anteil.

Voller Neugier betraten wir die Erde von Eivissa, wie die Einheimischen ihre schöne Insel heute wieder nennen.

## 1.6 Ibiza

Die ersten Menschen, die über das Meer (woher auch sonst) nach Ibiza gekommen waren, hießen Phönizier. Sie tauchten um 650 Jahre vor Chr. auf den Balearen auf und kamen von der Levante. Ob die ersten Phönizier in derselben Bucht landeten wie wir, ist nicht belegt, jedenfalls kamen wir uns vor wie Entdecker, wie Eroberer eines neuen Territoriums. Und das sollte Ibiza für einige von uns auch werden: ein neues Land, welches zu verändern wir gekommen waren.

Der Strand von Salinas liegt an der südlichen Halbinsel, deren Dünen von Gras und Büschen am Weiterwandern gehindert werden. Dahinter erstrecken sich ausgedehnte Becken zur Salzgewinnung. Dort wo die Straße auf die erste Düne stößt, steht das *Hostal Salinas*, damals die einzige Gastronomie in der Gegend. Der Besitzer dieses privilegierten Strandcafés war Vicente, ein sympathisches Schlitzohr, wie wir bald feststellen sollten. Kaum dass wir auf seiner Terrasse Platz genommen und den ersten Kaffee getrunken hatten, war er schon im Bilde, dass Walter Geld besaß. Vicente hatte ihm die komplette erste Etage der Pension aufgeschwatzt. Im Eiltempo wurden zwei Mieterinnen umquartiert und noch vor Mittag konnte die Reisegesellschaft *Aherlow* ihre Zimmer beziehen. Das heißt, die Seefahrt endete hier, und so holte jeder seine Klamotten vom Schiff. Gleichzeitig löste sich die Gruppe auf.

Nach drei Tagen überführten Werner und Elke die *Aherlow* in den Hafen von Ibiza, wo sie nach Wochen, als ich die Insel verließ, noch immer vertäut lag. Sie blieben auf dem Boot, bis es von seinem Besitzer irgendwann abgeholt wurde. Ekkehard und Abraham, die Walters Angebot, in der Pension zu wohnen, zunächst angenommen hatten, verschwanden nach einer Woche. Vermutlich fuhren sie zurück nach Bayern. Walter, Gerda, Eleanor, Wacki und ich richteten uns bei Vicente ein. Walter und Wacki ließen sich von Freunden aus München ihre Motorräder bringen, andere Münchener, die schon vor uns auf der Insel waren, kamen zu Besuch und blieben tageweise in Salinas. Hier traf ich Sybille, ein Hippiemädchen, das ich im Winter in Schwabing kennengelernt hatte, und wir nahmen unsere Romanze wieder auf. Als Nächste tauchten Christel und ihre Freundin Anne auf, ein paar Tage darauf kamen die Jungs mit den beiden Hondas an, die ab da unsere Fortbewegungsmittel wurden. Die Zimmerflucht der ersten Etage der Pension war rasch belegt. Das Wetter war so, wie man es im Frühsommer auf den Balearen erwartet: heiß und mit Brisen zu festen Zeiten. Wir verbrachten die Tage von Salinas faulenzend am Strand, ernährten uns von Gazpacho und Erdbeeren mit Sahne.

Eines Morgens tauchte Eleanor mit einem verwegen aussehenden Puerto Ricaner auf, der im Gesicht Christels Kater Mumpitz glich, der mich aber später, als wir uns angefreundet hatten, an Cheech Marin vom Kiffer-Duo »Cheech & Chong« erinnerte. Er fühlte sich nicht ganz wohl in seiner Haut, weil er glaubte, mir mit Eleanor mein Mädchen ausgespannt zu haben. Sein Name war Geoffrey Ramos.

»*Hey man, everything's cool*«, fing er an, sich zu entschuldigen. »Ich hab sie nicht angefasst.«

Am Abend zuvor hatte er Eleanor auf einer Tanzfläche kennengelernt, sie waren sich näher gekommen und schließlich in der Kiste gelandet.

Um mich zu besänftigen, erzählten sie mir die Geschichte von Jane, die zu tief ins Glas geblickt und von Tarzan, der sie an der Liane schwingend vor der Schändung durch die Kannibalen gerettet habe. Da ich nicht das Gefühl hatte, einen besonderen Anspruch Eleanor gegenüber zu haben, empfand ich auch keine besondere Verantwortung, erst recht keine Eifersucht. Zwar war sie auf meine Einladung hin nach Toulon gekommen, aber an Bord waren wir uns schon allein des Sturmes wegen nicht näher gekommen. Die vorletzte Nacht, als wir in Porto Christo im Hafen lagen, hatte Eleanor das Lager mit Wacki geteilt.

Geoffrey war jedenfalls Erleichterung anzumerken, als er feststellte, dass ich keine Einwände hätte, wenn Eleanor ihre Tasche packte und mit ihm fortginge. Und so geschah es dann auch. Eleanor und Geoffrey fanden einen Hippie, der sie in seinem Bus in die Stadt mitnahm. Damit hätte ich die junge Frau genau wie schon zuvor ihre Freundin Christina als unbedeutende Episode vergessen können, hätten sich nicht personelle Konsequenzen daraus abgeleitet, die mein weiteres Leben bestimmen sollten. Die Figur, der ein Jahr danach eine Schlüsselrolle zufallen sollte, war Geoffrey Ramos. Aber dazu später.

Während meine Freunde Wacki und Walter auf ihren schweren Hondas über die Insel brausten, lungerte ich während der ersten Tage am Strand von Salinas herum. Der südliche Strandabschnitt war von Nudisten bevölkert, zu denen ich mich nach anfänglichem katholischen Zögern schließlich gesellte. Sich nackt am Strand zu bewegen war für die Hippies und Touristen aus Mittel- und Nordeuropa zur Selbstverständlichkeit geworden, aber nicht so für die Spanier. Von Zeit zu Zeit näherten sich uniformierte Voyeure der Zivilgarde von den Dünen her, und wenn sie genug gespannt hatten, erfolgte der Zugriff: Dann sprangen sie mit Geschrei unter die Nackedeis und verhafteten vorzugsweise alle Frauen, die nicht schnell genug ins Wasser entkamen. Man erzählte sich, dass sie schon einmal eine Gruppe unbekleideter Mädels verhaftet und im Auto zum Untersuchungsrichter gebracht hätten. In der Regel gingen diese Überfälle allerdings aus wie das Hornberger Schießen: Sobald die Polizisten ihre Deckung hinter den Dünen aufgaben, stob die Gesellschaft der Nackten nach allen Seiten auseinander und entzog sich der Festnahme. Man hätte das Ganze als eigenwilliges Spiel ansehen können, wäre es nicht immer wieder zu diesen entwürdigenden Verhaftungen gekommen.

Eines Tages lagen Wacki, Walter und ich am Strand und sahen drei Italienerinnen beim Frisbee zu. Als ein Strandverkäufer mit seiner Kühlbox vorbeilief, luden wir die Mädchen zu einem Eis am Stiel ein, und als wir danach in lockerer Runde im Sand saßen und uns Mühe gaben, mit den aus dem letzten Urlaub übrig gebliebenen italienischen Vokabeln eine Unterhaltung in Gang zu bringen, setzte sich ungefragt ein Engländer dazu, der augenblicklich unsere Flirtversuche abwürgte. Sein Geheimnis trug er offen mit sich herum: Sein Penis brachte im entspannten Zustand mehr Länge ans Lineal als die drei weiteren anwesenden Zipfel zusammen.

Mit einem solchen Teil konnte ein Mann sich an jedem Strand sehen lassen, darin waren wir Kerle uns einig, ohne dass es gesagt werden musste. Als der Typ sich dann wie weiland Siddhartha unter dem Bodhi-Baum zwischen den Signorinas niederließ und er dabei lässig sein Lingam über den Oberschenkel drapierte, war es mit Wackis Coolness vorbei.

»Was denkst du eigentlich, wer du bist?«, maulte er den Kerl an. »Wen glaubst du, kannst du mit diesem Rüssel da beeindrucken? Und wer hat dich überhaupt gebeten, dich zu uns zu setzen?«

Wacki sprach mir aus dem Herzen. Offenbar war es nicht allzu weit her mit unserem entspannten Umgang mit der Sexualität. Im Herzen waren wir doch noch die Spießer, von denen wir uns so gerne abgegrenzt hätten. Zu allem Überfluss sahen die Damen die Sache differenzierter. Ein kleines Teufelchen aus Rom wurde ganz nass bei der Vorstellung, dieses Prachtstück näher zu untersuchen. Noch ehe der Protz ein Wort geredet hatte, war die erste Festung schon gefallen. Unsere weiteren Versuche, den Eindringling aus unserem Revier zu vertreiben, verliefen buchstäblich im Sand. Selbst Wacki musste frustriert zugeben, dass in diesem Fall mit Charme den Fakten nicht beizukommen war. Am Ende blickten wir dem Gentleman mit der langen Rute hinterher, wie er mit den drei Bräuten in den Dünen verschwand.

»Wenn der mir noch mal begegnen sollte, hau ich ihm eine aufs Maul«, sagte Walter. Dann hob er den vergessenen Frisbee auf und setzte grinsend hinzu: »Immerhin haben wir jetzt was zu spielen. Wer macht mit?«

Wir verließen den Strand wie der geschundene Rest einer besiegten Armee. Um mich meiner Männlichkeit zu versichern, bat ich Sybille, die auf der Terrasse bei Vicente saß, mit mir aufs Zimmer zu kommen. Kaum dass ich die Tür hinter uns geschlossen hatte, küsste ich sie, hob sie hoch, trug sie zum Bett und zog ihr den Bikini aus. Im Nebenzimmer hörten wir Walter auf Gerda ackern, und mir wurde klar, dass es noch einiges an uns zu therapieren gab. Anders ausgedrückt: Beim Ficken lernt man nicht bloß den Anderen, sondern auch sich selbst kennen.

Schlau wie Vicente war, hatte er sich das Monopol für die Vermietung von Sonnenschirmen, Liegestühlen und kleinen Segelbooten verschafft, der einzige Angestellte, der den Job an der Playa machte, war ein von oben bis unten tätowierter junger Mann namens

Justin. Er war mir schon am ersten Tag aufgefallen, denn er trug einen langen weißen Vollbart und zum Pferdeschwanz gebundene Haare. Im Umgang mit den Touristen war er äußerst korrekt, begegnete den Leuten mit verhaltener Freundlichkeit und sprach sehr wenig. Wir lernten uns kennen, weil ich ihn ansprach und fragte, ob er Lust hätte, mich auf einen Törn mit einer seiner Jollen mitzunehmen. Zunächst erklärte er mir, aufgrund seiner Verpflichtungen am Strand keine Zeit zu haben. Nach ein paar Tagen, in denen er mich heimlich beobachtet und wohl auch entsprechende Erkundigungen eingeholt hatte, schlug er mir einen Abstecher nach Formentera vor, unter der Bedingung, dass ich den üblichen Mietpreis für das Boot entrichtete. Ich sagte zu, und am nächsten Morgen, kurz nachdem die Sonne aufgegangen war, segelten wir los.

Justin machte eine gute Figur am Ruder und er verstand sich offenbar darauf, noch dem lauesten Lüftchen die Kraft zum Kreuzen abzutrotzen. Unterwegs kamen wir ins Gespräch, das heißt, Justin fragte mich über unsere Reise mit der *Aherlow* aus, wollte alles über den Sturm wissen, der auch ihm am Strand einiges durcheinandergeworfen hatte. Erst als seine Neugier erschöpft war, erzählte er mir etwas von sich. Er war Engländer und hatte gerade zwei Jahre Knast abgesessen, Drogengeschichten, wie er sagte, *no big deal*. Seit acht Monaten war er auf der Insel, und seit dem Saisonbeginn arbeitete er für Vicente, der ihm auch eines der Zimmer in seiner Pension überlassen hatte. Justin war im Knast durch die Lektüre esoterischer Werke aus der fernöstlichen Kultur zum knallharten Vegetarier geworden: Er ernährte sich ausschließlich von ungeschältem Reis und Quellwasser. Ein Apfel oder eine Orange waren sein einziges Zugeständnis an die Freuden des Gaumens. Er stand mit den Hühnern auf, verbrachte die Tage bei der Arbeit am Strand und die frühen Abende mit Yoga und Meditation auf seinem Zimmer. Seit unserer Invasion in die Pension Salinas, so sagte er mit leicht indigniertem Unterton, suche er sich ein ruhiges Plätzchen in den Dünen, wo sich allerdings auch verliebte Nudisten zuweilen ein Stelldichein gaben.

»Das Leben ist nicht einfach«, war alles, was er dazu sagte. Immerhin hatte Justin sich seinen britischen Humor bewahrt. Es dauerte einige Zeit, aber dann wurden wir Freunde.

Die Abende verbrachten wir gerne im *Pacha*, seit Sybille und Gerda diesen angesagten Tanzpalast auf Ibiza entdeckt hatten. Wenn ich Tanzpalast statt Diskothek sage, dann deshalb, weil Architektur, Einrichtung und Dimension dieser auf die Bedürfnisse junger Leute konzipierten Superdisco alles übertrafen, was ich bis dahin in München und Torremolinos kennengelernt hatte. Das *Pacha* lag in einem trockengelegten Sumpf unweit des Jachthafens. Es war weit und breit das einzige Gebäude, was den Vorteil hatte, dass Lärm niemanden störte. Nachts war der weiß getünchte Klub bunt angestrahlt, was ihm im Zusammenwirken mit den Palmen ein arabisches Flair verlieh. Der Laden war schon im Mai jeden Abend so voll, dass die beiden Türsteher die »Spreu vom Weizen« trennen mussten. Erst wenn drei Gäste das Lokal verließen, wurden drei Wartende eingelassen. Was das *Pacha* seinerzeit so erfolgreich machte, waren neben dem großzügig dimensionierten Innenraum mit den zwei Tanzflächen und dem in Stufen gestalteten Gästebereich die beiden DJs, die wegen ihrer Kontakte nach London und New York immer die neuesten Scheiben auflegten, also für den topaktuellen *Pacha-Sound* verantwortlich waren. Auf dem Dach des Gebäudes hatte man einen Grill installiert, wo es Lammspieße und saftige Hamburger mit Chilisauce und Guacamole mit Mais-Chips gab. Dort oben konnte man auch in aller Ruhe einen Joint rauchen. Im Übrigen war den *Ibicencos* der gastronomische Friede heilig: Razzien etwa durch die Drogenpolizei waren in öffentlichen Lokalen undenkbar.

Eines Abends geschah etwas auf der Tanzfläche, auf das ich nicht vorbereitet war. Gerda, Walter, Sybille und ich tanzten schon eine Weile, als ein betrunkener Gast Gerda erst an den Po und dann an den Busen fasste. Sie reagierte prompt: Der Kerl kriegte eine Klatsche. So weit, so gut. Als er aber zurückschlug und Gerda ins Straucheln kam, da waren Walter und ich gefordert. Da ich näher bei ihm stand, schlug ich ihm mit der Faust auf den Solarplexus und er stürzte zu Boden. Dadurch kamen einige Tänzer ins Straucheln, und plötzlich lagen drei oder vier Leute am Boden, unter ihnen der kleine Grabscher. Im Nu waren ein paar bezahlte Muskelpakete zur Stelle, ein Gast deutete auf Walter und mich, und ehe wir uns versehen hatten, packten sie uns beim Schlafittchen und warfen uns hinaus.

Der Übeltäter durfte weitertanzen. Zum Glück konnten Gerda und Wacki, der mit der Rauferei nichts zu tun gehabt hatte, den beiden Türstehern erklären, dass Walter und ich den Tumult nicht angefangen hatten, und so wurde das Urteil wenig später korrigiert. Der Täter wurde rausgeworfen, und uns bat man wieder herein.

Im *Pacha* wurde ich zum ersten Mal mit einer Situation konfrontiert, in der der Verzicht auf Gewalt weitere Demütigungen und Verletzungen des Mädchens bedeutet hätte. Wacki gegenüber musste ich eingestehen, dass es Situationen gibt, in denen verhältnismäßige Gewaltanwendung legitim ist. Anders ausgedrückt: Eine Ohrfeige ist auch eine Form von Kommunikation.

Am Nachmittag nahm Wacki mich zuweilen mit auf eine Tour mit dem Motorrad, und weil ich Interesse zeigte, brachte er mir das Fahren bei. Irgendwann, es dürfte die zweite oder dritte Fahrstunde gewesen sein, war ich es leid, immer bloß vor der Pension auf und ab zu fahren: ich gab Gas und machte einen Ausflug in die Stadt Ibiza. An der Vara de Rey, der zentralen Promenade, wollte ich umkehren. Also ordnete ich mich vor dem *Café Montesol* in die linke Spur ein und wartete auf die Ampel. Die Terrasse des Cafés war voll besetzt, eine gute Gelegenheit für einen Angeber mit verspiegelter Sonnenbrille den obercoolen Easyrider zu mimen. Sobald die Ampel auf Grün sprang, gab ich Gas. Das Vorderrad hob ab, ich schaffte die Kurve nicht und landete mitten unter den Gästen des Cafés: Ein paar Tische fielen um, einige Leute von den Stühlen, Kakao- und Kaffeetassen schepperten zu Boden, Mädchen sprangen auf und kreischten, und mitten in dem Chaos lag ich mit der Honda auf dem Pflaster und gab die Rolle des Trottels. Dass ich mir wehgetan hatte und anschließend die Maschine nicht allein aufrichten konnte, machte die Blamage komplett. Unter spöttischen Blicken und hämischen Kommentaren bezahlte ich den Schaden. Dass trotz alledem eine kesse Französin mit Haarband fragte, ob sie mit nach Salinas kommen könne, half mir ein Stück weit das Gesicht zu wahren.

Wacki war gelassen genug, mir das eigenmächtige Verschwinden nicht lange zu verübeln, zumal außer dem Spiegel und einigen Kratzern am Auspuff nicht viel kaputt gegangen war. In den Tagen danach lieh er mir die Honda ab und zu, was ich ihm hoch anrechnete. So konnte ich die Insel weiter auf eigene Faust erkunden.

Eine zahlenmäßig stark vertretene Gruppe unter den frühen Hippies waren die jungen Amerikaner, die sich weigerten, auf den Schlachtfeldern Vietnams Ruhm und Ehre für ihr Vaterland zu erringen, weil ihnen klar geworden war, welch unrühmliche Rolle ihr Land in diesem Krieg einnahm. Viele von ihnen waren desertiert und warteten in Asien und Europa auf die Amnestie, die ihnen die Rückkehr in die USA erlauben würde. Für sie eignete sich Spanien und insbesondere Ibiza als Asyl, weil sie dort meteorologisch wie sozial ein zuträgliches Klima vorfanden. Von diesen jungen Deserteuren kam viel von der kreativen Kraft, die das Leben auf der Insel um das Jahr 1970 herum so spannend machte. Auf den Fincas wurden Bücher geschrieben, Songs komponiert und Bilder gemalt. Salvador Dalí zählte ebenso zu den regelmäßigen Besuchern wie Paco de Lucía. Der ungarische Maler Elmyr de Hory, der von der französischen Justiz als Kunstfälscher verfolgt wurde, konnte lange Jahre auf Ibiza unbehelligt »Picassos« malen.

Es gab in jenen Jahren außer dem *Lolas* und dem *Pacha* noch keine Discos und außer in San Antonio kaum Touristengastronomie. Die Kneipen in der Altstadt hießen *La Tierra* und *Bar Mariano,* das Hotel der Wahl war das *El Corsario*. Anstatt Cola trank man bei großem Durst Wasser oder eisgekühlte *horchata de chufa*, eine wässrig-süße aus Erdmandeln gepresste Milch. In den Hafenbars aßen einheimische Fischer *boquerones*, die Hippies hockten auf den Stufen von *D'alt Vila* und rauchten schwarzen *Kashmiri*, das soziale Leben spielte sich am Strand, im *Café Montesol* an der *Vara de Rey* und auf den Fincas ab. Auf ehemaligen Bauernhöfen in der Nähe von Santa Gertrudis und San Carlos trafen sich esoterische Gruppen zum Fasten und Yoga; Sannyasin des Baghwan Shree Rajneesh saßen unter der Anleitung von Orange-Tom auf einer Finca bei San Juan, kochten ungeschälten Reis und übersetzten die Reden des Meisters; in Anitas Bar in San Carlos las ein Engländer eine Zeit lang jeden Montag aus den Schriften von Pablo Neruda vor. Vielerorts wurden Yogaschulen gegründet und philosophische Zirkel fanden zusammen. Die Niederlage der großen Kriege im Gedächtnis, die Killing-Fields von Vietnam und Kambodscha in den täglichen Weltnachrichten und die Prognosen des Club of Rome vor Augen, suchten die jungen Leute nach neuen Wegen. Sie waren Rebellen, die durch ihren Lebensstil ihren Protest gegen staatliche Gewaltanwendung und auch gegen den Kalten Krieg zum Ausdruck brachten. Sex & Drugs & Rock 'n' Roll waren lediglich angenehme Nebenerscheinungen. Niemand kam damals nach Ibiza zum Abfeiern, Aufgeilen oder Zudröhnen. Leben auf Ibiza, das war eine politische Entscheidung, ein existenzielles Abenteuer, wenngleich sich viele dessen nicht einmal bewusst waren. Was sie einte: Sie waren auf der Suche und wollten ihren Traum von einem freien, selbstbestimmten Leben umsetzen. Sie suchten nach Wegen, um die Konventionen der bürgerlichen Gesellschaft abzuschütteln.

Die Hippies hatten von dem Wirtschaften der Alten die Nase voll und stürzten sich mit vollem Elan und, bei aller Gelassenheit, dennoch mit großem Ernst in das Abenteuer, ihre Zukunft menschlicher und spiritueller zu gestalten. Es ging um ein Leben ohne Zwänge und ohne das Rattenrennen, welchem sie in ihren Heimatländern entkommen waren. Die Lebensweise der Hippies hat nicht bloß die Insel, sondern seither auch die Sichtweise vieler Menschen verändert. Und Ibiza, diese kleine Insel im Meer, nahm uns auf wie ein Schwamm das Wasser. Viele von uns wurden auf Ibiza zu Hippies auf Zeit.

Da das Telefon auf Ibiza eine Einrichtung war, die sich auf die Städte beschränkte, konnte man sich zum Besuch auf einer Finca nicht kurzfristig anmelden. Man ging oder fuhr einfach hin. Dies bedeutete, dass die Tage nicht verlässlich planbar waren. Immer musste man mit Besuchern rechnen, denen dann alle Aufmerksamkeit und Gastfreundschaft galt. So kam es besonders an den langen und windigen Winterabenden zu stundenlangen Kamingesprächen, zu romantischen Liebesnächten, zu Drogentrips und *Jam Sessions*, die letztlich die heute nostalgisch beschworene Lebensqualität der frühen Jahre ausmachten. Mir fiel auf, dass wir uns in die Augen schauten, wenn wir uns trafen, und wir lächelten uns zu. Man begegnete sich auf Augenhöhe, jeder respektierte jeden, keiner trug einen Titel vor dem Namen. Soweit Konflikte auftraten, wurden sie ausdiskutiert oder von »Schiedsrichtern« geschlichtet. In all den Jahren, die ich auf Ibiza lebte, habe ich nie eine Schlägerei erlebt, keinen Ripp-Off und nie von einer Vergewaltigung oder gar einem Mord gehört, wenngleich ich nicht ausschließen kann, dass derart unerfreuliche Dinge vorkamen. Klassenunterschiede waren aufgehoben, Hautfarbe, Religion und Nationalität spielten keine Rolle, kein Thema war tabu, keine Droge wurde verschmäht: Auf Ibiza hatte sich die Kulturrevolution der sechziger Jahre vollzogen, friedlich, überzeugend und im Schatten der Ereignisse von Chicago, Paris und Berlin, wo gleichzeitig die Studenten auf die Straße gingen und der Staat ihnen die Polizei auf den Hals hetzte. Die Sechziger und Siebziger waren gewiss die spannendsten Jahrzehnte des zwanzigsten Jahrhunderts, und sie als junger Mensch zu erleben bedeutete eine Zugabe seitens der Geschichte. Erstaunlich, und das merke ich im Rückblick vor dem Hintergrund der afrikanischen Migration in Richtung Europa an: Die Bewohner Ibizas, die *Ibicencos*, hießen die *Beatnicks* der fünfziger Jahre ebenso willkommen wie die Hippies der Sechziger und die Neckermänner, die anschließend ihre Insel überschwemmten. Widerstand regte sich erst, als der Tourismus zu einem seelenlosen Geschäft verkam, als die Nächte in den Tanzpalästen zu Tagen deklariert wurden, als die Preise so sehr explodierten, dass sich ein Einheimischer seine Stadtwohnung nicht mehr leisten konnte und als Extasy-Überdosierungen zur Dehydrierung und zu massenhaften Einlieferungen in die Krankenhäuser führten.

Was bislang über die Insel gesagt wurde, betrifft nur ein kleines Zeitfenster, nämlich die siebziger Jahre. Wie zuvor schon berichtet, wurde Ibiza ursprünglich von Phöniziern besucht und besiedelt. Diese vermischten sich mit den auf den Balearen lebenden Iberern. Weitere Völker und damit kulturelle Einflüsse steuerten die Römer bei, die Vandalen, die Ibiza von 430 bis 530 n.Chr. plünderten, brachten allerdings weniger Kultur als Kulturschändung, ehe ein römischer Feldherr sie wieder vertreiben konnte. Im Zuge der maurischen Eroberung Spaniens im Jahre 711 wurde auch Ibiza besetzt und erhielt den Namen *Yabisa.* Im Jahr 859 tauchten plötzlich Wikingerschiffe auf und machten den Mauren das Leben schwer. Lange konnten die Nordmänner sich allerdings nicht behaupten, denn im zwölften Jahrhundert eroberten christliche Heere Spanien und die Balearen zurück und beendeten die Herrschaft der Almoraviden wie auch die der Wikinger. Seit dieser Zeit ist Katalanisch offizielle Sprache auf Ibiza, wobei der Dialekt, der auf der Insel gesprochen wird, das Ibizenkische, eine Art des Katalanischen darstellt.

Während der tausend Jahre zwischen 500 und 1500 n. Chr. kam es immer wieder zu Überfällen seitens arabischer und sonstiger Piraten, außerdem wurden die Inseln Ibiza und Formentera Stützpunkte von Schmugglern. Zwischen den Jahren 1256 und 1348 gehörte Ibiza zum Königreich Mallorca, wurde dann aber im Zuge der Reconquista Spanien zugeschlagen. Mit der Eroberung Amerikas durch Kolumbus, dessen Geburtsort die *Ibicencos* merkwürdigerweise heute für sich reklamieren, gerieten die Balearen wirtschaftlich ins Hintertreffen. Die Inseln verarmten zusehends, und das blieb so bis zur Mitte des zwanzigsten Jahrhunderts. Bewegung kam erst wieder in die Politik, als die Faschisten des Generals Franco Ibiza im Rahmen der militärischen Eroberung Spaniens besetzten und damit begannen, die bekannten Republikaner zu verhaften, auf Formentera zu internieren und zum großen Teil zu ermorden. Unterstützt von Mussolini, griffen italienische Kampfflugzeuge die Stadt Ibiza an, wobei mehr als 50 Zivilisten ums Leben kamen. Während des Spanischen Bürgerkrieges, einem der brutalsten Bürgerkriege in Europa, diente die Nachbarinsel Formentera drei Jahre als Konzentrationslager. Da, wo in den sechziger Jahren friedliebende Hippies esoterische Sitten und Gebräuche pflegten, wurden 40 Jahre zuvor Menschen gejagt, gefoltert und ermordet. Die Insel Formentera blickt fürwahr auf eine abwechslungsreiche Geschichte zurück. Aber von all dem hatten wir Seefahrer, die wir mit der Aherlow gekommen waren, damals noch keine Ahnung.

## 1.7 Richie

Zwei Tage nachdem wir die *Aherlow* verlassen hatten, machte mich Wacki mit Richie Alex bekannt. Auf Vicentes Terrasse saß er vor einer Jumbo-Portion Erdbeeren mit Sahne, inmitten einer Traube kichernder Amerikanerinnen. Der Charme, den er versprühte, war zu offensiv, als dass sie sich ihm hätten entziehen können: Ein großer blonder Junge Mitte zwanzig umgeben von all seinen Spielsachen. Er trug einen verwaschenen Jeans-Anzug mit Flicken und Applikationen, wobei mir die herausgestreckte rote Zunge auf der Brusttasche noch gut in Erinnerung ist. Darunter ein weißes T-Shirt, und weil er mit dem Motorrad gekommen war, steckten seine Füße in ölfleckigen Lederstiefeln. So saß er da, selbstbewusst, die langen Beine ausgestreckt, die goldene Mähne bis zum Kragen fallend, die Augen aufmerksam auf mich gerichtet und den Schalk im Nacken, als wir uns begrüßten. Von Wacki, der ihn aus München kannte, erfuhr ich anschließend, dass Richie schon seit zwei Jahren auf Ibiza lebte. Wegen der vielen Frauen, die ihn anhimmelten, war er jedoch abgelenkt, sodass es an diesem Tag zwischen uns über ein *nice to meet you* nicht hinausging.

Am Tag darauf begegneten wir uns auf der Landstraße hinter Jesus, einem kleinen Ort auf dem Weg nach Santa Eulalia del Rio. Richie fuhr eine 900er Kawasaki, seinerzeit das schnellste Motorrad, das im Straßenverkehr zugelassen war. Die 750er Honda, die Wacki mir für den Nachmittag geliehen hatte, verblasste fast neben diesem Raubtier auf Rädern. Wir grüßten uns lässig, wie es unter coolen Typen auf schweren Bikes seit Peter Fonda und Dennis Hopper üblich war, doch im Vorbeifahren erkannten wir uns, drehten bei und hielten an. Dort auf der Straße zum Golfplatz Roca Llisa sprachen wir zum ersten Mal miteinander, und es war der Beginn einer spannenden Freundschaft. Scheinbar hatte Richie nichts Wichtiges vor, denn als ein Laster kam und uns von der Fahrbahn scheuchte, lud er mich auf seine Finca ein, die bloß drei Minuten entfernt in der Nähe des Golfplatzes lag.

So betrat ich an einem heißen Nachmittag im Mai zum ersten Mal eine Finca, die, wie alle Häuser auf Ibiza damals, einen Namen hatte: *Can Pujol*. Das weiß getünchte Haus mit den runden Kanten war an den Hang eines Hügels gelehnt, und die Familie, welche die Finca einmal bewirtschaftet hatte, muss hart gearbeitet haben, um der kalkigen Erde eine Ernte abzuringen. Als wir die Motorräder abgestellt hatten und uns dem Eingang näherten, setzte plötzlich wie auf geheimen Zuruf das Konzert der Zikaden aus und man meinte, die flimmernde Hitze im Gras knistern zu hören. Durch eine Doppeltür führte Richie mich in den Schatten einer kühlen *Entrada*, der Raum, in dem sich bei den *Ibicencos* früher das Familienleben abgespielt hatte. Der Kamin in der Ecke heizte im Winter das ganze Haus. Der aufsteigenden Warmluft folgend ging es über je drei Treppenstufen hinauf in die beiden Schlafkammern. Da es auf dem Land keinen Strom gab, wurden die Zimmer in den Fincas abends mit Petroleumlampen und Kerzen beleuchtet. Geradeaus betrat man eine geräumige Küche, wo neben den schlichten Möbeln ein gasbetriebener Kühlschrank stand, das einzige Zugeständnis an die moderne Haushaltstechnologie. Eine Hintertür führte in den Garten. Dort standen ein Dutzend Mandel-, Feigen- und Ölbäume, ein wenig abseits lag ein Ziehbrunnen. An einem Baumstamm hing ein Rasierspiegel, auf einem Stein neben dem Brunnen lagen Seife und Zahnputzzeug. Da das Haus weder über ein Bad noch eine Toilette verfügte, musste die Hygiene in der freien Natur erledigt werden, vorzugsweise in der Nähe der Feigenkakteen, die den Exkrementen in kürzester Zeit das Wasser entziehen. Ein durch einen separaten Eingang zu erreichender Nebenbau, ehemals Backstube und Trockenspeicher, diente nun als Billardhalle. Ich staunte nicht schlecht, als ich den tonnenschweren marmornen Spieltisch sah und mir vorstellte, wer den wohl über den ausgewaschenen, teilweise steil ansteigenden Feldweg hinauf auf den Hügel transportiert haben mochte.

Zurück im Haus rief Richie nach seiner Freundin Bea. Kurz darauf erschien sie im Sarong, eine zierliche Frau mit einem Kopf voller schulterlanger schwarzer Locken, die ihr bis in die tiefbraunen Augen fielen. Bea muss wohl instinktiv gespürt haben, dass es Freundschaft auf den ersten Blick war, was ihren Freund und mich miteinander verband. Sogleich regte sich bei ihr deshalb eine leise Eifersucht, denn sie begegnete mir mit höflicher Kühle und machte sich länger als nötig in der Küche zu schaffen, um Tee aufzugießen. Erst als Richie sie rief und ihr den Joint reichte, wurde sie gesprächig und schenkte mir ein Lächeln.

In meinen Augen war er ein echter Hippie, ein Aussteiger, der all den Feiglingen mit den Lebensversicherungen zeigte, was eine Harke ist. Von Richie ging etwas Mutmachendes aus, ein Versprechen, das Leben auf neuen Wegen meistern zu können. Ich bewunderte ihn offen, aber auch ihm war anzumerken, dass er mich mochte, denn er bemühte sich von Anfang an, mich zu beeindrucken. Richie Alex und Bea Sarro hatten sich im Jahr davor auf der Insel kennengelernt und seither lebten sie zusammen in dieser Finca. Was ich damals noch nicht wusste: Bea schnupfte regelmäßig Heroin und Richie schien daran auch immer öfter Gefallen zu finden. Alle zwei Monate kletterte sie in einen Flieger nach Amsterdam, wo sie einen Chinesen kannte, der ihr *brown sugar* von hervorragender Qualität verkaufte. Ein paar Unzen schmuggelte sie jedes Mal nach Spanien und verkaufte den Stoff an Leute, die es sich leisten konnten. Dazu zählte unter anderem Pierre Vignau, Besitzer der angesagten Hafenbar *El Mono Desnudo* und einer der Gründer der legendären Diskothek *Pacha*; oder Henry Wolff, ein Asienforscher und Musiker, der gerade eine viel gepriesene dokumentarische Schallplatte mit den Glocken und Gongs der tibetanischen Klöster veröffentlicht hatte. So versorgte Bea etwa ein Dutzend Leute, die auf abgelegenen Fincas ihrer extravaganten Neigung nachgingen und die in erster Linie Wert auf saubere Ware und Diskretion legten. Wenngleich die meisten ihrer Kunden sich die Droge intravenös injizierten, waren die aus den innerstädtischen Drogenszenen bekannten Begleiterscheinungen kein Thema: Die Junkies von Ibiza benutzten damals sterile Spritzbestecke und drückten unverpanschten Stoff. Und wenn der Nachschub sich einmal verzögerte, so stand mit Doktor Lopez ein verständiger Mediziner bereit, der den Patienten ohne viele Fragen Quitadol oder andere Opiate verschrieb. Von der Polizei blieb die Szene der Insel in diesen Jahren noch weitgehend unbehelligt; im Gegensatz zu den achtziger Jahren, als die *Brigada Estupefacientes* die Laissez-Faire-Mentalität der *Ibicencos* mit Hausdurchsuchungen und Haftbefehlen unterlief und viele Lebenskünstler der Insel daher enttäuscht den Rücken kehrten. Hier bewahrheitete sich wieder einmal das kluge Wort von Karl Krauss, dass der Skandal erst dann beginnt, wenn die Polizei eingreift.

Ich erinnere mich noch gut an einen meiner ersten Besuche bei Bea und Richie, als wir in einer Runde von sechs oder sieben Leuten in der *Entrada* auf dem Teppich saßen und Henry Wolff zuhörten, der von einer abenteuerlichen Reise erzählte, auf der er zu Beginn der fünfziger Jahre mit einer Gruppe von Freunden in zwei weißen Landrovern von Indien nach Sikkim gefahren war. Henry war ein ausgezeichneter Erzähler (später erfuhr ich, dass er zusammen mit seiner Frau Nancy Kinderbücher schrieb) und die Reise durch die Schluchten des Himalaja war so aufregend, dass wir Zuhörer stundenlang an seinen Lippen hingen. Irritiert war ich, weil er anfangs alle halbe Stunde mit Bea für ein paar Minuten in der Küche verschwand, schließlich aber unwirsch erklärte, für derartige Versteckspielchen in seinem Alter keinen Nerv mehr zu haben und er sodann vor uns allen sein Spritzbesteck ausbreitete.

Während Henry also erzählte, drückte er sich von Zeit zu Zeit einen Schuss Heroin in die Vene und lachte dabei schelmisch über das Schnippchen, welches er gerade dem Schicksal geschlagen hatte. Sobald der erste *rush* vorbei war und sein Hirn wieder Worte zu ganzen Sätzen fügen konnte, fuhr er mit dem Bericht über die Menschen und die Klöster im Himalaja fort. Zuweilen verlangsamte sich seine Sprache, verkümmerte zu einem unverständlichen Gemurmel, um schließlich ganz in sich zusammenzusacken. Dabei fielen ihm die Augen zu, sein Oberkörper sank langsam nach vorn, um just in dem Moment, da er mit der Stirn den Boden zu berühren drohte, wieder hochzukommen und uns mit einem breiten Grinsen zu adressieren: »Wo waren wir stehen geblieben?«

Zweifelsohne war ich damals ebenso schockiert wie fasziniert, und es schien mir eine ausgemachte Sache, dass ich diesen ausgemergelten Mann, nach dem der Tod ganz offensichtlich schon seine Hand ausgestreckt hatte, wohl nie mehr wiedersehen würde. Alles was man mir im Zusammenhang mit Drogen, insbesondere was den Gebrauch von Heroin betraf, erzählt hatte, ließ erwarten, dass Henry Wolff jeden Augenblick tot umfalle. Davon schien er indes weit entfernt. Nicht bloß, dass ich ihn während des Sommers noch mehrere Male auf Ibiza sah: auf dem Hippie-Markt in Es Canar, beim Frisbee am Strand von Salinas, mit der Vespa auf der Straße nach San Antonio.

Auch fünf Jahre später lebte er noch, als ich ihm an der Universität von Berkeley einen Besuch abstattete, wo er mittlerweile als Professor für Tibet-Kunde lehrte.

An jenem Abend blieb ich auf *Can Pujol*, bis die Lampen angezündet wurden. Dann verabschiedete ich mich, noch ganz benommen vom guten Jamaica-Gras, Henrys aufregender Erzählung und der Freude darüber, neue Freunde gefunden zu haben. Vorsichtig balancierte ich das schwere Motorrad über den holprigen Kalksteinweg bis zur Straße hinab, und als ich endlich Gas geben konnte und mir der warme Wind durchs Haar fuhr, da stand für mich fest, dass ich mir noch in diesem Jahr eine Finca auf Ibiza suchen und eines Tages wie Henry nach Indien aufbrechen würde.

Bea Sarro und Richie Alex hätten gegensätzlicher kaum sein können, wie ich schon bald herausfand. Bea entstammte einer jüdischen Kleinbürgerfamilie aus Brooklyn, über die ich leider nie viel in Erfahrung brachte. Einzig ihre Mutter Linda lernte ich kennen, als sie einmal für eine Woche nach Europa kam. Der Vater war ihnen kein Wort wert, und von ihrem Bruder wusste ich bloß, dass er als Junkie in Manhattan zu überleben versuchte. Jedenfalls schienen die Sarros ein ziemlich anarchischer Clan zu sein, ganz im Gegensatz zu Richies Leuten, die ich später kennenlernte.

Die Familie Alex stammte aus Westfalen, aus Münster, wenn ich mich recht entsinne. Die Eltern dürften Lehrer am Gymnasium gewesen sein, und falls ich falsch liege, dann sahen sie zumindest aus wie aus Westfalen stammende protestantische Gymnasiallehrer. Eine schwer zu deutende Faszination der Preußen an den Bayern und der Protestanten an den Katholiken hatte die Familie Alex nach Grassau an den Chiemsee verschlagen, ein zugegebenermaßen idyllischer Ort für den Lebensabend, sofern einen Elend und Armut anderenorts auf der Welt nicht allzu sehr beunruhigen. Richie hatte noch eine Schwester, die mit einem Lokalpolitiker in Oberbayern verheiratet war, aber die spielte in seinem Leben keine Rolle mehr, nachdem sich die Wege der Geschwister einmal getrennt hatten. Eine einzige Begegnung mit den Eltern, und ich verstand, weshalb der Sohn dieser Familie und diesem Geist den Rücken gekehrt hatte. Im Hause Alex zählte der Schein, es roch nach Desinfektion, im Regal verstaubten Bücher mit verrotteten Theorien, alles deutete auf Verwirrung und Ratlosigkeit hin, und dennoch, nach außen diese demonstrative Ordnung: Jedes Ding an seinem Platz, die Stimme des Vaters bar jeden Zweifels, ein Kruzifix in jedem Zimmer. Wäre das Haus Alex nicht Abbild der ganzen pharisäerhaften Gesellschaft gewesen, in dem der totalitäre Gedanke heimlich noch wucherte, wo Schurken wie Strauß und Honecker das Maul wieder aufmachten und an der neuen Sklaverei bastelten, allein die Flucht aus diesem Kerker ohne Atemluft wäre nachvollziehbar gewesen. Indes, um Deutschland damals den Rücken zu kehren, dazu bedurfte es keiner Rechtfertigung. Richie hatte sich entschieden, kein Abitur zu machen und keinen Beruf zu erlernen, kein Bier zu trinken und keinen Fernseher zu kaufen, keinem Trachtenverein beizutreten und erst recht keiner Partei, keiner Armee zu dienen und keine *corporate identity* anzunehmen. Was sollte er also noch in Deutschland? Zu Beginn der *Siebziger* jobbte er als Roadie bei Klaus Doldingers *Passport*, aber als ihm ein Freund anbot, ihn mit nach Spanien zu nehmen, da überlegte Richie nicht lange. Auf dem Oberdeck der »*Ciudad de Compostela*«, die dreimal wöchentlich zwischen Barcelona und Ibiza verkehrte, lernte er die mollige Janis aus San Francisco kennen. Irgendwann stellte ihm Janis ihre Freundin Bea vor und seither lebten die beiden zusammen auf der Insel. Bea nannte Richie *honey*, und sie führte ihren »*german boy-friend*« stolz den amerikanischen Freundinnen vor. Bea Sarro war schlau und geschäftstüchtig, und sie war es auch, die die Kohlen herbeischaffte; es gab nicht viele Typen auf Ibiza, die ihr, was Geschäfte anbelangt, das Wasser reichen konnten. Die Heroin-Connection in Amsterdam hatte ganz allein sie aufgetan, und die Deals erledigte sie ebenfalls unter eigener Regie. Richie hingegen war arglos und von seinen Gefühlen geleitet. Er durfte anschließend das Geld zählen, übrigens eine seiner Lieblingsbeschäftigungen. Keiner konnte so hingebungsvoll Geldbündel zählen wie er. In allen gemeinsamen Belangen hielt jedoch Bea die Zügel in der Hand. Sie und ihre Droge hatten Besitz von ihm ergriffen, sie waren zu seinem Schicksal geworden. Bea näherte sich mir mit der Zeit zwar an, blieb dabei aber immer auf der Hut, sie gab nie ganz die Deckung auf. Wenn sie merkte, dass mein Einfluss auf Richie zu groß zu werden drohte, bugsierte sie ihn in einen Flieger, und die beiden verschwanden für ein paar Monate nach Amerika.

Kurz nachdem ich die beiden kennengelernt hatte, verließ ich Ibiza für zwei Wochen, kehrte dann aber noch einmal für ein paar Tage zurück. Richie traf ich auf der Terrasse des *Café Montesol*, dem Ort, wo sich vormittags sehen lassen musste, wer gesehen werden wollte. Wieder saß er bei einer Clique *chicas*, lachend und einnehmend mit seinen blauen Augen, auf deren Grund der Blues lag. Wir freuten uns über das Wiedersehen und er lud mich auf einen *cafe solo* ein. Am Wochenende, so ließ er mich wissen, gebe er ein kleines Fest, und wenn wir Lust hätten, wären Wacki und ich dazu eingeladen.

Das Fest fand am Abend des Tages statt, an dem Deutschland und Holland in München um die Fußballweltmeisterschaft spielten. Wacki hatte mir tagsüber die Honda geliehen und ich war hinaus zur *Playa Blanca* in den Norden der Insel gefahren. Nachmittags auf dem Rückweg machte ich in einer Bar bei San Carlos halt. Drinnen lief die Fernsehübertragung und ein paar holländische Freaks hockten da bei Bier und Tapas. Ich blieb sitzen und schaute mir den Rest des Spiels an. Dann brauste ich über die kurvigen Inselstraßen zurück nach Salinas.

Zum Grillfest auf der Finca erschienen etwa zwei Dutzend Leute, von denen ich außer Wacki und meinen neuen Freunden niemanden kannte. Die meisten Gäste waren Amerikaner, viele stammten aus New York oder San Francisco. Den großen Auftritt aber hatten zwei Spanierinnen mit Namen Nieves und Pacific, dermaßen erotische, nach indischen Ölen duftende Happen, dass es jeden Mann Überwindung kostete, sich ihnen nicht sogleich zu Füßen zu werfen. In der Küche sorgten Bea und ihre Freundin Brenda für kulinarische Überraschungen. Brenda war eine blonde Schönheit aus New York, der die Erotik aber völlig abhanden gekommen schien. Richie riet mir von ihr ab.

»*No fun*. Erstens hat sie keine Ahnung vom Blasen, und zweitens liegt sie beim Tuten da wie eine Leiche.«

Offenbar kannte er sich aus. Wir standen hinter dem Haus beim Grill und brieten Hammelspieße und Gambas. Irgendwann überließen wir den Grill einem dicken Spanier, zapften uns ein Bier und ich folgte Richie in sein Schlafzimmer. Dort drückte er mir einen *micro* in die Hand, und wir spülten ihn ohne zu zögern hinunter. Die Trips stammten aus einer der besten LSD-Küchen von Berkeley und waren auf Ibiza damals leicht erhältlich. Pünktlich, nach etwa einer Stunde, setzte die Wirkung ein. Als es gegen zehn Uhr dunkel wurde und ich vor das Haus trat, fiel mir sofort der sternenklare Himmel auf. Ich lief ein paar Schritte, gerade so weit, dass ich die Musik noch hören konnte, und legte mich ins trockne Gras. Die Schleusen der Wahrnehmung chemisch weit geöffnet, schüttete die Milchstraße mir ihre Diamanten ins Hirn, und *me cago en Diós* , wie mich dieses kosmische Funkeln beseelte! Zum ersten Mal spürte ich, was Mystik bedeutet, und ich zweifelte damals nicht, dass so viel Schönheit, so viel Himmelspräzision nur von einem Weltenschöpfer stammen könne. Über meine Sinne war ich direkt mit dem Universum verbunden, jedes Sternflackern schien mir logisch mit meinem Nervensystem verknüpft.

Ich weiß nicht, wie lange ich am Rande des Golfplatzes im Gras lag, bis Richie mich am Ende dort fand. Mit der Petroleumlampe in der Rechten kam er mir wie eine von unten angestrahlte Statue vor. Er half mir hoch, und als ich seine Hand ergriff, da hatte ich das Gefühl, wir seien Brüder. Wortlos standen wir noch eine Weile unter dem Firmament, ehe ich spürte, dass ich durstig war. Wir gingen zum Haus hinunter und traten von hinten in die Küche, wo ich ein Glas Wasser trank. Die meisten Gäste waren schon fort. Bloß Bea und ihre Freundin Brenda, die junge Dame, bei der es fellatiomäßig Luft nach oben gab, saßen noch auf dem Teppich und redeten. Wacki habe mich überall gesucht, sei aber dann vor einer halben Stunde allein aufgebrochen.

Richie schlug mir eine Inselrundfahrt auf seiner Kawasaki vor. Im Rausch brausten wir hinunter nach Santa Eulalia, von dort hinüber nach San Rafael und schließlich hinab nach Eivissa. Die Fliehkraft in den Kurven, der warme Fahrtwind und die enorme

Beschleunigung der Maschine, all dies verdichtete sich zu einem puren Glückserlebnis.

Im Nachhinein muss ich zugeben, dass es ein ziemlich wahnsinniges Unternehmen ist, nachts auf Trip mit einem schweren Motorrad über kurvige Straßen zu rasen, aber da ja bekanntlich der Rausch und das Glück Geschwister sind, ging alles gut. Und weil so ein gemeinsamer LSD-Trip eine sehr intime Angelegenheit ist, spürten wir anschließend beide, dass wir enge Freunde waren. Richie und ich waren, was unsere Träume anging, in hohem Maße kompatibel.

Schließlich brachte er mich hinaus nach Salinas, wo in der Pension bei Vicente noch Licht brannte. Wackis Maschine stand vor der Tür. Wir kletterten über die Dünen und setzten uns in den Sand. Fasziniert vom elementaren Branden des Meeres an die Felsen jenseits der Bucht und vom ewigen Anrollen der Wellen an den Strand blieben wir lange wortlos sitzen. Irgendwann erinnerte sich Richie, dass wir Raucher waren, und er zündete uns zwei Lolas an.

»Wahnsinn!«, sagte er, und ich wusste nicht, ob er damit die Schwierigkeiten meinte, bei dem Wind die Zigaretten anzuzünden, ob er von dem Motorradausflug sprach, oder ob er gar das Leben an sich meinte. Es blieb sich gleich, es war jede Menge Wahnsinn um uns und in uns, und ich war vollkommen seiner Meinung.

Leider musste ich die Insel bald wieder verlassen, um mich um die Geschäfte zu kümmern, versprach Richie aber, demnächst wiederzukommen. Die Idee, auf Ibiza selbst eine Finca zu mieten, gewann in meinem Herzen immer klarere Konturen. Bis es so weit war, vergingen allerdings noch zwei Jahreszeiten.

Anfang Juli schifften wir die Motorräder nach Barcelona ein. Gerda, Walter, Wacki und ich machten uns auf den Heimweg. Von Nîmes aus fuhr ich im Zug nach Toulon, wo unser Autobianchi nach wie vor im Hafen stand. Um es gleich zu sagen: Als ich dort ankam, fand ich es geschändet vor. Das Seitenfenster war eingeschlagen und das Kassettengerät war gestohlen worden – was man eigentlich hätte voraussehen können.

Ehe ich in den Zug gestiegen war, hatten wir uns in Avignon verabredet, und ab da waren wir dann mit zwei Motorrädern und einem lädierten Auto unterwegs. Das machte die Reise um einiges bequemer. Ich bat Wacki, seine Maschine fahren zu dürfen, und er setzte sich ans Steuer des Wagens. Wir kamen gut voran, übernachteten in Belfort und überquerten am Morgen die Grenze bei Mühlhausen. Mein Vorschlag, die Schauinsland-Strecke zu fahren, wurde angenommen, in Ulm stießen wir wieder auf die Autobahn, und gegen Abend erreichten wir München.

Der Segeltörn und der anschließende Aufenthalt auf Ibiza hatte uns einiges an Geld gekostet, sodass ich mich auf die nächste Marokkoreise vorbereiten musste. Walter und ich setzten uns zusammen und thematisierten zum ersten Mal seit längerer Zeit die Finanzlage. Ich rechnete vor, dass wir schon sechs Mal in Ketama gewesen waren, dass wir dabei rund 250 Kilo Haschisch importiert hatten, was uns trotz aller Verluste, Provisionen und Spesen eine halbe Million eingebracht hatte, und ich fragte mich, wo das Geld geblieben war. Unsere verbliebene Barschaft belief sich auf lediglich 30.000 Mark.

Meine Erklärung war die, dass Walter recht sorglos mit der Kohle umging. Er war von Natur aus großzügig, spendierte hier, verschenkte da. Daneben hatte er Nachholbedürfnisse, sowohl was Klamotten, Essen als auch sein Motorrad betraf. Aus Kalifornien importierte er Zubehör für die Honda, denn er hatte vor, die biedere 750er in einen Chopper umzubauen. Das war nicht billig. Jeden Abend speisten wir in einem guten Restaurant, anschließend verbrachten wir Stunden in den teuersten Diskotheken, und all das kostete Geld.

Also schlug ich meinem Kumpel vor, in Zukunft sparsamer zu sein, anderenfalls wäre die geplante Reise nach Ketama, auf die ich wieder mit meinem Hunsrücker Freund Pit gehen wollte, die letzte gemeinsame. Ich wollte nicht einsehen, dass Pit und ich bei den Schmuggelfahrten unsere Freiheit riskierten, während mein Kompagnon daheim ein verschwenderisches Leben führte. Etwa, indem er eine Berghütte im Salzkammergut mietete und dort eine Woche mit Kumpels und Mädchen verbrachte. Ich hoffte, die aufflackernden Unstimmigkeiten beseitigen zu können, denn Walter war mir in den acht Monaten, in denen wir uns kannten, zum Freund geworden.

Pit und ich machten uns also wieder auf den Weg nach Afrika. Er hatte sich einen gebrauchten Citroën SM gekauft, weniger weil der gut aussah und eine hohe Spitze fuhr, sondern weil das Chassis über noch größere Hohlräume verfügte und damit eine bessere Ladekapazität gegeben war.

Wieder fuhr er im Auto nach Málaga, während ich das Flugzeug nahm. Als ich ihn schließlich nach zwei Tagen in Torremolinos traf, hatten Ganoven ihn beim Zocken betrogen und ihm den größten Teil seiner Kohle abgeluchst. Zum Glück reichte das Geld, welches ich dabei hatte, um den Wagen mit 60 Kilo zu beladen.

In Ketama freute man sich über das anstehende Geschäft, und Mohamed erkundigte sich nach Lolita, mit der er wohl gerne da weitergemacht hätte, wo sie im Januar hatten abbrechen müssen. Leider konnte ich ihm keine Hoffnungen machen, denn Lolita war aus unserem sozialen Nahfeld verschwunden, nachdem ihr Wacki über ihren Strizzi die fünf Ohrfeigen angedroht hatte. Ich sah sie nie mehr wieder. Gut möglich, dass sie, ählich dem untreuen Lothar, München ganz verlassen hatte.

Wir setzten, wie schon mehrfach zuvor, von Melilla nach Málaga über, wo die Zollkontrollen erfahrungsgemäß lascher gehandhabt wurden als in Algeciras und Almería. Bis Barcelona fuhren wir zusammen, ab da flog Pit wieder nach München, weil er bei der Bundeswehr in Freising das Casino führte und immer bloß eine Woche Urlaub hatte.

Nachdem ich ihn zum Flughafen gebracht hatte, besuchte ich noch einen billigen Puff im Hafenviertel, wo das Proletariat verkehrte und wo sich jegliche Form von Heuchelei erübrigte. Die Damen, die in den Bars herumstanden, wollten kleines Geld verdienen, die Kerle wollten zu einem erschwinglichen Preis Druck ablassen. Es gibt viele Gründe, weshalb Männer in den Puff gehen. Einer davon ist, dass es ihnen im erotischen Hamsterrad mit ihren Partnerinnen mit der Zeit langweilig wird, nichts als freudlose Pflichtnummern; zur Kür laufen die Männer dann ins Bordell. Das war in Spanien nicht anders als etwa in Paris oder in Berlin.

Gestärkt und gut gelaunt setzte ich die Reise fort. Bei offenem Fenster und feinstem Wetter fuhr ich auf die Pyrenäen zu, als mich in der Nähe von Gerona ein Motorschaden stoppte. Da unter der Haube des SM ein Maserati-Triebwerk arbeitete, erwies sich eine Reparatur für den Werkstattbesitzer in Gerona als zu kompliziert. Er stellte fest, dass die Steuerkette gerissen war, Schäden an Ventilen und Kolben zu befürchten seien und dass die Reparaturkosten wohl um die 10.000 Mark herum lägen. Er schlug mir vor, das Auto nach Frankreich zu überführen, wo der Wagen rascher instand gesetzt werden könne. Da ich so viel Geld nicht dabei hatte, öffnete ich in der Mittagspause unbeobachtet einen unter der Rückbank gelegenen Hohlraum und entnahm die dort versteckten fünf Kilo Haschisch. Das Auto ließ ich anschließend nach Perpignan abschleppen, wo es laut Auskunft der Citroën-Werkstatt in vier Wochen fertig sein sollte. Dann machte ich mich mit dem Hasch im Gepäck auf den Weg zum Flughafen von Barcelona. Richie, so hoffte ich, würde mir den Stoff auf Ibiza verkaufen können.

Am nächsten Morgen landete ich mit der Frühmaschine der Iberia auf der Insel. Der Flugplatz war damals noch ein gemütlicher Familienbetrieb, wo kaum mehr als zehn Flugzeuge am Tag abgefertigt wurden. Zu Fuß ging es vom Rollfeld hinüber zur Ankunftshalle, unter einem von Rosen umrankten Bogen aus Sabena-Balken hindurch in einen Garten. Der erste Eindruck von Ibiza wurde bestimmt von Blumen, salziger Meeresbrise und lachenden Hippies, die auf ihre Freunde aus Katmandu und Goa warteten. Der Pauschaltourist war seinerzeit ebenso selten wie der Münchener Depp, der Hamburger Proll oder der Düsseldorfer Schicki-Micki.

Bei »Autos Ibiza« mietete ich mir einen kleinen Seat, deponierte die Reisetasche mit dem brisanten Inhalt auf dem Rücksitz und machte mich auf den Weg nach Roca Llisa. Vor der *tienda* in Jesus stellte eine Frau gerade Kisten mit Artischocken und Tomaten in die Morgensonne, und so hielt ich an und kaufte im Laden Frühstückseier und Brot. Als ich gegen halb acht am Haus meiner Freunde eintraf, dauerte es eine ganze Weile, ehe sie auf mein Klopfen und Rufen reagierten. Schließlich öffnete sich die Flügeltür zum Salon und Richie stand vor mir: nackt und gähnend. Die Wiedersehensfreude vertrieb seine Müdigkeit und wir umarmten uns. Während er sich draußen am Brunnen einige Kübel voll Wasser über den Kopf goss, fing ich an, das Frühstück zu bereiten. Von den ungewöhnlich frühen Aktivitäten in ihrem Haus geweckt, stand auf einmal auch Bea in der Küche und übernahm das Kommando.

Den einzigen elektrischen Strom im Haus lieferte eine Autobatterie und das einzige elektrische Gerät war ein alter Kassettenrekorder. Richie legte *Early Bird* von den Eagles auf, *Witchy Woman, Take it Easy*. Sein Musikgeschmack bewegte sich zwischen West-Coast und Psychedelic, zwischen Crosby, Stills, Nash & Young und den Doors, zwischen Folk und Soul. Bei ihm hörte ich zum ersten Mal Musik von J.J. Cale und von Tim Buckley.

Inzwischen hatte Richie einen Kimono angelegt und ließ sich neben mir auf den Teppich plumpsen. Zum ersten Mal fiel mir auf, dass er trotz der guten Figur in seinen Bewegungen ungelenk und plump war. Die Art, wie er seinen Körper balancierte, hatte etwas Ungeduldiges, ganz so, als sei es ihm lästig, diese 85 Kilos durch die Welt manövrieren zu müssen. Und wenngleich er keineswegs stürzte, war man erleichtert, wenn er im Gleichgewicht saß. Bea schien dieselben Befürchtungen zu hegen, denn jedes Mal, wenn Richie neue Raumkoordinaten anvisierte, sagte sie: »*Be careful, honey!*« Wobei das in meinen Ohren kitschig klingende Kosewort in auffälligem Gegensatz zum körperlichen Volumen ihres Kerls stand. Zum Frühstück brachte sie stark gesüßten Tee mit Milch und getoastetes Weißbrot, belegt mit einer Art Feta und Honig, eine ebenso eigenwillige wie leckere Kombination. Anschließend rauchten wir einen Joint und dabei rückte ich dann mit der Sprache heraus. Als ich meine Tasche öffnete und die Hasch-Platten auf den Küchentisch stapelte, mussten die beiden nicht lange diskutieren, wem wir den guten Stoff am besten verkaufen könnten.

Der Kunde hieß Ed Engel, ein freundlicher Mann aus Miami, der die Hälfte des Jahres in Coconut Grove und die andere Hälfte auf Ibiza verbrachte. Ed war Veteran des Korea-Krieges und ein ausgewiesener Cannabis-Experte. Als Richie und ich ihm am Abend einen Besuch abstatteten, begrüßte er uns zunächst mit der Amerikanern zuweilen eigenen Mischung aus Höflichkeit und Paranoia. Erst als Richie ihm ein halbes Dutzend Mal versichert hatte, dass ich kein Spitzel, sondern sein Freund sei, wurde Ed gesprächig. Nach einer Tasse grünem Tee packte er schließlich sein Schatzkästlein aus. Die kleine Mahagoni-Schatulle aus Indien war tatsächlich eine Schatzkiste, denn sie enthielt in zwei Dutzend kleinen Fächern genauso viele Haschischsorten. Da gab es *Charas* aus dem Himalaja ebenso wie *Choclate* aus Manali, *Zero-Zero* aus Ketama ebenso wie *blonden Libanesen* aus Baalbek, allein drei Sorten Afghanen, dann Gras aus Maui, Jamaika und Kalifornien ebenso wie *Thai-Sticks* und *Kerala-Buds*. Ein edles Sortiment!

Auch was die Rauchutensilien anbelangte, war Mister Engel bestens ausgerüstet: Vom *Bambus-Bong* aus Malaysia über eine ganze Kollektion marokkanischer *Sebsis* bis zur *Nargile* stand alles bereit. Schließlich überredete er uns zu einem *Cheelam*, einer konischen Tonpfeife aus Nordindien, die direkt über die Lunge geraucht wird und so eine nachhaltige Wirkung entfaltet, sozusagen die 44er Magnum unter den Haschpfeifen.

Wir verbrachten den ganzen Abend bei Ed, der uns Geschichten aus Opiumhöhlen in Laos erzählte und vom legendären Woodstock-Festival, wo er und seine Freundin tausend *reefers* an die Leute verschenkt hätten. Schließlich warnte er Richie davor, die Sache mit dem *smack* auf die leichte Schulter zu nehmen, Heroin sei kein Haschisch.

»*Stuff can kill ya*«, warnte er, und er meinte es ernst.

Ich erinnere mich nicht mehr an den Verlauf der Verhandlung wegen der Kilos, ich weiß bloß noch, dass es gelassen zuging und Richie mir am folgenden Morgen im Schneidersitz 5.000 Dollar auf den Teppich blätterte. Da es bis zur Reparatur meines Autos noch dauerte, nahm ich seine Einladung an und blieb. Alle paar Tage fuhr ich zur *Telefónica*, einem Büro mit zehn Kabinen, von wo aus man handvermittelte Gespräche mit dem Festland führen konnte. Telefonzellen waren seinerzeit auf Ibiza unbekannt. Franco war immer noch der oberste Boss aller Spanier, und seine politischen Wachhunde, die gefürchteten Männer von der Guardia Civil, hatten kein Interesse, dem Volk die Kommunikation zu erleichtern. Der Guardia ging man möglichst aus dem Weg. Sie trugen ihre Maschinenpistolen demonstrativ zur Schau, und ihnen haftete ein Nimbus von Unberechenbarkeit und Gewalt an. Aber wie gesagt, sie mischten sich in unsere Dinge nicht ein und wir uns nicht in ihre, abgesehen davon, dass unser Einfluss auf die jungen Spanier die friedliche Revolution vorbereitete, die nach Francos Tod im Jahr darauf in Bewegung kam.

In diesen Tagen stellte Richie sein Talent als Reiseführer unter Beweis. Während Bea vorzugsweise mit einer ihrer kalifornischen Freundinnen zum Strand ging, zeigte er mir die Insel. Einmal führte er mich in den wilden Westen: Nach San José und weiter an die Steilküste von Cabo Llentrisca, von wo aus sich ein imposanter Blick auf den Felsen Es Vedra eröffnet.

Ein andermal fuhren wir im Auto nach Santa Ines und San Mateo, zwei der verschlafensten Flecken der Insel. Von dort ging es in halsbrecherischer Fahrt hinab an die Cala D'Aubarca, einer weiteren Steilküste, wo wir unseren Mut im Klippenspringen testen konnten. Cala D'Aubarca war vielleicht die abgelegenste Küste Ibizas. Allein um dorthin zu gelangen, war ein weiter Weg zurückzulegen, dann der steile Abstieg, den nur Verrückte mit dem Auto wagten, und schließlich der mühsame Rückweg. Als Richie mich zum ersten Mal dort hinführte, waren höchstens ein Dutzend Leute da, die alle gekommen waren, um von den Klippen zu springen. Dort gab es Felsen, die Sprünge von drei bis 20 Meter Höhe erlaubten, also nichts für Hasenherzen wie mich.

Auf dem Rückweg hielten wir in San Mateo an und ließen uns in der *tienda* von der Señora ein *bocadillo* belegen: Ein kleines aufgeschnittenes Weißbrot mit Olivenöl begossen, dazu *manchego, jamon serrano* und Tomaten, also ein Käse-Schinken-Sandwich nach Art der Insel. Im Anschluss an diesen ersten Ausflug blieb Cala D'Aubarca mein Geheimtipp. Insbesondere im Winter, wenn sich haushohe Wellen gegen die Klippen werfen, ist man dort meist ganz allein mit sich und dem Meer.

An einem weiteren Tag nahm Richie mich mit nach San Carlos. Das Dorf im Nordosten der Insel war das Mekka der Hippies. *Anitas Bar*, an einem zentralen Platz gelegen, war Poststelle und Basar zugleich. Verhandelt wurde um indischen Schmuck, marokkanische Musikinstrumente, Batiken aus Yogjakarta, Haschisch aus Afghanistan und Flugtickets der Iberia. Die Zahl derer, die bei

Anita anschreiben ließen, war sicher so hoch wie die der Gäste, die ihre Rechnungen bezahlten.

Fast überall, wo wir hinkamen, schien man Richie zu kennen: Die alten Frauen von San Carlos schenkten ihm ebenso ein Lächeln wie die Hippiemädchen mit den geflochtenen Zöpfchen und den Perlen. Andauernd stellte er mich irgendwelchen Leuten vor: Wilde Vögel, die gerade mit Rucksäcken voller Schmuck aus Nepal zurückgekommen waren, Musiker aus Jamaica, auf der Suche nach einem Gig, Mädchen aus Holland, die einfach nur lieb lachten. Wir tranken *Hierbas* mit ihnen, den balearischen Kräuterlikör, und fuhren anschließend hinab zum Cabo Roig, wo das Inselchen mit dem schönsten Namen der Welt vor einem liegt: Tagomago.

Hollywoodmäßig wurde es, als wir eines Tages in Beas altem »*Dö-Schewo*« die Steigung nach San Rafael hinaufkrochen und uns einem Auto näherten, das noch langsamer als das unsere unterwegs war. Plötzlich wurde Richie ganz aufgeregt und deutete nach vorne.

»Der Wolfi!«, rief er und trat aufs Gaspedal, um näher an den Seat-Kombi heranzufahren. »Das ist mein Hund. Ich werd verrückt! Der Wolfi.«

Im Laderaum war ein belgischer Schäferhund zu erkennen, der sich wild gebärdete und mit den Pfoten an der Heckscheibe kratzte.

Während wir dichter an den Seat heranfuhren, erzählte mir Richie, wie ihm sein Hund vor etwas über einem Jahr in der Altstadt verloren gegangen war, wie er ihn trotz Plakataktion in allen Kneipen und auf allen Plätzen nicht mehr hatte finden können, und dass er schon den Glauben daran aufgegeben hatte, ihn jemals wiederzusehen.

Erst als die Straße den Hügelkamm überwunden hatte und es im sanften Schwung bergab gen San Antonio ging, gelang es uns, zu überholen. Eine Dame um die Vierzig saß am Steuer, und als wir ihr durch Zeichen bedeuteten, sie möge anhalten, da ahnte sie schon nichts Gutes. Wir hielten am Straßenrand und stiegen aus. Kaum dass die Frau ihre Tür geöffnet hatte und uns argwöhnisch entgegenblickte, sprang Wolfi aus dem Auto und im Nu war er bei Richie. Vor Freude fast überschnappend leckte er seinem Freund Hände und Gesicht, sprang an ihm hoch und japste wie ein spieltoller Welpe. Hier bedurfte es keiner Worte mehr.

»Ihr Hund?«, fragte die Frau verunsichert.

»Ja, der Wolfi«, sagte Richie, ohne sich von dem Tier abzuwenden. »Wo haben sie ihn gefunden?«

»Am Strand von Playa d'en Bossa. Aber schon vor einem Jahr. Ganz hungrig war er und traurig. Meine Kinder brachten ihn mit, und seither lebt der Rex bei uns in San Antonio. Mein Mann arbeitet dort im *Penta Club*.«

»Der Rex heißt in Wirklichkeit Wolfi«, belehrte Richie die Frau, die eine zusehends bedrücktere Miene machte. »Keine Sorge, ich bezahle Ihnen die Unkosten, die er verursacht hat. Und den Finderlohn von 10.000 Peseten, den ich damals aussetzte, den kriegen sie auch.«

Die Frau schwieg. Ihr hatte es die Sprache verschlagen. Sie wollte weder Unkosten noch Finderlohn. Man sah deutlich, wie sehr auch ihr der Hund ans Herz gewachsen war. Aber im Augenblick hatte Wolfi nur noch Augen für Richie.

»Wie soll ich das bloß Kevin und Betty erklären?«, fing sie plötzlich an zu schluchzen, und Tränen liefen ihr übers Gesicht. »Meine Kinder lieben den Rex doch über alles.«

Ein Stoff für eine klassische Tragödie schien sich anzusammeln.

»Ich schlage vor, wir begleiten Sie nach Hause, Sie laden uns auf ein Glas Limonade ein, und dann reden wir in Ruhe über die Sache«, beruhigte Richie die Dame, als er sah, wie bewegt sie war.

Unterwegs, Wolfi hockte wie ein König auf seinem Thron auf der Rückbank der *Ente*, fanden wir eine Lösung des Problems. Die Frau bog kurz vor San Antonio in einen Feldweg ein. Wenig später parkten wir unter einem uralten Ölbaum vor dem Haus der Familie Fischer. Kevin und Betty, die zehn und elf Jahre alten Sprösslinge, waren mehr als erleichtert, als Richie erklärte, den Hund bis auf Weiteres bei den Fischers zu lassen, bedinge sich aber das Recht aus, ihn von Zeit zu Zeit für einen Tag oder so zu sich nach *Can Pujols* zu holen.

Wir hatten ohnehin vor, in ein paar Tagen aufs Festland überzusetzen, und dabei wäre der Hund mehr als hinderlich gewesen. Richie hatte mir nämlich am Abend davor den Vorschlag gemacht, mich auf der Reise nach München zu begleiten. Er wollte das Motorrad nach Deutschland bringen und auf dem Rückweg ein

**Die abenteuerlichen WeltAnschauungen eines unverbesserlichen Achtundsechzigers**

Humorvoll und selbstkritisch schildert der Autor seine tiefgreifenden Erfahrungen in den linksradikalen, alternativen, psychotherapeutischen und spirituellen Subkulturen der 60er bis 90er Jahre als Aussteiger, Revoluzzer, Globetrotter, Sinnsucher, Künstler, Unternehmer und Weiberheld. Ein bunter Flickenteppich unzähliger Reisen, Projekte, Workshops, Liebesabenteuer, Träume, Erkenntnisse, Irrtümer, Wandlungen und Wunder auf dem Weg zu sich selbst. – Kann Spuren von Humanismus, Marxismus, Anarchismus, Existentialismus und Buddhismus enthalten!

gebrauchtes Auto mitnehmen, was den Anforderungen der Insel tatsächlich eher entsprach als eine schwere Kawasaki. Außerdem würde ihm eine Luftveränderung gut tun. Wir tranken unsere Limonaden aus, Frau Fischer verabschiedete sich mit einem Küsschen von uns beiden, und die Kinder und der Hund liefen noch bis zur Straße auf dem holprigen Weg neben uns her.

## 1.8 Unterwegs

Als ich Ende August in Perpignan anrief, teilte mir die Werkstatt endlich mit, dass der Wagen abgeholt werden könne. Die Reparaturkosten beliefen sich auf knapp 30.000 Francs, in etwa die Summe, die ich noch aus dem Fünf-Kilo-Deal besaß.

Anfang September 1974 – Bea war für einen Monat nach New York zu ihrer Familie geflogen – brachen Richie und ich auf. Gegen Abend schifften wir uns auf die Fähre nach Barcelona ein, und am darauffolgenden Morgen frühstückten wir auf der Rambla. In einem *Bultaco*-Laden kaufte ich mir eine Motorradbrille und einen Nierengurt. Von Helmen hielten wir beide nichts. Überdies hatte Richie im Jahr davor schon einmal eine Verkehrsinsel auf der Straße zum Flughafen übersehen und war mit 100 Sachen in ein Feld gesegelt, ohne Helm. Das Ganze hatte er leicht verletzt überlebt. Wir waren jung und voller Zuversicht, und über dem Meer ging die Sonne auf. Während wir mit Vollgas auf der Autobahn in Richtung französische Grenze flogen, wusste ich, dass es eine gute Reise werden würde. Und weil unsere Reisen durch Europa mich an die Reisen Jack Kerouacs und Neil Cassadys durch Amerika erinnerten, sei hier eine Stelle kraftvoller Prosa Kerouac'scher Literatur zitiert:

*Und er beugte sich über das Lenkrad und drückte auf die Tube; er war wieder in seinem Element, jeder konnte es sehen. Wir waren entzückt, wir alle erkannten, dass wir Verwirrung und Unsinn hinter uns ließen und die einzige und einzig edle Funktion unserer Zeit erfüllten: in Bewegung zu sein. Und wie waren wir in Bewegung!**

Den ersten Zwischenfall gab es auf halber Strecke zwischen Barcelona und Gerona. Irgendwie hatte ich den Eindruck, als zische mir dauernd etwas durch den Augenwinkel. Als ich Richie darauf aufmerksam machte, verlangsamte er die Fahrt und hielt auf der Standspur an. Wie sich herausstellte, hatte sich der Reißverschluss der Brusttasche seiner Lederjacke geöffnet. Dort steckte sein Geld, und der Fahrtwind war seit geraumer Zeit dabei, einen 100-Dollar-

* Jack Kerouac aus »*Unterwegs*«.

Schein nach dem anderen heraus zu zupfen. Als Richie sein Geldbündel zählte, fehlten von den 40 Scheinen schon zwölf. Auf der Stelle machten wir kehrt, fuhren auf dem Seitenstreifen zurück und richteten die Augen auf den Straßenrand. Nach zwei Kilometern fanden wir den ersten Schein, ein Stück weiter den zweiten und dann trafen wir auf einen Wagen aus Barcelona, dessen Insassen dabei waren, die Böschung zwischen Straße und Begrenzungszaun abzusuchen. Einen Schein hatten sie schon gefunden, den hielt die Frau in der Hand.

»Die Kohle gehört mir«, stellte Richie sofort klar, nachdem wir neben dem Spanier zu halten gekommen waren. »*Son mis billetes*«, versuchte er es auf Spanisch.

»Von was für Scheinen reden Sie?«, entgegnete der Mann. »Wir suchen doch keine Scheine.«

»Und was ist mit dem, den Ihre Frau gerade in die Tasche gesteckt hat?«

Richie ließ sich nicht beirren. Als er erkannte, dass die Leute nicht gewillt waren, den Fund herauszurücken, ging er zu deren Wagen und zog den Zündschlüssel ab.

»Wir unterhalten uns später. In zehn Minuten sind wir zurück.«

Sprach's, steckte die Schlüssel ein und schwang sich auf die Maschine. Den halbherzigen Protest des Spaniers, von Beruf gewiss kein Torero, ignorierten wir und fuhren auf der Suche nach unserem Vermögen davon. Zwei Scheine fanden wir noch: Einen hatte der Fahrtwind gegen den Maschendrahtzaun geweht, ein weiterer flatterte im hohen Gras. Als wir zurückkehrten, hatte sich unser spanisches Paar offenbar besonnen. Ohne viel Aufhebens rückte die Frau die 100-Dollar-Note heraus, und Richie gab ihr den Schlüssel.

Ein wenig verdrießlich, aber dennoch froh, ohne Blessuren aus der Sache herausgekommen zu sein, setzte das Paar die Reise fort. Wir machten Kassensturz und am Ende fehlten 700 Dollar. Diesmal steckte Richie das Geld in die Hosentasche, ehe wir weiterfuhren.

Die Grenze passierten wir ohne Verzögerung, damals noch auf der Landstraße. Wir wechselten unsere Dollars in Francs, damit wir beim Bezahlen der Reparaturkosten keine unnötige Zeit verlören. Eine halbe Stunde später standen wir vor der Werkstatt in Perpignan. Ein Meister führte uns zum Auto, und als er die Tür öffnete und mich aufforderte, zu einer Probefahrt einzusteigen, schlug mir ein süßlicher Geruch entgegen. Der Wagen hatte immerhin seit drei Wochen in der überhitzten Halle gestanden, und Haschisch ist ein Stoff, der bei Wärme ein intensives Aroma verströmt. Unter dem Vorwand, es eilig zu haben, verzichtete ich auf die Testfahrt, lief rasch zum Büro und bezahlte die Rechnung.

Wenig später waren wir wieder unterwegs. Richie fuhr mit dem Motorrad voraus, ich folgte ihm im Auto, legte *Riders on The Storm* ein und öffnete das Schiebedach. Bei Narbonne wurde die Landstraße wieder zur Autobahn, und bei Montpellier hielten wir zum ersten Mal an und tauschten die Fahrzeuge. Da der Citroën mit seiner Maserati-Maschine ebenfalls eine flotte Höchstgeschwindigkeit schaffte, hatte keiner von uns Schwierigkeiten, dem anderen zu folgen. Ich genoss die Fahrt auf der Kawa. Ohne Helm und Ledermontur, lediglich mit Brille, Nierengurt und leichten Handschuhen ausgestattet, kostete ich das echte Gefühl: Motorradfahren, wie es wirklich Spaß macht. Die Tatsache, dass ich nicht einmal einen Führerschein besaß, schmälerte das Glück nicht, das wir durch den Rausch der Geschwindigkeit erlebten. Im Gegenteil: Wahre Freiheit liegt jenseits des Gesetzes! Ab und zu vergewisserte ich mich im Rückspiegel, dass Richie noch hinter mir war, duckte mich auf den Tank und ließ die 92 PS der Maschine zubeißen. Auf der Rhonetalstrecke wollte ich es dann genau wissen: Als die Straße über eine Bergkuppe führte, sah ich vor mir einen etwa fünf Kilometer langen Abschnitt, wo die Straße geradeaus und stetig leicht bergab verlief. Eine ideale Strecke, um die Kawa voll auszufahren. Ich machte mich so flach wie möglich, drehte das Gas bis zum Anschlag auf und schielte auf den Tacho.

Die Autobahn führte deshalb so gleichmäßig bergab, weil man die Trasse durch die Hügel gefräst und mit dem Erdaushub die Senken dazwischen aufgefüllt hatte. Die Fahrbahn verlief somit abwechselnd in von hohen Böschungen begrenzten windstillen Zonen und auf zum Teil hohen Aufschüttungen, über die an dem Tag ein scharfer Seitenwind blies.

Als ich den Wind spürte, war es schon zu spät. Ohne es abwenden zu können, wurde ich langsam gegen die linke Fahrbahnbegrenzung gedrückt. Die Tachonadel zeigte 240 km / h an, also keine

Geschwindigkeit, bei der ein Motorrad noch auf Schenkeldruck oder Gewichtsverlagerung reagiert. Alles was ich tun konnte, war in Gedanken dagegenhalten und Tempo herauszunehmen. Aber der Wind war stärker. Unerbittlich drückte er mich in Richtung der Leitplanken, und nach wenigen Sekunden berührten die Räder schon die weiße Seitenmarkierung. Nach wie vor fuhr ich um die 200 km/h. In dem Augenblick, als ich den Rand des Grünstreifens erreichte und damit rechnete, die Kontrolle über die Maschine zu verlieren, war plötzlich der Wind weg. Ich war wieder in eine windstille Zone getaucht. Sofort reagierte das Motorrad auf meinen Druck. Zügig schwenkte ich zurück zur Fahrbahnmitte und drosselte erschrocken das Tempo. Da brauste Richie auch schon mit eingeschalteten Warnblinkern an mir vorbei und bedeutete mir mit hysterischer Geste, sofort anzuhalten. Nach einigen Hundert Metern kamen wir zum Stehen. Erst als ich den Motor abgeschaltet hatte und Richie aufgeregt auf mich zugelaufen kam, merkte ich, wie sehr ich zitterte. Wir waren uns einig, das war knapp gewesen! Es bestand kein Zweifel, dass ein Sturz bei dieser Geschwindigkeit und dazu noch ohne Helm mein Ende bedeutet hätte. Der Spruch von der wahren Freiheit ohne Helm hätte sich dann erübrigt gehabt. Widerspruchslos hörte ich mir Richies Vorwürfe an. Dann setzten wir uns auf die Leitplanke, rauchten mit zittrigen Fingern eine Gauloise und beruhigten uns, ehe wir die Fahrt fortsetzten.

Es versteht sich fast von selbst, dass ich für den Rest des Tages den Sattel gegen die bequemen Ledersitze der Limousine tauschte. Überdies stellte ich fest, dass Motorradfahren bei hoher Geschwindigkeit sehr kraftraubend ist, so dass ich nach gefahrenen 200 Kilometern froh war, wieder bequem und unangestrengt sitzen zu können. Irgendwo in der Bresse, nördlich von Lyon, machten wir Halt in einem Landgasthof und ließen uns von der Wirtin ein Huhn braten. Als wir in den Betten lagen und Richie mir den Gute-Nacht-Joint reichte, konnten wir endlich wieder lachen.

Am darauffolgenden Morgen wachten wir früh auf und machten uns auf den Weg. Schon am ersten Rastplatz auf der Landstraße, kurz vor Dijon, hielten wir an. Ein weiter Parkplatz voller Lastwagen ließ vermuten, dass es sich um einen beliebten Rasthof für Fernfahrer handelte. Wir stellten Auto und Motorrad ab und betraten die Gaststätte. Tatsächlich war der Laden zu der frühen Stunde gut gefüllt, insbesondere an der Bar herrschte Andrang. Wir hatten Glück, denn gerade als wir eintraten, wurden am Tresen zwei Plätze frei, und obgleich einige anstehende Gäste darauf gewartet zu haben schienen, schob Richie sich an allen vorbei und besetzte einen Hocker, während er den zweiten für mich frei hielt. Schon dieses Vordrängeln kam nicht gut an bei den Franzosen. Dennoch ließen sie mich durch und mit breitem Grinsen erklärte mir mein Freund, dass es Situationen gebe, in denen man die Ellenbogen benötige, anderenfalls ziehe man bloß die Deppenkarte. Das leuchtete mir ein, wenngleich ich selbst nichts so sehr hasse wie Ungeduld im Zusammenspiel mit Rücksichtslosigkeit, eben das so häufig zu beobachtende Vordrängeln. Ich fühlte mich somit ein wenig unbehaglich dort an der langen Theke mit all den ausgeschmierten Gästen im Rücken, zumal wir es ja wahrlich nicht eilig hatten.

Richie versuchte unterdessen unbekümmert, durch lautes Zurufen und hektische Gesten die Bedienung auf sich aufmerksam zu machen. Und weil er kein Französisch sprach, bestellte er in einem fort *dos cafés con leche*. Erst als er den Eindruck hatte, die Frau habe ihn registriert und seine Bestellung verstanden, rutschte er vom Hocker und verschwand in Richtung Toiletten. Geduldig wartete ich auf den Kaffee, aber die Leute hatten einfach zu viel zu tun. Es dauerte. Als Richie nach ein paar Minuten zurückkam und feststellte, dass noch immer kein Kaffee an seinem Platz stand, begann er, die Frau hinter der Bar lautstark zu drangsalieren. Und als sie schließlich die beiden Fernfahrer bediente, die sich gerade erst neben uns gesetzt hatten, wurde es ihm zu bunt. Noch ehe sein Nachbar das Zuckertütchen in den Milchkaffee geleert hatte, schnappte er sich dessen Tasse und zog sie zu sich herüber. Den Kaffee des Beifahrers beschlagnahmte er gleich mit und stellte ihn zu mir hin. Zu sagen, dass die beiden Kapitäne der Route nationale ob dieser Dreistigkeit verblüfft waren, wäre untertrieben. Eine Mischung aus Ungläubigkeit und Empörung stand in ihren Gesichtern geschrieben, als Richie sich offenbar seelenruhig daran machte, den gerade eroberten Kaffee umzurühren. Die Unmutsäußerungen der beiden Franzosen konterte er auf Spanisch, aber dass *hijo de puta* Hurensohn bedeutet, wusste man auch in Nordfrankreich. Bei dem nun folgenden Gerangel um die Kaffeetasse wurde erst der Kaffee verschüttet und dann ging das Tellerchen zu Bruch. Doch Richie war nicht zu bremsen. Längst hatte ich bemerkt, dass wir von einem Dutzend Männern beobachtet wurden, deren Pranken normalerweise große Lenkräder hielten und denen anzusehen war, dass damit bei Bedarf auch große Ohrfeigen ausgeteilt werden könnten. Ich versuchte, meinen Freund zu beruhigen. Vergeblich. Richie wollte sich der gallischen Übermacht nicht beugen und ging dazu über, die ganze Grande Nation zu beleidigen. Das Wort »Franzosendackel« hörte ich heraus und gleichzeitig stieg die Zahl derjenigen, die sich erhoben, um der teutonischen Meuterei ein Ende zu setzen.

Was um alles in der Welt war in Richie gefahren, dass er mitten im französischen Kernland zusammen mit einem kampfscheuen Schlappschwanz wie mir an der Seite eine Schlägerei mit zwei Dutzend Fernfahrern provozierte? Ich musste ihn zur Vernunft bringen, ehe es zu spät wäre. Der *point of no return* rückte rasch näher. Wir standen mit dem Rücken zur Bar und blickten in die Augen vieler bös gewordener, starker Männer. Schon postierten sich zwei Kerle mit dicken Bäuchen und grimmigen Blicken am Ausgang. Und noch immer richtete Richie aggressiv die Rede an die aufgebrachten Gäste, denen er gleich zeigen werde, wie man sich Fremden gegenüber zu benehmen habe. Ich hatte Schiss, und so wird man es mir auf der Stelle glauben, wenn ich sage, dass ich erleichtert war, als plötzlich zwei Gendarmen mit Helm und Motorradkleidung das Lokal betraten. Kaum dass alle Anwesenden die *flics* registriert hatten, setzten sich die meisten der Männer wieder hin, und die an der Bar wandten sich ihrem *café au lait* und den Croissants zu. Bloß Richie schwadronierte weiter.

Ich war bedient. Ohne den halb verschütteten Kaffee anzurühren, rutschte ich vom Hocker und forderte ihn auf, mir zu folgen. Seinen Protest ignorierend, verließ ich den Laden, und erst als ich draußen war, drehte ich mich um. In aller Gelassenheit, keinem Blick ausweichend, kam Richie schließlich hinter mir her. Als wir bei den Fahrzeugen angekommen waren und ich meinte, da hätten wir noch mal Glück gehabt, sah er mich ein wenig verärgert an und sagte: «Glück hatten die Franzosen. Ein Mucks, und ich hätte denen eine Lektion fürs Leben erteilt.«

Dann schwang er sich auf den Sattel und ich mich in den Sitz des Autos. Heute glaube ich zu wissen, was damals auf der Reise und in der Fernfahrer-Raststätte bei Dijon mit ihm los war: Der Heroin-Entzug beutelte ihn ein wenig und übertriebene Aggressivität ist kennzeichnend für diesen Zustand. Normalerweise war Richie ein friedfertiger Zeitgenosse, dessen Mut sich als Zivilcourage darstellte und nicht bei Kneipenschlägereien. Dennoch blieb ein klein wenig Bewunderung bei mir zurück, denn das Bild, wie er sich da so ganz allein unter den Fernfahrern behauptete, hatte etwas Imposantes.

Bei Saarbrücken reisten wir am Nachmittag nach Deutschland ein, und das im Auto versteckte Haschisch baute ich mithilfe eines Freundes aus, der im Hunsrück eine steuerfreie Autowerkstatt betrieb. Anschließend fuhren wir weiter nach München, wo die Kiffer schon ungeduldig auf den guten Shit warteten. Die Ware wurde, wie nicht anders zu erwarten, innerhalb weniger Tage verkauft.

Richie, durch meinen Erfolg bestärkt, beschloss nun seinerseits nach Ketama zu reisen, um sich durch einen Schmuggel und das anschließende Geschäft finanziell von Bea unabhängig zu machen. Dass sie es war, die die Geschäfte in Amsterdam plante und organisierte, gefiel ihm nicht. Als Mann wollte er auch einmal derjenige sein, der die Kohlen ranschaffte. Richie war in seiner Haltung Bea gegenüber gespalten. Einerseits hatte ich gesehen, dass sie ihn an der Kandare hatte, andererseits sprach er unterwegs davon, sich nach der Reise von ihr trennen zu wollen. Wahrscheinlich ahnte er, dass er bei der ihm eigenen Labilität früher oder später zusammen mit ihr vollends in den Sumpf der Heroinsucht geraten würde.

In den folgenden Tagen stellte mir Richie, der einige Jahre in München gelebt hatte, seine Freunde vor. Durch seine Arbeit bei Doldingers *Passport* kannte er viele Musiker. Er nahm mich mit zum Studio von *Embryo* und stellte mir seine Freunde Linda und Wedigo vor. Gemeinsam besuchten wir den Künstler Klaus Lea. Und da ich gerade dabei war, mich von meinem bisherigen Geschäftspartner Walter zu trennen und die Wohnung in Obermenzing aufzugeben, schlug Richie mir vor, in einer Wohngemeinschaft in Bogenhausen ein Zimmer zu mieten.

Der Fotograf Werinher V. war der Mann mit dem Mietvertrag, und da die meisten Fotografen notorisch knapp bei Kasse sind, waren die 900 Mark Vorkasse für drei Monate Mietzins, die Richie ihm anbot, das entscheidende Argument für den Zuschlag. Wir verbrachten zwei Wochen in München, in denen ich Walter die geschäftliche Partnerschaft kündigte. Er hatte mich zum wiederholten Mal im Stich gelassen, als ich seine finanzielle Hilfe aufgrund der Autopanne benötigt hätte. Außerdem tendierte ich mehr zu Ibiza und Richie als zu München und Walter. Wir sprachen uns aus, und ich teilte ihm mit, dass ich auch unsere gemeinsame Wohnung in der Fasanenstraße zu kündigen beabsichtigte. Walter fand das ärgerlich, aber schließlich fand er sich damit ab. Nichts hält ewig. Wir sollten uns allerdings nicht aus den Augen verlieren, wie am weiteren Fortgang der Ereignisse zu sehen sein wird.

Richie bat Pit, dem der Citroën gehörte, ihm den Wagen für die Reise ins Rif-Gebirge zu leihen. Einen Fahrer für die riskanten Grenzübertritte hatte er auch schon im Auge, Pierre, ein junger Franzose, der seit Monaten in Spanien lebte und dem die Kohle ausgegangen war. Als Pfand überließ Richie Pit sein Motorrad. Da beide meine derzeit besten Freunde waren, stand ich ihrer Vereinbarung nicht im Weg. Richies Angebot, mich am Profit zu beteiligen, lehnte ich ab. Mitte September 1974 machte er sich auf den Weg nach Marokko. Ich hatte ihm Mohameds Garage beschrieben und wollte ihn in zwei Wochen in München zurückerwarten. Ich versprach, mich während seiner Abwesenheit um Abnehmer für die Ware zu kümmern, die er mitzubringen gedachte. In Barcelona traf Richie seinen Fahrer Pierre und dessen Freundin Marie, die zusammen über die Grenzen fahren wollten.

Die Reise verlief über Valencia, Alicante und Murcia nach Málaga. Dort setzten die drei nach Tanger über und erreichten Ketama am 25. September. Richie fand den Weg zu Mohamed Schifan, unserem Haschisch-Bauern, und die beiden wurden handelseinig.

Eine knappe Woche blieben sie in den Bergen, dann verstauten sie die 50 Kilo Shit nach bewährter Methode in den vorbereiteten Verstecken im Chassis. Am frühen Morgen des 30. September machten sie sich auf den Rückweg. Von Melilla aus sollte es mit dem Schiff nach Almería gehen und dann weiter nach Norden an der spanischen Mittelmeerküste entlang. Doch so weit schaffte es das Trio nicht.

Noch am selben Abend wurde die verdächtig aussehende Luxuslimousine mit den verdächtig erscheinenden Insassen bei der Einreise nach Melilla kontrolliert und auseinandergeschraubt. Schon bald wurden die Zöllner fündig, und das bedeutete, Richie, Marie und Pierre wurden festgenommen. Auto und Drogen wurden beschlagnahmt und gingen in das Eigentum des spanischen Staates über. Die Schmuggler wurden nach ein paar Tagen von Melilla nach Málaga ins Zentralgefängnis überstellt. Aber das wusste ich zu diesem Zeitpunkt noch nicht.

Als Richie seit mehr als einer Woche überfällig war, fing ich an, mir Sorgen zu machen. Dann erhielt ich endlich einen Anruf von Bea und erfuhr, was geschehen war. Zwei Tage darauf saß ich im Flieger nach Málaga, und am darauffolgenden Morgen wurde ich in das düstere Gefängnis an der Carretera de Álora eingelassen, wo es gleich neben dem städtischen Schlachthof lag. Von zwei massiven Gittern und einem Zwischenraum von einem Meter getrennt standen wir uns gegenüber. Weil wir nicht allein waren und weil alle Besucher in dem Raum gleichzeitig redeten und sie sich gegenseitig zu übertönen versuchten, mussten wir schreien, um überhaupt etwas zu verstehen. Richie brüllte mich an, den Rechtsanwalt Pablo Estrada aufzusuchen. Ich schrie zurück, er solle sich keine Sorgen machen, ich würde mich um alles kümmern.

Beim Anblick meines Freundes hinter Gittern spürte ich zum ersten Mal meinen Zorn, angesichts der Macht des mitleidlosen Staates, der gewaltsam in das Leben der Menschen eingreift. Ich spürte, dass auch Richie mit den Tränen kämpfte, und ich nahm mir vor, das Vertrauen, das sein Blick mir schenkte, rasch zu rechtfertigen. Ich würde ihn aus diesem Kerker herausholen.

Nach einer halben Stunde war der Besuch beendet, und ehe ich ging, versprach ich ihm noch einmal nachdrücklich, mich um alles zu kümmern. In einem Laden gegenüber packte ich eine große Tasche voll Obst, Tabak und Süßigkeiten, die ich an der Gefängnispforte für »Ricardo Aless« abgab. Dann zahlte ich einen Betrag auf sein Konto ein, von dem er jede Woche 1.000 Peseten ausgezahlt bekam. Taschengeld für die nächsten drei Monate, aber so lange, das jedenfalls hofften wir, würde es nicht dauern.

Das Büro des Anwaltes sollte sich in der Calle de la Victoria befinden, unweit des Hafens. Von Mitgefangenen hatte Richie in Erfahrung gebracht, dass er der Mann mit den besten Kontakten zum Gericht sei.

Der Optimismus des Rechtsanwalts war verhalten. Sofern Pierre, für dessen Verteidigung ein von Bea beauftragter Anwalt sorgte, ein Geständnis machte, kämen Richie und Marie relativ bald frei. Da das Ganze, wie seinerzeit in Francos Spanien üblich, von einem festgelegten Schmiergeld für den Gerichtssekretär begleitet wurde, war die Prognose, dass Richie bei der Verhandlung frei käme, nicht allzu gewagt. Die Rede war von einer Million Peseten, damals etwas mehr als 30.000 Mark. Doch es sollte sich monatelang hinziehen. Eile war bei der spanischen Justiz nur dann zu beobachten, wenn es um einflussreiche Leute geht, deren Schicksal von einem eigenen Takt bestimmt wird. Der kleine Fisch, der arme Mann, die Frau von der Straße, sie müssen sich in Geduld üben. Marie wurde zum Glück schon nach zwei Wochen entlassen, ohne Kaution und ohne Bakschisch. Ihr Freund hatte sie entlastet, und außerdem war sie an einen vernünftigen Menschen als Richter geraten, dem es abwegig erschien, ein schwangeres Mädchen einzusperren, bloß weil sie in einem Auto gesessen hatte, in dem ein paar Kilo Haschisch versteckt waren.

Nach ein paar Tagen in Málaga, als mit dem Anwalt alles soweit geklärt war, flog ich nach Ibiza, wo ich mich mit Bea traf. Wir besprachen, was nun weiter zu tun wäre. Eine schnelle Entlassung Richies schien mit unseren relativ bescheidenen finanziellen Mitteln nicht erkaufbar zu sein. Bea beschloss, um rasch das nötige Geld aufzutreiben, den Heroinhandel zu intensivieren. Schon nach wenigen Tagen flog sie wieder nach Amsterdam. Ich wollte meinen Beitrag leisten, indem ich eine weitere Reise nach Marokko organisierte.

## 1.9 Justin

Dazu gewann ich Justin, den Engländer, der schon seit längerer Zeit auf Ibiza lebte, als Partner. Justin O. war mir im Frühjahr bei unserer ersten Ankunft in Salinas durch seine indischen Tätowierungen und durch sein angenehmes Wesen aufgefallen. Er begleitete mich zunächst nach München, wo wir alles für die Reise vorbereiteten. Es gelang uns, einen gut erhaltenen Mercedes 280 SE zu kaufen und für Justin einen feinen Zwirn, der farblich zum blauen Daimler passte. Der Wagen war ähnlich bequem und fernreisetauglich wie die DS-Limousinen von Citroën.

Wer oder was auch immer dafür verantwortlich war, dass der Druck auf Schmuggler an den spanischen Häfen erhöht wurde, ich kann es nicht mit Bestimmtheit sagen. Jedenfalls waren in jüngster Zeit recht viele DS an der spanischen Grenze geschnappt worden, sodass ich mich für einen Wechsel des Modells entschieden hatte. In Christels Garage präparierten wir den Benzintank: Mit einer Trennscheibe schnitten wir ein großes quadratisches Loch in die Oberseite. In den über 80 Liter fassenden Innenraum installierten wir anschließend einen Zehn-Liter-Tank, der an den Einfüllstutzen andockte und dessen Benzinschlauch so mit der Originalleitung verbunden wurde, dass äußerlich keine Veränderung sichtbar war. Der so entstandene Stauraum sollte mit schätzungsweise 50 Kilo Haschisch aufgefüllt werden. Und da der Tank bei diesem Modell unterhalb des Kofferraumes an den Unterboden geschraubt war, war die Arbeit in den Bergen des Rif einfach und rasch zu erledigen, was gegenüber den zeitraubenden Spachtelarbeiten beim Citroën von großem Vorteil war. Definitiv von Nachteil war bei dieser Art von Schmuggelversteck das nunmehr begrenzte Fassungsvermögen des Reservoirs: Mit zehn Litern Sprit kam ein großer Mercedes nicht sehr weit. Das hieß, wir mussten alle 70 Kilometer anhalten und einen Kanister Benzin nachfüllen.

Als zusätzliche Sicherheitsmaßnahme installierte ich eine Anhängerkupplung, die solide am Rahmen des Wagens verankert war. Das Belastungsrohr lag mittig unter dem Benzintank, das heißt, um ihn auszubauen, müsste zunächst die Anhängerkupplung abmontiert werden. Und das war eine zeitraubende Plackerei, dafür hatten wir bei der Installation mit selbstsichernden Schrauben gesorgt.

Die Reise stand von Beginn an unter keinem guten Stern, eine Panne reihte sich an die andere. Es fing damit an, dass am Morgen, als wir abfahren wollten, der Wagen nicht anspringen wollte. Da er über ein Automatikgetriebe verfügte, konnte man ihn nicht anschieben. Immerhin fanden wir heraus, dass der Motor ansprang, sobald man ein wenig Sprit in den Vergaser kippte. Dabei verschluckte er sich aber bei niedriger Drehzahl gern und starb ab. Die ungesunde Methode war: Den Motor hochdrehen und dann ruckartig den Gang einlegen. Ob und wie lange das gut ginge, konnten wir nicht wissen. Ebenso wenig wussten wir, wo das eigentliche Problem lag. Bis wir auf die Idee kamen, den schwäbischen Patienten untersuchen zu lassen, waren die Werkstätten schon geschlossen.

Normalerweise wäre es kein Problem gewesen, die Abreise um einen Tag zu verschieben, aber ich hatte diesmal eine neue Route gewählt und die sah vor, das Teilstück Genua-Málaga mit dem Schiff zurückzulegen. Weil die Fähre am nächsten Mittag ablegte, ich aber schon gebucht und die Tickets in der Tasche hatte, mussten wir auf jeden Fall pünktlich in Genua am Hafen sein. Mit dem Auto konnte man zur Not fahren, man musste halt darauf achten, dass der Motor nicht abstarb, denn ihn zu starten war jedes Mal eine aufwändige Prozedur: Beifahrer raus, Haube auf, Luftfilter ab, Benzin in den Vergaser gießen und gleichzeitig starten, dann den Motor auf Touren halten, Beifahrer einsteigen lassen und den Gang einlegen … was der Wagen mit einem ungesunden Ruck quittierte, ihn aber stotternd in Bewegung setzte.

Hinzu kam, dass unsere eigene Passagierliste bis zum späten Abend noch offen war. Neben Justin und mir hatte eine junge Dame aus Köln gefragt, mitfahren zu dürfen. Ich hatte Loreen auf einer meiner letzten Reisen in Spanien kennengelernt, wo sie mit einem langweiligen Kerl im Cabriolet unterwegs gewesen war. In der Hoffnung, mit richtigen Schmugglern ein Abenteuer zu erleben, wollte sie sich uns nun anschließen. Und weil sie mir gefiel und ich sie mir bei der Zollkontrolle gut neben Justin im Wagen vorstellen konnte, sagte ich ihr zu.

Loreen war groß und schlank und hatte sogar schon für Modeaufnahmen im Quelle-Katalog Modell gestanden. Daneben hatte ich Roman versprochen, ihn bei Gelegenheit mit nach Marokko zu nehmen. Roman Elder war einer von drei Kunden, die mir nach der Trennung von Walter geblieben waren. Roman war ein Mann von Charakter, er sah seriös aus und er war es auch. Er verfügte über einen herzlichen österreichischen Humor, zudem war er ein Wahrheitssucher, immer zu einem philosophischen Gespräch bereit. Wir waren zu der Zeit gerade dabei, Freunde zu werden, und wo lernt man Menschen besser kennen als auf Reisen?

Es war schon zehn Uhr am Abend, als wir endlich startklar waren. In Schwabing befuhren wir die Leopoldstraße in Richtung Innenstadt, als ich am Odeonsplatz in einen Stau geriet und den Motor abwürgte. Roman stieg aus, um die zuvor beschriebene Starthilfe in die Wege zu leiten. Weil er beim Eintröpfeln in den Vergaser nicht vorsichtig genug zu Werke ging und einen Schwall Benzin auf den Krümmer kippte, stand mit einem Mal der ganze Motorraum in Flammen. Erschrocken sprang ich aus dem Auto und suchte nach einer Möglichkeit, das Feuer zu löschen. Ein vorbeifahrender Taxifahrer hielt an und gaffte.

»Haben Sie einen Feuerlöscher?«, wandte ich mich in höchster Aufregung an den Mann.

»Was wollen Sie?«

»Einen Feuerlöscher.«

»Aan Feierlescha? Naa hob i net.«

»Dann fahr weiter, Depp!«

Der gleiche Dialog mit dem nächsten Fahrer. Einen Feuerlöscher hatte niemand an Bord.

Wertvolle Sekunden verstrichen, Flammen schlugen aus dem Motorraum des Mercedes, bis ich schließlich meine Veloursle-derjacke auszog und sie über den Vergaser warf. Augenblicklich erstickte die Flamme. Es qualmte zwar noch eine Weile, aber immerhin brannte es nicht mehr. Die schicke Jacke war nur noch ein versengter Lederlappen, aber der Wagen war gerettet. Tatsächlich bekamen wir ihn wieder flott, und fortan sorgte ich dafür, dass der Motor bis Genua nicht mehr stehen blieb.

Wir nahmen die Inntalautobahn, passierten die Grenze nach Italien am Brenner und fuhren trotz diverser Mautstellen ohne den Motor abzuwürgen bis nach Genua, wo wir in den frühen Morgenstunden eintrafen. Es blieb sogar Zeit, um den Wagen in eine Werkstatt zu bringen. Dort erneuerten sie einige verschmorte Kabel, stellten den Vergaser neu ein, sodass er uns auf der weiteren Reise keine Probleme mehr bereitete. Dafür gab es anderen Ärger.

Am frühen Nachmittag fuhr Justin das Auto in den Bauch der Fähre. Wir Übrigen benutzten den Landungssteg, um an Bord zu gehen. Sobald wir auf hoher See waren, wurde das Wetter schlecht. Ich erinnerte mich an unseren Segeltörn, der ein halbes Jahr zurücklag. Selbst wenn man die Fähre nicht mit einem Segelboot vergleichen konnte, so war ich doch nicht unglücklich, die Überfahrt mit Loreen in der beheizten Doppelkabine zu verschlafen. Zudem hatte das Wetter nichts mit dem Sturm gemein, den wir im Golf du Lion erlebt hatten.

Am nächsten Morgen beim Frühstück im Bordrestaurant machte Loreen eine anzügliche Bemerkung über Justins Tätowierungen, die sie am Vorabend gesehen hatte. So etwas stoße sie ab, ein Kerl mit Tattoos käme bei ihr von vorneherein nicht ins Bett. Justin meinte, sie möge sich keine Sorgen machen, eine Schlampe wie sie könne ihn ohnehin nicht reizen, und so fort. Der unsportliche Dialog endete damit, dass Loreen ihm eine schallende Ohrfeige verabreichte, sodass das halbe Bordcafé aufmerksam wurde. Mir blieb nichts übrig, als mich einzumischen.

Leider gab es auf beiden Seiten keinerlei Versöhnungsbereitschaft, im Gegenteil, Justin verlangte von mir, dass ich »*the stupid slut*« von der Weiterreise suspendiere, sobald wir in Málaga ankämen. Und als ich Loreen nicht sofort den Rücken stärkte, was sie wohl erwartet hatte, unterstellte sie mir mangelnde Solidarität. Kurz, wir überwarfen uns wegen nichts und wieder nichts, und als wir in Málaga ankamen, packte sie beleidigt ihren Kram und ließ sich von einem Taxi zum Flughafen bringen. Das war die kurze Geschichte von Loreen, deren Abenteuer mit Schmugglern auf diese Weise allzu schnell zu Ende war.

In Málaga nutzte ich die Gelegenheit, Richie im Knast zu besuchen. Der wartete seit nunmehr sechs Wochen auf seine Verhandlung. Dann stattete ich dem Rechtsanwalt Estrada einen Besuch ab, der sowohl von Bea als auch von mir Geld erwartete, um Richie aus dem Knast zu holen. Der Mann meinte, spätestens bei der Verhandlung werde er unseren Freund freibekommen, aber wann genau der Prozess stattfinden sollte, das konnte er mir nicht mitteilen.

Wir kauften eine Kiste mit Lebensmitteln und Tabak, steckten ein Stück Hasch in den Käse und einen Geldschein in die hohle Hand des Wärters, und dann wünschten wir Richie Glück.

Die weitere Reise verlief vorerst ohne Zwischenfall: Der Wagen hielt durch, Roman, Justin und ich verstanden uns, die Grenzformalitäten in Algeciras und Tanger waren Routine. Auch in den Bergen im Hause Mohameds stand alles zum Besten. Es war das neunte Mal innerhalb eines Jahres, dass ich zu ihm kam, und bis dahin hatten wir ihm 150.000 Mark für sein gutes Haschisch bezahlt. Er hatte also allen Grund, sich über den Besuch seiner treuen Kunden aus Deutschland zu freuen. Dass Lolita wieder nicht mitgekommen war, bedauerte er ein wenig. Von dem Diebstahl am Nürburgring und unserem Zerwürfnis sagte ich ihm nichts, sondern vertröstete ihn: Vielleicht käme sie ja beim nächsten Mal wieder mit. Amüsiert musste ich erkennen, dass Lolita mit der rasierten Pflaume groß bei Mohamed gepunktet hatte.

Dann stellte ich ihm meine neuen Komplizen vor. Da Justin beabsichtigte, demnächst auf eigene Faust nach Ketama zu fahren, besprachen wir das schon einmal vorab. Er plante nach unserer gemeinsamen Reise, seine Gage in ein eigenes Transportunternehmen zu stecken. Auf diese Weise vergrößerte Mohamed seinen Kundenkreis. Er versorgte ein ganzes Bergdorf, von seinen Geschäften hingen Wohlstand und Gesundheit mehrerer Dutzend Menschen ab.

Wir waren gut beraten, eine Woche in den Bergen zu bleiben, denn wer reist schon im Auto für zwei Tage von Mitteleuropa nach Afrika? Aus diesem Grund blieben wir eine Woche und nutzten die Zeit dazu, das verbotene Schmuggelgut so zu verstecken, dass der Zoll es trotz professionellen Misstrauens nicht finden würde.

Inzwischen hatte ich mir Gedanken gemacht, wie die Schnüffler am besten zu überlisten seien, hatte mir sozusagen eine Art Phänomenologie des Schmuggels zurechtgelegt. Theoretisches Rüstzeug, welches, sofern wir diese Erkenntnisse berücksichtigten, die Chancen auf Erfolg deutlich verbesserten. So sind es vor dem Hintergrund der politischen, juristischen und geographischen Voraussetzungen drei Variablen, die der Schmuggler beeinflussen kann: die Technologie des Verstecks, die Psychologie im Umgang mit den Vertretern des Staates sowie die Logistik des Transportes.

Ein gutes Versteck war zur damaligen Zeit, als es beim Zoll noch keine Hunde und keine Hightech-Analyse-Methoden gab, ebenso wichtig wie erfolgversprechend. Je sauberer wir beim Einbauen der Haschplatten arbeiteten, um so größer unsere Chance, unentdeckt zu bleiben. Bis dahin hatten wir in den Autos zwei Verstecke genutzt: die Hohlräume in Chassis und Fahrgestell und den Benzintank. Beide boten die Möglichkeit, bis zu einem Zentner Haschisch einzubauen. Neben der klugen Wahl des Verstecks kam es auf saubere Spenglerarbeit an, schließlich sollte niemand bemerken, dass an den Fahrzeugen manipuliert worden war.

Was die Psychologie im Umgang mit den Zollbeamten angeht, so basierte sie auf unseren bisherigen Erfahrungen, denn theoretische Kenntnisse aus der Verhaltenspsychologie hatte zumindest ich nicht. Es ging darum, aufkommenden Verdacht sofort zu zerstreuen und die Kontrolleure durch allerlei Tricks und Finten von ihrer eigentlichen Aufgabe abzulenken. Es galt, die Zöllner zu täuschen, eine Eigenschaft, die, glaubt man den Soziologen, in der materialistischen Gesellschaft weit verbreitet ist. Der Schmuggler braucht also bloß das professionell umzusetzen, was er im verlogenen Alltag mit Kunden und Kollegen gelernt hat: den Leuten frech ins Gesicht zu lügen.

Zuweilen wurden von Schmugglern ganze Theater-Szenarien aufgeführt: Fuhr zum Beispiel ein bemalter Bulli am Zoll vor, besetzt mit langhaarigen Hippies und intensiv nach Räucherstäbchen duftend, dann konnte man sicher sein, der Bus und seine Insassen würde gründlich gefilzt werden. Dabei zöge diese Attrappe einen Großteil der Aufmerksamkeit und der personellen Kapazität des Zollamtes auf sich, was es für ein nachfolgendes, bieder aussehendes Rentnerpaar im Opel Rekord wahrscheinlicher machte, durchgewinkt zu werden. Weitere Beispiele: Ein Pornoheft ganz oben auf den Klamotten im Koffer lenkt erfahrungsgemäß jeden Mann ab; die dringend vorgetragene Bitte um eine Kopfwehtablette, ein angeblich kranker Passagier im Auto oder ganz einfach ein geschickt eingefädeltes Gespräch über die miese Entlohnung der Zollbeamten … all diese Dinge hatten das psychologische Ziel, die Leute von ihrem Auftrag abzubringen und auf eine gründliche Kontrolle zu verzichten. Die effizienteste Methode, von der wir seinerzeit allerdings noch keinen Gebrauch machten, war die Bestechung. Wer am Flughafen einen korrupten Zollbeamten sitzen hat, der eine Drogenlieferung freigibt, der muss sich weder um technische Präzision noch um psychologisches Geschick Gedanken machen. Darin, Beamte und Polizisten zu korrumpieren, etwa nach dem Vorbild amerikanischer Schmugglerbanden, erkannte ich die Strategie der Zukunft. Aber vorerst steckten wir noch ganz am Anfang.

Logistisch richtete sich die Planung einer Reise nach der technischen und personellen Ausstattung des Zolls am Ankunftsort. Schmuggler tauschten sich untereinander über Routen und Grenzstationen aus, über See- und Flughäfen und über Besonderheiten bei den Kontrollen.

Was die Ausreise aus Marokko anging, so hatten wir das Land bis dahin wahlweise über Tanger, Melilla oder Ceuta verlassen, um über die Häfen von Algeciras, Málaga und Almería nach Spanien zu gelangen. Diesmal hatte ich eine neue Route ausprobieren wollen, von der ich mir eine entspanntere Einreise nach Europa versprach: Wir wollten in Casablanca an Bord eines Kreuzfahrtschiffes gehen und zwei Tage später in Marseille aussteigen. Dass ich mich zuvor nicht informiert hatte, wie der Hafen von Marseille in Schmugglerkreisen eingeschätzt wurde, sollte sich jedoch als böser Fehler erweisen.

Wir verstauten also so viel *Zero-Zero* wie möglich in den Mercedes-Tank, machten den Deckel zu und schraubten den Tank wieder unter den Wagen. Dann schmierte ich ihn dick mit Teer ein und fuhr den Weg vor Mohameds Garage mehrmals auf und ab, um Staub aufzuwirbeln, der unter dem Auto kleben blieb und so die Spuren überdeckte. Ganz zum Schluss installierten wir die Anhängerkupplung. Zuversichtlich, alles für die Sicherheit von Personal und Transportgut getan zu haben, machten wir uns nach einer Woche auf den Weg von Ketama nach Casablanca. Die Sonne schien, das Land war grün, und wir kamen flott voran. In Fès zeigte ich den Freunden, in welch mittelalterlich anmutendem Kerker ich seinerzeit gesessen hatte. Auf der Fahrt nach Süden durchquerten wir Orangenplantagen, hinter Meknés wäre Justin fast mit einer Kuh kollidiert und kurz vor Casablanca, auf der einzigen Autobahn, die es damals in Marokko gab, trieb ein Hirte seine Schafe seelenruhig über die Fahrbahn. Das gehöre zum lokalen Kolorit, erklärte Roman dem erschrockenen Justin, der am Steuer saß und fast eine Schneise durch die Tiere gemäht hätte.

Das Schiff, mit dem wir die Reise nach Marseille antraten, war die berühmt-berüchtigte *Massalia*, ein Zwitter aus Kreuzfahrer und Fähre. Das Schiff war in Marseille zu Hause und absolvierte einmal pro Woche die Reise über Palma, Tanger und Las Palmas bis nach Dakar, um auf dem Rückweg Teneriffa, Casablanca und Málaga anzulaufen, ehe es wieder den Heimathafen erreichte. Ich vermute, die wenigsten Passagiere nutzten diese Minikreuzfahrt zum Kurzurlaub. Die meisten stiegen irgendwo aus, denn der Laderaum war vollgeparkt mit Bussen, Limousinen und Safari-Konvoys.

Wir hatten die Fähre gebucht, weil wir schmuggeln wollten, betrachteten aber das exklusive Ambiente an Bord als willkommene Abwechslung. Es war das erste Mal, dass ich mit einem Kreuzfahrtschiff unterwegs war, und nachdem jeder sich in seiner Kabine eingerichtet und geduscht hatte, machten wir einen Rundgang. Dabei kamen wir am großen Salon vorbei, wo gerade die Kapelle ihre Stücke für den Abend probte. Dort blieben wir eine Weile.

Dann entdeckte Justin ein Casino, wo er und Roman sich prompt festzockten. Ich sah ihnen dabei zu, wie sie Kleingeld verspielten, ehe ich den Erkundungsgang über das Schiff allein fortsetzte. Lange stand ich an Deck und lauschte dem sonoren Klang, der aus den beiden Schornsteinen drang. Am Ende landete ich in einer Cocktailbar in der Nähe des großen Tanzsaales, wo zuvor die Kapelle gespielt hatte. Es waren noch keine Gäste da, lediglich der Barkeeper, ein grau melierter Franzose um die Sechzig, war dabei, Vorbereitungen für den Abend zu treffen. Ich rutschte auf einen Hocker und zündete mir einen Zigarillo an.

»Monsieur, was darf es sein?«, erkundigte er sich.

»Ich weiß es noch nicht«, sagte ich. »Ein Cocktail wäre nicht schlecht. Vielleicht mixen Sie mir mal was Leckeres nach Ihrem Geschmack.«

»Mit Vergnügen.«

Der Mann stellte die Zutaten zusammen, reihte alles vor sich auf dem Arbeitstisch auf und begann mit der Zubereitung des Getränks. Was genau er mir damals kreierte, weiß ich nicht mehr, zumal ich nur einen einzigen Schluck davon genießen konnte. Immerhin sah ich, dass er Profi war, die Art und Weise wie er vorging, wie er das Maß jeder Zutat abschätzte, wie er den Shaker wirbelte und nicht zuletzt wie er das Getränk zielsicher aus großer Höhe ins Glas goss. Dann bat er um Erlaubnis, den im Mixbecher verbliebenen Rest mit mir genießen zu dürfen.

»*A votre santé*!«, prostete ich ihm zu.

Wir hoben die Gläser und tranken. Was dann geschah, kam so überraschend, dass ich keine Chance hatte, mich zu schützen. Vielleicht hatte der Mann zu hastig getrunken, so etwas kommt ja zuweilen vor, jedenfalls verschluckte er sich und mit einem explosionsartigen Hustenanfall beförderte er das Zeug wieder heraus, wobei er mir voll ins Gesicht, in die Locken und über das Jackett spie. Ich saß auf meinem Hocker, die Brühe triefte mir aus den Haaren und lief mir in den Kragen. Was ihm da gerade widerfahren war, würde ich als den Supergau im Leben eines Barmanns bezeichnen.

Nachdem er sich wieder unter Kontrolle hatte, eilte er mit einer Serviette herbei und feuerte eine Salve von *pardons, je suis désolé* und *quel catastrophe* ab. Der Mann erkannte schnell, dass der Schaden mit einer Serviette nicht zu beheben war und bat mich, ihm in eine hinter der Bar gelegene Küche zu folgen, wo sich zwei Frauen sofort um mich kümmerten. Man half mir aus dem Jackett und reichte mir feuchte Tücher, mit denen ich mein Gesicht abwischte. Aber alle sahen ein, dass mir nur eine Dusche und frische Garderobe helfen könne. Ehe ich verschwand, bestand der Barmann darauf, dass ich anschließend wiederkäme, denn er wolle den Schaden wiedergutmachen.

Dreißig Minuten später war ich zurück, im Hawaiihemd. Den Blazer hatte ich in die Expressreinigung gegeben, er sollte am nächsten Morgen sauber sein. Als ich die Bar betrat, begrüßte mich mein glückloser Bekannter, als sei ich ein alter Kunde mit VIP-Status. Er kam mir entgegen und hörte erst auf, sein Bedauern zu äußern und sich zu entschuldigen, als ich ihn eindringlich darum bat. Dann setzte ich mich wieder an die leere Bar, und der Mann mixte mir den gleichen Drink noch einmal. Es dauerte eine Weile, bis wir ein anderes Thema fanden. Die Sache hatte ihn scheinbar stärker mitgenommen als mich.

Er war Bretone, hatte in Montreux das Hotelfach erlernt, war mehr als zehn Jahre in New York gewesen, hatte dann im Ritz in Paris gearbeitet und fuhr seit fast zwanzig Jahren, seit ihm seine Frau abhanden gekommen war, zur See, seit drei Jahren auf der *Massalia*. Noch zwei Jahre, dann wolle er aufhören …

Da in einer Stunde der abendliche Ball beginnen sollte, trafen nach und nach die Gäste ein. Angenehm überrascht wurde ich, als eine sexy gekleidete junge Frau sich in die Nähe setzte und ein Glas Champagner bestellte. Régis, so hieß der Barkeeper, bediente sie, kehrte dann aber wieder zu mir und unserem Gespräch zurück. Erst als sich die Bar zu füllen begann und zwei Bedienungen Aufträge hereingaben, hatte ich Zeit, mir meine Nachbarin näher anzusehen. Sie schien meine Aufmerksamkeit erwartet zu haben. Umständlich nahm sie eine Zigarette aus dem Etui und suchte nach dem Feuerzeug.

»Darf ich Ihnen Feuer geben?«

»Merci! Verzeihen Sie, aber ich habe vorhin einen Teil ihres Gesprächs mitgehört. Sie sind Fotograf?«

Neugierigen Fragen nach meinem Beruf begegnete ich seit einiger Zeit mit der Auskunft, ich sei Fotograf. In Europa interessieren sich die Menschen dafür, wo man herkommt, gefolgt von der Frage, womit man sein Geld verdient. Erst dann, wenn überhaupt, erwacht das Interesse für die soziale Lage, eventuell vorhandene Statussymbole und dergleichen Äußerlichkeiten mehr. Fragen wie die, an was man glaube, gegen wen oder was man Widerstand leiste, wovon man Ahnung habe, was man gerade lese, stehen in der zweiten Reihe, wenn sie überhaupt gestellt werden.

Was also hätte ich auf die Frage nach meinem Beruf auch entgegnen sollen? Ich hatte schließlich keinen, hatte inzwischen nicht einmal mehr die Absicht, einen solchen zu ergreifen. Je mehr ich auf Reisen war, je mehr Menschen ich kennenlernte und je mehr Geld ich mit dem Schmuggeln verdiente, umso klarer wurde mir, dass ich meine Pläne für ein Studium längst aufgegeben hatte. Ich begriff das Leben selbst als Studium, die Reisen als Seminare und die Menschen als Teilnehmer eines großen Feldversuchs. Ich hatte mir angewöhnt, Reisetagebücher zu führen, in denen ich alle paar Tage aufschrieb, was ich erlebt hatte und das reflektierte, was mir gerade durch den Kopf ging. Mit der Zeit begann ich, mich als Künstler zu begreifen; ich ahnte, dass das Leben ein Kunstwerk ist und dass die Grenzen zwischen Kunst und Leben fließend sind. So sprach mir Fjodor Dostojewskij aus der Seele, als er in einem seiner Werke feststellte, dass der Schmuggel kein Verbrechen, sondern eine Kunst sei. Wobei ich einschränkend in meinem Tagebuch notierte, dass es darauf ankomme, dass der Schmuggler keine moralischen Bedenken gegenüber dem Schmuggelgut haben sollte.

Der jungen Dame, die das Anzünden der Zigarette zum Anlass genommen hatte, näher zu mir heranzurücken, erzählte ich natürlich nichts vom Schmuggel, sondern die Legende vom Fotografen, der für Reiseveranstalter unterwegs ist, um von Hotelanlagen und Feriendomizilen schöne Bilder für die Kataloge zu knipsen. In späteren Jahren fing ich tatsächlich an zu fotografieren, legte mir eine gute Kamera zu und besorgte mir einen UPI-Presseausweis, der mir beim Täuschen von Zoll und Polizei oft dienlich war.

Régis, der wohlwollend zur Kenntnis nahm, dass die Dame und ich uns näherkamen, spendierte uns beiden noch ein Glas Champagner, was unser Gespräch erleichterte und ölte. *Bref*: Nach einer Stunde – inzwischen hatte sich im Ballsaal die Kapelle eingespielt – waren wir beschwipst und wagten ein Tänzchen. Ihr Name war Céline, und als wir zurück an der Bar waren, überredete sie mich, ein Erinnerungsfoto zu schießen. Sie begleitete mich zur Kabine, ich nahm die Olympus aus der Tasche und legte einen Film ein. Offenbar gefiel Céline die Aussicht, von einem »Profi« fotografiert zu werden, denn sie begann damit, sich auf dem Bett in verschiedene Posen zu setzen, und da sie eine Französin war, hatte sie auch mit der freizügigen Art, sich zu präsentieren keine Hemmung. Im Gegenteil, sie erklärte, dass sie gern einige anspruchsvolle Nacktaufnahmen von sich besäße, und obwohl die Lichtverhältnisse in der Kabine nicht optimal waren, machte Céline in ihrem seidenen Spitzendessous eine gute Figur. Es erstaunt wohl niemanden, dass wir am Ende in der Koje landeten. Allerdings war ich am Morgen überrascht, als ich aufwachte und Céline verschwunden war. Roman hatte inzwischen herausgefunden, dass sie und noch eine Kollegin auf der *Massalia* mitfuhren, wo sie sich um die erotischen Bedürfnisse betuchter Senioren kümmerten. Komplett war meine Überraschung, als ich erfuhr, dass ich die Nacht mit der eleganten Bordschwalbe Régis zu verdanken hatte. Der hatte sie nämlich zur »Wiedergutmachung« an die Bar beordert und auf mich angesetzt. Die ganze Romanze war also von Anfang an ein abgekartetes Spiel, und der einzige, der keine Ahnung gehabt hatte, war ich. Immerhin war meine eitle Seele nicht allzu sehr beschädigt, sodass ich weder empört noch beleidigt reagierte.

Im Laufe des Vormittags legten wir in Marseille an. Justin war ein wenig angespannt, denn heute war sein Tag, jetzt lag es an ihm, den Wagen mit der illegalen Fracht durch den Zoll zu bringen. Das Landen auf dem europäischen Festland war jedes Mal der kniffligste Augenblick bei unseren Reisen, egal ob es in Spanien oder sonst irgendwo geschah. Wer aus Marokko kam und nach Europa wollte, war per se verdächtig. An den Grenzen herrschte Generalverdacht. Sobald die *Massalia* angedockt hatte, begann die Entladung der Fahrzeuge. Justin begab sich zu unserem Auto, Roman und ich verließen das Schiff über eine Anlegebrücke, die direkt ins Hafengebäude führte, wo Dutzende von Zöllnern die Gepäckstücke der Passagiere durchwühlten. Wie sehr ich diese Schnüffelei hasste! Was für eine entwürdigende Tätigkeit, die persönlichsten Dinge anderer Menschen zu berühren und ihre Körper abzutasten! Leute, die es sich zum Beruf gemacht hatten, die Würde ihrer Mitmenschen zu missachten, waren mir zutiefst suspekt.

Da ich nur meine Kameratasche dabei hatte (die Klamotten lagen im Auto) und Roman seinen kleinen Koffer, hatten wir die Durchsuchung bald hinter uns. Draußen schien die Sonne. Der Bereich, in dem die Fahrzeuge abgefertigt wurden, war durch einen Zaun vom übrigen Hafengelände getrennt. In zwei Reihen kamen die Autos aus dem Schiffsbauch gerollt, und weil es bloß zwei Kontrollstellen gab, ging das alles ziemlich langsam vonstatten. Der ganze Zollposten machte einen provisorischen Eindruck. Er bestand aus zwei Holzbaracken unter einem einzigen Dach, dazwischen ein Parkplatz für zwei Fahrzeuge, an dem verdächtig erscheinende Autos durchsucht wurden. Die meisten wurden nach einer Überprüfung der Papiere durchgewunken. Roman und ich stellten uns an den Zaun zu einer Gruppe maghrebinischer Hafenarbeiter, die von dort den Fortgang der Fahrzeugkontrollen beobachteten. Offenbar waren sie sensationslüstern, denn gerade hatten die Zöllner zwei Dänen festgesetzt, in deren Auto sie Haschisch gefunden hatten. Die Arbeiter verfolgten das Geschehen aufmerksam, ähnlich den Inhabern einer Ehrenloge im Theater, die für jeden zusätzlichen Nervenkitzel dankbar sind, den die Schauspieler ihnen bieten. Justin stand in der Autoschlange, und es würde nach Lage der Dinge auch noch eine Viertelstunde dauern, bis er an die Reihe käme. Gerade hatte der Oberzöllner den VW-Bus einer jungen Familie aus Holland in die Mitte beordert, wo sich ein ganzes Rudel seiner Untergebenen unter und in dem Camper zu schaffen machte. Die Holländer, ein Paar in den Zwanzigern, mit einem dreijährigen Mädchen auf dem Arm, standen dabei, und ihre Nervosität war ihnen anzusehen. Es dauerte nicht lange, bis aus dem Bus ein Schrei ertönte: Ich hab's gefunden! Dann entstieg der uniformierte Schnüffler dem Fahrzeug und hielt als Trophäe eine Haschtafel in der Hand. Die Schmuggler sahen das Elend, welches jetzt auf sie zukommen würde – sie versuchten zu fliehen. Bis zum Hafentor waren es etwa 30 Meter, aber schon auf halber Strecke hatte die Meute der Zöllner sie eingeholt. Im Stile eines Einzelkämpfers stürzte sich einer aus vollem Lauf auf den Mann und riss ihn zu Boden. Die Mutter schrie, als man ihr das Kind entriss …

Roman und ich waren schockiert, die Typen machten also tatsächlich ernst. Die jungen Leute wurden ab sofort nicht mehr wie Menschen, sondern wie charakterlose Lumpen behandelt. Dass das kleine Mädchen bei der Aktion möglicherweise traumatisiert wurde, interessierte die Beamten nicht. Mit einem unguten Gefühl blickte ich der kleinen Familie hinterher, als sie im blauen Zolltransporter fortgeschafft wurden. Der beschlagnahmte Camping-Bus wurde zur Seite geschoben, und ehe wir uns versahen, rollte Justin auf den frei gewordenen Platz. Einer der Zöllner studierte seinen Pass, und was er darin entdeckte, war durchaus geeignet, einen Verdacht zu erregen: Das Dokument war erst vor zehn Tagen in Liverpool ausgestellt worden und außer den marokkanischen Ein- und Ausreisestempeln war es leer. Man versuchte, sich bei Justin nach dem Zweck seiner Reise zu erkundigen, scheiterte aber an der Sprachbarriere: Der Engländer sprach kein Französisch, die Franzosen kein Englisch. Also beschlossen sie, der Sache auf den Grund zu gehen. Sie fingen an, den Wagen auseinanderzunehmen.

Roman und ich blickten uns an und dachten beide dasselbe: Wenn das mal gut geht.

»Ich bin ganz sicher, bei dem Kerl werden wir fündig«, hörte ich den Oberzöllner sagen. »Schaut gründlich nach, dann findet ihr das Zeug.«

Seine Leute gaben sich alle Mühe. Sie ließen ein wenig Luft aus den Reifen und schnupperten daran; sie bauten die Sitze aus und sie zerrten einen Kabelbaum unter dem Armaturenbrett hervor. Sie bauten die Türverkleidungen ab, um dahinter blicken zu können. Sie durchsuchten den Kofferraum. Einer öffnete sogar die Haube und starrte unschlüssig auf den Motor, als ob man auch darin Haschisch verstecken könne.

Eine gute Viertelstunde beobachteten wir den vergeblichen Versuch, Justin zu überführen, und Hoffnung keimte in mir auf, dass wir am Ende gut gearbeitet hätten und das Versteck im Tank unentdeckt bliebe. Unterdessen war Justin in der Nähe des Autos auf und ab gelaufen, scheinbar gelangweilt, seine Angst vor dem Scheitern und dem Gefängnis unterdrückend. Doch dann die Ernüchterung: Einer der Männer forderte ihn auf, den Tankdeckel aufzuschließen. Er gab dem Mann den Schlüssel, und der machte sich umgehend daran, einen langen Messstab in den Einfüllstutzen einzuführen … Spätestens jetzt verließ mich der Glaube an einen Erfolg. Als sich unsere Blicke kreuzten, bedeutete ich Justin mit einer leichten Kopfbewegung, die Biege zu machen. Jeden

Moment erwartete ich, dass dem Zöllner am Tank etwas auffiele. Und wenn schon der Wagen und die Ladung verloren gingen, so könnte man immerhin den Freund retten.

Weil alle Beamten sich auf den Mercedes konzentrierten, bemerkte zunächst niemand, wie sich Justin vom Ort des Geschehens entfernte, und je weiter er von der Kontrollstelle mit den beiden Baracken fortkam, umso schneller lief er. Diesseits des Zaunes strebten auch Roman und ich Richtung Hafenausfahrt. Roman hatte alles verloren gegeben. Ohne innezuhalten, rannte er fort und rief mir noch zu, dass wir uns am Bahnhof treffen sollten. Dann kümmerte ich mich um Justin. Der hatte mittlerweile den Zollbereich verlassen, was keiner der Zollbeamten bemerkt hatte. Offenbar wurde er noch nicht vermisst.

Das Hafengelände von Marseille war seinerzeit eine riesige Baustelle. Ich erinnere mich an eine Hochstraße auf Pfeilern, die gerade errichtet wurde. Es waren Erdarbeiten im Gange, Raupen und Bagger waren im Einsatz, und dicht bei der Straße, die vom Hafen hinauf in die Stadt führte, standen einige Bauwagen, in denen die Arbeiter ihre Klamotten aufbewahrten. Noch ehe wir uns über das weitere Vorgehen verständigt hatten, war Justin in einem dieser Wagen verschwunden. Da ich wissen wollte, wie sich die Sache nun weiter entwickelte, lief ich zurück zum Kontrollpunkt, in der Annahme, dass dort inzwischen der Ausnahmezustand herrschte. Aber als ich am Zaun bei den Hafenarbeitern ankam, war von Aufregung keine Spur. Gerade hörte ich, wie der Oberzöllner zu seinen Kollegen sagte, sie sollten Schluss machen, der Wagen sei sauber, der Engländer könne fahren. Offenbar hatten sie das Versteck nicht gefunden. Sobald ich das begriffen hatte, sauste ich los, um Justin zurückzuholen. Der hatte inzwischen den Blaumann eines Arbeiters übergestreift, auf dem Kopf trug er einen gelben Schutzhelm, und in der Hand hielt er eine Schaufel. Ich rief ihm zu, er solle sich wieder umkleiden, der Mercedes sei freigegeben, er solle zurücklaufen und sich eine Erklärung für seine kurze Abwesenheit einfallen lassen. Also verschwand Justin wieder im Bauwagen und entledigte sich der Arbeitskluft. Seite an Seite liefen wir danach zurück, was sich als sehr töricht erweisen sollte. Als wir uns dem Zollbereich näherten, wurden wir von einem Zollbeamten entdeckt und angehalten. Inzwischen war man durch Justins eigenmächtiges Entfernen beunruhigt und hatte ein paar Männer ausgeschickt, um nach ihm zu suchen.

Zunächst reagierte ich nicht auf den Zuruf, aber dann kamen weitere Beamte hinzu und ich wurde aufgefordert, mich auszuweisen. Mein englischer Pass, am selben Tag in Liverpool ausgestellt wie der meines Komplizen, machte mich in den Augen der Franzosen verdächtig, zumal er exakt die gleichen Marokkostempel aufwies. Sie forderten mich auf, mitzukommen. Dem Gemurmel der Zöllner mischte sich ein Unterton von Euphorie und Zuversicht bei, als wir beim Auto ankamen. Justin erklärte auf Befragen – einer der Männer sprach ein wenig Englisch – er habe sich lediglich draußen vor dem Tor erleichtert, aber ihr Misstrauen war jetzt groß. Der Chef interessierte sich in erster Linie für mich, denn sein Gefühl sagte ihm, dass ich irgendeine dubiose Rolle spielte, bloß in welchem Stück, das war ihm offenbar noch nicht klar.

Um mich nicht zu verplappern, tat ich so, als verstünde ich kein Französisch. Aufgrund der Pässe konnte ich aber nicht leugnen, Justin zu kennen und ihn auf der Reise begleitet zu haben. Deshalb wurden wir zunächst getrennt: Justin sperrte man in eine der Baracken, mich in die gegenüber liegende, sodass wir uns nicht verständigen konnten. Dann beratschlagten sie, durchaus kontrovers, bis einer der Männer vorschlug, die Leute von *la Maison Mercedes* anzufordern, die, wie ich der Debatte entnahm, in jüngster Zeit schon mehrfach fündig geworden waren, wenn die Fantasie und das Talent der Leute vom Zoll nicht ausgereicht hatten. Also telefonierte der Chef mit der örtlichen Mercedes-Vertretung.

Unterdessen waren alle Fahrzeuge, die das Schiff verlassen hatten, abgefertigt. Lediglich unser blauer Mercedes stand noch am Kontrollpunkt. Justin und ich waren sozusagen verhaftet. Ich ärgerte mich maßlos, zuvor so unvorsichtig gewesen zu sein. Ich rechnete damit, dass die herbeigerufenen Mechaniker das Versteck finden würden, und erste Gedanken an das Gefängnis kamen hoch. Verdammt noch mal! Was war ich nur für ein Idiot! Wie hatte ich mich bloß so exponieren können?

Nach einer Weile hielt ein kleiner Kombi neben der Baracke und zwei Männer im Overall mit Mercedes-Stern auf dem Rücken stiegen aus. Der Oberzöllner begrüßte die Mechaniker wie Kegelbrüder, man klopfte sich auf die Schultern. Jetzt lag die Zuversicht des Zollhaufens voll und ganz bei den Fachleuten, die sich sofort an die Arbeit machten.

»*Oh là là*«, rief der Ältere, als er sich dem Auto zuwandte. »Den habt ihr aber fein zugerichtet!«

»Der gehört ohnehin bald uns«, machte sich der Zollchef Mut. »Sofern wir was finden.«

»Werdet ihr, François. Werdet ihr.«

Sie leisteten ganze Arbeit. Unter den Augen der versammelten Zöllner und der Hafenarbeiter jenseits des Zaunes, bei denen ich vor Kurzem selbst noch gestanden hatte, machten sich die Mercedes-Leute daran, den Wagen auf den Kopf zu stellen. Sie bockten ihn auf, erst vorn, dann hinten, sie ließen die Luft aus den Reifen, um sie nach erfolglosem Schnuppern wieder aufzupumpen. Sie krochen unter das Auto und bohrten Löcher ins Chassis. Sie entfernten alle Türverkleidungen, sie lösten das holzgetäfelte Armaturenbrett und unterzogen die Sitze einer erneuten Kontrolle. Zuletzt rissen sie den Himmel vom Dach. Schließlich inspizierten sie noch den Kühlergrill, spähten in jeden vorhandenen Zwischenraum, um sich ganz am Ende den Tank vorzunehmen. Mit einem kleinen Hammer klopfte der jüngere der beiden von unten gegen das Blech, aber der dicke Unterbodenschutz dämpfte jeden metallischen Klang. Derjenige Mechaniker, der scheinbar das Sagen hatte, gab seinem Gesellen den Auftrag, den Tank abzumontieren.

»Ehe ich an den Tank komme, muss ich erst die Anhängerkupplung abbauen«, entgegnete der. Offenbar hatte er keine große Lust dazu. Zumal er zuvor den Tankdeckel abgenommen und das Ohr an den Einfüllstutzen gelegt hatte, wobei er das Heck ein wenig schaukelte, bis er im Tank das Benzin hatte schwappen hören. Der Chef kniete sich hin und warf selbst einen Blick unter den Wagen.

»Der Tank ist sauber«, mischte sich da ein vorlauter Zöllner ein. »Ich habe den vorhin schon mit dem Messstab kontrolliert.«

»Mmh«, machte der Alte, indem er sich wieder erhob. »Dann würde ich sagen, die ganze Karre ist sauber. Wer war denn vorhin am Telefon so sicher, dass wir hier was finden würden?«

Es fiel mir schwer, in der Düsternis, die sich in meinem Herzen ausgebreitet hatte, einen ersten Sonnenstrahl zuzulassen. Justin dürfte es nicht anders ergangen sein. Was sich jetzt abspielte, war Menschliches, Allzumenschliches: Der Oberzöllner, der zu Beginn der Untersuchung noch so sicher gewesen war, in dem Mercedes fündig zu werden, wurde immer kleinlauter. Ein schnauzbärtiger Kollege, der kurz vor der Pensionierung gestanden haben könnte, stichelte: »Du jedes Mal mit deinen hundertprozentigen Tipps! Ich will bloß an den Schweden von vor zwei Monaten erinnern. Bei dem warst du auch so sicher, und nachher mussten wir ihm fast einen neuen Volvo kaufen. Kannst von Glück reden, wenn die Engländer sich das gefallen lassen. Schau dir doch den Mercedes an, wie der jetzt aussieht!«

»Keine Sorge«, entgegnete der andere. »Engländer sind keine Schweden. Diese beiden hier sind kleine Schisser. Die sind froh, wenn wir sie wieder laufen lassen.«

Die Rekonstruktion des Innenraums machte den Männern erhebliche Mühe. Die Sitze waren teilweise aufgeschlitzt worden, der Himmel, zuvor straff über den Köpfen der Passagiere gespannt, hing wie ein schlapper Lappen an mehreren Stellen herab. Unter dem schief sitzenden Armaturenbrett baumelte der Kabelbaum.

Schließlich warf sich der Oberzöllner in seine Uniformjacke und betrat die Baracke.

»Hier, Monsieur, Ihr Reisepass. Die Kontrolle ist beendet, es gibt nichts zu beanstanden.«

Ich nahm meinen Pass und verließ das provisorische Gefängnis. Draußen am Wagen traf ich auf Justin. Innerlich noch immer äußerst angespannt sahen wir uns an. Dann forderte ich ihn auf, sich wegen der Schäden am Mercedes zu beschweren. Wir sollten den Franzosen schließlich zeigen, dass Engländer genauso hartnäckig sein können wie Schweden und wir uns nichts gefallen ließen. Die Kerle hatten wohl in Geschichte nicht aufgepasst und vergessen, wer bei Trafalgar und Waterloo gewonnen hatte. Nachdem Justin sich zierte – er wollte offenbar so schnell wie möglich hier weg – ergriff ich großspurig das Wort und forderte, dass ein Anwalt hinzugezogen würde, der unsere Schadenersatzansprüche dokumentieren sollte. Widerwillig drückte man mir ein dickes Telefonbuch in die Hand.

Fünf Minuten später hatte ich einen Maître an der Leitung, der in derartigen Konflikten Erfahrung besaß, und der versprach, binnen einer halben Stunde vor Ort zu sein. So lange müssten wir leider warten.

Justin und ich setzten uns in den Wagen und rauchten Zigaretten. Die Zollbeamten hatten sich in die beiden Baracken zurückgezogen; die Durchsuchungsbefürworter mit dem Chef in eine, die Durchsuchungsgegner in die andere. Die Männer von Mercedes-Benz hatten sich verabschiedet, als endlich der schwarze Citroën des Maître Poireau vorfuhr. Mit dem Anwalt stieg noch ein Herr aus, keineswegs der Sekretär, sondern ein amtlich anerkannter Gutachter, den der Rechtsanwalt praktischerweise gleich mitgebracht hatte. Während wir uns mit Herrn Poireau bekannt machten, umrundete der Gutachter mit einem Klemmbrett den Wagen und notierte jede Kleinigkeit. Am gravierendsten waren die in den Rahmen gebohrten Löcher, die den Wert des Fahrzeugs erheblich minderten. Auch wenn man den Vertretern des Staates ansah, dass sie den Gutachter, der auf einmal der wichtigste Mann war, am liebsten wieder fortgeschickt hätten, hielten sie sich murrend im Hintergrund.

Unterdessen unterhielt ich mich mit dem Anwalt über Marokko und unsere Reise über Marseille, und ich erfuhr, dass die hiesigen Zollkontrollen als ganz besonders penibel bekannt seien. Ein Schmuggler, der über den Hafen von Marseille einreise, sei entweder töricht oder ein unverantwortlicher Hasardeur. Ich stimmte dem Mann zu, meinte aber, wir hätten ja nichts zu befürchten gehabt.

Als der Gutachter fertig war, und er alles auf einem Schadenformular ausgerechnet hatte, setzte er sich mit dem Maître und dem Oberzöllner in eine der Baracken, um die Entschädigung festzusetzen. Man errechnete nötige Reparaturen von knapp 12.000 Francs. Hinzu kamen die Gebühren des Gutachters sowie das Honorar des Anwaltes.

Mit einem Scheck in der Hand verließen sie nach einer Weile die Baracke. Der Oberzöllner trat noch einmal an den Wagen heran und versuchte so etwas wie eine Entschuldigung, aber weder Justin noch mir stand der Sinn nach Versöhnungsgesten. Unsere Anspannung fiel erst von uns ab, als wir durch das Hafentor fuhren und der Limousine des Anwalts folgend in den Stadtverkehr tauchten. Wir begleiteten die Herren zur Bank, und als wir wenig später auf dem Bürgersteig die Beute verteilten, konnte ich mir das Grinsen kaum noch verkneifen. Befreit auflachen konnten wir aber erst, als Justin auf der Autobahn anhielt und wir uns anerkennend in die Augen sahen. Uns beiden war äußerst bewusst, dass uns gerade eine große Portion Glück vor noch größerem Kummer bewahrt hatte.

»Die Anhängerkupplung hat uns gerettet«, sagte ich.

Justin grinste. »Da waren höhere Mächte im Spiel als eine banale Anhängerkupplung. Ich würde sagen, der Schutzpatron der Schmuggler hat seine Hand über uns gehalten.«

Nach einer Weile waren wir wieder im Hier und Jetzt angekommen.

»Was ist eigentlich mit Roman?«, fragte er.

»Keine Ahnung. Schätze, er sitzt in Marseille auf dem Bahnhof und wartet.«

Doch Roman hatte den nächsten Zug genommen, um Marseille zu verlassen. Er war fest davon überzeugt gewesen, dass wir aufgeflogen wären und zumindest Justin im Knast säße. Mitten in der Nacht war er in München angekommen, und jetzt wartete er darauf, dass ich mich bei ihm melden würde. Unterdessen fuhren Justin und ich ohne längere Pausen über die Autobahn nach Norden, weg von Marseille, raus aus Frankreich. In der Nacht überquerten wir die deutsche Grenze bei Straßburg, und früh am Morgen waren wir in München. Wir hielten an einer Bäckerei, anschließend fuhren wir zu Roman, der in Allach in einem hässlichen Wohnblock wohnte. Justin blieb zunächst im Wagen, während ich ausstieg und klingelte. Es war keineswegs sicher, ob unser Fahnenflüchtling schon zu Hause sei.

Als Roman schließlich verschlafen die Tür öffnete, benötigte er lange, um sich zurechtzufinden.

»Ist Justin im Knast?«, fragte er als Erstes.

»Wieso das denn?«, entgegnete ich. »Der sitzt unten im Auto und wartet darauf, von dir zum Frühstück eingeladen zu werden.«

Ich drückte ihm die Tüte mit den warmen Semmeln in die Hand.

»Und der Shit?«, fragte er zögernd.

»Wo soll er sein? Da, wo wir ihn versteckt haben«, antwortete ich.

»Echt?« Langsam hellte sich seine Miene auf und er fand zu dem charmanten Grinsen zurück, das nicht zuletzt die Frauen an ihm mochten. Wir umarmten uns, dann gingen wir zusammen nach unten, um Justin hereinzubitten.

Den Ausbau der Ware aus dem Tank besorgten wir wieder in Christels Garage. Am Abend, während Justin und ich bei ihr im Wohnzimmer saßen und Musik von Steve Harley und Roxy Music hörten, hatte Roman schon die ersten Kilos verkauft. Anschließend telefonierte er mit seinen Kunden in Kempten, Augsburg, Rosenheim, Passau und Regensburg; örtliche Dealer, die in ihren jeweiligen Städten Künstler, Zahnärzte und Lehrer mit gutem Stoff belieferten. Zahlten die Kunden Roman 2.500 Mark pro Kilo *Zero-Zero*, so musste der akademische Kiffer am Ende fünf Mark pro Gramm hinlegen. Und das, so fand ich, war auch angemessen, berücksichtigte man den Stress, den unsere Reise von Beginn an verursacht hatte.

Justin nahm seine Gage und verabschiedete sich nach England, wo er in den folgenden Wochen einen Hillman kaufte und einen Fahrer fand, der ihn auf seine nächste Reise nach Marokko begleiten wollte.

Ich kündigte die Wohnung in der Fasanenstraße und verlor die komplette Kaution, nachdem Walters Schäferhund Pascha Tapeten und Teppichböden völlig ruiniert hatte. Vermutlich atmeten unsere bürgerlichen Nachbarn auf, dass der Spuk der nächtlichen Rockerkavalkaden im Viertel endlich vorbei war. Das Kapitel beschließend kann ich bloß noch sagen, dass die nachbarschaftliche Nächstenliebe in der Fasanenstraße auf ganzer Linie eine Niederlage erlebte. Um die geschäftliche Partnerschaft zu Walter sauber zu beenden, überließ ich ihm sechs Kilo von dem Stoff, den wir mitgebracht hatten.

Weniger vom Glück begünstigt war die *Massalia*, die Luxusfähre, auf der wir unterwegs gewesen waren. Das Schiff segelte noch bis 1984 auf der Route Marseille-Casablanca und wurde anschließend an eine skandinavische Reederei verkauft, die es unter dem neuen Namen *Scandinavian Star* als Fähre zwischen Oslo und Frederikshavn einsetzte. Dabei kam es 1990 zu einem Schiffsbrand, bei dem 159 Menschen ums Leben kamen. Inzwischen wird vermutet, dass es sich um einen Versicherungsbetrug handelte, denn eine zwanzig Jahre später durchgeführte Untersuchung hat ergeben, dass es sich seinerzeit um Brandstiftung durch mindestens sechs Besatzungsmitglieder gehandelt hat. Im Jahr 2004 wurde das 1971 in Nantes erbaute Schiff in Indien abgewrackt. Ob mein Barmann Régis das noch erlebt hat, weiß ich nicht, dazu müsste er neunzig Jahre alt geworden sein. Ich selbst reagierte auf die Nachricht von der Verschrottung der *Massalia* ein wenig wehmütig, immerhin hatte ich auf dem Schiff einiges erlebt, nicht zuletzt das Fotoshooting mit Céline.

## 1.10 Talamanca

Ibiza hatte von Anfang an eine starke Faszination auf mich ausgeübt. Neben dem angenehmen balearischen Klima war es insbesondere die Gelassenheit der Einheimischen, die mir gefiel. Die meisten *Ibicencos* hatten keine Probleme damit, mit den Hippies eine kulturelle Symbiose einzugehen. Seit Jahrhunderten lebten sie ihr naturverbundenes Leben, durch das Meer vom Festland getrennt, und eine der nachhaltigsten Erfahrungen ihres Insellebens war die Stille, die insbesondere im Inneren der Insel spürbar war. Als in den sechziger Jahren die Hippies Ibiza entdeckten, wurden die Einheimischen mit Dingen konfrontiert, die sie so nicht gekannt hatten: Die zeitgenössische Musik, die Strandpartys, das bunte Treiben auf den Märkten. Sie empfanden das Leben dieser jungen Leute, die ihre Kulturen aus Amsterdam und Kopenhagen, aus London und Paris, aus San Francisco und New York mitgebracht hatten, wie einen aufregenden Film, bei dem sie in der ersten Reihe saßen. Sie hießen die Jugend der Welt willkommen. Dass ich mich auf der Insel so wohl fühlte, lag außerdem an Richie und Bea, deren Lebensstil mir so sehr gefallen hatte.

Seit meinem ersten Aufenthalt im Sommer spielte ich mit dem Gedanken, mir auf der Insel eine Finca zu mieten.

Nachdem Roman den letzten Shit verkauft hatte und Justin abgereist war, buchte ich im Dezember 1974 einen Flug nach Ibiza. Ich hatte vor, ein paar Tage zu bleiben und mich nach einem Haus umzusehen. Richie war nach wie vor in Málaga im Gefängnis, wo er auf seinen Prozess wartete. Seine Freundin Bea hielt sich in New York auf, und ihr Haus in Roca Llisa war verschlossen. Deshalb quartierte ich mich im *Hotel Montesol* ein, und weil schräg gegenüber an der Vara de Rey ein Immobilienbüro lag, führte mich mein erster Weg dorthin. Angenehm überrascht war ich, dass die junge Frau im Büro deutsch sprach. Sie erklärte mir unverblümt, dass dies eine der teuersten Immobilienagenturen der Insel sei, und sie riet mir, die Suche nach einem Haus nicht unbedingt hier zu beginnen. Sie lud mich nach der Arbeit ins Café ein, und bei *café con leche* bot sie mir an, fürs Erste bei ihr zu Hause zu übernachten. Sie würde mir helfen, ein Haus zu finden, für welches ich keine Kaution zu zahlen hätte. Ihr Name war Elke und sie wohnte in der Gemarkung von Santa Gertrudis, wo ihr Freunde aus Amerika eine Finca überlassen hatten. Die Besitzer waren vor einem halben Jahr nach Poona zum Ashram des Bhagwan aufgebrochen. Wiederkehr ungewiss.

Es war schon dunkel, als wir in Santa Gertrudis ankamen. Zudem tat sich der Himmel auf und überschwemmte das Land: Winter auf Ibiza. Am Haus angekommen, regnete es so stark, dass wir auf den zehn Metern vom Auto zur Haustür klatschnass wurden. Von der Umgebung des Anwesens bekam ich vorerst nichts mit. Elke zündete den Kamin an, erleuchtete das Haus mit Kerzen und stellte Mandeln auf den Tisch. Wir unterhielten uns, hörten Musik und irgendwann war ich in den weichen Kissen eingeschlafen. Als ich am nächsten Morgen erwachte, stand geröstetes Brot mit Honig und Käse auf dem Tisch, daneben lag ein Zettel mit einem Guten-Morgen-Gruß. Elke war schon früh zum Büro aufgebrochen.

Ich öffnete das Tor zum Hof. Die Sonne schien hell, und vor mir stand ein Zitronenbaum, voller gelber Früchte zwischen dem sattgrünen Laub. Ich pflückte ein paar davon und presste sie aus. Bevor ich in die Stadt fuhr, setzte ich mich noch eine halbe Stunde in die Sonne, die mich innerhalb kürzester Zeit überzeugte, dass Ibiza ein guter Ort zum Leben sei. Obwohl die zierliche Elke mit dem braunen Lockenkopf für mein weiteres Vorankommen keine Rolle mehr spielen sollte, habe ich sie und den Besuch in Santa Gertrudis nie vergessen. Allein der Name der Dorfgemarkung: »Santa Gertrudis« klang in meinen Ohren nach etwas Besonderem, das mich auf alle Zeiten verpflichtete, ihn in Ehren zu halten.

Kaum hatte ich auf der Terrasse des *Montesol* Platz genommen, als mich ein Typ ansprach. Sein lustiges Katergesicht kam mir bekannt vor, aber ich konnte es zunächst nicht zuordnen.

Er begrüßte mich laut und gestenreich wie einen alten Fahrtenbruder.

»Hola, hermano! How are you?«

Ich suchte noch immer nach dem Zusammenhang.

»My name's Geoffrey. Remember?«

Jetzt fiel es mir ein. Im Frühjahr in Salinas. Geoffrey Ramos. Ohne weiter auf meine Reaktion zu warten, setzte er sich zu mir und bestellte einen *café solo*.

»Wo ist das Mädchen denn abgeblieben?«, wollte ich wissen.

»Du meinst die Kleine aus England ... Wie hieß sie gleich wieder?«

»Eleanor.«

»Ja, genau. Eleanor Rigby. Die trieb sich noch eine ganze Weile hier auf der Insel herum. Wenn ich mich recht entsinne, hat sie einen Spanier kennengelernt. Ein gut betuchter Junge aus Barcelona. Mit dem ist sie dann fort, als der Sommer zu Ende war. Hab seither nichts mehr von ihr gehört. War ne nasse Braut ... Aber das weißt du ja selbst.«

Wusste ich nicht, aber das Thema war in meinen Augen durch. Ich war immerhin erleichtert, dass es für Eleanor auf Ibiza gut gelaufen war, schließlich war ich es ja gewesen, der sie unter merkwürdigen Umständen hierher gebracht hatte.

»Was treibst du hier, mitten im Winter?«, wollte Geoffrey wissen.

»Ich suche eine Finca, die ich für ein paar Jahre mieten kann.«

»Wirklich? Dabei kann ich dir helfen. Ich kenne nämlich so ein Haus. Nicht weit entfernt von der Stadt. In Talamanca, das liegt drüben, auf der anderen Seite des Hafens.«

Das klang interessant. Ich bat Geoffrey, mehr zu erzählen.

Eine Stunde später standen wir vor dem Haus, in dem der Puerto Ricaner die letzten fünf Jahre gewohnt hatte: Mitten in den Feldern gelegen, von Feigen- und Mandelbäumen umgeben. Ein weiß getünchtes Lehmhaus mit dicken Mauern und kleinen Fenstern, eine typische ibizenkische Finca. Wasser musste man mit einem Eimer aus der Zisterne ziehen. *Cana Ventura,* so der Name des Hauses, lag auf einem Hochplateau mit Blick über die Bucht von Talamanca auf die Altstadt von Ibiza mit der darüber gelegenen Zitadelle. Das Haus lag zwar auf dem Land, dennoch nah bei der Stadt. Einiges war renovierungsbedürftig, aber das ließe sich gegebenenfalls machen. Ich hatte ein sehr gutes Gefühl an dem Ort oder wie wir uns ausdrückten: Die *Vibes* stimmten.

Anschließend brachte mich Geoffrey direkt zum Besitzer der Finca, einem gewissen Miguel Bonet, der mit seiner Familie in dem Ort mit dem vielversprechenden Namen Jesus lebte. Auch zwischen uns stimmte die Chemie, und innerhalb kürzester Zeit waren wir uns einig: Ich könne die Finca sofort haben; die Miete sollte 4.000 Peseten im Monat betragen (etwa 130 Mark); sofern ich die Kosten trüge, war Miguel bereit, ein neues Dach und einen Kamin zu bauen. Des Weiteren stand eine Versorgung mit fließendem Wasser in der Küche auf meinem Wunschzettel, sowie der Einbau eines Badezimmers mit Durchlauferhitzer für die Badewanne; die Zisterne sollte mit einer elektrischen Pumpe versehen und auf dem neuen Dach ein Wasserbehälter installiert werden. Miguel war einverstanden. Ein paar Tage danach hatte er alles durchgerechnet, und ich gab ihm 500.000 Peseten. Ende April, meinte er, sollte ich einziehen können. Die Abmachung besiegelten wir per Handschlag. Einen Mietvertrag gab es ebenso wenig wie eine Quittung. Die Aussicht, zum ersten Mal ein eigenes Haus bewohnen zu können, wühlte Freude in meinem Herzen auf, und ich bedankte mich bei Geoffrey.

Es war in dieser Woche vor Weihnachten, in welcher der Grundstein zu unserer langen Freundschaft gelegt wurde. Innerhalb von drei Tagen hatte ich ein Haus und einen Freund gefunden, daneben noch ein Dutzend Leute kennengelernt. Allen voran Elke aus dem Immobilienbüro, bei der ich wohnte. Ich blieb noch ein paar Tage auf der Insel, die für einige Jahre meine Heimat werden sollte, dann setzte ich mich wieder in den Flieger nach München. Im Flugzeug bat ich die Stewardess der Iberia um eine deutsche Zeitung. Sie gab mir den *Spiegel*.

Die Nordvietnamesen hatten die letzte Offensive des Krieges gestartet. Die Amerikaner, die mit Richard Nixon zum ersten Mal einen Präsidenten hatten, der abdankte, ehe seine Zeit gekommen war, unterließen es, ihren Kriegskameraden in Südvietnam zu helfen. Sie hatten das Land verlassen und ihre Kameraden im Stich gelassen. Dem Krieg, über den jeden Abend in den Nachrichten berichtet wurde, seit wir zuhause einen Fernseher hatten, ging langsam die Luft aus.

## 1.11 Carmen

Die Sache hatte ich mir völlig anders vorgestellt, als Richie mich im Sommer in die Wohngemeinschaft an der Prinzregentenstraße mitgenommen hatte. Die alte Wohnung in der Fasanenstraße war inzwischen aufgelöst, Walter wohnte wieder bei seiner Gerda, und ich stand auf der Straße. Nun, auf der Straße stand ich nicht wirklich, denn wenn man Geld in der Tasche hat, steht man nie auf der Straße. In München war ich noch ein Fremder, meine sozialen Kontakte hießen Roman und Wacki, Tommy und Christel. Na ja, und eben das in eine Krise geratene Verhältnis zu Walter. Einen verlässlichen Freund hatte ich damals also nicht. Der soziale Verschleiß war offenbar hoch in der Stadt: Lothar und Lolita waren schon durch das Netz gefallen, hinzu kam Loreen, und jetzt gab es die Trennung von Walter. Eine Freundin, mit der ich die Nächte verbringen durfte, war auch nicht in Sicht, aber das sollte sich bald ändern.

Nach meiner Rückkehr aus Ibiza hatte ich einem Polizisten den VW-Bus abgekauft. Der Bulli hatte schon fünfzehn Jahre und viele Kilometer auf dem Buckel. Ich plante, damit erneut nach Ketama zu fahren und dort eine lohnende Menge *Zero-Zero* einzuladen. Hier laufe ich Gefahr, eine langweilige Wiederholung zu schildern, hätte sich die nun folgende Reise nicht zu einem Abenteuer entwickelt.

Die mir in der Stadt bekannten Schmuggler waren durch Richies Scheitern aufgeschreckt, sodass es eine Zeit lang schwer war, gute Leute für derartige Schmuggelfahrten zu gewinnen. Und da sich niemand anbot, als Fahrer das Risiko einzugehen, übernahm ich das wieder selbst. Als Versteck hatte ich einen Dachgepäckträger konstruiert, in den ein geheimer Hohlraum für mindestens 100 Kilo integriert war, ein riesiger Kasten aus Holz, der jedem Zöllner ganz einfach ins Auge stechen musste. Dass ich dennoch zuversichtlich war, mit diesem Aufbau 100 Kilo nach Hause zu bringen, lag an der enormen Menge an Gepäck, welches unter akrobatischen Gefahren entladen werden müsste, ehe man an das darunter liegende Versteck gelangte. Ich konnte mir nicht vorstellen, dass behäbige Zöllner auf das Dach des Bulli kletterten und dabei die

Gefahr in Kauf nähmen, abzustürzen und sich die Knochen zu brechen.

Anfang Januar besuchte ich Wacki, der mit einer Grippe im Bett lag. Ich war gekommen, um mich zu verabschieden, denn ich hatte vor, ein paar Monate zu verschwinden, zumindest die kalte Jahreszeit in Spanien oder Marokko zu verbringen. Als ich an einem frostigen Januarmorgen bei ihm eintrat, saß eine junge Frau auf der Bettkante, die ebenfalls einen Krankenbesuch machte.

Es fiel Wacki schwer, zu sprechen, aber er stellte sie mir vor: »Carmen, eine Freundin.«

»Harry.«

Wir gaben uns die Hand.

Was mir sofort an ihr auffiel, war ihre kerzengerade Haltung, eine Wirbelsäule, die den Namen Säule zu Recht trug. Sie war nämlich Balletttänzerin, und das sah man ihr an. Sie trug eine lederne Hose und Stiefel und über den Kragen ihrer weißen Bluse fiel volles schwarzes Haar. Ihre körperliche Präsenz entsprach ihrer forschen Art zu sprechen. Carmen war ein kleines Mädchen mit einem hübschen Gesicht, in dem zunächst die wachen Augen auffielen. Aber sobald sie grinste, und sie konnte verdammt noch mal verführerisch grinsen, spürte man, dass unter der braven Schulmädchenfassade Kräfte brodelten, die schwer einzuschätzen waren. Wir blieben nicht lange, verließen den Freund zusammen. Ehe wir uns auf der Straße verabschiedeten, fragte ich sie, ob sie mir ihre Telefonnummer geben wolle, ich selbst hätte kein Telefon, außerdem befände ich mich gerade im Aufbruch zu einer längeren Reise.

»Wenn du Zeit hast, bring mich in die Neureuther Straße. Bis dahin überlege ich mir, ob ich dir meine Nummer gebe«, sagte sie.

Sie kletterte in den Bus, und mir fiel auf, dass sie keine Handtasche dabei hatte. Ich erkundigte mich, ob sie die habe liegen lassen.

»Zum Quatschen und zum Vögeln braucht man doch keine Handtasche!«

Das hatte gesessen, und ich überlegte, ob sie darauf eine Antwort erwartete.

»Du hast vorhin dem Wacki erzählt, dass du nach Marokko fährst«, bemerkte sie.

»Das habe ich vor. Und anschließend nach Teneriffa.«

»Wann willste'n los?«

»Genau genommen bin ich schon unterwegs.«

Sie schwieg, und so hörten wir eine Weile den Doors zu.

Als wir in der Neureuther Straße angekommen waren, sagte Carmen: »Haste paar Minuten Zeit? Ich hab's mir überlegt: Ich fahre mit. Muss bloß schnell in die Wohnung meine Tasche packen.«

Sprach's und sprang aus dem Wagen. Ich saß da und blickte in die Einfahrt zu dem Hinterhaus, in dem sie gerade verschwunden war. Ihre Spontanität beeindruckte mich. Sehr sogar. Welche junge Frau bringt diesen Mut auf, mit einem Unbekannten nach Afrika aufzubrechen? Klar würde ich Carmen mitnehmen. Dass ich sie erst vor einer halben Stunde kennengelernt hatte, was bedeutete das schon? Immerhin hatte mein Freund Wacki sie mir vorgestellt, mit dem ich im Jahr davor auf Trip gewesen war, dem ich somit vertraute. Ich war noch nicht ganz mit den Gedanken am Ende, als sie wieder auftauchte.

»Da gibt es ein kleines Problem«, wandte ich nun ein. »Ich mache keine Urlaubsreise ...«

»Ich weiß. Hab ich vorhin alles mitgekriegt. Du willst in Marokko Shit kaufen, stimmt's?«

»Und du willst trotzdem mit?«

Sie nickte. Dem Typen, bei dem sie wohnte, nachdem sie bei ihrem letzten Freund ausgezogen war, kritzelte sie ein paar Zeilen auf einen Zettel, stieg noch einmal aus und warf ihn in den Briefkasten. Als sie wieder neben mir saß, rückte sie dicht zu mir heran, schnupperte mit ihrem Stupsnäslein in meinen Haaren und sagte: »Geil.«

Kurz darauf waren wir auf der Autobahn in Richtung Stuttgart unterwegs. Ich saß am Steuer und Carmen erzählte mir Geschichten aus ihrem Leben. Ihre Mutter war Malerin und stammte aus Holland, ihr Vater ein Bayer. Sie hatte noch eine Schwester, die ihr, bis auf den Umstand, dass sie blond war, sehr ähnlich sah. Ein paar Jahre hatte sie im Umfeld der *Bravo*-Redaktion in München verbracht, dabei außer Sex mit Dr. Sommer nicht viel fürs Leben gelernt. Erst ihre Bekanntschaft mit Friedensreich Hundertwasser öffnete ihr die Augen für Wesentliches und sie begann sich aus dem Dunstkreis der Dummheit freizuschwimmen. Die Carmen, die ich damals kennenlernte, war eine kleine Rebellin, deren aggressive Attitüde, ähnlich wie bei mir selbst, eine Pose war, um die eigene Verletzlichkeit zu verbergen. Noch ehe wir in Stuttgart waren, hatte sie mich dazu überredet, die Autobahn zu verlassen und in einer schwäbischen Dorfpension zu übernachten. Und wenn je der kesse Spruch aus »*Polly Blue Eyes*« angebracht war, mit dem sich Ronny den Zugang zum Bett seiner Auserkorenen sichert, dann hätte er auch von Carmen stammen können: »Meine Mutter sagt, dass man die Menschen am besten beim Ficken kennenlernt.« Kurzum: Das Bett war Carmens ureigene Domäne, hier machte ihr so schnell keine etwas vor.

So fuhren wir erst nach Westen, dann nach Süden, und nach einem halben Dutzend Pausen in den Wäldern abseits der Straße hatte ich den Eindruck, dass wir uns tatsächlich schon viel besser kannten. Selten hat mir eine Reise mehr Vergnügen bereitet als die Marokkofahrt mit Carmen Jäger im Januar 1975: Der Sonne entgegen, Sex satt, verliebte Blicke von früh bis spät. So hatten wir uns das Leben vorgestellt, genau so!

Sobald wir an Lyon vorbei waren, wehten mediterrane Winde, südliche Luft, die unsere gute Stimmung steigerte. Es war dies meine erste Reise als Nomade. In München hatte ich keine feste Bleibe mehr und abgesehen von Wacki und Christel keine Freunde. Meine Pläne bezogen sich auf die Finca in Ibiza und die Freundschaft mit Richie. Es verstand sich von selbst, dass wir ihm im Knast von Málaga einen Besuch abstatten würden. Unterwegs hatte sich herausgestellt, dass Carmen und Richie sich aus Schwabinger Tagen kannten, und so war er ebenso erstaunt wie erfreut, als wir ihm in der Besucherhalle des Gefängnisses gegenüberstanden. Wir schleppten einen Karton voll Zigaretten und Kekse in den Knast und erkundigten uns nach dem Zustand seiner Seele. Wir blieben ein paar Tage, tanzten eine Nacht im Tiffany und trafen Margie. Sie hatte es sich angewöhnt, an der Costa del Sol zu überwintern. Nach wie vor lebte sie mit Gary Frank und seinen Freunden in Benalmádena, und sollten wir wieder einmal in der Gegend sein, so wären wir jederzeit willkommen. Ich notierte mir die Adresse, dann machten Carmen und ich uns auf den Weg nach Afrika.

Die Reise verlief ohne Zwischenfälle; bis wir nach Ketama kamen. Das Problem tauchte von unerwarteter Seite auf. Mohamed kam unser Besuch diesmal ungelegen. Angeblich sei eine Menge Polizei in der Gegend aktiv, was die Geschäfte störe. Er schlug vor, dass wir in zwei Wochen zurückkommen sollten. Wir blieben nur eine Nacht in seinem Gästehaus bei der Garage, dann drückte ich ihm die 25.000 Mark in die Hand, die ich investieren wollte. Nach all den guten Geschäften und bei der Freundschaft, die ich zwischen uns zu spüren glaubte, stellte sich mir die Frage gar nicht, ob mein Vertrauen in den Berber begründet war. Außerdem musste ich mir keine Sorgen machen, unterwegs beraubt oder bestohlen zu werden. Mit 500 Mark in der Tasche machten Carmen und ich uns auf den Weg nach Marrakesch. Zum ersten Mal erlebte ich das Land als Urlauber, und zum ersten Mal war ich mit einer Freundin unterwegs. Wir fühlten uns frei. Parallel zum Atlasgebirge führte die Straße nach Süden. Wir besuchten die Städte Meknés und Rabat, wir hielten in kleinen Weilern und wurden von den Leuten zum Essen eingeladen. Wir machten in Casablanca Station und blieben zwei Tage.

Carmen war eine angenehme Reisebegleiterin. Nie drängte sie ungeduldig zur Weiterfahrt, nie bemängelte sie mangelnden Komfort oder ungewöhnte Speisen. Die Gespräche mit ihr waren von natürlicher Klugheit und zuweilen hintergründigem Humor durchsetzt, und aus lockerem Geplauder über Alltägliches gerieten wir zuweilen in ernstere Themen, wie die Natur unserer geheimen Wünsche, die unsere verkorksten Seelen sich nur im Traum eingestehen wollten.

Im Auto kümmerte Carmen sich um die Musik. Sie machte mich mit Elton John und Barclay James Harvest bekannt. Außerdem hörten wir Procul Harum und Patti Smith. Meine Favoriten waren immer noch Santana, die Doors und Steely Dan, deren letztes Album *Pretzel Logic* hieß, Bretz'n-Logik, also Bayern-Denke. Aber die Bayern konnten damit wenig anfangen, wahrscheinlich weil sich dazu kein Schuhplattler tanzen ließ. Carmen und ich jedenfalls liebten diese Musik, die im Tenor zwar pessimistisch ist, die uns aber wie ein Versprechen vorkam:

*I heard it was you*
*Talkin' about a world*
*Where all is free.*
*It just couldn't be,*
*and only a fool would say that.**

Unterwegs nach Süden hatte ich Kindern an der Landstraße einige Drusen und Minerale abgekauft, die zu den Grundsteinen einer Sammlung wurden, der ich in späteren Jahren Steine aller Herren Länder hinzufügte. Carmen erstand für wenige Dirham einen jungen Hund. Hätte ich damals geahnt, welchen Ärger der kleine Kerl uns noch bereiten sollte, ich hätte ihr den Kauf ausgeredet. Dann kam die Sache mit den Kids.

Wir hielten mitten in einem Dorf an der Landstraße, aßen Datteln und wurden dabei wie üblich von Kindern belagert. Als wir weiterfuhren, kletterten drei der Knirpse in den Bus und bedeuteten, mitfahren zu wollen. Ich machte mir anfangs keine Gedanken; warum sollten wir die Kinder nicht ins nächste Dorf mitnehmen? Erst als wir 20 Kilometer gefahren waren, die Kleinen aber immer noch nicht signalisierten, aussteigen zu wollen, kam mir die Sache marokkanisch vor. Carmen gab sich Mühe, herauszufinden, wie der Ort hieß, an dem sie raus wollten, sie zeigte ihnen eine Straßenkarte und versuchte, ihre Mimik zu deuten. Aber sie freuten sich bloß und lachten. Schließlich kam mir der Verdacht, dass die Kinder einfach bloß Autofahren wollten, eine kleine Runde durchs Dorf sozusagen, dass sie gar kein Ziel hatten, sondern bloß die Freude am Mitfahren. Kleine Philosophen: Der Weg war ihr Ziel. Also fuhren wir zurück und setzten sie dort ab, wo wir sie aufgegabelt hatten. Mit strahlenden Mienen kletterten sie aus dem Bus und hüpften eine staubige Seitenstraße hinunter, wahrscheinlich um ihrer Mama von der großen Reise zu berichten. Unser Glück, dass noch niemand im Dorf die Kinder vermisst hatte.

---

* Text von Steely Dan: Only a fool

Das schönste an Marrakesch war der Anblick während der Anfahrt durch einen Hain von Dattelpalmen: Vor uns die rote Stadt mit ihren Minaretten und der alten Stadtmauer, darüber majestätisch der schneebedeckte Hohe Atlas. Der berühmte Platz der Gaukler war damals schon auf Pauschaltouristen eingestellt, aber in Marrakesch gibt es kunstvoll angelegte Gärten, in denen wir einheimischen Musikern zuhörten. Im Bus legte Carmen allerdings die Kassette mit »Marrakesh Express« in den Rekorder:

*I've been saving all my money just to take you there.*
*I smell the garden in your hair.*
*Take the train from Casablanca going south,*
*Blowing smoke rings from the corners of my mouth.*

*Wouldn't you know we're riding on the Marrakesh Express.*
*Wouldn't you know we're riding on the Marrakesh Express,*
*They're taking me to Marrakesh.**

Im *Souk* kauften wir mehrere Tonkrüge und ein Beduinenzelt, nicht zuletzt deshalb, um den großen Dachgepäckträger zu beladen, auf dem ich auf der Hinfahrt lediglich vier Ersatzräder und einige Benzin- und Wasserkanister verstaut hatte. Wenn ich es mir im Nachhinein überlege, war die Holzkiste auf dem Dach eine einzige Provokation. Nach dem Motto: Frechheit siegt!

Vorerst spazierten wir in Marrakesch in der Stadt herum. Als wir im *Club Med* einen Tee trinken wollten, ließ man uns wegen des kleinen Hundes nicht ein. Carmen hatte ihn Ali getauft, was sich aber als unpraktisch erwies, denn jedes Mal, wenn sie ihn rief, drehten sich ein paar Burschen um, um anschließend enttäuscht und, wie mir schien, verärgert ihres Weges zu gehen, sobald sie merkten, dass der kleine Köter ihren Namen trug. Offenbar war es seinerzeit in Marokko nicht üblich, Hunden den Namen des Schwiegersohns des Propheten zu geben, und ich plädierte dafür, dass Carmen das Hundchen umtaufe. Fortan nannte sie ihn Alois. Von Marrakesch aus führte eine neue Teerstraße nach Agadir. Da die Stadt 1960 durch ein Erdbeben komplett zerstört worden war,

* Marrakesh Express; Crosby, Stills, Nash & Young

hatte man alles neu erbaut. Touristenhotels erstreckten sich entlang eines Strandes, der alles in den Schatten stellte, was ich bis dahin an Stränden gesehen hatte: Hundert Meter von den Dünen bis zum Wasser, Wellen, die sich unermüdlich auf das Land warfen, und nach Süden schien der weiße Sand kein Ende zu nehmen. Dazu die frische Brise vom Atlantik.

Wir faulenzten ein paar Tage inmitten beleibter Europäer, die von schlanken Marokkanern bedient wurden. Carmen lernte einen Schneider aus Wien kennen, der in Agadir sein Altersdomizil gefunden hatte. In Marokko, so erklärte uns der rüstige alte Herr, komme er mit der Rente aus. In Wien könne er nicht mal eine Wohnung damit bezahlen. Er lud uns sogar zum Abendessen ein und ließ es sich nicht nehmen, den Fisch selbst zuzubereiten. Einmal machten wir einen Ausflug in die Wüste, die südlich von Agadir anfängt. Ohne Erfahrung und ohne Zubehör begaben wir uns auf Pistenfahrt. Mit dem Ergebnis, dass wir nach zwanzig Kilometern auf einer Nebenstrecke in immer tieferen Sand gerieten und irgendwann stecken blieben. Als mir klar wurde, dass wir hier ohne fremde Hilfe nicht herauskommen würden, stellten wir fest: weit und breit keine Menschenseele; die Sonne brannte von einem wolkenlosen Himmel, und wir hatten weder Wasser noch sonst irgendein Getränk an Bord. Meine Versuche, den Bus mit bloßen Händen freizuschaufeln, führten bloß zu einer unguten Mischung aus Schweiß und Ernüchterung. Gerade als wir uns zu Fuß auf den Weg zur Hauptstraße machen wollten, tauchten hinter einer Düne zwei Soldaten auf, die scheinbar von König Hassan den Auftrag hatten, für Sicherheit in der Wüste zu sorgen. Per Funk riefen sie einen Jeep herbei, der uns dann aus dem Sand befreite. Unsere Abenteuerlust war, zumindest was unvorbereitete Wüstenausflüge anging, vorerst gestillt. Erleichtert machten wir uns auf den Weg zurück in die Stadt.

Nach drei Tagen Agadir fuhren wir über Essaouira und Casablanca ins Rif-Gebirge. Spät am Abend erreichten wir Ketama. Mohameds Garage war verschlossen. Das hatte ich zwar noch nie erlebt, dennoch machte ich mir keine Sorgen. Wir stellten den Bus vor das Garagentor und richteten uns auf eine kühle Nacht in den Bergen ein. Es war schon spät, als ein Bote Mohameds auftauchte und uns ausrichtete, wir sollten verschwinden und in drei Monaten wiederkommen. Es gebe Sicherheitsprobleme.

Es dauerte eine Weile, ehe ich merkte, was hier gespielt wurde: Nachdem Mohamed das Geld von mir erhalten hatte, bot sich ihm die Chance, mich zu betrügen. Da ich niemals auf den Gedanken gekommen wäre, er könne eine solide Geschäftsverbindung wie die unsere zerstören, war ich sprachlos. Ich schickte den Jungen zurück ins Dorf, Mohamed möge persönlich bei der Garage erscheinen, um die Sache mit mir zu besprechen. Aber Mohamed kam nicht, weder in der Nacht, noch am nächsten Tag. Längst hatte sich der dreiste Betrug in der Gegend herumgesprochen. Vorbeikommende Bauern, die mich von früheren Reisen her kannten, machten uns Mut. Hier in der Gegend wisse jeder, wenn man Mohamed Schifan die Chance gebe, einen übers Ohr zu hauen, dann müsse man damit auch rechnen. Als ich gegen Abend noch immer keine Nachricht von ihm bekommen hatte, machte ich mich mit dem Gedanken vertraut, tatsächlich von meinem Partner betrogen worden zu sein. Ohne Haschisch nach Europa zurückzufahren, kam nicht in Frage, wie ich allerdings ohne Kohle an den Stoff kommen sollte, wusste ich nicht. Da standen wir also inmitten der Hanffelder, hatten eine Ladekapazität von hundert Kilo plus und auf einmal kein Geld mehr, auch nur eine einzige Tafel Shit zu bezahlen.

In der Nacht leuchtete plötzlich jemand in den Bus, wo Carmen und ich versuchten, ein paar Stunden Schlaf zu finden. Verärgert riss ich die Seitentür auf, um herauszufinden, wer der ungezogene Mensch sei, der nachts andere Leute beim Schlafen stört. Zum Glück waren es zwei Jungs, die ich von der Landstraße her kannte, Schlepper eines Hanfbauern, der zu Mohamed in Konkurrenz stand. Und da sie im Bilde waren, wie oft ich schon zum Einkaufen in Ketama gewesen war, und da sie mich gerne als Kunden angeworben hätten, sahen sie ihre Chance. Wie sich dann herausstellte, wussten sie über alles Bescheid, lediglich die Summe, um die Mohamed mich geprellt hatte, war durch Gerüchte verdreifacht worden. Die jungen Berber forderten mich auf, hinter ihnen her zu fahren, zu ihrem Chef, der mir ein Angebot machen wolle. Und da ich nicht in der Position war, Angebote auszuschlagen, noch ehe ich sie kannte, folgte ich den Jungs. Wenig später saßen wir in Achmed Kojos Teehaus an der Straße, und was mir Achmed dort vorschlug, hörte sich nicht schlecht an: Er hatte kürzlich eine Tonne Zero Zero an eine Bande aus Kopenhagen verkauft, aber die Ladekapazität des Flugzeugs habe nicht gereicht. Es lägen noch 110 Kilo in der Nähe des Flugplatzes von Ifrane, einem Touristenresort im Atlas Gebirge. Er könne vermitteln, dass die Dänen mir den Stoff auf Kommission überließen. Ich glaubte, meinen Ohren nicht zu trauen ... Achmed Kojo war ein Berber in meinem Alter, gebildeter als Mohamed, zudem schlauer. Er hörte Reggae und sein Teehaus trug den Namen Rastafari-Lodge. Achmed sprach ein wenig Englisch, sogar etwas Spanisch, war also logistisch besser gerüstet als die Familie Schifan, die buchstäblich hinter dem Berg lebte. Wir verabredeten uns für den kommenden Tag in der Bar eines Hotels in Ifrane. Carmen und ich verließen Ketama noch in derselben Nacht. Am folgenden Nachmittag tauchte Achmed pünktlich in Ifrane auf. Er stellte mir Bjarne vor, einen jungen Dänen, der als Einziger seiner Bande noch in Marokko weilte. Die Sache kam ihm offenbar gelegen, denn ohne langes Palaver ließ er sich auf meine Konditionen ein. Ich bot ihm an, die Ware zum Preis von 300 Mark pro Kilo zu übernehmen und ihm die Kohle für die 110 Kilo in vier bis sechs Wochen in München zu übergeben. Soweit ich von Achmed erfahren hatte, waren seine Komplizen im Streit mit Bjarne auseinandergegangen, und sie hatten ohnehin nicht vor, wegen der übrig gebliebenen Kilos noch einmal nach Marokko zu kommen. Für Bjarne war es also eine gute Chance, den restlichen Stoff auf einen Schlag loszuwerden. Er musste mir bloß vertrauen. Und das tat er wohl oder übel. Ich schrieb ihm meine neue Adresse in München auf einen Zettel, die Wohngemeinschaft an der Prinzregentenstraße, in der Richie uns zuvor ein Zimmer gemietet hatte. Nach Einbruch der Dunkelheit brachte Achmed mir die Säcke mit dem Haschisch. Die Qualität stimmte. Per Handschlag besiegelten Bjarne und ich den Deal, und gegen Mitternacht standen Carmen und ich in einem abgelegenen Tälchen und packten alles in den doppelten Boden des Gepäckträgers. Sie reichte mir die Tafeln nach oben, ich legte sie in die vorbereiteten Fächer. Anschließend schraubte ich die Deckel fest und wir beluden das Dach wieder mit den Reifen, den Kanistern und allem, was wir unterwegs noch gekauft hatten. Dann machten wir uns auf den Weg nach Casablanca.

Diesmal hielten wir unterwegs nicht so oft an, sondern sahen zu, dass wir mit der heißen Fracht so schnell wie möglich aus dem Land kamen. Achmed und Bjarne hatte ich vorsichtshalber erzählt, dass wir vorhätten, über Melilla auszureisen, man konnte schließlich nie sicher sein, welches Gerücht und welche Wichtigtuerei an wessen Ohren gelangten. Wer im Schmuggel tätig ist, der sollte dafür sorgen, dass er keine Mitwisser hat. Niemand außer Carmen und mir wusste also, dass wir von Casablanca nach Santa Cruz de Tenerife übersetzen würden. Das Schiff war mir bekannt: die *Massalia*, deren Wiedersehen gemischte Gefühle in mir hervorrief. Die Geschichte mit Régis, dem Barmann, der mir den Frack vollgekotzt hatte, gefiel Carmen. Überhaupt hatte ich festgestellt, dass den Menschen Geschichten vom Scheitern besser taugen als solche vom Siegen. Siegerepen, *Happy-Endings* sind immer episodische Halbwahrheiten, die eigentlich zu Ende erzählt werden sollten, weil sie am Ende alle mit dem Scheitern des Menschen an der Welt enden.

Der Barmann war diesmal nicht im Dienst. Aber Céline kümmerte sich wieder um die Erotik an Bord. Wir begrüßten uns, tranken auch ein Glas Champagner zusammen, aber Carmen war auf der Hut. Sie fasste die Bordmöve scharf ins Auge, anschließend gab es keine offenen Fragen mehr. Die Überfahrt dauerte nur eine Nacht und ein paar Stunden. Den kleinen Alois hatten wir nach wie vor dabei, wenngleich wir ihn nach Spanien einschmuggeln mussten. Ich hätte ihn gerne in Marokko gelassen, aber Carmen hatte sich längst in den kleinen Knuddel verliebt. Also war er noch bei uns, als wir in Teneriffa vom Schiff und über die Hafenstraße von Santa Cruz fuhren.

Die erste Etappe hatten wir also geschafft. Ein Problem, das jetzt gelöst werden musste, war unsere Reisekasse. Da ich davon ausgegangen war, bei Mohamed genügend Bares hinterlassen zu haben, um mich auf dem Rückweg mit ausreichend Geld zu versorgen, hatten wir auf der Reise durch Marokko etwas mehr ausgegeben als geplant. So kam es, dass wir, nachdem wir die Schiffspassagen von Teneriffa nach Barcelona gekauft hatten, noch zwölf Mark in der Tasche hatten. Alle Versuche, auf der Insel ein wenig Geld zu schnorren, scheiterten. Ich ging sogar so weit, mich bei deutschen Touristen in Los Christianos zu demütigen, man möge mir doch bitte 100 Mark leihen, ich würde das Geld in Kürze zurückzahlen. Die Beleidigung, die ich mir daraufhin von einem Ehepaar aus Mittelfranken anhören musste, verbot es mir, weiter bei der Bettelstrategie zu bleiben. Schließlich gab ich auf. Das bedeutete, den kleinen Alois konnten wir nicht weiter mitnehmen, denn für den hätte ein Ticket gelöst werden müssen, aber dafür fehlte uns das Geld. All das wäre noch beherrschbar gewesen, hätte Carmen sich nicht solidarisch hinter das Hündchen gestellt.

»Wenn der Alois nicht mitkommt, dann bleibe ich auch hier!«

Ich hatte es ja schon mit allen möglichen Unwägbarkeiten zu tun gehabt, aber das war neu. Hier war Psychologie gefragt. Wie bringe ich die Dame mit dem Hündchen dazu, bei der Wahl zwischen Hund und Mann letzterem den Vorzug zu geben? Carmen und ich gerieten ob des Hundes zum ersten Mal auf der Reise in Streit. Sie wollte partout, dass der Hund mit an Bord gehe. Ich argumentierte, das ginge bloß mit einem Ticket, und das koste 20 Mark, und die hätten wir nun einmal nicht. Wir hatten nicht einmal genügend Geld, um an Bord das Restaurant zu besuchen, und das während einer dreitägigen Reise, bei der die Verköstigung nicht im Preis drin war.

Carmen blieb unnachgiebig. Dem Hund war's egal. Und ich sah keinen Kompromiss. Schließlich kam der Augenblick der Entscheidung. In einer halben Stunde sollte das Schiff ablegen. Unser Bus war per Kranverladung schon in den Bauch des Schiffes versenkt worden. Ich stand an Deck und sah Carmen mit dem Hund im Park der Hafenpromenade spazieren. Schließlich verschwand sie in einem Souvenirshop, und als sie ein paar Minuten später wieder heraustrat, wurde sie von einem Mann begleitet, der offenbar Interesse an dem Kleinen gefunden hatte. Ich konnte es kaum glauben, als ich sah, wie er den Hund auf den Arm hob und er Carmen auch noch bezahlte. Mit dem Geld in der Hand schaffte sie es gerade noch an Bord, ehe der große Dampfer dreimal Signal gab und dann bei Einbruch der Dämmerung ablegte.

Es dauerte über eine Stunde, ehe Carmen aufhörte zu schmollen und wieder mit mir redete. Als letzte Passagiere ließen wir uns die Kabine zuweisen. Im Gegensatz zur unter französischer Flagge segelnden *Massalia* herrschte auf dem spanischen Fährschiff eine streng katholische Ordnung: Geschlechtertrennung unter Deck. Carmen und ich wurden vom Steward in verschiedenen Vier-Kojen-Kabinen untergebracht, eine Aussicht, die weder sie noch mich begeisterte.

Ich teilte meine Kabine mit einem Studenten aus Málaga. Möbel gab es nicht, keinen Tisch, keine Stühle. Lediglich zwei mal zwei übereinander liegende Betten, die, Zugeständnis an die Privatsphäre, durch Vorhänge vor Einblicken der Mitpassagiere geschützt waren. Außer Schlafen und Lesen (über jeder Koje war ein Leselämpchen angeschraubt) bot sich unter Deck kein Zeitvertreib. Bis Carmen in der Männeretage auftauchte und die Regeln änderte. Ohne anzuklopfen kam sie herein, und ohne viel Gewese fing sie an, sich bis auf Slip und T-Shirt auszuziehen und in mein Bett zu klettern. Juanito, der Junge aus Málaga – nur kurz irritiert – nahm es mit katholischer Gelassenheit zur Kenntnis.

»Wie lange soll ich denn noch in diesem kalten Bett alleine liegen?«, unterbrach Carmen mein Gespräch mit dem Spanier. »Findest du nicht, dass es Zeit für eine Versöhnung ist?«

Ich entschuldigte mich bei dem jungen Mann, zog die Schuhe aus und kletterte zu ihr hinauf in die Koje.

»Was hast du vor?«, erkundigte ich mich.

»Wonach sieht es denn aus? Nach deinem charakterlichen Offenbarungseid vor dem Hundchen hast du allen Grund, bei mir etwas gutzumachen.«

Was ich wiedergutmachen sollte, daran ließ Carmen keinen Zweifel. Ich kannte sie inzwischen gut genug, dass ich wusste, Widerstand wäre zwecklos. Ich hoffte, Juanito würde es überleben, zog den Vorhang zu und ergab mich dem Schicksal. Vergeblich versuchte ich noch, mich nach dem weiteren Lebenslauf des kleinen Alois zu erkundigen, aber Carmen machte längst ernst mit der Versöhnung.

Als nach einer Weile unmissverständliches Stöhnen durch den Vorhang drang, packte Juanito diskret seine Tasche und verschwand. Gut erzogen, wie er offenbar war, hatte er Carmen das Feld überlassen. Er sollte im weiteren Verlauf der Reise nicht mehr in der Kajüte auftauchen. Dafür klopfte es eine halbe Stunde später und der Kabinenkellner stand im Raum. Er stellte sich als Paquito vor, ein junger Mann aus San Sebastian. Wir hatten gerade eine Tüte geraucht und damit gegen das zweite Gebot verstoßen. Der junge Baske schnupperte hörbar und fragte ohne Umschweife, ob er später nach der Arbeit einen Joint mit uns rauchen könne. Carmen sagte ja und fragte ihrerseits, ob Paquito uns von dem, was in der Küche übrig blieb, etwas mitbringen könne. Wir einigten uns auf zwei warme Mahlzeiten und eine Flasche Wein am Tag. Im Gegenzug freies Kiffen für den Kellner.

Zum Auftakt brachte er uns zwei fettige Omeletts mit Pilzen und einen Kanten Weißbrot. Nach dem Motto – »In der Not frisst der Deutsche Reste« – verschlangen Carmen und ich das Nachtmahl, und als Paquito Feierabend hatte, kam er mit einer halben Flasche Rotwein, und wir rauchten den versprochenen Joint. So wurde aus der schwimmenden Klosterzelle dann doch noch eine Höhle der Ausschweifung. Auch wenn wir vorerst versorgt waren, blieb das Problem unserer Mittellosigkeit. Schließlich müssten wir in Barcelona an Land gehen, und auf der Fahrt nach München würden wir tanken müssen. Was Carmen für ihren Hund bekommen hatte, war nicht der Rede wert.

Am nächsten oder übernächsten Tag – ich habe die exakte Dauer der Schiffsreise vergessen – legte unser Dampfer in Málaga an, wo ein vierstündiger Aufenthalt geplant war. Mir war die vage Idee gekommen, von Bord zu gehen, mit dem Taxi nach Benalmádena zu fahren und zu versuchen, mir bei Margie Kohle zu pumpen. Sie hatte mir zwar ihre Adresse aufgeschrieben, aber keine Telefonnummer. Eine andere Möglichkeit, kurzfristig an Geld zu kommen, sah ich nicht. Ich unterrichtete Carmen von meinem Plan und bat sie, an Bord zu bleiben.

Mit einem älteren Taxifahrer machte ich mich auf den Weg nach Benalmádena, aber auf mein Läuten machte niemand auf. Ich wollte schon wieder nach Málaga zurück, als der Fahrer vorschlug, ich solle doch mal hinter das Haus schauen, und tatsächlich entdeckte ich Margie und ihre Freundin Renate hinter der Terrassentür. Sie tanzten zu lauter Musik und waren von meinen Besuch ebenso überrascht wie erfreut. Eine Weile tanzte ich mit und hörte dabei zum ersten Mal Musik der Manfred Mann's Earth Band. Aber da die Zeit knapp war, das Taxi draußen und Carmen auf dem Schiff warteten, kam ich gleich zur Sache und bat die Mädels, mir zu helfen. Jede von ihnen machte einen *Hunni* locker, wenngleich ich Renate damals kaum kannte. Ich war ihr erst einmal zuvor begegnet. Zum Dank lud ich die beiden Frauen im Sommer in München zu einem Konzert von Genesis ein. Ehe ich mich auf die Socken machte, erzählte ich ihnen noch, dass Richie in Málaga im Knast auf seine Verhandlung wartete, und sie versprachen, ihn zu besuchen. Dann verließ ich das Haus durch die Vordertür, und das Taxi flog über die ausgebaute Küstenstraße, vorbei an Torremolinos, zurück zum Schiff, wo Carmen kiffend mit Paquito in der Kajüte lümmelte. Meiner entspannten Miene entnahm sie, dass ich Margie getroffen hatte.

»Was hat sie rausgerückt?«

»Zweihundert Mark.«

»Reicht das bis München?«

»Wenn nichts mehr dazwischenkommt«, sagte ich.

»Was soll denn noch dazwischen kommen?«

»Der Zoll, die Handschellen, der Knast ...«

»Hör auf! Uns kommt nichts mehr dazwischen. Ich bin doch dein Talisman!«

»Wenn schon, dann mein Talismädchen!«

Die Etappe von Málaga nach Barcelona verbrachten wir schmusend in der Koje. Am Abend kam Paquito vorbei, und nachdem wir den Abendjoint geraucht hatten, stellten wir uns im Heck des Schiffes an die Reling. An der Reling großer Schiffe auf offener See zu stehen hat etwas äußerst Beruhigendes: Unten viel Wasser und um einen herum eine Menge Luft und je nach dem Alter des Betrachters ein Haufen Zukunft.

Als wir in den Hafen von Barcelona einliefen, traute ich meinen Augen nicht: Auf der Mole hatten sich drei Dutzend Zöllner in grünen Uniformen versammelt, die ungeduldig beim Andockmanöver des Kahns zusahen. Ich wusste zwar, dass die Kanarischen Inseln Freihandelszone waren, aber dass bei der Ankunft auf dem spanischen Festland ein derartiges Aufgebot an Zollbeamten bei Fuß stand, das hätte ich nicht erwartet. Als Erstes gingen die Fußgänger von Bord, dann begann ein Ladekran die Autos aus dem Bauch des Schiffes zu heben und auf dem Kai abzusetzen. Die Besitzer der Fahrzeuge wurden aufgefordert, in eine Halle zu fahren, offensichtlich sollten sie dort durchsucht werden. Wie ich erfuhr, ging es den Kontrolleuren in erster Linie um Artikel aus Fernost, Fernsehgeräte zum Beispiel, Kassettenrekorder, Fotoapparate und Gitarren von Yamaha. Ganz besonders auf japanische Waren hatten es die Spanier abgesehen, unterstellten sie den Japanern doch, spanische Markenartikel illegal zu kopieren.

Schließlich hob der Kran unseren Bulli mit dem auffälligen Gepäckträger in die Höhe, um ihn sanft auf der Mole abzusetzen. Carmen und ich kletterten hinein, und ich startete den Motor. Das heißt, ich versuchte, ihn zu starten, doch er sprang nicht an. Es war zwar unwahrscheinlich, dass kein Tropfen Sprit mehr im Tank sein sollte, wo ich ihn in Santa Cruz noch mit eigener Kraft bis ans Schiff gefahren hatte, aber offenbar war dieser unwahrscheinliche Fall eingetreten. Nichts zu machen, der Bus wollte nicht anspringen. Carmen stieg wieder aus und forderte die Männer vom Zoll auf, beim Anschieben zu helfen. Aber inzwischen wusste ich, dass uns auch mit Anschieben nicht zu helfen war, wir benötigten Benzin. Während mich ein halbes Dutzend Zöllner im Verein mit Carmen anschoben, lenkte ich den Bus mit der illegalen Ladung Richtung Hafenausfahrt, und keiner der Beamten kam auf die Idee, den Kasten auf dem Dach zu kontrollieren. Nicht einmal die Frage, ob wir zollpflichtige Waren dabei hätten, stellte man uns.

Im Nachhinein, wenn ich überlege, wie locker Carmen und ich überall durchgewinkt wurden, so lag es wohl daran, dass wir ein cooles Paar abgaben. Jeder, der uns sah, vermutete, wir seien Hippies auf der Hochzeitsreise, so viel Frische, Jugend und Zuversicht strahlten wir aus. Kaum, dass wir den Hafen mit beamteter Muskelkraft verlassen hatten, verabschiedeten sich die Männer scherzend und ließen uns auf der Straße stehen. Ich lief zur nächsten Tankstelle, füllte einen Kanister mit Sprit, und kurz darauf tankten wir voll. Zur Feier des Tages gönnten wir uns an der Rambla de Cataluña einige Tapas, ehe wir den Weg in Richtung französische Grenze fortsetzten.

Um die Grenzstation von Le Boulou zu umgehen, entschied ich mich, über Cadaqués und Port Bou zu fahren, eine Straße, die ich mit Lolita schon einmal gefahren war. Erstens ist die Strecke über die ins Meer fallenden östlichen Pyrenäen schöner, zweitens wusste ich um die entspannte Atmosphäre an der Zollstation oben auf dem Berg. In Figueiras stieg Carmen am Bahnhof aus, von wo sie den Zug nach Perpignan nahm. Trotz meines guten Gefühls zog ich es vor, alleine die Grenze zu passieren. Falls doch etwas schief ginge, sollte sie nichts damit zu tun haben. Seit ich mit eigenen Augen gesehen hatte, wie die junge Familie in Marseille verhaftet worden war, war ich dagegen, ein Schmuggelfahrzeug mit mehr als einer Person zu besetzen. Außerdem war ich, durch meine bisherigen Erfolge ermutigt, davon überzeugt, dass ich derjenige sei, der den Zoll am effektivsten täuschen könne.

Ich vereinbarte mit Carmen, dass wir uns in einem Café in Perpignan, das ich vom Sommer her kannte, treffen würden, und falls ich bis zu einem gewissen Zeitpunkt nicht da sein sollte, würde sie sich ein Hotelzimmer nehmen und auf Nachricht von mir warten.

Als ich an der Zollstation bei Port Bou ankam, war der Bulli das einzige Auto vor dem Schlagbaum. Der Zöllner, der mir entgegenblickte, als ich mich langsam näherte, war ein Mann um die Fünfzig. Offenbar war er in Arbeitslaune, denn er bedeutete mir, anzuhalten. Unaufgefordert kletterte ich aus dem Auto und überreichte ihm meine Papiere. Meinen Reisepass hatte ich Carmen mitgegeben, denn ich wollte nicht, dass die Zöllner anhand der Stempel erkennen konnten, woher ich kam. Deshalb hatte ich in einem Vorort von Barcelona alle Mitbringsel aus Marokko verschenkt: die Tonkrüge und das Beduinenzelt. All das war jetzt nicht mehr nötig. Im Übrigen gab es keine Möglichkeit, einen Blick in den Dachgepäckträger zu werfen, denn dazu wäre eine Leiter notwendig gewesen, aber die hatte ich vorher ebenfalls entsorgt.

Der Zöllner war zwar guter Dinge, aber offenbar traute er mir zu, ein Schlitzohr zu sein. Er stellte die üblichen Fragen und fing an, während wir sprachen, das Innere des Wagens zu untersuchen. In der Ablage entdeckte er Carmens Lippenstift.

»Wo ist denn die Dame, die hier ihren Lippenstift hat liegen lassen?«, wollte er wissen.

Ehe ich mich in einer Verhörsituation wiederfand, beschloss ich, den Dialog selbst zu steuern.

»Erinnern Sie mich nicht dran«, wehrte ich das Thema scheinbar ab. »Wir haben uns gestritten, und dann ist sie mir in Barcelona mit einem Spanier durchgebrannt.«

»Einfach so fortgelaufen?« Der Mann unterbrach seine Suchaktion und sah mich verwundert an. »Mit einem Spanier?«

»So ist es«, sagte ich. »Durchgebrannt, wie man so sagt. Wenn ich bloß wüsste, was sie sich dabei gedacht hat ...«

»Das ist ja ein Ding ... Woher kannte sie denn den Kerl?«

»Das ist es ja, es war der Kellner. Den kannte sie überhaupt nicht. Der brachte das Eis und dabei hat es wohl gefunkt zwischen den beiden.«

»Und dann sind die zwei einfach auf und davon?«

»Nun ja, sie haben sich eine Weile unterhalten, sie spricht ja Spanisch. Ich bin dann mal kurz zur Tankstelle, Öl nachfüllen und tanken, und als ich zurückkam, da waren die beiden fort. Der Chef des Eissalons wusste auch nicht, was da los war. Der war sogar sauer auf mich.«

»Wo hat sie denn ihre Kleider? Sie hatte doch sicher Gepäck?«

»Alles hier im Auto«, erwiderte ich. »Sehen Sie nach!«

»Und seither haben Sie ihre Freundin nicht mehr gesehen?«

Ich nickte bloß und schwieg betrübt. Offenbar rührte meine Geschichte dem Mann ans Herz. Er konnte sich in meine Lage versetzen. Und es hätte schon eines abgebrühten Lumpen bedurft, einen Mann, der gerade derart schmählich bei einer Frau gescheitert war, auch noch mit einer misstrauischen Kontrolle zu ärgern.

»Das tut mir sehr leid für Sie«, sagte der Mann und brach die Inspektion des Autos ab. »Vielleicht erkennt sie ja bald ihren Irrtum und kehrt zu Ihnen zurück.«

Die Stimmung war scheinbar dahin. Ich stand noch eine Weile nachdenklich auf der Straße und blickte hinaus aufs Meer. Irgendwo da draußen waren wir im Jahr zuvor mit der *Aherlow* vom Orkan überrascht worden. Dann dachte ich an Carmen, die in Perpignan auf mich wartete, gab dem freundlichen Franzosen die Hand und rollte gemächlich den Berg hinunter. Unten angekommen hatte sich mein Puls wieder normalisiert. Am Ortsausgang von Cerbère standen zwei Tramper, die auf einen netten Menschen warteten, der sie ein Stück mitnehmen würde. Durch die bestandene Zollkontrolle in gehobene Stimmung versetzt, hielt ich an und forderte die Freaks auf, einzusteigen. Ich bot an, sie bis Perpignan mitzunehmen. Umständlich wuchteten sie ihre Rucksäcke in den Bus, sichtlich erfreut, dass endlich einer angehalten hatte. Es waren Schotten, die aus Marokko kamen. Sie sahen aus wie Roadies von Led Zeppelin. Ich fragte sie, warum Schotten auf Reisen keinen Kilt trügen (Hosen seien bequemer und im Winter wärmer), ob sie schottische Mädchen als Ehefrauen empfehlen könnten (Auf jeden Fall!), und ich erkundigte mich nach ihren Plänen für die Zukunft (Freunde bleiben und gemeinsam reisen).

Als wir die letzten Ausläufer der Pyrenäen verließen und in die Küstenebene des Roussillon hineinfuhren, gerieten wir unversehens in eine Polizeikontrolle. Eine Nagelkette versperrte die Straße, und ein Polizist mit Kelle bedeutete mir, anzuhalten. Aus einem im Nachhinein unerfindlichen Optimismus heraus glaubte ich, nach der Kontrolle der Fahrzeugpapiere weiterfahren zu dürfen. Dabei passten wir exakt ins Beuteschema dieser modernen Wegelagerer: Ein VW-Bus älterer Bauart, drei junge Burschen, zwei davon langhaarig und den Verdacht erregend, kritisch denkende Menschen zu sein.

Kaum dass ich den Bus zum Stehen gebracht hatte, wurden wir von Uniformen umzingelt und der Rottenführer erklärte mir, es handele sich um eine mobile Zollkontrolle. Wir sollten alle aussteigen und das Gepäck ausladen, sie würden sich alles genau ansehen. Sollten wir Drogen mitführen, sollten wir es am besten gleich sagen, seine Leute würden diese ohnehin finden …

Während der Mann sprach, fühlte ich Panik in mir aufsteigen. Ohne lange nachzudenken, distanzierte ich mich von den Schotten und erklärte, sie seien Tramper, die ich kurz hinter Cerbère aufgelesen habe. Deren Rucksäcke lagen inzwischen schon im Gras, und ich sah im Geiste, wie Gendarmen triumphierend Haschbrocken und Beutel voller Marihuana sicherstellten. Mir fiel die Polizeikontrolle in Aïn Aïcha ein, wo uns vor zwei Jahren ein Tramper in die Bredouille gebracht hatte. Die Polizisten nahmen meinen Dachgepäckträger ins Auge und besprachen sich. Diese Durchsuchung musste mit allen Mitteln verhindert werden. Notfalls würde ich die Flucht ergreifen.

»Monsieur«, wandte ich mich an den Flic mit der fettesten Schulterklappe. »Ich protestiere aufs Schärfste gegen diese Kontrolle. Vor einer Viertelstunde habe ich die Grenzstation verlassen, wo ich fast eine Stunde lang untersucht worden bin. Ich denke, es ist bloß fair, wenn sie erst einmal dort anrufen und sich erkundigen. Der Beamte da oben kann bestätigen, dass er meinen Wagen gründlich durchsucht hat und dass ich nichts Illegales dabei habe. Ich bin in Perpignan verabredet und kann es mir nicht leisten, hier noch einmal eine Stunde zu verlieren. Wie gesagt, mit diesen Kerlen da habe ich nichts zu schaffen!«

Mein eindringlich vorgetragenes Plädoyer in eigener Sache veranlasste den Mann, zum Einsatzfahrzeug zu gehen und sich mit der Grenzstation verbinden zu lassen. Und dort erhielt er offenbar die gewünschte Auskunft: Ja, den jungen Deutschen mit dem VW-Bus habe der Kollege gründlich durchsucht, den könne man durchlassen.

Und so kam es, dass ich meinen neugewonnenen schottischen Freunden die unter Kiffern übliche Solidarität verweigerte, den Gang einlegte und machte, dass ich fort kam. Erst als der Fuhrpark der Polizei im Rückspiegel immer kleiner wurde, spürte ich mein Herz klopfen und konnte es kaum fassen, dass ich noch einmal davon gekommen war. Ich gab einen Schrei von mir, wie ihn nur Tarzan ausstieß, wenn er seine Affenhorde rief.

In Perpignan im Café saß Carmen mit Cowboystiefeln, Jeans und Sonnenbrille und hielt mit mürrischer Miene die Kerle auf Distanz. Längst hatte ich das zierliche Mädchen lieb gewonnen, in deren Brust das Herz einer Wildkatze schlug. Die Courage, mit der sie sich Gehör verschaffte und auch mich immer wieder entwaffnete, imponierte mir. Ich kannte keine andere Frau, die in der Lage war, gleichsam aus einem natürlichen Talent heraus, Gleichgültigkeit, Abneigung und Begeisterung mimisch so zu kommunizieren wie Carmen. Im Streit, das hatte sie in Teneriffa gezeigt, war sie eine ernst zu nehmende Gegnerin. Anders herum: Das Leben war angenehmer mit Carmen an der Seite.

Ich hielt gegenüber der Caféterrasse und rief ihren Namen. Sie zahlte ihren Kaffee und das Croissant, gab dem Kellner lachend ein Trinkgeld und kam zu mir. Um den lokalen Galanen, die ihren Hüftschwung beim Überqueren der Straße genau beobachtet hatten, eine Demonstration guter Kinderstube zu geben, stieg ich aus, ging um den Bus herum und öffnete meinem Täubchen mit einer angedeuteten Verbeugung die Wagentür. Das liebte sie, und dafür gab es anschließend einen Kuss.

Unterwegs erzählte ich Carmen die abenteuerliche Geschichte meiner Grenzüberquerung bei Port Bou, während sie einen Joint drehte. Gut gelaunt hielten wir bei meinen Freunden in Pézenas an. Evangeline und Rémy nötigten uns, zum Abendessen zu bleiben, sodass es schon dunkel war, als wir aufbrachen. Wir befuhren in der Nacht die *Autoroute du Soleil* und befanden uns tief in der Bourgogne, als die Sonne hinter den Vogesen aufging. Die Grenze bei Saarbrücken nahmen wir wie einen Oxer: im Stil eines übermütigen Reiters auf einem ausgeruhten Pferd.

Unser erstes Ziel war der Hunsrück, um meiner Familie einen Besuch abzustatten. Ich stellte Carmen meinen Eltern vor. Der Dachgepäckträger hatte ausgedient, ich baute ihn gleich nach der Rückkehr ab und zerhackte ihn zu Kleinholz. Das Haschisch packte ich pfundweise in Gefrierbeutel und übergab sie meiner Mutter, die sie auf dem Boden einer Kühltruhe versteckte, bedeckt von Rehrücken, Fasanen und Hasenpfeffer. Das Versteck hatte sie gut gewählt, denn die Truhe gehörte allein zu ihrem Zuständigkeitsbereich, zudem verfügte diese über ein kleines Schloss im Griff. Bei meiner Mutter wusste ich den Shit in guten Händen, zumal niemand auf die Idee käme, dort herumzuwühlen. Mein Vater und meine Brüder erfuhren davon nichts, denn erstens kifften sie nicht, und zweitens saßen kleine Polizisten in ihren Herzen. Anders ausgedrückt, sie hätten mich womöglich in den Knast gebracht. Aber meine Mutter war eine Gangstermama im besten italienischen Sinne: Sie war verschwiegen, und auf sie war stets Verlass.

## 1.12 Nora

Mit 20 Kilo im Gepäck machten Carmen und ich uns Anfang März auf den Weg nach München, wo Roman und Wacki schon auf den *Zero-Zero* warteten. Wir quartierten uns in der Bogenhausener Wohngemeinschaft ein, bei Leuten, die wir noch nicht einmal kannten. Zunächst versuchte Werinher, der WG-Verantwortliche, uns abzuweisen. Aber ich wusste, dass Richie seinerzeit die Miete für die ersten Monate gezahlt hatte, und als ich ihm anbot, die Kohle für ein weiteres halbes Jahr im Voraus abzudrücken, da willigte er unter hörbarem Seelenächzen ein. Wie sich bald herausstellte, waren die Bewohner dieses Hauses friedliche Leute: Hans Hass junior, ein Musiker und Anhänger des Bhagwan und Sohn des berühmten Tauchpioniers; Werinher, Fotograf, Lebemann und Spiritist, der die Lehre Johannes Grebers vertrat; Michael von Strachwitz, ein Kunstmaler von adeligem Geblüt; Pauline Cronin, ein Fotomodell aus Boston und Max Schaller, ein Ingenieur, übrigens der Einzige, der ein regelmäßiges Einkommen hatte.

Carmen und ich brachten frischen Wind in die Flaute, wo sich der Geist in Debatten um esoterische Endlösungen und Fragen der textilen Mode festgefahren hatte. Wir bezogen ein großes Zimmer und möblierten es mit einem Flokati, in dessen Mitte wir eine Tischplatte legten. Eine Matratze und ein Plattenspieler, auf dem sich den ganzen Tag Santana drehte, komplettierten die Einrichtung. Immerhin befruchteten wir uns gegenseitig: Schon bald nachdem wir eingezogen waren, brachte Werinher Platten von 10 CC und Supertramp mit, Musik, für die wir uns sofort begeisterten. Es war das erste Mal, dass ich in einer Wohngemeinschaft lebte, und ich stellte fest, diese Form des Zusammenlebens kam mir entgegen. Neben den fünf festen Bewohnern waren tagsüber immer Besucher im Haus. Werinher, der Fotograf, knipste schlüpfrige Motive von Frauen, die sich am Anfang großer Karrieren als Fotomodell oder als Schauspielerin wähnten. Es waren schöne Aufnahmen, weshalb er auch Aufträge von LUI, Playboy und Esquire erhielt. Er gab sich Mühe und hatte Erfolg. In der Folgezeit brachte er mir die Grundbegriffe der Fotografie bei, und ab und zu nahm er mich zu einem Shooting mit, bei dem ich ihm assistieren durfte. So lernte ich etwas über die Bedeutung des Lichts, über Belichtung und Beleuchtung, über Kodachrome und Fuji-Filme, über Brennweiten und darüber, wie Fotografen sich ihren Modellen gegenüber verhalten sollten und auch darüber, wie sie sich nicht benehmen sollten.

Carmen stellte mir einige ihrer Freunde und Bekannten vor, gemeinsam besuchten wir die Nachtclubs, und bald kannte ich mich aus in der Stadt, denn bisher hatte ich immer bloß Wochen am Stück hier verbracht. Zu den Leuten, die die WG in Bogenhausen frequentierten, gehörten Gottfried John, Temur Samy, Abi Ofarim, die Kinski-Schwestern, Putzi von Opel, Jörg Fauser und weitere Angehörige der Münchener Bohème, die in den Jahren danach ihre Talente entweder vermarkten konnten oder abstürzten. So multiplizierte sich schnell unser Bekanntenkreis, Carmen sei Dank. Weil sie seit Jahren in der Stadt lebte und in der Bravo-Redaktion verkehrt hatte, kannte sie eine Menge Volk.

Als ich dem Schriftsteller Jörg Fauser einmal in der Szene-WG in der Mauerkircher Straße begegnete, trug der Anzug und Krawatte – in meinen Augen ein total uncooles Outfit. Er interessierte mich nicht besonders, denn er redete nicht viel, und ich erfuhr erst Wochen später vom Grafen Strachwitz, dass es sich um einen Autor handelte, der in den Sechzigern in Istanbul Heroin gedrückt hatte und der inzwischen für anarchistische Blätter in Frankfurt und Berlin schrieb – was mich hätte aufhorchen lassen sollen. So aber blieb es dabei, dass wir mal am selben Joint gezogen und möglicherweise über denselben Witz gelacht haben.

Da ich zu dieser Zeit auf Ibiza lebte, war ich nur ab und zu in München, vertiefte die Kontakte zu den Sesshaften auch nicht weiter, und so blieb meine Begegnung mit dem Mann, der einmal einer meiner am meisten geschätzten deutschen Nachkriegsautoren werden sollte (viel authentischer als etwa Peter Handke) leider nur eine Episode.

Der gemeinsame Nenner zwischen Künstlern, Schickeria und Dealern waren unsere Neurosen sowie die Drogen, denen wir bedenkenlos zusprachen. Erst wurde gekifft und später dann auch gekokst. Nach ein paar Wochen hatten Carmen und ich uns eingelebt, und weil es bei uns immer guten Stoff gab, wurde unsere Bude bald zum drogenphilosophischen Salon, einem Debattierclub, wo über Kunst und Literatur gesprochen wurde, wo über die Filme von Faßbinder und Lemke diskutiert wurde, und weil Werinher oft junge Mädchen zu »Testaufnahmen« (ich entsinne mich noch an die ersten Nacktfotos, die er von Sibylle Rauch machte) einlud, saßen auch immer ein paar Geier auf den Zaunpfählen. Es war ein Kommen und ein Gehen, die Wohnung eine Mischung aus Bistro, Freudenhaus und Ashram. Der Zufall, dass Carmen und ich durch Richies Vermittlung dort gestrandet waren, brachte der WG außer unserer Energie und Initiative vor allem zwei Dinge: Drogen und Kohle. Und wo es Haschisch gab, da stellten sich die Kiffer von selbst ein. Langeweile kannte man in der Bogenhausener Wohngemeinschaft nicht.

Am 8. April beschloss ich, dem Künstler Klaus Lea einen Besuch abzustatten. Richie hatte ihn mir im vergangenen Sommer vorgestellt, und jetzt wollte ich ihn informieren, wie es um unseren Freund im spanischen Knast stand. Ich fuhr in die Adalbertstraße und steuerte den Wagen vorsichtig durch die enge Einfahrt in den Hinterhof. Dabei fiel mir eine aufgemotzte junge Dame auf, die mich an Josephine Baker erinnerte. Letztere starb zufällig an dem Tag, als sie ihr letztes Konzert in Paris gab. Klaus war leider nicht zu Hause, drum hinterließ ich eine Nachricht. Bei der Ausfahrt rollte ich langsam bei offenem Fenster über den Bürgersteig, als mich die Frau ansprach.

»Klaus ist nicht zu Hause. Ich warte auch auf ihn«, bemerkte sie ein wenig vorlaut.

»So so«, sagte ich. »Wann kommt er denn zurück?«

»Er sollte schon längst hier sein«, entgegnete die Frau. Dann neigte sie sich nach vorne und blickte mich durch das Wagenfenster an. »Kann es sein, dass wir uns kennen?«

»Nicht dass ich wüsste. Woher sollten wir uns denn kennen?«

»Jetzt fällt' s mir ein. Mit Richie war ich letzten Sommer mal bei dir zu Hause. Du und dein Kumpel, ihr wohnt doch in Obermenzing in diesem Penthouse.«

Jetzt fiel auch mir ein, dass Richie eines Abends ein Mädchen mitgebracht hatte, kurz bevor er nach Marokko aufgebrochen und verhaftet worden war, aber wiedererkannt hatte ich sie nicht.

»Wie heißt du denn?«

»Nora.«

»Dann steig mal ein, Nora«, schlug ich vor. »Gehen wir einen Kaffee trinken. Anschließend fahren wir dann nochmal her und schauen, ob der Klaus inzwischen daheim ist.«

Sobald sie im Auto saß, zog sie ihre Perücke vom Kopf und die Stöckelschuhe aus. Und noch ehe wir einen Parkplatz mit Café gefunden hatten, kannte ich ihre halbe Lebensgeschichte. Denn Nora sprach schnell, und das, was sie erzählte, hätte aus einem Drehbuch von Robert Towne* sein können.

Nora stammte aus New York und war vor einem Jahr nach Deutschland gekommen. Zusammen mit ihrer Partnerin Fatima, einer Marokkanerin, hatten sie aus deren Wohnung heraus als Callgirl gearbeitet. Bis Nora ihre Freundin vor einer Woche tot im Appartement aufgefunden hatte. Wahrscheinlich von einem Freier erdrosselt. Nora bekam es mit der Angst, packte ihre Sachen und verschwand, noch ehe die Kripo am Tatort auftauchte. Das bedeutete, die Ermittler hätten sicher ein paar Fragen an sie gehabt, hätten sie von ihrer Existenz gewusst. Nora tauchte unter, weil sie sich illegal in Deutschland aufhielt. Jetzt war sie obdachlos. Ihre Klamotten standen bei Klaus. Da ich es völlig unpassend fand, dass die Freundin meines Freundes Richie auf den Strich ging, nahm ich sie quasi als Familienmitglied auf und lud sie ein, mit in die Bogenhausener Wohnung zu kommen.

Weder Carmen noch die übrigen Mitbewohner hatten Einwände, im Gegenteil: Nora konnte kochen und mit ihrer dunklen Haut und dem amerikanischen Akzent brachte sie eine Prise Exotik in die Familie. Mit Maximilian, dem Techniker, der bei Xerox arbeitete, fand sich ein gastfreundlicher Mann, der sie in sein Zimmer aufnahm, allerdings ohne jegliche erotische Bedingung daran zu knüpfen.

Nora war eine scharfe Braut, und wie ich bloß auf die Idee hatte kommen können, die Sache mit ihr und Max könne auf Dauer keusch verlaufen, ist mir im Nachhinein ein Rätsel. Tatsache ist, dass Nora eines Abends, während ich gerade mit dem Maler in ein Schachspiel vertieft war, in unser Zimmer gestürzt kam und

---

* Hollywood-Drehbuchautor

Schutz vor Max suchte. Der ließ nicht lange auf sich warten. Plötzlich stand er splitternackt mit betriebsbereiter Latte bei uns im Zimmer, wo Nora sich zu Carmen unter die Decke verkrochen hatte. Max bestand darauf, den Geschlechtsakt mit ihr zu vollziehen. Wir sollten Nora zur sofortigen Begattung freigeben.

»Wie stellst du dir das vor?«, fragte ich ihn amüsiert. »Ob sie mit dir vögeln will oder nicht, ist doch allein ihre Sache. Und offensichtlich hat sie gerade keinen Bock.«

Kurz: Wir mussten Max ins Bad schaffen, wo wir ihn kalt abduschten. Am nächsten Tag manifestierte sich eine ausgewachsene Psychose in seinem Hirn. Er verfolgte Nora auf ihrem Weg zur Wäscherei, entriss ihr den Wäschesack und erklärte im Brustton des Wahnsinns, Jesus habe ihm aufgetragen, Noras Leibchen zu waschen ... Kurz darauf wurde er am Friedensengel von einer Streife aufgegriffen, die ihn aufgrund selbstverursachter Schnittwunden auf der Stirn nach Haar in die Psychiatrie schaffte.

Als Carmen und ich ihn zwei Tage später dort besuchten, stand Max unter Psychopharmaka und konnte sich an nichts erinnern. Die Ursache für den Wahn lag offenbar in der Schrift »Der Verkehr mit der Geisterwelt Gottes«, einem Buch, in dem der Moselaner Priester Greber seine spiritistischen Wahnvorstellungen veröffentlicht hatte. Die Greberschen Gedanken müssen in Maxens Kopf Assoziationen ausgelöst haben, die sich in der geschilderten Form ausgewirkt hatten. Zum Glück ließ man ihn nach vierzehn Tagen Beton-Therapie wieder laufen. Es war im Übrigen das Jahr, als Jack Nicholson mit seiner Rolle in dem Film *Einer flog über das Kuckucksnest* bekannt wurde. Also eher eine Zeit, da die Befürworter harter Maßnahmen gegen die Rebellen am Drücker waren ... Ansonsten verliefen unsere Tage in Bogenhausen stressfrei.

Zweimal fuhren Carmen und ich in den Hunsrück, um den Rest des Haschs aus Mutters Gefriertruhe zu holen. Der Verkauf lief wie geschmiert. In dieser Zeit lernte ich TomTom und Hansi kennen, die ebenfalls zusammen arbeiteten. Im Team zu dealen machte Sinn, denn es kam immer wieder vor, dass man bei der Übergabe gelinkt wurde, dass der vermeintlich coole Geschäftspartner plötzlich eine Waffe zog und einem die Ware abknöpfte. Während meiner Zusammenarbeit mit Walter hatte es sich bewährt, zu zweit zu arbeiten und dabei Kanonen einstecken zu haben. Seit ich mich von Walter getrennt hatte, war ich ohne Schutz. Aber ich dealte jetzt mit Männern wie Roman und Edi und neuerdings mit Tom-Tom und Hansi, die sich in der Szene auskannten und die ebenfalls von Gewalt nichts hielten.

Einen Monat, nachdem wir aus Marokko zurück waren, hatte ich die kompletten 110 Kilo verkauft. Wir saßen gerade auf dem Flokati, Carmen, Nora und ich, und besprachen, welche Möbel wir in das demnächst bezugsfertige Haus auf Ibiza bringen wollten, als es an der Haustür klingelte. Es war Bjarne, der Däne, der mir vor ein paar Wochen in Marokko den Shit auf Kommission überlassen hatte. Offenbar war er überrascht, dass die Adresse stimmte, die ich ihm an jenem Abend im Dunkeln in Ifrane auf einen Zettel geschrieben hatte und dass er uns tatsächlich gefunden hatte und ich ihm sein Geld geben konnte. Wie er mir gestand, hatte er damit nicht wirklich gerechnet. Seine Partner hatten sich nämlich aus dem Staub gemacht und ihn auf den restlichen zwei Zentnern Haschisch in Marokko sitzen gelassen. So kam es ihm sehr gelegen, dass Achmed Kojo uns miteinander bekannt gemacht hatte. Am Ende profitierten wir alle von dem Deal: Bjarne wurde den Shit los, Achmed hatte mit mir einen neuen Kunden gewonnen und ich konnte die Reise trotz Mohameds *rip off* als gutes Geschäft abschließen. Ich zählte dem Dänen die vereinbarten 30.000 auf den Tisch, und als er sich verabschiedete, standen dem Jungen vor lauter Erleichterung Tränen in den Augen.

Eines der angesagten Lokale von Schwabing war damals das *La Buca*. Es lag am Rand des Englischen Gartens bei der Reitschule. Dort saßen wir abends oft auf der Terrasse und schlugen kulinarische Schneisen durch die Speisekarte. Während wir griechischen Salat mit schwarzen Oliven und Feta aßen, dazu Retsina tranken, besprachen Carmen und ich die bevorstehende Reise nach Ibiza. Wir kauften einen gebrauchten Kleintransporter und packten ihn voll Möbel, die wir teilweise beim Sperrmüll gefunden hatten. Das Haus in Talamanca hatte fünf Zimmer, und die wollten eingerichtet werden. In Barcelona statteten wir dem Flohmarkt einen Besuch ab, wo wir Wandbehänge und Teppiche kauften, ein Sammelsurium verschiedener Stile und Qualitäten. Außerdem erstand ich ein geschnitztes Kruzifix, wenngleich ich zur damaligen Zeit längst nicht mehr an die Geschichte des Erlösers glaubte.

Als wir auf Ibiza ankamen, war das Haus bezugsfertig. Der Besitzer Miguel hatte gut gearbeitet. Insbesondere freute ich mich über das Bad, denn Bäder gehörten damals noch nicht zur Standardausrüstung einer Finca. Wir packten den Plunder ins Haus und richteten uns provisorisch ein. Über der Küchentür brachte ich das Kreuz an, was Miguel und seine Frau zu dem Glauben veranlasste, wir seien gute Christen.

Nach ein paar Tagen auf der Insel flogen wir zurück nach München. Den Wagen verkauften wir an einen Herrn Helm, der auf Ibiza eine »deutsche« Autowerkstatt betrieb, was immer man sich darunter vorzustellen hatte. Jedenfalls wurde den Spaniern dort demonstriert, dass das deutsche Handwerk auch Werte jenseits von Zuverlässigkeit und Pünktlichkeit kannte: Der KFZ-Mechaniker war nämlich ein abgebrühter Spitzbube.

Wenige Tage nachdem wir uns im Haus eingerichtet hatten, wurde die Aufmerksamkeit der Welt auf ein Ereignis gelenkt, welches sich zwar angekündigt hatte, das uns aber dennoch innehalten ließ, als es schließlich geschah: Das Ende des Vietnamkrieges, der 20 Jahre gedauert hatte und mit dessen Fortgang wir als Jugendliche tagtäglich in den Fernsehnachrichten konfrontiert wurden.

Wie wir später erfuhren, hatte dieser Krieg fast 60.000 US-Soldaten und zwei Millionen Vietnamesen das Leben gekostet. Der Krieg der Amerikaner gegen die Vietnamesen, Kambodschaner und Laoten war ein Verbrechen, welches gegen Ende der sechziger Jahre Studenten und Polizisten auf der ganzen Welt auf die Straßen trieb, wo die einen demonstrierten und die anderen draufschlugen, bis es unappetitlich wurde. Zeit, uns kurz einer Strophe aus Country Joe McDonalds Anti-Vietnam-Gesangs zu erinnern, den er beim Festival von Woodstock als unwiderrufliches Fanal des Widerstands vortrug:

*Well, come on all of you, big strong men,*
*Uncle Sam needs your help again.*
*Yeah, he's got himself in a terrible jam*

*Way down yonder in Vietnam*
*So put down your books and pick up a gun,*
*Gonna have a whole lotta fun.*

*And it's one, two, three,*
*What are we fighting for?*
*Don't ask me, I don't give a damn,*
*Next stop is Vietnam;*
*And it's five, six, seven,*
*Open up the pearly gates,*
*Well there ain't no time to wonder why,*
*Whoopee! we're all gonna die.**

Der Mai des Jahres 1975 ist mir auch deshalb so gut in Erinnerung, weil er mir die Illusion schenkte, dem Glück ganz dicht auf den Fersen zu sein. Ich war jung und gesund, hatte mich gerade in Carmen verliebt und unser letzter Import marokkanischer »Feldfrüchte« hatte innerhalb weniger Wochen abzüglich der Spesen 180.000 Mark in die Kasse gespült. Zum ersten Mal spürte ich so richtig, dass Geld in gewisser Hinsicht frei macht. Auf jeden Fall gestattet es einem, zum Flughafen zu fahren, ein Ticket zu kaufen und irgendwohin zu fliegen. Die erfolgreichen Haschimporte belasteten mein Gewissen weniger als ein Job bei Siemens oder beim Staat es getan hätte, denen ich unterstellte, in irgendeiner Form an der Ausbeutung der Menschen und an der Zerstörung der Umwelt mitzuwirken. Die Zeit, die die meisten Leute bei ihrer freudlosen Arbeit vergeudeten, nutzten wir für Konzertbesuche, für Waldspaziergänge, für Sex in der Frühlingswiese, für LSD-Trips und beim Auswendiglernen von Songtexten der Doors. Einen Fernseher gab es in der Bogenhausener Wohnung nicht, weil wir alle Wichtigeres im Sinn hatten als fernzusehen. Das wahre Leben spielte sich definitiv nicht im Flimmerkasten ab, und die Frage, wie soll der Mensch nach Auschwitz und mitten im Krieg des Staates gegen die rebellische Jugend leben, wurde auch nicht im TV-Programm erörtert. Jeder einzelne Tag im Mai 1975 erschien mir wie ein in edles Papier gewickeltes Geschenk. Wir schliefen lange, und wer zuerst

* Contry Joe McDonald: »I Feel Like I'm Fixin' To Die Rag«

erwachte, küsste den anderen wach und liebkoste sein Geschlecht. Doch ich musste eingestehen, dass mir der tägliche Sex zuweilen zu viel wurde, sodass ich bald zaghafte Einwände äußerte.

Dann belehrte mich das Weib: »Ein Kerl, der seine Frau nicht regelmäßig befriedigt, hat auf lange Sicht keine Chance, dass sie bei ihm bleibt!«

Also wollte ich, dass sie bei mir bliebe und fügte mich in mein Schicksal.

Für einen Sonnabend hatte ich mich mit »unseren« drei Frauen zu einem LSD-Trip verabredet. Als es anfing zu dunkeln, fuhr ich mit Carmen, Nora und Pauline zum *La Buca*. Wir bestellten große Portionen Gyros und Salat, tranken Saft und Wasser und warfen vor der Nachspeise die *Mikros* ein. Wir saßen auf der Terrasse, bis die Chemie wirkte, und hätte Wassili, der Wirt, uns nicht daran erinnert, dass wir bei Curtis in der Herrnstraße zu einer Fete eingeladen waren, wir hätten die ganze Nacht dort am Rande des Englischen Gartens gesessen und gegrinst.

Unterwegs zum Fest schaffte ich es gerade noch bis zum Isartorplatz, als plötzlich nicht bloß der Bulli stehen blieb, sondern auch mein Hirn den logischen Dienst versagte. Ich saß am Steuer, die Damenriege hinten auf der Sitzbank, aufmerksam die Nacht betrachtend, schweigend, den Sinn des Lebens bedenkend. Als die Ampel von Rot auf Gelb und dann auf Grün schaltete, und mit Verzögerung andere Ampeln ebenfalls die Farben wechselten, sprang in meinem Kopf mit einem Mal die Wahrnehmung um: Das rationale, das ordnende Element der Verkehrssteuerungsanlage ging verloren, und ein kaleidoskopisches Farbenspiel trat an seine Stelle. Aus den Ampeln am Isartorplatz ergossen sich Kaskaden farbiger Flüssigkeiten auf die Straße, Rot und Gelb vermischten sich zu Orange, veränderten sich in Blau, waberten in Wellen auf mich zu, tauchten den Bus in sanfte Farbtöne, vermengten sich im Inneren mit der Musik von Bach und setzten uns Zuhörer in mystisches Erstaunen. Wie im Kino saßen die Frauen auf ihren Plätzen, jede unterwegs in ihrem Trip, alle mächtig beeindruckt über das, was hier gespielt wurde. Mir war unterdessen die Zeit abhanden gekommen. Die Lysergsäure-Moleküle hatten meine Synapsen besetzt und sorgten für ein Feuerwerk. So standen wir da herum, blickten ratlos auf den abendlichen Verkehr auf dem Isartorplatz, bis Carmen sagte: »Da vorne wohnt der Karl Valentin.«

Darüber lohnte es sich nachzudenken. Es dauerte eine Weile, und ich musste lachen. Die beiden »Ami-Tussen« hatten schließlich keine Ahnung, wer Karl Valentin war. Aber erklären konnte ich es ihnen auch nicht. Schließlich stimmten alle in mein Gelächter ein. Da hielt plötzlich ein Streifenwagen neben uns. Ich nahm die Polizisten zwar zur Kenntnis, aber die Assoziation, dass die Kerle eine Reaktion von mir erwarteten, ließ auf sich warten. Ich bedachte sie mit einem wohlwollenden Grinsen, und als Carmen sagte, das seien wohl die Söhne vom Valentin, da war es mit der Contenance vorbei. Mit der Geduld der Polizei allerdings auch, denn jetzt stieg der eine aus und klopfte an mein Fenster. Da ich ihm mit freundlichem Interesse dabei zusah, wie er in den Wagen blickte, ich aber keine Anstalten machte, auf seinen Versuch einer Kommunikation zu reagieren, klopfte er erneut an die Scheibe. Langsam dämmerte mir, dass der Spaß im Leben dann aufhört, wenn die Bullen anklopfen, und ich versuchte mich zu konzentrieren. Ich öffnete das Fenster.

»Warum fahren sie nicht weiter?«, fragte der Beamte, offenbar unsicher, mit welchem Zirkus er es hier zu tun hatte.

»Ich orientiere mich«, sagte ich ernst.

»Er orientiert sich«, rief er seinem Kollegen am Steuer zu. Und wieder zu mir gewandt sagte er: »Fahren sie mal da vorne rechts ran!«

Angespornt durch das alberne Gelächter der Mädels, ruderte ich den Bulli durch den bunten Lichtschlamm auf der Kreuzung und versuchte, mich zusammenzureißen. Vom Blaulicht des Polizeiwagens in Versuchung geführt, einem weiteren Farbflash nachzugeben, hielt ich das Mantra fest, welches die Furcht hatte aufflackern lassen: Jetzt bloß keinen Mist bauen! Der Beamte kam erneut zu uns ans Fenster. Neugierig und verunsichert blickte er ins Auto. Die drei Bräute im besten Heiratsalter und dazu in blendender Laune verboten es ihm, sich zum Deppen zu machen. Paulines leuchtende Augen allein konnten einen uniformierten Kerl schon zum Schmelzen bringen, Noras dunkle Hautfarbe stimulierte zweifellos seine erotische Fantasie und Carmen, deren Brustknöpfchen gut sichtbar unter dem T-Shirt lauerten, gab ihm den Rest. Der Mann grinste, sodass ich einen Moment lang glaubte, auch er sei auf Trip. Auf jeden Fall glaubte ich erkannt zu haben, dass er gegen so viel geballte Erotik keine Chance hatte, mit einem Text aus der Straßenverkehrsordnung zu punkten. Er kapitulierte.

»Wo wollen Sie denn überhaupt hin?«, fragte er schließlich.

»Nach Hause«, entgegnete ich, weil mir nichts Besseres einfiel. Der Begriff »Herrnstraße« war sprachkonstruktionstechnisch viel zu kompliziert, um diese Aufgabe unter den gegebenen Umständen zu bewältigen.

»Wo wohnen Sie denn?«

»In Bogenhausen.«

Unter dem albernen Gelächter der Frauen erklärte mir der Polizist den Weg. Ich bedankte mich und war froh, als ihn der Kollege rief, der offenbar über Funk einen Einsatzbefehl bekommen hatte. Angesichts der erkannten Gefahr, dass ich vorerst nicht mehr in der Lage war, ein Fahrzeug sicher durch den Stadtverkehr zu steuern, bogen wir in die nächste Straße ein und stellten den Bus ab. Bis zur Herrnstraße war es nicht mehr weit, wie wir sie allerdings fanden, das habe ich vergessen.

Die Party bei Curtis, den ich aus Ibiza kannte, war ein gastronomischer Offenbarungseid: Es waren kaum Ladies da, dafür aber ein Dutzend halbbesoffener Kerle, die Pauline, Nora und Carmen schon geil entgegen glotzten, als wir ankamen. Ich sah einem grau gewordenen Hippie ins Gesicht und hatte plötzlich einen Esel vor mir, die untere Gesichtshälfte von Curtis hatte etwas Schweinerüsselförmiges, als er sich nach der »Schokopraline« erkundigte. So wunderte ich mich nicht, dass Nora nach ein paar Minuten bei mir auftauchte und sagte, sie fände die Typen langweilig und die Stimmung friedhofsmäßig, es sei Zeit für einen Ortswechsel.

Eine Viertelstunde später fuhren wir auf der Wasserburger Landstraße stadtauswärts, hinein in die bessere Hälfte der Nacht. Irgendwo in der Nähe von Glonn, wo Carmens Familie wohnte, wusste sie von der Existenz einer tausendjährigen Eiche. Abgesehen davon, dass es keine tausendjährigen Eichen gibt, war der Baum beeindruckend. Ich ließ den Bus mitten auf der Straße stehen, wir stiegen aus und folgten Carmen einen Pfad entlang. Die

Eiche stand auf einer Lichtung, majestätisch reckte sie ihre Äste in den Nachthimmel. Mir kam sie wie der König des Waldes vor. Voller Ehrfurcht nahmen wir Kontakt zu ihr auf, berührten sie, sprachen zu ihr, versuchten sie zu viert zu umfassen, aber das gelang uns nicht. Eine ganze Weile blieben wir bei der uralten Pflanze, die gewiss schon da stand, als Napoleon in Bayern Österreicher jagte.

Auf der weiteren Fahrt in den Morgen hörten wir hinter Ebersberg die Schellen der Kühe, die auf die Weide trotteten. Als wir über einen Hügelkamm fuhren, lag mit einem Mal der Chiemsee vor uns: Mit den Bergen dahinter und Nebelschlieren über dem Wasser und der Niederung und mit den Kirchtürmen von Aschau und Grassau, die wie aus Watte herausragten. Der Himmel fing gerade an, im Osten Farbe zu bekennen, die Kirschbäume auf den Wiesen blühten, das fette Gras machte die Weiden für die Tiere zum Schlaraffenland. Und für uns zum Paradies.

Im Rückblick will es mir scheinen, als habe diese Naturerfahrung auf *Acid* an einem Maimorgen mich für alle Zeiten geprägt: So oft ich an die Schönheit der Natur denke, taucht dieses Bild des Chiemsees vor den dahinter liegenden Berchtesgadener Alpen vor mir auf. Der Trip, auf den ich mich damals mit dem weiblichen Personal unserer Wohngemeinschaft begab, war einer der nachhaltigsten, mystischsten, unvergessenen.

Carmen und ich hatten beide am gleichen Tag im Mai Geburtstag – sie war ein Jahr älter. Wir beschlossen, am Abend im *La Buca* zu feiern. Um unserer Wertschätzung für die Spontanität Ausdruck zu verleihen, sollten Einladungen erst eine Stunde vorher erfolgen. Jeder, der flexibel genug wäre, seine Pläne kurzfristig umzustellen, sollte kommen. Das gäbe auch jedem die Chance, unter einem einfachen Vorwand abzusagen. Gegen Mittag klingelte es, und unser Freund Wacki, an dessen Krankenbett wir uns Anfang des Jahres kennengelernt hatten, stand mit einer Flasche Schampus vor der Tür. Er hatte unseren Geburtstag nicht vergessen. Da die WG lediglich über eine Küche mit Grundausstattung verfügte, brachte Carmen statt Gläser drei Henkeltassen. Es gab einen Knall, der Sektkorken flog, dann prosteten wir uns zu.

Irgendwann, eher beiläufig, sagte Wacki, er habe einen Kunden für das Öl, welches ich damals gerade im Angebot hatte. Von einem Libanesen hatte ich 20 Liter Haschischöl erhalten, aber obwohl es stark törnte, fand ich keine Abnehmer dafür. Wacki war einer der Leute, denen ich vor Wochen eine Probe übergeben hatte. Als er mir jetzt mitteilte, einen Liter von dem Zeug verkaufen zu können, war ich sehr angetan.

»Das eilt aber nicht«, meinte mein Freund. »Heute wird Geburtstag gefeiert, da wird nicht gedealt.«

»Quatsch«, entgegnete ich, »das Zeug muss raus. Der Libanese ruft alle drei Tage hier an und fragt, wann ich mit ihm abrechnen kann.«

»Lust hab ich nicht so recht. Zumal ich den Endkunden nicht kenne. Bloß den Vermittler.«

»Wie soll ich das verstehen? Du gehst doch etwa kein Risiko ein?«

»A bisserl a Risiko is immer in dem Gschäft! Ich werde das aber so organisieren, dass wir kein Risiko eingehen«, sagte Wacki.

»Vielleicht sollte ich mitfahren«, schlug Carmen vor. »Ich schau mir den Typen mal an und dann sage ich euch, ob der cool ist oder nicht.«

»Bravo«, sagte ich. »Du schaust dir den Typen an. Und du meinst, einen Bullenspitzel erkennt man an den Ohren?«

»Ich meine es ernst. Wir Frauen haben ein Gespür für sowas.«

»Ihr mögt ein Gespür dafür haben, ob ein Kerl was fürs Ficken taugt«, sagte Wacki. »Aber bei so Sachen traue ich bloß mir selbst.«

Carmen schmollte und füllte die Tassen wieder auf.

Wir vereinbarten, dass er erst einmal mit dem Vermittler telefonieren würde. Vielleicht wären er oder sein Kunde ja gar nicht vorbereitet. Als die Pulle geleert war, machte sich Wacki auf den Weg. Eine halbe Stunde später rief er an und meinte, wenn ich immer noch Lust auf den Deal hätte, so könnten wir die Sache durchziehen. Er säße gerade mit Vermittler und Kunden im Wienerwald an der Ungererstraße. Das Geld habe er sich schon zeigen lassen, allerdings habe er noch immer ein komisches Gefühl bei der Sache. Der Vermittler meine zwar, der Typ sei in Ordnung, aber irgendwas gefalle ihm nicht.

»Also gut«, sagte ich. »Ich komme dann vorbei und bringe die Kanone mit. Die werden sich hüten, uns zu linken.«

»Spinnst du? Lass bloß die Knarre aus dem Spiel. So heikel ist die Sache nun auch wieder nicht.«

»Du musst es wissen.«

»Wann kannst du hier sein?«

»Viertelstunde.«

»Okay. Ich sitze mit denen im Wienerwald am Fenster. Schau, dass du gegenüber der Aral-Tankstelle parken kannst. Dort kann ich dich sehen. Sobald du da bist, komme ich raus.«

Ich erklärte Carmen, dass sie nicht benötigt würde, Wacki habe alles im Griff. Dann machte ich mich im Bulli auf den Weg. Zwanzig Minuten später war ich vor Ort. An der bezeichneten Stelle fand ich sogar eine Parklücke. Den Liter Haschöl hatte ich in einer O-Saftflasche, den Revolver in der Lederjacke. Vorsichtshalber. Ich stieg aus, überquerte die Ungerer und sah, wie Wacki aus dem Wienerwald kam. Wir trafen uns auf dem Bürgersteig vor der Tanke.

»Soll ich nicht doch lieber mitkommen? Ich hab die Kanone dabei.«

»Du hast sie nicht alle! Gib das Zeug her, ich mache das allein! Wenn doch was schiefgehen sollte, dann schnappen sie bloß einen von uns. Keine Angst, wird schon klappen!«

Mit diesen Worten nahm er mir die Flasche aus der Hand und ging zurück ins Lokal.

»Ich warte im Auto auf dich«, rief ich ihm nach.

Ich ging zurück über die Straße und setzte mich in den Bus. Da ich in Fahrtrichtung stand, also mit Blick weg vom Wienerwald, stellte ich den Außenspiegel so, dass ich den Eingang des Lokals im Auge hatte. Kurz nachdem Wacki verschwunden war, tauchte er schon wieder auf. Ich benötigte drei Sekunden, um zu erkennen, dass er von zwei Männern begleitet wurde, und weiteren drei, ehe ich sah, dass er Handschellen trug. Im Nu war mein Hirn von Adrenalin überschwemmt. Ich war wie paralysiert. Wie sollte ich reagieren? Blieb mir überhaupt noch Zeit zu reagieren? Denn schon kam ein Streifenwagen mit Martinshorn die Ungerer Straße herunter und ein zweiter vom Mittleren Ring her. Ich erwartete sie jeden Augenblick neben mir. Von einer düsteren Faszination erfasst, sah ich Wackis und meinem Schicksal entgegen. Wie erstarrt blieb ich sitzen und harrte dem, was kam.

Inzwischen hatten sie Wacki auf das Gelände der Tankstelle geführt, wo man ihn in ein Polizeiauto stopfte. Dann sah ich, wie plötzlich zwei Polizisten einen tankenden Kunden packten, ihn gegen seinen Wagen warfen und ihm Fesseln anlegten. Um mich kümmerte sich keiner! Obwohl ich keine 30 Meter vom Ort der Festnahmen im Auto saß, blickte kein einziger Bulle in meine Richtung.

Langsam begriff ich, dass sie nicht beobachtet hatten, wie ich zuvor ausgestiegen war, die Straße überquert und Wacki die Flasche in die Hand gedrückt hatte. Aber wie war das möglich? Sie konnten mich unmöglich nicht gesehen haben, sie mussten doch ein Interesse daran gehabt haben, mitzukriegen, wer der Lieferant des Stoffs war! Ich fand keine logische Erklärung. Es musste eine Verwechslung vorliegen, das begriff ich in dem Moment, als ich sah, wie der Mann, dessen Rolle in der ganzen Geschichte ich noch nicht einschätzen konnte, von einem der Bullen geschlagen wurde. Wacki sah ich im Streifenwagen sitzen und traurig zu mir herüberschauen. Jetzt beschloss ich, es sei an der Zeit, die Biege zu machen. Ich startete den Motor, immer noch damit rechnend, dass mich ein Streifenwagen auf dem Parkstreifen blockierte, aber als nichts dergleichen geschah, setzte ich den Blinker und fuhr langsam in Richtung (Münchener) Freiheit davon.

Ich fuhr zurück in die WG, packte Carmen und die restlichen 19 Liter Öl ein und brachte uns an einen sicheren Ort. Noch am selben Tag telefonierte ich mit dem Rechtsanwalt K., um ihn mit der Verteidigung meines Kumpels zu beauftragen. Wackis Umsicht hatte ich es zu verdanken, dass ich an meinem 24. Geburtstag nicht verhaftet worden war. Dass er mich nicht verraten würde, war selbstverständlich für mich, denn ich hielt ihn für einen Ehrenmann.

Aus heutiger Sicht finde ich es trotzdem bemerkenswert: Hätte er mich verraten, er hätte sein Los bei Gericht gewiss verbessern können. Aber Wacki war ein Kerl mit Charakter. Das sollte sich jedoch ändern, als er Jahre danach anfing, regelmäßig Heroin zu fixen.

Der den Bullen zufällig an der Tankstelle in die Quere gekommene Verdächtigte war ein Türke. Erst nach drei Wochen mussten sie ihn auf Druck eines Anwalts frei lassen, nachdem man zuvor auf dem Revier »hantig« geworden war, weil der Mann kein Geständnis hatte ablegen wollen. Das erfuhr Carmen ein paar Wochen später von Wackis Verteidiger. Wir lernen daraus: Ein Türke sollte in Bayern nicht zur Unzeit an der falschen Tanke tanken, das kann danebengehen.

Ein paar Monate danach fand der Prozess statt. Wacki wurde zu drei Jahren Haft verurteilt, der Vermittler kriegte zwei. Der Kunde war ein V-Mann des Landeskriminalamtes, der mit dem üblichen Kopfgeld und einem Schulterklopfer aus der Sache heraus ging. Und ich war derjenige, der mit viel Dusel noch einmal davongekommen war. Von da an war ich umsichtiger, wenn ich mich zu irgendwelchen Geschäften in der Stadt verabredete. Aber ich lernte auch: Dealen gegen den Polizeiapparat gelang einem nur eine Zeit lang, und dazu war neben Erfahrung eine Menge Glück erforderlich.

Wacki verabschiedet sich vorerst an dieser Stelle. Seine Strafhaft verbrachte er in Landsberg, von wo er nach zwei Jahren wegen guter Führung vorzeitig entlassen werden sollte. Bis dahin geschahen Dinge, über die berichtet werden muss.

## 1.13 Kokain

Das Haschischöl erwies sich in München als unverkäuflich, sodass ich dem Libanesen den Rest der Ware zurückgab. Die Verhaftung unseres Freundes hatte Carmen und mir einen gehörigen Schrecken eingejagt. Im Gegensatz zu den bis zu einem gewissen Grad planbaren Konfrontationen mit dem Zoll, beunruhigte mich der Gedanke, dass es in München ein Landeskriminalamt gab, dessen Mitarbeiter Tag und Nacht in der Szene umtriebig waren. Gewiss war man dort längst auf mich aufmerksam geworden, denn seit mehr als anderthalb Jahren importierte ich den guten *Grünen* aus Marokko, den der bayerische Kiffer so sehr schätzte. Den Zöllner erkannte man an seiner Uniform, während sich die Polizei inkognito bewegte. Dutzende von Haschhaien und V-Leuten schwammen in der Szene umher, cool frisierte junge Fährtensucher, die mit charakterlosen Spitzeln zusammenarbeiteten, die ihnen die heißen Spuren zeigten. Wenn ihnen dennoch über längere Zeit kein Haschrebell ins Netz ging, wenn die Abendzeitung keine spektakuläre Schlagzeile bringen konnte, griffen sie auch schon mal in die Tresore der Asservatenkammer. Über ihre Informanten boten sie dann Stoff an ahnungslose Kleindealer an, die daraufhin spektakulär verhaftet wurden.

Solange ich mit Walter zusammenarbeitete, hatte ich mich auf ihn und seine Umsicht verlassen. Er hatte ein feines Gespür für Spitzel und Zivilfahnder, und solange wir zusammen Geschäfte machten, ging alles glatt. Ein Fehler wie der, den Wacki begangen hatte, nämlich nicht auf sein Gefühl zu hören, wäre Walter wahrscheinlich nicht unterlaufen. Aber der war draußen, und ich musste jetzt selbst dafür sorgen, dass die Bullen mir mit ihren Handschellen nicht zu nahe kamen.

In erster Linie verließ ich mich dabei auf meine Freunde Roman, Christel und Norbert. Letzteren hatte mir Wacki vorgestellt, kurz bevor sie ihn verhaftet hatten.

Norbert Held war ein Kunstmaler, der mit Frau und Kindern im Erdinger Moos auf einem ehemaligen Bauernhof wohnte. Und da die wenigsten Künstler von ihrer Kunst leben können, hatte Norbert mit dem Weiche-Drogen-Handel einen Geschäftsbereich gefunden, der einen dringend benötigten Nebenverdienst generierte. Von meinem letzten Transport hatte er schon einige Kilos verkauft. Die erfolgversprechendste Strategie, nicht zum Ziel der Undercover-Ermittlungen zu werden, schien mir das Abtauchen zu sein. Nachdem die Ware verkauft war, beschloss ich, mich in der Stadt rar zu machen, denn wer nicht vor Ort ist, der kann nicht beobachtet werden, der tappt in keine Falle.

Einem Kumpel, der gerade seinen neuen Autobianchi zu Schrott gefahren hatte, kaufte ich die Kiste ab, und da, was auf dem Land häufig vorkam, keine Polizei am Unfallort störte, war offiziell weder von dem Unfall, noch über den Zustand des Autos etwas bekannt. Ich baute den Motor aus und weitere Teile, die ich möglicherweise einmal im eigenen Wagen würde gebrauchen können. Das verzogene Chassis holte der Schrotthändler ab. Dann meldete ich den Phantomwagen an, versicherte ihn gegen Hagel, Feuer und Diebstahl und legte Nummernschilder und Papiere beiseite. Nach ein paar Monaten, so der betrügerische Plan, würde ich den Wagen in Spanien als gestohlen melden und die Versicherung zur Kasse bitten. Ein ebenso einfacher wie genialer Trick, wie ich fand.

Als nächstes stand wieder eine Reise nach Ibiza an. Den Bulli ließen wir in München stehen, denn ich wollte für die steinigen Feldwege auf der Insel einen Käfer vor Ort haben. Über eine Zeitungsannonce fand ich einen blauen 1200er für 1.000 Mark, der gut in Schuss zu sein schien. Wenngleich mir die lange Reise im VW im Vergleich zu den komfortablen Limousinen von Citroën und Mercedes wie ein harter Ritt über felsiges Gelände vorkam, schafften wir es dank Carmen, die mich zuweilen beim Fahren ablöste, bis Barcelona, ohne dass wir uns wundsaßen.

Da die Hauptsaison gerade erst begonnen hatte, bekamen wir eine Schiffspassage für denselben Abend und rollten am nächsten Morgen in aller Frühe im Hafen von Ibiza von Bord. Bei unserem Vermieter Miguel in Jesus wollten wir den Schlüssel holen, aber der bestand darauf, uns persönlich nach Talamanca zu begleiten. Den blauen Käfer stellte ich unter den großen Affenbrotbaum, einem willkommenen Schattenspender neben dem Haus. Miguel schloss die Tür auf und wir traten ein. Nach der Schlüsselübergabe stießen wir mit mitgebrachtem bayerischen Bier an, leider lauwarm, aber das überzeugte uns, sobald wie möglich einen Kühlschrank anzuschaffen. Aus Deutschland hatten wir zwei beheizbare Wasserbetten dabei, die im Winter eine Heizung ersetzten. Nachdem der Hausbesitzer gegangen war, begannen wir unsere Finca einzurichten: Die Betten wurden mit Wasser gefüllt, die Stereoanlage angeschlossen, in der Küche wurde der erste Tee gekocht. Unter den schattigen Bäumen vor dem Haus befestigte ich eine Hängematte, und in der Nacht weihten Carmen und ich mit Erfolg das Wasserbett ein.

Am darauffolgenden Tag kam auch schon eine erste Besucherin vorbei: Es war Richies Freundin Bea. Sie war gerade aus New York zurück und wollte weiter nach Málaga, wo demnächst der Prozess gegen ihren Freund stattfinden sollte.

Bea lud Carmen und mich zum Essen in eine Hafenkneipe ein, wo sie uns ihre Freundin Faye vorstellte. Faye war für mich damals als Mittvierzigerin eine ältere Dame. Sie stammte aus Kalifornien, lebte aber schon seit mehreren Jahren auf Ibiza, wo sie eine englischsprachige Zeitung für Inselbewohner mit Migrationshintergrund herausgab. Wir unterhielten uns angeregt, und ehe wir das Lokal verließen, hatte sie mich für den nächsten Tag in ihr Haus in der Altstadt eingeladen. Sie kannte den Künstler (und begabten Fälscher) Elmyr de Hory, sie kannte die einflussreiche serbische Prinzessin Smilja de Mihailovic, die die aufstrebenden ModeschöpferInnen der Insel unter ihren Dachverband holte; sie war befreundet mit Pierre Vignau, einem umtriebigen Gastronomen, auf dessen Initiative der Szenetreffpunkt *Mono Desnudo* und das *Pacha* zurückgingen. Faye kannte jeden auf der Insel, der im Fokus der Presse stand und der auf eine positive Berichterstattung Wert legte. Jeder, der Faye kannte, verortete sie in der Mitte der etablierten Migrantenszene. Umso erstaunter war ich, als sie mir, wenige Tage nachdem wir uns kennengelernt hatten, einen Blick hinter die Kulissen erlaubte. Sie gestand mir, dass sie von ihrer Tätigkeit als Journalistin nicht leben könne, ihr andererseits die englischsprachige Inselzeitung eine Herzenssache sei, ihr Baby sozusagen. Und weil sie einen gediegenen Lebensstil pflegte, hatte sie ein Geschäft aus früheren Tagen aktiviert: Sie schmuggelte Kokain aus Kolumbien. Zunächst in die USA, später dann nach Spanien. Und weil sie gerade eine Lieferung erwartete, sie aber in Europa noch keine Abnehmer hatte, bot sie mir einen Handel an: Ich solle mit ihr nach Madrid fliegen, wo sie mir zwei Kilogramm *Peruvian Flake* auf Kommission überlassen wolle. Von Kokain hatte ich damals noch keine Ahnung, erst recht wusste ich nicht, was es mit diesen »Peruanischen Flocken« auf sich hatte, und einen Abnehmer hatte ich ebenso wenig. Dass ich mich dennoch darauf einließ, lag an Fayes Talent, andere Menschen zu begeistern beziehungsweise sie zu manipulieren. Sie erklärte mir, dass Kokain die Droge der Kreativen sei, dass der Markt gerade anfange, interessant zu werden, dass sich damit eine Menge Geld machen lasse. Bei einem Kilopreis von 30.000 Dollar, den ich ihr zu zahlen hätte, und dem doppelten Verkaufspreis könne ich mit zwei Kilos so viel verdienen wie mit dem Transport von 100 Kilo Haschisch. Das klang plausibel und ich versprach, das Angebot zu überdenken. Faye gab mir einen Tag Bedenkzeit.

Es verstand sich von selbst, dass ich die Sache nicht ohne Carmen planen konnte, schließlich hatten wir zusammen verabredet, den Sommer auf Ibiza zu verbringen. Ich fuhr also nach Hause und teilte ihr mit, was Faye mir vorgeschlagen hatte. Carmen war nicht begeistert, als ich ihr mitteilte, in ein paar Tagen mit Faye nach Madrid zu fliegen und dort das in Aussicht gestellte Koksgeschäft abzuschließen. Alles Mögliche konnte passieren, unkalkulierbare Wendungen, wobei das Geschnapptwerden lediglich eines der Szenarien war, denn wie Faye mir nicht ohne Stolz mitgeteilt hatte, stammte der Stoff aus den Laboren der Familie Escobar aus Medellin, und wer hatte noch nicht von Don Pablo gehört, dem Mann, der in den Armenvierteln Schulen bauen ließ, andererseits aber für so manches Loch im Bauch verantwortlich sein sollte. Ganz ohne Risiko würde die Sache nicht ablaufen, darüber waren Carmen und ich uns einig. Andererseits war ich von Faye und ihrer Art, die Dinge zu organisieren, sehr beeindruckt. Von ihr, das spürte ich, könnte ich einiges lernen. Ihre nach außen demonstrierte bourgeoise Lebensweise war lediglich Camouflage: In ihrer Brust schlug das Herz einer Abenteurerin.

Bref: Es gelang mir, Carmens Bedenken zu zerstreuen. Was den Verkauf des weißen Pulvers anging, so hoffte ich, in München, wo ich ja zwischenzeitlich Dutzende von Leuten aus der Halbwelt kennengelernt hatte, recht schnell Kunden zu finden. Notfalls, so scherzte Carmen, könne ich das Zeug ja der Hypobank verkaufen, die groß im Alkoholgeschäft investiert hatte. Die Hypobank hatte damals Beteiligungen an den meisten deutschen Großbrauereien, ehe sie das »Rauschgiftgeschäft« irgendwann an den Oetker-Konzern verhökerte. Als ich Carmen auf Ibiza zurückließ, hatte sie ausreichend Geld in der Tasche, sie hatte den Käfer, um sich auf der Insel zu bewegen, und sie kannte einige Leute. Schließlich waren wir nicht die einzigen, die aus dem Norden emigriert waren: Auf Ibiza lebten Hunderte Lebenskünstler und Hippies, Gottsucher und Globetrotter aus den mitteleuropäischen Hauptstädten, unter anderem viele Münchener. Ich versprach Carmen, in spätestens zwei Wochen zurück zu sein.

Faye hatte sich im Hotel *Barajas* in der Nähe des Madrider Flughafens einquartiert. Diesmal erschien sie mir ein wenig angespannter als auf der Terrasse des *Montesol*, wo wir uns zuletzt gesehen hatten. Das Kokain war schon da, und wir verabredeten die Übergabe für denselben Abend. Darüber, wie ich den Stoff nach München bringen würde, hatte ich mir bis dahin noch keine Gedanken gemacht. Zur Not hätte ich einen Wagen geliehen und die vier Pakete in den Türverkleidungen versteckt. Aber dann kam mir eine bessere Idee.

Als ich am Morgen im Hotel an der Rezeption stand, checkte gerade eine Gruppe von Deutschen ein, alle in eine Art weiße Uniformen gekleidet, eine Reisegesellschaft ausgelassen wirkender junger Männer. Neugierig fragte ich, was es mit ihrem an einen Krankenhaus-Betriebsurlaub erinnerndes Outfit auf sich habe. Ich erfuhr, dass es sich um das deutsche Daviscup-Team handelte, also Tennisspieler, die am Wochenende gegen Spanien antreten sollten. Ich kam mit zwei Sportsfreunden ins Gespräch, die mir erzählten, dass sie am Montag wieder nach München zurückfliegen würden. Spontan umgesetzte Einfälle sind oft die besten. Ich fuhr in die Stadt und kaufte mir in einer Sportboutique eine schmucke Tennisausstattung: Schläger, Bälle, Schuhe, kurze und lange Hosen, ein Stapel Hemden, T-Shirts und Socken. Alles in weiß, wie es damals so üblich war, als Tennis noch ein »weißes« Spiel war. Dazu passend nahm ich einen kleinen Lederkoffer mit, ebenfalls in Weiß, und von der Größe, dass man bequem mehrere Tennisschläger darin verstauen konnte. Im Hotel wickelte ich die vier Kokspakete in die Hemden und polsterte das Ganze mit weichen Handtüchern aus, die praktischerweise im Bad des Hotelzimmers hingen. Anschließend buchte ich bei der Lufthansa den Flug, mit dem auch die Tennisprofis zurückflogen. Aus Sicherheitsgründen hatte ich mich von Faye verabschiedet, sobald ich das Kokain von ihr übernommen hatte. Ich wechselte das Hotel. Niemand sollte wissen, wo ich war und was ich vorhatte. Schließlich drohten im Falle einer Entdeckung Konsequenzen, denn ich setzte meine Freiheit aufs Spiel, neben der Gesundheit und dem Seelenfrieden eines der kostbarsten Güter, die der Mensch verlieren kann. Und die Carmen-Liebe. Da sind wir uns einig.

Als ich am Montagmorgen auf dem Madrider Flughafen erschien, ganz in Weiß, stand die Daviscup-Truppe schon gut gelaunt am Schalter. Offenbar hatten sie ihr Spiel gewonnen. Die Gesellschaft bestand aus etwa zwei Dutzend Leuten, sodass ich nicht weiter auffiel, als ich mich frech dazustellte und meine Bordkarte abholte. Den Tenniskoffer nahm ich als Handgepäck mit in den Flieger.

Die Tarnung war perfekt. Der Reiseleiter des Deutschen Tennisbundes sorgte in Riem dafür, dass seine Schützlinge als Gruppe am Zoll vorbeigeführt wurden. Wie ein Fisch im Schwarm schwamm ich mit, mit mäßigem Herzklopfen, denn ich wusste, die »Uniform« würde mir helfen. Uniformträger wurden in Deutschland respektiert, insbesondere andere Uniformierte behandelten sie mit Respekt. Ein kleines Problem hatte ich erst im Taxi, als der Chauffeur, ebenfalls ein Uniform-Junkie, mir zum Gewinn des Spiels gratulierte und anschließend nicht mehr vom Thema Tennis abzubringen war, wohl weil er vermutete, ich sei ein bekannter Spieler, an dessen Namen er sich bloß nicht erinnern konnte. Mehrfach brachte der Mann mich in Verlegenheit, indem er Tennisinterna ansprach, auf die ich keine Antwort geben konnte.

Auf dem Beifahrersitz lag eine aktuelle Ausgabe der *Bild-Zeitung*. Die Schlagzeile lautete »Gangsterboss Sam Giancana in Chicago erschossen«. Ich wechselte das Thema und erkundigte mich beim Fahrer, ob er wisse, wer Sam Giancana sei. Viel wusste er nicht, aber das neue Thema gefiel ihm. Und so war ich froh, als wir endlich in Bogenhausen ankamen.

Als Erstes schickte ich Carmen das versprochene Telegramm nach Ibiza, dann schloss ich die Tür zu unserem Zimmer ab und öffnete eines der Pakete: Schließlich hatte ich das Kokain ja nicht einmal probiert. Es dauerte nicht lange, bis alle Freunde des gepuderten Näschens, soweit sie zum Bekanntenkreis der Bogenhausener Wohngemeinschaft gehörten, regelmäßig vorbeikamen. Der Stoff war sauber synthetisiert worden und nachhaltig in seiner Wirkung. Kein einziger Kokser rümpfte die Nase. Auf die Nennung von Namen will ich verzichten, mit einer Ausnahme: Die Prominenten-Klatschbase Michael G. gehörte zu meinen ersten Kunden, und man konnte sagen, da wo Herr G. seine Nase reinsteckte, da steckten auch andere die ihre hinein.

Von dem frischen Kokain angetrieben, kamen unsere inneren Transmissionsriemen auf Touren. Abend für Abend versammelten wir uns um einen Tisch, auf dem ein koksbeladener Spiegel lag. Die Gespräche waren intensiv, die Gedanken sprangen weit, der Sex war kalt aber heftig. Nach zwei Wochen, das hatte ich Carmen versprochen, hätte ich zurück auf Ibiza sein sollen. Tatsächlich hatte ich bis dahin aber kaum etwas von der weißen Ware verkauft, hingegen schon eine Menge mit den vielen neuen »Freunden« konsumiert. Der tägliche Kokainkonsum reduzierte meinen Schlaf auf wenige Stunden am Tag.

Was zunächst die Konzentration erhöhte, was anfangs für kreative Gedankengänge sorgte, wurde mit der Zeit zu einer psychischen Belastung: Die andauernde Anwesenheit des Kokains im Gehirn machte aus zerebral gepolten Narzissten schwer erträgliche Wichtigtuer. Leider dauerte es geraume Zeit, bis mir das bewusst wurde. So, wie aus dem Gebrauch der Droge ein Missbrauch wurde, so traten die positiven Effekte nach ein paar Wochen soweit zurück, dass ich vor den negativen meine Augen nicht mehr verschließen konnte. Fazit: Kokain ist ein wunderbarer Muntermacher, wenn es gezielt eingesetzt wird, übertreibt man es aber, dann bricht der Metabolismus irgendwann zusammen. Mein Körper hielt knapp zwei Monate stand, ehe ich kollabierte und daraufhin den Konsum erst einmal einstellte. Dennoch war es eine intensive Zeit im Sommer 1975, die ich nicht missen möchte. Damals lernte ich interessante Leute kennen, die mich inspirierten, ich besuchte gute Rockkonzerte, und ich wurde von schönen Frauen geküsst.

Aus Ibiza kam derweil verstörende Kunde. Carmen hatte, nachdem ich nach drei Wochen immer noch nicht zurückgekehrt war, ihrer starken Libido nachgegeben und sich mit diversen Freaks gepaart. Ich erinnere mich noch an ein Telefonat, bei dem sie mir drohte: »Wenn du am Montag nicht hier bist, dann ficke ich die ganze Insel!« Wen immer sie mit »die ganze Insel« meinte, es berührte mich nicht mehr. Meine Gefühle für Carmen waren durch die übertriebene Kokserei kraftlos geworden.

Ich steckte in München fest, und war nicht mehr in der Lage, der Freundin den Vorrang vor der Droge einzuräumen. Ich war dabei, die Hoffnungen, die Carmen als Liebhaber und die Faye als Geschäftspartner in mich gesetzt hatten, zu enttäuschen. Seit Wochen blieb mir nichts übrig, als beide am Telefon zu vertrösten. Doch es nahte Rettung.

Im Juli war Richie in Málaga beim Prozess freigesprochen worden. Die Gerichtsverhandlung war reine Formsache, das Urteil war längst ausgekungelt worden. Die Öffentlichkeit sollte allerdings glauben, dass mit der Rechtsprechung alles in Ordnung sei. In Wahrheit hatte der Anwalt eine Million Peseten erhalten, mit denen er es möglich gemacht hatte, dass Richie trotz erdrückender Beweise am Tag des Prozesses freikam. Bea holte ihn ab, und nachdem die beiden sich zwei Wochen auf Ibiza wieder aneinander gewöhnt hatten, tauchten sie eines Tages in München auf.

Die Freude unseres Wiedersehens war groß. Richie berichtete, Pierre, der Fahrer des Schmuggelfahrzeugs, sei zu sechs Jahren verurteilt worden, und weil Pierre ihn entlastet hatte, war Richie freigesprochen worden. Die zehn Monate im Gefängnis hatte er gut überstanden. Die Sonne an der Costa del Sol hatte kosmetisch keinen Unterschied zwischen Gefängnishof und Strand gemacht: braun gebrannt kam er nach Hause. Zudem hatte er sein Spanisch verbessert, sogar den Humor schien er nicht verloren zu haben. Heute weiß ich allerdings, dass die Gefangenschaft an keinem Menschen spurlos vorübergeht, aber Richie wollte damals unbedingt den Eindruck vermeiden, unter dem Gefängnis gelitten zu haben: Kleine Buben weinen nicht, große Buben leiden nicht.

Ich lud meine Freunde zu einer Prise Koks ein. Dann erzählte ich ihnen von meinen Problemen, den Stoff verkaufen zu können, sei es, weil ich keinen Kunden für mehr als fünf Gramm gefunden hatte, sei es, weil ich selbst meine Nase zu tief in das Pulver versenkt hatte. Als Richie und Bea nach München kamen, war einer der vier Beutel fast leer. Und Faye wartete nach wie vor auf ihr Geld. Wir diskutierten den Fall, und Bea machte den Vorschlag, das Koks nach New York zu bringen, wo sie es problemlos absetzen könne, zumal die Preise in den USA deutlich über denen in Europa lagen. Ganz New York sei scharf auf Kokain, solch eine gute Qualität gehe dort weg wie nichts. Ich war einverstanden.

Wir waren gerade mit dem Thema durch, als plötzlich die Tür zu meinem Zimmer aufflog und der Vermieter mit einem halben Dutzend hysterischer Mieter im Flur stand. Aufgebracht verlangten sie, dass wir die Wohnung auf der Stelle verließen, dies sei eine fristlose Kündigung. Wir alle waren von dieser ungewöhnlichen Art des Rauswurfs so überrascht, dass es uns zunächst die Sprache verschlug. Doch dann kam Richie auf Touren. Als gelte es, uns vor einem persönlichen Angriff zu schützen, stand er auf und stellte klar, dass wir hier nur Gäste seien, wir uns von der Kündigung also gar nicht betroffen fühlten. Herr Völler, der Wohnungsmieter, sei nicht zu Hause, und wenn man ihm kündigen wolle, so gebe es dazu schließlich gesetzlich vorgeschriebene Wege. Was der Vermieter, ein Mann mittleren Alters, hier veranstalte, sei Hausfriedensbruch. Anschließend verwiesen wir den Mob der Wohnung. Dann tat der Vermieter etwas, womit keiner von uns gerechnet hatte: Er verschloss die Wohnung und blockierte das Schlüsselloch. Da die Tür nach innen aufging, benötigten wir jemanden, der sie von außen sprengte. Ich rief einen Kumpel an, und zehn Minuten später flog à la Schimanski die Tür auf. Um kein Risiko einzugehen – die empörten Hausbewohner hatten nämlich mit der Polizei gedroht – machte ich mich mit dem Koks vom Acker und brachte es zu meiner Freundin Christel ins Gartenhaus, wo ich heiße Ware zuweilen versteckte. Der Hintergrund dieser eher ungewöhnlichen Kündigung war der, dass es in unserer »Gesellschaft auf der Suche nach dem wahren Leben« viel zu laut, zu bunt und zu frivol zuging. So war Werinher dabei überrascht worden, wie er zwei Nackedeis im Aufzug geknipst hatte, und Hans Hass junior hatte sich im Keller ein kleines Musikstudio eingerichtet, für das er den Strom beim Hausmeister angezapft hatte. Im Grunde brach auch hier der alte Konflikt zwischen umherstreifender Jugend und sesshafter Bourgeoisie auf, oder um es mit Worten aus dem Alten Testament zu sagen: In Bogenhausen tobte der Kampf zwischen Kain und Abel.

Nach diesem Vorfall packte ich meine Sachen und zog für eine Übergangszeit zu Christel nach Obermenzing. Nora machte sich auf den Weg nach Ibiza, wo ich ihr ein Zimmer in unserem Haus überlassen hatte. Ich gab ihr einen Brief an Carmen mit, in dem ich erklärte, weshalb ich sie so lange auf meine Rückkehr warten ließ.

Bea telefonierte mit ihrer Mutter in New York und bestellte sie nach München. Dann beschlossen Richie und ich, uns eine gemeinsame Bleibe zu suchen. Schon am Wochenende fanden wir eine passende Drei-Zimmer-Wohnung in der Nähe des Ostbahnhofs. Im vierten Stock eines Altbaus in der Orleansstraße zogen wir Anfang August ein, nachdem Richie die misstrauische Vermieterin, eine rundliche Matrone, mit seinem Charme und einem perfekt imitierten bayerischen Dialekt umgarnt hatte. Wir richteten die neue Wohnung ein, provisorisch, wie sich versteht, denn wir waren Nomaden, die sich nicht mit überflüssigem Senkblei belasten wollten. Für uns begann nun eine schöne Zeit.

Dann reiste eines Tages Beas Mutter an. Linda war eine freundliche Frau Mitte fünfzig, eine unauffällige Amerikanerin, wie sie zu Tausenden täglich als Touristinnen unterwegs sind. Bea verpasste ihr das richtige Make-up, eine Perücke, die passende Garderobe und einen Gehstock, sodass sie wie ein tatteriges Großmütterchen aussah. Das auf mehrere Beutel verteilte Kokain stopfte Linda sich an geeigneten Stellen ins Mieder, setzte sich nach ein paar Tagen wieder in den Flieger nach New York und ließ sich nach der Ankunft auf dem JFK-Airport im Rollstuhl durch den Zoll schieben. Bea flog einen Tag später nach. Für den Verkauf des Kokains brauchte sie genau drei Tage, und eine Woche darauf war sie mit einem dicken Bündel Dollarnoten zurück.

Immer wieder benötigten wir bei unseren illegalen Geschäften mit den Drogen die Hilfe solcher Leute, die gut sichtbar mit beiden Beinen im bürgerlichen Leben standen und dadurch unverdächtig waren. So wie Linda (die gewiss keiner kriminellen Subkultur angehörte) das Kokain nach Amerika geschmuggelt hatte, was ihr mehrere Jahre in der vom Staat organisierten Subkultur namens Knast eingebracht hätte, gab es Menschen, die bereit waren, sich ein kleines Zubrot zu verdienen, indem sie etwa einen Koffer voll Hasch in ihrer Wohnung aufbewahrten. Oder wie meine Mutter, die das Zeug in der Kühltruhe für mich bunkerte. Indem sie als Kuriere einsprangen oder ein Paket im Auto mit nach Stuttgart nahmen oder indem sie über ihr Bankkonto Drogengeld bewegten. Aber die Chancen, beim illegalen Tun nicht erwischt zu werden, standen für diese Leute gut, und so ist mir kein einziger Fall bekannt, dass eine solche Gelegenheitsgaunerin ihren kleinen Grenzübertritt bereut hätte.

Als wir in der Orleansstraße einzogen, brachte Richie drei wertvolle Gitarren mit, unter anderem eine akustische Gibson aus den Fünfzigern. Sein Repertoire bestand aus Songs von Arlo Guthrie, Tim Buckley und den Doobie Brothers, dazu Van Morrison, Randy Newman und Bob Dylan. Wenn er spielte und seine dicken Finger über den Gitarrensteg kletterten, er dabei grinste, dass sein blonder Schnurrbart an den Enden einzurollen drohte, wurde es sogleich sonnig in den Herzen seiner Zuhörer. Sein musikalischer Geschmack repräsentierte die ideale Welt seiner Gefühle. Die Interpreten, an die ich mich erinnere, verstanden es, einen musikalischen Teppich aus Zuversicht und Glück zu weben. Richie hatte unbestreitbar das Talent, seine Mitmenschen in gute Stimmung zu versetzen. Wer mit ihm in die Stadt ging, war sicher, etwas zu erleben. Um die Ecke vom Orleansplatz gab es eine Filiale der Lebensmittelkette Vinzenz Murr, wo wir oft einkauften. Als ich einmal zusammen mit ihm dort an der Theke stand, erklärte er erst mir und dann der ganzen wartenden Kundschaft, wieso Appenzeller der beste aller Hartkäse sei, weshalb deutscher Käse nix tauge, und dass der Vinzenz Murr ohnehin ein Saftladen sei, weil es dort nicht einmal T-Bone-Steaks gebe. Und das alles mit einem Charme, dass selbst der anfangs mürrisch dreinblickende Vinzenz Murr schmunzeln musste. Einer betagten Dame, die offenbar mehr eingekauft hatte, als sie schleppen konnte, brachte er einmal die schweren Tüten in den zweiten Stock; einen Taxifahrer, der ihn anhupte, weil er in zweiter Reihe parkte, bestellte er zur Nachschulung zum Polizeipräsidium. Immer war Richie bereit, seine Mitmenschen altklug zu belehren, aber stets auf eine Art, die mehr an einen Komiker als an einen Schulmeister erinnerte. War er der Meinung, eine Ware sei zu teuer, scheute er sich nicht, mit der Verkäuferin oder dem Wirt einen Disput vom Zaun zu brechen.

»Wissen Sie, was ein Pastrami-Sandwich bei Katz in New York kostet?«, fuhr er den Pakistaner an der Kasse im Drugstore am Feilitzschplatz an. »Zwei Dollar!«

»Das sind 6 Mark 80«, rechnete der Kassierer vor. »Bei uns zahlen Sie bloß sechs Mark.«

»Stimmt soweit. Aber wissen Sie auch, was bei Katz in New York auf einem Pastrami-Sandwich alles drauf ist?«, bedrängte er den Mann weiter. »Nein, Sie wissen es nicht! Sie waren nämlich noch nie bei Katz in New York!«, triumphierte er. »Ein Pastrami-Sandwich bei Katz ist mit DeeDeeDee Roastbeef belegt. Triple D, mein Lieber: Doppel-Daumen-Dick!«

Der Mann aus dem Punjab staunte.

»Aber …«

»Kein aber«, würgte Richie ihn ab. »Zusätzlich kommt es mit Salat und Tomaten, und man hat mindestens zehn verschiedene Soßen zur Auswahl. Von der Größe der Semmel ganz zu schweigen. So sieht ein richtiges Roastbeef-Sandwich aus, mein Freund! Das hier, das ist nichts anderes als geschmacklose Pappe! Jetzt bringst du die schlappen Teile zurück in die Küche und sorgst dafür, dass sie geröstet und anständig belegt werden. Anderenfalls erzähle ich jedem in dieser Stadt, dass du ein Gauner bist und der Laden hier eine Abzocke.«

Und weil Richie während seiner letzten Worte dazu überging, ins Pidgin-Englisch zu wechseln, musste auch der Pakistaner grinsen und tat wie ihm befohlen.

Was das Imitieren der verschiedenen deutschen Dialekte angeht, so war Richie ein Naturtalent. Leider gab er davon viel zu selten Kostproben. Aber zuweilen improvisierte er aus dem Stegreif Szenen, in denen zum Beispiel ein Sachse, ein Friese und ein Kölner zusammen durch die Schweiz reisen und vom Zugschaffner kontrolliert werden … oder wie ein Franke, ein Schwabe und ein Bayer einem Ami beim Oktoberfest das Reinheitsgebot zu erklären versuchen. Ob Hessen, Ruhrpott oder Berlin: Richie ging mit seinen nachgeahmten Dialekten überall als Einheimischer durch.

Inzwischen waren mehr als zwei Monate vergangen, seit ich Carmen auf Ibiza allein gelassen hatte. Wie ich von Bea erfuhr, war sie aus unserem Haus ausgezogen und lebte bei Leuten in San Juan. Es wurde Zeit, dass ich zu ihr kam, um mit ihr eine Bestandsaufnahme unserer zerbröselnden Herzenssache zu machen.

Die Spanienreise plante ich zusammen mit zwei Kumpels, die ich zwar erst kurz kannte, deren Humor und Kreativität ich aber schätzte: Norbert Held, der Maler aus dem Erdinger Moos und Ludwig Weinberg, ein Sänger. Ludwig besaß einen alten Mercedes Diesel, mit dem wir gemütlich gen Süden fahren wollten. Zwei Tage vor unsrer geplanten Abreise verabschiedeten sich Bea und Richie nach Amerika, wo sie gedachten, nach legalen Geschäftsmöglichkeiten Ausschau zu halten. In zwei Monaten wollten sie zurück zu sein. Sie gaben mir den Schlüssel ihrer Finca auf Ibiza und stiegen in den Flieger nach New York.

Kurz nachdem Norbert, Ludwig und ich aufgebrochen waren, gab es schlechte Nachrichten. Die eine war, dass Ludwigs Diesel schon zusammenbrach, noch ehe wir die Stadtgrenze erreicht hatten; hinzu kam, dass es am Last-Minute-Schalter auf dem Flughafen keine Tickets mehr gab. Da wir aber auf jeden Fall nach Ibiza wollten, beschlossen wir, mit der Bahn zu fahren. Mit einer Fahrkarte zweiter Klasse und dem Fahrtziel Barcelona stiegen wir am Hauptbahnhof in den Zug. Da die Reise ursprünglich im Auto geplant war, hatten wir großes Gepäck dabei. Ludwig: zwei Reisetaschen und eine Gitarre; Norbert: eine Staffelei, einen Farbenkasten und einen Koffer; ich: eine Tasche mit Klamotten, zwischen denen ein Monatsproviant an Shit, Koks und Acid versteckt war.

Zunächst gelang es uns, ein leeres Abteil zu finden, aber uns war gleich aufgefallen, dass der Zug voll besetzt war. Je weiter wir kamen, umso mehr Reisende stiegen zu. In Kempten, Memmingen und Lindau drängten ganze Schulklassen herein, schwitzende Väter wuchteten pralle Koffer in die Gepäckablagen, während sich ihre Familien auf reservierten Plätzen breitmachten. Wir waren noch nicht lange in der Schweiz, als die Leute zustiegen, auf deren Sitzen wir es uns bequem gemacht hatten. Freundlich aber bestimmt bedeutete der Schaffner uns, das reservierte Abteil freizumachen. War die Reise bis jetzt noch beschaulich verlaufen, so begann jetzt der spannende Teil: In dem ganzen Fünfhundert-Waggon-Zug gab es keinen einzigen freien Platz mehr. Selbst auf den Gängen und den Plattformen vor den Toiletten stapelten sich Abertausende Gepäckstücke. Dazwischen standen und hockten Millionen Schüler und Studenten, schwatzend, lachend, Karten spielend. Uns blieb nichts anderes übrig, als das Gepäck vorerst in einer Toilette abzustellen, ehe ich mich auf die Suche nach einer adäquaten Reisebleibe machte. Ich kletterte über Taschen und Schulkinder, über Berge von aufgehäuften Rucksäcken und Koffern, zwischen denen schlafende Mädchen lagen. Nur langsam kam ich voran. Ich wollte schon aufgeben, denn meine Mühe, ein leeres Abteil zu finden, stand in keinem Verhältnis zur Aussichtslosigkeit des Unterfangens. Da entdeckte ich ein halbes Dutzend Waggons entfernt ein leeres Schlafwagenabteil. Auf dem Schild las ich »Reserviert ab Lyon«. Wir waren erst in der Schweiz, bis Lyon würde der Zug noch ein paar Stunden unterwegs sein.

Ich kämpfte mich zurück zu meinen Gefährten und motivierte sie, mitzukommen. Eine halbe Stunde später sanken wir ebenso erschöpft wie erleichtert auf die reservierten Polster. Hinter uns schlossen wir die Tür und zogen die Vorhänge zu. Die Chance, demnächst von einem Schaffner aufgespürt zu werden, war gering, denn dieser musste sich wie jeder Reisende durch den überfüllten Zug quälen. So hatten wir unsere Ruhe, während wir mit gleichmäßigem Tempo Richtung Frankreich durch die warme Nacht ratterten.

In dem Abteil waren vier reservierte Betten, alle frisch bezogen, auf denen blütenweiße Laken und kleine Kopfkissen lagen. Wir machten es uns auf den oberen Liegen bequem und deponierten das Gepäck darunter. Norbert drehte noch einen Joint, ich öffnete das Fenster, und irgendwann löschte Ludwig das Licht.

Mitten in der Nacht wurde die Tür zum Abteil leise aufgeschoben, und ich hörte eine in Französisch geflüsterte Unterhaltung. Offenbar waren wir gerade an Lyon vorbei, denn die rechtmäßigen Reisenden waren zugestiegen und wollten ihr Schlafabteil beziehen. Es handelte sich um eine Familie: Großmutter, Mutter, Tochter, Vater.

»Das ist es nicht«, sagte der Mann leise zu seiner Frau. »Hier ist alles besetzt.«

»Aber schau doch auf die Nummer: 68-71. Das muss das Abteil sein!«

Da Norbert laut »Tür zu!« knurrte, zogen sich die Leute verunsichert zurück, offenbar in der Annahme, hier liege ihrerseits ein Irrtum vor. Etwa eine Viertelstunde später flog die Tür auf, das Licht ging an, und die Stimme des Zugbegleiters riss uns aus dem Schlummer.

»Vos billets, s'il vous plaît!«, ertönte es barsch.

Verschlafen und mürrisch schälte sich einer nach dem anderen aus den Laken und suchte nach seiner Fahrkarte.

»Das sind ganz einfache Fahrscheine ohne Reservierung und erst recht ohne Schlafwagenzuschlag. Sie haben die Plätze dieser Herrschaften eingenommen ...«

»Vielleicht können wir den Zuschlag ja nachlösen ...«, unterbrach ich den Mann in meinem dürftigen Abiturfranzösisch.

Aber der Schaffner wurde unfreundlich: »Hier gibt es nichts nachzulösen! Sehen Sie zu, dass Sie aus dem Abteil verschwinden! Die Leute haben keine Lust, die ganze Nacht auf dem Gang zu stehen. Und wenn Sie draußen sind, erscheinen Sie bei mir zum Rapport. Dann werden wir weiter sehen. Und jetzt raus hier!«

Als Freund freundlich ausgehandelter Kompromisse versuchte ich noch, erst mit dem Schaffner, dann mit dem Familienoberhaupt eine Lösung in Form einer finanziellen Kompensation für entgangene Reisefreuden auszuhandeln, aber es gelang mir nicht. Wir mussten ein zweites Mal umziehen. Dass die Perspektiven seit dem letzten Umzug nicht besser geworden waren, war klar. Was folgte, war ein fliegender Wechsel. Während die Oma und die Enkelin als Erste auf einer der unteren Bänke Platz nahmen, während der Vater Koffer und Taschen in das ohnehin schon überfüllte Abteil packte, während Ludwigs Gitarre durch grobe Behandlung einen Seufzer von sich gab, suchten wir unsere Klamotten zusammen.

»*Didonc!*«, schreckte die Oma auf. »Die Kerle sind ja nackt!«

»Die Deutschen schlafen immer nackt«, erläuterte der Mann trocken.

»Das ist ja ekelhaft!«

Was von Ludwig gerade eindrucksvoll bestätigt wurde. Der kletterte gerade vom oberen Bett nach unten, und während er mit gespreizten Beinen akrobatisch den Abstieg meisterte, baumelten seine dicken Eier im entspannten Sack zwei Handbreit über der Dauerwelle der alten Dame. Groß riss die Enkelin die Augen auf, bis die Oma einen entsetzten Schrei ausstieß und sich schützend vor das Kind stellte. Um den Leuten eine ähnlich jugendgefährdende Vorstellung zu ersparen, bat ich den Vater um meine Unterhose, die ich unten abgelegt hatte. Mit spitzen Fingern reichte er sie mir nach oben. Noch halb schlaftrunken streiften wir uns die Klamotten über.

»Und wo kriegen wir jetzt frische Bettwäsche her?«, klagte die Oma. »Ihr werdet doch nicht von mir verlangen, dass ich mich in Betten lege, in denen zuvor die nackten Deutschen gelegen haben. *Quel horreur*!«

Ratlos stand der Mann vor dem Abteil und sah zu, wie wir unser Gepäck herausschafften. Für Deutschland war die Situation allerdings genauso ärgerlich wie für Frankreich. Hätte sich die Sache nicht im Sinne brüderlicher Verständigung lösen lassen? Das ganze Ausmaß der Katastrophe zeigte sich, als wir wieder draußen auf dem Gang standen, wo es inzwischen noch gedrängter zuging. Uns blieb nichts anderes übrig, als erneut eine Toilette aufzusuchen und uns rund um die Kloschüssel einzurichten. Den Rest der Zugfahrt bis zur spanischen Grenze würden wir einen penetranten

Gestank aushalten müssen. Das Los, beim Schaffner zum Rapport zu erscheinen, fiel auf Ludwig. Offenbar gelang es ihm, den Mann freundlich zu stimmen, denn am Ende bot er uns an, den Rest der Reise in seinem Abteil zu verbringen. Beim nächsten Halt stiegen wir aus, liefen fünf Waggons am Zug entlang und stiegen unweit des Zugbegleiterabteils wieder ein. Bingo! Entspannt erreichten wir am frühen Nachmittag die spanische Grenze bei Port Bou.

Was wir überhaupt nicht bedacht hatten, ehe wir mitten im August zu dieser spontanen Urlaubsreise aufgebrochen waren: Es war Hochsaison, jedes Transportmittel war ausgebucht. Das wurde uns allerdings erst bewusst, als wir in Barcelona am Schalter der *Aucona* standen und man uns sagte, den nächsten freien Platz auf der Ibizafähre könnten wir in vier Tagen buchen. Solange wollte ich nicht warten.

Wir besprachen die Sache und beschlossen, als blinde Passagiere auf das nächste Schiff zu gelangen. Aber das sollte sich als schwierig erweisen. Als man auf der Nachtfähre nach Ibiza gegen 20 Uhr mit dem Verladen der Autos begann und die Passagiere an Bord gelassen wurden, saßen Ludwig, Norbert und ich mit unserem Gepäck am Kai und lauerten auf unsere Chance. Schließlich schaffte ich es, ins Unterdeck zu gelangen, indem ich neben einem einfahrenden PKW herlief und den Eindruck erweckte, ich gehöre dazu. Leider musste ich feststellen, dass es von dort unten keinen Aufgang zu den Oberdecks gab. Mir blieb nichts anderes übrig, als wieder über die Ladebrücke an Land zu gehen.

»Das hätte ich dir vorher sagen können«, belehrte mich Norbert.

»Hast du einen besseren Vorschlag?«

»Klar. Wir stellen uns einfach in die Schlange und drücken dem Ticket-Kontrolletti einen Schein in die Hand. Wirst sehn, der lässt uns durch.«

Ich war derjenige, der es ausprobieren sollte. Und tatsächlich, es klappte. Der Mann im weißen Jackett und dem *Aucona*-Emblem auf der Brust nahm diskret den 1000-Peseten-Schein, und ich betrat das Schiff. Was ich nicht bedacht hatte: An Bord gab es eine weitere Kontrolle, aber da ich keinen weiteren Schein parat hatte und von hinten die Passagiere drängten, reagierte der Bordsteward empört und schickte mich zurück. Achselzuckend gab mir der Typ von zuvor den Schein zurück.

Mein erneutes Scheitern hatte meine Gefährten entmutigt. Sie meinten, wir sollten uns lieber Tickets für ein Schiff kaufen, auf dem noch Plätze frei wären und die Wartezeit in der Stadt verbringen. Was im Grunde keine schlechte Idee gewesen wäre, denn Barcelona bietet viel: Gute Hafenkneipen, schöne Architektur, coole Leute auf den Ramblas und zur Not sogar billige Bordelle.

Aber ich hatte mir in den Kopf gesetzt, so schnell wie möglich nach Ibiza zu Carmen zu kommen. So vereinbarte ich mit den Kumpels einen letzten Versuch. Sollte es klappen, würden wir uns in ein paar Tagen auf der Insel sehen. Dass ich sie am Kai sitzen ließ, bedrückte mich nur kurz, denn schließlich hatten sie sich gar nicht wirklich bemüht, auf die Fähre zu gelangen. Sie hatten praktisch den ganzen Abend dagesessen und mir beim Scheitern zugesehen. Zehn Minuten bevor die Gangways hochgezogen wurden, nahm ich einen letzten Anlauf. Außer Atem erstürmte ich den Aufgang zur Ersten Klasse, und als man mich aufhielt und nach dem Ticket fragte, erklärte ich, meine Frau sei schon an Bord, ich sei bloß noch mal am Wagen gewesen. Der Steward, im Umgang mit Erster-Klasse-Passagieren geschult, begleitete mich zur Bordrezeption, wo auf einem Glastisch ein Kabinenplan ausgebreitet lag. Er fragte nach dem Namen, aber da hatte ich schon »Scholz« gelesen und sagte prompt: »Familia Scholz.« In Sekundenschnelle fand der Finger des Oberstewards den Namen und die Kabinennummer. Er winkte einen Schiffsjungen herbei und beauftragte ihn, mich zur Kabine 27 zu begleiten. Das war alles. Auf dem Weg nach unten bedankte ich mich bei dem Jungen und erklärte ihm, dass ich meine Frau schon allein finden werde. Ich steckte ihm 100 Peseten zu und tauchte zwischen den übrigen Passagieren unter. Kaum dass ich das Oberdeck erreicht hatte, bat ich einen Rastamann, der dort an der Reling lehnte und dem Treiben am Kai zusah, hinunterzugehen und mein Gepäck zu holen. Unterdessen hatte ich mit Ludwig und Norbert winkend Kontakt aufgenommen. Erleichtert sah ich, wie Norbert dem Freak meine Reisetasche hinaufreichte. Als Gegenleistung lud ich ihn später zu einem Joint ein.

Die nächtliche Überfahrt nach Ibiza verbrachte ich inmitten einer Gruppe französischer Mädchen, unter denen sich einige Musikantinnen befanden. Gitarrenspiel und Chansons begleiteten uns, bis wir aneinander gelehnt einschliefen. Dass ich es durch meine Hartnäckigkeit geschafft hatte, schließlich doch noch auf das Schiff zu gelangen, bestärkte mich in der Überzeugung, dass vieles geht, sofern ein starker Wille das Projekt antreibt ... was natürlich völliger Blödsinn ist. Den Gegenbeweis für diese These liefern täglich Millionen von Menschen, die mit allem Willen und aller Kraft nach einem menschenwürdigen Leben streben und doch immer im Elend der Welt stecken bleiben.

Als das Schiff am nächsten Morgen im Hafen von Ibiza anlegte, begab ich mich schnurstracks zum Café *Montesol*, wo man immer Leute traf, die man kannte. Nach zwei *cafés con leche* war ich über den Inselklatsch schon so weit unterrichtet, dass ich wusste, wer mit wem und wann und wo ... Man erzählte mir, dass mein Käfer mit platten Reifen auf einem Acker in San Juan stehe. Und als ich nach Carmen fragte, schaute mich mein Informant an, als habe ich mich gerade nach der Roten Inge aus dem Mannheimer Rotlichtviertel erkundigt. Offenbar hatte sie sich in den zwei Monaten tatsächlich »der ganzen Insel« hingegeben. *Cana Ventura* war mit einem Vorhängeschloss versperrt, sodass ich, um in mein Haus zu gelangen, bei Miguel vorbei musste. Der beklagte sich, Carmen habe anstößige Partys veranstaltet, da sei ihm gar nichts anderes übrig geblieben, als abzuschließen. Er hoffe, ich habe Verständnis für die Maßnahme. Ich glaube, es lag sogar ein wenig Scham in seiner Stimme, als habe er selbst das unsittliche Treiben zu verantworten. Carmen, so erfuhr ich in der Stadt, sei jeden Abend im *Mono Desnudo* anzutreffen, eine der Hafenbars, in denen die erotischen Nächte von Ibiza eingestimmt wurden.

Tatsächlich fand ich sie später dort auf der Terrasse, allein an einem Tisch. Sie rauchte Zigaretten. Ich trat zu ihr, überrascht, dass sie mich nicht sogleich erkannte, und setzte mich ihr gegenüber.

»Was glotzt du mich so an!?«, brummte sie schlecht gelaunt.

Ich grinste, aber noch immer erkannte sie mich nicht. Erst als ich sie ansprach, schlug sie vor lauter Verlegenheit die Hände vors Gesicht. Zu ihrer Entlastung muss gesagt werden, dass ich mich seit Wochen nicht rasiert hatte, mich also hinter einem struppigen Vollbart verbarg.

Nun, wir fuhren nach Hause, besprachen alles, und dann warfen wir uns aufs Wasserbett. Aber unsere Romanze hatte während der Trennung einen Knacks bekommen. Sie hatte inzwischen einen Lover, demgegenüber ich merkwürdigerweise keine Eifersucht verspürte. Also lockerten wir unseren Liebesschwur, beschlossen Freunde zu bleiben und ließen uns gegenseitig freien Lauf. Dennoch kehrte sie zunächst zurück nach *Cana Ventura*.

Faye war erleichtert, als ich bei ihr vorbeikam, um abzurechnen. Bea hatte ihr den größten Teil der Kohle schon von New York aus geschickt. Von weiteren Geschäften mit mir wollte sie allerdings nichts mehr wissen. An Kokain, das war mir klar geworden, hatten meine bayerischen Haschkunden kein großes Interesse.

Ein paar Jahre danach sah das schon ganz anders aus, da hatte die Droge ihren Siegeszug jenseits der Bohème längst angetreten, aber ich hatte bis dahin ein anderes Geschäftsfeld gefunden. Vorerst stimmte die Kasse, denn das Leben auf Ibiza war damals noch nicht teuer. Hier würden wir es eine Weile aushalten können. Blieb mir noch, den Aufenthaltsort von Nora ausfindig zu machen. Carmen hatte sie noch nicht getroffen, aber Ibiza war ein Dorf, lange konnte es nicht dauern, bis ich sie irgendwo aufspüren würde.

Norbert und Ludwig erreichten ihr Ziel zwei oder drei Tage nach mir. Zum Glück hatte ihnen der Zwangsaufenthalt in Barcelona die gute Laune nicht verdorben. So fand auch diese Reise mit Hindernissen ein gutes Ende: Norbert richtete sich mit der Staffelei auf dem flachen Dach unseres Hauses ein und malte den Hafen und die Stadt Ibiza. Ludwig Weinberg hatte auf dem Schiff eine Bio-Gärtnerin mit Garten und Finca bei San Rafael kennengelernt, bei der er dann auch Quartier nahm. Wenn ich mich recht entsinne, blieb er sehr lange auf der Insel, vielleicht lebt er heute noch dort. Norbert kehrte nach sechs Wochen zurück zu seiner Brigitte und den Kindern.

Wenige Tage, nachdem *Cana Ventura* wieder geöffnet war, tauchte Nora auf. Sie hatte einen Job als Köchin in einem vegetarischen Restaurant in der Altstadt gefunden, und weil ihr der Weg von

Talamanca zur Arbeitsstelle ohne Auto zu weit war, hatte sie das Angebot des Restaurantbesitzers angenommen und ein Zimmer in der Altstadt bezogen. Jetzt, wo ich da war, zog sie in das für sie vorgesehene Gästezimmer ein.

Zu dritt machten wir uns daran, die *Entrada* zu möblieren, in die Miguel den gewünschten Natursteinkamin eingebaut hatte. Der Raum war relativ groß, die Eingangstür hatte zwei Flügel, Innentüren führten zu Küche, Gästezimmer und Privatbereich, bestehend aus einem Flur, zwei Schlafräumen und dem Bad. Die beiden Fenster im Salon waren klein und die Mauern dick, sodass bei geschlossener Tür nur wenig Licht in den Raum fiel. Die andere Seite der Medaille war, dass es auch an heißen Sommertagen im Inneren des Hauses immer angenehm temperiert war. Bei einem Schreiner kaufte ich Bretter, und in den kommenden Tagen zimmerten wir ein Sofa, einen großen Tisch und einige Regale. Das Mobiliar fiel ziemlich rustikal aus, war aber funktional. Auch wenn ich es mir hätte leisten können: Für die Innenausstattung gaben wir nicht viel Geld aus. Wir waren zufrieden, und das Flair, das *Cana Ventura* in den kommenden Jahren ausstrahlte, bestätigte die Praxis: Um gut zu leben, muss man nicht im Luxus schwelgen.

Während der nächsten Tage zeigte mir Carmen, wo der Käfer stand. Es dauerte zwei Stunden, ehe ich ihn wieder flott hatte. Dabei erinnerte ich mich an den virtuellen Autobianchi, den ich wenige Monate zuvor versteuert und versichert hatte. Es wäre Zeit, die Früchte dieses Gaunerstücks zu ernten. Also suchte ich die Gendarmerie auf und meldete den Verlust des Wagens. Wie zu erwarten, konnte man mir dort nicht helfen. Nach ein paar Tagen der erfolglosen Suche stellte man mir ein Papier aus, dass der Wagen gestohlen, und eine Wiederauffindung unwahrscheinlich sei. Ich steckte die Bescheinigung ein, in der Absicht, sie bei nächster Gelegenheit meiner deutschen Versicherung vorzulegen.

Kurz darauf lag im Postfach ein Brief von Justin, der mit seiner Schmugglerbande in Dover mit einem halben Zentner Haschisch verhaftet worden war. Mir blieb nichts anderes übrig, als den Aufenthalt in Ibiza zu unterbrechen und nach London zu fliegen. Ich suchte den Anwalt auf, dessen Adresse mir Justin genannt hatte. Von dem Mann erfuhr ich, dass der Schmuggel von Anfang an verraten worden war. Offenbar hatte Justin seinen potenziellen Abnehmern vor der Reise Informationen gegeben, die er besser für sich behalten hätte. Die Sache sah nicht gut aus. Ich gab dem Anwalt die Summe, die er für Justins Verteidigung verlangte. Ein Besuch im Gefängnis war auf die Schnelle nicht zu organisieren, da umständliche bürokratische Hürden zu nehmen waren. Der Advokat versprach, sich voll und ganz für seinen Mandanten einzusetzen, was ich ihm glaubte, denn bis dahin hatte ich mit Anwälten noch wenig Erfahrung. Inzwischen weiß ich, dass der Fall eines Verteidigers, der wie ein Löwe durch den Gerichtssaal springt und seine Krallen zeigt, eher selten ist. Was immer der junge Verteidiger angeschoben hatte, es nutzte nicht viel, denn sowohl Justin als auch sein Fahrer Norman mussten für fünf Jahre in den Knast.

Schon damals, zu einer Zeit, als ich noch kein Gefängnis von innen gesehen hatte (sieht man einmal von den paar Tagen in dem Kerker von Fès ab), wunderte ich mich, dass sich ein so zivilisiertes Volk wie die Engländer gegenüber ihren Leuten wegen eines läppischen Gesetzesverstoßes zu derartigen Racheaktionen hinreißen ließ. Während der kommenden drei Jahre standen Justin und ich in Briefkontakt. Dann geriet mein Freund unter die Fuchtel der Krishna-Jünger des Swami Prabhupada und nach weiteren Briefen missionarischen Inhaltes schrieb er irgendwann bloß noch *hare hare krishna* und der letzte Satz lautete: »Lassen wir das mit den Briefen, denn wenn wir ehrlich sind, im Grunde gibt es doch gar nichts zu sagen.«

Das war das Ende meiner Freundschaft zu Justin, von dem mir noch ein weiterer Satz im Ohr hängt, den er mir unterwegs im Auto einmal sagte: »*Sugar is the biggest killer of mankind*!« Und da ist, wie man heute weiß, etwas dran.

Ich flog von London nach Hamburg, wo ich Carmen erwartete, die keinen Flug nach München hatte bekommen können. Mein schlechtes Gewissen, weil ich sie in Ibiza so lange hatte sitzen lassen, bewirkte, dass ich sie, kurz nachdem wir uns begrüßt hatten, zu einem Wochenende in Holland einlud. Zufällig hatte ich den ersten Aufruf für die Maschine nach Amsterdam gehört, und meine Frage, ob sie Lust auf ein paar Tage Grachten, Museen und *Coffeeshops* hätte, beantwortete sie mit einem Lächeln, schließlich war sie zur Hälfte Holländerin. Wir liefen zum Schalter der KLM, holten die Bordkarten ab, und wenig später saßen wir in der Boeing. Der Flug dauerte eine knappe halbe Stunde. In Amsterdam kamen wir in einer sauberen Pension an einer Gracht unter, duschten und warfen uns für einen Stadtbummel in Schale.

Es war früher Nachmittag an einem heißen Sommertag. Wir tranken gerade Eiskaffee, als plötzlich jemand Carmens Namen rief. Ihr Freund Gernot Plitz, ein vor Jahren nach Kalifornien ausgewanderter Musiker und Fotograf, hatte sie entdeckt. Er saß mit seiner Freundin Debbie ein paar Tische weiter. Wie bei derartigen Zufallsbegegnungen üblich, begrüßte er Carmen überschwänglich, zumal die beiden sich seit Jahren nicht gesehen hatten. Wir setzten uns an einen Tisch und kamen sofort ins Gespräch. Hätten Gernot und sein Mädchen keinen Termin gehabt, sicher hätten wir noch lange zusammengesessen und uns dabei gegenseitig von Kalifornien und Ibiza vorgeschwärmt. Vor allem aber hätten wir uns eine Begegnung mit dem Tod erspart. So trennten wir uns bald, tauschten aber unsere Pensionsadressen aus. Die beiden versprachen, uns gegen Abend einen Besuch abzustatten. Als sie ein paar Stunden später vorbeikamen, lagen Carmen und ich schon im Sterben! Was war geschehen: Kaum dass sich Gernot und Debbie verabschiedet hatten und wir durch die Gassen von Amsterdam flanierten, wurden wir von einem Straßendealer angesprochen. Der Junge hatte angeblich gutes Kokain zu verkaufen, und er brauchte keinen langen Werbetext aufzusagen, um unser Interesse zu wecken. Verdeckt, in einem Häuserwinkel, ließ er uns probieren. Da der Stoff etwas taugte, kaufte ich ihm ein paar Gramm ab. Gernot und Debbie, so vermutete ich, hätten gegen einen Schnupfer ebenfalls nichts einzuwenden. Wir beendeten unseren Altstadt-Bummel und liefen zur Pension zurück. Die Wirtin begrüßte uns mit holländischem Charme und bot uns ein kaltes Getränk an. Dann zogen wir uns auf unser Zimmer zurück und legten noch eine Linie von dem guten Koks nach.

Kaum, dass wir es uns auf dem Bett bequem gemacht hatten und die Schallplatten betrachteten, die wir zuvor in einer Second-Hand-Boutique erstanden hatten, kriegten wir beide mit einem Mal Schwindelgefühle und Herzrasen. Wir legten uns flach, fragten uns, ob wir wohl etwas Schlechtes gegessen hätten, verloren aber innerhalb kürzester Zeit die Fähigkeit zu denken und zu sprechen. Meine Zunge schwoll an, der Atem ging stoßweise, und ich konnte mich nicht mehr bewegen. Carmen erging es ebenso. Als Gernot und Debbie klopften, waren wir nicht mehr in der Lage zu antworten, und hätte ihnen die Hauswirtin nicht versichert, dass wir auf dem Zimmer seien, sie wären wohl wieder fortgegangen und wir womöglich gestorben. Aber so öffnete Gernot die Tür, sah, dass etwas nicht stimmte und alarmierte den Notarzt.

Amsterdamer Ärzte sind sachkundig, was Drogenvergiftungen angeht. Noch vor Ort erhielten wir eine Spritze, dann ging es im Notfallwagen ins Krankenhaus, wo man uns entkrampfte und entgiftete. Der Dealer hatte sein Koks mit Strychnin vermischt, und dieses Zeug hätte uns fast umgebracht. Bis heute kann ich nicht nachvollziehen, wie jemand Kokain mit Gift strecken kann, wo Laktose erheblich billiger und zudem gesundheitlich unbedenklich ist.

Am nächsten Morgen konnten wir das Krankenhaus verlassen. In meinem Zorn lief ich den halben Tag zwischen den Grachten herum, um nach dem Schurken zu suchen, der uns den Killerstoff angedreht hatte, allein, an jeder Ecke stand ein verdächtiger Indonesier, der so aussah wie der Gesuchte. Schließlich gaben wir auf. Während des Gegenbesuchs bedankten wir uns bei Gernot für die Freundlichkeit, uns das Leben gerettet zu haben. Dann luden wir die Freunde nach München ein und setzten uns in einen Intercity. Es brauchte viel Wasser und ein paar Tage, ehe das Gift völlig aus dem System gespült war.

Zurück in München fuhren wir nach Glonn, wo während unserer Abwesenheit der Bulli vor Carmens Elternhaus stand. Für die Fahrt über Land lieh mir ein Kumpel ein Motorrad (einen Führerschein dafür hatte ich nach wie vor nicht), und als wir zurück in die Stadt fuhren, gab ich auf einer kurvenreichen Straße durch ein kleines Tälchen Gas. Carmen konnte mit dem Bus nicht folgen, was sie ärgerte. Viel zu schnell lenkte sie den Wagen in eine Doppelkurve. Mit der Folge, dass sie die Kontrolle verlor und der Bus auf die Seite kippte. Als ich sie am Eingang des nächsten Dorfes vermisste, hielt ich an und fuhr zurück. Im Wald fand ich sie mitten auf der Straße: Mit in die Hüften gestemmten Fäusten stand sie vor dem gestrauchelten Bus und warf mir den vorwurfvollsten Blick ihrer Karriere zu, womit sie sagen wollte: Du Idiot, was rast du denn so schnell, dass ich nicht mehr hinterherkomme! Ich stieg von der Maschine und nahm sie lachend in die Arme. Zum Glück war sie unverletzt geblieben. Aus dem nahen Dorf holten wir einen Bauern, der unserem Bus mit seinem Trecker wieder auf die Räder half.

Der Bus lief zwar nach wie vor tadellos, sah aber nach Carmens Sturz ramponiert aus. Ich musste ihn verschrotten und einen Ersatz beschaffen. Innerhalb weniger Tage fand ich einen neuen, und weil ich bei der Versicherung zu tun hatte, meldete ich auch den Schaden des »gestohlenen« Autobianchi. Zwei Wochen später teilten sie mir mit, dass man den Zeitwert des Autos auf 4.800 Mark festgesetzt habe. Wenn ich einverstanden wäre, sollte ich das schriftlich erklären, einer Auszahlung stünde dann nichts mehr im Wege. Ausgerechnet zu dieser Zeit hatte mich ein Esoteriker mit der Karma-Lehre bekannt gemacht und mich von dieser abstrusen Theorie überzeugt. Als ich ihm von meinem geplanten Betrug der Versicherung erzählte, riet er mir dringend ab: Das sei ein Unrecht, und Unrecht wirke sich auf das Karma aus. Ich könne mir eine Menge Ärger ersparen, wenn ich diese Geschichte nicht weiter verfolge.

Das leuchtete mir ein, und so begann eine wohl einmalige Korrespondenz mit der Versicherung: Ich schrieb, es sei verfrüht, den Schadensfall anzunehmen; vielleicht würde mein Auto ja wieder gefunden; ich gab an, so viel sei die Kiste nicht wert gewesen, bis man mich nach zwei Monaten ultimativ aufforderte, entweder die festgesetzte Kompensationssumme zu akzeptieren oder jeglichen Anspruch zu verlieren. Ich verzichtete auf das Geld und verbesserte stattdessen mein Karma.

In der Folgezeit sah ich Carmen zwar noch des Öfteren, aber im gegenseitigen Einvernehmen lockerten wir unsere Bande. So sehr ich sie mochte: Carmen war ein unersättliches Teufelchen im Bett und das überforderte mich mit der Zeit. Soo wichtig war mir der Sex nun auch wieder nicht. Anfang September kletterte ich in einen Flieger nach Ibiza. Diesmal blieb Carmen in München zurück. Als wir uns das nächste Mal begegneten, da war sie mit einem neuen Kerl liiert, und ich hatte auf Ibiza ein Mädchen kennengelernt, das mir den Kopf verdrehte. Das Problem: Sie gehörte zu einem Mann, und dessen Name war Geoffrey Ramos.

## 1.14 Lisa

Wie so oft begegnete ich Geoffrey vor dem Café *Montesol*. Die Terrasse des *Montesol* war damals der Rote Teppich von Ibiza, wer gesehen werden wollte, musste hier seinen *café solo* trinken, und wollte man jemand treffen, so war dies der richtige Ort.

Im Spätsommer 1975 lag in Madrid der Caudillo Franco im Sterben, und es war, als hielte Spanien den Atem an. Vor etwa zehn Jahren hatten die Hippies die Insel und die Menschen von Ibiza entdeckt, und hier war durch deren Einflüsse und Kultur etwas von dem Geist erblüht, dessen Entfaltung schließlich aus Spanien ein modernes europäisches Land machte. Das Café *Montesol* war eine soziologische Miniatur der Insel. Hier verabredete sich der Bankier Abel Matutes mit Smilja Mihailovic, einer serbischen Adeligen, die in der aufkeimenden Modeindustrie auf Ibiza die führende Rolle innehatte, hier verkehrten Salvador Dalí und Elmyr de Hory, der geniale Fälscher der Werke Picassos, hier tranken wohlhabende *Ibicencos* mit ihren Gattinnen *café solo* oder *con leche* und ihre Kinder futterten *Ensaimadas*. Dazwischen die Freaks, die Hippies, der Jet-Set, die Halbseidenen, die Touristen und die Künstler.

Dort also stellte mir Geoffrey, Puertoricaner, Nomade, Congaspieler und Spaßvogel seinen Freund Paco vor, der, wie sich herausstellte, auch sein Chef war. Chef insofern, weil Paco der Inhaber eines submarinen Bauunternehmens war, für das Geoffrey eine Zeit lang arbeitete. Die Firma war in erster Linie auf den Balearen tätig, wo der dem zunehmenden Tourismus geschuldete Bauboom auch Unterwasserbaustellen erforderlich machte: Paco und sein Team von Tauchern verlegten Abwasserrohre von Hotelneubauten hinaus ins Meer. Sie hatten den ökologischen Nachteil dieser Technik zwar erkannt, stießen aber bei Bauherren und Lokalpolitikern auf taube Ohren. Kläranlagen waren den Investoren zu kostspielig, gesetzliche Vorgaben wurden erst diskutiert. Das war einer der Gründe, weshalb Paco von einem auf den anderen Tag seine Firma dichtmachte. Bis dahin hatte er ein unauffälliges spanisches Leben gelebt, wobei er seinen Lebensunterhalt als Berufstaucher bestritt, immer unterwegs zu immer neuen Baustellen. Nach mehr als zwanzig Berufsjahren gehörte Paco Carrillo zu den mutigsten und erfahrensten Männern der Branche. Paco war, was Unterwassertechnik angeht, ein Mann der Ahnung hatte, eine Autorität in der spanischen Tauchergilde.

Als Geoffrey uns miteinander bekannt machte, tat er das mit dem Hintergedanken, uns beide geschäftlich in Verbindung zu bringen und letztlich, um selbst davon zu profitieren. Geoffrey wusste, dass ich im Haschisch-Schmuggel mit Marokko arbeitete, und er wusste, dass Paco von Melilla über Ceuta, von Cadiz bis nach Málaga jeden Hafenkommandanten und jeden Zollchef persönlich kannte. Als ich Paco im Café *Montesol* zum ersten Mal begegnete, trug er einen dreiteiligen Anzug, für die Zeit und den Ort das ultimative Spießertextil, ein absolutes *No-go* im Hippie-Land. Über der Krawatte kam sein Kopf zum Vorschein, den ein getrimmter Kinnbart zierte, wie man ihn einem Agenten der Guardia Civil zugetraut hätte. Zu dem unvorteilhaften ersten Eindruck kam hinzu, dass Paco keine drei Worte Englisch sprach, Geoffrey somit als Dolmetscher einspringen musste.

Wir tranken *café con leche*, wobei Paco Gelegenheit hatte, seine Großzügigkeit zu zeigen. Am Ende bestand er nämlich darauf, die ganze Rechnung zu begleichen, auch die Eisbecher, die meine Begleiterin und ich zuvor bestellt hatten, übernahm er. Er überreichte mir seine Visitenkarte (noch so ein *No-go*!) und lud mich ein, ihn auf seiner Finca zu besuchen. Dazu kam es allerdings vorerst nicht, denn der Typ erschien mir ganz einfach zu bieder.

Einmal noch begegneten wir uns, ehe ich Ibiza für eine Weile verließ. Vor der Einfahrt zum Yachthafen hielt eines Tages ein ziemlich heruntergekommener Landrover neben mir. Paco war mit seinen Tauchern unterwegs zu einer Unterwasserbaustelle. Mit im Auto saßen Santos Gonzalo, genannt Santi, Enrique Dominguez und Angel Canto, alles Burschen, die später Mitglieder unserer Schmugglerbande werden sollten. Aber das ahnten zu jener Zeit weder Paco noch ich.

»*Qué tal?*« – »*Muy bien.*« – »*Hasta luego.*« Viel ergiebiger war unsere erste Unterhaltung nicht.

Ich sollte ihn am Abend auf *Can Tieta* besuchen, so viel verstand ich noch, ehe die Jungs in den Hafen einbogen. *Can Tieta* war der Name der Finca, die Paco einem Bauern abkaufen wollte, vorerst hatte er das alte Haus in der Nähe von San Rafael gemietet. *Can Tieta* war eine typisch balearische Finca, einstöckig errichtet, weiß gestrichen, mit kleinen Fenstern in dicken Mauern. Dem neuzeitlichen Komfort entsprechend war Paco gerade dabei, eine Küche und ein Bad einzubauen. Neben der geräumigen *Entrada* hatte das Haus drei Schlafzimmer. Dort wohnten außer Paco und seiner Freundin Claudia noch Angel, Santi und dessen Frau Mercedes. Elektrischen Strom gab es wie auf den meisten Fincas noch nicht. *Can Tieta* war Pacos neues Domizil, nachdem er seine Frau und die gemeinsame Wohnung in Madrid verlassen hatte. Bei Paco daheim traf man immer jemanden an, das Haus war gastfreundlich, und insbesondere im Winter war es vor dem Kamin auch behaglich. Das Ambiente in den alten Fincas auf Ibiza war relativ ähnlich: gemütlich, bauernhofig, geerdet. *Can Pujol,* wo Bea und Richie lebten, strahlte eine ähnliche Wärme aus, unter anderem deshalb, weil an den Fincas kein elektrischer Strom anlag und abends Kerzen oder Petroleumlampen brannten.

Als ich an dem Abend im Herbst 1975 in *Can Tieta* eintraf, war auch Geoffrey dort. Er war in Begleitung zweier Kolumbianerinnen, Patricia und Carmencita, was mich davon überzeugte, dass die schönsten Frauen von Ibiza nicht im *Pacha,* sondern auf *Can Tieta* zu finden waren, jedenfalls dort, wo Geoffrey sich aufhielt.

Als ich ihn das nächste Mal traf, an der Bar des *Pacha,* war er in Begleitung einer Rothaarigen, die auf Ibiza Urlaub machte und die erotisch sichtlich unter Spannung stand.

»Schön dich zu treffen«, sagte er. »Kann ich heute mal bei dir übernachten? Ich habe nämlich diesem holländischen Täubchen hier versprochen, ihr heute Nacht das Paradies zu zeigen. Das Dumme ist, dass ich zuhause ein ›deutsches Fräulein‹ habe, das für Seitensprünge kein Verständnis hat. Du verstehst mich doch, *hermano?*«

Für einen Mann ist es schwierig, einem anderen Mann die Hilfe zu verweigern, wenn der durch die Eifersucht seiner Frau in Bedrängnis gerät. Nach wie vor bin ich der Ansicht, dass die Bedeutung eines Seitensprungs vielfach überschätzt wird, weil zu viel Ego im Spiel ist. So bot ich Geoffrey an, mit seinem *meisje mit het rode haar* auf *Cana Ventura* zu übernachten.

Als der Tag sich zum Ende hin neigte und sich bei mir wieder mal keine Erleuchtung eingestellt hatte, nicht einmal ein Mädchen, das die Nacht mit mir verschmusen wollte, fuhren wir zu dritt nach Talamanca. Während ich traumlos schlief, erledigte Geoffrey sein Paradiesprogramm, und die junge Dame schien es zu genießen. In der Früh war außer Tee nicht viel zu frühstücken im Haus, schließlich lebte ich allein, seit Carmen nicht mehr mit mir zusammen und Nora selten daheim war.

»Ich habe einen Vorschlag zu machen«, sagte Geoffrey. »Wir setzen die Maus in der Stadt ab, dann laufen wir über den Markt und kaufen ein, und anschließend bringst du mich nach Hause. So kann ich dir auch mein neues Haus bei Santa Gertrudis mal zeigen. Dort werden wir dann gemütlich frühstücken.«

Der Plan klang nicht übel, Santa Gertrudis, der Ort rief Erinnerungen wach. Wir lebten auf Ibiza, Termindruck kannten wir nicht. An der Vara de Rey ließen wir das rothaarige Mädchen aussteigen. Auf dem kleinen Markt im unteren Teil der Altstadt kauften wir Tomaten und Eier, Brot und Pilze, Oliven und Speck. Zusätzlich nahm ich noch einen Korb Obst mit.

Als wir in dem abseits gelegenen Tal unweit von Santa Gertrudis ankamen, brannte die Sonne schon vom wolkenlosen Himmel. Geoffreys Finca lag am Ende des Talkessels, der ganz vom Zirpen der Grillen erfüllt war. Die letzten hundert Meter musste man zu Fuß gehen, auf einem felsigen Pfad durch verdorrtes Gras und über flüchtende Eidechsen. Als wir uns plaudernd und lachend dem Haus näherten, tauchte in der Eingangsnische ein Mädchen auf, das uns schlecht gelaunt entgegenblickte. Alles, was sie am Leib trug, waren ein Tanga und ein voller Schopf heller, brauner Haare. Der Kontrast zwischen ihrer mürrischen Miene und ihrem makellosen Körper verpflichtete mich, ihr zu besserer Laune zu helfen. Der Grund dafür lag auf der Hand: schließlich war Geoffrey in der vergangenen Nacht nicht nach Hause gekommen. Und weil der kein guter Lügner war, forderte er mich zum Meineid auf.

»Das ist ein alter Kumpel von mir«, begann er, indem er mich beiläufig vorstellte. »Wir haben uns lange nicht gesehen und sind gestern Abend bei ihm daheim versackt.«

Diese Erklärung konnte die Jury nicht überzeugen.

Also legte ich nach: »Geoffrey hat recht. Wir haben ein Glas Wein zu viel getrunken, und ich konnte ihn danach nicht mehr heimfahren. Ich bin an allem schuld«, gestand ich.

Sie schmollte und verzog das Gesicht wie eine Muslima, der gerade ein Schwein durch die Küche gelaufen ist. Nichts zu machen, dieses Mädchen war ebenso schön wie unversöhnlich. Und da sie in meinem weiteren Leben eine wichtige Rolle spielen sollte, muss an dieser Stelle festgehalten werden, dass unsere Beziehung mit einer Lüge meinerseits und einer frostigen Seele ihrerseits begann. Was immer man daraus schließen mag. Andererseits hatte Geoffrey ein wettergegerbtes Fell, an dem schon so manche Eifersucht abgeperlt war. Wir traten ins Haus und stellten die Einkäufe auf den Tisch.

»Baby, es wäre nett von dir, wenn du uns Frühstück machen könntest«, sagte er. »Mein Freund und ich haben nämlich Hunger.«

»Macht euch selber was«, antwortete sie schnippisch.

Während Geoffrey im Bad verschwand, versuchte ich, die Frau zu besänftigen. In der Regel kriegte ich sowas auch hin.

»Wie heißt du denn eigentlich?«, wagte ich eine erste persönliche Erkundigung, nachdem wir allein im Salon standen. Sie schwieg.

»Dann zeig mir wenigstens, wo die Küche ist und wo ich eine Pfanne finde.«

»Was willst du denn mit der Pfanne?«

»Was schon? Rühreier mit Speck, Tomaten und Zwiebeln backen.«

»Wenn schon, dann braten«, knurrte sie und führte mich in die Küche.

Immerhin war es mir gelungen, ein Gespräch in Gang zu setzen. Ich fing an, mit ihrem Kochgeschirr zu hantieren, wobei sie mich misstrauisch beobachtete.

»Was hältst du davon, wenn du mir ein wenig zur Hand gehst?«, schlug ich nach einer Weile vor. »Zusammen kriegen wir das schneller hin.«

»Um Rühreier zu machen, brauche ich deine Hilfe nicht«, sagte sie schließlich, nahm mir die Pfanne aus der Hand und stellte damit die Ordnung in der Küche wieder her. Dann drückte sie mir drei Tomaten in die Hand und deutete auf den Besteckkasten, in dem die Messer lagen.

»Fang schon mal an, die Tomaten zu schneiden!«

Na also. Allmählich schien sie die Kurve zu kriegen. Für viele von uns Möchtegernhippies war es nicht einfach, bürgerliches Zwangsverhalten durch Toleranz und Unbeschwertheit zu ersetzen. Da war Geoffreys schöne Freundin kein Einzelfall.

»Wie heißt du denn nun?«

Aber da sah ich gerade noch, wie sie mit elegantem Schwung aus der Küche wippte. Ich würfelte die Tomaten. Als sie kurz darauf zurückkam, hatte sie eine Bluse übergezogen.

»Wegen mir hätte das nicht sein müssen. Im Gegenteil, dein Busen hat deiner miesen Laune wenigstens etwas Erbauliches entgegengesetzt«, sagte ich, ein wenig aus dem Konzept gekommen. »Willst du mir nicht mal sagen, wie du heißt?«

»Lisa.«

»Demnächst also Lisa Ramos«, frotzelte ich.

»Wer sagt das?«

»Spüre ich doch, dass du verliebt bist.«

»So? Spürt man das? Das kann sich aber rasch ändern, wenn er noch öfter bei dir übernachtet«, stellte sie fest, während sie die Eier entschlossen am Rand der Bratpfanne aufschlug.

»Bin ich jetzt an deiner Laune schuld?«

Da sie schwieg, sagte auch ich eine Weile nichts mehr.

»Schatz, hast du mein Hawaiihemd schon gewaschen?«, war Geoffreys Stimme zu hören. Und: »Wie weit seid ihr denn mit dem Frühstück?«

»Dein Hemd hängt draußen an der Leine, und das Frühstück könnte längst auf dem Tisch stehen, wenn dein Kumpel mich nicht dauernd anbaggern würde«, rief sie zurück. Und an mich gewandt: »Du, deck mal den Tisch! Wir frühstücken draußen unter dem Feigenbaum.«

Unter Geoffreys aufgesetztem Katerblick ließ Lisas Strenge nach. Während des Essens sah ich sie zum ersten Mal lächeln. Wo kriegte dieser Kerl immer solche Bräute her, fragte ich mich. Und wieso verbringt er die Nacht mit einer langweiligen Holländerin, wo daheim so eine gefährliche Sirene auf ihn wartet? Natürlich war mir bewusst, dass bei vielen Frauen wie Männern das erste Mal Sex so etwas wie eine eigene Qualität darstellt, einzig deshalb, weil es sich um das erste Mal handelt. Da überspielte die Spannung auf das Neue, auf die erste intime Begegnung alles andere, und so war es wohl auch bei Geoffrey. Nach dem Frühstück besprachen sie den weiteren Verlauf des Tages. Lisa war mit Ambrosius, einem Schweizer, verabredet, der sie zum Strand von Salinas mitnehmen wollte. Geoffrey hatte einen Job als Aushilfstaucher bei Paco angenommen und wurde heute gebraucht. Auf Dauer war diese Arbeit allerdings nichts für ihn, denn er litt an Asthma.

Ein paar Tage später saß ich auf der Terrasse des *Montesol* und aß Mandelkuchen, als eine fette Kawasaki vorfuhr und einen Engel vor dem Café absetzte. Erst beim zweiten Hinschauen sah ich, dass es Geoffreys Freundin Lisa war, die auf das Café zusteuerte. Sie trug eine rote Bluse, weiße Shorts und ihre braunen Beine steckten in Cowboystiefeln.

»Was ist das denn für 'ne Braut?«, hörte ich am Nebentisch einen Deutschen sagen. »Genau meine Kragenweite.«

»Ausgerechnet auf dich wird sie gewartet haben«, sagte der andere. »Schlag sie dir aus dem Kopf, sie ist die Freundin von diesem Musiker aus Puerto Rico.«

»Sicher?«

»Ganz sicher. An die kommt so schnell keiner ran. Jedenfalls nicht, solange sie dem Typen gefällt.«

Umso erstaunter waren die Kerle, als Lisa mich erkannte und zur Begrüßung an den Tisch kam.

Ob ich Geoffrey begegnet sei, und ob sie sich zu mir setzen dürfe?

»Es ist mir eine Ehre«, sprach ich im Stile eines *Caballero* und rückte ihr einen Stuhl hin. »Ich hatte dich längst einladen wollen, mich mal auf *Cana Ventura* zu besuchen.«

Der Kellner erschien, und sie bestellte Milchkaffee, während ich ihre aufreizend braunen Beine betrachtete. Nun sind die Beine nicht unbedingt der Sitz der Würde einer Frau, aber aus irgendeinem Grund hat der liebe Gott sie so gestaltet, wie sie sind, und aus einem komplementären Grund hat er unsere Hirne so ausgestattet, dass wir zuerst auf die erotischen Reize reagieren. Ehe ich mir also Gedanken machte, was für philosophische Gespräche man mit Lisa möglicherweise würde führen können, stellte ich mir vor, wie sie sich wohl im Bett anfühlte ... Meine Neugier war geweckt, seit ich sie das erste Mal gesehen hatte.

»Ob ich dich mal besuchen komme, hängt davon ab, wie Ambrosius Zeit hat. Das ist der Junge, der mich gerade hier abgesetzt hat, sozusagen mein Chauffeur«, sagte sie.

»Ist Schluss mit Geoffrey?«

»Wieso sollte Schluss sein? Ambrosius ist sein Freund, ein schwuler Schweizer. Der einzige Kerl, mit dem Geoffrey mich ausgehen lässt.«

»Warum kümmert der sich denn selbst nicht um sein Mädchen?«, wollte ich wissen.

»Das frage ich mich zuweilen auch.«

Unser Gespräch wurde unterbrochen, weil ein offener Buggy vorbeifuhr, aus dem heraus Lisas Name gerufen wurde. Es war Nora, die kurz darauf zu uns an den Tisch kam. Ich wunderte mich, dass die beiden Mädels sich kannten, und Lisa wunderte sich, dass Nora mich küsste.

»Ihr kennt euch?«, erkundigte sie sich.

»Was heißt kennen«, lachte Nora. »Ich wohne bei Harry.«

»Dann muss ich ja wirklich mal bei euch vorbeischauen«, entspannte sich Lisa.

»Darf auch ich erfahren, woher die Damen sich kennen?«, fragte ich, als eine kleine Pause entstand.

»Wir haben uns durch *Candela* kennengelernt«, erklärte Nora. »Eine Salsa-Band aus Würzburg, mit der auch Lisa nach Ibiza gekommen ist. Geoffrey spielt zuweilen die Congas bei *Candela*. Du kannst die Truppe jeden Mittwoch auf dem Hippiemarkt von Es Cana erleben.«

Wir saßen noch eine Weile zusammen, ehe Ambrosius wieder vorgefahren kam und Lisa sich auf den Sattel schwang. Nora nahm mich mit zu dem Restaurant, wo sie arbeitete, weil sie mir eine Kostprobe ihre Kochkünste geben wollte.

Ein paar Tage später lief mir Geoffrey über den Weg.

»Ich würde dir gerne mal wieder so einen Hasen, wie seinerzeit in Salinas die kleine Engländerin, ausspannen. Wer lümmelt sich denn derzeit auf deinem Wasserbett herum?«

Um ehrlich zu sein, gefiel mir Geoffreys freche Art, in jedem Revier zu wildern, in dem er Beute vermutete. Auch wusste ich, dass er ein unkompliziertes Verhältnis zu den Frauen unterhielt: Er wollte nur mit wechselnden Partnerinnen in die Kiste, und basta. Viele seiner »Hasen« auf Ibiza wollten ihrerseits nichts anderes. Ich hingegen plagte mich mit Persönlichkeitsstörungen, die einen unverkrampften Zugang zu Frauen behinderten. Ich wollte Liebe geben und ahnte nicht, dass ich gar nicht dazu in der Lage war. Ich meinte es mit jeder Frau ernst, zumindest dachte ich das, und wenn die Sache auf einen *one-night-stand* hinauslief, hatte ich gleich ein schlechtes Gewissen. Denkbar ungünstige Voraussetzungen, um sich auf Ibiza von katholischer Internatsmoral freizuficken. In meinem Wasserbett lümmelte sich somit außer mir niemand herum.

»Sprechen wir lieber von deinem Täubchen«, sagte ich anerkennend. »Da hast du ja wirklich ein richtiges Juwel gefunden.«

»Sie hat mich gefunden, hermano«, belehrte mich Geoffrey. »Männer glauben immer, die Frauen aufzureißen. Dabei ist es meistens so, dass die Frauen die Männer umgarnen. Die Ladies halten das Steuer der Liebe in der Hand, und sie lassen es nicht gerne los.«

»Ist das so … auch bei Lisa?«

»Claro. Siehst du denn nicht, wie sie mich um den Finger wickelt?«

»Vielleicht will sie dich ja heiraten«, provozierte ich.

»Heiraten!«, lachte er. »Ohne mich. Heiraten ist was für Spießer. Ich werde niemals heiraten!«

»Nicht einmal, wenn Lisa dich darum bitten würde?«

»Spinnst du? Die haut in vierzehn Tagen ab nach Würzburg, und das war's dann. Dann holt sich Dr. Ramos ein neues Kätzchen ins Bett.«

Zweifellos meinte er, was er sagte. So war er, und nicht zuletzt deshalb mochte ich ihn.

»Du hast also nichts dagegen, wenn ich sie dir ausspanne? Sozusagen als Revanche für Eleanor?«

»Du glaubst doch nicht etwa, dass dir das gelingt?«, lachte Geoffrey.

»Einen Versuch ist es allemal wert. Wenn du, wie du sagst, nach dem Sommer kein weiteres Interesse an ihr hast, werde ich mich um sie bemühen. Ich warte, bis sie wieder in Deutschland ist und werde dann sehen, was sich machen lässt. Um ehrlich zu sein, ich glaube, ich mag sie lieber als du.«

»Das mag so sein«, sagte Geoffrey. »Aber du wirst keine Chance haben, solange ich am Start bin.« Und dann sprach er die historischen Worte, die mir heute noch im Ohr klingen: »Solange Dr. Ramos seine Injektionen setzt, hat kein anderer Kerl eine Chance!«

Starker Tobak, aber das Grinsen, welches seine Worte begleitete, war von Selbstironie unterlegt, und darauf gaben wir uns als Freunde die Hand. Mit einem *»Don't waste your time, hermano!«* verabschiedete er sich von mir.

Tatsächlich stattete Lisa mir ein paar Tage, bevor sie Ibiza verließ, noch einen Besuch ab. Von Ambrosius begleitet tauchte sie eines Abends auf *Cana Ventura* auf, nachdem sie mich zuvor zweimal versetzt hatte. Wir unterhielten uns, rauchten eine Tüte, und ich gab ihr zu verstehen, dass ich sie mochte. Als kleinen Etappensieg wertete ich ihr Einverständnis, sie in vier bis sechs Wochen in Würzburg besuchen zu dürfen. Als sie sich verabschiedete, hatte ich mich verliebt. Zumindest dachte ich das.

Unterdessen hatte Nora sich mit einen Bekannten von Lisa angefreundet. Enrico war ein gut aussehender junger Mann aus Lohr am Main. Er war Keyborder und der Bandleader von *Los Hermanos*. Von Beruf war er Arzt, aber er lebte zweigleisig: als Mediziner und als Musiker.

Enrico bildete zusammen mit seinem Freund Gino das Rückgrat der Band, die aus wechselnden Mitgliedern bestand. Der Sound, den die *Hermanos* perfekt beherrschten, war der von Salsa und Latin-Jazz. Als ich sie zum ersten Mal auf dem Hippie-Markt in Es Cana spielen hörte, war ich sofort begeistert. Sowohl Geoffrey als auch Lisa gehörten zum erweiterten Kreis dieser Bande, die aus bis zu zehn Leuten bestand. So hatte der Zufall es eingerichtet, dass sich zur gleichen Zeit Nora und Enrico sowie Lisa und ich kennengelernt hatten. Als der Sommer zu Ende ging, folgte Nora ihrem neuen Freund nach Deutschland. Lisa hatte vor, Modedesign zu studieren, konnte mir aber noch keine Adresse geben. Irgendwie schien vieles im Umbruch zu sein im Sommer 1975.

Nachdem die Touristen fort waren und sich die Insel Ende September geleert hatte, ließ ich mich von zwei Freunden überreden, sie nach Marokko zu begleiten. Hans und Lobo hatten vor, ein paar Kilo Shit zu kaufen, aber sie wussten nicht, wie sie das anstellen sollten. Also sagte ich zu, mitzufahren und ihnen das Zeug zu besorgen.

Hans Hass, ehemals Mitbewohner der Bogenhausener Wohngemeinschaft, surfte vorzugsweise in der Bugwelle schöner Frauen. Er war ein veritabler Lebenskünstler. Hans verdiente sich seine Brötchen durch kleine Rollen beim Film, als Schlagersänger und Filmmusik-Komponist. Er schlug sich durchs Leben, wie immer es ihm möglich war; und wenn es klamm in seiner Tasche wurde, entsann er sich seiner Eltern. Er versuchte sich in unzähligen Projekten, meist auf dem Gebiet der Musik, meist mit bescheidenem Erfolg. Anfang der siebziger Jahre war er ein paar Monate in Indien gewesen, wo er sich von den Lehren des Bhagwan hatte inspirieren lassen. Fortan kleidete er sich orange und hängte sich die Mala um den Hals.

Relativ bald, nachdem wir *Cana Ventura* bezogen hatten, richtete sich Hans dort im Gästezimmer ein, und so blieb es, bis ich Ende 1980 das Haus aufgab.

Ich mochte ihn gut leiden, denn er hatte Charakterzüge, die mich faszinierten: unter anderem seine chaotische Lebensweise, sein beharrliches Ignorieren des Primats der Ökonomie, seine pazifistische Grundhaltung und sein entwaffnender Charme. Wo Hans war, da schien die Sonne, und wo die Sonne scheint, da legen die Mädchen überflüssiges Textil ab. Seine aufregendste Romanze dürfte die zarte Freundschaft mit Nastassja Kinski gewesen sein, ehe sie von Roman Polanski entdeckt und nach Paris »entführt« wurde. Hans sah blendend aus, war nie übel gelaunt und auch, wenn er von manchen Weggefährten nicht ernst genommen wurde, so lag er doch mit niemandem in Streit. Die Leute konnten ihm schlecht etwas abschlagen, denn sie wären sich dabei vorgekommen, als hätten sie einem Kind die Schokolade verweigert. Hans Hass war zwar kein Ganove, aber ein Nomade war er zweifellos, und es gibt in der Folge noch einiges über ihn zu erzählen.

Wieder einmal stand die Reise unter keinem guten Stern. In Fès lockten Hans und Lobo, der ihm bei der Besteigung des Venushügels in nichts nachstand, ein Mädchen ins Hotel und brachten ihm Dinge bei, die es auch anderswo und vor allem ein paar Jahre später hätte lernen können. Jedenfalls informierte der Portier einen Cousin der jungen Dame, und wir waren gezwungen, die Stadt Hals über Kopf zu verlassen.

Zwei Tage später übersah ich in Ifrane einen Wagen, der zwar aus einer kleinen Nebenstraße kam, aber dennoch Vorfahrt hatte. Es kam zu einem heftigen Zusammenstoß, der Unfallgegner überschlug sich mehrmals, und ich war erleichtert, als ich den Berber unverletzt aus dem Wrack klettern sah. Beide Autos waren Schrott. Im Nu hatten sich tausend Leute versammelt, und irgendwann waren auch die Gendarmen da und machten sich wichtig. Man deutete an, dass die Untersuchung des Unfalles ein positives Ende für mich nehmen könne, wenn ich bereit sei, ein gewisses Bakschisch zu zahlen. Das Problem: Ich war mit einem englischen Pass unterwegs, konnte dazu aber den passenden Führerschein nicht vorlegen. So beschloss ich, die glücklose Reise unverrichteter Dinge abzubrechen, den Schrotthaufen auf dem Polizeigelände liegen zu lassen und mit meinen Komplizen nach Spanien zu verschwinden. Zum Glück war der geliehene Seat voll versichert.

Hans und Lobo hatten aus Afrika zwar kein Haschisch mitgebracht, aber dafür ein paar »moslemische Weiber gefickt«, was Lobo in den Hafenkneipen von Ibiza wie einen Sieg der christlichen Heere über den Islam verkaufte.

Ende September schloss ich *Cana Ventura* ab und setzte mich in einen Flieger nach München. Die Sache mit Lisa wollte ich unbedingt weiter verfolgen, auch wenn ich in Erfahrung gebracht hatte, dass Geoffrey mit ihr zurück nach Deutschland geflogen war. In München angekommen, stellte ich fest, dass Bea und Richie noch in Amerika weilten. Der Flur lag voller Werbepost, was man auf Ibiza überhaupt nicht kannte. Es nervte, zu sehen, wie viel Konsumdruck schon damals in Deutschland auf uns ausgeübt wurde, zumal es meistens um überflüssigen Kram ging, um Heimsolarien, Lachsäcke, Firlefanz.

Nachdem ich mich ausgeschlafen hatte, machte ich mich auf den Weg nach Norden. Von irgendwem hatte ich erfahren, dass der komplette *Candela*-Tross das Wochenende über in Ochsenfurt gastierte. Jochen H., ein Freund und Gönner der Musiker, hatte sie auf seine Mühle eingeladen, die ein wenig außerhalb der Stadt in einem Tälchen lag. Dort hoffte ich, Lisa anzutreffen. Als ich den Wagen auf dem Hof der Mühle abstellte, kam Nora aus dem Haus, um mich zu begrüßen. Die ganze Band war anwesend, ein guter Geist wehte durch die Zimmer, und aufgrund der schönen Frauen knisterte es vor Erotik. Geoffrey lag krank im Bett, sein Asthma machte ihm wieder mal zu schaffen. Von daher war es eine ungleiche Konkurrenz zwischen uns beiden.

Als ich die Mühle nach zwei Tagen wieder verließ, war die Doktrin des Dr. Ramos widerlegt. Lisa saß neben mir im Auto, und ich erfreute mich an ihren noch immer ibizabraunen Beinen und ihrem verliebten Blick. Zu Geoffreys und meiner Ehrenrettung muss gesagt werden, dass wir uns bei der nächsten Begegnung darüber verständigten, dass alles korrekt gelaufen sei. Da gab es meinerseits kein schlechtes Gewissen, ebenso wenig Eifersucht bei ihm. Im Übrigen dauerte es nur wenige Tage, ehe Geoffrey in Würzburg ein Mädchen kennenlernte, das Lisas Rolle an seiner Seite perfekt übernahm. Aber mehr als ein paar Monate wollte er nicht neben derselben Frau aufwachen. So wie die Kamele in der Wüste von einer Oase zur nächsten wandern, so schweifte Geoffrey von einer Frau zur anderen, wobei er weder unglücklich war noch glücklich. Frauen waren für ihn wie Wasser, das in unendlicher Fülle um ihn herum sprudelte, und welches, kaum aus der Quelle geschöpft, zwischen den Fingern verrinnt. Vielleicht hatte er von all den Männern, die ich seinerzeit kannte, das unverkrampfteste und ehrlichste Verhältnis zu den Frauen. Ich weiß es nicht.

Jedenfalls war Lisa eine Frau mit Idealen, die sich nicht mit Geoffreys *»Laissez-Baiser-Mentalität«* anfreunden konnte, und deshalb hatte sie ihn verlassen. Den ersten Schwung ihrer Verliebtheit ausnutzend, überredete ich sie, das begonnene Studium an der Meisterschule für Mode aufzugeben und mit mir nach Ibiza zu gehen. Das hatte sowohl Vor- als auch Nachteile. Wo man mehr fürs Leben lernt, wie man seine Zeit sinnvoller verbringt, das sind schwer zu beantwortende Fragen. Sicher ist nichts: Manche Menschen suchen die eingefahrenen Geleise des gemeinen Haufens, andere springen ins kalte Wasser, beide auf der Suche nach Lust und Leid, nach Glück oder Melancholie. Man täusche sich nicht: Es gibt Menschen, die sind nicht nur in der Liebe, sondern auch im Leiden glücklich. Der Gedanke stammt übrigens von Dostojewskij, einem Mann, der sich in diesen Dingen auskannte.

Die letzte erfolgreiche Reise nach Ketama war die mit Carmen vor fast einem Jahr gewesen, seither hatte ich bis auf das Kokaingeschäft mit Faye nichts mehr verdient. Das Haus auf Ibiza, die Reisen und meine zahlreichen neuen »Freunde« hatten mein Konto schrumpfen lassen. Es wurde Zeit, wieder Geld zu verdienen.

Pit hatte sich einen blauen Mercedes 250 S zugelegt und erklärte sich bereit, das Risiko noch einmal auf sich zu nehmen. Um es kurz zu machen, auf der Rückreise von Afrika nach Europa wurde er in Algeciras geschnappt. Offenbar war er verraten worden. Wie Pit später berichtete, hatte man ihn bei der Zollkontrolle gezielt heraus gewinkt, den Wagen in eine Garage beordert und dort den Tank abmontiert.

Für Pit hieß das Knast und für mich Totalverlust: Wir hatten einen Freund verloren, den Wagen und die gesamte Investition. Da meine Mittel beschränkt waren, konnte ich keinen Anwalt einschalten. Der Rechtsanwalt Estrada, der Richie im Jahr davor noch verteidigt hatte, wollte *cash* sehen. So vertagte ich meine Initiative, Pit zu helfen und investierte die letzten Peseten in einen Flug nach Ibiza, wo ich immerhin ein Dach über dem Kopf hatte. Lisa kochte etwas Leckeres und wir leckten ein paar Tage lang unsere Wunden. Nach einer Woche bot mir Helmut Lampert, einer der Pioniere im Ferien-Entertainment, eine Mitfahrgelegenheit nach München an. Die Reise durch die verschneite Schweiz ist mir nicht zuletzt deshalb in Erinnerung geblieben, weil Helmut, ein hervorragender Erzähler, mir unterwegs von seiner Kindheit berichtete, dabei auch die Geschichte nicht aussparte, als er im Internat von einer jungen Nonne verführt wurde, die mit ihren schlanken keuschen Händen seinen noch schlankeren Jungenpenis streichelte und ihn, als sie ihn für groß genug befand, heftig atmend in ihr nasses Möslein steckte … eine Geschichte, die mich dermaßen erregte, dass ich Helmut bat, auf der Stelle damit aufzuhören oder das nächste

Nonnenkloster anzusteuern. Aber da fuhren wir gerade am Genfer See vorbei, wo bekanntlich mehr Millionäre leben als Nonnen.

Wir erreichten München, ohne unterwegs übernachtet zu haben. Zum Glück waren Bea und Richie aus den USA zurück und konnten mir mit ein paar hundert Mark aushelfen. Aus Richie war ein waschechter Gringo geworden. Wenn er mir von den Delikatessen-Restaurants in New York erzählte, hätte man glauben mögen, die Küche von Paul Bocuse sei eine Imbissbude im Vergleich; wenn er von den Radiostationen in Los Angeles schwärmte, kamen einem die europäischen Musiksender wie die institutionalisierte Langeweile vor; wenn er vom Business in Amerika redete, hatte man den Eindruck, Howard Hughes wartete bloß noch auf uns beide, um endlich richtig loslegen zu können. Dennoch hörte ich ihm aufmerksam zu, und die Idee, gemeinsam in die Staaten zu fliegen, gewann an Reiz. Fürs Erste hatte er ein paar Kilo Türkis-Schmuck aus New Mexico dabei, den er innerhalb einer Woche mit gutem Profit verkaufte. Wir beschlossen, trotz des Umstands, dass Pit geschnappt worden war, erneut unser Glück in Marokko zu suchen. Diesmal sollte Bobby, ein Amerikaner, den Bea aus Ibiza kannte, den Stoff in seinem Wohnmobil transportieren. Meine Aufgabe war, die Ware in Ketama zu beschaffen, und Richie würde sich um den Verkauf auf Ibiza kümmern. Im Dezember brachen wir von München aus auf. Lisa und ich fuhren in unserem spartanisch eingerichteten VW-Bus, Richie und Bea »standesgemäß« in einem 220 SE Coupé, das er gerade einem Arzt in Regensburg abgekauft hatte, ein gut erhaltenes, elegantes Fahrzeug. Diesmal benahm sich Richie den Franzosen gegenüber höflicher als im Jahr davor. Die Fahrt durch die spätherbstliche Bourgogne war ausgelassen, oft tauschten wir die Plätze, über weite Strecken fuhr Lisa zusammen mit Richie, und Bea stieg zu mir in den Bus. Unterwegs hörten wir Kassetten, welche die beiden aus Los Angeles mitgebracht hatten, Mitschnitte von Pop- und Rock-Shows kalifornischer Radio-Stationen, Musik mit Ansagen, wie wir sie im Bayerischen Rundfunk von den biederen Moderatoren Gottschalk, Egner und Jauch noch nie gehört hatten.

Auf dieser Reise lernte ich Bea endlich besser kennen und auch mögen. Was die Lebensgemeinschaft zwischen den beiden anging, so spielte sie, wie schon erwähnt, die dominantere Rolle. Sie organisierte die Geschäfte in Holland, die, solange wir uns kannten, wirtschaftliche Basis ihrer Beziehung blieben. Sie bestimmte, wann ein Aufenthalt in Ibiza eingelegt wurde, wann eine Reise in die USA anstand, wann sie wieder den Nerv für einen Monat Germany hatte.

Als ich später die Worte von Oriana Fallaci las (»*Die amerikanische Frau ist ein Mann!*«), da drängte sich mir sofort Bea Sarro in den Sinn. Mit den Deutschen und ihrer Lebensart hatte sie ihre Probleme, aber nicht etwa, weil sie jüdischer Abstammung war, sondern weil die Deutschen in ihren Augen unerträgliche Ordnungsfanatiker seien.

Als New Yorkerin fand sie das gesellschaftliche Leben in München provinziell, die Leute langweilig, sogar der Wahnsinn der Deutschen sei eine Spur zu bieder, was ausgerechnet von einer Jüdin ziemlich makaber klang. Was immer Bea zum Abenteuer Heroin veranlasst haben mochte, sie war voll und ganz bei der Sache, und logischerweise steuerte sie auf irgendein Chaos zu. Dagegen war Richie machtlos, und ich bin sicher, hätte er sich damals, als er aus dem spanischen Knast freigelassen wurde, von ihr getrennt, er hätte länger gelebt. Aber Bea hatte sich, während er in Málaga im Kittchen saß, um ihn gekümmert, sie stand vor dem Gefängnistor, als er entlassen wurde, und gewiss hat sie ihn in den Tagen danach nach allen Regeln ihrer Zungenkünste verführt, denn das mochte er. Im Allgemeinen hielt Bea ihren Mann an der Leine, und wenn wir allein waren und ich irgendeine Zusage von ihm forderte, spürte ich jedes Mal sein Unbehagen, ohne Bea eine Entscheidung treffen zu müssen. Richie bemühte sich, viel Rücksicht auf sein *sweetheart* zu nehmen.

Zurück zu unserer Reise, die uns in zwei Tagen bis nach Valencia führte, wo Bobby mit seiner Frau und drei sommersprossigen Kids in einem schmucklosen Apartment wohnte. Die Sache gefiel mir von Anfang an nicht, und die Vorstellung, diese sympathische Familie könne den Weg in Knast und Kinderheim antreten, beunruhigte mich. Auch Beas Versicherung, Bobby sei ein alter Hase, der lasse sich so leicht nicht schnappen, konnte mein Unbehagen nicht ausräumen. Wenn ich heute daran denke, wird mir klar, dass ich mein Veto hätte einlegen sollen. Damals ließ ich mich jedoch von Bea zu dem Dope-Run überreden. Wir kamen also überein, dass Lisa und ich vorfahren sollten, um in Marokko alles vorzubereiten. Bobby und der Rest der Bande sollten eine Woche später ankommen, in Fès wollten wir uns treffen.

Lisa und ich machten uns also auf den Weg nach Afrika. In Torremolinos übernachteten wir, in Algeciras setzten wir nach Ceuta über, und über den Grenzübergang Bab Sebta reisten wir ins Königreich Marokko ein. Spät am Abend des zweiten Tages erreichten wir Ketama. Den Bus parkten wir in einem Bergdorf, weit ab von der Straße, tief in einem Tal versteckt. Als wir am nächsten Morgen in Achmed Kojos Hütte erwachten, lag draußen mehr als ein halber Meter Schnee. Kein Gedanke daran, den Wagen zurück zur befestigten Straße bewegen zu können, wir waren eingeschneit. Am Tag danach wurden wir Zeugen eines seltenen Himmelphänomens: Ein warmer Wind wehte feinen roten Staub aus der Wüste heran, der sich wie Nebel über die Berge legte und nach und nach auf das schneebedeckte Land sank, wo mit einem Mal alles rosarot leuchtete. So etwas hatten selbst die alten Berberinnen noch nie gesehen. Achmeds Mutter vermutete, dass Allah hinter dem Himmelszeichen stecke, und ehrlich gesagt, ganz abwegig fanden Lisa und ich das auch nicht. Wie sollten sich die einfachen Leute den feuerroten Himmel sonst erklären?

Schnee hin, Schnee her: Ich hatte in Fès einen Termin mit Bea und Richie, darum blieb uns nichts anderes übrig, als mit dem Linienbus aufzubrechen, was wiederum bedeutete, dass wir zu Fuß über den Bergsattel steigen mussten. Spät am Abend brachen wir auf. Achmed hatte Lisa einen Esel gesattelt und dem Tier den ungewöhnlichen Auftrag erteilt, mein Mädchen durch den knietiefen Schnee ins Tal zu tragen. Bei Vollmond und dünnen Wölkchen machten wir uns auf den Weg: der Berber und ich zu Fuß, Lisa auf dem Esel. Den Anstieg packten wir, als es aber bergab ging, glitt der Esel immer wieder aus, ging in die Knie und Lisa landete jedes Mal im Schnee. Nach einer Weile wurde mir klar, dass wir es so nicht schaffen würden, und zu meinem Erstaunen erklärte sie sich bereit, zum Dorf zurückzureiten. Sie habe keine Angst, allein bei den Berbern auf meine Rückkehr zu warten, was mich wiederum sehr beeindruckte. Schließlich kannte sie hier niemanden und war noch nie zuvor im Rif gewesen. Auch sprach sie kein Französisch, was eine Unterhaltung mit den Leuten erschwerte. Mein Respekt vor ihr wuchs enorm: Mein Mädchen war kein Hasenherz, das stand fest. Ich sehe sie heute noch auf dem Esel sitzend durch tiefen Schnee im Mondlicht über den Berggrat in eine unbekannte Nacht verschwinden.

Mein Begleiter und ich erreichten in zwei Stunden die Hauptstraße, wo ich früh um vier den Bus erwischte. Als ich endlich in Fès im Hotel ankam, um meine Freunde zu treffen, lag dort ein Telegramm. Sie hatten die Sache abgeblasen, Bea und Richie waren schon auf dem Weg nach München. Später erklärte mir Richie, Bobby habe auf einmal ein ungutes Gefühl gehabt, die Sache sei ihm plötzlich zu riskant erschienen, und auch seine Frau habe nicht mehr mitmachen wollen. Womit sie ja vollkommen recht hatte: Der Schmuggel von verbotenen Drogen bringt ein paar Jahre Knast ein, wenn man erwischt wird, und da reicht es, wenn einer allein geschnappt wird. Letztlich teilten sie die Bedenken, die ich von Anfang an gehabt hatte. Irgendwie war ich erleichtert, aber da wir nun einmal in Afrika waren, betrachteten Lisa und ich die Reise als eine Art vorgezogene Flitterwoche.

Als ich nach zwei anstrengenden Tagen wieder nach Ketama zurückkehrte, war es dunkel. Einer von Achmeds Jungen aus dem Teehaus brachte mich auf dem Moped hinauf zum Dorf. Der Schnee war über Nacht geschmolzen, stattdessen waren die Wege zu einer roten Schlammpiste aufgeweicht. Als wir uns dem Haus näherten, hörte ich Lisa schon von Weitem lachen. Sie saß mit zwei Veteranen des Rif-Feldzugs von 1921 am warmen Ofen und rauchte Kif. Alles war in bester Ordnung. Die Nachricht, dass es diesmal kein Geschäft gebe, nahm Achmed mit einem Achselzucken hin. Kismet.

Lisa und ich blieben noch einen Tag in den Bergen, ehe wir aufbrachen. Da wir außer einem kleinen Rauchpiece keine Drogen an Bord hatten, fuhren wir unbeschwert mitten in der Nacht los. Ich hatte beschlossen, ihr die Stadt Fès zu zeigen, ehe wir uns auf den langen Weg nach Hause machten. Wir hörten die gute Musik von

Steely Dan, Jefferson Airplane und Van Morrison, die ich immer dabei hatte, wir unterhielten uns angeregt, schmiedeten Pläne. Derartig vertieft in unser Gespräch, bemerkten wir nicht, dass wir seit geraumer Zeit verfolgt wurden. Auf einem flachen Streckenabschnitt – die Berge lagen schon hinter uns – hielt ich an, um einen Wackelkontakt am Kassettenrekorder zu beheben. Während ich mich hinunterbeugte, machte Lisa mich darauf aufmerksam, dass vor uns ein Wagen hielt. Tatsächlich waren es zwei Autos, die uns in die Zange genommen hatten. Ein Mercedes dicht vor uns und ein Peugeot direkt hinter uns.

Wir saßen in der Falle! Noch ehe ich mir darüber im Klaren war, was hier gespielt wurde, standen ein halbes Dutzend vermummter Kerle neben mir auf der Straße und schlugen gegen das Fenster. Ich öffnete die Tür und sprang aus dem Bus. Im Nu hatte ich ein Messer am Hals.

»Was zum Teufel geht hier vor? Qu'est-ce que vous voulez?«, stieß ich hervor.

»Wir wissen, dass du Haschisch transportierst«, sagte der Anführer. »Wir kennen dich. Du warst nicht zum ersten Mal in Ketama.«

»Wenn schon. Ich habe kein Haschisch gekauft«, erklärte ich empört.

»Dann hast du bestimmt Geld«, sagte der Mann.

Ich sah meine Chance. Einige der Kerle glotzten schon in den Wagen und fixierten Lisa, wahrscheinlich ließen sie ihren erotischen Fantasien freien Lauf.

»Wieviel Geld wollt ihr denn?«, fragte ich.

Aus einem unerfindlichen Grund sagte der Typ: »12.000 Mark!«

»So viel habe ich nicht. Alles was ich noch im Auto habe, sind etwa 9.000 Mark und ein paar Dirham.«

»Dann gib sie sofort her!«, brüllte der Wortführer hysterisch.

Als ich das Messer vor meinem Gesicht aufblitzen sah, gab ich dem Angreifer einen Stoß mit dem Ellenbogen und befreite mich energisch von den Griffen, die mich am Ärmel der Lederjacke gepackt hielten. »Lasst mich los«, forderte ich sie auf, »ich gebe euch das Geld ja. Ich muss es aber aus dem Auto holen.«

Das erschien ihnen logisch. Zum Glück, dachte ich noch, haben die Kerle keine Knarre dabei. Ich öffnete die Tür, schüttelte den letzten der Ganoven ab, sprang in den Bus und verriegelte das Auto von innen. Unter wütendem Geschrei und heftigen Schlägen gegen die Fensterscheiben startete ich den Motor Der Bulli verfügte wegen seines Alters über massive Stoßstangen. Zuerst legte ich den Rückwärtsgang ein und rammte den hinter uns stehenden Peugeot, dann gab ich dem Mercedes vor uns einen Stoß, bis die Lücke groß genug war, um auszuscheren. Mit Vollgas und Herzklopfen rasten wir davon. Lisa blieb erstaunlich ruhig. Sie blickte laufend nach hinten, um zu sehen, was die Ganoven vorhatten.

Doch es dauerte nicht lange, ehe die Verfolger hinter uns waren. Es war gegen vier Uhr früh, außer uns war niemand auf der Straße, und bis nach Fès, schätzte ich, waren es noch 100 Kilometer. Ich war entschlossen, unsere Verfolger nicht vorbei zu lassen. Mehrmals setzte der Mercedes zum Überholen an, aber ich machte den Bus »breit« und ließ keinen Zweifel, dass ich sie notfalls von der Chaussee drängen würde. So ging die Fahrt dahin. Ich fuhr so schnell es die Piste zuließ und mit der Geschwindigkeit, die die 44 PS des Fahrzeugs zuließen. Mit Sorge beobachtete ich den Benzinpegel, denn es war fraglich, ob der Sprit bis Fès reichen würde. Etwa auf der Hälfte der Strecke führte die Straße noch einmal über eine Hügelkette. Auf der Anhöhe wurden wir von einer Baustelle überrascht: Direkt hinter einer Kuppe hörte der feste Belag auf, dort war die Fahrbahn abgesenkt worden. Als wir mit über achtzig Sachen über den Sattel geflogen kamen, fand ich mich unvermittelt auf Schotter wieder und merkte beim Einlenken in die folgende Rechtskurve, dass der Wagen ausbrach. Links gähnte ein Abgrund, dessen Tiefe ich nur erahnen konnte. Wenngleich ich den Bulli recht gut beherrschte, verlor ich die Kontrolle und wir drehten eine Pirouette. Lisa stieß einen kurzen Schrei aus, aber dann standen wir sicher. Der nachfolgende Mercedes kam ins Schleudern und driftete querstehend auf uns zu, während ich den VW-Bus schon wieder in Fahrtrichtung rangiert hatte und unsere Flucht fortsetzen konnte. Im Rückspiegel sah ich gerade noch, wie der Peugeot über die Straße hinaus schoss und in den Abgrund verschwand, wobei die gelben Finger der Scheinwerfer über den gegenüberliegenden Hang zuckten.

Als wir wieder in flaches Land kamen, war von den Verfolgern nichts mehr zu sehen. Lisa blickte immer wieder prüfend zurück, aber wie es schien, hatte uns die Baustelle gerettet.

Beim Morgengrauen erreichten wir Fès. Der Frühverkehr hatte bereits begonnen, die ansteigende Stadtautobahn war belebt. Da, wo das eigentliche Stadtgebiet beginnt, mussten wir vor einer Ampel halten. Plötzlich stand der Mercedes wieder neben uns. Im Inneren erkannte ich Mohamed, meinen früheren Lieferanten, der mich vor einem Jahr betrogen hatte. Er war in Begleitung einiger Typen, an die ich mich ebenfalls erinnerte. Sie drohten mir mit der Faust, hielten einen Dolch in der Hand und sparten nicht mit Halsabschneide-Gesten. Lisa hatte mich über dem Knie gepackt und am Druck, den sie ausübte, spürte ich, wie angespannt sie noch immer war.

Zum Glück standen wir ziemlich weit vorne, und auf dem Rondell vor uns regelte ein früher Polizist den Verkehr. Als die Ampel auf Grün sprang, blieb ich stehen. Unsere Verfolger waren irritiert, setzten sich allerdings in Bewegung, als der Gendarm wütend in seine Trillerpfeife blies und uns durch hysterisches Gestikulieren aufforderte, weiterzufahren. Den Fahrer des Mercedes verließ der Schneid, und so fuhr er in den Kreisverkehr ein. Kaum dass er Platz gemacht hatte, schnitt ich dem nachfolgenden Wagen den Weg ab, überquerte den Mittelstreifen und raste den Berg hinunter, den wir gerade hochgekommen waren, derweil Mohamed und seine Häscher oben auf dem Plateau im Kreis herumfuhren und vergebens nach uns Ausschau hielten. Nach ein paar hundert Metern bog ich in die Altstadt ab, und dort in den engen Gassen brachten wir uns mit klopfenden Herzen in Sicherheit. Schließlich fanden wir das Hotel *Palais Jamaï*, das über eine Garage verfügte, in der wir den Bulli verstecken konnten. Dem Parkplatzwächter drückte ich ein Trinkgeld in die Hand und bat ihn, unser Auto nicht aus den Augen zu lassen. Die Anspannung fiel erst von uns ab, als wir auf dem Zimmer waren und uns umarmten. Lisa zitterte am ganzen Körper und mir wurden die Knie plötzlich weich, als das Adrenalin versiegte. So waren wir völlig unvorbereitet in ein Abenteuer geraten, hatten es mit mehr Glück als Mut überstanden und waren froh, mit heiler Haut davon gekommen zu sein.

In Fès angekommen, bemerkten wir ungewöhnlich viele Menschen auf der Straße, fast alle in grüne Schals oder Fahnen gehüllt. Wie sich herausstellte, hatte der König im gesamten Land Menschen mobilisiert, die sich auf einen Marsch nach Spanisch Westsahara begeben sollten, ein Land, das südlich an Marokko anschließt, das aber damals noch eine spanische Kolonie war. Durch diesen »Grünen Marsch« wollten die Marokkaner ihren Anspruch auf die Westsahara bekräftigen, von der sie behaupteten, sie habe in früheren Zeiten zum Königreich Marokko gehört. Und weil der Weg von Fès zur südlichen Grenze ein wenig zu lang für einen Fußmarsch ist, hatte der König Dutzende von Viehwaggons in die Stadt beordert, mit denen die aufgeputschten Nationalisten gen Süden verfrachtet werden sollten.

Wir blieben zwei Tage in Fès und ich zeigte Lisa den Kerker, in dem ich zwei Jahre zuvor eingesperrt gewesen war. Immer auf der Hut, Mohameds Männern nicht noch einmal unvorbereitet zu begegnen, durchstreiften wir die alte Königsstadt. Wir besuchten einen Nachtclub, wo marokkanische Musik gespielt wurde, und wir trafen auf Touristen aus der DDR, deren Reiseleiter ängstlich darauf achtete, dass die Funktionäre aus dem Arbeiter- und Bauernstaat nicht in Kontakt mit dem Klassenfeind gerieten, denn als solchen sahen sie Lisa und mich wohl an.

Die Aufregungen nahmen kein Ende. Auf der Straße nach Melilla hätte Lisa unserem Leben fast ein Ende gesetzt. Sie saß am Steuer und hielt mit Vollgas auf eine Brücke zu, die nur einspurig zu passieren war. Was kein Problem gewesen wäre, hätte ein entgegenkommender Tanklaster nicht die gleiche Idee gehabt und wir uns wohl genau auf der Brücke »begegnet« wären. Im letzten Moment erkannte Lisa die Gefahr und leitete eine Vollbremsung ein. Wenige Meter vor der Brücke kamen wir im Schotter abseits der Straße schlitternd zum Stehen, wo der Fahrtwind des vorbeibrausenden Lasters den VW-Bus durchrüttelte. Es war verdammt knapp!

Die Überfahrt von Melilla nach Almeria auf der weihnachtlich geschmückten Fähre war angenehm. Wir gönnten uns ein Menü im Bordrestaurant und machten an Deck einen Verdauungsspaziergang. Mit windzerzausten Haaren und guter Dinge erreichten wir europäischen Boden. Den Zollbeamten lenkte Lisa mit einem charmanten Lächeln ab, sodass er nicht einmal die üblichen Fragen stellte.

In einem Städtchen am Rande der Sierra Nevada übernachteten wir in einem klammen, kalten Bett. Wieder unterwegs, hielten wir neben einem an der Straße stehenden Japaner an, ein Student aus Sapporo, der nach Paris wollte. Die ganze Zeit über saß er schweigend auf der Rückbank und betrachtete Europa, dessen Landschaften an ihm vorbeizogen. In Lyon ließen wir ihn aussteigen.

An der deutschen Grenze bei Mühlhausen kontrollierte man uns gründlicher, aber außer einem unentdeckten Rauchpiece hatten wir nichts Verbotenes dabei. Von der langen Fahrt durch Spanien und Frankreich ermüdet, schlief ich kurz hinter Freiburg am Steuer ein und erwachte, als wir in einem Sturzacker unterwegs waren und der Bulli protestierend über die Schollen hüpfte. Zum Glück stand an der Stelle, an der wir von der Fahrbahn abgekommen waren, kein Baum im Weg. Ich schaltete zurück, gab Gas und lenkte den Wagen die Böschung hinauf auf die Autobahn zurück. Von da ab war ich hellwach. Es war Nachmittag, als wir München schließlich erreichten.

## 1.15 München

Nach der zweiten gescheiterten Offensive im Rif-Gebirge hatte Richie vom Haschisch-Schmuggel die Nase voll. Er wollte in absehbarer Zeit zurück nach Amerika, denn er hatte einige gute Ideen für legale Geschäfte. Er hatte herausgefunden, dass bestimmte europäische Autos, die in Deutschland noch auf dem regulären Gebrauchtmarkt angeboten wurden, in den Staaten schon als Oldtimer gehandelt wurden. Insbesondere das 220 SE Cabrio der Baujahre 58 bis 60 von Daimler-Benz war in den USA gesucht. Ein solcher Wagen, der auf dem Markt in Deutschland für 10 bis 15.000 Mark zu haben war, je nach Pflegezustand, brachte in den Staaten denselben Preis in Dollar, und der US-Dollar stand damals bei 3,40 DM. Ein lohnendes Geschäft, wie es schien.

Eine zweite Geschäftsidee, die er mitbrachte und die sich als ebenso profitabel erwies, war der Import von Hemden. Von der ersten Amerika-Reise hatte er ein Dutzend Muster mitgebracht: chic geschnittene Cowboy-Hemden und originale Hawaii-Shirts. Mit diesen klopfte er bei den besten Münchener Boutiquen an und schloss schließlich einen Exklusiv-Vertrag mit dem Geschäftsführer von »Lord John« und »Lady Jane«, seinerzeit die Top-Adressen für diejenigen, die Wert darauf legten, *cool* und *kinky* gekleidet zu sein.

Die kommenden Wochen lebten Lisa und ich mit Richie und Bea in Wohngemeinschaft in der Orleansstraße am Münchener Ostbahnhof. Im Bad nahmen wir Rücksicht aufeinander, den Kühlschrank füllte in der Regel Richie, Lisa kümmerte sich ums Essen, und was immer sie uns vorsetzte, es schmeckte. Bea sorgte dafür, dass guter Stoff im Haus war, und ich lud Gäste ein und schleppte die Getränkekisten in den vierten Stock.

Zum Koksen kam Abi Ofarim vorbei, zum Kiffen der Norbert aus dem Erdinger Moos. Richie kannte eine Menge Leute aus der Gastronomie, der Bohème und der Musikszene. Hinzu kamen die Dealer und die Lebenskünstler, alles noble Leute, die überzeugt waren, dass das eigene Gewissen höher steht als das Gesetz des Staates, alle auf der Suche nach dem Dreh, wie das Leben besser zu meistern sei, als es der Generation davor gelungen war.

Eines Tages brachte Richie den Geschäftsführer der Nobel-Disco »*Eastside*« mit, die damals gerade eröffnet worden war. Sergio hat sich, wahrscheinlich ohne es zu ahnen, in meinem Pool der Erinnerungen behaupten können, weil er von seinem letzten Urlaub auf Hawaii erzählte. Es war dies das erste Mal, dass ich den Namen Maui hörte, was in meinen Ohren so exotisch klang wie *Shangrila*, sodass ich beschloss, diese Insel irgendwann einmal zu besuchen. Der zweite Grund, weshalb ich den Besuch Sergios nie vergesse: Er war ein Typ, den ich offen bewunderte. Er hatte Fantasie, er hatte Erfolg mit der Disco, und er hatte Courage. Daher will ich folgende Anekdote hier einflechten, auch wenn es nicht meine Geschichte ist, sondern eine, die Sergio erlebt hat. So viel sei verraten: Es ist eine Geschichte des Scheiterns. Was auch sonst. Insofern steht sie stellvertretend für das ganze Leben.

Die Sache trug sich Ende der sechziger Jahre zu. Sergio und seine Freundin Maria hatten eine Nacht durchgetanzt. Auf dem Nachhauseweg in Marias Käfer stellten sie fest, dass es auf fünf Uhr zuging, und dass sie Lust zu frühstücken hatten. Sergio kannte in einer kleinen Nebenstraße in Schwabing ein noch kleineres Frühstückscafé, von dem er wusste, dass es bereits um fünf in der Früh öffnete. Es war Sommer, der Tag versprach schön zu werden, und die Nachtschwärmer blickten sich immer wieder verliebt in die Augen. Das kleine Café ohne Namen hatte gerade geöffnet, als die beiden eintraten. Einer der vier Tische war schon von einem Herrn im Pullover besetzt, der auf seinen Kaffee wartete. Maria und Sergio setzten sich ans Fenster. Das Café sah wie ein Familienbetrieb aus, von der Oma geführt, die sich auf diese Weise nützlich machte. Hinter der Theke lag eine Teeküche, aus der die alte Dame mit dem Kännchen Kaffee für den Herrn im Pullover erschien. Ein Schwabinger Idyll.

Während Maria und Sergio ihr Frühstück bestellten, betrat ein weiterer Mann das Lokal und setzte sich an den Tisch gegenüber. Die Oma nahm auch seine Bestellung auf und verschwand nach hinten. Es vergingen ein paar Minuten, aus der Küche war das Geräusch einer Kaffeemühle zu hören, da stand der zuletzt eingetretene Gast auf und ging zur Theke, wo große Gläser mit geschraubten Deckeln in Reihe standen. Einem der Gläser entnahm der Mann drei Weingummis. Er legte sie auf den Tisch und setzte sich wieder. Als die alte Dame mit dem Kaffee auftauchte, meldete der Herr im Pullover einen Diebstahl.

»Frau Grafinger«, sagte er zu der Frau. »Der Kerl da hat, während sie weg waren, etwas gestohlen. Was genau, konnte ich nicht erkennen, aber er hat's eingesteckt.«

Er deutete mit dem Finger auf den Täter.

»So ein Unfug«, wehrte sich der Mann. »Ich hab bloß drei Weingummis genommen, die sind für meine Kinder. Setzen Sie´s bitte auf die Rechnung.«

Doch die alte Dame schien sich nicht darum zu kümmern und verschwand stattdessen wieder in der Küche. Sergio schnitt die warmen Semmeln auf und Maria bestrich sie mit Butter und Honig. Da ging plötzlich eine zweite Tür hinter der Theke auf, und ein junger Mann tauchte auf, der Kleidung nach zu urteilen ein Bäckergeselle.

»Wer hat hier gestohlen?«, fragte er ohne Umschweife in den Raum hinein.

»Der da«, sagte der Verräter, indem er zum zweiten Mal auf den Mann deutete. »Der hat was aus dem Glas genommen, während deine Oma den Kaffee gemacht hat.«

Die beiden schienen sich zu kennen, vermutlich ein Stammkunde. Ohne sich weiter um Aufklärung zu bemühen, machte der Bäcker zwei rasche Schritte auf den vermeintlichen Dieb zu und packte ihn am Kragen.

»Lassen Sie mich los!«, rief der Mann empört. »Ich kann alles erklären.«

Aber der Bäcker war kein Freund des Dialogs. Unter lautem Protest zerrte er den Gast vom Stuhl.

»Raus mit dir!«, forderte er ihn auf.

Da wollte Sergio nicht länger schweigen und mischte sich ein.

»Lassen Sie den Mann in Ruhe! Er hat doch gesagt, dass er die Sach' bezahlen will. Sie tun ihm Unrecht!«

»Was geht dich das eigentlich an, Freundchen?« Der Geselle kam, nachdem er den ersten Gast nach draußen befördert hatte, auf Sergio zu. Der hatte gesehen, wie gewaltbereit der Bäcker war und erhob sich vorsichtshalber von seinem Stuhl. Vielleicht hat auch eine Rolle gespielt, dass Maria dabei saß. Welcher Kerl lässt sich schon gerne vor den Augen seiner Freundin eine Ohrfeige geben?

»Suchst du Streit?«, fragte der Bäcker provozierend.

»Schmeiß sie alle raus, Luggi!«, rief die Oma aus der sicheren Entfernung hinter der Theke. Aber das hätte sie ihrem Enkel gar nicht sagen müssen. Der hatte Sergio schon beim Wickel und ehe man bis drei zählen konnte, lag auch er mit zerschrammtem Ellenbogen und abgeplatzten Hemdknöpfchen draußen auf dem Trottoir. Maria rannte schimpfend hinterher. Das erste Opfer der Gewalt hinkte ein Stück weit entfernt die Straße hinunter. Die Angelegenheit war so schnell vor sich gegangen, dass Sergio keine Zeit gehabt hatte, das offensichtliche Missverständnis aufzuklären. Noch nicht einmal Maria gelang es, den Bäcker zu beruhigen. Mit zerrissenem Hemd und geschwollenem Kamm kletterten sie in den Käfer und machten sich aus dem Staub.

Aber die Sache ließ Sergio keine Ruhe, sein Zorn wollte nicht abklingen. Wozu hat der Mensch Freunde? Daheim angekommen griff er zum Telefon. Er klingelte Gerd und Kurti aus dem Bett und bestellte sie vor die Post an der Leopoldstraße. Beide hatten Erfahrung darin, wie man Argumente gegebenenfalls mit den Fäusten untermauert. Gegen halb sieben betraten sie zu dritt das kleine Café, wild entschlossen, dem Bäcker die Schmach von vorhin zu vergelten. Sanft, aber bestimmt schob Sergio die zeternde Alte zur Seite und öffnete die Tür, aus welcher der Geselle am Morgen erschienen war. Eine steile Treppe führte hinab in den Keller, dem Lärm und Geruch nach zu urteilen, mündete sie in die Backstube. Sergio vorneweg, Gerd und Kurti hinterher, drängten sie hinab und rammten die Schwingtür auf. Man mag sich ihr Staunen vorstellen, als sie sich in der Stube einer Großbäckerei wiederfanden, in der vierzig Bäckergesellen dabei waren, Brot zu backen. Es dauerte nur zwei Sekunden, bis der Juniorchef Sergio entdeckt und die Bedrohung erkannt hatte. Auf sein Kommando stürzten sich die Bäcker auf die Eindringlinge.

»Zurück, zurück!«, schrie Sergio in heller Panik, als ihn die ersten Hiebe mit den Teighölzern trafen. So schnell es die enge Treppe erlaubte, stürzte das Überfallkommando nach oben, wo die

Oma ihnen mit dem Schrubber den Rückweg verstellte. Auch in der Bäckerinnung war man solidarisch. Die Alte wurde unsanft aus dem Weg geräumt, und es gelang den Angreifern gerade noch, den Käfer zu erreichen und von innen zu verriegeln. Fast wäre ihnen die Flucht missglückt, denn Maria benötigte viel zu lange, bis der Motor ansprang. Unterdessen stand die halbe Frühschicht um das Auto und hieb wütend mit ihren Hölzern auf den Wagen ein. Schließlich sprang der Motor an und sie stoben davon.

Das Ende der Geschichte war eine Anzeige wegen Hausfriedensbruchs und das Verdikt eines Schnellrichters: tausend Mark an die Caritas. Als Sergio die Geschichte Jahre danach zum Besten gab, konnte er zum Glück wieder darüber lachen.

Doch zurück zur Orleansstraße. Leider verführte Bea ihren Mann immer wieder dazu, Heroin zu schnupfen. Irgendein tiefer Schmerz steckte in ihm, über den er nicht sprach, vielleicht, weil er dessen Ursache nicht kannte, den er aber öfter betäubte als ihm gut tat. Offenbar hatte Richie eine so enttäuschende Kindheit hinter sich, dass er für Betäubungen aller Art sehr empfänglich war.

Es liegt mir fern, eine Anklage wider schmerzstillende Drogen zu führen, aber wer an der Seele beschädigt seiner eigenen Jugend entkommt, der gerät leicht in einen zerstörerischen Sog. Bea selbst hatte längst die Kontrolle verloren, und jetzt war sie dabei, auch noch ihren Mann mitzureißen. Was mir damals nicht bewusst war: Die beiden schnupften regelmäßig *brown sugar* und liefen dementsprechend mit zugezogenen Seelen-Vorhängen durch die Welt. Die permanente Verfügbarkeit der Droge führte schließlich dazu, dass auch ich anfing, gelegentlich Heroin zu rauchen. Ich spürte sofort, dass mir die warme Decke, die aus Mohn gewebt war, gut tat; dass sie den negativen Antrieben des Narzissmus den Sauerstoff nahm.

Dass irgendwann zerstörerische Eigenschaften der Droge in den Vordergrund treten sollten, wurde mir erst viel zu spät bewusst. Weil Heroin später so viel Macht über mich gewann, will ich die Erinnerung an das erste Mal schildern.

Es war Wacki, der mir auf der Fete in *Can Pujols* ein Pulver anbot, von dem ich annahm, es sei Kokain. Als ich kurz nach dem Schnupfen die Wirkung spürte, wandte ich mich an Richie:

»Mensch Richie, das ist aber ein Wahnsinns-Koks! Wo kann man davon was kaufen?«

»Nix Koks. Das ist *brown sugar*, bestes Heroin!«

Und ehe wir uns damals auf der Terrasse von Vicentes Strandlokal trennten, steckte er mir zum Abschied ein kleines Briefchen mit dem Stoff zu. Es reichte für drei Tage, und damit war mein Hirn chemisch auf die Droge programmiert.

Im Gegensatz zu Bea war Richie morgens immer guter Laune. Nicht selten weckte er Lisa und mich mit einem zünftigen American Breakfast: Bratkartoffeln mit Spiegelei und gebratenem Speck. Auch eine Erfindung der Amis, auf die er schwor. Überhaupt wunderte es mich, wie unkritisch er der US-Kultur begegnete. Kein Wort der Missbilligung an Rassismus und Fundamentalismus, kein Wort über die Todeskandidaten und die vielen Menschen in den Gefängnissen der Vereinigten Staaten. Kein Verdacht gegenüber McDonalds und Coca Cola. *God bless America* stand auf seiner Gürtelschnalle.

Eines Morgens verabredeten wir uns mit Hans Hass und Lobo, die in der Mauerkircher Straße ebenfalls in Wohngemeinschaft lebten, zum Frühstück. Am Kufsteiner Platz hielt ich vor der Bäckerei und Richie sprang hinein, um Semmeln zu holen. Nebenan im Lebensmittelladen kaufte er noch ein Kilo Tomaten. Während Lobos Freundin Beate in der Küche den Kaffee kochte und Hansens Liebchen Nastassja den Tisch deckte, schnitt Richie die Tomaten auf und ordnete die Scheiben auf einer großen Platte an. Das Besondere an diesem Frühstück sollten die frischen Tomaten sein. Unbemerkt öffnete er die Pfeffermühle und warf ein Dutzend violette LSD-Mikros hinein. Nachdem alles gut mit den Körnern vermischt war, stellte er sie neben den Salzstreuer auf den Tisch. Es erschienen weitere Frühstücksgäste, insgesamt ein Dutzend dürften es gewesen sein: der Musiker Glen Moray war dabei, der Lebenskünstler Hans Hass, und Pauline aus Boston, die uns zuvor schon begegnet ist.

Die gesalzenen und gepfefferten Tomaten erfreuten sich großer Beliebtheit, die meisten griffen zu, niemand sparte am Pfeffer. Der Erste, der merkte, dass mit seinen Synapsen etwas nicht stimmte, war Lobo. Er hatte zufällig an dem Tag in der *Süddeutschen Zeitung* einen Käfer inseriert und für zehn Uhr einen Kunden in die Mauerkircher Straße bestellt. Pünktlich stand der Mann vor der Tür und drückte auf den Klingelknopf.

»Gruber, mein Name. Ich komme wegen dem VW«, stellte er sich dem Mädchen vor, das die Tür geöffnet hatte.

Unterdessen lag Lobo auf seinem Wasserbett und erlebte gerade den ersten psychedelischen Schub. Er sah sich absolut nicht in der Lage, hinauszugehen und mit einem Fremden ein ernsthaftes Verkaufsgespräch über einen gebrauchten Käfer zu führen. Auch Richie konnte ihn zunächst nicht dazu bewegen, wenigstens mit dem Mann zu sprechen. Schließlich sprang Lobo auf, schlich zur Haustür und erklärte dem verblüfften Herrn, er verkaufe seinen Käfer nicht, er habe es sich anders überlegt.

»Nein, den VW verkauf ich nicht!«

»Aber Herr Prohaska ...«

»Nein, den Käfer, den verkauf ich nicht!«

»Aber Herr Pro...« protestierte der Kunde verunsichert, doch da hatte ihm Lobo schon die Tür vor der Nase zugemacht.

Doch so einfach wollte der Kaufinteressent nicht aufgeben, schließlich war er ja eigens aus dem Niederbayerischen angereist. Er klingelte erneut. Diesmal öffnete Richie die Tür.

»Bitte verzeihen Sie«, wandte er sich an den Mann. »Der Herr Prohaska ist leider unpässlich. An seiner Stelle zeige ich Ihnen den Wagen. Ich hol bloß den Schlüssel.«

Kurz darauf stand er mit Lobos Segen vor dem Haus und pries dem Herrn aus Eggenfelden die Vorzüge der Käfers an, Baujahr 68, inseriert für 2.000 Mark. Eine halbe Stunde später erschien er mit dem neuen Besitzer wieder in der Wohnung, um den Vertrag zu unterschreiben. Als Kaufpreis hatte er sogar 2.500 herausgeschlagen. Richie führte den Mann ins Musikzimmer, in dessen Mitte ein Bösendorfer Flügel stand.

»Stimmt, in der Zeitung steht 2.000, aber da steht auch »VB«, sagte Richie, »Verhandlungsbasis. Das war kein Fixpreis. Und Sie selbst haben doch zugegeben, dass der Wagen gut in Schuss ist. Also ist er auch 2.500 wert«, erklärte er dem zusehends verwirrter dreinblickenden Kunden. Dabei setzte er sich auf den Hocker vor den Flügel, die Papiere hatte er auf der Abdeckung der Tasten ausgebreitet. Mit einem Werbe-Kuli von der Sparkasse kritzelte er Ziffern in das Vertragsformular und fuhr unbeirrt fort, den tadellos-in-schussen Käfer zu lobpreisen. Wir anderen standen (bis auf Lobo) um den Bösendorfer herum, guckten doof und grinsten blöd. Von all den Wahnsinnigen mit den großen Pupillen umzingelt, begann der Käufer, sich unwohl zu fühlen.

»Nun gut«, sagte er schließlich. »Das ist zwar eigentlich nicht in Ordnung, wie Sie das hier abwickeln, aber der Wagen ist ja wirklich gut in Schuss. Zwofünf also.«

»Sag ich doch!«

Dann unterzeichneten beide den Vertrag. Richie schickte mich zu Lobo, die Fahrzeugpapiere holen, und der Niederbayer blätterte die Scheine auf den Tisch.

Ich bin sicher, als er schließlich mit seinem neu erworbenen grünen Käfer die Mauerkircher Straße hinunterrollte, war er froh, diesem Irrenhaus entkommen zu sein.

In den Folgewochen suchte Richie die Auto-Märkte nach alten Coupés von Mercedes ab, und bald hatte er drei gepflegte Garagenwagen gekauft. Einen nach dem anderen brachte er die Fahrzeuge nach Hamburg, wo er sie nach New York einschiffte. Kurz danach verschwanden Bea und er wieder gen Amerika, und Lisa und ich blieben allein in der Wohnung in München zurück. Wie Richie mir später erzählte, konnte er eines der Autos mit gutem Profit an einen Ölfritzen in Texas verkaufen, mit einem fuhr er von New York nach Chicago und dann über die Route 66 bis nach Los Angeles, wo er noch einen besseren Preis erzielte und den dritten Wagen fuhr er selbst, solange er drüben blieb. Erst kurz vor dem Rückflug verkaufte er auch diesen an einen Bankier in New York, der ihn seiner Freundin zu schenken gedachte.

Schon bald, nachdem sie aufgebrochen waren, kamen per Luftfracht die ersten Kartons mit Hemden an. Dadurch, dass es sich um gebrauchte Kleidungsstücke handelte, die eher nach Schmutzwäsche aussahen als nach Konfektionsware, fielen beim Zoll kaum Gebühren an. Ich fuhr zum Flughafen und holte die Fracht ab. Zuhause sortierten Lisa und ich die Hemden (etwa jedes zehnte war löchrig oder ihm fehlten Knöpfe), aber am Ende lagen da über 2000 Cowboy- und Hawaii-Hemden von feinstem Schnitt und Muster in passabler Qualität. Nachdem sie gewaschen und gebügelt waren und auf verchromten Bügeln für 100 Mark das Stück in der Boutique hingen, konnte kein Kunde ahnen, dass es sich um Second-Hand-Ware handelte, die Richie zuvor für 50 Cents das Stück in einem Laden in der New Yorker Canal-Street erstanden hatte.

Bei einem Verkaufspreis von 25 Mark pro Stück rechnete sich die Sache auch für uns. Wobei Lisa und ich uns zum Eigenbedarf bedienen konnten: Wir suchten uns ein Dutzend der schönsten Hemden aus. Selbst am Ende, als das meiste verkauft war, bekamen wir für die Restware, etwa 300 beschädigte Teile, noch einen Preis von fünf Mark pro Stück. Richies Rechnung war somit aufgegangen.

All diese kleinen Geschäfte und Zwergprofite erlaubten es mir nicht, nach Spanien zu fliegen und mich endlich um Pit im Knast zu kümmern. Inzwischen war General Franco gestorben und irgendein Schlauberger hatte behauptet, es gebe jetzt deshalb in den spanischen Gefängnissen eine Generalamnestie. Aber solche Amnestien, die es in Spanien tatsächlich alle paar Jahre gab und gibt, betreffen verurteilte Gefangene und nicht etwa Untersuchungshäftlinge wie unseren Freund Pit. Es gehört mit zu meinem beschämendsten Versagen, dass ich es aus Nachlässigkeit versäumte, mich solidarisch für ihn und seine Freilassung einzusetzen.

Zuweilen bleibt einem nichts anderes übrig als die Feststellung, als Freund versagt zu haben. Ich hatte das lange verdrängt, sodass ich heute kaum noch rekonstruieren kann, was ich mir dabei damals gedacht habe, beziehungsweise, was ich damals nicht gefühlt habe. Fest steht, es dauerte eine ganze Weile, ehe ich die Mittel hatte, die notwendig gewesen wären, Pit aus dem Knast zu holen, ihm wenigstens einen Verteidiger zu stellen. Aber da waren schon Monate ins Land gegangen und der Prozess schon gelaufen. Irgendwie würde Pit sich schon behaupten, so meine halbherzige Ausrede. Ich beruhigte mein Gewissen, indem ich mir vornahm, ihm zur Seite zu stehen, sobald er entlassen würde.

Das Jahr 1975 ging zu Ende. Im Abstand von Jahrzehnten stelle ich fest, dass es eines der intensiveren war. Ich hatte mich ein Stück weit von den kleinbürgerlichen Zwängen gelöst, Besitz und Karriere bedeuten mir nicht mehr viel. Was genau ich aus meinem Leben machen wollte, das wusste ich immer noch nicht, aber nicht korrumpierbar sollte es sein. Und je länger Lisa und ich zusammenlebten, umso zuversichtlicher wurden wir, es zusammen auf die Reihe zu kriegen.

Sie hatte ihr Studium zugunsten ihrer Liebe zu mir an den Nagel gehängt. Wir lebten abwechselnd in München und auf Ibiza. Finanziell waren wir unabhängig, solange meine Geschäfte liefen, sozial noch locker mit unseren Familien verknüpft, denen unser Lebensstil allerdings als Provokation erschien. Unsere Absage an die traditionelle Lebensweise, unsere Weigerung, in den bürgerlichen Karrenweg einzulenken, den unsere Eltern gegangen waren, und den unsere Geschwister dabei waren zu gehen, stieß in den Familien auf Skepsis und offene Kritik. Davon vollkommen unbeeindruckt und von Selbstüberschätzung angetrieben, stieß ich jeden vor den Kopf, der mich bremsen wollte, der mich warnte und der sich nicht vorstellen konnte, wie junge Menschen ihr Leben organisieren könnten, ohne auf die Erfahrungswerte der Alten zurückzugreifen. Wir wollten die Karte der Freiheit ausreizen, und unsere Verliebtheit trug uns wie zwei Surfer auf einer Welle ins nächste Jahr hinüber.

## 1.16 Paco I

Das Jahr 1976 war erst wenige Tage alt, da klingelte in der Orleansstraße das Telefon. Lisa nahm das Gespräch entgegen. Sie sprach eine Weile, wechselte vom Deutschen ins Englische und lachte zwischendurch immer wieder laut.

»Mein Exi«, sagte sie, nachdem sie aufgelegt hatte. »Geoffrey hat vom Flughafen aus angerufen. Er kommt gerade zusammen mit Santi und Paco aus Thailand. Die Jungs haben ein paar Wochen Urlaub gemacht. In 'ner halben Stunde wollen sie hier sein.«

Wenig später waren sie da, braun gebrannt, gut gelaunt und mit asiatischen Geschichten im Gepäck. Da die Freunde hungrig waren, ging ich zusammen mit Geoffrey hinunter zum Vinzenz Murr, um Weißwürste und Bretzeln zu holen. Unterwegs berichtete er mir, dass sie 120 Gramm Heroin mitgebracht hätten. Ob ich jemanden wisse, dem man den Stoff verkaufen könne? Haschisch und Kokain hatte ich schon verkauft, aber bei Heroin sah das anders aus. Damit hatte ich geschäftlich zum ersten Mal zu tun. Bea und Richie, die Geoffrey hätten weiterhelfen können, waren in den USA. Der Einzige, der in Frage kam, war TomTom, von dem ich wusste, dass er Kontakte zu GIs aus der McGraw-Kaserne hatte. Auf Ibiza wäre mir ein Amerikaner in den Sinn gekommen, dem ich das Zeug hätte anbieten können. Aber weil Geoffrey und Paco den Stoff sofort loswerden wollten und weil mir außer TomTom niemand einfallen wollte, rief ich ihn an und bat ihn, bei uns vorbeizukommen. Es stellte sich heraus, dass er tatsächlich schon Heroin verkauft hatte, und zwar an US-Soldaten, die zuvor in Vietnam gekämpft hatten.

Erstaunt sah ich dabei zu, wie Paco einer Duty-Free-Tüte, die ein Siegel des Zolls vom Flughafen Bangkok trug, eine Stange Marlboro entnahm und sie auf den Küchentisch legte. Er öffnete die Schachteln, und aus jeder rieselte *China White* heraus, reines Heroin, das potenteste Zeug, welches seinerzeit auf dem Markt war. Aber davon hatte ich damals noch keine Ahnung. Wir kippten das Pulver in eine Schüssel. TomTom, der selbst keine harten Drogen nahm, bat mich, zu probieren. Zum Glück hatte Geoffrey mich gewarnt, denn der Stoff erwies sich als sehr wirksam.

»Gutes Zeug«, sagte ich zu TomTom, nach einer Viertelstunde, als ich mir über die Wirkung im Klaren war. »Da werden deine Kunden zufrieden sein.«

Er tippte eine Weile auf seinem Taschenrechner herum und sagte schließlich: »Pro Gramm kann ich 112,68 DM zahlen.«

»Wie bitte?«

Ein derartig differenzierter Preis war im Drogengeschäft unüblich, und wir sahen zu TomTom hinüber, weil wir uns nicht sicher waren, ob er einen Witz gemacht hatte. Hatte er nicht. Es war ihm ernst mit seinem Preis. Paco und Geoffrey hatten mehr erwartet, sie baten um Bedenkzeit. TomTom verabschiedete sich und nahm eine Warenprobe mit. Er wollte den Stoff noch von einem Junkie testen lassen, ehe er sich auf ein Geschäft einließe. Schließlich rief er am Nachmittag an und erneuerte sein Angebot. Beim Preis habe er leider keinen Spielraum, einen »kleinen Profit« müsse auch er machen. Das gefiel Paco ganz und gar nicht, denn er hatte ebenfalls mit einem kleinen Profit kalkuliert. So wie die Sache stand, lief alles auf »außer Spesen nichts gewesen« hinaus.

Paco hatte seine Firma auf Ibiza dichtgemacht, das Boot mit dem Kompressor und den Tauchausrüstungen verkauft und den gesamten Erlös in diese Fernost-Reise gesteckt. Den Stoff hatte er zwar günstig erworben, aber die Flüge, der Aufenthalt in den Hotels, die Überfahrt nach Koh Samui, die Thai-Mädchen, (»*Ya sabes!*«), all das habe mehr als 10.000 Mark verschlungen.

Ich verstand und überlegte, wie Pacos Profit ein wenig zu vergrößern wäre. Um es kurz zu machen: Wir besorgten uns in der Apotheke am Orleansplatz ein Päckchen Laktose und streckten das Heroin um ein Drittel. TomTom, der am Abend mit der Kohle vorbeikam, fiel das nicht auf, und so konnte Paco für das Paket knapp 20.000 Mark einstreichen. Es reichte, um den beiden Reisegefährten Santi und Geoffrey noch ein Taschengeld zu geben. Wie ich dann im weiteren Verlauf des Abends feststellte, war der wahre Profit der Fernostreise ideeller Natur gewesen: Sei es die schöne Perserin, die die Gefährten auf der Hinreise im Flieger kennengelernt hatten, sei es die Gastfreundschaft der Thais, die sie rühmten oder die traumhaften Tage, die sie auf einer Insel namens Koh Samui verbracht hatten. Die Asienreise hatte die Männer beeindruckt und ihre Haltung zur Welt verändert. Vor allem galt das für Paco, der nun endgültig dem bürgerlichen Leben in Spanien *adios* sagte und der mit fliegenden Hawaii-Hemden zu den Hippies überlief. Bangkok, so erfuhr ich an diesem Abend von Geoffrey, sei die geilste Stadt der Welt, und ich hatte den Eindruck, den warmen Wind über den Klongs bis nach München herüberwehen zu spüren.

Der Gedanke, dass wir jungen Leute, die wir an jenem Abend in München um den Tisch versammelt waren, auf dem das Heroin gewogen wurde, gerade dabei waren, ein »Verbrechen« zu begehen, eine Grenze zu überschreiten, dieser Gedanke wurde nicht ausgesprochen, und ich wage zu behaupten, von niemandem auch nur gedacht. Wir waren alle der Überzeugung, dass jeder Mensch das Recht habe, selbst zu entscheiden, mit welcher Droge er sich einen zusätzlichen Kick hole. So wie er entscheidet, welchen Sport er treibt, welche Bücher er liest, welches Hobby er wählt. Das war der Konsens einer ganzen Jugendkultur, spätestens seit Woodstock. (»*Remember what the dormouse said*«, sang Grace Slick in ihrem von Alice im Wunderland inspirierten Lied »White Rabbit«: »*feed your head*«!)

Dem Staat erteilten wir durch unsere Lebensweise eine Absage, und die klarste Absage erteilten wir ihm, indem wir seine Gesetze brachen. Wegen Drogen gingen Leute massenweise in den Knast, aber das war ihnen das Risiko offenbar wert. Heroin kippte später zwar einige von uns einfach so aus dem Leben, andererseits verhalf es uns zu vielen glücklichen Stunden der Zärtlichkeit und der Träumerei. Die Grenze, die in den Kulturen mit puritanischer Tradition quer durch die berauschenden Substanzen verlief, war eine willkürliche, das wussten wir. Keine Grenze, an die wir uns gebunden fühlten. Erfahrungen mit Drogen zu sammeln, war in unseren Augen legitim. Das gehörte zu dem Geist, der die neue Aufklärung beseelte. Die Praxis, Menschen zum Konsum von Alkohol zu animieren, andererseits das Kiffen zu verbieten, erschien uns willkürlich und ungerecht. Immerhin waren sechzig Prozent aller Suchtkranken in Deutschland Alkoholiker. Unter dem Vorwand, sich um die Gesundheit der Menschen zu sorgen, hatten erst die USA und später ihre Vasallen den Besitz von Drogen, an denen sie nichts verdienten, unter Strafe gestellt. Dann wurden Zoll und Polizei aufgerüstet, Gesetze erlassen und die *Drug Enforcement Agency* gegründet, die ein Heer von Spitzeln ausschickte, und so wurde auf unverdächtige Weise die Kontrolle über das Volk ausgedehnt. In unserer politischen Einschätzung der Bedeutung von Drogen und Rausch waren wir uns einig, und deshalb hatten wir auch kein Problem damit, das Produkt aus dem Goldenen Dreieck zu schmuggeln. Nichts ist für den Bauern legitimer, als die Früchte seines Feldes zu verkaufen. Egal ob es sich um Coca, um Wein, um Hanf, um Mohn oder um Tabak handelt. Und ein Mann wie Paco, damals in seinem vierzigsten Lebensjahr, stellte moralische Ansprüche an sein Denken und Handeln. Sein Gewissen funktionierte. Hätte es die kleinste Regung gegeben, den geringsten Zweifel, ob dem Handel mit Heroin eine andere moralische Qualität innewohnt als dem mit Wein und Zigaretten, wir hätten darüber diskutiert.

Natürlich waren Drogen damals ein Thema, aber unser Dialog setzte jenseits der Schwelle ein, ob Konsum, Besitz und Handel vertretbar seien. Weder am Strand von Torremolinos, noch in den Straßencafés auf Ibiza oder in den Nachtklubs von Frankfurt und München wurde den Drogen eine Wertedebatte gewidmet. Wir Kiffer und Dealer waren uns einig, im Dienste der Aufklärung Widerstand leisten zu müssen. Jedes Kilo Haschisch, was verkauft und geraucht wurde, waren tausend Friedenspfeifen gegen den Krieg und für die Kunst. Jeder Musiker, der öffentlich kiffte oder heimlich harte Drogen nahm, war ein Freiheitskämpfer und ein Held. Der von den Regierungen propagierte *»war on drugs«*, allen voran von den Amerikanern international betrieben, hat die ganze zweite Hälfte des zwanzigsten Jahrhunderts überschattet und quasi die gesamte Weltbevölkerung gespalten: Eltern wurden gegen ihre »kriminellen« Kinder aufgehetzt, Millionen von Menschen wurden aufgrund der Drogengesetze in Gefängnisse gesperrt, Abermillionen, insbesondere junge Leute, wurden kriminalisiert. Der öffentliche Umgang mit Drogen und die Kriminalisierung ihrer Konsumenten gehören mit zum schändlichsten staatlichen Handeln des zwanzigsten Jahrhunderts. Das war damals Konsens unter uns, und ist es noch heute.

Hier saßen wir also, zwei Spanier, zwei Deutsche und ein Amerikaner, keiner von uns war vorbestraft (was immer das über einen Menschen auch aussagt), und wir verabredeten ein illegales Drogengeschäft. Wenn überhaupt so etwas wie ein kurzes Bedenken aufflackerte, dann war es die Steuerhinterziehung, die irgendwo im Hintergrund blinkte. Aber auch darüber setzten wir uns schnell hinweg. Welchem Kaiser hätten wir denn unsere Steuern entrichten sollen? Die Mohnbauern lebten in Burma, das Heroinlabor lag in Laos, die Triade, die den Handel organisierte, saß in Hongkong, die Schmuggler waren Spanier, die Dealer Deutsche und die Konsumenten US-Soldaten, die in Deutschland stationiert waren. Die Sache war zweifellos komplex und international.

Hinzu kam, dass wir aus Gesellschaften stammten, in denen jahrzehntelang Korruption und Verbrechen Mittel der Politik gewesen waren. Der spanische Vorzeigeschurke hieß Francisco Paulino Hermenegildo Teódulo Franco y Bahamonde Salgado Pardo, genannt Franco, für uns Deutsche erübrigt sich jede Namensnennung. In Spanien kämpfte die baskische ETA, in Deutschland die RAF, hier wie da rüstete der Polizeistaat auf. Weder junge Spanier, noch ein junger Deutscher hatten Mitte der siebziger Jahre einen Grund, ihrer Regierung zu trauen. Beide Gesellschaften waren aus Unrechtsregimen entstanden, in beiden Staaten setzten die Politiker auf eine Durchsetzung ihrer Erziehungsprogramme durch die Polizei. So existierte in beiden Ländern eine Widerstandskultur, und die Hemmschwelle, die Gesetze zu brechen, war relativ niedrig. Wir, die wir damals am Küchentisch saßen, hatten jedenfalls keine Probleme damit. Klar, der Drogenhandel war in erster Linie ein profitables Geschäft. Daneben betrachteten wir ihn als eine Art von Performance: Eine, wenn auch gefährliche Synthese aus Verbrechen und Kunst, Arbeit und Widerstand.

Paco war zu Zeiten des Spanischen Bürgerkrieges Mitte der dreißiger Jahre des vorigen Jahrhunderts geboren. In Madrid war er mit einer Spanierin verheiratet, mit der er freudlosen katholischen Sex hatte und unerbauliche Gespräche, erzählte er uns. Beide hatten keine Kinder. Paco war jedes Mal froh, wenn er zu einem Hafenprojekt oder einer Talsperre gerufen wurde, wo er mit Expertise und Courage bei der Problemlösung helfen konnte. Sein Titel war *Ingeniero de technica submarina*. Ob er sich so nannte, weil es seine Qualifikation am ehesten wiedergab, oder weil ihn irgendwann ein Schulabschluss dazu berechtigte, ich weiß es nicht.

Ich verstand, dass er seine gut gehende Firma auf Ibiza nicht deshalb liquidiert hatte, weil ihm unter Wasser langweilig geworden war. Vielmehr war er durch seinen Kontakt zu Vietnamkriegsverweigerern (amerikanische Deserteure gab es zuhauf in Spanien), Künstlern und Hippies zum Nachdenken gekommen. Erfahrungen mit Lara, einer emanzipierten Amerikanerin, hatten ihm eine neue Qualität von Sex erschlossen. Und so war Paco ausgestiegen: aus der kleinbürgerlichen Familie, aus der Taucher-Innung und aus der katholischen Kirche. Das war der Hintergrund, vor dem er im Januar 1976 vom Steuerzahler zum Gesetzesbrecher wurde.

An besagtem Abend, nachdem TomTom den Beutel mit dem weißen Pulver mitgenommen hatte, saßen Geoffrey, Santi, Paco und ich noch lange zusammen. Paco berichtete von seinen Kontakten zur Hafenkommandantur von Málaga, seinen guten Beziehungen ins Marineministerium und zu anderen Behörden in Spanien, wo korrupte Beamte mit hohler Hand auf Schmiergeld warteten. Vor diesem Hintergrund fassten wir den Entschluss, den Haschischschmuggel aus Marokko auszuweiten. Pacos Kontakte sollten im spanisch-marokkanischen Grenzverkehr das Risiko minimieren. Wir kamen überein, dass ich im Februar nach Madrid kommen sollte, wo Paco unterdessen Gespräche geführt und Vorbereitungen getroffen haben würde.

Nachdem Paco und Santi nach Spanien zurückgekehrt waren, stattete Geoffrey seinen Freunden von der Salsa-Band *Los Hermanos* einen Besuch ab. Enrico hatte Geoffrey angeboten, bei seiner Band die Congas zu spielen. In Würzburg hatte er Martina kennengelernt, und als ich Ende Februar dort auftauchte, um ihn abzuholen, entschloss sie sich, mit uns nach Madrid zu kommen. Wir schafften unser Reisegepäck in den VW-Bus und brachen auf. Da ich in den letzten beiden Jahren schon ein Dutzend Mal mit dem Auto nach Spanien gefahren war, bedeutete die Reise Routine. Ich erinnere mich noch, dass Martina und Geoffrey verliebt waren und dass auf dem Kassettenrekorder immer wieder der Hit *Girls, Girls, Girls* von Sailor lief, der damals gerade die Herzen eroberte.

Paco begrüßte uns in einem Café an der Avenida Castellana. Er hatte einen Seat vorbereitet: Den Tank der Limousine hatte er so modifiziert, dass ein Versteck für 30 Kilo Haschisch entstanden war. Das Prinzip bei derartigen Umbauten der Benzintanks war immer gleich: In den Original-Tank wurde ein kleinerer installiert, wobei der Einfüllstutzen und die abgehenden Benzinleitungen beibehalten wurden. Das machte es von außen schwierig, die Manipulation zu erkennen.

Bei der Gelegenheit konnte ich zum ersten Mal sehen, dass Paco ein geschickter Handwerker war: Technische Installationen und Reparaturen waren bei ihm in guten Händen. Später erzählte er mir, dass er als junger Mann bei Daimler in Sindelfingen eine Lehre als Mechaniker absolviert hatte. Ein Restbestand an schwäbischen Vokabeln zeugte davon. Wir blieben ein paar Tage in Madrid, ehe wir gen Süden aufbrachen. Wir fuhren am Schloss *Aranjuez* vorbei, wo dereinst die Katholischen Könige lustwandelten und sich dabei Gedanken gemacht hatten, wie die Eingeborenen in den Kolonien zur Herausgabe ihrer Goldschätze bewegt werden könnten.

Geoffrey und Martina fuhren mit mir im Bulli, Angel und Santi begleiteten Paco im Seat. Schon beim ersten Stopp kam es zu Meinungsverschiedenheiten: Die Spanier steuerten ein Restaurant an und bestellten ein üppiges Mittagessen. Ich war der Meinung, mit einem *Bocadillo* wären wir auch satt geworden, dazu preiswerter, weil wir so viel Zeit nicht hätten. Doch die spanischen Freunde, allen voran Paco, stellten klar, dass Essen für sie Lebensqualität bedeute, und da würden keine Abstriche gemacht. *La comida* war keine Verhandlungsmasse: »Du verstehen? Hier Spanien, gute Leben! Nix Deutschland, nix viele Arbeit!«

Ich hatte verstanden und fügte mich ins gute Leben. Schließlich war es Paco, der die Rechnung beglich, denn auch in Spanien gilt: Wer zahlt, bestimmt, was auf den Tisch kommt.

Quer durch das Land fuhren wir hinunter nach Andalusien. Wir kamen abends an Sevilla vorbei und erreichten Algeciras kurz vor Mitternacht. Zum späten Abendessen in einer lauten und gewöhnungsbedürftigen Bar (der Boden war mit Sägemehl, Krabbenschalen und Kippen bedeckt) fanden sich Taucherkollegen von Angel und Paco ein. Die Freunde klopften sich auf die Schultern, erzählten Schwänke aus alten Zeiten und lachten lauter mit jedem Glas Cognac, das sie tranken. Martina und ich sprachen damals noch nicht viel Spanisch und verstanden die Pointen nicht, die am Tisch für so viel Gelächter sorgten. Ich glaube, wir langweilten uns sogar. Am nächsten Tag setzten wir nach Ceuta über, wo uns der Zoll mit ausgesuchter Höflichkeit behandelte. Wir checkten in ein Hotel ein und warteten, dass Paco einen Termin beim Hafenkommandanten bekäme. Am Abend wieder das gleiche Ritual: Ein nobles Restaurant, gute spanische Küche, junger Wein und alter Cognac.

Paco trank gerne. Er betrank sich zwar selten, aber zum Essen gehörten für ihn Wein und Cognac. Wie ich erst viel später herausfand, war Paco Alkoholiker, wenngleich auf niedrigem Niveau. Am Abend in Ceuta kam es zum Eklat: Ich hatte keine Lust, in verrauchten spanischen Kneipen mit Stierkampfplakaten an der Wand und Flamencomusik aus den Lautsprechern herumzusitzen. Aber Paco hatte es nicht eilig. Er strickte an der Legende, einen Film über die Schwarzkoralle zu drehen. Mit dem Hintergedanken, sich ohne Aufsehen zu erregen über die Grenze bewegen zu können. Das heißt: Jeder Polizist und jeder Zöllner in Ceuta sollten mitbekommen, dass Paco Carrillo und seine Crew an einem Filmprojekt für die Regierung arbeiteten. Als er mir mitteilte, dass er noch zwei Tage in Ceuta zu bleiben gedächte, kündigte ich ihm die Gefolgschaft. Ich beschloss, schon am nächsten Tag nach Ketama aufzubrechen. Zu Geoffreys Überraschung erklärte seine Freundin Martina, mit mir ins Rif-Gebirge fahren zu wollen. Auch ihr ging es auf die Nerven, in dieser schmutzigen Stadt am Zipfel Afrikas herumzulungern, wo die Männer gefettete Frisuren hatten, wo sich bei den Straßenkötern die Rippen durch das Fell abzeichneten und wo die Frauen alle klein und dick waren und auf der Straße Plüschpantoffeln trugen.

Martina und ich solidarisierten uns, wir probten den teutonischen Aufstand gegen die Machos – und wir setzten uns durch. Auf Geoffreys halbherzigen Protest hin erklärte ihm sein Mädchen, er könne ja mitfahren, wenn ihm so viel an ihr liege. Doch sehr viel lag ihm scheinbar nicht an ihr, denn Geoffrey blieb mit den Spaniern in Ceuta. Martina und ich verließen die Stadt am nächsten Tag Richtung Ketama. Der Rest der Schmugglerbande wollte in zwei Tagen nachkommen, nachdem Paco alle Gespräche mit den Offiziellen geführt haben würde. Das würde mir Gelegenheit geben, mit Achmed, meinem Geschäftspartner, zu verhandeln, der die Interessen der Cannabisbauern vertrat. Mehr als ein Dutzend Mal war ich bisher geschäftlich in Ketama gewesen, inzwischen kannte ich den Polizeichef ebenso wie die Kinder auf der Straße, und viele der Leute auf dem Markt kannten mich. Kunden wie wir waren überlebenswichtig für das Rif: Wir kamen, um den Leuten ihre landwirtschaftlichen Produkte abzukaufen, und obendrein zahlten wir gut. Jedes Mal, wenn ich nach Ketama kam, hatte ich ein fettes Bündel Devisen dabei. Den Kindern brachten wir Bonbons und Murmeln mit, den Frauen Socken und Gummistiefel, Johnny Walker für den Polizeichef und Pornohefte für seine Gendarmen. Zuweilen kam es vor, dass Achmed nicht genügend Haschisch in der gewünschten Qualität auf Lager hatte. Dann schickte er seine Leute zu den Bauern der benachbarten Täler, bis er die Ware beisammen hatte. Schon allein deshalb war es klug, ein paar Tage vorab ins Rif zu fahren, um die Bestellung aufzugeben.

Auf der Reise in die Berge erlebten wir eine Überraschung, die ich nicht vorhergesehen hatte. Es war Februar und das Rif-Gebirge ist teilweise mehr als 2.000 Meter hoch. Hinter Chaouen fing es an zu schneien. Mit jedem Höhenmeter nahm die Schneedecke zu und ich begann mir Sorgen zu machen. Schneepflüge räumten die Straßen bestenfalls einmal am Tag.

Als wir in einem Dorf ankamen, wo es eine Tankstelle gab, erklärte uns der Tankwart, die Straße nach Ketama sei dicht, keine zehn Kilometer weiter stehe ein Lastwagen quer. Zwei Fahrzeuge seien schon umgekehrt. Mit der Bergung und mit der Räumung der Straße sei vor morgen nicht zu rechnen.

Uns blieb nichts übrig, als dort zu bleiben und zu übernachten. Zum Glück gab es in dem Dorf eine Möglichkeit zur Übernachtung. Das Hotel entpuppte sich als das Haus des Tankstellenbesitzers und es verfügte über genau ein Doppelzimmer. Martina ließ es sich zeigen, während ich den Bus versorgte. Das Zimmer sollte 15 Dirham kosten, es war unbeheizt und das Bett war klamm.

Wir kuschelten uns aneinander, wurden aber nicht richtig warm. Als ich früh morgens den Schneepflug hörte, war ich froh, dass diese Nacht vorüber war. Wir brachen auf, ohne zu frühstücken. Nach ein paar Kilometern wurde es warm im Bus und die Kälte in den Gliedern ließ nach. Die Straße führte uns durch verschneite Zedernwälder auf einen Pass, von dem aus wir einen weiten Blick über das Gebirge hatten. Wolken, Gipfel und Schnee, sowie die Musik von Uriah Heep (»*Easy Livin*«) und den Moody Blues (»*On The Threshold Of A Dream*«) sorgten dafür, dass es eine unvergessene Reise wurde. Gegen Abend erreichten wir endlich Ketama.

Die Stimmung bei unseren marokkanischen Freunden war gedrückt. Eine Reihe von Verhaftungen hatte sie verunsichert. Offenbar gab es Spitzel in der Gegend, die sich die Kennzeichen der ausländischen Autos notierten und sie dem spanischen Zoll verrieten. Achmed schlug vor, dass wir Ketama alsbald wieder verlassen sollten, und so verabredeten wir uns zwei Tage darauf in Ifrane, dem Wintersportresort im Mittleren Atlas, wo ich Bjarne vor einigen Monaten schon getroffen hatte. Ich telefonierte mit den Komplizen in Ceuta und bestellte sie nach Fès. Nach zwei Tagen tauchten sie endlich dort auf. Zum verabredeten Zeitpunkt trafen wir uns mit Achmed in Ifrane, wo er uns die Ware übergab. Paco verstaute 25 Kilo im vorbereiteten Versteck im Tank. Danach brachen wir auf.

Der Grenzübertritt in Ceuta war mit Paco am Steuer ein Selbstläufer. Die Zöllner scherzten mit ihm und winkten ihn durch. Auf der Fähre von Ceuta nach Algeciras hockten Geoffrey und ich uns auf ein aufgerolltes Ankertau im Schiffsbug. Wir genossen die Brise und den Blick auf Gibraltar, als ein Matrose auftauchte und mit Geoffrey auf Spanisch einen Disput anfing, dem ich nicht folgen konnte. Das Problem ließ sich offenbar nicht so leicht klären, denn Geoffrey wurde laut, und was er sagte, hörte sich giftig an. Ich hatte den Eindruck, gleich würden die beiden aufeinander losgehen. Am Ende gab der Seemann klein bei und verschwand.

»Um was ging es denn?«, wollte ich von Geoffrey wissen.

»Nicht der Rede wert«, antwortete mein Freund. »Der Typ wollte uns von hier vertreiben. Aber im Grunde wollte er mir lediglich mitteilen, was für ein Idiot er ist!«

»He just wanted to tell me, how full of shit he is!«

Geoffrey war der geborene Komiker, der sowohl äußerlich als auch, was seine Wesensart anging, eine Menge mit Cheech Marin gemeinsam hatte. Geoffrey Ramos verstand es, aus jeder ernsten Szene eine Lachnummer zu machen. Dialoge, die andere humorlos begannen, verwandelte Geoffrey in wenigen Worten zu Spott und Gelächter.

»Und? Wie bist du ihn losgeworden«, wollte ich wissen.

»Ich sagte ihm, dass der Kapitän der Bruder meiner Mutter sei …«

Als wir im Hafen von Algeciras an Land gingen, wurden wir von eben jenem Mann durch die Zollkontrolle gewinkt, mit dem Paco eine Woche zuvor gezecht hatte.

Auf der Rückreise übernachteten wir in Valencia, wo Santi und Angel die Fähre nach Ibiza nahmen. Martina und Geoffrey fuhren zusammen im VW-Bus nach Würzburg, Paco und ich brachten das Haschisch nach München, wo wir es verkauften. Nach einer Woche hatten wir aus 25 Kilo Shit 50.000 Mark gemacht. Paco verteilte den Gewinn, schickte ein paar Tausender nach Spanien, überwies Geoffrey seinen Anteil, und als wir einen Kassensturz machten, da waren es nur mehr 30.000. Was Don Paco aber nicht davon abhielt, den Lebensstil eines spanischen Granden zu pflegen. Während der Tage in München, als ich den Stoff verkaufte, lud er mich wiederholt zum Essen ein. Wir tafelten in der *Weinschatulle*, bei *Käfer*, im *Princess Garden*, und jedes Mal musste der Wein ein Bordeaux oder Rioja sein. Wenn ich vorschlug, anstelle des Chateau Lafitte für 160 Mark einen Lambrusco für 16 Mark zu trinken, nahm Paco seine Lesebrille ab und bestrafte mich mit einem vernichtenden Blick: »Wir werden doch keinen billigen Italiener trinken! Überlass das mit dem Wein bitte mir, damit kenne ich mich besser aus.«

Also ließ ich ihn machen, und so kam ich in den Genuss so manch guten Tropfens. Paco kannte sich auch bei stärkeren Destillaten aus: Cognac, Calvados, Sliwowitz, Armagnac. Kein Essen, das nicht mit einem Cognac oder einem *Carajillo** abgerundet wurde. Paco war großzügig, aber er konnte schlecht haushalten. Er besaß die

* Espresso mit spanischem Branntwein

Tugend, Geld schneller auszugeben als er es verdiente, und nicht wenig davon verschenkte er, was ihn immer wieder in Schwierigkeiten brachte, wie wir im weiteren Verlauf noch sehen werden.

In diesen Tagen in München lernten wir uns allmählich kennen und schätzen. Zusammen fuhren wir in den Spessart, wo Enrico, den ich zuvor schon auf Ibiza getroffen hatte, inzwischen mit den Musikern seiner Band *Los Hermanos* lebte. Auf dem Hippie-Markt von Es Cana hatte ich die *Hermanos* live spielen hören, eine gemischte Truppe aus Europa und Südamerika, deren Musik mir den Sound der Karibik erschloss. Wir blieben ein paar Tage, in denen Paco sich mit Gino, dem Bassisten, und Enrico, dem Organisten anfreundete. Dann wurde es Zeit, wieder nach Spanien aufzubrechen, denn wir hatten geplant, eine größere Hasch-Lieferung in Ketama abzuholen, von 100 Kilo war die Rede. Und da unser Geld für eine derartige Operation nicht ausreichte, bat ich einen meiner Kunden, finanziell einzusteigen. Hansi Heinz willigte ein, 20.000 Mark in das Unternehmen zu investieren. Bedingung war, dass wir ihn und seine Freundin Linde mitnähmen. Hansi war ein umgänglicher Zeitgenosse, der die Münchener Kiffer mit gutem Stoff versorgte und Linde war ein ebenso hübsches wie ruhiges Mädchen aus dem Niederbayerischen, gegen dessen Gesellschaft niemand etwas einwenden konnte. Paco verabschiedete sich bald aus Deutschland, denn er benötigte zum Kauf eines Lieferwagens und zur Installation eines Dachgepäckträgers zehn Tage Vorlauf.

Als Hansi, Linde und ich eine Woche später im Auto in Madrid eintrafen, war Paco mit den Vorbereitungen fast fertig. Er hatte vom Marine-Ministerium einen schriftlichen Auftrag, an der nordafrikanischen Küste einen Film über die Schwarzkoralle zu drehen. In den sechziger Jahren war er schon einmal mit dem Meeresforscher Jacques Cousteau ins Rote Meer gesegelt. Dort hatte er bei den ersten Unterwasser-Filmaufnahmen seit dem Pionier Hans Hass die Kamera bedient, er war somit nicht ganz unerfahren auf diesem Gebiet. Eine professionellen Ansprüchen genügende Unterwasserkamera besaß er auch. Die Unterstützung seitens des Ministeriums war die halbe Miete, mit Pacos Papieren würde es niemand beim Zoll einfallen, den Lieferwagen der Produktionsfirma zu durchsuchen. Die *furgoneta*, ein spanisches Fabrikat von zweifelhafter Zuverlässigkeit, stand in der Werkstatt eines Bekannten. Paco hatte den Wagen mit einem Dachgepäckträger aus Aluprofilen versehen. In den Hohlräumen war Platz für mehr als 100 Kilo Haschisch, sofern die gepressten Platten ein gewisses Maß nicht überschritten. Dafür zu sorgen, war meine Aufgabe. Als Fahrer hatte Paco einen jungen Taucher namens Ruben gewonnen, der für eine bescheidene Gage bereit war, den beladenen Lieferwagen über die Grenze zu fahren. Auch Angel war wieder dabei, den zwar niemand benötigte, der aber als permanenter Störfaktor immer für einen Zwischenfall gut war. Angel stammte aus der »Konkursmasse« von Pacos Firma auf Ibiza, ohne Paco war er ratlos, planlos, arbeitslos. Wie ein Satellit umkreiste er seinen Chef, dauernd stand er ihm im Weg. So jedenfalls erschien es mir, als ich ihn kennenlernte, und wenn es nach mir gegangen wäre, hätten wir ihn erst gar nicht mitgenommen. Er sah aus wie ein halb verhungerter Torero, ein Kerl, der von keinem Stier mehr ernst genommen wird. Tatsächlich dauerte es eine Weile, ehe ich seine Qualitäten kennenlernte: Angel war keineswegs so einfältig, wie es zunächst schien. Er war belesen, er zeigte zuweilen Zivilcourage, und er konnte Angriffe mit ätzendem Sarkasmus parieren. Aber dazu später mehr.

Nach ein paar Tagen in der Hauptstadt brachen wir auf: Paco, Angel und Ruben in der *furgoneta*, Hansi, Linde und ich im VW-Bus. Eigentlich hätte es dieses personellen Aufwands gar nicht bedurft. Wir waren halt Abenteurer, der Weg war unser Ziel, das Geschäft lief nebenher. Diesmal hielten wir uns nicht lange in Algeciras auf. Mit der nächsten Fähre setzten wir nach Afrika über. In Ceuta stieg Paco aus, er sollte sich dort bei den Behörden nützlich machen, das heißt, durch seine Kontakte zum Hafenamt und zur Zollbehörde sollte er uns den Rücken freihalten. Bei den Verhandlungen mit den Marokkanern wurde er nicht benötigt, das war meine Aufgabe. Angel und Ruben begaben sich direkt nach Fès, wo sie auf mich warten sollten. Unterdessen fuhren Hansi, Linde und ich nach Ketama, um bei Achmed die Ware zu bestellen. Der freute sich, mich wiederzusehen und versprach, in drei Tagen mit den 100 Kilo am vereinbarten Treffpunkt zu erscheinen.

Auf der ersten Reise hatten wir in der Nähe von Ifrane ein Tälchen entdeckt, wo man abseits von Verkehr und Tourismus ein paar Tage zelten konnte. Dorthin zogen wir uns zurück. Auf einer Wiese am Ufer eines Baches errichteten wir zwei Zelte und warteten auf Angel und Ruben mit dem Lieferwagen sowie auf Achmed mit der Ware. Kinder, die in der Gegend Ziegen hüteten, zeigten uns, dass der Bergbach voller Krebse war. Eimerweise schleppten sie Flusskrebse heran, die wir über offenem Feuer kochten und mit Knoblauchmayonnaise und Fladenbrot verspeisten. Nie zuvor und nie danach habe ich so leckere Krebse gegessen.

Wie verabredet, tauchte Achmed nach drei Tagen mit dem Haschisch auf. Ruben und Angel machten sich an die Arbeit, die Tafeln in die Profile zu schieben. Anschließend vernieteten sie die Verschlusskappen. Noch am Abend traten wir den Rückweg an. In den frühen Morgenstunden erreichten wir Bab Sebta, die letzte marokkanische Stadt vor der Grenze nach Ceuta. Hier stieg Angel zu uns in den Bus, während Ruben den Firmenwagen allein steuerte. Wir verabredeten uns im Hafen und Ruben machte sich auf die entscheidende Etappe. Eine halbe Stunde später folgten wir ihm.

Als wir zur Grenzstation kamen, sahen wir die *furgoneta* schon von Weitem am Straßenrand stehen. Der Dachgepäckträger lehnte an einer Mauer, aber Ruben war nirgendwo zu sehen. Offenbar war er verraten worden. Pacos Beziehungen hatten also nichts genutzt. Ehe man auch uns als Komplizen des Schmuggels entlarven konnte, machten wir uns schnell aus dem Staub.

Paco trafen wir in Algeciras. Die allgemeine Bestürzung war groß. Wir hatten viel investiert und alles verloren. Da der beschlagnahmte Lieferwagen auf Pacos Namen angemeldet war, würde es nicht lange dauern, bis die Polizei bei Pacos Mutter in der Avenida Bravo Murillo in Madrid anklopfte. Eine äußerst unangenehme Situation. Zumal keiner von uns wusste, wie Ruben sich im Verhör verhalten würde, denn eine Niederlage war vorher weder besprochen, noch überhaupt für möglich gehalten worden. Unsere Stimmung war im Keller. Paco war ratlos, Angel stellte überflüssige Fragen, Hansi verfiel in Depression. Schließlich hatte er eine ganze Menge Geld verloren. Linde versuchte, ihn aufzumuntern, was ihr nicht so recht gelang.

Fast ohne anzuhalten, machte sich eine geschlagene Truppe auf den Rückweg. Angel stieg in Madrid aus, Hansi und Linde fuhren mit uns zurück nach München, Paco besuchte Enrico in Lohr. Der spendierte ihm ein Flugticket in die USA, denn uns allen erschien es ratsam, Paco für eine Weile aus der Schusslinie zu nehmen. Im April 1976 bestieg er eine *Pan Am* nach Amerika, und es sollte mehr als zwei Jahre dauern, ehe wir ihn wiedersehen würden.

Was genau hinter »*la caida de la furgoneta*« (dem Auffliegen des Lieferwagens) steckte, konnten wir nie herausfinden. Fest stand, der Zoll in Ceuta hatte über den Transport Bescheid gewusst. Sei es, dass Paco in feucht-fröhlicher Stimmung während seines Aufenthaltes in der Stadt zu viel geplaudert hatte, sei es, dass wir in Marokko verraten worden waren. Ruben, der wahrscheinlich am wenigsten dafür konnte, musste für ein paar Jahre in den Knast. Nach allem, was ich weiß, hat er beim Verhör niemanden verraten, weder Paco, noch Angel, noch mich. Paco hätte man ein paar unangenehme Fragen stellen können. Schließlich war er der Inhaber der Produktionsfirma, der das Schmuggelfahrzeug gehörte, er war der Mann, der Ruben den Auftrag erteilt hatte, den Firmenwagen nach Marokko zu fahren, er war es, der sich in Ceuta exponiert hatte.

Im Nachhinein denke ich, man hätte eine bessere Legende schaffen können, sodass auch Ruben sich hätte herausreden können. Aber das wäre Pacos Sache gewesen, dazu hätte er als Besitzer des Autos vor Ort bleiben und Empörung simulieren müssen. Ich vermute, bei den Beziehungen, die er hatte und dem Ansehen, das er genoss, wäre er damit auch durchgekommen. Dafür, was in seiner Abwesenheit in Marokko im Einzelnen passiert war, konnte man ihm keinen Strick drehen. Im Übrigen bin ich überzeugt, dass ein guter Anwalt Ruben aus dem Gefängnis geholt hätte, zumal Bestechung als Mittel der Strafrechtspflege im damaligen Spanien nichts Ungewöhnliches war.

Durch seine Flucht hatte Paco sich mehr als verdächtig gemacht. Nicht bloß, dass er seinen Mann im Stich gelassen und seinen Firmenwagen aufgegeben hatte, sondern auch deshalb, weil er gänzlich darauf verzichtete, der Justiz gegenüber Stellung zu beziehen. Das mindeste, das er hätte tun müssen, wäre gewesen, einen Anwalt mit der Verteidigung Rubens und der Interessen seiner Firma zu beauftragen. Stattdessen hatte er das Weite gesucht.

Was zwischen ihm und Ruben im Einzelnen vereinbart worden war, wusste ich nicht. Im Nachhinein versuchte ich zu rekapitulieren, wie alles kam. Für Paco war es das erste Mal, dass er jemanden beauftragt hatte, einen Haschischtransport über die Grenze zu bringen. Er kannte weder die Gepflogenheiten, noch hatte er einschlägige Erfahrung. Üblicherweise wurde mit dem Mann, der das Risiko auf sich nahm, eine angemessene Gage vereinbart. Ich selbst hatte für meinen ersten Schmuggel seinerzeit 10.000 Mark bekommen. Eine vergleichbare Abmachung dürfte auch Paco mit Ruben getroffen haben. Ob sie sich auch darüber verständigt hatten, wie sich Ruben im Falle einer Enttarnung zu verhalten hätte, und was Paco zu unternehmen gedächte, falls die Sache schief laufen sollte, war mir nicht bekannt. Üblicherweise wurde im Vorfeld vereinbart, dass der Fahrer die Verantwortung allein auf sich nehmen und der Organisator sich um eine gute Verteidigung kümmern würde. So war es üblich, und das gab jedem die Möglichkeit, das Gesicht zu wahren. Schließlich war jedem der Beteiligten klar, dass wir das Gesetz brachen, dass wir verbotene Substanzen schmuggelten, dass wir damit gegen internationales Recht verstießen. Kompliziert würde das Ganze, wenn sich der Fahrer nicht an die Vereinbarung hielte, er also nach seiner Verhaftung ein umfassendes, über seine Tatbeteiligung hinaus gehendes Geständnis ablegen und dabei seine Hintermänner verraten würde. Verrat und Kooperation mit den Ermittlungsbehörden entbände die Komplizen von der Verpflichtung, für seine Unterstützung zu sorgen. Andererseits sollte sich der Fahrer darauf verlassen können, dass die Hintermänner alles dafür tun würden, um sein Schicksal so erträglich wie möglich zu gestalten. Das heißt, sie sollten für eine gute Verteidigung sorgen, dafür, dass der Inhaftierte während der Zeit im Knast finanziell versorgt wäre und dass er nach der Entlassung sozial aufgefangen würde. Der asymmetrische Vertrag, der zwischen dem Organisator eines internationalen Rauschgiftschmuggels und dem Schmuggler selbst geschlossen wurde, begünstigte im Fall des Gelingens den Hintermann, der ein Vielfaches dessen an Profit machen würde, was er investiert hatte. Sollte die Sache allerdings schief gehen, so wäre er verpflichtet, für Schadensminimierung zu sorgen. Im Fall von Paco und Ruben gingen beide davon aus, dass die Sache gelänge. In den Tagen von Ifrane, als wir abends beim Lagerfeuer saßen und Krebse aßen, war eine mögliche Niederlage kein Thema gewesen. Alle waren zuversichtlich, dass Paco den Zoll in irgendeiner Form korrumpiert oder wenigstens getäuscht hätte. Als Ruben am Ende geschnappt wurde, erwies sich Paco jedoch als äußerst schlecht vorbereitet und hilflos. Er wusste nicht, inwieweit er sich auf Rubens Verschwiegenheit verlassen konnte, denn er hatte den jungen Mann erst kurz zuvor in Madrid kennengelernt. Zudem hatte Paco kein Geld übrig, mit dem er einen Anwalt hätte beauftragen können, Rubens Verteidigung zu übernehmen. Und natürlich hatte er Angst, selbst in die Sache verstrickt zu werden. Dass sich Paco vor diesem Hintergrund aus dem Staub machte, ist zwar keine Heldentat, aber nachvollziehbar. Im Übrigen waren an der gescheiterten Operation ja nicht nur Ruben und Paco beteiligt. Hansi und Linde sahen sich mehr als Touristen. Er hatte zwar einen stattlichen Betrag in das Unternehmen investiert, aber er hatte weder mit dem Ankauf der Ware zu tun, noch mit der weiteren Organisation des Schmuggels. Er hatte darauf vertraut, dass Paco und ich die Sache korrekt und vor allem erfolgreich abwickeln würden. Daher fühlte sich Hansi anschließend auch nicht verantwortlich, Ruben in irgendeiner Form zu unterstützen. Angel war ein Mitläufer. Von ihm eine Initiative für Ruben zu erwarten, war unrealistisch. Angel besaß nichts, er war arbeitslos und er war vom Konsum harter Drogen gezeichnet. Das heißt, auf ihn konnte man sich nicht verlassen. Ehe wir ihn in Madrid absetzten, beauftragte Paco ihn noch, Rubens Familie über das Schicksal des Jungen zu informieren.

Letzten Endes musste ich mich jedoch selbst fragen, warum ich nichts tat, um Ruben zu helfen. Eine Weile hatte ich mit Gewissensbissen zu kämpfen, aber ich rechtfertigte mich, indem ich Paco die Schuld an der Misere zuschrieb. Schließlich, so sagte ich mir, war ich es ja nicht gewesen, der Ruben angeheuert hatte. Außerdem, so beruhigte ich mich weiter, hatte ich schon ein Dutzend

Mal selbst das Risiko auf mich genommen und ein mit Haschisch beladenes Auto über eine Grenze gesteuert, und ich war mir dessen bewusst, dass, wäre ich geschnappt worden, ein paar Jahre Knast auf mich gewartet hätten. Das war der Deal, das war der Traum, das war das Risiko. Ich sagte mir, dass auch Ruben sich darüber im Klaren gewesen sein dürfte. Und ich sagte mir, dass, wer mit der Aussicht, ein gutes Geschäft zu machen, ein Risiko eingeht, auch in der Lage sein sollte, die Konsequenzen zu tragen, wenn es am Ende schiefläuft. Abgesehen von diesen rabulistischen Volten, mich moralisch davonzustehlen, hatte ich alles investiert und am Ende kaum noch die Kohle, um zusammen mit Hansi, Linde und Paco nach Deutschland zurückzufahren.

Die Mischung aus Hilflosigkeit und Gleichgültigkeit, mit der wir alle damals den jungen Spanier den Fängen der Wölfe von Polizei, Zoll und Justiz überließen, ist ein beschämendes Beispiel dafür, dass die viel gepriesenen neuen sozialen Netze auch nicht stabiler geknüpft waren als die alten, die durch die Kriege zerrissen worden waren. Von der Reisegesellschaft, die im März 1976 von Madrid aus aufgebrochen war, um den großen Coup zu landen, blieben am Ende bloß Trümmer übrig. Ruben sperrten sie in Cadiz in den Knast, wo auch Pit auf seinen Prozess wartete; Angel schlug sich ein paar Monate in Madrid durch, ehe er nach Ibiza zurückkehrte; Paco war nach Amerika getürmt; Hansi besorgte sich Stoff bei einem Libanesen und machte nach und nach den Verlust wieder wett, während Linde kurzfristig einen Job als Barmädchen in einem Münchener Nachtclub annahm. Ich war ziemlich pleite und überlegte, ob es nicht an der Zeit sei, von Haschisch auf Heroin umzusteigen …

## 1.17 Geoffrey

Nach einer Woche München fuhr ich nach Würzburg und eröffnete Geoffrey meinen Plan. Am Ende willigte er ein, mit mir nach Thailand zu fliegen. Das erste Geschäft mit dem weißen Pulver war zwar nicht profitabel verlaufen, aber unsere jüngsten Erfahrungen in Spanien legten nahe, vom Haschischhandel vorerst die Finger zu lassen. Ruben war nämlich nicht der Einzige, den man geschnappt hatte, auch von anderen Schmugglern war zu hören, dass deren Transporte schiefgelaufen waren. Die Kontrollen an den innereuropäischen Grenzen waren verschärft worden, die Strafen für Hasch- und Grasbesitz ebenfalls, und so verlegten sich die Leute nach und nach auf Geschäfte mit Kokain und Heroin. Ersteres wurde von den Drogenbaronen in Kolumbien zu günstigen logistischen Bedingungen angeboten, Letzteres war in der Türkei und im Goldenen Dreieck vergleichsweise billig zu haben: Ein Kilo *China White* kostete 1976 in Thailand nicht mehr als 3.000 US-Dollar. Angesichts eines möglichen Verkaufs in Barcelona, London oder Amsterdam, wo für dieselbe Menge 30.000 $ bezahlt wurden, war das ein verlockendes Geschäft. Die im Zuge des Bebop (Charly Parker und Miles Davis), der literarischen Beat-Generation (Jack Kerouac und Ken Kesey) und der Hippiebewegung (Janis Joplin und Timothy Leary) in den westlichen Ländern in Schwung gekommene Drogenkultur hatte unter weiten Teilen der Jugend die Berührungsängste zu Haschisch und LSD verschwinden lassen, und als Künstler, Studenten und Bohème erst einmal gemerkt hatten, dass man sie über die Wirkung dieser eher harmlosen Drogen fehlinformiert hatte, war die Hemmschwelle gesunken, auch härtere Sachen zu probieren. Tausende von US-Soldaten, die in Vietnam stationiert waren, kamen dort mit Speed und Heroin in Kontakt, vom Militär angefixte junge Burschen, die ihre Konsum-Gewohnheiten, so sie den Krieg überlebt hatten, mit in die Heimat brachten. Drogen waren in den sechziger Jahren in westlichen Ländern in Mode gekommen, die Jugend war bereit, Risiken einzugehen. Unsere Idole aus Literatur, Film und Musik zogen mit (also Jörg Fauser und William Burroughs, Marilyn Monroe und John Belushi, Miles Davis und Jim Morrison, um einige von ihnen in Erinnerung zu rufen) und bald war das vom (amerikanischen) Staat eingeforderte Unrechtsbewusstsein bei weiten Teilen der jungen Generation verschwunden. Den Markt, der sich nun auftat, besetzten nicht etwa Gauner aus traditionellen Kreisen der Verbrecherwelt, sondern Leute wie wir: ehemalige Soldaten, arbeitslose Künstler, abenteuerlustige Studenten. Wir flogen nach Bogotá, nach Kabul und nach Bangkok, knüpften vor Ort Kontakte zu Lieferanten und schmuggelten die Drogen unter hohem Risiko nach Europa und Amerika. Zum Weiterverkauf an den Endverbraucher boten sich zunächst Leute an, die in der Klubszene der Städte gut vernetzt waren, Konsumenten, die andere Konsumenten kannten, Mitglieder von Rockerbanden, entlassene Knastbrüder und unterbezahlte Musiker, später stiegen Künstler, Huren und Zuhälter ein. Der hauptberufliche Dealer, auf den sich die Fahnder schon bald konzentrierten, tauchte erst mit der wachsenden Nachfrage nach den Stoffen auf, die den großen Durchblick versprachen, oder die den stillen Schmerz betäubten.

Ab Mitte der sechziger Jahre etablierte sich in europäischen Großstädten von Barcelona bis Berlin eine durch Drogen und deren Kriminalisierung hervorgerufene Subkultur, eine Zwischenwelt mit Berührungsflächen zum Verbrechen und zur Kunst. Eine gesellschaftliche Entwicklung, die von der Politik zu spät erkannt wurde und auf die weltweit von den Regierenden mit Repression reagiert wurde, was, wie man heute weiß, unzähligen jungen Menschen Knast oder Tod gebracht hat, was zu aufgeblähten Überwachungsorganisationen und enormen Kosten für die Gesellschaften geführt hat. Die plakative Charakterisierung der Menschheit, die immer wieder (oft ironisch) bemüht wird: Es gibt zwei Arten von Menschen – solche, die verreisen und solche, die zu Hause bleiben, oder: solche, die lesen und solche, die dumm bleiben. Diese Sprüche wurden ergänzt mit: solche, die illegale Drogen nahmen und solche, die legal weitersoffen!

Geoffrey und ich beschlossen also, in den Fernen Osten zu fliegen und bei der chinesischen Familie, die er bei der ersten Reise kennengelernt hatte, Heroin zu kaufen. Wir vereinbarten, dass ich die Reise finanzieren und er mir im Gegenzug in Thailand den Kontakt zu den Chinesen herstellen würde. Schmuggeln wollten wir die heiße Ware gemeinsam. Meine Mutter lieh mir 10.000 Mark (selbstverständlich ohne zu wissen, wie ich das Geld zu vermehren trachtete) und *Egypt-Air* stellte sich als der günstigste Anbieter des Fluges heraus. Die Ägypter landeten zwar mehrmals zwischen, aber mit 1.400 Mark war der Preis für Hin- und Rückflug nirgendwo günstiger. So reisten wir über Athen, Kairo, Kuwait und Bombay nach Bangkok.

Nachdem wir dort in der Früh angekommen waren, quartierten wir uns im Century-Hotel ein, um erst einmal den Jetlag auszuschlafen. Am Nachmittag nahmen wir ein *Tuk-Tuk*, ein in Südostasien verbreitetes Dreirad-Taxi. Der Fahrer verkaufte uns für kleines Geld einige Thai-Sticks, das beste Marihuana, das ich bis dahin geraucht hatte. Unterwegs in der Stadt fiel uns auf, dass an mehreren Kreuzungen Panzer aufgefahren waren und Soldaten die Leute kontrollierten. Außerdem, so erfuhren wir von unserem *Tuk-Tuk*-Lenker, herrschte eine Ausgangssperre nach 22.00 Uhr.

Seit ihrer ersten Reise hatten mich die Jungs neugierig gemacht, indem sie von der erotischen Präsenz der Thailänderinnen wahre Wunderdinge berichteten. Angeblich hätten sie Titten wie halbierte Pfirsiche, einen Muskeltonus wie die Bespannung einer Pauke und Muschis so eng … *caramba*! Tatsächlich fanden wir in einem Coffee-Shop zwei Mädchen, die dem Pfirsich-Pauken-Caramba-Ideal recht nahe kamen. Wir einigten uns auf den Preis und erreichten das Hotel, kurz bevor die Ausgangssperre in Kraft trat. Kaum dass wir es uns auf dem Zimmer gemütlich gemacht hatten, gab es Ärger. Goeffreys Partnerin störte sich daran, dass er einen Joint drehte. Ob er denn nicht wisse, dass es verboten sei, *Ganja* zu rauchen? Sollte er das Zeug nicht unverzüglich vernichten, werde sie die Polizei rufen. Und als Geoffrey, der Macho, ihr daraufhin eine Ohrfeige anbot, und sie wie aus dem Nichts ein Rasiermesser in der Hand hatte, fand ich es an der Zeit, einzugreifen.

Hier darf ich ausnahmsweise einmal die Floskel vom falschen Film bemühen, in dem zu sitzen ich mich plötzlich wähnte! Auf der Straße herrschte das Militär, nach Hause schicken konnten wir die Mädchen allein schon deshalb nicht. Und was die junge Dame angeht, die es sich neben mir bequem gemacht hatte, sah ich keine

Veranlassung, sie fortzuschicken, so bezaubernd wie sie lächelte. Also forderte ich Geoffrey auf, sich bei ihrer hysterischen Kollegin zu entschuldigen, das Gras gefälligst ins Klo zu werfen und für Entspannung zu sorgen. Schließlich waren wir nach Thailand gekommen, um Heroin zu kaufen, also um Geld zu verdienen. Polizisten bei der Suche nach Marihuana im Hotelzimmer waren das Letzte, was wir brauchen konnten. Der lächerliche Konflikt durfte auf gar keinen Fall eskalieren. Also erklärte ich dem Mädchen, selbstverständlich habe sie recht, das Gras werde vernichtet. Gleichzeitig ermahnte ich sie, sich wieder zu beruhigen. Es war für die stolze Frau nicht leicht, sich in diesen Kompromiss zu fügen, nachdem sie einmal mit der Rasierklinge vor Geoffreys Nase herumgefuchtelt hatte. Aber schließlich gab sie sich mit dem kleinen Triumph zufrieden und übernahm persönlich die Drogenvernichtung. Nach einer halben Stunde, während der ich eine Kassette mit altem Blues eingelegt hatte, entspannte sie endlich und legte sich zu Geoffrey aufs Bett. Zu Intimitäten zwischen den beiden kam es verständlicherweise nicht mehr.

Ganz anders ihre Freundin. Ihren Namen habe ich vergessen, nicht aber ihre Erscheinung: Sie war zierlich, hatte langes Haar, das wie Seide glänzte, und Augen wie schwarze Oliven, mit Wimpern, die kleinen Palmwedeln glichen. Ihre Brust stand hoch und fest, mit kleinen Warzen, die bei sanfter Berührung zu dicken Knospen wuchsen. Lange lag sie da und ließ sich streicheln. Als meine Hände schließlich über ihren Venushügel krochen, seufzte sie zum ersten Mal leise. Ihre äußeren Lippen waren so angeschwollen, dass man an ein mutwillig verschlossenes Tor hätte glauben können, hätte da nicht ein dünner nasser Faden die Wahrheit verraten. Wir ließen uns viel Zeit mit Zärtlichkeiten, und es dauerte lange, ehe sie endlich aktiv wurde und mich durch ihr feuchtes Schlüsselloch einließ.

Um es gleich zu sagen: Alles, wovon ich geträumt hatte, wurde Wirklichkeit. Allein diese eine Nacht mit dieser wunderbaren Asiatin wäre die Reise wert gewesen. Obwohl wir auf unsere Zimmergenossen Rücksicht nahmen, lagen wir die halbe Nacht wach, streichelten und liebkosten uns und versuchten, mit Phantasie und Mut, den anderen aufs Neue zu verführen. Das letzte, an das ich mich erinnere, ehe ich nach Stunden einschlief, waren die feuchten Augen dieses Mädchens und das Versprechen, das daraus hervorleuchtete. Es hätte der Anfang einer großen Liebe werden können …

Als wir in der Frühe erwachten, nachdem alle geduscht und gefrühstückt hatten, drückte ich meiner Prinzessin diskret den doppelten Betrag dessen in die Hand, was vereinbart war, und flüsterte ihr zu, der Arbeitskollegin gegenüber zu schweigen. Geoffrey war absolut dagegen, der Anderen nach der Nummer vom Vorabend auch nur zehn Baht zu geben. Er erklärte ihr, nur große Dollar-Scheine zu besitzen, und um sie bezahlen zu können, sei ein Gang zur Wechselstube notwendig. So machten wir uns zu viert im Taxi auf den Weg zur Bank. Geoffrey ging hinein und erkundete die Örtlichkeit. Dann kehrte er zum Taxi zurück und forderte mich auf mitzukommen, um in der Bank meinen Pass vorzulegen. Das Täuschungsmanöver gelang. Wir betraten die Schalterhalle, verließen sie aber gleich wieder durch den Hinterausgang. Mit einem anderen Taxi fuhren wir zum Hotel zurück, packten in Eile unsere Taschen, checkten aus und ließen uns zum Busbahnhof bringen. Als wir endlich im Linienbus nach Pattaya saßen, lachten wir bei der Vorstellung, wie es den Mädchen, nachdem sie eine Weile im Taxi gewartet hatten, dämmerte, dass wir sie versetzt hatten. Dann kramte Geoffrey die Tüte mit dem Gras aus der Tasche: »Das ist der Rest. Ich habe ihr nur die Hälfte gegeben.«

Die Fahrt mit dem Bus dauerte zwei Stunden. Pattaya war damals noch ein Fischerdorf. Die Verschandelung der Uferpromenade durch den Bau billiger Hotelcontainer hatte gerade erst angefangen. Ein Schlepper brachte uns zu einem kleinen Bungalow am ruhigen Ende der Bucht. Wir richteten uns ein, rauchten einen Joint und machten uns gut gelaunt auf den Weg, den Ort zu erkunden. Wir hatten vor, eine Woche in Thailand zu bleiben. Weil Bangkok mit all seinen Spitzeln und Informanten als unsicheres Pflaster galt (ich richtete mich in dieser Frage ganz nach meinem Reiseführer, der ja schon einmal dort gewesen war), hatten wir beschlossen, uns unter die Sex-Touristen im Badeort Pattaya zu mischen. Schon kurz nachdem wir in der Bungalow-Anlage eingecheckt hatten, tauchte die Rezeptionistin bei uns auf. Keck hob sie das Röckchen und präsentierte uns ihr Pfläumchen: »Wenn Sie mich ficken wollen, dann empfehle ich den Vormittag. Morgens kostet es 100 Baht, nachmittags das Doppelte.«

Diesen Werbetext konnte sie in mehreren Sprachen auswendig.

»Das nenne ich korrekten *Roomservice*«, kommentierte Geoffrey, nachdem wir die tüchtige Rezeptionistin vertröstet hatten. Auch ich fand die offenpflaumige Vorgehensweise bemerkenswert, unterließ es aber ebenso wie mein Kumpel, einen Termin mit der jungen Dame zu vereinbaren.

Am zweiten Tag fielen wir zwei jungen Friseuren auf, die bemerkt hatten, dass wir ohne weibliche Begleitung waren und auch nicht in den einschlägigen Bars verkehrten. Messerscharf schlossen sie, dass wir schwul seien, und sie luden uns zu einer Runde Stangen-Lutschen in der Hängematte ein. Wir lehnten lachend ab, freundeten uns aber mit den Jungs an. Uns war nämlich das *Ganja* ausgegangen, und die Haareschneider erboten sich, Nachschub zu besorgen. Ich gab ihnen zehn Baht und sie versprachen, das Gras am Abend bei uns vorbeizubringen. Pünktlich erschienen sie zur Stunde der Abendmahlzeit, brachten Suppen im Plastikbeutel mit sowie ein Mädchen im roten Kattunkleid. Das Mädchen hieß Pukky. Sie übte sich in vornehmer Zurückhaltung. Wir löffelten die scharf gewürzte Suppe aus Schalen, rauchten anschließend von dem frischen Gras und ließen uns von den Thais etwas über perverse Europäer und minderjährige Sexarbeiterinnen erzählen. Auf unseren Spaziergängen hatten wir nämlich gesehen, dass es zur Straße hin offene Bars gab, wo auf gepolsterten Hockern fette Schmecklecker aus Sheffield, Lille und Gelsenkirchen saßen, die wiederum Mädchen auf den kurzbehosten Schenkeln sitzen hatten, die wir bestenfalls auf vierzehn Jahre schätzten.

Dass es sich dabei um krankhaft verbogene Männer handelte, sahen wir damals nicht, für Geoffrey und mich waren sie einfach nur widerwärtige Kinderschänder, denen wir am liebsten die Fresse poliert hätten. Aber die Devise in Pattaya hieß: Erst kommt das Geschäft, dann die Moral, und dem schlossen sich auch die örtlichen Bullen an. Für sie war ein kiffender Hippie ein Krimineller, der schwäbische Fabrikbesitzer, der seine fette Pfote unter das

Röckchen eines Schulkindes schob, lediglich ein etwas unappetitlicher Devisenbringer.

So verging der Abend, mal laut, mal schweigend, bis sich unsere Gäste gegen Mitternacht verabschiedeten. Pukky, die sich während der Konversation im Hintergrund gehalten hatte, fragte mich, ob ich noch Lust hätte, mit ihr tanzen zu gehen. Hatte ich nicht, denn wir waren tagsüber segeln gewesen und ziemlich müde.

Am Tag darauf – ich lag in der Hängematte vor der Hütte – stürzte plötzlich ein Österreicher aus seinem Bungalow gegenüber und schrie Tiroler Verwünschungen in die Welt. Empört berichtete er, am Strand eine »Thai-Braut« engagiert zu haben, um sich von ihr den Dödel ein wenig streicheln zu lassen, und als er sich dann doch noch entschlossen hatte, mit ihr zu ficken und er noch einen Schein draufgelegt hatte, da stellte sich heraus, dass sie eine rote Nacktschnecke mit anhängenden Spatzeneiern unter dem Rock verborgen hatte. Unser österreichischer Nachbar war wohl ein wenig wertkonservativ. Offenbar konnte er mit derart unerwarteten Situationen nicht umgehen. Geoffrey schüttelte sich vor Lachen, als ich ihm später davon erzählte, und er versicherte mir, ihm könne so etwas nicht passieren: »*I can smell pussy half a mile against the wind*.«

Am Abend kamen die beiden Friseure und das Mädchen vorbei, und wieder wurde gekifft und gelacht. Als Geoffrey müde wurde, verabschiedeten sich die Gäste. Nur Pukky blieb und fragte mich, ob ich ihre Einladung zum Tanzen denn heute annähme. Ich zögerte, aber sie bestand darauf. Geoffrey belehrte mich schließlich.

»Hermano«, sagte er. »So eine Einladung kannst du nicht einfach ausschlagen. Sie würde ihr Gesicht verlieren. *Vaya*!«

Die Einladung zum Tanz führte uns ins *Loverboy*, eine Schwulendisco, wie ich bald erkannte, nachdem wir Platz genommen hatten. Die Musik, die gespielt wurde, waren Schnulzen à la mode, Bay City Rollers etwa oder Bellamy Brothers. Wir tanzten trotzdem. Während wir uns auf dem Parkett verausgabten, fiel mir auf, dass außer Pukky tatsächlich nur Kerle im *Loverboy* abhingen. Schließlich hatten wir genug und gingen zu unserem Tisch hinüber, um etwas zu trinken. Wir unterhielten uns eine Weile, ich sah sie an, und sie sah mich an, und dann sagte sie »*I love you*« und gab mir einen Kuss auf den Mund. Was immer das bei mir bewirkte, plötzlich erkannte ich, dass Pukky die erste Thailänderin war, die ich kennenlernte, die keinen Preis aushandelte. Außerdem war sie schön und sexy; und klug, wie ich zuvor schon herausgefunden hatte. Wir tranken *Southern Comfort*, lachten und küssten uns zwischendurch. Nach einem weiteren Tanz wurde das Mädchen mit einem Mal ernst.

»*I love you*«, sagte sie noch einmal und blickte mir verträumt in die Augen.

»Liebst du mich auch ein wenig?«

Was sollte ich sagen? Das mit der Liebe ist ja eine heikle Sache. Ich neigte nicht zu voreiligen Liebeserklärungen, besonders dann, wenn ich von vorneherein wusste, hier geht es bloß um Sex und Lust und dann *hasta la vista*. Drum weiß ich nicht, was mich dazu brachte, auf Pukkys Frage zu antworten: »*Yes, I love you too!*«

Ihre Augen leuchteten, sie fiel mir um den Hals und küsste mich leidenschaftlicher als zuvor. Dann ließ sie sich zurück in den Sessel fallen und blickte mich aus ihren dunklen Augen traurig an.

»Ich muss dir was gestehen.«

»Nur zu, ich höre!«

»Aber wenn ich es dir gesagt habe, wirst du mich nicht mehr lieb haben.«

»Unsinn«, erwiderte ich. »Kann ich mir nicht vorstellen.«

Sie nahm meine Hand, zog mich näher zu sich heran und flüsterte mir ins Ohr: »*I'm a boy!*«

Ich brauchte ein paar Takte, ehe ich begriffen hatte: Sie war ein Junge, besser gesagt ein Transvestit, ein *Kathoy*, wie sie in Thailand genannt wurden. Ich sah Pukky an, sah den feinen Flaum unter ihren wohlgeformten Ohrläppchen, sah den Ansatz einer festen Brust hinter dem lässig geknöpften Kleid, fühlte ihr weiches Haar. Ihre schlanken Fesseln und die grazilen Bewegungen beim Tanzen hatte ich zuvor schon bewundert, und dann diese erotische Stimme, bei der so gar nichts Kerliges mitschwang. Aber dann fiel mir der Österreicher vom Nachmittag ein, und ich begann zu zweifeln. In was für eine verzwickte Geschichte war ich da geraten: Einerseits hatte ich gerade angefangen, für dieses anmutige Geschöpf Gefühle zu empfinden, andererseits gehörten die Penisse vermeintlicher Frauen nicht zu den Objekten, auf die ich neugierig war. Pukky erwartete eine Antwort. Ich kann es nicht erklären, aber ich hörte mich sagen: »*I love you anyway*«. Und erneut umarmte und küsste sie mich. Für mich war sie eine Frau und dabei blieb es vorerst.

Kurz darauf verließen wir die Disco und bummelten zum nahen Strand hinüber. Die warme Luft lud ein, noch ein Stück gegen den frischen Wind zu laufen, der vom Meer hereinwehte. Wir gingen Hand in Hand, schweigend. Zwar spürte ich, dass es an mir wäre, etwas zur jüngsten Entwicklung der Dinge zu sagen, der Verwirrung meiner Gefühle mit Worten ein Ende zu setzen, aber mir fielen keine Worte ein. Pukky schien das zu spüren. Irgendwann – wir waren schon ein paar Hundert Meter gelaufen und die Lichter der Stadt lagen längst hinter uns – blieb sie stehen.

»Wollen wir uns setzen?«, fragte sie.

Wir legten uns in den Sand und küssten uns. Pukky knöpfte mein Hemd auf und fing an, mit ihren schlanken Fingern die Haare meiner Brust zu kämmen. Aber mit dem frischen Wissen, dass sie keine Frau war, blieb ich verspannt. Erst als sie den Knopf meiner Hose geöffnet hatte und ihre Hand hinein glitt, ergab ich mich. Die Frage, ob ich es mit einem Jungen oder einem Mädchen zu tun hatte, war plötzlich nicht mehr wichtig. Unter ihren sanften Händen wurde mein Willie zum Willem und ich wartete darauf, dass sie ihn mit den Lippen umschlösse. Aber das tat sie nicht. Scheinbar überhaupt nicht von meiner Passivität überrascht, schob sie meine Hand von ihrer Brust und führte sie unter ihr Kleid. In der Erwartung, gleich einen Penis in der Hand zu halten, verweilte ich noch eine Weile, die Innenseite ihrer Schenkel liebkosend. Doch Pukky drängte sich meiner Hand entgegen – bis mein zögernder Finger mit einem Mal in ihre nasse Muschi glitt! Hell und frech auflachend schlang sie ihre Arme um meinen Hals, ehe mein Kuss sie zum Schweigen brachte. Das Mädchen hatte mich über eine Stunde lang darauf vorbereitet, dass sie transsexuell sei, sie hatte mich in eine psychoerotische Achterbahn gesetzt und ich war mitgefahren. Ich war bereit gewesen, den Körper eines *Kathoy* zu erforschen und mir von ihm oder ihr einen blasen zu lassen, und dann hieß es plötzlich wieder: Kommando zurück. Der Aufruhr meiner Gefühle war komplett: Erst die innere Überwindung und dann die Erleichterung, doch von einer echten Frau verführt zu werden.

Mit einem Gemisch aus Verlangen und Ärger nahm ich sie, und als wir nach ebenso kurzer wie heftiger Begegnung erschöpft im warmen Sand lagen, war uns beiden klar, dass dieser Akt eine Fortsetzung verdient hatte. Pukky erhob sich, zog ihr Kleid aus und führte meine Hand noch einmal an ihr Geschlecht, so als wollte sie mir erneut versichern, dass sie eine Frau sei. Dann half sie mir hoch und ich folgte ihr in die Wellen. Wir tauchten ein und balgten wie Kinder im Wasser. Gegenseitig wuschen wir uns den Schweiß und den Sand von der Haut. Wieder am Strand, als ich endlich dazu kam, über das, was ich gerade erlebt hatte, nachzudenken und sie zu fragen, was sie sich denn bei der Täuschung zuvor gedacht habe, grinste sie schelmisch: »Ich wollte bloß herausfinden, ob du mein Herz magst oder bloß den Sex. Hättest du es bloß auf meine Pussy abgesehen, dann wären wir nicht noch am Strand spazieren gegangen. Aber jetzt weiß ich, dass du mein Herz liebst.«

Gewagte Logik, aber nicht ganz daneben. Immerhin, ich war auf dem Weg, herauszufinden, wie mir der Sex mit einem Transsexuellen gefiele, und ein Rest an Neugier blieb. Wir hockten noch eine Weile im Dunkeln am Strand, ehe wir zurückgingen. Als wir uns der Hütte näherten, hörten wir Geoffrey drinnen friedlich schnarchen. Pukky schlüpfte zu mir unter die Decke, aber geschlafen haben wir in dieser Nacht nicht. Unsere aufgeladenen Körper ließen uns nicht mehr zur Ruhe kommen.

Zwei Tage blieben noch, um uns zu lieben, *to take us higher*, um einen Vorrat an Glück anzulegen. Dann ging es zurück nach Bangkok, denn schließlich hatten Geoffrey und ich Geschäftliches zu erledigen. Als ich Pukky mitteilte, dass wir am folgenden Tag abreisen würden, schlug sie spontan vor, sie selbst könne uns nach Bangkok bringen, sie habe nämlich ein Auto. Tatsächlich besaß sie einen kleinen Sportwagen (ich glaube es war ein MG Midget). Aber Geoffrey war dagegen. Bei der Drogenübernahme konnten wir niemanden gebrauchen, auch kein schönes Mädchen. Und so schwer es mir auch fiel, er hatte recht. Dafür war unsere Mission einfach zu gefährlich. Wie ich es letztlich begründete, dass sie nicht mitfahren könne, habe ich vergessen. Nicht vergessen habe ich unsere Abreise im klimatisierten Reisebus. Pukky, deren wirklicher Name Chantana war, stand neben dem Bus am Fenster und vergoss eine Träne. Dass ich dennoch nicht ausgestiegen und der Liebe gefolgt bin, zeigt, wie grausam wir Männer Frauen gegenüber sein können, wenn es um Geschäfte geht. Aber im Herzen schmerzte auch mich der Abschied von Pukky.

Geoffrey und ich stiegen in Chonburi aus, wo er mich der chinesischen Familie vorstellte, die uns den Stoff besorgen konnte. Unser Geld reichte noch für 400 Gramm. Abends in Bangkok im Hotel pressten wir das Pulver zu schmalen Zylindern, die wir in den Alu-Röhren eines Kamerastativs verbargen. Am darauffolgenden Morgen checkten wir aus und ließen uns vom Taxi zum Don Muang Airport bringen. Die Ausreise verlief ohne Probleme, die Zollkontrolle in München ebenso. TomTom war hoch erfreut, endlich wieder von dem guten Material zu bekommen, denn beim letzten Mal hatte er gut verdient. Diesmal zahlte er einen besseren Preis, und als Geoffrey und ich abrechneten, blieben jedem etwa 25.000 Mark. Kein Vermögen, aber dafür, dass das Geld innerhalb von zwei Wochen steuerfrei verdient worden war, kein Grund zur Klage.

## 1.18 Zypern

Im Anschluss an die Fernostreise flog ich zusammen mit zwei Freunden, Martin Pastorius und Michael Dürr in einer Cessna nach Ibiza, um Rabia H. zu treffen, der ein größeres Haschischgeschäft geplant hatte. Bei einer Zwischenlandung in Montpellier hätten wir um ein Haar nicht mehr starten dürfen, da wir keine Schwimmwesten an Bord hatten, die bei Flügen über das offene Meer vorgeschrieben waren. Schließlich gestattete uns der verantwortliche Controller im Tower aber den Weiterflug, nachdem wir an einer Tankstelle einen LKW-Reifenschlauch gekauft hatten, an dem man sich nach einer Notwasserung gegebenenfalls hätte festhalten können.

Seit Weihnachten lebte Rabia H. mit seiner Familie in *Cana Ventura*, weil in seiner Heimat Libanon ein Bürgerkrieg tobte. Rabia war mit Tuulikki verheiratet, einer Finnin, mit der er zwei Kinder hatte, einen Jungen von acht Monaten und ein zweijähriges Mädchen. Unter dem Verdacht, ein Drahtzieher im internationalen Haschisch-Schmuggel zu sein, war er ein paar Monate zuvor aus Deutschland ausgewiesen worden. Martin Pastorius hatte angeboten, uns nach Ibiza zu fliegen, mit unseren illegalen Geschäften hatte er nichts zu tun. Als ebenso gut aussehender wie geschäftstüchtiger Zeitgenosse, verbrachte er die Wartezeit damit, Anna-Greta, eines der schönsten Mädchen der Insel, zu umgarnen. Solange gut aussehende Frauen in seiner Nähe waren, musste man sich keine Sorgen machen, dass Martin sich langweilte.

Während des kühlen und windigen Wochenendes auf Ibiza kamen Rabia, Michael und ich überein, eine größere Menge Haschisch aus dem Libanon nach Frankreich zu schmuggeln. Rabia brauchte dringend Geld, denn er saß ohne Einkommen und Arbeit mit seiner Familie auf Ibiza fest. Michael, der mit Putzi von Opel zusammenlebte, wollte sich finanziell von seiner betuchten Freundin unabhängig machen, und fand die Aussicht auf einen guten Schnitt, der bei einem derartigen Geschäft zu erwarten war, recht verlockend. Die Rede war zunächst von zwei Tonnen.

Für mich bedeutete die Teilnahme an der Operation lediglich eine Fortsetzung meiner Geschäfte auf höherem Niveau. Zu dritt einigten wir uns im Frühjahr 1976 auf den Plan und legten die Zuständigkeiten fest. Rabias Aufgabe war es, die Ware im Libanon auf Kommission zu besorgen. Ich sollte mich um ein Segelschiff nebst seetüchtiger Crew kümmern und das Haschisch vom östlichen Mittelmeer an die Cote d'Azur bringen. Michael schließlich war für die Lagerung nach der Anlandung und für den Verkauf in Europa zuständig.

Mit Tommy Parker, dem ehemaligen Partner Wackis, kannte ich einen Skipper, der keinem Abenteuer aus dem Weg ging, insbesondere dann nicht, wenn es neben der Freude am Segeln auch noch ein paar Mark abzuwerfen versprach. Bald hatte Tommy eine Crew von vier Matrosen beisammen und gemeinsam machten sie sich in seinem betagten Opel Kapitän auf den Weg nach Griechenland, um dort ein geeignetes Segelschiff zu chartern. In Glyfada, nicht weit von Piräus, wurden sie fündig. Die *Invicta* schien genau der richtige Kahn zu sein: Eine Zweimast-Ketsch, etwa 50 Fuß lang, Stahlrumpf und mit Kojen für bis zu acht Personen.

Im Mai segelte Thomas los. Zur Mannschaft gehörten neben dem Kapitän und dessen Frau Susi noch Klaus Bauer, der ebenfalls das Kapitänspatent besaß, sowie mein Partner aus früheren Tagen Walter Fleischer, der ein wenig Erfahrung als Segler mitbrachte. Unsere Beziehung hatte sich nach der Trennung vor zwei Jahren inzwischen normalisiert. Lisa und ich flogen eine Woche später nach Rhodos, wo die *Invicta* unterdessen im Hafen lag. Am Tag nach unserer Ankunft machten wir die Leinen los und segelten nach Zypern. Nach drei Tagen kam die Insel in Sicht, und wir blieben im Hafen von Limassol auf *standby*. Michael sollte mir das Datum und die Koordinaten des Ortes auf See durchgeben, wo wir das Haschisch von einem libanesischen Fischkutter übernehmen wollten. Doch wieder einmal durchkreuzten unvorhergesehene Schwierigkeiten unseren Plan.

Der amerikanische Flugzeugträger *Nimitz* war im Verbund mit einer Flotte von Kriegsschiffen vor der Küste des Libanon in Stellung gegangen. Die Maßnahme schreckte nicht bloß potenzielle Waffenschmuggler ab, sie hinderte auch unsere Lieferanten am Auslaufen. Uns blieb nichts anderes übrig, als in Limasol zu warten. Tage vergingen, wir warteten und warteten. Um uns die Zeit zu vertreiben, erkundeten wir die Stadt, und um an Land mobil zu sein, mieteten wir zwei Fahrräder. Lisa lernte einen griechischen Reeder kennen, der ein schnelles Motorboot besaß, mit dem wir die Strände an der Südküste besuchten. Abends lud er uns in zypriotische Lokale ein, wo gegessen, getrunken und getanzt wurde und wo eine Menge Porzellan zu Bruch ging.

Der Hafen von Limassol war damals mehr Reede als Hafen. Die einzige Befestigung, wo Schiffe anlegen konnten, war ein Pier, der so weit ins Meer reichte, dass die größeren Trawler dort festmachen konnten. An dessen Ende betrug die Wassertiefe etwa sechs Meter. Unser Schiff lag nicht weit draußen, da es nur zwei Meter Tiefgang hatte.

Eines Tages – ich kehrte gerade aus der Stadt zurück zum Schiff – verspürte ich den Wunsch, mit dem Fahrrad über das Ende des Piers hinaus zu fahren, also wie von einer Sprungschanze abzuheben und dann ins Meer zu tauchen. Der Höhenunterschied zwischen der Plattform und der Meeresoberfläche betrug bei Ebbe vier Meter. Ein paar Tage lang trieb mich der Gedanke um, ohne dass ich mich entscheiden konnte. Der Stunt erschien mir nicht ganz ohne Risiko zu sein. Ich teilte den Gefährten meinen Plan mit. Gemeinsam machten wir eine Ortsbesichtigung und versuchten, die Gefahr eines solchen Fahrradflugs einzuschätzen. Walter warnte, dass ich mich dabei verletzen werde, etwas, das ich mir nur schwer vorstellen konnte. Wir versuchten, uns den Augenblick des Abhebens und des Fluges sowie den Aufschlag auf dem Wasser auszumalen, aber je mehr wir darüber theoretisierten, umso größer wurde meine Verunsicherung. Inzwischen hatte ich so viel Bohei um die Sache gemacht, dass nicht bloß unsere Crew, sondern auch noch andere Schiffsbesatzungen aufmerksam geworden waren. Derartige Unternehmungen entsprachen dem Geschmack der Zyprioten, die nie ganz das Spielen verlernt zu haben schienen, auch wenn es politisch nicht so gut um sie bestellt war. Am zweiten Tag meiner theoretischen Sprungvorbereitungen wurde das Vorhaben von Fischern und Matrosen kontrovers diskutiert, und so manch einer warnte davor, diesen Unfug zu riskieren. Zwar hatten mir die Schwarzseher unter den Experten längst den Schneid abgekauft, andererseits galt es aber, mein Gesicht zu wahren. Thomas, unser Kapitän, der das Ganze eher belustigt verfolgte, meinte, da sei doch nichts bei, ich solle nicht so ein Gewese machen und es endlich hinter mich bringen. Es sei widerlich, ansehen zu müssen, wie einer erst sein Maul aufreiße, um anschließend den Schwanz einzuziehen. Susi, sein Mädchen, grinste bloß. Walter hingegen warnte mich eindringlich, ich solle es bleiben lassen. So standen wir herum, unschlüssig, immer neue Überlegungen anstellend. Ein älterer Grieche erkundigte sich unter der neugierigen Anteilnahme seiner Landsleute, wann ich denn nun springen werde, denn er hatte vor, seine Gattin und die Enkel zu holen, die sich das Spektakel ungern entgehen lassen wollten. Alle Augen waren auf mich gerichtet und ich spürte den Druck wachsen. Am liebsten hätte ich den Stunt abgeblasen.

»Platz da!«, war plötzlich Susis laute Stimme zu hören.

Und als die Schaulustigen beiseitegetreten waren, sahen wir sie auf ihrem Fahrrad den Pier entlang kommen und in voller Fahrt über das Ende hinausschießen, um nach zehn Metern Flug, nach wie vor aufrecht im Sattel sitzend, unter respektvollem Beifall ins Wasser einzutauchen. Augenblicklich war jedem klar, dass ich ein Feigling und Susi eine Heldin war. Bewundernde Blicke begleiteten sie, als sie zurück auf die Plattform geklettert kam. Walter, die Oberunke, tauchte hinab und hakte das gesunkene Rad an ein Tau, mit dem wir es wieder nach oben hievten. Nach dieser Demonstration von Frauenpower trauten sich dann auch die Kerle, allen voran ich selbst, sodass wir uns den Rest des Nachmittags fahrradwasserspringend amüsierten. Es stellten sich immer mehr Zuschauer ein, Palästinenser verließen ihre Flüchtlingsboote, Thunfischer blickten von der Reling ihres Trawlers herüber. Von Land her kamen Schaulustige herbei, aber der Schaulustigste von allen tauchte zuletzt auf: der Inhaber des Fahrradverleihs, an dessen Ohren die Kunde unseres Spektakels am Ende auch gedrungen war. Der Mann war erkennbar mies drauf und sah ungläubig zu, wie Walter gerade eines seiner Fahrräder aus dem Meer holte. Dann hielt er einen erregten Vortrag, in dem die Vokabeln Salzwasser, Rost, Kündigung und Schadenersatz vorkamen. Wir mussten die Räder abtrocknen und zurückbringen. Der Held des

Tages trug den Namen Susi, und sie strahlte wie die Siegerin eines Schönheitswettbewerbs.

Um keine Langeweile aufkommen zu lassen, kochte Walter eines Abends einen Tee, in dem er einige Peyote-Knöpfe aufkochte. Peyote ist ein kleiner mexikanischer Kaktus, der das psychotrope Alkaloid Meskalin enthält. Offenbar hatte Walter richtig dosiert, denn nach einer Stunde stellte sich bei allen, die davon getrunken oder gegessen hatten, ein milder psychedelischer Rausch ein. Irgendwann in der Nacht wurde es uns unter Deck zu eng und wir beschlossen, nach oben zu klettern. Kaum dass ich draußen war, hatte ich das Bedürfnis, ins klare Wasser des Naturhafens zu springen. Kopfüber hechtete ich zur Überraschung aller über Bord und tauchte hinab auf den Grund. Als ich mich umdrehte und nach oben blickte, sah ich wabernde Lichtkreise auf mich herabfallen, die mir unter dem Einfluss der Droge so elegant wie geheimnisvoll erschienen. Ich genoss das Spiel zwischen Licht und Wasser, solange der Sauerstoff reichte. Als ich auftauchte, sah ich, dass das Geheimnis seine banale Ursache in Lisas Taschenlampe hatte, mit der sie besorgt hinter mir her leuchtete, nachdem ich »ins Meer gefallen« war! Eine gute Stunde verbrachten wir anschließend damit, ins Wasser zu springen, hinabzutauchen und vom Meeresgrund her die von den Wellen bewegten Lichter zu betrachten, ein ästhetisches Erlebnis der Extraklasse, das man so schnell nicht vergisst. Krönender Abschluss dieser Peyote-Party war ein sich lange ankündigender Sonnenaufgang über dem Meer. Danach ließ die Wirkung langsam nach und wir verabschiedeten uns von der Welt der Halluzinationen.

Was unsere eigentliche Mission anging, so tat sich lange nichts. Wochen vergingen, ohne dass sich die US-Kriegsflotte bewegte. Langsam wurden wir ungeduldig. Während der Wartezeit lernten wir an Bord eines palästinensischen Schmugglerkahns einen siebzehnjährigen Libanesen kennen. Joseph stammte aus dem christlichen Norden des Landes, aus der Hafenstadt Jounieh. Ihm war der Krieg daheim zu stressig geworden, daher hatte er sich nach Zypern abgesetzt. Aber auch dort gab es auf Dauer für ihn keine Perspektive. Nach einem Monat des Wartens, den wir mit der Reparatur des Schiffsmotors zubrachten, wurde die Zeit knapp. Tommy hatte die *Invicta* für sechs Wochen gechartert, und wir waren gezwungen, zurück nach Glyfada zu segeln. Wir luden Joseph ein, an Bord zu kommen und von Athen aus mit Walter nach Ibiza zu fliegen, wo er ein ruhiges Leben führen könne. Die Aussicht gefiel ihm und er heuerte an. Gemeinsam verließen wir Limassol in Richtung Rhodos. Unterwegs fiel erneut der Motor aus, und dann hatte zu allem Überfluss auch noch jemand versehentlich das Trinkwasser in die Bilge laufen lassen. Der Wind flaute ab und wir kamen nicht vom Fleck. Wenn wir nachts bei schwacher Brise ein paar Seemeilen gut machten, so wurden wir tagsüber bei Flaute und drückender Hitze von der Strömung wieder zurückgetrieben. Dass wir dabei immer die Südküste der Türkei vor Augen hatten, war nur ein schwacher Trost. Die Stimmung an Bord war angespannt. Am vierten oder fünften Tag schließlich frischten abends plötzlich Wind und Meer auf, und bei voller Besegelung schafften wir es in einer Nacht bis nach Rhodos, wo wir in der Frühe kurz vor Sonnenaufgang in den Hafen segelten. Der weitere Rückzug verlief chaotisch: Die *Invicta* ließen wir in Rhodos zurück und mit dem letzten Geld kauften wir uns Schiffspassagen nach Piräus. Michael hatte mir am Telefon zugesichert, uns ein paar Tausend Mark an die Hauptpost zu telegrafieren, was sich allerdings als vergebliche Hoffnung erwies. Ohne Geld saßen wir, sieben Erwachsene und ein Hund, auf einem Turm von Gepäck im Hafen von Piräus fest. Ohne eine Drachme in der Tasche zu haben, checkten wir in einem Hotel ein, von wo aus wir wenigstens telefonieren konnten. Zufällig trafen wir im Aufzug eine junge Berlinerin, die uns auf einen Joint einlud und mit 100 Mark aus der Klemme half. Ich setzte einen Notruf nach München ab, und Michael versprach, uns sofort Geld zu überweisen.

Mit zwölf Stockwerken war unser Hotel das höchste Gebäude im gesamten Hafenviertel. Es traf sich, dass für den Abend ein Buffet mit musikalischer Begleitung auf der Dachterrasse angekündigt war. Da Karin, das Mädchen aus Berlin, nicht gerne allein war, lud sie Lisa und mich ein, mit ihr zu Abend zu essen. Sie war in einem Käfer-Cabrio bis nach Athen gefahren, und jetzt wartete sie auf ein Schiff, mit dem sie nach Mykonos übersetzen wollte. Die Szene, wie sie mir noch in Erinnerung ist: Als wir das Dach des

Hotels betraten, war das »Lokal« schwach besetzt. In einer Ecke hatte man eine Bühne installiert, auf der eine Jazzkapelle spielte. Gerade hob die Sängerin an, *Summertime* zu intonieren, als im Westen über den Dächern der großen Stadt die Sonne rot und fett zwischen die Häuser sank. Der laue Abendwind, die schöne Griechin, ihre wunderbare Stimme und das letzte Licht des Tages, das alles wurde zu einem Bild fürs innere Archiv.

Am folgenden Tag erreichte uns dann die Überweisung aus München. Wir beglichen unsere Schulden bei Karin, die am Nachmittag mit der Fähre nach Mykonos ablegte. Auch wir konnten unsere Reise fortsetzen. Thomas, Klaus und Susi fuhren mit dem Auto zurück nach Deutschland, Joseph und Walter flogen nach Ibiza, Lisa und ich blieben noch ein paar Tage in Athen und nahmen dann ein Flugzeug nach München. Die Sache mit dem Haschisch wurde vertagt, bis sich die Lage im Libanon entspannt haben würde. Aber das konnte dauern, wer konnte vorhersagen, wann *Uncle Sam* mit seiner verdammten Flotte abziehen würde?

Also beschlossen wir, nach Ibiza zu fliegen, wo ich hoffte, eine Möglichkeit zu finden, unseren Lebensunterhalt zu verdienen. *Cana Ventura* war voll belegt: Neben Rabia und seiner Familie, hatten sich Joseph und Walter dort einquartiert, die vor einer Woche aus Griechenland eingetroffen waren. Lisa und ich bezogen vorerst eines der Gästezimmer. Da keiner von uns einer bezahlten Arbeit nachging, war Ebbe in der Haushaltskasse. Da beschloss ich, meinem Freund Dennis eine Geschäftsidee vorzuschlagen.

## 1.19 Opium

Dennis Moore war ein Seemann, den ich aus dem Yachthafen von Ibiza kannte. Er trug schulterlange blonde Haare, stand mit körperlicher Arbeit auf vertrautem Fuß und machte ganz den Eindruck eines Matrosen. Er hatte kurz zuvor den Hafen verlassen, wo er sich ein paar Monate lang mit Gelegenheitsjobs über Wasser gehalten hatte. Ursprünglich stammte er aus Oregon, hatte Anfang der siebziger Jahre den Kriegsdienst in Vietnam verweigert und deshalb den USA den Rücken gekehrt. Anschließend war er mit Gleichgesinnten mehrere Jahre im Südchinesischen Meer gesegelt, ehe er über Umwege auf Ibiza gestrandet war. Dennis war ein guter Geschichtenerzähler, und ich hörte ihm gerne zu, wenn er von Penang, von Sulawesi oder von Bali erzählte. Ich schätzte ihn, denn er hatte das Herz am rechten Fleck, er las Bücher und er hatte einen wachen, kritischen Verstand. Es dauerte nicht lange, bis wir bei einem Bier in der Hafenbar eine gemeinsame Fernostreise vereinbart hatten. Zwei Wochen später, es dürfte Mitte Juni gewesen sein, waren wir startklar.

Wieder flogen wir mit der Egypt-Air, aber diesmal blieben wir einen Tag in Kairo, wo wir uns davon überzeugten, dass die Pyramiden von Gizeh tatsächlich die imposanten Bauwerke sind, für die sie gehalten werden. Dort liefen immer Touristen herum, und es gab Kamele, die man an die Fremden vermietete. So waren dauernd Karawanen mit schwitzenden Europäerinnen und freundlich grinsenden Japanern unterwegs, um die Pyramiden zu umrunden. Angeblich sollte einem das ein langes Leben garantieren. Die Leute lassen sich heute wie damals eine Menge Blödsinn einreden, ganz besonders am Fuß der Cheopspyramide.

Beim Landeanflug auf den Santa Cruz Airport von Bombay musste der Pilot einen dicken Haufen Kumuluswolken durchqueren, was die betagte 707 kräftig durchrüttelte. Im Sinkflug schwebten wir über erschreckend große Elendsviertel, ehe wir aufsetzten und den Gegenschub der vier Triebwerke erwarteten. Als die Türen der Boeing geöffnet wurden, empfing uns Indien mit einer Wand aus feuchtheißer Luft und uns bis dahin unbekannten Gerüchen. Noch ehe wir das Flughafengebäude betraten, rann uns der Schweiß über den Rücken. Bei der Einreise waren umfangreiche Formulare auszufüllen, die alle mit diversen Stempeln versehen wurden. Das dauerte seine Zeit, die man allerdings mit einem Bakschisch verkürzen konnte. Was die Vereinfachung bürokratischer Abläufe anging, Vorgänge, die bei Zollkontrollen in Indien zu erheblichen Komplikationen führen konnten, so lernte ich schnell dazu. Nachdem der Geldschein in der Hosentasche des Zöllners verschwunden war, machte er mit Kreide ein Kreuz auf die Gepäckstücke und gab sie frei.

»Welcome to India, Sir!«

Ein klappriges Taxi brachte uns vom Flughafen nach Colaba, zu Kolonialzeiten das Nobelviertel der Stadt, wo Dennis ein heruntergekommenes Hotel kannte. Wenn man vom damaligen Indien erzählt, kann man praktisch jedem zweiten Substantiv die Attribute »heruntergekommen« oder »freundlich« beigesellen, eines von beiden trifft meistens zu. In jedem Fall ist Indien für den Europäer der heftigste Kulturschock, der sich erleben lässt! Es war heiß in den Straßen von Bombay, sodass wir uns zunächst in landestypische Gewänder kleideten. Wir kauften dünne Baumwollstoffe in weinrot, weiß und beige, und brachten sie zu einem bärtigen Schneider, der sein Atelier auf dem Bürgersteig aufgebaut hatte. Der magere Mann nahm Maß, und zwei Stunden später waren Hemden und Hosen fertig. Bei einem Sandalen-Baba schlüpften wir in geflochtene Riemchenschuhe, dann waren wir bereit, der Opiumhöhle in der Shuklaji-Street einen Besuch abzustatten, an die Dennis sich von einer früheren Reise her erinnerte.

So schäbig der Laden auch war, so rattenbevölkert das ganze Viertel, so ausgemergelt die Opiumraucher: Für mich wird die Cashmere-Chandu-Den in Bombay immer einer der magischen Orte bleiben, die einem zuweilen das Gefühl geben, man lebe ein glückliches Leben. Und Dennis, das fühlte ich, empfand ebenso. Die »Höhle« war ein Lokal im zweiten Stock eines Reihenhauses, das zwischen andere mehr oder weniger miserable Gebäude eingeklemmt war. Die einzelnen Etagen erreichte man über eine hölzerne Außentreppe. Im ersten Stock sahen wir im Vorbeigehen eine Teppichknüpferei, wo drei Dutzend bunt gekleidete Frauen beschäftigt waren. Blickte man über die Balustrade in den Innenhof, sah man sogleich, woher der penetrante Gestank rührte, der die Nase beleidigte, sobald man die Treppe ein paar Stufen erklommen hatte: Auf organischen Abfällen und in Zeitungspapier gewickelten Exkrementen suchten räudige Ratten nach Nahrung. Dennis, der solche Ratten aus den Häfen Hinterindiens kannte, ließen die Biester kalt. Mich hingegen ekelte vor ihnen. Sobald wir das Etablissement betraten, wich der Gestank dem Wohlgeruch brutzelnden Opiums. Auf Teppichen und Matten lagerten ein Dutzend Gäste, die sich in kleinen Gruppen von je einem Angestellten des Hauses die Pfeifen präparieren ließen. Dabei lagen die Kunden bequem, die Köpfe auf speziellen Schemeln ruhend, und träumten vor sich hin. In einer Ecke hockte Bangali vor diversen Schüsseln und Töpfen, in denen er das Rohopium aufkochte, bis es das Aussehen und die Konsistenz von Rübensirup hatte. Damit füllte er dann kleine Pfännchen von der Größe einer Münze und reihte sie auf ein Tablett. In der luftigsten Ecke des Gastraumes hatte er sein »Büro« installiert. Dort vor einem Fenster hockte er über der Buchhaltung, wenn er mit dem Kochen fertig war. Jede ausgegebene Portion vermerkte er in seiner Kladde. Bangali war Lagerist, Chandu-Koch und Buchhalter in einer Person. Rashid Bhai, der Boss, beschäftigte sich mit den Gästen. Die meiste Zeit saß er mit untergeschlagenen Beinen da und dozierte in einem der vielen indischen Dialekte, die er sprach. Ich verstand zwar nicht, worum es im Einzelnen ging, aber ich begriff, dass Rashids Worte Gewicht hatten. Seinen wachen dunklen Augen entging nicht viel, und den für indische Verhältnisse Respekt einflößenden Wohlstandsbauch, den ein schmutziges T-Shirt bespannte, streichelte er von Zeit zu Zeit wie einen Schatz. Der Boss hatte alles im Blick, und wenn es einmal zu Unstimmigkeiten kam, schlichtete er den Streit mit unmissverständlichen Worten. Meist sprach er in Hindi, aber ich wusste, dass er ebenso gut Urdu und Bengali beherrschte. Und Englisch natürlich.

Rashid war ein Schlitzohr, und am deutlichsten offenbarte sich seine Schlitzohrigkeit beim Kartenspiel. Wie genau er es anstellte, konnten weder Dennis noch ich herausfinden, aber er war in der Lage, aus von mir gemischten Karten sich selbst vier Asse und mir vier Könige zuzuteilen. Dabei grinste er und zeigte eine Reihe schwarz-roter, vom Betelnusskauen verfärbter Zähne. Keine Frage, der Mann hatte Charme und Charisma, ein Gauner von der sympathischen Sorte.

Während der Tage in Bombay freundeten wir uns mit ihm an. Rashid war Moslem, ein Glücksspieler, und er trank Alkohol. In seinem Lokal beschäftigte er eine Handvoll Leute, die dort die Pfeifen für die Gäste präparierten, die einem die Beine massierten, während sie ruhten, Parias, die von Zeit zu Zeit hinunter auf die Straße geschickt wurden, um Tee oder Speisen zu holen. Eine Familie hatte er auch, aber weder seine Frau, noch seine Kinder tauchten je in dem Opiumlokal auf.

Dennis und ich wurden wie Ehrengäste behandelt: Drei bärtige Männer, die dösend vor der Balkontür lagerten, mussten ihre privilegierten Plätze aufgeben. Es wurden saubere Teppiche für uns ausgerollt und der beste Pfeifenstopfer, ein junger *Punjabi*, bedeutete uns, Platz zu nehmen. Wir gruppierten uns liegend um eine Ölflamme.

Eine Opiumpfeife unterscheidet sich von einer Tabakpfeife in Form und Funktion. Auf einem etwa 40 Zentimeter langen Rohr aus Holz ist vorn im rechten Winkel ein konischer Pfeifenkopf aufgesetzt. In dessen Mitte führt ein stricknadeldicker Kanal nach unten in den Schaft.

Geschickt tunkte unser *Punjabi* die Spitze einer langen Nadel in das honigflüssige Opium, drehte anschließend die Nadelspitze, an welcher der Tropfen klebte, über der Flamme, so lange, bis er Blasen warf und seine Konsistenz veränderte. Am Ende klebte nun eine hellbraune Perle an der Nadel. Da Opium in diesem Aggregatzustand rasch aushärtet, beeilte er sich, die Nadel samt Opium auf den Pfeifenkopf zu stecken, sodass das Klümpchen um die Öffnung herum haften blieb. Erst dann zog er die Nadel heraus und bot dem Raucher die Pfeife an.

»Ladies first«, sagte Dennis und bedeutete dem jungen Mann, sie mir zuerst zu reichen. Derartige Späße verstand der Inder aber nicht, und so war er erleichtert, mich grinsen zu sehen. Ich führte das elfenbeinerne Mundstück an die Lippen, und der Junge hielt den Pfeifenkopf so hoch über die Flamme, dass der heiße Opiumrauch durch den Kanal in das Rohr strömte, sobald ich an der Pfeife sog. Dabei brutzelte das Zeug, verqualmte und ich spürte einen harzigen Geschmack im Hals. Wer wissen möchte, wie Opium riecht, schmeckt und wirkt, der muss es probieren. Mich erinnerte der Geschmack an Medizin, an Erde, jedenfalls nicht an Tabak. Gewöhnungsbedürftig, wie die meisten Alkaloide. Nach je zwei Pfeifen spürten Dennis und ich die Wirkung: Der Körper wurde leicht, der Bauch erwärmte sich von innen, und das Gehirn schüttete Glück aus. Das Zeitgefühl erlahmte, ich schwappte auf den Wellen des Augenblicks. Mein Körper fühlte sich schwerelos und warm an, der Blick kehrte nach innen. Der Raum zwischen mir und der Welt wurde weit. Den Opiumrausch muss man erleben, wie jeden anderen Rausch auch, denn er unterliegt nur bedingt dem Zugriff beschreibender Worte. Dennis und ich genossen ihn.

Ein paar Tage lang kehrten wir am Abend bei Rashid ein und rauchten Opium, ehe wir ein Sammeltaxi nach Poona nahmen, wo wir den Bhagwan Sree Rajneesh kennenlernen wollten. Schließlich waren wir trotz unserer übel beleumundeten Geschäfte auf der Suche nach der Erleuchtung. Die Fragen: *Wie sollen wir leben? An was sollen wir glauben? Und wo geht die Reise hin?* beschäftigten sowohl Dennis als auch mich. Vom Bhagwan erhofften wir uns Erhellung. Um es gleich zu sagen, die Erhellung blieb aus, die Rituale und der Personenkult, der sich um den Meister gebildet hatte, gingen uns bald auf den Keks.

Am zweiten Tag in Poona trafen wir einen Schwabinger Geschäftsmann, der seine Firma verkauft hatte, um sich ganz dem spirituellen Leben als Sannyasin des Bhagwan zu widmen. Sein Name war Gunther Albrecht, ein Hüne von fast zwei Metern, dem seine langen weißen Haare und ein ebenso langer weißer Bart bei den Indern eine Aura großer Autorität verliehen. Wir begegneten ihm in der Kantine des Ashrams in Begleitung eines halbprominenten deutschen Starlets. Persönlich führte er uns über das Gelände, empfahl uns eine musiktherapeutische Meditation, für die sein Freund Swami Chaitanya Hari alias Georg Deuter den Sound komponiert hatte.

Eine Runde zu meditativer Musik tanzen, warum nicht, sagte ich mir. Dazu fanden sich in einer Säulenhalle zweihundert Sannyasin ein, die Musik erklang aus einem für damalige Verhältnisse aufwändigen Sound-System. An der Stirnseite stand erhöht ein Stuhl, reserviert für den Bhagwan, sollte der mal Lust haben, dabei zu sein, aber an diesem Morgen war nur der Astralleib des Bhagwan anwesend. Dennis, von Haus aus kein großer Tänzer, begleitete Gunther, den Erleuchteten, hinüber in einen Garten, wo sie *Ganja* rauchten. In meinem weißen Baumwollgewand fiel ich auf unter all den orange gewandeten Adepten des Meisters, und tatsächlich versetzte einen die langweilige Musik schon bald in einen Zustand entrückter Gleichgültigkeit. Anders ausgedrückt: Die Meditation im Ashram von Poona war in etwa das Gegenteil einer revolutionären Aktion. Dass es dennoch zu höherer Erkenntnis gereichte, lag weniger an der Meditation als an der menschlichen Natur. An einem bestimmten Punkt brach nämlich die Musik ab, und alle Tänzer sollten sich auf dem Marmorboden ausstrecken und reglos in Stille verharren, bis die Musik wieder einsetzte. Das hatte man mir vorher eingeschärft. Als die Klänge des Synthesizers verebbten, ließ ich mich wie alle anderen Tänzer zu Boden sinken und harrte der Erleuchtung. Erleuchtung als Zwischenziel des Lebens war mir ja schon lange als eine attraktive Option zum allgemein eingebürgerten Belogenwerden erschienen. Was immer versprach, der Erleuchtung näher zu kommen, esoterische Lehren, Meditation, Drogen, lag bei mir hoch im Kurs. Ich war somit bei der Tanzmeditation im Ashram zu Poona ganz bei der Sache. Bis ich auf dem kühlen Marmor lag und die Schwerkraft spüren sollte. Als ich die Augen öffnete, blickte ich zwischen die leicht gespreizten Beine einer Sannyasin, die praktischerweise unter dem Sarong keinen Slip trug. Mein Blick ruhte also auf einer dünn behaarten Muschi, deren feuchte kleine Lippe mich wie eine herausgestreckte Zunge provozierte. Da ich mich nicht bewegen durfte (fünf Minuten absolute Ruhe!), blieb mir nichts anderes übrig als zu verharren, mit geschlossenen Augen. Die Versuchung, sie zu öffnen, war aber größer, sodass ich immer wieder einen Blick riskierte, so wie ein Kind immer wieder am verbotenen Pudding nascht.

Es kam, wie es kommen musste: Ich genoss den ungewöhnlichen Einblick (wann hatte man dazu sonst schon mal Gelegenheit?), und als ich die Erektion spürte, war die Zeit der Diskretion vorbei. Verklemmt wie wir Katholiken waren, empfand ich es als peinlich, für jeden sichtbar mit einem Ständer dazuliegen. Also machte ich Verrenkungen, versuchte die Schande unter mir zu verbergen, brachte Unruhe unter die Meditierenden, bis mich ein Aufpasser, eine Art spiritueller Hilfssheriff des Meisters, mit einem langen Stock in die Seite knuffte und mir durch Gesten bedeutete, ich solle verschwinden. Das brachte mich nun völlig aus der Fassung, und ich schlich vom heiligen Marmor davon wie ein ertappter Museumsdieb.

Den Abend verbrachten Dennis und ich auf Gunthers Einladung hin in der Lakschmi-Villa, einem mitten in einem Park gelegenen Kolonialgebäude mit einer weiten Terrasse, die rings um das Haus führte. Die Zimmer waren hoch, die Türen und Fenster ebenso, seidene Vorhänge bewegten sich im Wind, und transparent bekleidete Frauen wehten ab und zu zusammen mit dem Duft von Räucherwerk durch den großen Raum. Wir saßen auf Kissen, und Gunther, der Resident der Lakschmi-Villa, erzählte uns, wie er den Entschluss gefasst hatte, sein Geschäft in München vor zwei Jahren aufzugeben und in den Ashram nach Poona zu ziehen; wie er in der Nähe des Bhagwan den inneren Frieden gefunden hatte, wie er mit wechselnden Partnerinnen eine befreite Sexualität praktizierte und dergleichen paradiesischer Szenarien mehr. Die Encounter-Groups gefielen ihm, wo verklemmte Sannyasin von ihrem Meister ermutigt wurden, sich auf erotische *blind dates* einzulassen, sich »freizuficken.«

Ich war beeindruckt. Jedenfalls so lange, bis wir auf dem Weg zu einem Szene-Café im Zentrum der Stadt eine Fahrrad-Rikscha bestiegen. Dennis, der das Lokal kannte, war zu Fuß vorgelaufen, weil auf der Bank der Rikscha nur zwei Erwachsene Platz fanden. Kaum hatten wir uns hundert Meter weit am Ufer eines Wassergrabens fortbewegt, als der Fahrer im Rückspiegel entdeckte, dass Gunther seinen Fuß auf dem Ziergitter abgestützt hatte. Er bat ihn, den Fuß herunterzunehmen. Das Fahrzeug gehöre der Bank, er sei dafür verantwortlich, und wenn man am Abend beim Schichtwechsel feststellte, dass etwas verschmutzt oder beschädigt sei, dann müsse er haften. Aber Gunther outete sich als neokolonialer Chauvinist, er hatte für die Sorgen des kleinen Inders kein Verständnis.

»Du wirst fürs Fahren, nicht fürs Schwätzen bezahlt«, fuhr er ihn an. »Jetzt fahr schon weiter!«

Aber der junge Mann war ein geistiger Bruder von Mahatma Ghandi. Er weigerte sich, weiterzufahren, ehe Gunther nicht seine großen Füße vom Ziergitter zurückgezogen hätte. Und da er ein Mensch mit Prinzipien war, kam es zu keiner gütlichen Lösung. Gunther erhielt nun die Chance, dem Inder eine Lektion in weißer Überlegenheit zu erteilen. Er stieg aus, forderte auch mich auf, auszusteigen, und knöpfte sich den Rikscha-Walla vor. Turmhoch überragte er den Inder, aus großer Höhe fielen seine Worte auf den eingeschüchterten kleinen Mann herab. Am Ende geriet der Sannyasin derart in Zorn, dass er die Rikscha packte und sie in den Wassergraben warf. Ich wollte ihn noch bremsen, aber das alles geschah so entschlossen, dass mein Einspruch nichts bewirkte. Das war also Gunther, der Sucher, der glaubte, den inneren Frieden gefunden zu haben. Verstört half ich dem Rikschafahrer, sein Fahrzeug aus dem Wasser zu ziehen, ehe wir den Rest des Weges zu Fuß zurücklegten. Um der Höflichkeit zu genügen, tranken wir im Café noch etwas zusammen, dann entdeckte Dennis einen Bekannten aus Ibiza und wir trennten uns von Gunther, dem Verwirrten. Am Abend, als wir zu einem Vortrag des großen Meisters in die Halle wollten, am Eingang von zwei »Security-Frauen« abgeschnuppert wurden und man unter meinen Achseln ein Deospray witterte, was ein Grund dafür war, uns den Einlass zu verwehren, weil der Meister angeblich von kosmetischen Gerüchen in seiner Kontemplation gestört werde, da hatte ich endgültig die Nase voll: nicht von den Seifen und Parfums, sondern vom Ashram und von Poona.

Dennis und ich besprachen das Erlebte, und wir beschlossen, die verbleibende Zeit in Goa am Strand zu verbringen. Zwei Tage danach landeten wir auf dem kleinen Flugplatz von Panaji. Wir trafen Hippies, die wir aus Ibiza kannten, und ich hatte zum ersten Mal den Eindruck, dass die Erde ein überschaubarer Planet sei. Wir besuchten eine der legendären *Full-Moon-Parties*, an der geschätzte tausend Freaks teilnahmen, die meisten unter dem Einfluss psychotroper Substanzen. An speziell dafür aufgebauten Marktständen konnte man Haschisch und Opiumkugeln aus dem Himalaja erwerben. Die Polizei hielt sich klug im Hintergrund. Sie hatte keinen Auftrag, den sozialen Frieden und die wirtschaftlichen Strukturen zu zerstören. Unter freiem Himmel spielte eine Band, die in wechselnder Besetzung die ganze Nacht durchhielt. Wir lungerten herum, faulenzten am Strand und aßen kleine Langusten für einen Dollar das Stück. Das Leben in Goa war angenehm.

Leider ging die schöne Zeit in Calangute und Anjuna zu schnell vorbei. Nach zehn Tagen bestiegen wir ein Schiff nach Bombay, und von dort ging es mit dem nächsten Flieger nach Bangkok.

Inzwischen kannte ich mich schon ein wenig aus, alles lief entspannter ab als bei der ersten Thailandreise mit Geoffrey. Ich versuchte, Pukky zu erreichen, aber ohne Adresse war das aussichtslos. In der Zwischenzeit war mir ihre Anschrift verlorengegangen, und da sie mit Nachnamen Chasakron hieß, ein Name, der in Bangkok so häufig ist wie Sokolov in Moskau, war die Chance, sie über das Telefonbuch zu finden, sehr dünn. Tatsächlich schaute ich nach, aber als ich sah, dass es allein in der »Stadt der Engel« sieben Seiten mit dem Namen Chasakron gab, wurde ich skeptisch. Ein kurzer Trip nach Pattaya, wo ich sie über die Friseure zu finden hoffte, war ebenso erfolglos.

Das Leben in der »Stadt der Huren« war voller Veränderungen: Vier Monate nach meiner ersten Reise war der kleine Friseursalon verschwunden, die Betreiber lebten nicht mehr in Pattaya, und von Pukky weit und breit keine Spur. Damit wurde auch diese Liebe zwischen der schelmischen Thailänderin und mir zur Episode. Seither weiß ich, dass die unerfüllte nicht die schlechteste Liebe ist, ihr Bogen bleibt lange gespannt.

Die Chinesen, die beim ersten Deal noch einen Revolver auf den Tisch gelegt hatten, misstrauten mir diesmal nicht, sie übergaben mir die Ware bei sich zu Hause. Leider sprach dort niemand Englisch, sodass die Kommunikation schwierig war. Aber zu einem Heroindeal will man nicht unbedingt einen vereidigten Dolmetscher hinzuziehen. So waren wir darauf angewiesen, dass Sudah, die Gattin meines Geschäftspartners, das Wesentliche verstand und korrekt übersetzte. Wir verpackten den Stoff wie schon zuvor im Kamerastativ.

Den Rückflug hatte ich bis Athen gebucht, wo Dennis und ich bei der Einreisekontrolle durchgewinkt wurden. Kein griechischer Zöllner wäre auf die Idee gekommen, einen Amerikaner und einen Deutschen misstrauisch zu durchsuchen. Griechen sind traditionell gastfreundliche Menschen, Ureuropäer, die dem Reisenden Respekt entgegenbringen.

Wir vergnügten uns ein paar Tage in Athen, präziser gesagt: in Kolonaki, dem Künstlerviertel, wo Theater, Kneipen und Straßencafés dominieren. Dann bestiegen wir den Zug nach München. Die Einreise bei Salzburg klappte. Den guten Stoff gaben wir an TomTom weiter, der ihn seinerseits an amerikanische Soldaten in Augsburg verhökerte, denen er nicht bloß gute Träume bescherte, sondern der sie zusätzlich, bei all den tödlichen Waffen, mit denen sie hantierten, davon abhielt, auf dumme Gedanken zu kommen. Dennis und mir brachte der Schmuggel 30.000 Mark ein. Mein Freund nahm seinen Anteil, ging nach England, wo er eine Schule für Seeleute besuchte und im Jahr darauf tauchte er mit einem englischen Kapitänspatent wieder in Spanien auf. Ich nutzte die schönen Sommertage zu einem Besuch bei meinen Eltern. Zufälligerweise fand am darauffolgenden Wochenende der Große Preis von Deutschland auf dem Nürburgring statt, und ich beschloss, dabei zu sein, wenn James Hunt und Niki Lauda um die Weltmeisterschaft fuhren. Es war das Rennen, bei dem Niki verunglückte und fast sein Leben verloren hätte. Aber zwei Monate später saß er schon wieder im Cockpit, und im Jahr darauf wurde er Weltmeister.

## 1.20 Klaus

Zurück auf Ibiza, wo ich schon ungeduldig von den Freunden erwartet wurde, traf ich auch Angel wieder. Seit Paco nicht mehr in seiner Nähe war, schlug er sich mit kleinen Geschäften durch. In Ibiza gab es eine starke Nachfrage nach Drogen aller Art, und für einen Mann wie Angel, der sich in der Szene auskannte, war es leicht, sein Auskommen zu finden. Aber Angel war ein typischer Andalusier: Wenn er sich 10.000 Peseten verdient hatte, legte er sich unter den Feigenbaum und wurde erst wieder aktiv, wenn die Kohle aufgebraucht war. Seine Frau war zu Beginn der Siebziger vor Formentera »ins Meer gegangen«, vermutlich unter einer hohen Dosis Mescalin, wie Angel mir einmal erzählte. Über ihren Tod kam er nie hinweg, was letztlich dazu geführt hatte, dass er anfing zu fixen. Er liebte es, unter Cannabis- und LSD-Einfluss und immer öfter auch im Heroinrausch zu philosophieren und dabei die absonderlichsten Theorien zu entwickeln. Sagen wir es so: Eine Menge Leute hielten ihn für völlig durchgeschrotet. Was mich anging, so war es exakt jener Zug seines Charakters, der ihn mir sympathisch machte. Angel drängte mich, es noch einmal mit einem Haschisch-Transport aus Marokko zu versuchen. Er habe sich eine neue Route ausgedacht, mit dem Schiff von Casablanca nach Teneriffa, wo es keinen Zoll gebe und ein paar Tage später weiter nach Barcelona. Er fühle sich in der Lage, den Wagen zu steuern. Und da ich die Route im Jahr zuvor mit Carmen schon einmal erfolgreich gefahren war, ließ ich mich überreden. Die Sache hörte sich nicht schlecht an. Weil ich nicht viel investieren konnte, präparierten wir den Tank des Renault R 16, den ich mir erst kürzlich angeschafft hatte. Gemeinsam brachen wir nach Málaga auf, wo die Fähre nach Tanger ablegte.

Die Warenübergabe fand, wie vorher, in Ifrane statt. Danach begleitete ich Angel noch bis Casablanca. Kurz nachdem er mit dem Wagen auf das Schiff gerollt war, genehmigte ich mir einen Cognac in »*Rick's Café Américaine*«, wo ich prompt auf einen Trickbetrüger hereinfiel, der mir bis auf das Münzgeld in meiner Hosentasche die komplette verbliebene Barschaft abluchste. Zum Glück hatte ich das Flugticket nach Madrid schon in der Tasche, aber mit dem Taxifahrer, der mich zum Flugplatz brachte, musste ich feilschen. Irgendwie schaffte ich es mit der letzten Pesete bis nach Ibiza, wo ich auf Nachricht von Angel harrte. Diese ließ quälend lange auf sich warten, und als sie schließlich eintraf, war sie negativ. Angel Canto war verhaftet worden, das gute Haschisch konfisziert, und der Renault gehörte jetzt dem spanischen Zoll. Nach ein paar Wochen kam eine Karte aus Teneriffa: Angel war guter Dinge. Er war zuversichtlich, dass sein Knastaufenthalt nicht von langer Dauer sein werde. Tatsächlich gelang es ihm, nach ein paar Wochen auszubrechen, und nach einer kurzen Zeit auf der Insel schaffte er es, mit einem Handelsschiff nach Panama und zu Fuß weiter nach Kolumbien zu gelangen. Und dort traf er auch seinen Mentor Paco wieder.

Mit ein wenig Schmiergeld und Beziehungen hatte er bald einen kolumbianischen Pass in der Tasche. Das soziale Netz, in dem Paco sich an der Karibikküste bewegte, nahm auch Angel auf, und die Jahre in Kolumbien wurden zu den besten seines Lebens. Was Drogen betraf, so erschien ihm die Küste in Kolumbien wie ein Schlaraffenland. Er liebte Kokain, er rauchte Gras wie andere Leute Zigaretten, und wenn er überreizt war, besorgte er sich beim Apotheker eine Packung Morphium, das dort in braunen Würfeln über den Tresen verkauft wurde. Und weil Angel im Herzen ein Hasardeur war, probierte er alle möglichen Substanzen aus, die ihm der Medizinmann eines »Hosen tragenden Indianerstammes« aufschwatzte. Einmal trank er ein Gebräu namens *Ayahuasca*, auch »Liane der Toten« genannt. Der heftige Trip, auf den er dadurch geriet, dauerte fast zwei Tage. Aber Angel hat auch das überlebt und für so etwas wird man in Südamerika respektiert. Wir werden ihm später wieder begegnen.

Nach Angels Scheitern auf Teneriffa verbrachte ich den schönsten Winter auf Ibiza, wo sich im November und Dezember zwar wütende Stürme auf das Land werfen und Regen für den Rest des Jahres niedergeht, wo andererseits der balearische Winter schon im Januar den Frühlingsblumen und der Mandelblüte eine Chance gibt. Ich erinnere mich, dass die schönste Jahreszeit auf den Balearen die zehn Wochen zu Beginn des Jahres sind.

Um diese Zeit herum lernten Lisa und ich Klaus Sturm und seine Freundin Andrea kennen. Wir freundeten uns an, und bald besuchten die beiden uns regelmäßig in Talamanca. Lisa, die sich mit Andrea gut verstand, bot ihnen an, vorübergehend bei uns zu wohnen. Klaus stammte aus München Giesing, Andrea aus Mannheim. Ihre Mutter betrieb ein Restaurant in Ibiza-Stadt.

So überwinterten wir zu acht: Tuulikki, die Finnin mit ihren beiden Kindern; Joseph Awad, der junge Libanese, den wir aus Zypern mitgebracht hatten; Andrea und Klaus, sowie Lisa und ich. Zu unserem Freundeskreis zählten auch Tito und Patricia, Santi und Merce, Lulu und Mita, Letzteres eines der auffallendsten Paare der Insel. Mita war Holländerin, blond und schön, Lulu Algerier, sanft und charmant. Wir trafen uns in der Stadt, auf dem Markt oder auf der Terrasse des *Montesol*, abends tranken wir *Hierbas* in der *Bar Mariano* oder im *La Tierra* und ab und zu, wenn uns nach Tanzen war, gingen wir ins *Lolas*, der einzigen Diskothek, die an den Wochenenden im Winter geöffnet war. Die Touristen waren fort, besser gesagt, noch nicht wieder da, und die *Ibicencos* hatten Zeit und Muße, sich mit uns Hippies auf den Caféterrassen zu unterhalten. An Weihnachten sägten wir einer Agave den Blütenstand ab und erklärten sie zum Weihnachtsbaum. Lisa bemalte sie mit Silberfarbe und jeder ihrer Fruchtstände trug am Ende eine Kerze. Klaus ging nachmittags zum Backgammon in die Bar *El Rubio*, und ich fuhr über Land und vertickte afghanisches Haschisch an paranoide Amerikaner, die im Inselinneren versteckt auf ihren Fincas lebten.

Mit dem auf diese Weise verdienten Kleingeld brachten wir die Patchworkfamily durch den Winter (Klaus gewann zuverlässig allabendlich zwischen 500 und 1.000 Peseten, also zwischen 8 und 16 Euro, bei meinen Geschäftchen blieben drei- bis viertausend Peseten pro Woche hängen). Zuweilen lautete das Menü zwar bloß Spaghetti mit Knoblauch und Olivenöl, aber auch das schmeckte, und alle wurden satt. Um den Kamin rund um die Uhr unter Feuer zu halten, klauten Klaus und ich den Bauern ganze Mandelholzstämme, ab und zu sogar den abgebrochen Ast eines Olivenbaumes, die wir dann in Talamanca schweißtreibend zersägten, bis wir kamingerechte Scheite hatten.

Die Tage verbrachten wir bei Spaziergängen am menschenleeren Strand von Salinas oder bei Besuchen unserer Freunde, deren Häuser auf der ganzen Insel verstreut lagen. Viele Abende saßen wir vor dem Kamin, wo wir so spannende Werke wie *Der Herr der Ringe* oder *Sternstunden der Menschheit* lasen. Und weil die esoterische Wahrheitssuche beim Baghwan in Poona unergiebig verlaufen war, las ich *All and Everything* von Georg I. Gurdjieff, eine ziemlich komplexe, aber nicht uninteressante Geschichte des Universums. Die Frage »wie soll ich leben?« konnte mir der kluge Armenier allerdings auch nicht beantworten, doch eine Zeit lang bewegten sich meine Gedanken innerhalb des Gurdjieff'schen Welterklärungsmodells. Stärker fasziniert hat mich allerdings sein autobiografisches Werk *Begegnungen mit bemerkenswerten Menschen*, welches mir bis heute als Muster für das gelungene Fazit eines Lebens gilt.

Eines Tages kam Klaus mit einem verschmitzten Grinsen nach Hause und ließ sich aufs Sofa fallen.

»Was gibt's?«, wollte ich wissen. »Wer hat dir denn die Laune verdorben?«

»Wenn ich mich recht entsinne, sagtest du gestern, wir hätten nichts mehr zu kiffen im Haus?«

»So ist es. Du hast den letzten Joint gestern am Strand gedreht.«

»Dem Mangel können wir abhelfen. Ich weiß, wo eine reife Graspflanze steht. Wir brauchen sie nur zu ernten.«

»Warum hast du es nicht schon längst getan?«, erwiderte ich. »Oder benötigst du ein Team von Erntehelfern?«

»Nicht gerade ein Team, aber ein zweiter Mann und zwei Frauen wären nicht schlecht«, erklärte er. »Die Pflanze steht nämlich auf einem Balkon im ersten Stock. Man kommt nicht so einfach an sie ran.«

»Klingt so, als ob wir eine Leiter brauchten.«

»Nicht unbedingt. Wenn du dich auf meine Schultern stellst, kannst du sie erreichen.«

»Auf was warten wir also noch?«, forderte ich Klaus auf. »Wo genau steht das Pflänzlein denn?«

»Auf einem Balkon an der Vara de Rey. Nicht weit vom *Café Montesol*.«

»Hm, da gehen laufend Leute vorbei«, stellte ich fest. »Dürfte nicht einfach werden, dort unentdeckt einen Blumentopf vom Balkon zu holen.«

»Vom Topf ist keine Rede. Die Pflanze schneiden wir heute Nacht ab«, schlug Klaus vor. »Mit der Heckenschere. Besitzt du so was?«

»Ich denke schon. Aber wozu benötigen wir die Frauen?«

»Das wirst du dann sehen.«

Die Zeit bis zwei Uhr morgens vertrieben wir uns beim Backgammon. Dann machten wir uns auf den Weg. Lisa trug Hotpants und Andrea hatte ihren kürzesten Mini an, zwei erotische Happen, die nicht einmal ein schwuler Taxifahrer übersehen würde. In der Stadt angekommen parkte Klaus den 2 CV um die Ecke. Zuerst machten die Frauen sich auf den Weg. Als sie sich dem Taxistand näherten, erstarb dort augenblicklich die Unterhaltung. Wie vorhergesehen, taxierten die Spanier unsere Mädchen, die vor dem Schaufenster des Reisebüros Melia stehen geblieben waren und sich offenbar für die Fernreise-Angebote interessierten. Während Lisa und Andrea also dabei waren, die Kerle abzulenken, schlichen Klaus und ich jenseits des Platzes unter den Balkon. Ich kletterte geschwind auf seine Schultern, bekam das schmiedeeiserne Geländer zu fassen und schnitt mit der freien Hand die Marihuana-Pflanze ab. Der Rest war Routine. Sobald ich mit dem Diebesgut um die Ecke verschwunden war, pfiff Klaus den Damen, die, als hätten sie schlagartig jegliches Interesse an Fernreisen verloren, den nächtlichen Schaufensterbummel abbrachen und zum Auto zurückkamen. Die Taxifahrer staunten ihnen noch eine Weile hinterher. Wie sie das nächtliche Spektakel kommentierten, entzog sich unserer Kenntnis, aber sicherlich ging es in ihrer Fantasie deftig zur Sache.

Zurück in *Cana Ventura* hängten wir die illegale Topfpflanze in der Nähe des Kamins zum Trocknen auf. Ob des gelungenen Coups in beste Laune versetzt, tranken wir noch ein Glas *Hierbas*. Am Morgen waren die Blüten soweit getrocknet, dass wir einen ersten *Reefer* drehen konnten. Ein paar Tage danach machte der dreiste Diebstahl als Gerücht die Runde auf den Terrassen der Cafés. Da wir untereinander Stillschweigen vereinbart hatten, konnte das

Schelmenstück nie aufgeklärt werden. Die Pflanze indes sicherte uns mehrere Wochen lang den Morgen- und den Abend-Joint.

Im April besuchten Klaus und seine Freundin die Diskothek *Glorys*. Andrea, blond und schlank, ein Veilchen auf der Hafenpromenade, stand in der Nähe der Bar und sah den Tänzern zu. Wiederholt wurde sie von einem besoffenen Typen zum Tanz aufgefordert. Nachdem sie zum dritten Mal abgelehnt hatte, wurde der Galan unverschämt. Die Sache eskalierte, als der Bursche ihr einen Rest Bier ins Dekolleté kippte. Klaus war nicht der Typ Mann, der tatenlos dabei zusah, wie seine Freundin öffentlich gekränkt wurde, und hätte der alkoholisierte Spanier das gewusst, er hätte gewiss auf die Provokation verzichtet. Überhaupt, hätte einer der Beteiligten geahnt, was aus dieser Geschichte resultieren sollte, sie hätten deeskaliert, anstatt draufgeschlagen. Als Klaus, der an der Bar stand, mitbekam, was seiner Freundin gerade passiert war, schnappte er sich den Kerl und schlug ihn mit einer bayerischen Geraden nieder. Doch in Spanien ist ein Spanier selten allein. Ohne zu überlegen stürzten sich die Freunde des Opfers in den Kampf, in der fatalen Fehleinschätzung, zu dritt mit dem langen Deutschen fertig zu werden. Sie konnten schließlich nicht ahnen, dass Klaus, was Schlägereien anging, von früher Jugend an geschult war: Die Erfahrung von hundert Giesinger Bordstein- und Kneipenschlägereien hinter sich, dazu mehrere Jahre Türsteher-Rangeleien vor diversen Nachtclubs in München, ließ er sich nicht leicht den Schneid abkaufen. Mit der Reichweite seiner knochigen Faust räumte er auf im *Glorys*, sozusagen im Faustumdrehen lagen die Toreros am Boden und leckten ihre Wunden. Notarzt und Polizei mussten kommen. Fazit des Abends: Ein nasser Busen, drei Spanier mit Kieferbruch und Schädeltrauma im Krankenhaus, ein Deutscher wegen exzessiver Notwehr, sprich schwerer Körperverletzung in Haft. Da eine Interpol-Recherche ergab, dass Klaus Sturm in Deutschland auf der Fahndungsliste stand, weil er noch eine zweieinhalbjährige Haftstrafe abzusitzen hatte, schickte man ihn nach Palma de Mallorca in den Knast, wo er ein halbes Jahr auf seine Auslieferung nach Bayern warten sollte.

Im März kriegten Lisa und ich zwei Flugtickets nach München geschenkt, denn nach sechs Monaten auf Ibiza konnten wir eine Luftveränderung gebrauchen. Zumal sich herausgestellt hatte, dass wir ein Kind erwarteten, was einen Arztbesuch in Deutschland ratsam erscheinen ließ.

## 1.21 Nomadenleben

Als Lisa und ich zu Beginn des Frühlings in München ankamen, standen wir vor verschlossener Tür. Auf dem Klingelschild firmierte jetzt ein Gerhard Kramer. Von der Hauswirtin erfuhren wir, dass sie die Wohnung habe räumen lassen, nachdem drei Monate lang keine Miete gezahlt worden sei. Um unser Wasserbett abzubauen, habe sie die Feuerwehr holen müssen. Immerhin seien der Herr Axel und seine amerikanische Lebensgefährtin vor zwei Monaten endlich aufgetaucht und hätten alle Schulden beglichen, inklusive der Kosten für den Feuerwehreinsatz.

In Neufahrn hatte Richie ein schäbiges Appartement gemietet, während ihre Finca auf Ibiza leer stand. Lisa und ich waren enttäuscht, aber was blieb uns übrig. Da wir nicht vorhatten, lange in München zu bleiben, quartierten wir uns bei Freunden ein. Gerüchteweise hatte ich schon erfahren, dass Richie und Bea vom Heroin-Schnupfen aufs »Drücken« umgestiegen seien und dass Richie die Schwabinger Szene mit Stoff aus Amsterdam versorge. Die beiden verließen kaum noch ihre Wohnung, liefen den ganzen Tag über im Bademantel herum. Der Rausch war zur Sucht geworden und zeigte seine Fratze.

Als wir uns schließlich im *Café Europa* an der Leopoldstraße trafen, war ich erschrocken: Richie war abgemagert, seine Augen waren stumpf geworden und er machte einen verlotterten Eindruck. Bea und Richie waren beide in einem Stadium der Abhängigkeit, wo sie fremde Hilfe benötigt hätten. Was immer sie in den USA erlebt hatten, jetzt waren sie krank. Auch Lisas Bemühungen, sie davon zu überzeugen, sich helfen zu lassen, blieben ohne Erfolg. Ich versuchte, ihnen wenigstens das Fixen auszureden (und zum Schnupfen oder zum Rauchen zurückzukehren), hatte damit allerdings kein Glück. Ein Besuch bei *Condrobs*, zu damaliger Zeit die einzige Anlaufstelle für Münchener Junkies, war mehr als ernüchternd: Die beiden benötigten Methadon oder Codein, angeboten wurden ihnen ein mitleidiger Händedruck und zynische Sprüche.

Als Richie meine andauernde Nörgelei wegen einer Therapie nicht mehr hören konnte und anfing, mir aus dem Weg zu gehen, machte ich einen schweren Fehler: Ich rief in Grassau bei seinen

Eltern an. Eben bei jenen Leuten, die sich noch nicht einmal im Gefängnis um ihren Jungen gekümmert hatten. Welche Hilfe hätten sie jetzt sein können? Die Mutter reagierte verstört, als ich ihr sagte, dass Richie sie jetzt brauche. Sie besprach sich im Hintergrund eine Weile mit dem Vater, und der teilte mir schließlich barsch und ungehalten mit, der Richard sei ein starker Junge, der werde schon allein mit der Sache fertig. Im Übrigen, was ginge mich das an, ich solle mich da gefälligst raushalten! Dann verbat er sich jede weitere Belästigung und legte auf.

Zu allem Überfluss telefonierte der Papa anschließend mit seinem Sohn und berichtete Richie von meinem Anruf. Der wiederum fühlte sich dadurch von mir verraten, und es kam zu einer hässlichen Szene vor dem Café Europa, wobei er mich zum Teufel wünschte. Dies hätte das Ende unserer Freundschaft sein können, hätte das Schicksal Richie nicht im März in eine Falle der Münchener Kriminalpolizei und zurück in den Knast geführt. Er versuchte zwar noch, mit einem Sprung durchs Fenster zu entkommen, aber damit hatten die Bullen wohl gerechnet: Zwei von ihnen warteten schon im Hinterhof. Erst fanden sie ein Beutelchen mit Heroin bei ihm, dann fand sich ein Richter, der ihn trotz seiner schweren Sucht statt in eine Therapie für zwei Jahre hinter Gitter schickte.

Welches Recht habe ich, heute über Beas Flucht zu lamentieren, die ihren Mann damals, ohne sich noch einmal umzudrehen, im Stich ließ, wo ich selbst ihn doch auch nie im Gefängnis von Landsberg besucht habe? Bea packte also ihre Koffer und verschwand. Sie war so abhängig von der Droge, dass es sinnlos wäre, normale Maßstäbe bei ihr anzulegen. Sie hatte einfach nicht die Kraft, allein in Deutschland zu bleiben und sich um Richie zu kümmern. In den Monaten danach hielt sie sich auf Ibiza auf, aber schon bald geriet sie ins Visier des in letzter Zeit verstärkt auf der Insel operierenden Rauschgiftdezernates. Bei einer Razzia auf ihrer Finca wurde eine kleine Menge Heroin gefunden. Bea wurde verhaftet und in den Knast von Palma de Mallorca gesteckt. Dort konnte sie sich nach kurzer Zeit freikaufen, und anschließend verließ sie Spanien in Richtung Amerika. Seither habe ich sie nie wieder gesehen.

Nachdenklich stimmte mich die Tatsache, wie brüchig unsere Freundschaften waren: Ein Schicksalsschlag, und das schwächelnde Personal verstreute sich in alle Winde. Wieder zeigte sich, dass die neuen sozialen Netze, als Folge der Kulturrevolution der sechziger Jahre geknüpft, noch schneller zerrissen als die alten familiären. Ich fragte mich, wo die Ursachen dafür lagen, dass Menschen bei der ersten Krise aufgeben und den ideellen Wert langer Freundschaft einfach fallenlassen; dafür, dass Paare sich trennen, sobald eine Sucht, eine Eifersucht oder sonst eine Krankheit verstärkte Anstrengung erfordern würden? War es nicht so, dass wir alle allein durch das Leben stapften und in unserer Spur soziale Trümmer zurückließen? Die gedankenlose Aufgabe von Freundschaften empfand ich wie fortgeworfene Bücher. Aber schließlich musste ich erkennen, dass das Knüpfen neuer und das Abreißen alter Bekanntschaften zum normalen Lauf der Dinge gehört. Alles ist vergänglich, auch Freundschaften sind nicht für die Ewigkeit geschlossen. Bei Camus fand ich den Gedanken vom Ende der Freundschaft: Er selbst habe nur noch Komplizen, und seine ganze Aufmerksamkeit gelte dem, der gerade anwesend sei: Der just Anwesende komme immer an erster Stelle. Darüber, so finde ich, lohnt es nachzudenken …

Lisa und ich fanden Aufnahme bei Michael Dürr und seiner Geliebten Putzi von Opel, die mit ihrer gemeinsamen Tochter Vanessa in Bogenhausen ein kleines Einfamilienhaus bewohnten. Wir hatten nicht vor, länger in München zu bleiben, sodass eine neue Wohnung nicht in Frage kam. Abgesehen davon war ich pleite, seit Angel in Teneriffa gebustet* worden war. Zur Not hatten wir noch ein Angebot von Christel, ihr Gesellschaft zu leisten, seit sie mit ihrer kleinen Tochter allein in dem großen Haus in Obermenzing lebte. Aber bei Putzi und Michael fühlten wir uns ebenso willkommen. Als Tochter reicher Eltern hatte Putzi es nicht leicht, in den sechziger Jahren erwachsen zu werden. Sie war reich, sie war schön und sie war jung. Jeder war ihr zu Diensten, kaum einer setzte ihr Widerstand entgegen. Die Schmierfinken von der Boulevardpresse, allen voran die unvermeidliche Klatschbase von der Abendzeitung, lauerten ihr ständig auf und versuchten, sie zu desavouieren: Weil sie ihrem Hund in den Schwabinger Grillstuben ein Filet-

* geschnappt, verhaftet

steak braten ließ, weil sie angeblich besoffen im P 1 aufgekreuzt war oder – immer wieder gerne genommen – weil sie einen Joint geraucht habe. Wir koksten viel und tranken Portwein, Geld war immer reichlich vorhanden und Langeweile kannten wir nicht. Michael war damals noch ein cooler Typ, der einer Menge Deppen vormachte, wie man unwiderruflich lebt. Er war spontan in seinen Entscheidungen, und er war großzügig, ein Charakterzug, der mich vor allen anderen an Menschen begeisterte. Putzi liebte ihn, und ich verstand, warum. Meine Freundin Lisa half ihr, die kleine Vanessa zu versorgen, und auf diese Weise kamen sich die beiden Frauen näher.

Ein Ereignis, welches für einigen Wirbel sorgte, wurde durch einen Anruf von Margie ausgelöst. Gary Frank, ihr amerikanischer Lover, war in Spanien geschnappt worden. Auch er hatte also Fehler begangen, und jetzt saßen Gary und vier seiner Komplizen in Málaga in demselben Gefängnis, aus dem Richie im Jahr zuvor entlassen worden war. Deshalb war Margie nach München zurückgekehrt, wo wir uns ab und zu auf der Tanzfläche des *Belle Blue* begegneten. Nach wie vor berauschte mich ihre Schönheit, zu näherem Kennenlernen in der Kiste war es allerdings noch immer nicht gekommen. Wir mochten uns zwar gut leiden, und einmal nahmen wir auch Mescalin zusammen, aber Sex schien sie nicht zu interessieren.

Eines Tages rief sie bei Michael an und lallte irgendetwas Unverständliches in den Hörer. Wir beschlossen, sofort zu ihr zu fahren und nachzusehen, ob sie in Gefahr sei. Als wir in der Reichenbachstraße eintrafen, wurde uns die Tür von einem jungen Franzosen geöffnet. Wir schoben den Burschen beiseite und drangen in die Wohnung. Im Badezimmer fanden wir Margie auf dem Boden liegend, wohl noch bei Bewusstsein, aber offenbar von der Überdosis irgendeiner Substanz niedergestreckt. Erst als wir ihm Gewalt androhten, zeigte uns der Franzose eine Schachtel Tabletten, von denen sie offensichtlich ein paar zu viel eingeworfen hatte. Anstatt sofort den Notarzt zu rufen, jagten wir den Kerl aus dem Haus und trugen Margie hinunter ins Auto. Wir wollten sie mit nach Bogenhausen nehmen, und dann dort sehen, womit wir sie wieder aufpäppeln könnten. Während Michael den Daimler steuerte, lag Margie auf der Rückbank, den Kopf auf meinem Schoß.

»Wie sieht es aus?«, fragte Michael an jeder Ampel, indem er sich besorgt umdrehte.

»Entweder schläft sie, oder sie ist bewusstlos«, sagte ich.

»Bewusstlos? Wie steht es denn um ihren Puls?«

Um ihren Puls zu messen, schob ich meine Hand unter ihren Pulli und legte sie je nachdem, wie man die Sache betrachtet, auf ihr Herz oder ihre linke Brust. Beruhigt stellte ich fest, dass ihr Herz noch gleichmäßig schlug. Ihr kleiner Busen fühlte sich sanft und fest an, und ich hätte ihn gerne noch eine Weile gestreichelt, hätte mich Michael nicht verunsichert.

»Was machst du denn da?«

»Herzschlag kontrollieren«, sagte ich.

»Den Puls fühlt man am Arm!«, bestimmte er.

»Außer bei schönen Mädchen«, entgegnete ich. »Da legt man die Hand aufs Herz!«

Als wir in der Schönbergstraße ankamen, war jedoch von Margies Herzschlag nicht mehr viel übrig. Wir beschlossen, sofort den Notarzt zu rufen. Und um Schlagzeilen in der Abendzeitung zu vermeiden (»Drogenüberdosis im Hause von Opel«), brachten wir die Patientin erst gar nicht ins Haus. Minuten später hatte Margie eine Kanüle im Arm, und da wir die Medikamentenschachtel mitgenommen hatten, wussten die Ärztin und der Sanitäter sofort, was sie ihr zu injizieren hatten. Ohne Sirene, aber mit eingeschaltetem Blaulicht nahmen sie Margie mit. Zum Glück konnte sie die Klinik am Tag danach schon wieder verlassen. Als ich sie das nächste Mal traf und ihr sagte, dass ich unterwegs auf der Rettungsfahrt ihren Busen gestreichelt hätte, lachte sie und meinte, das würde sie mir auch so erlaubt haben.

Finanziell halfen Putzi und Michael Lisa und mir über die Runden. Von Deniz, einem Schwabinger Dealer mit offenbar guten Beziehungen zum Landeskriminalamt, erhielt ich einige Kilos sogenannten Bullenshit auf Kommission, zu einem unverschämt günstigen Preis. Dabei handelte es sich um beschlagnahmte Ware aus Afghanistan, ein guter Schwarzer, ein wenig angeschimmelt, aber das war für viele Kiffer lediglich ein optisches Kriterium von

Qualität. Der Stoff stammte aus einem Lastwagen, der aus Persien kommend in Irschenberg hochgenommen worden war, mehrere Tonnen, wie man hörte, und da fielen die fehlenden paar Kilo gar nicht groß auf. Deniz schätzte, dass mindestens 100 Kilo aus der Asservatenkammer in Umlauf gekommen seien. Ich rief Norbert an und fragte, ob er Interesse hätte. Hatte er und zwar für die gesamte Menge. Am darauffolgenden Tag lieh ich mir Putzis Landrover und machte mich auf den Weg ins Erdinger Moos, um Norbert die heiße Ware auszuliefern. Als ich hinter Föhring an der BMW-Versuchsstrecke entlang fuhr, stellte ich fest, dass ich verfolgt wurde. Im Rückspiegel sah ich den Wagen näher kommen. Da ich überzeugt war, dass es sich um ein ziviles Fahrzeug des Landeskriminalamtes handelte, gab ich Gas. Ich bog in den nächsten Feldweg ein und fuhr dann quer über einen umgepflügten Acker, was die weitere Verfolgung schlagartig beendete. Mit ihrer BMW-Limousine hatten die Bullen jedenfalls auf einem Sturzacker keine Chance gegen den Allrad-Jeep. Später erfuhr ich von Norbert, dass es nicht die Polizei, sondern der Werkschutz war, der mich verfolgt hatte. Die Autobauer waren nicht daran interessiert, Fotos ihrer Erlkönige vor den Autosalons in den Zeitungen zu entdecken, daher hatten sie ein Team von Sicherheitsleuten angestellt, die um die Teststrecke herum patrouillierten und darauf achteten, dass kein Fotograf zum Schuss käme. Gewiss war ihr Adrenalin gestiegen, als sie den in Liechtenstein auf den Namen von Opel zugelassenen Landrover entdeckt hatten, der sich dann auch noch querfeldein aus dem Staub machte. Für die Männer vom Werkschutz dürfte festgestanden haben, dass sie es mit dem Spion eines konkurrierenden Automobilherstellers zu tun hatten. Mit Putzis Landrover sollte ich also tunlichst dort nicht mehr vorbeifahren.

Nachdem ich die BMW-Leute abgeschüttelt hatte, und ehe ich zu Norbert fuhr, deponierte ich den Beutel mit dem Schwarzen in einem Gebüsch unweit des Bauernhofes. Als ich schließlich dort eintraf, glaubte ich auf einem Volksfest gelandet zu sein. Die schmale Straße, die vor dem Anwesen vorbei führte, war auf einer Seite völlig zugeparkt. Ich zählte sieben Autos und fragte mich, was das wohl zu bedeuten habe. Vorsichtig näherte ich mich dem Anwesen. Es war im April, Vorfrühling, und an dem Tag schien die Sonne.

Auf dem Rasen vor dem Haus hörte ich Stimmen und Gelächter. Ich beschloss, mich von hinten heranzupirschen, um nicht gesehen zu werden. Als ich an das Küchenfenster klopfte, öffnete Brigitte und ließ mich durchs Fenster herein. Sie führte mich hinauf in ein Schlafzimmer, wo Norbert mich nach kurzer Zeit begrüßte. Durch die Gardine hindurch sah ich etwa zwanzig Personen, die sich im Hof aufhielten, und die, wie Norbert mir versicherte, alle auf mich warteten. Da ich keinen dieser Leute kannte und eine derartige Haschisch-Auktion für ein nicht vertretbares Risiko hielt, beschloss ich, mich im Hof auch nicht blicken zu lassen. Ich erklärte Norbert, wo er den Sack mit dem Schwarzen fände und wünschte ihm Glück.

Was ich dann sah, war ein überzeugendes Beispiel von Emanzipation: Eine junge Frau ergriff die Initiative, mehr noch, sie griff ein Beil und begann auf dem alten Hauklotz die 500-Gramm-Platten in Stücke zu hacken, um sie dann an die Kerle weiterzugeben. Da ich weniger mitgebracht hatte, als Norbert hätte verkaufen können, stritten sie sich um die Mengen, die ein jeder nach Augsburg, Passau, Bayreuth und Regensburg mitnehmen durfte. Aber die junge Dame beherrschte den Schacher souverän und teilte den Stoff gerecht auf. Norbert stand bloß dabei und hielt die Hand auf, das Bündel Geldscheine wurde immer dicker. Nach und nach packten die Provinz-Dealer ihren Shit ein und brachen auf. Als Norbert am Ende, nachdem sich auch das forsche Fräulein verabschiedet hatte, zu mir ins Haus kam, hatten wir beide je 10.000 Mark verdient.

»Sag mir mal, wo sonst kann ich in so kurzer Zeit so gut verdienen?«, fragte er mich lachend. »Und das auch noch mit einem Naturprodukt!«

Brigitte lud mich zu einer Tasse Tee ein. Ich faltete die Geldscheine und ließ sie in der Jeanstasche verschwinden. Wir hatten in der Tat einen coolen Job. Haschisch unter die Leute zu bringen hatte etwas Nobles, bedenkt man einmal die Gefahr, die wir immer wieder eingingen und den Aufwand, den der Staat betrieb, um uns dingfest zu machen. Ein Teil des Personals unserer Innung saß zwar immer im Knast, aber wir betrachteten sie als politische Gefangene. Kiffer und Haschdealer stabilisierten das soziale Gefüge auf den

Gefängnishöfen. Sie hängten sich nicht auf, sie litten unter keinem Schuldkomplex. Einen Kiffer, den der Staat dazu gebracht hatte, sein Kiffen zu bereuen, den gab es nicht. Der Kunstmaler Norbert Held war eine Zeit lang einer meiner besten Kunden. Er rechnete immer korrekt ab, er war immer pünktlich und an seiner Freundschaft bestand nie ein Zweifel. Seit unserer gemeinsamen Zugreise nach Barcelona waren wir Freunde und vertrauten einander, was in dem Geschäft immer von Vorteil ist, wie wir gleich sehen werden.

Ein paar Tage später besuchten Walter und ich Hansi und seinen Partner TomTom, die als Wohngemeinschaft zusammen mit Renate lebten, die mir seinerzeit in Benalmádena zusammen mit Margie aus der Klemme geholfen hatte. Die WG lag in der Nähe der Leonrodstraße, in einem schmucklosen Reihenhaus im ersten Stock. In letzter Zeit traf ich Walter wieder öfter, die alten Differenzen waren längst beigelegt. Ich hielt generell nichts davon, kleine Konflikte lange mit mir herumzuschleppen. Damals war gerade der Sinnspruch *»Nobody is perfect« en vogue*, und den machte ich mir zu eigen. Walter und TomTom waren befreundet, und zuweilen verbrachten wir einen Nachmittag bei ihm. Wenn Renate daheim war, duftete es in der Wohnung nach Parfüm, an das sie als Stewardess zollfrei herankam. Eines schönen Tages – draußen regnete es, drinnen war es gemütlich – saßen wir in der Leonrod-WG und schauten uns *Vanishing Point* an, als plötzlich die Tür zum Wohnzimmer aufflog und ein Typ uns mit einem großen Revolver bedrohte. Er und sein Komplize, beides US-Soldaten, hatten in der Küche mit Hansi einen Deal abgewickelt, aber dann beschlossen, zusätzlich zu den fünf Kilo Shit auch das Geld wieder mitzunehmen, das sie bereits auf den Tisch geblättert hatten. Und da TomTom besser Englisch sprach als Hansi, wollten sie ihn während der Flucht als Geisel dabei haben. Es dauerte eine Weile, bis ich begriffen hatte, was hier gespielt wurde. In der Absicht, auf den Burschen mit der Knarre beruhigend einzuwirken, erhob ich mich aus dem Sessel und ging mit ausgestreckter Hand auf ihn zu.

»Listen man, this ain't Vietnam, this is Bavaria, so please be cool!«

Meine Friedensgeste kam bei dem Ami nicht gut an. Nervös fuchtelte er mit der Knarre vor meiner Nase herum und schrie hysterisch auf mich ein. Da zog mich Walter von hinten in den Sessel, und TomTom, den der Gangster aufgefordert hatte, mitzukommen, meinte, er kenne die Typen, wir sollten uns lieber nicht einmischen.

Alles was ich bislang mitbekommen hatte, war, dass hier ein schwarzer Amerikaner vor uns stand und alle Anwesenden mit einer Waffe bedrohte, und dass er dabei war, einen unserer Kumpels als Geisel zu nehmen. Angst hatte ich zwar keine, aber ich fühlte mich beleidigt. Auch wenn es mich eigentlich nichts anging, weil sich die ganze Sache ja nicht bei mir zu Hause abspielte. Kaum dass die beiden Ganoven zusammen mit TomTom fort waren, lief ich auf den Balkon und hob einen Geranienkübel aus der Halterung. Es dauerte nicht lange, und sie traten aus dem Haus, aber um unseren Freund nicht zu treffen, ließ ich den schweren Kübel nicht zielgenau fallen, sodass er einen der Diebe lediglich am Arm streifte. Es gab ein Fluchen und ein Geschrei, der Schwarze richtete den Revolver auf mich, aber ich duckte mich hinter die Balkonbrüstung. Als ich hörte, dass sie sich entfernten, hob ich den Kopf wieder über das Geländer und sah, wie sie in einen Ami-Schlitten stiegen. Ich rannte zurück ins Zimmer, forderte von Renate den Autoschlüssel (ich selbst hatte kein Auto dabei), setzte mit großen Sprüngen die Treppe hinunter, und als ich auf der Straße war, sah ich den schweren Wagen gerade noch um die Ecke biegen.

Zum Glück stand Renates Käfer gleich vor dem Haus. Als ich in den mittleren Ring einfuhr, sah ich die Gangster mit hoher Geschwindigkeit in Richtung Olympiagelände davonrasen. Zwar nahm ich die Verfolgung auf, hatte aber mit dem Käfer keine Chance. Bei der Auffahrt zur Autobahn Nürnberg gab ich auf. Die Schurken waren entkommen.

Erst nachher stellte ich mir die Frage, was die ganze Sache hätte bringen können, allein und unbewaffnet wie ich war, außer im ungünstigen Fall ein Loch im Bauch? Als ich zur Leonrodstraße zurückkam, standen einige Nachbarn auf der Straße, die vom Lärm des aufschlagenden Geranienkastens aufgeschreckt worden waren. Walter und Hansi waren dabei, die Scherben und die Blumenerde zusammenzukehren. Nach mehr als einer Stunde rief TomTom vom Rasthof Köschinger Forst aus an, wo sie ihn abgesetzt hatten. Dort holten wir ihn ab. Die fünf Kilo *Shit* mussten Hansi und TomTom abschreiben, aber immerhin war TomTom unverletzt. Die Täter waren, wie sich herausstellte, alte Kunden der beiden, mit denen sie schon ein halbes Dutzend Deals gemacht hatten, ohne dass es je zu Konflikten gekommen war. Walter indes sah sich bestätigt, solche Geschäfte mit amerikanischen Dealern immer nur zu zweit zu machen und vorher klarzustellen, dass man bewaffnet sei. Und wirklich war uns beiden in der Zeit, da wir zusammenarbeiteten, ein solcher Überfall nie passiert. Andererseits hatten wir jetzt hautnah erlebt, wo die Nachteile bei Geschäften liegen, die in der Unterwelt per Handschlag abgeschlossen werden: Wenn sich einer der Vertragspartner nicht an die Abmachungen hält, kann man schlecht die Bullen rufen. Entweder man macht Ernst und wendet Gewalt gegen die Betrüger an, oder man hakt die Demütigung ab und steckt den Verlust weg.

Ob Walter und ich je auf einen Menschen geschossen hätten, wäre es hart auf hart gekommen – ich weiß es nicht. Eher nicht, wenngleich mein Freund keinen Zweifel daran ließ, dass, sollte irgendjemand versuchen, ihm den Shit abzunehmen, er ihm »ein Loch in die Birne« geballert hätte. Aber dazu kam es zum Glück nie. Wenn man Walter allerdings reden hörte, hatte man den Eindruck, es mit einem knallharten Mafioso zu tun zu haben. Dabei war sein Herz voll von Zärtlichkeit. In all den Jahren habe ich nie erlebt, dass er gewalttätig wurde.

Eines Tages passierte es dann doch, dass mich ein Lump übers Ohr haute. Er war mir aus einem Hasch-Geschäft 2.000 Mark schuldig geblieben, und als er nach Wochen immer noch nicht zahlen konnte, drehte er mir eine nachgemachte Rolex *Datejust* an. Ich nahm die Uhr guten Glaubens an – angeblich sollte sie neu 3.000 gekostet haben – und trug sie eine Weile am Arm. Nach ein paar Monaten war das Armband ausgeleiert und ich beschloss, beim Vertragshändler in der Sendlinger Straße ein neues Stahlarmband anbringen zu lassen. Als ich den Laden betrat und dem Verkäufer die Uhr auf den Glastisch legte, brauchte der sie nicht einmal anzufassen, um zu erkennen, dass sie gefälscht war.

»Leider kann ich Ihnen da nicht helfen«, sagte der Mann mit einem spöttischen Unterton.

»Wo ist das Problem?«, fragte ich.

»Das Problem ist Ihre Uhr. Das ist nämlich keine Rolex.«

»Wie bitte? Das soll keine Rolex sein …«

»So ist es, das ist ein Blender. Und nicht einmal ein guter. Um das zu erkennen, muss ich sie mir nicht einmal näher ansehen.«

Dann zeigte er mir die Rolex-Krone auf dem Zifferblatt, die angeblich nicht sauber modelliert sei. Unter den übrigen Kunden hörte ich missbilligendes Getuschel. Ich blickte mich um und sah in teils empörte, teils schadenfrohe Augen. Was für eine Demütigung! Meine Eitelkeit verbat mir, das so stehen zu lassen.

»Sie wollen mir doch nicht im Ernst sagen, dass die Uhr gefälscht ist?«, wandte ich mich nun wieder dem Verkäufer zu. »Diese Uhr hat meine Frau mir vor zwei Jahren zur Hochzeit geschenkt. Sie wurde hier bei Ihnen gekauft.«

Jetzt lag der Schwarze Peter bei meinem Gegenüber. Indigniert nahm er die Uhr von der Glastheke und sah sie sich noch einmal an. Dann verschwand er durch eine Tür in die angrenzende Werkstatt. Um Verbindlichkeit bemüht, wandte ich mich an die wartenden Kunden.

»Das muss man sich einmal vorstellen. Erst kauft man hier im Geschäft eine Uhr und bezahlt einen Haufen Geld dafür, und dann erzählt einem der Herr, es handele sich um einen Blender. Dabei habe ich daheim noch die Garantiekarte und die Rechnung …«

Inzwischen war der Verkäufer zurück. Zu seiner Unterstützung hatte er den alten Uhrmachermeister mitgebracht, der mit einer blauen Schürze bekleidet und einer Spezialbrille mit hochklappbaren Lupengläsern meine Uhr in der Hand hielt.

»Das hier ist mit Sicherheit keine echte Rolex. Und die wollen Sie bei uns gekauft haben?«, fragte er misstrauisch.

»Genau so ist es«, beharrte ich auf meiner Darstellung. »Ich besitze noch die Originalunterlagen. Sogar die Schachtel, in die meine Uhr verpackt war.«

»Unmöglich!«, sagte der alte Mann bestimmt und schob mir den Blender wieder zu. »Diese Uhr haben Sie nicht bei uns gekauft.«

»Ich fasse es nicht!«, empörte ich mich, indem ich die Uhr wieder an mich nahm. Unter den Leuten im Laden wurde gemurmelt.

»Wissen Sie was«, fuhr ich fort. »Ich fahre jetzt nach Hause, hole die Garantie und die Originalrechnung, und dann bin ich nach der Mittagspause zusammen mit meiner Frau wieder hier. Und sollten sie mir dann immer noch erzählen, diese Uhr sei eine Fälschung, dann hätten wir einen Fall für den Staatsanwalt.«

»Das ist ja unerhört!«, rief eine Dame mit amerikanischem Akzent aus, während ich mit gespieltem Triumph in den Augen den Laden verließ.

Der Verkäufer rief mir zwar noch etwas hinterher, aber da war ich schon draußen. Als ich mich umdrehte, sah ich, wie auch die Amerikanerin den Laden verließ. Sie zumindest hatte ich mit meinem Auftritt überzeugt. Die Art und Weise, wie ich den Rolex-Vertreter desavouiert hatte, war natürlich nicht der feine Modus, aber ich fand es ebenso ungehörig, wie er mich vor den übrigen Kunden bloßgestellt hatte. Zumal ich guten Glaubens gewesen war, es handele sich um eine echte *»Datejust«*. Vor lauter Ärger warf ich die Uhr einem Bettler in den Schuhkarton, der unter dem Sendlinger Tor auf der Erde hockte. Von dem Typen, der sie mir in Zahlung gegeben hatte, wusste ich, dass er inzwischen im Knast saß. Mir blieb somit nichts anderes übrig, als die zwei Mille abzuschreiben.

Die Lage, wie sie sich im Frühjahr 1977 darstellte, war nicht gerade rosig. Es wurde Zeit, mal wieder ein größeres Projekt erfolgreich durchzuziehen. Zudem war Lisa schwanger, wir wollten das Kind und erwarteten es im Herbst. Weil sich der Schmuggel von Marokko nach Europa zusehends schwieriger gestaltete, plante ich eine weitere Reise nach Fernost.

## 1.22 Athen

Ich steckte mir alles Geld in die Tasche, das ich besaß. Zwar verfügte ich über ein Bankkonto, aber Leute, die ihr Geld illegal verdienen, vertrauen es nicht so gerne Banken an, zumindest kleine Fische wie ich nicht. Zu Beginn hatten wir die verdienten Geldbündel immer in die Schublade einer Bauernkommode geworfen, später, nachdem Walter und ich uns getrennt hatten, baute ich mir ein Bücherregal mit Geheimfach, wo ich die größeren Scheine versteckte. An dieser Stelle verlassen mich meine Erinnerungen, das Tagebuch aus dieser Zeit ist irgendwann verloren gegangen, und auch aus den übrigen Aufzeichnungen geht nicht mehr viel hervor. Alles was ich noch habe, ist ein Flugschein: 4. bis 21. April 1977, Reise von Frankfurt via Kairo nach Bangkok, Rückflug bis Athen. Ich muss Lisa also in Deutschland allein gelassen haben, weiß allerdings nicht mehr, ob sie die Zeit bei ihren Eltern in Würzburg verbrachte oder in München im gastlichen Haus von Michael und Putzi. Für das, was es zu berichten gibt, spielt das jedoch keine Rolle.

Ich flog also nach Bangkok, quartierte mich im neu eröffneten *Ambassador* Hotel ein und besuchte meine chinesischen Geschäftspartner in Chonburi. Sie erklärten sich bereit, die bestellten 300 Gramm Heroin in drei Tagen zu beschaffen, nach wie vor zum selben Preis von drei Dollar pro Gramm. Ich hatte mir von Werinher eine Kameraausrüstung geliehen, unter anderem ein Stativ, in dessen teleskopartigen Beinen je 100 Gramm versteckt werden konnten, vorausgesetzt, man presste den Stoff unter hohem Druck hinein, und über diese technische Möglichkeit verfügten die Chinesen. Überhaupt: Was handwerkliche Dinge angeht, waren sie geschickt. Ihr Erfindungsreichtum beim Verstecken von Drogen war erstaunlich.

Ich wollte diesmal nicht lange bleiben, und so verbrachte ich die meiste Zeit in Bangkok am Hotelpool und auf der Straße. Dort lernte ich die Menschen kennen, Taxifahrer, Garküchen-Betreiberinnen und Türsteher, Kinder und Barmädchen, die tagsüber auf Hockern bei den Straßenrestaurants saßen. Viele Thais sprachen damals Englisch, bedingt durch die jahrelange Präsenz der GIs, die sich in Bangkok vom Krieg in Vietnam hatten erholen sollen. Ich traf Odt Tongyod, einen Studenten, der sogar ein wenig Deutsch beherrschte, in kluger Voraussicht, wie er mir erklärte.

»Bald viele deutsche Leute kommen in Thailand. Wenn Odt sprechen Deutsch, dann gut für Geschäft. Deutsche Leute viele Geld bringen.«

Der Gedanke mochte zwar stimmen, aber die Moral stimmte nicht. Es ist ein Missverständnis, zu glauben, dass sich tragfähige soziale Kontakte zwischen den Menschen verschiedener Völker und Kulturen über wirtschaftliche Verhältnisse knüpfen lassen. Hätte mein neuer Freund gesagt: »Odt lernen Deutsch, weil schöne Sprache und viele Kultur«, hätte ich ihm aus Sympathie einen der hölzernen Elefanten abgekauft, die er den Touristen aufschwatzte. Dabei waren die Skulpturen aus Teakholz geschnitzt und durchaus schön. Dass ich sie dennoch kitschig fand, lag wohl daran, dass jeder Jones aus den USA und jeder Kunz aus Deutschland sich so ein Teil als Souvenir mitnahm. Aber Odt war ein netter Kerl, der sehr um die Siamesisch-Deutsche Freundschaft bemüht zu sein schien. Der meinen durfte er schon bald sicher sein.

Odt nahm mich mit in einen Tanzschuppen, wo ein dreißigköpfiges Orchester spielte und wo traditionell zu thailändischer Musik geschwoft wurde. Mädchen zwischen sechzehn und zwanzig standen als Partnerinnen bereit, und jeder Tanz kostete zehn Baht. Ob die jungen Damen wirklich so unschuldig waren wie es ihr Augenaufschlag suggerierte, das weiß ich nicht. Auf jeden Fall gaben sie uns Tänzern (es waren nur Thais dort auf der Bühne, ich war der einzige *farang*) die Illusion, einen ganzen Abend lang nach Rosen duftende Prinzessinnen zu führen. Odt Tongyod wurde mein Freund, den ich aber, was meine Geschäfte anging, vorerst nicht ins Vertrauen zog.

Ich lernte Suzie, eine junge Siamesin kennen, die sich bei Odt nach mir erkundigt hatte. Offenbar hatte der ihr gesagt, ich sei reich, unverheiratet und großzügig. Jedenfalls interessierte sie sich für mich und setzte sich mir gegenüber an den Tisch. Am nächsten Tag begleitete ich sie in die Slums hinter dem amerikanischen Kaufhaus (PX-Store), wo wir in eine ärmliche Hütte traten. Dort kümmerte sich ihre ältere Schwester um einen kleinen Jungen, der hellbraunes Haar hatte.

»Wessen Kind ist das?«, wollte ich wissen.

»*My Baby*«, sagte sie.

»Wer ist der Vater?«

»Name father Jack. Jack America.«

»Weiß der Jack denn, dass du ein Kind von ihm hast?«, erkundigte ich mich weiter.

»Jack know. Jack one time come Bangkok. Jack look baby. Jack say: Goddamit!«

Wie bitte? Ich sah die junge Frau verständnislos an.

»Bezahlt er dir wenigstens etwas für das Kind?«

»Jack give Suzie 50 Dollar. After Jack go America.«

Dies dürfte eine der beschämendsten Geschichten aus Bangkok sein, aber bestimmt ist sie kein Einzelfall.

Noch ehe in den siebziger Jahren die Europäer in Scharen einreisten, waren die Amerikaner ins Land gekommen. Zu *rest and recration* hatte die US-Army Tausende von Soldaten aus Vietnam herübergeschickt, halbverrückte, traumatisierte GIs, die mit Drogenexzessen auf sich aufmerksam machten, die die Szene brutalisierten und kriminalisierten. Krieg und Gewalt lagen in Bangkok noch bis in die achtziger Jahre in der Luft. Über das legendäre Malaysia-Hotel wurden Sachen aus den Kriegsjahren erzählt, die ich lange Zeit nicht glauben wollte, aber man hörte sie immer wieder, und heute weiß ich, dass etwas dran gewesen sein muss. Das Hotel war komplett mit amerikanischen Soldaten auf Fronturlaub belegt, die ihrer vom Kampfeinsatz in Mitleidenschaft gezogenen Psyche erlaubten, sich an den Prostituierten schadlos zu halten. Es kam zu brutalen Vergewaltigungen, die Frauen hatten praktisch keine Chance, sich gegen Gewalt und Perversion zu wehren. Und wenn eine es doch wagte, lief sie Gefahr, misshandelt zu werden. Zuweilen flog auch mal ein Mädchen durch das geschlossene Fenster des Hotels. Dieses vom Vietnam-Krieg begünstigte Klima der sexuellen Verrohung war zwar am Abklingen, als wir Thailand für uns entdeckten, aber latent war es noch spürbar. Vielen der Frauen steckte die Angst noch in den Herzen, nicht wenige hatten für den Fall der Fälle ein Rasiermesser in der Handtasche. Womit Geoffrey seinerzeit ja Bekanntschaft gemacht hatte.

Es gäbe noch viel über Thailand zu erzählen, ich will mir das aber für spätere Reisen aufheben. Das Geschäft mit den Chinesen klappte reibungslos. Sie hatten mir die inneren Teleskopstangen des Stativs mit China White gefüllt und die einzelnen Rohre gut verschlossen. Wasserdicht, wie Sudah, die Dame des Hauses mir erklärte. Die letzte Nacht meines Aufenthaltes verbrachte ich im Hotel *White Inn*, einem ruhigen Haus an der Soi No. 3, welches Odt mir empfohlen hatte: »*White Inn* gute Hotel. Besitzer Bruder von Polizei. Nix machen Razzia.«

Ich wusste zwar nicht, weshalb Odt mir das sagte, aber ich würde es mir merken.

Mein Rückflug schloss eine Übernachtung im Airport-Hotel von Kairo ein. Am Tag danach ging es weiter nach Athen, und ich beschloss, ein paar Tage in der Stadt zu verbringen. In Kolonaki, dem Schwabing der griechischen Hauptstadt, hatte ich bei einem früheren Aufenthalt Alexis kennengelernt, einen Theaterschauspieler. Alexis machte mich mit einigen seiner Freunde bekannt: Lyriker, Malerinnen, Kiffer, Rebellinnen – alles schöne Frauen. Irgendwie hatte ich das Gefühl, dass Athen mehr als eine Reise wert sei. Meine Neugier auf das Land, die Griechen und ihre Kultur war geweckt.

Ich quartierte mich in einem einfachen Hotel an der Plaka ein, einem unterhalb der Akropolis gelegenen Stadtteil, der im Laufe der Jahre ein wenig heruntergekommen war, der aber von Hippies und Künstlern gerade wiederentdeckt wurde. Davon zeugten zahlreiche restaurierte Kneipen und Galerien. Auf dem flachen Dach des Hotels entdeckte ich eine Kolonie von Aussteigern, junge Leute, die von früh bis spät kifften und Pläne schmiedeten, wie ihre Kultur noch zu retten sei, denn überließe man das Land weiter den Kapitalisten, davon waren sie überzeugt, würde es mit den Griechen irgendwann ein böses Ende nehmen. Sie lagen auf Matratzen und hörten Musik. Gegen die Sonne hatten sie Bettlaken aufgespannt, Wasser tranken sie aus einem Tonkrug. Ein Mädchen blickte mir in die verengten Pupillen und wusste sofort, dass ich Opium im Blut hatte. Maro, so ihr Name, lockte mich unter einem Vorwand in ihr Zimmer und bat mich, ihr ein wenig von dem Stoff zu geben, denn, so sagte sie, dann wäre für sie auch dieser beschissene Tag gerettet.

Unter dem Siegel der Verschwiegenheit legte ich zwei Linien auf den Deckel eines Romans, und wir schnupften das Zeug durch einen gerollten Hundert-Baht-Schein. Daran erkannte sie, dass ich zuvor in Thailand gewesen war, und fragte mich unverblümt, ob ich noch mehr von dem Stoff hätte, als das Grämmchen in dem Tütchen. Solches Material ließe sich nämlich leicht verkaufen. Ohne zu offenbaren, wie viel ich mitgebracht hatte und vor allem nicht, wo ich das Zeug versteckt hatte, hörte ich interessiert zu und erkundigte mich nach dem Preis, den sie zahlen könne. Ihr Angebot war interessant. Vor allem hatte ein Verkauf vor Ort den Vorteil, dass ich die heiße Ware dann nicht länger im Besitz hätte und dass ich keine weiteren Grenzübertritte mehr riskieren müsste. Ich sagte, ich wolle es mir überlegen. Hätte ich gewusst, wie fanatisch die griechische Justiz den Drogenkonsum bekämpfte, und hätte ich geahnt, was für Dreckslöcher griechische Gefängnisse sind, ich hätte mich auf nichts eingelassen. Zwar wusste ich damals auch von den Zuständen in deutschen Knästen nicht viel, aber ich vermutete, dass es in Deutschland zivilisierter zuging.

Wie auch immer, Maro verschwand im Badezimmer, kam kurz darauf mit gewaschener Muschi zurück und forderte mich auf, sie zu küssen. Später, als ich im Bad verschwand, hörte ich sie telefonieren. Ohne die Details zu kennen, verabredete sie sich mit einem Dealer, den sie kannte und bestellte ihn in ein Lokal in der Nähe. Und als ich den jungen Mann, der zusammen mit einer bezaubernden Begleiterin erschienen war, am Nachmittag kennenlernte, fasste ich Vertrauen. Entweder die griechischen Rauschgiftfahnder verfügten über perfekt getarnte Spitzel, oder ich hatte hier Leute kennengelernt, die korrekt und cool waren.

Ich verließ mich auf einen Test, der ein Indiz dafür war, ob man es mit Bullen zu tun hatte oder nicht: man bestand auf Vorkasse. Darauf nämlich konnte sich ein seriöser Rauschgifthändler nicht einlassen. Nur Polizisten zahlten im Voraus! Aus dem einfachen Grund, weil sie sicher sind, dem Dealer die Beute am Ende wieder abzujagen. Droht der Deal also an dieser Forderung zu scheitern, dann ist der Interessent mit hoher Wahrscheinlichkeit kein V-Mann und kein Bulle.

Nachdem das elegante Pärchen diesen Test bestanden hatte, verabredeten wir uns für den Abend auf der Akropolis, wo ich den beiden 100 Gramm übergeben wollte. Der Preis war doppelt so hoch wie der, den TomTom mir in München bezahlte. Um es kurz zu machen, der Deal klappte, und in den darauffolgenden Tagen verkaufte ich ihnen auch noch den Rest von dem Stoff. Maro erhielt von ihren Bekannten eine Provision, und mich erfreute sie jeden Tag mit griechischen Zärtlichkeiten. Sie zeigte mir die Haine, in denen seinerzeit die Philosophen gewandelt waren, und auf den Stufen der Akropolis erzählte sie mir die Geschichte von Sokrates, während ich ihre Schönheit in meinem Tagebuch festhielt. Wir mieteten ein Auto und machten Ausflüge nach Korinth und nach Delphi, wo Maro mir die Ruinen des Apollon-Tempels und des Amphitheaters zeigte, die am Fuße des Berges Parnassos noch zu sehen sind. Wir aßen in kleinen Lokalen in Kolonaki, und wir besuchten eine Diskothek, in der sie mich auf ein halbes Dutzend prominente Griechen aufmerksam machte, von denen ich aber nur Demis Roussos erkannte, den Mitbegründer der Gruppe »Aphrodite's Child«.

Leider vergingen die Tage von Athen viel zu schnell. Die Stadt und die Griechen gefielen mir jedenfalls so sehr, dass ich eine ganze Weile den Gedanken hegte, einmal ein Jahr oder so in Athen zu wohnen. Meine Bindung zu Lisa fing an, mir Unbehagen zu bereiten. Vielleicht, so warnte mich eine innere Stimme, hatte ich mich zu früh gebunden. Seit wir ein Kind erwarteten und seit vom Heiraten die Rede war, war ich dabei, vom Kurs der Freiheit abzukommen. Im Hintergrund lauerte außerdem ein Tiger namens Heroin, der vorerst noch keine Kontrolle über mich hatte, den ich aber nicht eine Sekunde aus den Augen verlieren durfte. Dazu war diese Droge ein zu gutes Gegenmittel gegen den narzisstischen Verlust der Liebe, mit dem ich mich seit meiner frühen Kindheit herumplagte. So wie die Dinge standen, war ich machtlos: der Tiger brauchte bloß zu warten.

Aber damals ahnte ich davon noch nichts. Vorerst plagte mich ein schlechtes Gewissen, wenn ich Lisa allein zurückließ und ganz besonders, wenn ich mich mit Frauen wie Maro vergnügte. Mit dem Idiotenmantra »*nobody is perfect*« tröstete ich mich, in der Hoffnung, irgendwann würde eine Erleuchtung Klarheit und Richtung in mein Leben bringen. Vorerst ging mir alles viel zu schnell, denn wenn ich mir über eines im Klaren war, dann darüber, dass ich noch nicht die Reife besaß, Verantwortung zu übernehmen. Verantwortung für mich, für die Dinge, die ich tat und für die Familie, die Lisa und ich zu gründen im Begriff waren.

Ich zählte die Kohle, die ich bei dem Schmuggel verdient hatte, schickte einen Teil davon per Post an meine Mutter, verabschiedete mich von den neuen Freunden in Athen und setzte mich in den Zug nach Deutschland. Unterwegs in Jugoslawien kam ich mit zwei netten Burschen ins Gespräch, die mir Bier spendierten und die mich, nachdem ich eingeschlafen war, beklauten: Als ich wieder erwachte, waren die beiden Jugos fort, ebenso die Nikon, die Werinher mir für die Reise geliehen hatte. Zum Glück hatten sie die Kameratasche nicht mitgehen lassen, denn dort im Seitenfach steckten 40.000 Mark. Glück im Unglück.

Wieder daheim kaufte ich Werinher eine neue Kamera, schaffte im Hinblick auf den Familienzuwachs einen gebrauchten Mercedes an und bereitete eine Reise nach Ibiza vor. Werinher kündigte an, mitfahren zu wollen, denn er plante, am Strand von Playa Blanca schöne Mädchen zu fotografieren.

## 1.23 Roter Libanese

Am Tag der Arbeit 1977 machten Lisa, Werinher und ich uns bei herrlichem Wetter auf den Weg nach Spanien. Als wir in Barcelona ankamen, erfuhren wir, dass in der Woche zuvor die ersten freien Wahlen seit Francos Militärputsch im Sommer 1936 stattgefunden hatten. Spanien war politisch, wirtschaftlich und gesellschaftlich im Umbruch, was Hippies und Touristen allerdings nur am Rande registrierten. Wie die meisten Mitteleuropäer assoziierten wir mit Spanien Sonne, Stierkampf und Flamenco. Vom Bürgerkrieg und der faschistischen Diktatur wussten wir damals wenig, wenn überhaupt, dann bloß, dass es sie gegeben hatte. Immerhin hatte es sich herumgesprochen, dass es jetzt einen König gab, der von Franco noch vor seinem Tod zum Nachfolger bestellt worden war. Ich nahm mir vor, Paco zu der Thematik zu befragen.

In Barcelona stellten wir den Wagen in ein Parkhaus und flogen mit der Iberia nach Ibiza. Zuhause in Talamanca fanden wir alles in anarchistischer Ordnung. Nach wie vor lebten dort Joseph, den wir in Zypern aufgelesen hatten, sowie Rabia mit seiner Familie. Überrascht waren wir, dass zwei weitere Libanesen im Haus wohnten, Männer, die eine Pause vom Bürgerkrieg brauchten, und die Rabia eingeladen hatte, sich eine Weile auf Ibiza zu erholen. Dann war noch der Cousin Moafa mit seiner Frau Aischa dazu gekommen, eine hervorragenden Köchin, die mich in den Tagen, an denen sie in unserer Küche wirkte, überzeugte, dass die libanesische Küche den Vergleich mit anderen regionalen Kochkünsten nicht zu scheuen braucht.

Mit neun Erwachsenen und zwei Kindern war *Cana Ventura* überbelegt, was Rabia veranlasste, für seine Gäste in der Nähe ein Ferienhaus zu mieten. Ich spürte, dass die Stimmung im Haus angespannt war, führte das aber zunächst auf die soziale Seismik des Krieges zurück, der nach wie vor im Libanon ausgetragen wurde. Täglich ließ sich Rabia zum Telefonieren in die Stadt fahren, seiner Laune nach zu urteilen, erhielt er keine guten Nachrichten. Nach einer Woche bat er mich, ihn auf einen Spaziergang zu begleiten, und was er mir dabei erzählte, war nicht leicht zu verdauen.

Nachdem unsere Schiffsreise ins östliche Mittelmeer im Vorjahr gescheitert war, weil uns die US-Flotte vor der libanesischen Küste in die Quere gekommen war, hatten wir vereinbart, den geplanten Schmuggel solange zu verschieben, bis die See-Blockade zu Ende wäre. Daraufhin war ich erst mit Dennis in den Fernen Osten gereist, hatte anschließend mit Angel einen letzten Versuch in Marokko unternommen, den Winter auf Ibiza verbracht und war kürzlich noch einmal allein in Thailand gewesen. Was ich dabei verdient hatte, sollte über den Sommer zum Leben reichen, inklusive für die Ende Juli geplante Hochzeit. Und jetzt erfuhr ich von Rabia, dass Michael und er das Libanon-Geschäft weiter betrieben hatten, ohne mir etwas davon zu sagen. Sie hatten mich ausgebootet, meine alte Crew aber teilweise behalten. Tommy und Klaus Bauer hatten die Jacht »*Sonja*« gechartert und waren vor zwei Wochen mit mehr als zwei Tonnen Roter Libanese in San Tropez gelandet. Das Haschisch lagerte in einem Haus an der Côte d'Azur, welches Putzi von Opel angemietet hatte (sie in diese Geschichte zu verstricken war ein unnötiger Fehler; besser wäre gewesen, die Fracht ins Hinterland zu bringen, in die Ardèche etwa oder in die Lozère). Die *Sonja* hatte zunächst in Saint-Tropez ihre Ladung gelöscht und war anschließend nach Palma de Mallorca gesegelt, wo die Crew nun auf die Heuer wartete. Nach einer Woche im Hafen von Palma fingen die Seeleute an zu murren. Bei den Gesprächen, die sie mit Rabia am Telefon führten, machten sie ihrem angestauten Unmut Luft. Michaels Bemühungen, an der Küste etwas von dem Haschisch zu verkaufen, waren gescheitert. Vor dem Hintergrund dieses riskanten Sachverhaltes entschloss sich Rabia, mich einzuweihen. Gleichzeitig bat er mich, ihm finanziell aus der Klemme zu helfen, damit er den Leuten in Palma einen Abschlag zahlen könne. Ich gab ihm das nötige Geld, und er bot mir an, mich in den Verkauf der Ware einzubinden. Mehr als zwei Tonnen, das versprach gute Geschäfte! Und um die Sache auch mit Michael zu besprechen, beschlossen wir, nach Saint-Tropez zu fahren. Werinher, Lisa, Rabia und ich flogen schon am nächsten Tag nach Barcelona, holten den Wagen aus dem Parkhaus und machten uns auf den Weg zu Michael. Wir trafen ihn in Gogolin, einem kleinen Ort im Hinterland von Port-Grimaud. Wie sich herausstellte, hatte Michael noch kein einziges Kilo verkauft, weil all die Leute, die mit dem Verkauf betraut waren, keine zahlungskräftigen Kunden kannten. Rabia, der im Libanon dafür haftete, dass das Haschisch bezahlt würde (sie hatten die Ladung auf Kommission bekommen!), war empört, als er feststellte, welches Chaos in Saint-Tropez herrschte. Das Ganze konnte einem wie eine Performance erscheinen, bei der ein paar Kleinkriminelle dabei waren, die Polizei lächerlich zu machen. Michael hatte etwa ein Dutzend Möchtegerne und Maulhelden engagiert, sie mit geliehenen Fahrzeugen ausgestattet und sie in diversen von Putzi gemieteten Villen im Hinterland einquartiert. Wie sich später herausstellte, bestahlen sie sich gegenseitig, transportierten zentnerweise Haschplatten von einem Haus ins andere, hatten Säcke voll Shit im Kofferraum, während sie im *Café Le Gorille* an der Hafenpromenade von Saint-Tropez Pastis tranken und auf der Toilette Kokain schnupften. Bloß Haschisch in größeren Mengen absetzen, das konnten sie nicht. Was Rabia in Michaels Verantwortungsbereich vorfand, war ein logistisches wie ökonomisches Desaster, hier musste dringend etwas geschehen. Rabia beschloss, nach Paris zu fliegen und sich von dort aus selbst in den Verkauf einzuschalten. Mich bat er, meine Kontakte in Bayern zu aktivieren und den Absatz anzukurbeln.

Als Lisa, Werinher und ich am nächsten Morgen unsere Reise fortsetzten, wussten wir nicht, dass die französische Polizei längst Witterung aufgenommen hatte. Es war die Gouvernante im Hause von Opel, der die Leute aus München, die in Saint-Tropez wie Kletten an Michael und Putzi hingen, unerträglich waren. Die alte Dame fühlte sich für die Opel-Tochter verantwortlich, und ich vermute, sie hatte wahrscheinlich keine Ahnung, was sie auslösen würde, als sie die Polizei verständigte und erklärte, sie habe eine Plastiktüte mit einer verdächtigen Substanz im Hause gefunden. Die Fahnder begannen, die Clique zu beobachten, unter Einhaltung großer Diskretion, denn im Prominentenviertel von Saint-Tropez konnte einem voreiligen Ermittler schnell ein Sternchen von der Schulterklappe fallen.

Ahnungslos, was den Sturm anging, der sich über unseren Freunden in Saint-Tropez zusammenbraute, reisten Werinher, Lisa und ich bei herrlichem Wetter und mit der Zuversicht der Jugend vorbei an Monaco nach Genua. Den Sonnenuntergang erlebten wir in der Po-Ebene, wo Werinher abseits der Straße einen Ultraleichtflieger gegen die untergehende Sonne fotografierte. Mitten in der Nacht erreichten wir München.

Die unerwartet aufgetauchte Chance, die Kasse aufzufüllen, kam mir nicht ungelegen. Geld konnten wir schließlich immer gebrauchen, und je mehr von dem Stoff aus dem Libanon ich absetzen konnte, umso größer der Verdienst.

In jüngster Zeit waren in Bayern die Preise für Haschisch gestiegen. Die Spanier hatten die Grenze zu Marokko verstärkt im Auge, allein mir waren acht junge Leute bekannt, die in den letzten Jahren an der Costa del Sol geschnappt worden waren (Pierre, Ruben, Pit, Angel sowie Gary und drei seiner Jungs), und die jetzt in spanischen Kerkern sinnlose Strafen erdulden mussten. Zusätzlich hatten die Bullen in München ihre Anstrengungen im Kampf gegen den Haschischhandel verstärkt: Hippies und Kiffer wurden verfolgt, die Szene mit weiteren V-Leuten infiltriert und wie schon geschildert, schleusten sie zuweilen denselben Stoff zurück in den Markt, den sie zuvor irgendwem abgenommen hatten. Das Angebot an gutem Hasch war 1977 schon merklich zurückgegangen. War es 1973 noch leicht, an einem Tag drei verschiedene Qualitäten zu kaufen, und lagen in den Nachtclubs noch die Aromen von *Schwarzem*, *Rotem* und *Grünem* in der Luft, so war Hasch aus dem Himalaja ein paar Jahre danach nicht mehr so einfach zu bekommen. Die Leute begannen, sich auf andere, nicht selten harte Drogen zu verlegen. Die Politik verfuhr nach dem Motto: Warum können die Haschbrüder nicht wie jeder anständige Mensch Bier trinken!? Die CSU, traditionell Hand in Hand mit der Alkoholindustrie arbeitend, beauftragte Polizei und Justiz, den Drogensumpf jenseits von Bier und Schnaps auszutrocknen.

Das Rauschgiftdezernat wurde personell aufgestockt, die Richter Sonnenschein und Stoschek wurden scharf gemacht, und darüber hinaus korrumpierte man einen Schwarm von Kleinganoven und Spitzel und schickte sie in die Bohème, um die Kunst zu untergraben und den Widerstand zu desavouieren. Das war die Lage in München, als wir im Frühjahr 1977 den als *Hirsch* bekannt gewordenen *Roten Libanesen* auf den Markt warfen.

Lisa und ich nahmen das Angebot von Christel an und quartierten uns bei ihr in Obermenzing ein. Christel hatte inzwischen zum zweiten Mal geheiratet. Heinz, ein Musiker und Nachdenker, in dessen Herzen sich viele gute Eigenschaften vermischten.

Pünktlich an meinem Geburtstag kam Wacki aus dem Knast. Während der zwei Jahre im Landsberger Gefängnis hatte er eine hübsche Braut kennengelernt (man frage bitte nicht, wo und wie), die ihn in ihrer Wohnung in der Nähe des Gärtnerplatzes aufnahm. Und als ich ihn dort zum ersten Mal nach der langen Zeit wiedersah, war ich nicht nur in der Lage, ihm finanziell zu helfen, sondern ich konnte ihn gleich in den Verkauf des *Libanesen* einbinden. Im Knast, der Börse der Unterwelt, hatte er neue Dealer kennengelernt, denen er den roten Shit anbieten wollte.

Ein paar Tage nach unserer Ankunft bereitete ich die erste Reise nach Saint-Tropez vor. Ich mietete mir einen Kombi, fragte Charlotte, die mir erst als Tänzerin im *Sugar Shack* und anschließend als Liebhaberin auf dem Sofa gefallen hatte, ob sie Lust hätte, mich zu begleiten, und weil sie bejahte, brachen wir zusammen auf. Leider kam es in Lyon zu Differenzen mit der Dame, denn sie veruntreute die Hälfte der Reisekasse, die ich ihr anvertraut hatte. Mir blieb keine andere Wahl, als sie von der weiteren Reise auszuschließen, auch wenn sie über den Zweck des Unternehmens informiert war und so eine potenzielle Gefahr darstellte. Ob sie am Ende imstande wäre, mich zu verraten, ließ sich schlecht beurteilen, schließlich kannte ich sie noch nicht sehr lange.

Bref: Ich jagte Charlotte, die Diebin, fort. Ein halbgarer Versuch, ihr klarzumachen, dass das Bestehlen von Beischläfern kein damenhaftes Verhalten sei. Von nun an allein auf der Autoroute du Soleil unterwegs, bedauerte ich den Verlust meiner Begleiterin zwar kurz, aber die Reise hatte andere Prioritäten. Bleibt festzuhalten, dass Charlotte eine der schärfsten Bräute war, denen man damals in München begegnen konnte (da waren Richie, Michael und ich einer Meinung). Die Beschreibung eines Charlotte-Ficks wäre eine reizvolle Sache, aber dabei würde ich unweigerlich ins Pornographische geraten. Zudem liefe ich Gefahr, der Sache nicht gerecht zu werden, denn es gibt eine Qualität von Geilheit, die man sprachlich nicht fassen kann, weil die Sprache nicht ganz in die Tiefen der Biologie hinabreicht, meine jedenfalls nicht.

Spät in der Nacht traf ich in Saint-Tropez ein. *La Tour et Voile*, die Villa von Opel, lag in einer abgelegenen Bucht und verfügte über einen eigenen kleinen Hafen. Im Untergeschoss des Hauses gab es eine Tür zur Bootsgarage, wo ein Riva-Boot vertäut lag. Michael holte mich am Gartentor ab und führte mich durch einen von Strahlern in buntes Licht getauchten Park zum Haus. Auf der Terrasse, die auf einem Felsvorsprung errichtet war, saßen späte Gäste bei Kerzenlicht, deren Prominenteste Bianca Jagger war, die scheinbar eine Romanze mit Putzis Bruder hatte. Aber ich war ja nicht gekommen, um Prominente kennenzulernen. Nach einem Anstandshalbestündchen mit Cocktail brachte mich Michael nach Grimaud, wo wir zwei seiner Komplizen trafen, Alberto S. und Alexander von H.-K., die mir die gewünschte Menge von 40 Kilo *Hirsch* aushändigten. *Hirsch* deshalb, weil die Leinensäckchen, in welche die 500-Gramm-Platten gepresst waren, mit einem Hirschgeweih gestempelt waren. Michael verabschiedete sich, und ich folgte seinen Lagerverwaltern in die Berge. In einem abgelegenen Haus übergaben sie mir den Sack mit den Platten. Ich packte das Haschisch in ein vorbereitetes Versteck und machte, dass ich fortkam. Ohne anzuhalten, fuhr ich bis nach Straßburg, wo ich mich in einem Hotel ausschlief. Am nächsten Tag wartete ich den Berufsverkehr ab und überquerte den Rhein, im Frühverkehr der in Deutschland beschäftigten französischen Arbeiterklasse.

Den Verkauf der Ware besorgten Walter, Wacki, Norbert und Roman innerhalb weniger Tage. Das Haschangebot war so mager zu dieser Zeit, dass das Zeug wegging wie die Tickets vor dem Stadion an der Grünwalder Straße. Nach ein paar Tagen nahm ich den Flieger nach Paris, um mit Rabia abzurechnen. Er war überzeugt, den Erfolg der Operation in letzter Minute durch sein Eingreifen gerettet zu haben.

Für die zweite Reise konnte ich Christels frisch vermählten Ehegatten als Chauffeur gewinnen. Heinz hatte sich gerade einen VW-Camper angeschafft, mit dem wir an die Côte d'Azur aufbrachen. Und weil er als Musiker eine Menge Instrumente und Bühnenelektronik besaß, packten wir den Bus voller Verstärker,

Echolette-Boxen, Gitarren, Congas und Kabel. Die Ladung sollte den Zöllnern suggerieren, dass wir Musiker oder Roadies seien, gute Menschen also, denen man an der Grenze durchaus einen Vertrauensvorschuss geben könne.

In der Nähe von Avignon machten wir halt. Ich wollte auf gar keinen Fall, dass mich in Saint-Tropez einer von Michaels Gehilfen in dem orangen Bus sähe, denn aus gutem Grund traute ich den Burschen nicht. Heinz nahm ein Zimmer im Bahnhofshotel, wo er sich ausruhte. Ich mietete für den Rest der Reise einen Renault. Am späten Nachmittag erreichte ich Saint-Tropez. Ich rief im Hause von Opel an und erfuhr von Putzi, Michael habe einen Autounfall gehabt, er liege mit Schnittwunden im örtlichen Krankenhaus.

Als ich dort ankam, lag er noch im Operationssaal, wo das Ärzteteam befremdet registrierte, dass ich mir den Weg bis an den OP-Tisch gebahnt hatte. Den Ärzten nickte ich ein verbindliches »Salut« zu und begann umgehend, mich bei meinem Freund zu erkundigen, wie es zu diesem Unfall hatte kommen können. Ich sah, dass Michael ein Dutzend Schnitte an Armen, Gesicht und Oberkörper hatte, er konnte das Krankenhaus aber auf eigene Verantwortung verlassen. Noch während er dort lag und ihm die Wunden genäht wurden, teilte er mir die Adresse einer Villa mit, wo ich auf Alexander warten solle. Er lud mich ein, später in La Tour et Voile zu übernachten, um dann am nächsten Morgen ausgeruht und gestärkt auf die Reise zu gehen. Tatsächlich war ich hundemüde, aber eine innere Stimme warnte mich. Hätte ich geahnt, dass eine halbe Hundertschaft an Flics schon in den Startlöchern stand und auf den Zugriffsbefehl wartete, ich hätte mich auf der Stelle aus dem Staub gemacht. So aber hockte ich mich im Park auf eine Bank und sah alten Männern beim Boule-Spiel zu. Als es dunkel wurde, rief ich Alexander an und fuhr zu der beschriebenen Villa in den Bergen bei Grimaud. Diesmal lud ich 80 Kilo ein, machte mir aber die Mühe, sie in einen großen Echolette-Lautsprecher zu packen, ehe ich mich wieder auf den Weg begab. An der Autobahn in der Nähe von Aix-en-Provence legte ich eine Pause ein und schloss für ein paar Stunden die Augen. Als ich erwachte, brannte die Sonne vom Himmel, mein Rücken schmerzte, weil ich ihn quer über den Vordersitzen liegend gequält hatte. Völlig fertig mit mir und der Welt schleppte ich mich zum Waschplatz, wo ich mit einer Mischung aus Toilette und Gymnastik versuchte, für die Weiterfahrt fit zu werden.

Zur selben Zeit, da ich wieder in die Autobahn Richtung Avignon einfuhr, erlebten Putzi und Michael auf *La Tour et Voile* eine Hausdurchsuchung erster Klasse. Von der Gouvernante informiert, wurden vier Häuser parallel durchsucht. In der Villa *La Pourcaresse* im Hinterland wurden sie fündig: Mehr als zwei Tonnen *Hirsch* wurden dort beschlagnahmt, Michael, Putzi, Alexander und ein Dutzend weiterer Verdächtiger verhaftet. Als ich in Avignon ankam, dürften sie gerade im Untersuchungsgefängnis von Draguinan eingeliefert worden sein.

Heinz war erfreut, mich gesund und munter zu sehen. Wenngleich die Meldung über den großen Fang an der Côte d'Azur längst im Äther war, packten mein Freund und ich in aller Seelenruhe vor dem Bahnhofshotel die Box mit dem letzten »freien Shit« in den Camper. Anschließend brachte ich den Renault zurück, und wenig später waren wir auf dem Weg nach Norden. Ich weiß nicht, ob wir die Chuzpe besessen hätten, unsere Reise planmäßig fortzusetzen, hätten wir gewusst, was zeitgleich in Saint-Tropez los war. So unterhielten wir uns über die Musik der Doobie Brothers, über die Romane von Isaak Asimov und über Gurdjieffs Vorschläge, der Dummheit etwas Substanzielles entgegenzusetzen.

Als wir uns nach stundenlanger Fahrt endlich bei Mühlhausen der deutschen Grenze näherten, war Heinz zum Fahren zu müde. Eigentlich hatten wir vereinbart, dass er die Grenze allein passieren würde, aber bei seiner übermüdeten Verfassung erschien uns das als zu großes Risiko. Ich hieß ihn aussteigen und fuhr selbst zum deutschen Zoll. Details weiß ich nicht mehr, durchsucht wurde ich jedenfalls nicht. Auf dem Parkplatz hinter der Zollstation wartete ich auf meinen Komplizen, der zu Fuß über die Rheinbrücke kam. Und da sein Auto über eine Bettcouch verfügte, legte er sich bald schlafen.

Schlaf hätte auch ich gebrauchen können, aber wir bewegten uns auf den heißen Herbst zu, der bewaffnete Widerstand, den eine Gruppe mutiger Frauen und Männer dem Staat entgegensetzte, hatte die Sicherheitsbehörden auf den Plan gerufen. Autobahnparkplätze waren keine sicheren Orte mehr, man musste immer damit rechnen, mit den Maschinenpistolen der Polizei konfrontiert zu werden. Also hielt ich nirgends an, obwohl ich übermüdet war. Es war dieselbe Autobahn, auf der ich vor eineinhalb Jahren zusammen mit Lisa im Bulli bei Achern eingeschlafen und von der Straße abgekommen war, eine Beinahe-Katastrophe, die uns das Leben hätte kosten können.

Irgendwo zwischen Freiburg und Karlsruhe schlief ich wieder am Steuer ein, aber diesmal ging die Sache nicht so glimpflich aus wie damals auf der Rückreise mit Lisa. Als ich, von einem heftigen Rütteln geweckt, die Augen öffnete, raste der VW-Bus mit hoher Geschwindigkeit auf dem Grünstreifen auf einen Brückenpfeiler zu. Offenbar war ich von der Fahrbahn abgekommen, ehe die Leitplanken begannen. Die Situation, die sich mir bot und die jetzt unverzüglich eine Entscheidung verlangte, war die: 50 Meter vor mir ein massiver runder Brückenpfeiler, rechts ein Laubwald mit jeder Menge dicker Bäume und links neben mir die Leitplanke. Intuitiv riss ich das Steuer nach links, weg vom Wald und vor allem, aus Respekt vor dem Betonpfeiler.

Das Auto krachte von hinten in die Planken, wobei deren Verankerungen die Vorderachse abrissen. Gleichzeitig hoben wir ab, der Bus kippte und landete auf der Beifahrerseite. Nachdem wir noch eine kleine Strecke zwischen Wald und Leitplanke über die Grasnarbe geschlittert waren, blieb der Wagen auf der Seite liegen. Die Hände am Lenkrad, die Füße auf der Beifahrertür, erlebte ich zwei Sekunden vollkommene Stille. Dann kippte in Zeitlupe die Frontscheibe heraus. Unverletzt und aufrecht gehend verließ ich das Cockpit.

»Sind wir schon da?«, meldete sich Heinz, der unsanft aus dem Schlaf gerissen worden war.

Die Frage war so komisch, dass ich überlegte, welche Antwort er wohl erwartete: In der Hölle, in München oder im Paradies, je nach Lage des Überbaus … Sein schöner Camper war ein Schrotthaufen. Zum Glück waren wir beide nicht nennenswert verletzt. Heinz war von einem herumfliegenden Verstärker getroffen worden, was ihm noch wochenlang einen Schmerz im Rücken verursachte.

Im Anschluss an den Stunt war die Autobahn dicht. Der Fernfahrer, der direkt hinter uns gefahren war, hielt an und kam herbeigelaufen, um die Schwerverletzten zu bergen. Ebenso ungläubig wie erleichtert sah er, wie Heinz und ich aus dem Wrack geklettert kamen.

Als die Polizei eintraf, um den Unfall aufzunehmen, hatten wir die Box mit dem Haschisch schon aus dem Wagen geholt und am Rand der Autobahn abgestellt. Ein ausgeruht aussehender Beamter legte seinen Schreibblock darauf ab und begann, eine Skizze zu zeichnen. Er schimpfte mit mir, dass ich so lange gefahren sei (seit Avignon ununterbrochen), aber er verzichtete auf einen Strafzettel. Dann kam ein Bergefahrzeug mit Greifarm und hob den Bus auf die Ladefläche. In Achern quartierten wir uns in eine Pension ein. Nachdem ich Wacki angerufen und ihn gebeten hatte, uns abzuholen, legten wir uns ins Bett und schliefen, bis die Pensionswirtin anklopfte. Wacki stand unten im Foyer. Gegen Abend erreichten wir München.

In den Tagen davor hatte es erste Beschwerden bezüglich der Qualität des Haschischs gegeben. Tatsächlich handelte es sich um minderwertige Ware, die ich, wäre ich im Libanon verantwortlich gewesen, nie akzeptiert hätte. Es war mir völlig unverständlich, warum Rabia einen solchen Shit überhaupt hatte verladen lassen. Als Insider hätte er wissen müssen, dass mit derart schlechter Ware in Europa kein Geld zu verdienen war. Abgesehen davon litt unser Ruf als Dealer, da Walter, Roman und ich bis dahin nur erstklassigen *Zero-Zero* aus Marokko sowie den klebrigen *Roten* aus dem Bekaa-Tal verkauft hatten.

Als ein erster Kunde von Roman sein Geld zurückforderte, war an den weiteren Verkauf des *Hirschen* nicht mehr zu denken, da sich nun rasch herumsprach, dass er nichts taugte. So gut das Zeug aussah und so authentisch die Verpackung wirkte, der Hirsch war ein zusammengepanschter Dreck, der kaum törnte, und jeder Kiffer in München und Umgebung wusste das bald. Der Absatz stockte, und ich weigerte mich, das Zeug weiter anzubieten. Wie sehr ich es hasste, mich unzufriedenen Kiffern gegenüber wegen eines schlechten Shits zu rechtfertigen! Ich plante, nach Paris zu fliegen und die Sache mit Rabia zu besprechen. Angeblich gab es verschiedene Qualitäten, sodass ich hoffte, es gäbe auch besseren Stoff darunter.

Die Reise nach Paris erübrigte sich. Schon am folgenden Tag erfuhr ich es aus den Fernsehnachrichten: Michael Dürr, Putzi von Opel und weitere zehn Personen an der Cote d'Azur waren verhaftet worden. Da ich die Leute nicht einmal alle kannte, geschweige denn wusste, inwieweit sie über meine Rolle im Bilde waren, und ob alle dichthalten würden, beschloss ich, den restlichen *Hirsch* zu entsorgen. Walter vergrub ihn in einem Wäldchen in der Nähe von Fürstenfeldbruck, wo er wohl irgendwann verrottet sein dürfte. Dann wartete ich, dass die Freunde aus dem Knast heraus Kontakt aufnähmen. Die Beteiligung einer jungen Frau aus Adelskreisen schlug hohe Wellen. Die Presse bemühte sich um Hintergrundinformationen, die allen voran Nicolai T. lieferte, ein gescheiterter Boxer und Kreditbetrüger, der in der Münchener Unterwelt als umtriebiger Polizeispitzel unterwegs war.

Ein paar Tage nach der Razzia im Hause von Opel ging den Fahndern in Paris auch Rabia ins Netz. Danach verließ Tuulikki mit den beiden Kindern Ibiza und suchte Zuflucht bei ihrer Familie in Finnland.

Anfang Juli flog ich nach Ibiza und bat Joseph Awad, den jungen Libanesen, der nun schon seit einem Jahr bei uns wohnte, das Haus in Talamanca frisch zu weißeln, und ich hoffte, dies würde er bis zu unserer Ankunft Ende Juli erledigt haben. Dann war nämlich eine Hochzeitsparty geplant, ein großes Hippiefest mit Musik und Tanz und freundlichen Freaks. In München waren Lisa und ich nach wie vor Gäste bei Christel und Heinz in Obermenzing. Seit die Zeitungen und das Fernsehen mit Berichten zur »verwöhnten Millionärin« aus dem Jet-Set von Saint Tropez aufwarteten, hielten wir uns bedeckt. Aber vorerst schien sich die Geschichte auf Frankreich zu konzentrieren, es gab keine Anhaltspunkte, die uns veranlasst hätten, paranoid zu reagieren. Zumal ich ja erst seit ein paar Tagen in die Sache verstrickt war ... Jetzt erwies sich die Vorsicht, mich auf *La Tour et Voile* nur des Nachts gezeigt zu haben, als richtig. Um sicherzugehen, dass ich nicht doch im Focus der Polizei stand, aktivierte ich einen Kontakt aus der Zuhälterszene: Hardy, ein fest im Sattel sitzender Lude aus Ottobrunn, erkundigte sich bei den Bullen, die ihm einen Gefallen schuldig waren, und zwei Tage später konnte er mir Entwarnung signalisieren. In München wurde der Fall zwar aufmerksam verfolgt, aber konkrete Ermittlungen gab es angeblich nicht. Bis im Landeskriminalamt eine Akte über mich angelegt werden sollte, würde es nicht mehr lange dauern. Namentlich war ich dem Rauschgiftdezernat zu diesem Zeitpunkt längst bekannt.

Lisa und ich bereiteten also unsere Hochzeit vor. Auch wenn der Druck seitens ihrer katholischen Familie groß war (schließlich war ihr Bruder Priester), weigerte ich mich, kirchlich zu heiraten. Unsere Trauung beim Pasinger Standesamt war für Freitag, den 22. Juli 1977 um zehn Uhr morgens angemeldet. Für den Samstag hatten meine Eltern eine Familienfeier mit Verwandten und Schwiegerleuten mit Anhang vorbereitet, die zum größten Teil schon angereist und in den Pensionen des Dorfes im Hunsrück einquartiert worden waren. Was sonst alles dazugehörte, darüber kann ich bloß spekulieren: Zwei Dutzend Kuchen warteten darauf, verzehrt zu werden; hundert Liter Wein dürften im Keller gelegen haben, und für den Hochzeitsschmaus hatte mein Vater im Winter eigens eine Wildsau erlegt. Zudem waren Nachbarn und Försterkollegen geladen, um die erste Hochzeit im Forsthaus standesgemäß zu feiern.

Lisa und ich hatten geplant, als frisch vermähltes Paar in der darauffolgenden Woche nach Ibiza fliegen, wo wir das Ereignis mit unseren Freunden feiern wollten. Als ich am Mittwochmorgen erwachte, hatte ich das Gefühl, in Ibiza nach dem Rechten sehen zu sollen. Zumal ich nicht wusste, ob sich die Razzia von Saint-Tropez schon bis zur Insel herumgesprochen hatte. Der kleine Joseph war allein im Haus, und ich fand, ich sollte ihn wenigstens darüber informieren, dass sein Mentor Rabia in Paris geschnappt worden war. Ich teilte Lisa meinen Reiseplan mit und versprach ihr, am darauffolgenden Tag zurück zu sein. Auf ihre Einwände achtete ich, wie so oft, nicht, gab ihr einen Kuss und fuhr im Taxi zum Flughafen, wo ich guter Dinge mit der Iberia nach Barcelona flog.

## 1.24 Mallorca

Am Nachmittag landete ich auf Ibiza, mietete mir bei Avis einen kleinen Wagen und machte mich auf den Weg nach Talamanca. Ein wenig erschrocken war ich, als ich mitten auf der Straße, genau vor der Einfahrt zum Yachthafen, unseren blauen Käfer auf dem Dach liegen sah. Den Wagen hatten Carmen und ich vor zwei Jahren auf die Insel gebracht. Er war weder versteuert noch versichert, weder angemeldet noch registriert. Ein Full-Risk-Auto, das in der Zwischenzeit zwar ein paar Beulen abbekommen hatte, das aber immer noch tadellos lief. Ich hielt an, besah mir die Sache und wunderte mich. Von Joseph erhoffte ich Aufklärung. Ich traf ihn in *Cana Ventura* an. Er berichtete, am Morgen zu schnell in die Kurve gefahren zu sein, dabei die Kontrolle verloren und den Käfer auf den Buckel geworfen zu haben. Und da Joseph keinen Führerschein besaß, hatte er in Panik die Unfallstelle verlassen. Wir fuhren zum Hafen und stellten den Wagen wieder auf die Räder, dem bis auf eine große Delle auf dem Dach nichts fehlte. Dann schafften wir ihn von der Kreuzung, ehe die Polizei auftauchen und Fragen stellen würde. Nachdem ich Joseph über das Schicksal der Freunde in Frankreich informiert hatte, fuhr er los, um zwei libanesische Freunde Rabias zu warnen, von denen er glaubte, sie könnten ebenfalls in die Sache verstrickt sein.

Mittags traf ich Geoffrey in der Stadt. Wir tauschten Neuigkeiten aus, er machte einen ironischen Kommentar zu meiner geplanten Hochzeit mit seiner abgelegten Braut und ich lud ihn mitsamt seinen Musikerfreunden für die kommende Woche zu unserem großen Fest ein. Im Gegenzug lud er mich am Abend zu einer Party bei belgischen Freunden ein, die eine Finca in der Nähe von San Andres besaßen. Auf dieser Party machte auch LSD die Runde und da ich mit spontanen Trips schon gute Erfahrungen gemacht hatte, spülte ich den Mikro kurzerhand mit einem Schluck Sangria hinunter. Nach einer Weile ging ich hinaus. Die Nacht war sternenklar und warm, der Trip wurde ›kosmisch‹, und so verlor ich mich in Gedanken zwischen den Galaxien des Alls. Dass mich irgendwann ein betrunkener Partygast fand, quer über die Sitze seines Cabriolets ausgestreckt in den Himmel blickend, ist mir noch deshalb in Erinnerung, weil er mir ohne Vorwarnung mit der Faust auf die Nase schlug, und ich anschließend über den metallischen Geschmack meines Blutes staunte. Typisch für den LSD-Rausch: Anstatt mich zu wehren oder die Flucht anzutreten, blieb ich liegen, schmeckte mein Blut und ließ den Überlegungen, den Lebenssaft und dessen Bedeutung betreffend, freien Lauf. Bis mich der besoffene Autobesitzer aus seinem Wagen zerrte und unsanft in die Kakteen schubste. Monate später stellte sich heraus, dass Ferdi, der Wirt des *La Nada*, einer coolen Altstadtkneipe, der Grobian war, der mich so übel zugerichtet hatte, und dass es ihm leidtat.

Als ich am Morgen nach der Fete mit blutverkrusteter Nase und Kakteenstacheln in den Arschbacken in Begleitung von Geoffrey in Talamanca ankam, blieb zum Schlafen keine Zeit mehr. In zwei Stunden ging mein Flieger, schließlich warteten Lisa und unser Traum vom Glück auf meine Rückkehr.

Ich beschloss, vor dem Haus neben der Zisterne eine kalte Dusche zu nehmen. Anschließend wollte ich mich auf den Weg zum Flughafen machen. Unterdessen hatte Geoffrey, der mich nach Talamanca begleitet hatte, weil er sich Lisas Moped für ein paar Tage ausleihen wollte, Hansi und Joseph geweckt. Hansi, der uns zuletzt begegnet ist, als er und TomTom von den amerikanischen Soldaten um fünf Kilo Hasch geprellt wurden, war einer meiner Kunden aus München, dem das Schicksal bis dahin wohlgesonnen war. Er machte ein paar Wochen Urlaub auf der Insel und wohnte bei uns auf der Finca. Joseph wartete auf den Absprung. Er hatte vor, demnächst nach Kanada zu emigrieren, nachdem es nicht so aussah, als würden die Kriegsgegner im Libanon demnächst die Friedenspfeife rauchen.

Als die acht spanischen Drogenfahnder das Haus stürmten, stand ich nackt neben der Zisterne vor dem Haus und hielt mir den Schlauch mit dem kalten Wasserstrahl über den Scheitel, Hansi lehnte noch ein wenig verschlafen in der Haustür und prüfte die ersten Sonnenstrahlen, Joseph rumorte in der Küche, wo er Kaffee kochte, und Geoffrey saß auf dem Sofa und drehte gerade einen Joint. Als er Paquito erkannte, einen der sonnenbebrillten Bullen vom Rauschgiftdezernat, mit dem er zuvor schon schlechte Erfahrungen gemacht hatte, ließ er den Joint sinken und sagte: »Shit!«

Bei der Durchsuchung des Hauses wurde ausgerechnet unter Josephs Bett ein 50 Gramm schwerer Brocken *Roter Libanese* gefunden, von dessen Existenz wir nichts wussten, vermutlich ein vergessenes Rauchpiece von Rabia, der gern und viel kiffte. Die Bullen hielten es triumphierend in die Höhe, und Joseph fing eine erste Ohrfeige, weil er behauptete, nichts damit zu tun zu haben. Die Eindringlinge rafften alle Briefe, mein Adressbuch und sämtliche Fotos zusammen, räumten alle Schränke aus, stellten das Innere des Hauses buchstäblich auf den Kopf. Gemeinsam wurden wir unter dem Verdacht des internationalen Drogenhandels festgenommen. Die Aktion war durch Interpol in Gang gesetzt worden, weil es Hinweise gab, dass ich in den in Saint-Tropez aufgedeckten Drogenhandel verstrickt sei, über den mittlerweile in den Medien weltweit unter dem irreführenden Schlagwort »Opel-Affäre« berichtet wurde.

Auf dem Kommissariat von Ibiza sperrte man uns getrennt in fensterlose Kellerverliese. Luft kam nur durch ein Gitter in der Tür herein. Eine Pritsche gab es dort nicht, lediglich einen Betonsockel, auf dem man sich ausstrecken konnte. Sockel und Wände waren kotverschmiert. Es war düster, und es stank. Erst fielen die Moskitos über uns her, dann die Bullen. Einer nach dem anderen wurden wir zum Verhör vorgeführt. Geoffrey, ein alter Bekannter der Drogenfahndung, kam als erster dran. Es dauerte keine zwei Minuten, bis ich ihn zum ersten Mal schreien hörte. Offenbar gingen sie nicht zimperlich mit ihm um.

1977 war es gerade zwei Jahre her, dass in Spanien die Demokratie eingeführt worden war. Der Diktator Franco war noch nicht lange tot, und die Verhörmethoden der spanischen Polizei hatten sich nicht wesentlich geändert. Man hielt uns vor, Mitglieder der Rauschgiftschmugglerbande von Saint-Tropez zu sein. Was meine drei Mitgefangenen anbelangte, war das eine absurde Unterstellung, denn sie hatten mit dieser Geschichte nicht das Geringste zu tun. Den Bullen war es einerlei, sie wollten sich an diesem internationale Aufmerksamkeit genießenden Fall ein paar Lorbeeren verdienen und waren entschlossen, Interpol Ergebnisse zu liefern. Einer nach dem anderen stritten wir ab, irgendetwas mit dem Schmuggel von Saint-Tropez zu tun zu haben. Beweise lagen ohnehin nicht gegen uns vor. Lediglich mein Name war im Zusammenhang mit den Ermittlungen in Frankreich aufgetaucht. Ilona, die Haushälterin der Familie von Opel, hatte der Marseiller Polizei den Tipp gegeben, dass ich ebenfalls zu der Bande gehöre. Meinen vollen Namen und die Adresse auf Ibiza fand man in Putzis Adressbuch, und im Rahmen eines internationalen Rechtshilfeersuchens wurde wenig später die spanische Polizei auf meine Spur gesetzt. Parallel dazu schlich im Auftrag des deutschen Bundeskriminalamtes der Schnüffler Werner Maus auf der Insel herum. Er wurde jedoch vom Hund meines Hausbesitzers Miguel enttarnt und vom Acker gejagt. Maus verließ die Insel unverrichteter Dinge. Er kam im wahrsten Sinne des Wortes mit einem blauen Auge davon.

Unsere Verhöre zogen sich drei Tage hin. Ort des Geschehens war ein Keller des Polizeikommissariats. Neben den schon erwähnten Zellen befand sich dort ein geräumiges Büro mit Schreibtischen für vier Beamte. In der linken Ecke befand sich eine Tür, durch die ich geschoben wurde, nachdem meine ersten beiden Verhöre ergebnislos geblieben waren. Sobald ich den Raum betrat, erkannte ich, dass es sich um eine Folterkammer handelte. Ein Fenster existierte nicht, und die Tür war von innen mit dicken Kapok-Matratzen ausgeschlagen, die jeden Schlag und jeden Schrei verschluckten. Auf einem Holzpodest waren ein massiver Stuhl und ein Tisch montiert. Der Sitz glich einem elektrischen Stuhl, mit Lederriemen und Kontaktscheiben, um den Beschuldigten zu fixieren. Auf dem Tisch an der Wand stand ein Voltmeter, das an die Pioniertage der Elektrotechnik erinnerte. Der Zeiger war mindestens 20 Zentimeter lang, die halbkreisförmige Skala beschrieb einen entsprechenden Bogen und sobald das Gerät eingeschaltet wurde, gab es ein Brummen von sich, dass jegliches Vertrauen in die Zuverlässigkeit der Apparatur schwinden ließ. Auf diesem offensichtlich noch aus Zeiten des Bürgerkrieges stammenden Folterstuhl schnallten sie mich zu dritt fest und begannen, mir erneut die Fragen zu stellen, auf die ich zuvor schon keine Antwort gegeben hatte.

*Er vergegenwärtigte sich, dass einzig eine Kette von Zufällen ihn hierher geführt hatte, Zufälle, die sich vor Jahren zugetragen hatten und die ihn jetzt in den Käfig zurückführten, aus dem es kein Entrinnen geben würde.* *

Ich empfand das, was hier vorging, dermaßen ungeheuerlich, dass ich es wie in Trance erlebte (der LSD-Trip wirkte noch ein wenig nach). Sollte denn tatsächlich ein Körnchen Moral in der Arbeit der Polizei verborgen sein, hier waren sie gerade dabei, es zu zertreten.

Bref: Man schlug mich auf den Kopf, riss mir ein paar Haare aus, schlug mich erneut, aber die Elektrofolter kam außer zur Einschüchterung nicht zum Einsatz. Offenbar waren die Dinge seit dem Tod des Caudillo schon ein wenig in Bewegung geraten, wenngleich man vom Endsieg der Menschenrechte noch lange nicht reden konnte. Vielleicht verzichteten sie auch deshalb auf die Elektrofolter, weil wir Ausländer waren. Ich weiß es nicht. Dabei hatte ich keinen Zweifel, dass die Anlage funktionierte. Und dass sie in Zeiten der Diktatur zum Einsatz gekommen war. Möchte nicht wissen, wer in diesem Raum während des Bürgerkrieges verhört, verurteilt und hingerichtet wurde … Ihren psychologischen Zweck erfüllte die Folteranlage allemal. Als ich angeschnallt auf dem Podest saß, war mir jegliche Lust zu Spott und Ironie abhanden gekommen. Ich spürte, dies war der Ort der Wahrheit, hier machte der Staat ernst, hier wurde der Mensch zum Objekt der Willkür der Folterknechte. Als ich nach einer Stunde zurück in das Verlies geführt wurde, hatte ich über Paquito, der sich beim Quälen am eifrigsten gezeigt hatte, ein Todesurteil gesprochen. Geoffrey und ich beschlossen, ihn zu töten und im Meer zu versenken, sobald sich uns dazu die Gelegenheit böte.

Meinen Freunden erging es ähnlich. Am schlimmsten traf es Joseph. Nicht bloß, dass er der Jüngste von uns war, in den Augen der Bullen war er als Libanese von Haus aus verdächtig. Aber er hielt die Schläge tapfer aus. Da ich der einzige Beschuldigte war, der die Wahrheit wenigstens teilweise kannte, erschreckte es mich um so mehr, zu sehen, mit welcher Brutalität die Polizisten gegen Hansi, Joseph und Geoffrey vorgingen, die, was das angebliche Verbrechen anging, vollkommen unbeteiligt waren. Aber das

---

* Milan Kundera: Die unerträgliche Leichtigkeit des Seins

war den Beamten egal. Jeder Schlag, den sie führten, war ihnen eine Initiative für Wahrheit und Gerechtigkeit. Mit solchen Typen hatte sich ein faschistisches System fast vierzig Jahre lang an der Macht halten können, keine Frage. Und das waren nicht einmal die Schlimmsten: Für wirklich harte Brocken, für die Freiheitskämpfer aus Katalonien und dem Baskenland hatte Franco seine Guardia Civil, eine Art politische Polizei.

Am dritten Tag in dieser Hölle ohne Sonne und ohne Nacht erkundigte sich einer der Polizisten, nach dem Mann, der eigentlich gestern hatte heiraten wollen. Zögernd gab ich mich zu erkennen. Ich schilderte ihm, dass meine Frau nicht wisse, wo ich sei, dass sie ein Kind erwarte, und ja, dass wir am Vortag hatten heiraten wollen und dass man mir bislang noch nicht gestattet hatte, sie anzurufen. Der Mann war von dieser Geschichte sichtlich berührt. Er erbot sich, jemanden anzurufen und über mein Schicksal in Kenntnis zu setzen. Ich gab ihm die Nummer von Carlos Moreno, einem Freund aus Madrid, von dem ich wusste, er würde Lisa umgehend informieren. Was sie unterdessen durchmachte, als ich am Tag vor der geplanten Hochzeit plötzlich verschwunden war, wie meine Eltern die geplatzte Hochzeitsfeier abwickelten, das waren Sekundäreffekte meiner Verhaftung, aber für die Betroffenen waren es mittlere Katastrophen. Mir fehlte die Fantasie, mir vorzustellen, wie mein im bourgeoisen Mittelfeld spielender Vater den geladenen Gästen das Verschwinden des Bräutigams erklären würde. Und erst recht überstieg es mein Vorstellungsvermögen, wie Lisa mit dieser Situation umginge: ohne Information, ohne Lebenszeichen, mit Zweifel im Herzen … Was sollte sie auch von einem Kerl halten, der sich zwei Tage vor der versprochenen Hochzeit aus dem Staub macht und dann nichts mehr von sich hören lässt?

Endlich am vierten Tag wurden die Verhöre ohne verwertbare Ergebnisse abgebrochen und man verbrachte uns in das kleine Gefängnis von Ibiza. Hoch droben in der Altstadt, von den Stadtmauern umsäumt, hatte man ein ehemaliges Kloster zum Knast umfunktioniert. Dieser Klosterknast war ein quadratischer Bau mit Innenhof. Von außen gab es nur einen einzigen Eingang, die ehemalige Klosterpforte, ansonsten zeigten alle Fenster und Türen nach innen. War man einmal in diesem Geviert gefangen, ragten nach allen Seiten die Gebäude zwei Stockwerke in die Höhe, was eine Außenmauer überflüssig machte. Darüber spannte sich ein ausgestanztes Stück Himmel. Nur neugierige Möwen und die anfliegenden Flugzeuge durchschnitten von Zeit zu Zeit das blaue Geviert.

Den Mönchen standen ein Dutzend Zellen von unterschiedlicher Größe zur Verfügung, Verliese, die durch massive Holztüren direkt vom Hof her betreten wurden. Beim Eintritt in den Ort der Besinnung erhielt jeder eine schmutzige Matratze und eine noch schmutzigere Decke. Einen Platz in der Zelle musste man sich selbst suchen. Die Türen standen tagsüber offen. Das kleine Gefängnis bot Platz für maximal dreißig Personen. Im Hof gab es einen Wasserhahn, in der Ecke eine nach vorne offene Latrine mit zwei Hockplätzen ohne Wasserspülung. Wenn der Gestank unerträglich wurde, musste man ein paar Eimer Wasser herbeischleppen. Duschen oder ein Bad existierten nicht, von Hygiene hielt die spanische Vollzugsjustiz damals wenig. Der Hof war ungepflastert, in der Mitte wuchs ein kümmerliches Apfelsinenbäumchen.

Die Kommunikation mit den Wärtern funktionierte durch Zuruf hinauf zu ihrer Wachstube. Dann ging im zweiten Stock ein Fenster auf, der Beamte lehnte sich heraus und erkundigte sich nach dem Anliegen. Von diesem Kommandostand im obersten Stockwerk aus hatte er einen Überblick über das Treiben im Hof. Tagsüber lagen die Gefangenen draußen in der Sonne. Wir spielten Karten oder sondierten halbherzig die Chancen eines Ausbruchs. Gegen zehn Uhr abends kam einer der beiden Wärter herabgestiegen und sperrte die Zellentüren zu, morgens um sieben entriegelte man sie wieder. Wer Geld hatte, konnte dann dem Kalfaktor Ginés, einem betagten Einbrecher, der den Absprung vom Knast irgendwann nicht mehr geschafft hatte, ein paar Peseten fürs Frühstück geben. Ginés fuhr jeden Morgen mit seinem Moped in die Stadt und besorgte Croissants, Magdalenas und Enseimadas, dazu *Café con Leche* in verschließbaren Pappbechern. Wer kein Geld hatte, nahm zum Frühstück einen kräftigen Schluck Wasser und guckte den anderen dabei zu, wie sie ihre Teilchen futterten. Wie im echten Leben.

Das Mittagessen ließen die Wärter an einem Seil in den Hof hinab. Zubereitet wurde es von Nonnen eines in der Nähe gelegenen Klosters, und es schmeckte durchweg lecker. Oft gab es frischen Fisch, dazu viel Obst und Salat. Gegessen wurde draußen an der frischen Luft. Jeder erhielt einen Blechnapf und einen Alulöffel. Messer und Gabeln wurden aus Sicherheitsgründen nicht verteilt. Ein Blick ins Innere der zweckentfremdeten Mönchsklausen verdeutlichte diese Maßnahme: Überall waren zubetonierte Löcher in Wänden und an Decken, durch die sich offenbar in früheren Zeiten Gefangene davongemacht hatten. Die Mauern stammten aus dem späten Mittelalter, jedenfalls war der Mörtel bröselig, und mit einem Messer hatte man wenig Mühe, ganze Steinblöcke herauszulösen.

In diesem beschaulichen Inselknast saßen neben zwei Dutzend Männern auch immer ein paar Frauen ein. Drogensüchtige Touristenmädchen ebenso wie gut geräucherte spanische Huren und Diebinnen auf der Durchreise. Die Frauen waren den ganzen Tag über eingesperrt, während sich die Männer draußen in der Sonne bewegten. Nur gegen Abend wurden wir Kerle eine Stunde lang eingeschlossen und den Frauen der Hof und die Toiletten überlassen.

Nach einer Woche erschien endlich eine Dame vom deutschen Konsulat und erkundigte sich, was Hansi und ich ausgefressen hätten. Als wir unsere Unschuld beteuerten, sah sie uns empört an und behauptete kategorisch, in Spanien würde niemand unschuldig eingesperrt. Ziemlich ungehalten erklärte sie uns, was sie für uns tun könne und was nicht. Einen spanischen Anwalt wollte sie uns vermitteln und ein Telefonat nach Deutschland für jeden von uns führen, sofern wir bereit wären, die Kosten dafür zu übernehmen. Zu einer herben Enttäuschung wurde die Rolle, die der deutsche Staat spielte, nachdem seine Bürger im Ausland in Schwierigkeiten geraten waren. Wir zogen es vor, in Zukunft die arrogante Honorarkonsulin nicht mehr weiter zu bemühen. Die Bundesrepublik Deutschland war seinerzeit auf Ibiza skandalös vertreten. Immerhin schickte sie uns Juan Molina, einen jungen Rechtsanwalt. Der tauchte schon am nächsten Tag auf, um sich unsere Geschichte anzuhören. Er befand: »Keine Sorge, Männer. Euch hole ich da raus!«

Ich diktierte ihm einen Brief an meinen Freund Werinher, und wenige Tage danach hatte er die geforderte halbe Million Peseten, damals etwa 16.000 Mark. Indes, sobald Herr Molina die Kohlen eingesackt hatte, ward er im Knast nicht mehr gesehen. Wie sich später herausstellte, hatte er sich einen neuen Wagen gekauft, einen Renault R 6, und anschließend war er zum Segeln auf die Kanaren geflogen. Derweil saßen Hansi und ich im Gefängnis und warteten täglich vergeblich auf ihn. Der Rechtsanwalt Molina kümmerte sich einfach nicht mehr um uns.

Nach zwei Wochen war die kritische Masse von dreißig Gefangenen im Knast von Ibiza erreicht, und wir wurden von einer Polizeieskorte abgeholt. Sie fesselten uns mit Handschellen aneinander und dann ging es in Chain Gang-Formation zu Fuß durch die Altstadt zum Hafen hinunter. Überall blieben die Leute stehen und sahen sich das archaische Ritual an. Frauen, die von dem Gefangenentransport Wind bekommen hatten, standen an der Straße und steckten ihren in Ketten gelegten Männern Zigaretten und Peseten zu. Kinder liefen nebenher und weinten um die gefangenen Väter. Ein goldgelocktes Mädchen schrie und klammerte sich an das Bein ihres Papas, aber die Bullen rissen ihn mit sich fort.

Mit dem Linienfährschiff setzten wir nach Mallorca über. Im Schiffsbauch fesselten sie uns in Viererkajüten an eiserne Bettgestelle, immerhin ließen sie uns eine Hand frei. So gelang es Geoffrey, einen Joint zu drehen und Pepe, sich einen runterzuholen. Am Ende lagen wir friedlich in den Kojen und träumten, während die *Santiago de Compostela* gemächlich durch die Dünung des Mittelmeeres pflügte. Ich musste an Walter Spies, den Bali-Pionier denken, der angekettet auf einem englischen Gefangenenschiff im Indischen Ozean untergegangen war. Der Gedanke, gefesselt an ein Bett im Meer zu ertrinken, hatte etwas Deprimierendes.

In aller Frühe machten wir am Kai von Palma fest. Vor der Hafenkommandantur wartete schon der Gefangenentransporter. Nach kurzer Fahrt erreichten wir die auf dem Hochplateau über der Stadt gelegene Haftanstalt von Mallorca. Über dem Eingang des Gefängnisses fiel mir ein Schild auf: »*Centro Penitentiario de Palma de Mallorca*«.

Die Aufnahmeformalitäten waren rasch erledigt. Man nahm uns lediglich Dokumente und Medizin ab, unter anderem Geoffreys Asthma-Inhalator. Für mich persönlich ging die Prozedur leider nicht ohne Ohrfeigen ab. Als wir dem Beamten auf der Registratur vorgeführt wurden, ein gewisser Don Luis, wahrscheinlich ein gescheiterter Torero, der das Leben als vergeblichen Kampf gegen die Hörner ansah und der wenig Spaß verstand, hörte ich die Stimme meines Freundes Klaus auf dem Flur, der vor ein paar Monaten bei dem Versuch, die verletzte Ehre seines Mädels wiederherzustellen, erst in eine Schlägerei und dann in den Knast geraten war.

Als ich ihn während der Zugangsbefragung hörte, lief ich zur Tür, um Klaus zu begrüßen. Doch kaum hatte ich ohne Genehmigung den Raum verlassen, sprang Don Luis auf, packte mich am Kragen und warf mich mit einer Wucht wider die Wand, die ich diesem Knast-Bonsai gar nicht zugetraut hätte. Gleichzeitig brüllte er mir auf Spanisch einen Merksatz zur Hackordnung ins Ohr, sodass ich gehörig unter Schock stand und beschloss, die Umarmung meines Freundes auf später zu verschieben. Den ersten Feind hatte ich mir damit schon gemacht.

Anschließend ging es zum Friseur. Im Erdgeschoss gab es einen Salon mit zwei hydraulischen Stühlen. Wer zahlen konnte, der kriegte eine saubere Rasur und einen akzeptablen Haarschnitt, wer kein Geld hatte, dem verpasste der Friseur, ein vielfach vorbestrafter und auf Überfälle auf Frauen spezialisierter Sadist, die Standardfrisur: Jedem eingelieferten Häftling, ob schuldig oder unschuldig, ob Spanier oder Ausländer schor er eine Glatze. Zum Glück hatte Klaus den Friseur schon mit einem Bakschisch auf fünf Millimeter hochgehandelt, sodass wir uns noch einreden konnten, eine, wenngleich kurze, so doch immerhin eine Frisur zu haben. Für Geoffrey, der einen Kopf voller herrlicher schwarzer Locken trug, brach dennoch die Welt zusammen. Nur unter der Androhung von Hieben ließ er sich schließlich den Schädel rasieren. Noch Tage danach lief er deprimiert auf dem Hof herum und trauerte seinen Löckchen nach.

Nachdem der komplette Schub aus Ibiza geschoren war, teilte uns ein Wärter Plätze in einer der vier Gemeinschaftszellen zu, wo wir zusammen etwa dreißig Leute waren: Spanier, Algerier, ein paar Europäer. Raschid, einer der Araber, war Profiboxer und trainierte täglich mehrere Stunden.

Die Gemeinschaftstoilette bestand aus drei Hockklos in Reihe und Moskitos im Schwarm. Die Wasserspülung hatte kaum Druck, und es stank bestialisch. Die Toilette grenzte direkt an den Schlafsaal, und da sie der einzige Raum war, wo nachts Licht brannte, hockten einige, die nicht schlafen konnten, dort neben den Scheißhaufen und lasen Bücher. Das wiederum hielt die Ratten davon ab, aus den Löchern zu kriechen.

Nachdem wir das wenige Hab und Gut, das Don Luis uns gelassen, auf dem jeweils zugeteilten Bett deponiert hatten, wurden wir auf den Hof geschickt. Endlich hatte ich Zeit, meinen Freund zu begrüßen. In seiner Gesellschaft erschien mir der Knast weniger bedrohlich. Klaus half mir, mich zurechtzufinden.

Vom ersten Tag an machte ich mich auf die Suche nach der Schwachstelle, die eine Flucht ermöglichen würde. Dies stellte sich aber als nicht so einfach heraus. Der Komplex war rundherum von einer sechs Meter hohen Mauer umgeben, auf jeder der vier Ecken ein offener Turm mit je einem bewaffneten Wächter der Guardia Civil. Der sternförmige Zellenblock bestand aus drei Flügeln mit je drei Etagen, zwei, in denen die Häftlinge untergebracht waren, einer in dem sich das Krankenrevier und die Arrestzellen befanden. Insgesamt lebten dreihundert Männer und dreißig Frauen in dem Gefängnis. Zentral im Erdgeschoß saß der Dienstleiter in einem Glaskasten, der Jefe de Servicios. In den unteren Stockwerken lagen die Gemeinschaftszellen. In den beiden Etagen darüber gab es nur Einzelzellen, sogenannte Camaretas. Dorthin wurde verlegt, wer sich unten in den Sälen eine Zeit lang bewährt hatte, das heißt, wer Mithäftlinge angeschwärzt hatte oder wer einfach unauffällig mitschwamm.

Quer zum Zellenkomplex lagen das Verwaltungsgebäude, die Küche mit angrenzendem Speisesaal und eine Bibliothek. Abseits in separaten Häusern waren einige Werkstätten und die Wäscherei untergebracht. Warmes Wasser gab es nur dort, wo wir uns einmal in der Woche duschen konnten. Im Vergleich zum Kloster Ibiza jedenfalls eine echte Verbesserung. Die beiden Höfe waren völlig zubetoniert, innerhalb des gesamten Komplexes wuchs keine einzige Pflanze, nicht einmal ein Grashalm in einer Mauerritze.

In spanischen Gefängnissen herrschte damals Hofgangzwang. Der Aufenthalt im Freien war Vorschrift, lediglich der Arzt konnte einen davon befreien. Ein normaler Tag begann so: Um sechs Uhr morgens ertönte ein Trompetensignal. Das Wecken erledigte der Chefkalfaktor, der auch den großen Schlüsselbund für die Gitter verwahrte. Eigenartigerweise schlossen die Wärter dort keine Türen auf: Sie ließen schließen. Ausnahme: Die grüne Eisentür, die nach draußen führte. Nachdem also der Kalfaktor alle Abteilungen geöffnet hatte, lief er durch die Gänge, blickte in jede Zelle und trieb, wenn nötig, die Leute lautstark hinunter in den Speisesaal. Zum Frühstück gab es jeden Morgen eine Schokoladensuppe, im Blechnapf serviert. Am Abend legten viele sich einen Kanten Brot beiseite, den sie dann morgens in die heiße Schokolade tunkten. Anschließend ging es hinaus in einen der beiden Höfe, und weil auch auf Mallorca um diese Uhrzeit die Sonne noch nicht scheint und es zuweilen in der Früh recht frisch ist, machten wir zuerst einen Spaziergang. Immer links herum im Kreis. Gegen Acht war die Sonne dann hoch genug geklettert, um über die Dächer und Mauern das Innere der Höfe zu erreichen.

Da höchstens zehn Prozent der Gefangenen eine Arbeit hatten, lungerten fast alle den ganzen Tag herum. Viele breiteten im Hof ihre Decken aus und sonnten sich. Andere spielten Schach oder Backgammon. Ein in Spanien beliebtes baskisches Spiel nannte sich Pelota. Dabei wird eine Art Tennisball mit der flachen Hand immer wieder gegen die Wand gedroschen. Die Spielregeln sind ähnlich wie beim Squash.

Um Punkt Neun machte der Economato auf. So nannte sich der kleine Kiosk im Hof. Dort gab es belegte Brötchen, Kaffee, Zigaretten, kurzum: Alles was man braucht im Knast, um sich das Leben ein wenig erträglicher zu gestalten. Der Kiosk hatte zwei Fenster, es bedienten zwei junge Burschen, ein Schmuggler und ein Totschläger. Da mindestens zweihundert der dreihundert Gefangenen, gleich nachdem der Schalter geöffnet wurde, einen heißen *Café con Leche* trinken wollten, war das Gedränge groß. Und um vorne in der Schlange zu stehen, musste man sich spätestens um Acht anstellen. Für Klaus und mich besorgte das der Fritz.

Fritz Thiel kam vom Niederrhein und saß wegen Hoteldiebstahls in Untersuchungshaft. »Ziemlich unschuldig«, wie er uns versicherte. Fritz war dick und einfältig, aber ein argloser Kerl, der keinem etwas zuleide tat. Ein Gaunerpaar aus Krefeld hatte ihn zu dem Spanienurlaub überredet. Zu dritt waren sie in Fritzens neuem Manta unterwegs. Von Barcelona aus hatten sie ein Schiff nach Mallorca genommen. Während Fritz sich am Strand von El Arenal rötete, klapperten seine Reisegefährten Dutzende von Hotels ab und räumten dort die Gästezimmer aus. Das Diebesgut versteckten sie im Auto. Als ihnen am Ende im *Hotel Torre del Mar* ein Fehler unterlief und ein Zimmermädchen sie ertappte, gelang es den beiden zwar noch, vom Balkon zu springen und zu fliehen, aber die Zeugin konnte der Polizei entscheidende Hinweise geben. Hals über Kopf holten sie Fritz vom Strand und schifften sich mit der nächsten Fähre nach Alicante ein. Dort wurde das Trio von den Fahndern jedoch schon erwartet. Sie wurden gefilzt, im Auto fanden die Beamten gestohlene Pässe, Sparbücher und sonstige Dokumente, dazu Schmuck und Bares. Das Trio wurde verhaftet und der Manta beschlagnahmt. Da das Gaunerpärchen ein paar Brocken Spanisch konnte, redeten sie sich heraus und schoben alles auf den einfältigen Fritz, in dessen Auto das Diebesgut schließlich ja auch gefunden worden war, und der den Beamten mit seinem niederrheinischen Dialekt recht verdächtig vorkam. Nachdem alle ihre Aussage unterzeichnet hatten, wurde das Pärchen entlassen und der Fritz in Ketten nach Mallorca zurückgebracht. Dort steckte man ihn in den Knast, wo er nun schon seit sieben Monaten auf seinen Prozess wartete. Wenn ihm jemand hätte helfen wollen, hätte er gegen eine geringe Kaution freikommen können, aber dem Fritz wollte niemand beistehen, auch nicht das deutsche Konsulat. Über eigenes Geld verfügte er längst nicht mehr.

Der Job, den Klaus und ich ihm anboten, kam ihm somit wie gerufen. Gegen die tägliche Gage eines großen Milchkaffees und eines Schinkenbrotes bezog Fritz Punkt sieben Uhr Posten vor dem

Kiosk. Das hieß, bei Öffnung um Neun war er als erster an der Reihe, um für Klaus, mich und sich selbst die Bestellung aufzugeben. Sollte er einmal nicht der Erste sein, so drohten wir ihm an, wäre er seinen Job los. Dass unsere Drohung nicht ernst gemeint sein könnte, auf die Idee kam Fritz nicht. Wie ein Tiger verteidigte er fortan morgens das oberste Treppchen vor dem Kiosk gegen eine Horde junger Spanier, die sich einen Spaß daraus machten, ihn zu hänseln und die immer aufs Neue versuchten, ihn von dort fortzulocken. Wenn es mit den Hänseleien gar zu arg wurde, griffen Klaus und ich ein, sodass nach einigen Tagen jeder Spitzbube begriffen hatte, dass der Fritz unter unserer Protektion stand.

Bezahlt wurde am Kiosk mit Knastgeld. Eigens zu diesem Zweck gedruckte kleine Scheine, die montags bei der Taschengeldausgabe, dem sogenannten Peculio, ausgegeben wurden. Das wöchentliche Taschengeld betrug 1.000 Peseten. Die billigsten Zigaretten waren Celtas ohne Filter, sie kosteten sieben Peseten. Ich rauchte damals Lolas für zwölf Peseten das Päckchen. Ein Kaffee war für fünf Peseten zu haben, ein belegtes Brötchen mit Schmierwurst kostete fünfzehn, für das Beste, mit gegrilltem Schweinefilet belegt, musste man fünfunddreißig berappen.

Die Gefangenen teilten sich grob in fünf Gruppen ein: Mit hundertfünfzig Mann stellten die Spanier die größte, gefolgt von den etwa fünfzig Gitanos. Dann kamen die Jugendlichen, fast ausnahmslos Spanier, ebenfalls etwa fünfzig junge Burschen. Die Araber zählten immerhin noch dreißig Mann, übrig blieben zwei Dutzend Resteuropäer, in erster Linie Deutsche, Holländer und Engländer. Natürlich lief auch der obligatorische Amerikaner auf dem Hof herum, auch ein Pakistani, ein paar Franzosen und sogar ein Schweizer drehten ihre Runden. Wir waren etwa ein Dutzend Deutsche.

Peter Kasparov, ein Zuhälter, wartete auf die Auslieferung nach Berlin, wo er neben seinem Hurengeschäft laut Staatsanwaltschaft noch Koks verkauft haben sollte. Aber wie er mir erklärte, hatte sein Anwalt tüchtig Öl ins Räderwerk der spanischen Justiz gegossen, zum Nachteil der preußischen Justiz.

*»Nee, mit die Schweinetruppe in Balin hab ick keen Fatrach. Det lass ickma wat kostn!«*, lachte der Lude gut gelaunt. Seine beiden Prome-

nadenhuren hatte er längst auf die Insel beordert, wo sie in einem schicken Appartement wohnten und in Palma ihrem Geschäft nachgingen. Soweit man Peter Glauben schenken durfte, gehörte der Knastdirektor auch zu den Kunden. Und ob der Pfarrer, der ihm alle paar Tage ein Paket mitbrachte, dies aus Nächstenliebe tat, oder ob da ein wenig nachmassiert wurde, welcher Historiker wollte das heute noch wissen?

Dann waren da die beiden Burschen aus Köln, der Detlef und der Tell, spezialisiert auf Einbruch in Ferienhäuser. Die beiden hatten wohl schon des Öfteren im Knast gesessen, denn sie bewegten sich mit der Intelligenz kleiner Nagetiere zwischen den Ganoven, dass man sofort begriff: Der Knasthof war ihr natürlicher Lebensraum.

Willi aus Düsseldorf war ein netter Junkie, den sie in Deutschland wegen Drogendelikten suchten. Er wartete ebenfalls auf seine Auslieferung. Er freute sich schon darauf, in der »Ulmer Höh« einzulaufen, wo es, wie er sagte, immer guten Stoff gebe.

Vom ersten Tag an sorgte Geoffrey für Stimmung, das heißt, nachdem die Trauer um seine Locken nachgelassen hatte. Er sprach Englisch wie Spanisch gleichermaßen fließend und war uns als Dolmetscher sehr zu Diensten. Außerdem hatte er einen amerikanischen Pass, was bedeutete, dass sein Konsulat auf zügig durchgeführte Ermittlungen drängte. Denn die Solidarität und die Energie, mit denen amerikanische Konsularbeamte daran arbeiten, ihre Bürger aus den Gefängnissen in Übersee zu befreien, ist sprichwörtlich, und war, gemessen an der miserablen Arbeit der deutschen Vertretung auf den Balearen, vorbildlich.

Ein weiterer Amerikaner, den ich im Knast von Palma kennenlernte, war Hunter James, ein Lebenskünstler, der immer davon träumte, große Filme zu machen. Hunter lebte mit seiner Frau Candy und der vierjährigen Tochter Zoe auf Ibiza und war, weil er den regelmäßigen Drogenrausch schätzte, irgendwann Paquito und seiner Truppe von der Rauschgiftfahndung aufgefallen. Bei der Hausdurchsuchung fanden sich in einem Schuppen, der zu seinem Haus gehörte, ein paar Kilo Haschisch. Trotz Hunters Beteuerung, damit nichts zu tun zu haben, wurde er eingesperrt.

Da weder Joseph noch Hansi noch Geoffrey irgendetwas mit dem Haschisch-Schmuggel zu tun hatten, wurde mir zum ersten Mal bewusst, dass einen der pure Zufall in den Kerker bringen konnte. Schuldig oder unschuldig, das war nicht die entscheidende Frage. Herr Chechov hatte also recht, wenn er feststellte: »Alles hängt von einem Zufall ab. Wen man eingesperrt hat, der muss sitzen, wen man aber nicht eingesperrt hat, der spaziert frei herum …«*

Ich war immerhin in die Sache verwickelt, glaubte somit zu wissen, weshalb ich eingesperrt worden war, wenngleich man mir vorerst noch nichts nachweisen konnte.

Gegen Mittag ertönte wieder das Trompetensignal des Kalfaktors, und wir sollten uns in militärischer Appellformation im Hof aufstellen. Anschließend kam ein Wärter vorbei und zählte uns ab. Das Ergebnis dieses *Recuento* wurde dem Dienstleiter gemeldet. Der rechnete die Ergebnisse der verschiedenen Gruppen zusammen (Erwachsene, Jugendliche, Lazarett, Bunker, Küche), und wenn seine Zahl stimmte, rückten wir zum Mittagessen in den großen Speisesaal ein.

Links und rechts des Mittelgangs standen Tische für je zwölf Personen. Derjenige, der am Gang saß, war der Tisch-Kapo, und der hatte dafür zu sorgen, dass jeder eine korrekte Portion erhielt. Gefangene, die in der Küche arbeiteten, fuhren mit dem Servierwagen vorbei und teilten in wenigen Minuten das Essen aus. Die Speise war zwar fett, aber meist schmackhaft. Oft gab es Gemüsesuppe mit Schweinefleisch, wobei es vorkam, dass auch schon mal ein geringeltes Schwänzchen im Topf schwamm, oder gar ein Schnäuzchen mit Nasenlöchern aus der Brühe heraus schnupperte. In schmackhafter Erinnerung blieben mir die panierten Auberginen und der frische Fisch. Später, nachdem man Dale, den pakistanischen Koch eines indischen Restaurants verhaftet hatte, gestattete uns der Direktor, einen vegetarischen Tisch einzurichten. Dale kochte hervorragendes Curry, und um die Qualität des Essens weiter anzuheben, legten wir zusammen und kauften aus eigener Tasche Gewürze und besondere Zutaten.

Für den Speiseplan und die Essenszubereitung waren ausschließlich Gefangene zuständig. Der Chefkoch, ein sympathi-

---

* Anton Chechov: Krankenzimmer Nummer 6

scher Räuber, erhielt zu Beginn jedes Quartals eine Summe zugeteilt, mit der er auskommen musste. Dementsprechend stellte er den Speiseplan zusammen und besorgte die Einkäufe. Morgens, während wir beim Frühspaziergang waren, lieferten Händler aus Palma Gemüse und Obst, Fleisch und Fisch an. Täglich kam der Bäcker mit frischen Brötchen für den Kiosk. Die Köche waren also voll verantwortlich für das Essen, und wenn es einmal nicht schmeckte, wurde die Angelegenheit gleich persönlich: Wenn es ums Essen geht, versteht der Spanier keinen Spaß. *Comer* bedeutet ihnen mehr als bloße Kalorienzufuhr, *la comida* ist ein soziales Ereignis, ein Ritual, dessen Bedeutung selbst im Knast nicht verschwindet. Das hatte ich schon während meiner Reisen mit den spanischen Schmugglern begriffen. So war es selbstverständlich, dass zu jeder warmen Mahlzeit ein halber Liter Landwein gehörte. Der einzige Unterschied war der, dass hier der Wein nicht während des Essens, sondern im direkten Anschluss daran getrunken wurde. Dazu rollten die Küchenhelfer ein Fass in den Saal, postierten sich damit in der Nähe des Ausgangs, und jeder, der mit dem Essen fertig war, konnte sich einen Becher voll Roten zapfen. Ein Beamter wachte darüber, dass der Wein an Ort und Stelle getrunken wurde und dass jeder seinen Becher auch leerte. Das bedeutete, dass man den halben Liter in einem Zug hinunterspülen musste, mehr oder weniger zügig. Die Becher waren aus Aluminium, und einige fassten weit mehr als einen halben Liter. Das Geheimnis bestand darin, dass ihre Besitzer durch geduldiges Hämmern der Wand das Volumen des Bechers vergrößert hatten. Diese Spezialbecher waren sehr begehrt und wurden weitervererbt, wenn ein Besitzer entlassen wurde. Generationen von Häftlingen mochten schon an den größten Bechern gehämmert haben, in die inzwischen fast ein ganzer Liter passte. Das Becherklopfen mit selbstgebastelten Hämmerchen wurde von den Beamten als Sport akzeptiert und man gönnte jedem den Extraschluck Wein, war doch eine mühevolle Arbeit damit verbunden gewesen. Allzu genau nahm man es am Weinfass ohnehin nicht, denn es war nicht schwierig, das leere Glas mit einem Kumpel gegen ein volles zu tauschen. Das hieß, der eine verzichtete, dafür kippte der andere einen ganzen Liter. Und so ein Liter Rotwein aus der Rioja, auf einen Zug hinter dem Mittagessen hergespült, entfaltete seine Wirkung rasch und spürbar.

Danach ging es noch einmal für eine halbe Stunde auf den Hof, wo der Kiosk wieder geöffnet war. Espressozeit, oder *café solo*, wie das die Spanier nennen. Anschließend war Siesta angesagt, von zwei bis vier. In diesen Stunden herrschte völlige Stille in dem ansonsten so lärmerfüllten Gemäuer.

Ich nutzte die Siesta meist dazu, Briefe zu schreiben und mein Tagebuch zu führen. Die Sache mit der Kommunikation nach draußen wurde mir nie ganz klar, zumindest konnte ich keine Logik darin erkennen. Ausländer durften nämlich nur donnerstags Post abgeben. Ein Brief pro Woche war erlaubt, und den durfte man bloß an Angehörige schicken. Abgesehen davon, dass keiner in der Lage war, zu kontrollieren, wer Angehöriger war und wer Bandenmitglied, wurde diese Regel von den Wärtern selbst unterlaufen. Don Jesus, wie einer der freundlichen Männer hieß, nahm jeden Tag ein ganzes Bündel Briefe mit hinaus, die er an der Zensur vorbei schmuggelte. Zensur bedeutete dabei lediglich das bürokratische Registrieren der Briefe. Auch eingehende Post wurde nicht gelesen, sondern einer optischen Kontrolle unterzogen. Das heißt, der Brief wurde vor den Augen des Empfängers geöffnet, der Beamte schaute hinein, ob nichts Verbotenes enthalten war und händigte ihn dann aus. Der Paketempfang hingegen war unbegrenzt. Wer wollte, konnte sich jeden Tag ein Paket schicken oder persönlich an der Pforte abgeben lassen, was viele der Einheimischen auch so hielten. Beim Einrücken in den Speisesaal wurden die Pakete ausgegeben und es gab Spanier, die aßen täglich ihren Kaninchenschlegel, ihre Tortilla oder ihr halbes Hähnchen. Peter Kasparov zum Beispiel ließ sich von seinen Freudenmädchen jeden Mittag einen deftigen Imbiss vorbeibringen, den er oft mit Klaus und mir teilte. So kamen wir in den Genuss von Schnitzel mit Kartoffelsalat, Eisbein mit Sauerkraut oder ähnlichen kulinarischen Schweinereien ..., und die Wächter an der Gefängnispforte zu einem Küsschen.

Die Möglichkeit zu telefonieren bestand nicht. Mein diesbezüglicher Antrag an den Direktor wurde kopfschüttelnd zurückgewiesen. Auch war es verboten, Tagebuch zu führen. Ein Gefangener, der in der Haft Aufzeichnungen anfertigte, setzte sich dem Verdacht der Subversion und des Widerstands aus. Allzu ernst meinte man es aber auch damit nicht, denn niemand machte je den Versuch, mich von meinen täglichen Tagebucheintragungen abzuhalten.

Dadurch, dass die Gefangenen sehr viel in Eigenregie organisierten, kam man mit wenig Personal aus, und der Knast konnte kostengünstig betrieben werden. Beamte auf Lebenszeit gab es nur etwa ein Dutzend, die einfachen Wärter waren meist Jura- oder Soziologiestudenten, die für eine gewisse Zeit im Gefängnis arbeiteten, um dort ein Praktikum zu absolvieren. So kam es, dass es sich um freundliche Burschen handelte, die mit Sadismus nichts am Hut hatten. Wohlweislich hielten sie sich stets aus Auseinandersetzungen zwischen den Häftlingen heraus. Sie erleichterten es uns, den Galgenhumor aufzubringen, mit dem wir die Tage im Knast überstanden.

Punkt vier Uhr war die Siesta vorbei und der Kalfaktor trieb uns wieder auf den Hof. Um diese Zeit war es meist sehr heiß und jeder suchte sich ein schattiges Plätzchen. In einem der beiden Höfe war an einem geschützten Ort unter einem kleinen Vordach ein Fernseher installiert. Der lief von früh bis spät, und einigen Leuten reichte das auch zu ihrem Glück. Zusätzlich gab es einen Fernsehraum, der allerdings nur bei schlechtem Wetter geöffnet wurde. Im Hof standen zwei Kicker herum, und damit war das offizielle Freizeitangebot schon fast erschöpft. Der Pfarrer verfügte zwar über eine kleine Bibliothek, aber außer katholischem Schriftgut und klassischer spanischer Literatur war dort nicht viel zu finden. In deutscher Sprache gab es so gut wie gar nichts. Auf die Idee, dort mal ein paar Kisten Bücher abzugeben, war bis dato beim deutschen Konsulat noch niemand gekommen.

Die Häftlinge, die ja zumeist arbeitslos waren, mussten sich irgendwie selbst beschäftigen. Obwohl der Besitz von Spielkarten verboten war, gab es Leute, die ein Kartenspiel besaßen. Damit ließ sich ein mobiles Kasino betreiben, auf einer Decke in einer Ecke des Hofes aufgebaut und bei Gefahr ebenso schnell wieder weggepackt. Oft saßen zwanzig oder mehr Männer um den Kartengeber herum und zockten.

Zuweilen mischte auch Klaus dabei mit. Einmal hatte er einen guten Lauf und konnte gewinnen. Ob durch Zufall oder durch Verrat, plötzlich stand ein Wärter im Rund, den zuvor niemand hatte kommen sehen. Er verlangte das Geld, welches jeder der Mitspieler vor sich auf der Decke liegen hatte. Klaus hatte gerade gewonnen und vor ihm lag ein ziemlicher Haufen Peseten. Die Zigeuner rückten ihre Gewinne widerwillig heraus, lediglich Klaus steckte seine Kohle demonstrativ in die Tasche und forderte den Wärter auf, sich zu verziehen. Konsequenzen hatte die Sache für ihn zum Glück nicht.

Ein weiterer Bereich, der ausschließlich von Häftlingen organisiert wurde, war die Wäscherei. Sie war fest in der Hand der Schwulen und Transen. Von Letzteren gab es ein halbes Dutzend, einige trugen Damenkleider. Wenngleich der gemeine spanische Macho abfällig über die Schwulen redete, wurden die *Maricas** im Knast allgemein akzeptiert, sorgten sie doch nicht bloß für saubere Wäsche, sondern erledigten für einen kleinen Obolus noch die Zellenreinigung und den regelmäßigen Bettwäschetausch. Erotische Dienstleistungen waren ebenfalls zu haben. Sonntags legten die chicas ihre feine Garderobe an, und wenn sie auf Stöckelschuhen über den Hof wackelten und ihren Verehrern Blicke auf die hormongespritzten Tittchen gewährten, dann hatte das durchaus Unterhaltungswert. Zuweilen kam es sogar zu Eifersuchtsdramen, bei denen gekämpft wurde, und wenn es aus Liebe zum Kampf kam, floss auch meistens Blut.

Es gab zwar keine Messer und auch keine Gabeln, aber die Löffel wurden häufig am Stiel zugespitzt und scharf geschliffen. Ein großer Teil der Leute hatte eine derartige Waffe in der Tasche, und es war ratsam, auf der Hut zu sein. Es verging kaum eine Woche, in der nicht irgendwer mit einer Stichwunde ins Lazarett eingeliefert wurde.

Dadurch, dass die Zigeuner, Araber und Spanier mehr oder weniger fest gefügte Banden darstellten, die alle einen informell anerkannten Anführer hatten, konnten viele Auseinandersetzungen zwischen einzelnen Hitzköpfen auf der Ebene der Chefs geklärt werden. Kam es zum Beispiel zu Stress zwischen einem Zigeu-

* spanisch: Schwule

ner und einem Deutschen, standen wir ebenso schnell alle hinter unserem Landsmann, wie die Zigeuner hinter dem ihren. Dass ein Hauen und Stechen auf beiden Seiten Opfer gefordert hätte, war allen klar, doch immer konnte vorher eine Lösung gefunden werden. Zuweilen wachte man darüber, dass die beiden Hitzköpfe einen fairen Faustkampf austrugen, ohne dass es zum Einsatz einer Stichwaffe kam. Die Wärter waren dabei jedenfalls machtlos und taten gut daran, sich herauszuhalten. Am übelsten erwischte es einmal einen Spanier, dem ein andalusischer Zigeuner drei tiefe Stiche in die Lunge versetzte. Den einen schaffte man in die Dunkelzelle, den anderen ins städtische Krankenhaus von Palma. Beide tauchten nach ein paar Wochen wieder auf dem Hof auf.

Ich nutzte die Zeit im Knast, um mein bis dahin rudimentäres Spanisch zu verbessern. Ohne Sprachkenntnisse ist man im Ausland stark benachteiligt, im Knast um so mehr. Also lernte ich spanische Vokabeln und mit Hilfe von Paco Bosch, einem katalanischen Freiheitskämpfer, auch etwas Grammatik. Nach wenigen Wochen traute ich mir schon zu, bei Sprachschwierigkeiten zu vermitteln, und als mich eines Tages der Dienstleiter fragte, ob ich ein Gespräch zwischen ihm und einem Engländer dolmetschen könne, sagte ich zu. Eigentlich wäre Geoffrey für diesen Job prädestiniert gewesen, sprach er doch Spanisch wie Englisch gleichermaßen gut. Aber Geoffrey weigerte sich, dem Gefängnis in irgendeiner Weise behilflich zu sein, eine Haltung, die ich erst später begriff: Geoffrey wollte der Justizwillkür auf gar keinen Fall Vorschub leisten.

Die Sache ging folgendermaßen schief: Irving Thomas hatte sich beim Besuch von seiner Freundin ein paar LSD-Trips zustecken lassen und war dabei von einem Spitzel beobachtet worden. Irving wurde verpfiffen und der Besuch daraufhin abgebrochen. Als man ihn durchsuchte und nichts fand, war man ratlos und beschloss, die Sache im Verhör aufzuklären, und weil Irving kein Wort Spanisch verstand, benötigte man einen Dolmetscher.

Als Don Luis, der an jenem Tag der Dienstleiter war, mich aufforderte, Irving zu fragen, wo er *las pastillas* versteckt hätte, versagte mein Spanisch. »La pastilla« heißt die Pille, »el pastel« ist der

Kuchen. Ich verwechselte *pastilla* mit *pastel* und fragte Irving: »*Where did you hide the cake?*« *Also:* Wo hast du den Kuchen versteckt?

Empört wies Irving die Unterstellung von sich, irgendwo einen Kuchen versteckt zu haben. Allein der Tonfall und die Körpersprache des dreisten Leugners reizten Don Luis zu einer Serie von Ohrfeigen, die der Engländer, immerhin ein Akademiker von mehr als vierzig Jahren, jeweils mit einem spitzen Schrei quittierte. Als weder meine vom Spanischen ins Englische übertragenen Fragen noch die Ohrfeigen des Oberwärters die Wahrheit ans Tageslicht holten, dämmerte es allen, dass ich als Übersetzer nichts taugte. Unter Drohungen und Verwünschungen jagte Don Luis mich aus dem Büro und ließ den widerspenstigen Engländer in den Kerker werfen.

Wie ich später von Hunter erfuhr, hatte Irving die beiden Trips noch schlucken können, ehe man ihn durchsuchte. So saß er nun im dunklen Kellerverlies und erlebte einen chemischen Tsunami in seinem Hirn; nicht jedermanns Sache, wie der psychedelisch Erfahrene weiß. Als ich am darauffolgenden Morgen einen gut gelaunten Beamten fand, der bereit war, mit mir zusammen nach Irvings Wohlbefinden zu sehen, saß er auf seiner Pritsche und grinste uns an.

»*What a rush!*«, war alles, was er sagte. Ich füllte seinen Wasserkrug auf und gab ihm etwas zu essen und ein paar Zigaretten. Am Nachmittag hatte der neue Dienstleiter ein Einsehen und ließ ihn wieder auf den Hof. Meine Entschuldigung nahm Irving an, riet mir aber, mich künftig nicht mehr als Dolmetscher aufzudrängen.

Gegen sieben Uhr ertönte allabendlich das Signal zum Zählappell. Nachdem die Zahl stimmte, ging es wieder in den Speisesaal. Auch abends gab es immer warmes Essen und danach den üblichen Becher Wein. Anschließend öffnete der Kiosk noch einmal für eine halbe Stunde, und wir tranken einen letzten Kaffee. Um halb Zehn rückten wir ein. Auf den Schlafsälen ging bald darauf das Licht aus, aber viele lagen noch lange wach und unterhielten sich bis spät in die Nacht.

Nach etwa zwei Wochen erhielt Geoffrey den ersten Besuch. Maria war eine hübsche Venezolanerin, die schon seit einigen Jahren auf Ibiza lebte. Weil sie heimlich in Geoffrey verliebt war und uns allen gerne eine Freude machen wollte, hatte sie uns ein Blech voller Haschisch-Plätzchen gebacken, die sie nun persönlich an der Gefängnispforte für uns abgab. Anschließend wurde sie in den Besuchsraum vorgelassen, wo sie hoffte, von Geoffrey gute Nachrichten zu erfahren. Besuch konnte man im Knast von Palma in einem langen schmalen Raum empfangen, der in der Mitte von einer Gitterwand in zwei Hälften getrennt war. Nach Art offener, nebeneinander liegender Telefonkabinen waren in einer Reihe die Sprechboxen angeordnet. Häftlinge und Besucher standen sich gegenüber, durch Gitter und Plexiglas voneinander getrennt. Ein paar Dutzend eingestanzte Löcher ließen die Worte durch, aber berühren konnte man sich nicht. Als Ausgleich dafür gab es keine zeitliche Begrenzung: Erst wenn der Andrang zu groß wurde, mussten diejenigen, die schon am längsten redeten, den Neuankömmlingen Platz machen. So hatten gleichzeitig etwa fünfzehn Gefangene Besuch, wobei gelegentlich ein Wärter einen Blick in den Raum warf, um zu sehen, ob auch alles mit rechten Dingen zuginge.

Gegen Mittag verabschiedete sich Maria wieder und drückte Geoffrey die Daumen. Ehe wir in den Speisesaal einrückten, erhielt er sein Paket und später, als wir zur Siesta in den Schlafsaal gesperrt wurden, verteilte er die Plätzchen. Maria hatte die Haschkekse zur Tarnung zusammen mit mehreren Packungen handelsüblicher Gebäckmischung in einer großen Plastiktüte abgegeben, aber die mit Schokolade bepinselten Selbstgebackenen stachen verführerisch ins Auge. Geoffrey stellte sofort fest, dass nur vier davon im Beutel waren, wo doch Maria zuvor von acht gesprochen hatte. Auch hatte sie ihn gewarnt: Die Plätzchen seien sehr potent, und pro Person sei höchstens ein Viertel zu empfehlen. Allein, es waren bloß vier in der Tüte, und wir machten uns daran, sie aufzuteilen und zu essen. Jeder, dem danach war, kriegte ein Stück. Entgegen Marias ausdrücklichem Rat aß ich ein halbes Plätzchen. Es schmeckte nach Haselnuss, schwarzem Afghanen und Schokolade. Kaum dass der letzte Krümel verdrückt war, hörten wir Schlüsselrasseln und das Näherkommen hektischer Schritte. Kurz darauf stand der Gefängnisdirektor in Begleitung des Arztes und einiger aufgeregter Wärter an der Gittertür.

»Geoffrey Ramos!«, bellte er vom Eingang her in die Zelle.

»*Aqui*!«, meldete der Angesprochene sich und rutschte betroffen vom Bett.

»Her zu mir! Und bring gleich die Tüte mit den Plätzchen mit, die du heute Mittag erhalten hast.«

Geoffrey, dem seine Verlegenheit anzusehen war, näherte sich misstrauisch der Tür und reichte den Beutel mit den Plätzchen durch das Gitter. Ungeduldig riss der Direktor sie ihm aus der Hand und alle warfen einen Blick hinein.

»Wo sind die Schokoplätzchen, die zuvor in dieser Tüte waren?«, erkundigte er sich. Was durch die Doppelbedeutung zur feinen Ironie wurde, denn »chocolate« bedeutet auf Spanisch sowohl Schokolade als auch Haschisch.

»Sie meinen die dicken Nussplätzchen mit Schokoüberzug?«, präzisierte Geoffrey. »Die haben wir alle gegessen, falls keine mehr drin sind.«

»Wer hat davon gegessen?«, setzte der Direktor nach.

Einige von uns meldeten sich. Ungläubig blickten Arzt und Anstaltsleiter in unsere Gesichter.

»Und?«, forschte er weiter. »Wie geht es euch?«

Alle erklärten, es gehe ihnen gut, nein, keinerlei Beschwerden, alles bestens. Ratlos besprach sich der Direktor mit dem Doktor.

»Die Plätzchen werden beschlagnahmt und einer chemischen Analyse unterzogen. Es besteht der dringende Verdacht, dass damit ein Giftanschlag auf drei meiner Männer verübt wurde. Du hörst von mir, Ramos.«

Sprach es und verschwand mit seiner Delegation ebenso rasch, wie er gekommen war. Unser Gelächter hallte hämisch hinter ihnen her.

Um vier Uhr war die Siesta zu Ende und alle waren gespannt, wie die Geschichte nun weiterginge. Wie sich herausstellte, hatten die diensthabenden Beamten an der Pforte erst eine Weile mit der schönen Maria geflirtet und sich, nachdem sie gegangen war, einige der lecker aussehenden Kekse herausgepickt. Als *Amuse Gueule*, kurz vor der Mittagspause sozusagen. Einer der Wärter hatte sogar zwei Plätzchen genascht, die beiden Kollegen jeder eines, was Marias Angaben zufolge nichts anderes bedeutete, als dass der Gierschlund eine achtfache, die beiden Naschbären die vierfache Dosis intus hatten.

Nirgendwo verbreitet sich Schadenfreude rascher als in einem Gefängnis. Kaum hatte die Nachricht den Hof erreicht, kannte das Gelächter keinen Damm mehr. Allen voran lachten die Konsumenten des Haschkuchens, die auf eine solche Dämlichkeit bloß gewartet zu haben schienen. Ich selbst lachte am lautesten.

Der Stand der Dinge, soweit uns der Herr Direktor informierte, war folgender: Etwa eine Stunde nachdem seine Beamten die Kekse gegessen hatten, machten sich erste Symptome bemerkbar. Der Kollege Javier Rodriguez litt unter Halluzinationen, Juan Nolasco klagte über optische Irritationen und Jaime Delgado sah gar Schlangen aus seinen Armen hervorkriechen.

Die Lage war ernst. Da keiner der Betroffenen eine Ahnung hatte, um was es sich handeln könnte, befürchtete man das Schlimmste, ein Anschlag, eine Vergiftung oder dergleichen. Die Wärter wurden auf Geheiß des Gefängnisarztes ins Städtische Krankenhaus von Palma geschafft, wo man sie an den Tropf hängte und aufmerksam beobachtete. Zum Glück wirkten die Infusionen und der Zustand der Patienten stabilisierte sich im Laufe des Nachmittags. Gegen Abend waren sie alle wieder gesund. Wie zu erwarten, tauchte der Direktor kurz vor dem Abendessen mit der Tüte Gebäck auf dem Hof auf und entschuldigte sich bei Geoffrey für die ebenso falsche wie unsinnige Verdächtigung. Natürlich sei ihm von Anfang an klar gewesen, dass niemand von Schokolade Halluzinationen bekomme, die Beamten hätten ihn auf den Arm nehmen wollen. Man habe zwischenzeitlich festgestellt, dass sie Haschisch geraucht hätten, wahrscheinlich sei der Stoff zu stark gewesen für diese Milchbuben. Nichts für ungut, er werde sie sich morgen vorknöpfen. Wann habe es jemals einen derartigen Zwischenfall gegeben? Zum Glück habe er gerade noch verhindern können, dass der Skandal in die Presse käme. Die Sache endete somit für alle Beteiligten glimpflich.

Ein paar Tage darauf wurde ich auf eine Einzelzelle im zweiten Stock verlegt, Zelle 219, gleich neben Klaus. Auch Hansi erhielt eine Camareta, Joseph und Geoffrey blieben im Schlafsaal. Sie warteten ohnehin auf ihre Freilassung, denn seitens der Ermittler zeichnete sich immer mehr ab, dass sie mit dem Haschischschmuggel nichts zu tun hatten. Das Stück Shit, das man bei der Durchsuchung unter Josephs Bett gefunden hatte, nahm ich auf meine Kappe. Dennoch sollte es bis zu ihrer Abschiebung noch ein paar Wochen dauern. Eines Tages erhielten wir Besuch aus Frankreich. Der Ermittlungsrichter von Draguignan, ein gewisser Monsieur Belocq, hatte Bernard Boileau, seinen besten Mann, nach Mallorca geschickt, um uns nach allen Regeln der Ermittlerkunst zu verhören. Kein Zweifel, dass man ihn in wenigen Tagen mit einem Packen Geständnisse zurück erwartete.

Die Verhöre sollten im Hauptkommissariat der Kriminalpolizei in Palma stattfinden. Dazu kam uns der französische Kommissar in Begleitung zweier spanischer Polizisten persönlich im Gefängnis abholen. Auf dem Präsidium angekommen, sperrte man mich in eine Kellerzelle, zusammen mit einem verrückten Sittenstrolch, der mir dauernd klarzumachen versuchte, er sei ein perverser Sadist, aber ich möge mir keine Sorgen machen, mir würde er nichts antun. Entspannen konnte ich mich in seiner Gesellschaft dennoch nicht. Als ich schließlich nach oben geführt wurde, war es schon fast Mittag. Wie ich erfuhr, hatte Boileau zuerst meine vermeintlichen Komplizen verhört. Und da ihn diese Verhöre offenbar nicht weitergebracht hatten, war die Laune des Fahnders gar nicht gut. Eines langen Verhöres kurzes Ergebnis: Auch von mir erfuhr er nicht viel, jedenfalls nichts, was er nicht schon wusste. Ich gab zu, einige der in Frankreich beschuldigten Leute zu kennen, aber dass sie Haschisch geschmuggelt haben sollten, das hielte ich für undenkbar. Erst spät am Abend brachten mich zwei Beamte von der Spätschicht zurück in den Knast.

Am nächsten Morgen erwachte ich sehr früh, noch vor dem offiziellen Wecken. Da es in meiner Zelle keinen Tisch gab, stellte ich mich ans Fenster und machte ein paar Notizen. Lisa, die mir fast täglich schrieb und ab und zu ein Paket schickte, hatte mir ein gebundenes Tagebuch eingepackt, in welches ich täglich die Beobachtungen eintrug, die mir heute als Grundlage dieses Berichts dienen. Mein Fenster im zweiten Stock lag hoch genug, um mir den Blick über die Gefängnismauer zu gewähren. Die Aussicht, die sich mir an diesem Morgen bot, habe ich festgehalten: Gleich hinter der Knastmauer lagen Gärten mit Mandel- und Feigenbäumen. Dahinter erstreckten sich Olivenhaine. Etwa einen Kilometer entfernt, auf einer leichten Anhöhe lag eine Hazienda. Dort hatte man gerade den Stall geöffnet und die Pferde galoppierten übermütig über die Felder, über denen früher Bodennebel lag. Im Norden leuchteten die roten Felsen der Serra de Tramuntana in der Sonne. Eine schöne Insel, Mallorca, wovon ich mich sogar aus dem Knast heraus überzeugen konnte!

Das Leben auf den Galerias, wie sich die Abteilungen mit den Einzelzellen nannten, war ruhiger, privater und sauberer. Es gab dort einen Waschsaal mit zwei Duschen und einigen Toiletten, spartanisch zwar, aber sauber. Die Camaretas wurden durch einfache Holztüren geschlossen, einen Schlüssel gab es dazu nicht; lediglich am Ende eines jeden Flures versperrten massive Eisengitter den Weg. Nachts wurden diese Gitter verschlossen, auf den einzelnen Abteilungen konnte man sich frei bewegen. Fürs Licht gab es einen Schalter, sodass jeder es selbst ein- und ausschalten konnte. Jede Einzelzelle war mit einem Bett und einem kleinen Schränkchen möbliert, sonst war dort nichts. Eine Galeria hatte dreißig Camaretas. Abends saßen wir oft noch zusammen, hörten Radio oder spielten Karten. Die Sache mit dem Radio verdient es, erwähnt zu werden: Aus irgendeinem unerfindlichen Grund war der Besitz von Radios verboten. Im ganzen Knast kursierten nur drei illegale Transistorempfänger, und nach ein paar Wochen gelang es mir, einen davon an Land zu ziehen. Abends auf der Zelle waren wir ungestört, denn wenn das Gitter zur Abteilung einmal versperrt war, kamen die Wärter nur noch im Notfall herein. Man konnte also Radio Popular hören, wie sich der einzige Sender nannte, den wir rauschfrei empfangen konnten. Tagsüber war die Sache schon problematischer. Wenn wir im Hof saßen und Musik hören wollten, setzten sich die drei Radiobesitzer in verschiedene Ecken und schalteten denselben Sender an. Wir legten die Geräte so, dass sie für herumlaufende Aufseher unsichtbar waren, wir aber gleichzeitig unauffällig die Lautstärke der Entfernung des Wärters anpassen konnten. Näherte sich ein Beamter, so drehte ich den Lautstärkeknopf immer weiter zurück, bis, wenn er direkt neben mir stand, gar nichts mehr zu hören war. Entfernte er sich wieder, stellte ich den Ton wieder lauter. Mit dem Effekt, dass im Hof Musik erklang, aber immer kam sie aus einer Ecke, in welcher der Aufsichtsbeamte sich gerade nicht aufhielt. Das Ganze war ein Spiel, an dem die Wärter innerlich belustigt, aber nach außen mit ernster Miene teilnahmen. Ich bin sicher, sie wussten ganz genau, wer die Besitzer der verbotenen Radios waren. Aber man befand sich eben in Spanien, wo man traditionell etwas für Musik übrig hat und wo Hausordnungen niemals so ernst genommen werden, dass man kein Auge zudrückt. Jedenfalls nahmen sie keinem von uns jemals das Radio weg.

Damals lernte ich, wie man mit einem Stück Kabel und zwei Deckeln einer Blechdose einen effizient arbeitenden Tauchsieder bastelt. Beim Kapo der Galeria, einem gewissen Fernando, hing allabendlich solch eine Konstruktion von der Lampenfassung herab und heizte einen Eimer voll Wasser auf. Jeder der wollte, holte sich dann heißes Wasser und wir tranken vor dem Schlafengehen noch einen Becher Tee.

Was immer man von der Anstalt begehrte, Anträge und Bitten aller Art, musste in Form einer Instancia an den Direktor gestellt werden. Dazu gab es Papierbögen eines extra großen Formates am Kiosk zu kaufen. Umfangreiche Floskeln waren erforderlich, um der Form zu genügen und um den Direktor geneigt zu machen, sich mit dem Begehr des Gefangenen überhaupt zu befassen. Das fing mit »Hochverehrter Herr Direktor« an und endete damit, dass man ihm und seiner Familie ein langes Leben wünschte, Glück und Reichtum obendrein und, klar, jede Menge robuster Gesundheit und, keinesfalls zu versäumen, Schutz und Segen des Allmächtigen.

Schon bald reichten meine Spanischkenntnisse aus, den Ausländern derartige Instancias zu verfassen, im Zweifelsfall stand ja Paco, der katalanische Freiheitskämpfer, an meiner Seite.

Als nach sechs Wochen mein Rechtsanwalt noch immer nicht aufgetaucht war, war Paco es, der mich von der Illusion befreite, Juan Molina sei der Mann, der uns in die Freiheit führen würde. Paco riet mir, einen anderen Anwalt einzuschalten, und nannte mir mit Juan Matas Pons einen Mann seines Vertrauens. Tatsächlich erschien Herr Matas noch am selben Tag und versprach, sich unseren Fall einmal anzusehen. Juan war ein bärenhafter Mann mit schwarzem Vollbart und listigen Augen. Nach wenigen Tagen schon kam er wieder und befand, die Sache sei lösbar, der Fall müsse aber mit den Behörden in Madrid geklärt werden, denn dort seien die für Auslieferungen zuständigen Gerichte ansässig. Das klang nicht schlecht, und so beauftragte ich ihn, mich zu vertreten. Was Geoffrey, Joseph und Hansi anging, so wollte er ebenfalls dafür sorgen, dass sie bald frei kämen. Auch ihm ließ ich eine halbe Million Peseten zukommen und beauftragte ihn gleichzeitig, gegen seinen Kollegen Molina bei der Anwaltskammer eine Anzeige zu erstatten. Wie sich bald bestätigen sollte, war der mit dem Honorar, das Werinher ihm in Ibiza übergeben hatte, tatsächlich zum Segeln nach Teneriffa geflogen.

Inzwischen war der September schon angebrochen, aber von der Justiz hörten wir nichts. Immerhin erreichte Juan Matas, dass die Ermittlungen gegen meine Freunde eingestellt wurden. Es hieß, sie sollten abgeschoben werden, wenngleich es dafür keinerlei rechtliche Handhabe gab. Anstatt Hansi, Joseph und Geoffrey sofort zu entlassen und ihnen eine angemessene Haftentschädigung zu zahlen, warf man sie einfach aus dem Land. Spanische Gastfreundschaft. Ganz abgesehen von der Folter und der Prügel, die sie in den vergangenen Wochen hatten erdulden müssen.

Eines Tages kam überraschend mein Bruder zu Besuch und brachte mir eine Gitarre mit. Fortan übte ich täglich eine Stunde, wobei Paco Bosch mir die Griffe beibrachte. Unter den Zigeunern waren einige, die hervorragend Flamenco spielten, andere tanzten dazu, zuweilen drehte auch eine der Chicas Pirouetten und alle klatschten den Rhythmus dazu. Die Gitarre belebte die Live-Musik und fortan gab es fast jeden Abend ein Konzert im Hof.

Schon bald nach unserer Ankunft in Palma hatte ich Boualem Bellaboid kennengelernt, einen Algerier, der erst von rassistischen spanischen Bullen auf der Straße schikaniert worden war, anschließend verprügelt, und weil er sich gewehrt hatte, saß er hier wegen tätlichen Angriffes auf Staatsbeamte. Er erzählte mir seine Geschichte und ich zweifelte nicht daran, dass es sich genauso zugetragen hatte, wie er es mir schilderte. Boualem und ich freundeten uns an; was man im Knast halt Freundschaft nennt. Ich jedenfalls konnte ihn gut leiden, und weil er kein Geld hatte, halfen Klaus und ich ihm so weit aus, dass er sich täglich einen Joint und nach dem Essen einen Kaffee leisten konnte. Eines Tages stand Boualem im Hof neben mir und erklärte, er hielte dieses gefangene Dahinvegetieren nicht länger aus. Wie ich plötzlich sah, tropfte Blut von seinen herabhängenden Händen. Er hatte sich die Pulsadern aufgeschnitten!

Dabei schaute er mich trotzig an und meinte: »*C'est bien, le sang!*« Das Blut tut gut. Zum Glück konnte der Sanitäter ihn wieder herstellen, die Klinge muss stumpf gewesen sein, jedenfalls waren die wichtigen Blutgefäße noch intakt. Später berichtete er mir, damit hätte er seine Verlegung in ein Krankenhaus erreichen wollen, um von dort dann zu türmen. Ich hielt das für verrückt, denn schließlich blühten ihm keine zehn Jahre Kerkerhaft, bestenfalls eine Geldstrafe und ein paar Monate. Also versuchte ich, ihm eine Wiederholung dieses Planes auszureden. Vergebens, wie sich bald herausstellen sollte. Eine Woche später machte Boualem dann alles richtig: Er zerbrach eine Glühbirne, schnitt sich gezielt an zwei Stellen in die Zunge und steckte sich ein paar Scherben zwischen die Zähne. Das Gesicht verzerrt, den Blick irre und mit bluttriefenden Lippen stand er plötzlich vor dem erschrockenen Dienstleiter. Der entschied sich nach Rücksprache mit dem Arzt für das einzig Richtige: Ab ins Krankenhaus, und dann in die Klapse mit dem Wahnsinnigen. Dort hebelte Boualem am zweiten Tag ein Fenster aus, überwand die Mauer und verschwand. Mitte September erreichte mich seine Karte aus Frankreich. Er hatte es geschafft.

Mitte September wurde Hansi abgeschoben, im Flugzeug nach Deutschland, auf eigene Kosten. Einen Tag später folgten Geoffrey und Joseph. Per Schiff wurden sie nach Barcelona gebracht, von dort ließ man Geoffrey einen Tag später nach Italien ausfliegen. Joseph wurde zur französischen Grenze geschafft, dort aber erneut von den Franzosen festgehalten. Erst nach drei Wochen erreichte mich sein Brief aus Montpellier, wo er bei der Weinernte eine Arbeit gefunden hatte. Später flog er über Paris nach Kanada zu seinem Bruder und da blieb er. Wir sollten uns erst fünfzehn

Jahre danach wieder begegnen, 1992, zufällig in einer Bar auf Bali. Aber das ist eine andere Geschichte. Von Hansi und Geoffrey kam nach wenigen Tagen Post aus Deutschland. Für beide war die spanische Willkür zu Ende.

Wenige Tage, nachdem meine Freunde den Knast durch das grüne Gefängnistor verlassen hatten, feierten die Spanier ihr Erntedankfest. Das Mahl, welches zu diesem Feiertag im Knast gereicht wurde, verdient es, erwähnt zu werden.

Als Vorspeise verwöhnte uns eine mit Pilzen (setas) und Hähnchenbrust gefüllte Blätterteigpastete. Anschließend gab es eine Rinderbrühe mit Pfannkuchenstreifen. Dann ein in gekochten Schinken gewickeltes Schweinefilet mit Sauce Bearnaise, dazu Brechbohnen und Salzkartoffeln. Als Dessert gekochten Pfirsich mit Eis und warmer Vanillesauce übergossen. Zur Feier des Tages war der Wein weiß und kam in Flaschen. Zum Abschluss des Mahls gab es *café solo* und eine Zigarre für jeden. Am Nachmittag wurde dann, wie sonst bloß an Sonntagen, ein Hundert-Liter-Fass Bier auf den Hof gerollt und angezapft. Getrunken wurde aus Pappbechern, es ging der Reihe nach, die Schlange war lang, und wer seinen Becher gezapft hatte, konnte sich gleich wieder hinten anstellen, solange, bis das Fass leer war. Ich machte mir wenig aus Bier und einige der Moslems tranken ebenfalls keinen Alkohol, dennoch holten wir uns alle unsere Ration ab und schenkten sie denjenigen, die gerne Bier tranken. In meinem Fall profitierten Klaus und Hunter davon.

Mit Hunter hatte ich mich nach ein paar Wochen angefreundet. Er war ein Filmemacher, ein Freelancer mit einem Faible für Peter Bogdanovic, Martin Scorsese und Woody Allen. Wir hatten uns bei den allmorgendlichen Spaziergängen über Gott und den Teufel unterhalten, und zwangsläufig kam unser Gespräch auch auf das Drogengeschäft. Als ich Hunter erzählte, dass ich schon wiederholt in Thailand Heroin gekauft hätte, bekundete er sofort Interesse. In Kalifornien, so versicherte er mir, könne er für gutes *China White* 250 Dollar pro Gramm bezahlen. Das klang äußerst interessant, und ich beschloss, darauf zurückzukommen.

Zwei Tage nach dem Erntedankfest wurde Hunter gegen eine Kaution entlassen. Da ihm, sollte der Richter in der Verhandlung zu der Überzeugung kommen, dass das in seinem Schuppen gefundene Haschisch ihm gehörte, ein paar Jahre Knast blühten, hatte er nicht vor, es darauf ankommen zu lassen, sondern er wollte seine Zelte auf Ibiza abbrechen und nach Kalifornien umsiedeln. Wir kamen überein, in Verbindung zu bleiben.

Die Strategie, mit der die spanische Justiz damals mit ausländischen Straftätern und solchen, die sie dafür hielt, umging, war ökonomisch ausgereift, wenngleich damit die Menschenrechte ein wenig mit den Füßen getreten wurden. Erst steckte man die Leute in Untersuchungshaft, dann setzte der Gerichtssekretär (ein einflussreicher Mann im spanischen Rechtswesen jener Tage) gegen eine Bestechungssumme eine Kaution fest, bei deren Zahlung der Beschuldigte auf freien Fuß zu setzen war. Klar, jeder der sich die Kaution leisten konnte, ohnehin meist nicht mehr als ein paar tausend Mark, zahlte und verließ den Knast. Die allermeisten packten dann so schnell es ging ihre Koffer und verließen das Land auf Nimmerwiedersehen. Spanische Synergie-Effekte: Man war die ungeliebten Ganoven los, sparte sich die Kosten für teure Gerichtsverfahren und Haftplätze und last not least blieben die verfallenen Kautionen in der Staatskasse. Ein in gewisser Hinsicht effizientes System der Unrechtspflege.

Der Kapo, der im Speisesaal an unserem Tisch das Essen austeilte, hieß Pepe Nadal. Pepe stammte ebenfalls aus Ibiza, hatte rote Haare und war als Bullenspitzel verschrien. *Chivato* oder *Sapo* wurden diese Typen genannt, und ein solcher Sapo stand in der sozialen Hierarchie der Unterwelt auf der Stufe eines Hundes. Und Hunde, weiß man, genießen in Spanien kein hohes Ansehen. Jedenfalls hatten wir mit diesem Pepe am Tisch laufend Ärger. Weil er sich selbst immer die größte Portion auf den Teller schaufelte, weil er schmutzig und ungepflegt war und weil er ein Spitzel war. Nun wurde Pepe eines Tages auch noch zu uns auf die Abteilung verlegt. Sofort regte sich Widerstand. Einige Spanier, die ihn von draußen kannten und denen er wohl schon einmal übel mitgespielt hatte, drohten, ihn im Schlaf zu erstechen, sollte er auch nur eine Nacht auf unserer Galeria verbringen. Bis zum Abendeinschluss hatte sich die Sache noch nicht geklärt, und der diensthabende Beamte musste entscheiden, ob Pepe angesichts der Drohung eines entschlossen dreinblickenden Schmugglers auf unserer Abteilung sterben sollte oder nicht. Schließlich solidarisierte sich die gesamte Halunken-Belegschaft gegen ihn, sodass dem Wärter nichts anderes übrig blieb, als zusammen mit dem ungeliebten Verräter den Rückzug anzutreten. Ich merkte damals, was Solidarität bewirken kann, so sie denn überzeugt vorgetragen wird. Wenige Tage danach verschwand Pepe ganz aus dem Knast. Seine Freunde bei der Polizei hatten ein gutes Wort für ihren Mann eingelegt, so jedenfalls wurde auf dem Hof spekuliert.

Aufregung gab es Anfang Oktober, als versehentlich ein Bankräuber entlassen wurde. Eine Namensgleichheit führte dazu, dass anstelle eines José Sanchez ein Juan Sanchez in Freiheit kam. Der Lärm war groß, der Direktor so wütend auf seine Leute, wie ich ihn weder zuvor noch danach je erlebte. Nachdem der falsche Sanchez schon ein paar Stunden draußen war und der Irrtum klar wurde, ließ man schließlich widerwillig auch den richtigen laufen.

»So ein Pech aber auch«, lachte Klaus, und wir hatten endlich wieder einen Grund zu schmunzeln.

Materiell fehlte uns nichts. Beide hatten wir genügend Geld in der Tasche, um die täglich anfallenden Kosten zu decken. Lisa schickte regelmäßig Päckchen, neuerdings beteiligten sich sogar Geoffrey und Hansi an der postalischen Versorgung mit Büchern und Lebensmitteln. Klaus' Freundin Andrea, die auf Ibiza lebte, kam einmal die Woche nach Mallorca herüber und brachte ihm, was er brauchte. Respekt, wie sie sich anstrengte, nur damit ihr Freund im Knast gut versorgt war. Wäre Lisa nicht im neunten Monat schwanger gewesen, sicher hätte sie sich ebenso liebevoll um mich gekümmert, tröstete ich mich darüber hinweg, keine regelmäßigen Besuche zu empfangen.

Stattdessen kam Juan Matas, mein Anwalt, mehrmals pro Woche. Seine Nachrichten waren widersprüchlich. Mal klang er optimistisch, meinen Fall mit der Festsetzung einer Kaution lösen zu können, mal sah es so aus, als müsse ich ein Verfahren vor dem Obersten Gerichtshof in Madrid abwarten. Der französische Staat hatte ein Auslieferungsgesuch an Spanien gestellt, und ich hatte dagegen Widerspruch eingelegt. Darüber sollte nun in Madrid entschieden werden. Ich hatte den Eindruck, dass Juan, der als junger Anwalt mit derartigen Verfahren noch keine Erfahrung hatte, selbst nicht sicher war, wie die Sache zu beurteilen sei. Dennoch hatte ich Vertrauen zu ihm, immerhin kam er dreimal die Woche im Knast vorbei und redete mit mir, und wenn es auch bloß Grüße von Lisa waren, die er mir ausrichtete, wenn sie wieder einmal angerufen hatte.

Ein Gesprächsthema in spanischen Gefängnissen ist immer die nächste Amnestie. So war es auch damals. Zu allen möglichen Anlässen wurden Amnestien verkündet. Wurde eine neue Regierung gewählt, wurden ein paar Jahre Amnestie verkündet, starb ein Papst, waren mindestens sechs Jahre Straferlass üblich, und hatte der König einen runden Geburtstag, war mindestens ein Jährchen drin. Seinerzeit wurde spekuliert, wie lange es noch dauerte, bis die Sozialisten an die Macht kämen, was gewiss mit einer großen Amnestie verbunden wäre. Am 27. Oktober 1977 wurde der Moncloa-Pakt unterzeichnet, der Spaniens Weg in die Demokratie endgültig ebnen sollte. Suarez, Gonzales, Fraga, Roca und Carrillo hießen die Männer der Stunde. Und natürlich König Juan Carlos.

Irgendwann kam sie dann auch, die große Amnestie. Zuerst wurden die Kriegsverbrecher amnestiert, die in den Jahren der Diktatur Kommunisten, Sozialisten und Anarchisten verfolgt und ermordet hatten. Bis der gemeine Häftling davon profitieren sollte, dauerte es jedoch noch eine Weile.

Gegen Ende des Monats kam wieder Bewegung in unser Leben. Als Erste wurden Detlef und Tell gegen Kaution entlassen. Ein paar Tage danach kam Fritz an die Reihe, nachdem ich ihm das Geld für die Kaution und Klaus ihm genug für die Heimreise gegeben hatten. Fritz tat, wie ihm aufgetragen, und stattete zunächst der *Dolly Bar* einen Besuch ab. Von der in Sichtweite des Gefängnisses liegenden Bar aus winkte er zu unseren Zellen im dritten Stock hinüber. Juanito, der Barmann, wusste von früheren Kunden aus dem Knast, wie man eine Contrex-Flasche so präpariert, dass sie aussieht, als sei sie noch original verschlossen, in Wahrheit aber tauschte er das Tafelwasser gegen Wodka aus. Fritz sollte sich bei Juanito eine solche Flasche füllen lassen und zusammen mit ein paar gegrillten Hähnchen für uns abgeben. Die Sache klappte. Vor dem Mittagessen wurden uns Hähnchen und Wodka ausgehändigt. Während der Siesta veranstalteten wir einen kleinen Umtrunk. Anlass gab es ohnehin, denn am Vormittag hatte ich ein Telegramm von Lisa erhalten, dass sie einen Buben geboren hatte, technische Daten anbei. Wenn das mal keinen Schluck Wodka wert war! Willi, der Düsseldorfer, Klaus, Peter Kasparov und ich machten uns also über die zwei Liter Wodka her und es dauerte nicht lange, bis wir sturzbesoffen waren. Für mich wurde es der schlimmste Rausch meiner Karriere, und ich blieb für den Rest des Tages im Bett. Die anderen trauten sich um Vier einen Hofgang zu und gingen hinunter. Im Erdgeschoss angekommen, reiherte Willi die Makkaroni, die es mittags gegeben hatte, durch das Treppenhaus, und ein dicker Strahl landete genau vor dem Eingang des Friseursalons, was den Kalfaktor erboste, der Willi daraufhin mit einem Tritt zu Boden schickte, was wiederum Klaus, der hinter Willi ging, den Kamm schwellen ließ, und weil er den Kalfaktor ohnehin nicht leiden konnte und der Wodka seine Hemmschwelle gesenkt hatte, packte er den Scheißkerl am Kragen, gab ihm eine Ohrfeige, warf ihn sich über die Schulter und schleppte den zeternden Jammerlappen vorbei am Dienstleiter quer über den Hof in die Außentoilette, wo in der Regel die Kämpfe ausgetragen wurden, bei denen man keine Zeugen haben wollte. Und dort setzte es Hiebe. Ich selbst war nicht dabei, aber später erzählte Peter, dass es eine heikle Sache gewesen sei. Nicht bloß, dass Klaus den Kerl mehrfach mit dem Kopf gegen den Wasserhahn geschlagen haben soll, es tauchten einige Kumpels des Haareschneiders mit spitzen Messern auf. Wären nicht einige unserer algerischen Freunde eingeschritten, die die Streithähne auseinander drängten, die Sache wäre wohl für Klaus nicht ohne Verletzung ausgegangen. Als schließlich Don Luis auftauchte, war alles schon vorbei. Voller Zorn baute er sich vor Klaus auf und drohte, ihn »in zwei Teile zu hauen«. Klaus blickte mit seinen 1,95 m auf den 1,60 m großen Iberer hinab und erklärte ihm in seinem rudimentären Spanisch: »*Y tu – una pieza, pero muy pequeño!*« Was so viel heißen sollte wie:

Dich belasse ich in einem Stück, aber dafür in einem ganz kleinen! Sicher hätte die Sache ein Nachspiel gehabt, wäre Klaus nicht am nächsten Tag ohne Vorankündigung abgeholt worden. Am Abend – wir standen gerade am Kiosk bei einem Espresso – rief man ihn. In zehn Minuten hieß es Koffer packen, und ab ging es zum Flughafen. Nachdem Klaus weg war, saßen Paco, Willi und ich noch lange zusammen, aber Stimmung wollte an dem Abend nicht mehr aufkommen. Zwei Tage später war dann Willi an der Reihe: Beamte des Bundeskriminalamts holten ihn ab und brachten ihn nach Düsseldorf.

Mitte Oktober ereignete sich ganz in der Nähe des Gefängnisses eine Geiselnahme: Auf dem Flughafen von Palma de Mallorca ging eine Gruppe von Palästinensern mit Waffen und Sprengstoff im Gepäck an Bord der Lufthansa-Maschine *Landshut*, die auf dem Weg nach Frankfurt war. Drahtzieher war ein gewisser Wadi Haddad, Mitglied der Volksfront zur Befreiung Palästinas, der die Operation von Bagdad aus steuerte. An Bord der *Landshut* befanden sich mehr als 80 Passagiere sowie fünf Besatzungsmitglieder. Als die Maschine die französische Küstenlinie überflogen hatte, gaben sich die Entführer zu erkennen und stellten dieselben Forderungen, welche schon die Entführer von Hanns Martin Schleyer gestellt hatten: die Freilassung von elf in Deutschland inhaftierten RAF-Mitgliedern. Zusätzlich forderten die Flugzeug-Entführer die Freilassung zweier Gesinnungsgenossen aus dem türkischen Knast sowie ein Handgeld von mehreren Millionen Dollar. Sie zwangen den Kapitän, den Kurs zu wechseln und nach Zypern zu fliegen. Nach mehreren Zwischenlandungen wurde die *Landshut* auf dem Flughafen von Mogadishu von der deutschen GSG 9 gestürmt und die Geiseln befreit. In der darauffolgenden Nacht kamen in Stuttgart Stammheim Andreas Baader, Gudrun Ensslin, Jan Carl Raspe ums Leben, während eine vierte RAF-Aktivistin Irmgard Möller schwer verletzt überlebte. Einen Tag später wurde die Leiche des ermordeten Hanns Martin Schleyer gefunden.

Diese Ereignisse fanden zwischen dem 13. und dem 19. Oktober 1977 statt. Am 16. erhielt ich Besuch meines Anwalts, der mir eine Ausgabe der Zeitung *Diario de Mallorca* mitbrachte, in welcher ein Artikel abgedruckt war, in dem der Verfasser behauptete, ein Gefangener des *Centro Penitentiario* aus Palma habe die Entführung aus dem Gefängnis heraus organisiert, und als ob dieser Blödsinn nicht schon ausreichte, konnte ich meinen Namen als den des Drahtziehers lesen! Der Autor dieser Posse war ein pensionierter Pfarrer, der dem Blatt gelegentlich selbst recherchierte Artikel einreichte. Juan, mein Anwalt meinte, wir sollten auf den Blödsinn gar nicht reagieren. Und so geschah es dann auch.

Spätestens seit der Entführung des Berliner CDU-Politikers Peter Lorenz interessierte ich mich für die Aktivitäten und Ziele der RAF, stand ihr aber immer zwiespältig gegenüber: Einerseits gehörte ich zu denen, die sich klammheimlich mit der RAF identifizierten, andererseits verstörte mich die Gewalt, mit denen sie ihre Ziele durchzusetzen versuchte. Gegen eine Revolution hatten wir nichts einzuwenden, aber solange die breite Masse nicht mitmachte, solange die Arbeiter weiter brav in die Fabriken gingen, sahen meine Freunde und ich keinen Ort, an dem wir hätten Verantwortung übernehmen können. Gewiss hätte ich niemanden umgebracht … Mit Paco Bosch, dem katalanischen Freiheitskämpfer, von dem schon die Rede war, unterhielt ich mich zuweilen, aber sein Ziel war die Unabhängigkeit der Katalanen von Spanien, über die RAF in der Bundesrepublik wusste er nicht viel zu sagen. Sollte es der RAF wirklich darum gegangen sein, den latenten und den neu aufkeimenden braunen Gedanken im Keim zu ersticken, so sah ich die Gefahr nicht so dramatisch. Vielmehr glaubte ich, dass die alten Nazis nach und nach stürben, und dass wir den neuen Nazis mit zivilisierten Methoden das Handwerk legen könnten.

Und ganz so, als hätte das Schicksal eine dramaturgische Logik, erreichte auch mich am 3. November spätabends per Gerichtsbotin die Nachricht, gegen Zahlung einer Kaution von 100.000 Peseten (damals 3.300 DM) sei ich auf freien Fuß zu setzen. Ich konnte es kaum glauben! Während die anderen beim Abendessen waren, saß ich in dem kleinen Hof hinter der Küche und starrte in die Feuertonne, in welcher der Koch jeden Abend die Obstkisten verbrannte.

Noch am Abend verteilte ich mein Hab und Gut, das meiste überließ ich Paco, dem Freiheitskämpfer. Kaum dass wir am nächsten Morgen geweckt wurden, teilte mir der Kalfaktor mit, ich solle zusammenpacken und mich unverzüglich zur Entlassung an der

Zentrale einfinden. Kurz vor Sieben spazierte ich mit einem kleinen Koffer durch ein Spalier von Mitgefangenen und anschließend durch die Sicherheitsschleuse des Gefängnisses von Palma. Es wurde einer der schönsten Tage meines Lebens. Draußen wartete Juan Matas im offenen Alfa Romeo Spider, und im Osten über dem Meer hing die Sonne wie eine dicke Apfelsine. Juan freute sich, dass ich mich freute und lud mich zum Frühstück ein. Anschließend gingen wir in sein Büro, wo er mir 100.000 Peseten in die Hand drückte. Dann fuhr er mich zum *Hotel Son Vida*, noch heute eine der feinsten Herbergen der Insel. Das *Son Vida* liegt oben am Berg, mit Blick über die Stadt und auf das Meer. In der Ferne glaubte ich sogar, den Knast erkennen zu können.

Ich bestellte mir frisches Obst aufs Zimmer, ließ aus silbernen Armaturen Wasser in die Badewanne ein und mich selbst langsam in das heiße Bad gleiten. Dann griff ich zum Telefonhörer und wählte Lisas Nummer …

## 1.25 Neu gemischte Karten

Die Art und Weise, wie ich aus dem Gefängnis entlassen worden war, nennt man Blitzentlassung. Der überraschende Wechsel von der Gefangenschaft zur Freiheit erzeugt pures Glücksgefühl. Lediglich ein gelungener Ausbruch kann das toppen! Wie in Trance lief ich den restlichen Tag durch Palma. Am Tag nach der Entlassung packte ich meinem Mitgefangenen Paco Bosch ein Paket und brachte es zum Knast. Dann flog ich nach Ibiza, um zu erkunden, wie es auf *Cana Ventura* nach dem Überfall durch die Polizei aussah. Als ich bei meinem Vermieter Miguel nach dem Schlüssel fragte und ihm erzählte, was uns widerfahren war, da schämte sich der alte Mann so aufrichtig für sein Land, dass ich nachher Mühe hatte, ihn wieder auf den Weg der guten Laune zu führen. Die Geschichte, dass vier anständige junge Leute einfach so verhaftet werden können und erst nach Wochen oder Monaten ebenfalls einfach so wieder freigelassen, setzte ihm sehr zu. Wenn rechtstreue Menschen mit staatlicher Willkür konfrontiert werden, bleibt Ratlosigkeit zurück, aber Ratlosigkeit hinterlässt Zweifel, bei manchen ein erschüttertes Vertrauen in den Staat und seine Organe. Die Spanier haben einen treffenden Ausdruck, um die Willkür zu beschreiben, mit der das Gesetz ersetzt wird. Auf die Frage, weshalb haben sie dich denn am Wickel, antworten sie: *Por la cara!**

Ich fuhr nach Talamanca und schloss die Haustür auf. Im Salon lag die Wäsche auf einem Haufen, und weil seit Monaten niemand mehr nach dem Rechten gesehen hatte, hatten sich Mäuse zwischen den Handtüchern und Bettlaken eingenistet. Mir blieb nichts anderes übrig, als den schimmeligen Plunder aus dem Haus zu schaffen und zu entsorgen. Gemälde, die zuvor an der Wand hingen, waren fort, persönliche Dinge fehlten, die Reisetasche von Hansi stand herum, auf dem Boden vor dem Sofa lag noch das Stück Shit, mit dem Geoffrey gerade den Joint drehte, als die Bullen das Haus betraten.

Zur Beweissicherung hatten die Ermittler Adressen, Fotos und Briefe beschlagnahmt. Eine Asservatenbescheinigung gab es nicht. Neben dem Verlust der Freiheit blieb mir nichts übrig, als auch den

---

* Wegen meines Gesichts

Verlust materieller und ideeller Werte hinzunehmen. Am meisten schmerzte mich das verschwundene Adressbuch, in dem Hunderte von Anschriften und Kontakte aus aller Welt notiert waren. Die Bullen von Ibiza hatten unser Haus geschändet. Nach einem Einbruch hätte ich mich nicht anders gefühlt!

Mein Rachegefühl gegen den Folterer Paquito blieb bestehen. Ihm würde ich es heimzahlen, aber das wollte wohlüberlegt sein. Ich besprach mich mit meinem Freund Santos Gonzalo, einem Mann aus Burgos, der sich auf Ibiza auskannte. Er war zwei Jahre zuvor der Dritte im Bunde gewesen, der mit Paco und Geoffrey im Fernen Osten gewesen war. Ich besuchte ihn auf *Can Tieta*, wo er mit seiner Freundin Mercedes lebte, seit Paco im Exil war. Santi versprach, mir zu helfen. Sein Freund Pepe, so vermutete er, wäre auch mit von der Partie, wenn es gegen den Folterknecht aus dem Rauschgiftdezernat ging. Es gab noch mehr Leute auf der Insel, die mit Paquito ein Hühnchen zu rupfen hatten, ich war da nicht der Einzige. Auch Geoffrey war auf der Polizeistation von ihm geschlagen worden, ich erinnerte mich an seine Schreie, kurz nachdem er von Paquito zum Verhör geholt worden war. Wir beschlossen, zunächst ein wenig Gras über die Sache wachsen zu lassen, ehe wir ihm die Rechnung präsentieren würden.

Und dann war da auch noch der Rechtsanwalt Molina, der mich betrogen hatte. Das Verfahren, das Juan Matas vor der Anwaltskammer gegen ihn angestrengt hatte, war rasch im Sande versickert. In einer Stellungnahme, die vor Wortklauberei und Lügen nur so strotzte, bestritt Molina, ein überzogenes Honorar verlangt und veruntreut zu haben, was mich dann sehr schnell auf die Idee brachte, dem Betrüger eine Tracht Prügel zu verabreichen, ehe wir uns noch länger mit ihm auf dem Feld der Rabulistik duellierten. Aber auch das musste vertagt werden, denn ich hatte keine Lust, mich länger als nötig in Spanien aufzuhalten. Da ich gegen Kaution auf freiem Fuß war, gab es Auflagen. Ich durfte das Land nicht verlassen und sollte mich einmal pro Woche bei der Polizei melden. Zum Glück gelang es Juan, sowohl das Ausreiseverbot als auch die Meldepflicht aussetzen zu lassen, sodass ich zehn Tage nach der Entlassung meinen Rückflug antreten konnte. Schließlich wollte ich meinen Sohn kennenlernen, der am 25. Oktober geboren worden war.

Ich fand Lisa und das Baby in Marktheidenfeld, wo sie bei ihrer Schwester wohnten. Wir hatten beschlossen, den Jungen nach dem Schutzpatron der Spanier Santiago zu nennen, stießen aber auf den Widerstand des örtlichen Standesbeamten, der unter dem Begriff Santiago lediglich eine Stadt in Südamerika kannte, und einen Städtenamen könne er als Vornamen nicht zulassen. Selbst als ich ihn aufklärte, verlangte er eine Beglaubigung durch das spanische Konsulat, was eine Reise nach München notwendig machte, im Ergebnis aber bewirkte, dass unser deutsches Kind offiziell den Namen Santiago erhielt.

Wie so viele Väter konnte ich mit dem kleinen Schreihals zunächst wenig anfangen, und das blieb auch so, bis er anfing zu reden und zu laufen. Liebe kriegte der kleine Kerl hoffentlich von seiner Mutter, meine Aufgabe als Vater sah ich vorerst darin, dafür zu sorgen, dass es unserer Familie materiell an nichts mangelte. Vordringlich war, eine Wohnung zu finden. Im Wohnungsmarkt der Süddeutschen Zeitung fand ich ein interessantes Angebot in Gräfelfing: ein Zweifamilienhaus mit Garten und Garage in einem bürgerlichen Viertel. Der Mietzins war bezahlbar, das Ehepaar, welches im Erdgeschoss lebte, schien nett zu sein und die Vermieterin ebenfalls. Wir unterschrieben den Mietvertrag und konnten offiziell Anfang Januar 1978 dort einziehen.

Blieb noch, die im Sommer geplatzte Hochzeit nachzuholen. Am 30. Dezember räumte uns der Standesbeamte von Pasing einen neuen Termin ein. So fügte es sich, dass unser kleiner Santiago und unsere Freunde Christine und Heinz unsere Trauzeugen wurden. Noch heute frage ich mich, wieso ich mich damals auf dieses kleinbürgerliche Ritual eingelassen habe. Erstens fiel es mir schwer, meiner Frau treu zu sein, zweitens war ich als narzisstisch Gestörter gar nicht in der Lage, einen Menschen zu lieben, nicht einmal mich selbst, und drittens steckt ein dominantes Risiko-Gen in meiner DNA, das mir ein Leben als Abenteurer und Rebell vorherbestimmte. Von all den Irrtümern, die ich im Leben begangen habe, war sicherlich die leichtsinnige Familiengründung der mit den bedauerlichsten Konsequenzen, denn jetzt trug ich Verantwortung, nicht bloß für mich, sondern auch für Lisa und Santiago. Doch dazu fehlte mir zu dieser Zeit das Bewusstsein. Ehe und Familie standen somit von Anfang an unter keinem guten Stern.

Unterdessen liefen in Südfrankreich die Vorbereitungen für den mit großem Tamtam angekündigten Prozess. Dort hatte man insgesamt dreizehn Verdächtige inhaftiert, unter ihnen meine Komplizen Rabia, Michael und Putzi, und obwohl Putzi mit dem späteren Justizminister Robert Badinter einen der einflussreichsten Anwälte von Frankreich an ihrer Seite hatte, wollte die Justiz sie nicht vom Haken lassen. Der Prozess in Draguignan gab manch einem die Chance, sich zu profilieren.

Der von den französischen Behörden angestachelte Überfall auf unser Haus in Talamanca im vergangenen Sommer hatte polizeilich zu keinen weiteren Erkenntnissen geführt. Meine Freunde Hansi, Joseph und Geoffrey hatten keine Ahnung von der Sache und nichts zum Haschisch-Schmuggel aussagen können; und was mich anging, so wollte ich dazu nichts sagen. Irgendwann im Frühjahr, es dürfte im April gewesen sein, rief Juan Matas mich in Gräfelfing an und teilte mir den Termin meines Prozesses in Madrid mit. Er riet mir, zu kommen und daran teilzunehmen. Juan war sicher, dass meine Auslieferung an die Franzosen abgelehnt würde, denn darum ging es nach wie vor. Aber ich sah das keineswegs so, denn unser Gegner war der französische Staat, der ein Auslieferungsgesuch an die Spanier gestellt hatte. Wie konnte sich Juan da so sicher sein?

## Nachbemerkung

Der Romanzyklus »Globale Nomaden« besteht aus vier Bänden. Der Folgeband »Westen« erscheint im Herbst 2020, die weiteren Folgen »Osten« und »Norden« im Frühjahr und Herbst 2021. Die Namen der Protagonisten wurden zum großen Teil geändert, andere waren mit ihren Klarnamen einverstanden, bei Personen, die aus verschiedenen Gründen »öffentliche Personen« sind, wurden deren tatsächliche Namen beibehalten. Auch wenn ich mich beim Nacherzählen der Ereignisse weitgehend an eine dokumentarische Vorgehensweise gehalten habe, sind doch einige der geschilderten Abenteuer fiktiv, wie auch die vorkommenden Dialoge. Da seit den Ereignissen bis zu ihrer Niederschrift mehr als dreißig Jahre vergangen sind, taucht das Problem der Erinnerung auf. Ich kann nicht garantieren, dass ich schmerzhafte oder peinliche Inhalte verdrängt oder beschönigt habe, insofern unterliegt jeder Erzähler den Gesetzen der Psychologie. Und ganz gewiss können Realität und Fantasie so eng miteinander Verschmelzen, dass derjenige, der glaubt, etwas erlebt zu haben, nach vielen Jahren nicht mehr in der Lage ist, objektiv Wahrheit und Fiktion zu trennen. Daher ist »Globale Nomaden« keine klassische Autobiografie, sondern ein Roman. Wer immer von meinen Lesern glaubt, dabei gewesen zu sein, sollte dies bedenken. Da alle denkbaren strafrechtlichen Ansprüche seitens der Behörden der jeweiligen Länder längst verjährt sind und der Autor und die meisten seiner Komplizen für die geschilderten Vergehen und Verbrechen am Ende zur Rechenschaft gezogen wurden, konnten die Dinge bedenkenlos beim Namen genannt werden. Sorry, dass »Süden« mit einem kleinen Cliffhanger endet, aber das wiederum ist nicht dem Zufall geschuldet …

Hubertus Becker, 1. April 2020

## Inhalt

Hubertus Becker, Jahrgang 1951, am Niederrhein geboren, auf dem Hunsrück groß geworden, verbrachte als Erwachsener viele Jahre in Spanien, Amerika, Indonesien, China und im deutschen Gefängnis, wo er mit dem Schreiben begann. Zwei seiner Erzählungen wurden mit dem Ingeborg-Drewitz-Literaturpreis ausgezeichnet. Heute lebt und schreibt Becker in Görlitz.

www.globalenomaden.de

## Hubertus Becker: Globale Nomaden

Hubertus Becker hat als Mitglied einer internationalen Bande von Schmugglern aufgeschrieben, wie es ihm und seinen Komplizen während der siebziger Jahre gelang die Märkte in den Metropolen Europas und Amerikas mit Haschisch, Kokain und Opiaten zu versorgen. Die weitgehend dokumentarische Roman-Reihe führt die Leser in Weltgegenden, in denen die Menschen andere Probleme zu bewältigen haben als im saturierten Europa.

Fast nebenbei scheint dabei das Porträt einer Zeit durch, wo Phänomene wie die Hippiekultur auf Ibiza, Goa, Bali und Hawaii, das Leben mit dem Outlaws Motorrad-Club in Florida sowie das Ambiente einer Opiumhöhle im indischen Bombay beschrieben werden.

Globale Nomaden **Süden:** Drogenschmuggel übers Mittelmeer
978-3-89801-429-8

Globale Nomaden **Westen:** Aufbruch zu neuen Ufern
978-3-89801-430-4

Globale Nomaden **Osten:** Heikle Geschäfte in Asien
978-3-89801-431-1

Globale Nomaden **Norden:** Am Ende steht Verrat
978-3-89801-432-8

## Weitere Bücher von und mit Hubertus Becker

Mit dem Roman »Routinekontrolle« legt Hubertus Becker seinen ersten fiktiven Roman vor. Dabei geht es um den Rassismus europäischer Behörden gegenüber Asiaten und Afrikanern. Der zentrale Konflikt basiert auf einer zwar wahren, aber schwer nachvollziehbaren Begebenheit am Münchener Flughafen, über die vor Jahren in der überregionalen Presse berichtet wurde.

Der Autor beschreibt das Leben seiner Protagonistin, der Studentin Helen Amanuel in Äthiopien, sowie den kulturellen Hintergrund und das Selbstverständnis der Afrikaner; erzählt wird ihre Flugreise von Addis Abeba nach London, während der es zu einer skandalösen Zollkontrolle am Münchener Flughafen kommt, die wiederum zu unvorhersehbaren Komplikationen führt …

**ISBN 978-3-89801-469-4 • 294 Seiten • Hardcover • 22,80 EUR**

Die hier vorliegenden Texte kommen direkt aus der Unterwelt. Authentischer ist über das Verbrechen selten geschrieben worden. Alle Autoren haben mehr als zehn Jahre ihres Lebens im Gefängnis verbracht und dort mit dem Schreiben begonnen. In den spannenden Beiträgen von Peter Zingler, Hubi Becker, Sabine Theisen, Maximilian Pollux und Ingo Flam wird Insiderwissen verarbeitet, welches Einblicke in ein breites Spektrum gängiger Kriminalitätsfelder als auch in die Psyche ihrer Protagonisten ermöglicht.

**ISBN 978-3-89801-094-8 • 284 Seiten • Broschur • 12,00 EUR**

## Weitere Bücher von und mit Hubertus Becker

**True-Crime-Geschichten**

Im Laufe der mehr als 20 Jahre, die der Autor hinter Gittern verbracht hat, haben ihm hunderte Ganoven, Spitzbuben und Verrückte die Geschichten ihrer krummen Dinger und Verbrechen erzählt. Die besten davon hat er zu Papier gebracht: 27 teils amüsante, teils makabre, teils schauderhafte Erzählungen. Literarische Feinkost für Liebhaberinnen spannender und authentischer True-Crime-Geschichten.

**ISBN 978-3-89801-460-1 • 272 Seiten • Broschur • 13,50 EUR**

Hier erzählt der Autor seine ersten zwanzig Lebensjahre, beginnend mit seiner Kindheit auf dem Hunsrück, seiner Schulzeit am Rhein und seinem Dienst bei der Bundeswehr in Bayern. Er beschreibt das Leben in einem Hunsrückdorf in den 1950er und 60er Jahren und lässt den Leser teilhaben, wie er sich nach und nach von der Familie, dem Dorf und der Heimat emanzipiert. Sein ungekünstelter Schreibstil, oft selbstironisch und immer facettenreich, garantiert eine unterhaltsame Lektüre.

Wer die beschriebenen Ereignisse überdenkt, findet die Ursachen, die dazu führten, dass der Autor mit dem Gesetz in Konflikt geriet und mehrfach zu Gefängnisstrafen verurteilt wurde.

**ISBN 978-3-89801-075-7 • 342 Seiten • Broschur • 12,00 EUR**

## Gefangenenliteratur im Rhein-Mosel-Verlag

Der Ingeborg-Drewitz-Literaturpreis für Gefangene wird alle drei Jahre verliehen.

Die Autorinnen und Autoren beschreiben in Erzählungen und Gedichten das Leben der Gefangenen im deutschen Strafvollzug. Die unbekannte und hinter den Mauern verborgene Welt des Gefängnisses geben diese Bücher in authentischer und eindrücklicher Weise wieder. Texte die anrühren und das Fundament unserer gesellschaftlichen Ordnung hinterfragen.

**ISBN**
**978-3-89801-408-3**
**194 Seiten**
**Broschur**
**10,90 EUR**

**ISBN**
**978-3-89801-454-0**
**182 Seiten**
**Broschur**
**12,00 EUR**

**ISBN**
**978-3-89801-482-3**
**160 Seiten**
**Broschur**
**12,00 EUR**